AF707885

Kontaktadresse nach EU-Produktsicherheitsverordnung:
produktsicherheit@fischerverlage.de

An der berühmten Paßstraße durch die Hochalpen, der Via Mala, lebt die Familie des Sägemüllers Lauretz, eines Trunkenboldes und Wüstlings, der seine Frau, seinen Sohn und seine beiden Töchter terrorisiert und ausbeutet. Den einzigen Ausweg, sich endlich vom Vater zu befreien, sehen diese in seiner Ermordung. Das Verbrechen bleibt unaufgeklärt. Erst Jahre später fallen einem Anwalt die Akten über Lauretz in die Hände. Bei seinen Recherchen, um das Verschwinden Lauretz' zu klären, gerät Dr. Andreas von Richenau jedoch in einen tiefen Konflikt. Seine eigene Frau ist eine Tochter des Verschwundenen. Soll er einem so verrohten Menschen wie Jonas Lauretz Gerechtigkeit widerfahren lassen? Auch um den Preis, eine ganze Familie ins Unglück zu stürzen? Wem gehört seine Loyalität, dem Verschwundenen oder den Lebenden?

Knittel schrieb diesen fesselnden Familienroman 1934 und erlangte damit Weltruhm.

John Knittel wurde 1891 in Britisch-Indien geboren. 1895 kehrt die Familie nach Basel zurück. 1908 geht Knittel nach England, um dort zunächst in einer Londoner Bank zu arbeiten. Er beginnt zu schreiben. Sein erster Roman ›Aaron West‹ erscheint 1921 auf Englisch – auch seine weiteren großen Bestseller-Erfolge verfaßt Knittel in englischer Sprache. Anfang der dreißiger Jahre siedelt er nach Ägypten über, wo er, angeregt durch Gandhi, das ›Institut für orientalische Psychologie‹, das der Verbesserung der sozialen Bedingungen der Fellachen dienen soll, gründet. 1937 kehrt Knittel in die Schweiz zurück und läßt sich in Maienfeld/Graubünden nieder. Neben seinen großen Romanen ›Via Mala‹, ›Therese Etienne‹ und ›El Hakim‹, die ihn weltberühmt gemacht haben, veröffentlichte er auch viele Theaterstücke. Knittel stirbt 1970 auf seinem Landsitz in Maienfeld/Graubünden.

Unsere Adresse im Internet: www.fischerverlage.de

John Knittel

Via Mala

Roman

FISCHER Taschenbuch

8. Auflage

Bearbeitete, gekürzte und aus dem englischen Original
in die deutsche Sprache übersetzte Fassung, 1999,
von Margaret Furtwängler-Knittel und
Hubert Furtwängler, Maienfeld/Graubünden
Printed in Germany
ISBN 978-3-596-14894-3

Meinem lieben Freunde, dem großen Musiker
Wilhelm Furtwängler
in aller Herzlichkeit

I. Buch

I

In einem schmalen Seitentale des Hinterrheins, dem Tal der Yzolla, stand ein einsames Haus und daneben eine Sägemühle. »Im Jeff« hieß die Siedlung seit Menschengedenken, seit die Familie Lauretz dort hauste. Wanderer, die über den Yzollapaß kamen, bemerkten das Haus gar nicht, denn es lag ungefähr zweihundert Schritte von der Landstraße ab, ganz versteckt in einem Winkel unter der grauen, nackten Felsenwand eines Berges, der zu einer Höhe von siebenhundert Metern emporstieg. Das Haus war schmal und drei Stockwerke hoch, aus grauen, grob behauenen Granitblöcken gefügt, das Dach mit großen Steinen beschwert. Vor dem offenen Sägeschuppen ragten hohe Stapel von Holz, Brettern und Stangen, und tagaus, tagein hörte man die Säge ihren monotonen Rhythmus schnarren, begleitet von dem Tosen der Yzolla, die mit unwiderstehlicher Wucht ihre schäumenden Wasser durch das steile Bett an der Mühle vorbeijagte. Die Bergwand, die Dächer des Hauses und des Schuppens, die Zweige und Stämme der Fichten ringsumher troffen von Feuchtigkeit, und aus dem lärmenden Kessel eines Wasserfalles stiegen kalte Sprühwolken empor. Im Monat August, wenn die schrägen Strahlen der Sonne in diesen Winkel des Tales fielen, waren Haus und Sägemühle eingehüllt in die schimmernden Schleier eines Regenbogens, und zuweilen umkränzte eine siebenfarbig leuchtende Aureole von Licht das hohe graue Haus. Überall wuchs zolldick das Moos, der Boden des benachbarten Waldes war weich und mit Feuchtigkeit durchtränkt und gab schwappend unter jedem Schritte nach. Holzduft und der säuerliche Geruch klebriger Pilze hing in der Luft.

Die steilen Hänge an der gegenüberliegenden Seite des Tales waren dicht bewaldet bis hinauf zu den hochragenden dunklen Felsen, die hier und dort in scharfkantige Stücke zerfallen waren. Etliche dieser haushohen Blöcke waren ins Tal gerollt – wann, das wußte niemand, denn die Natur dort oben war alt, sehr alt, viel älter als der

Mensch und sein Gedächtnis. Ein wild zerklüfteter Kamin, mit Gras und Zwergholz bewachsen, schob sich zu einem unsichtbaren Gipfel empor, und von den in ferner Höhe dem Blick verborgenen Gletschern und Schneefeldern kamen zahllose Rinnsale in silbernen Kaskaden herabgerieselt und überzogen das Gestein mit einem feinen Netzwerk. Alle diese kleinen Berggewässer sammelten sich in dem lärmenden Bett der Yzolla und eilten mit toller Schnelligkeit talwärts in ein freundlicheres Land.

Dicht unterhalb von Nauders zwängte sich die Yzolla durch eine nur wenige Meter breite Felsenlücke, eine schäumende, kochende, tobende Wassermasse, und ergoß sich in eine höhlenartige Spalte, in die noch nie ein Mensch seinen Fuß gesetzt hat. Hätte jemand in diese tosenden Tiefen eindringen können, er würde dort ein trübes Zwielicht angetroffen haben und hätte verzweifelt wie ein Gefangener auf dem Grunde einer eiskalten Zisterne emporgeblickt, ohne etwas anderes zu sehen als nackte, glänzende, viele Hunderte von Metern senkrecht emporragende Felsmauern und in weiter Ferne eine schmale Öffnung, durch die ein blasser Lichtschimmer fiel.

Aber der Mensch hatte sogar diesen finsteren Erdenwinkel erobert. Vor einigen hundert Jahren erließ ein Abt des Benediktinerklosters zu Andruss ein Handschreiben, in dem angeordnet wurde, das Yzollatal für Wanderer zugänglich zu machen. Damals geschah nicht viel. Aber um die Wende des achtzehnten Jahrhunderts nahm die Regierung die Sache ernstlicher in die Hand. Die hölzernen Bretterstege und wackeligen Stufen wurden beseitigt, und man konnte nun auf bequemer Straße reisen, ohne ständig Gefahr zu laufen, in einen Abgrund zu stürzen. In den allerletzten Jahren hat das kantonale Baudepartement in das Gestein Tunnels sprengen und Mauern und Zäune errichten lassen zum Schutze der modernen Touristen, die hierherkommen und mit ehrfürchtigem Staunen das Werk der Natur bewundern. Nur in den vier Sommermonaten ist der Yzollapaß gangbar. Den übrigen Teil des Jahres liegt er im Schnee begraben, von der Hubertuskapelle auf schweizerischem Gebiet bis zu den Südhängen, die sich in das Valtelino hinabsenken. Die Straße von Andruss zum Yzollahospiz heißt Via Mala.

Die Ankunft der Lauretz' in dem Kanton der dreihundert Gletscher gehörte zu jenen Vorfällen, die zwar an sich ohne Bedeutung sind, aber zuweilen gewichtige Folgen haben. Im Jahre 1799 kam zufällig durch das Gebiet des Grauen Bundes, das heutige Grigioni oder Graubünden, ein französischer General, dessen Name Macdonald alles eher als französisch war. In einem seiner Regimenter diente ein Hauptmann namens Lauretz. Dieser Mann, der an einem Wundfieber litt, blieb bei den frommen Benediktinermönchen im Kloster zu Andruss und verbrachte dort über ein Jahr auf dem Wege der Genesung. Der Abt bemühte sich sehr um den verwundeten Offizier, der offenbar ein vornehmer und nicht ungebildeter Mann war. Der Hauptmann erwiderte dankbaren Herzens die Freundschaft des Abtes; beide Männer lernten einander schätzen, saßen viele Stunden lang beisammen, genossen fröhlich die wunderbar zubereiteten Forellen aus den kalten Bergbächen und den wärmenden Segen, den die feurigen Weine aus dem Valtelino und aus der Rheingegend spendeten. Lauretz, ein Mann von guter Herkunft, hatte es satt, gegen die wirklichen und eingebildeten Feinde Frankreichs Krieg zu führen, und da er die meisten seiner Verwandten, die ihn ihres Besitzes wegen hätten interessieren können, längst aus den Augen verloren hatte, beschloß er, sich in einem Lande niederzulassen, wo so viele gute Sachen mit so geringer Mühe von frommen Mönchen zu erlangen waren. Eines Tages kam der Abt ganz zufällig auf ein dem Kloster gehörendes Grundstück zu sprechen, das hoch oben im Gebiet der Yzolla liege, einem der kleinen Seitentäler, wo man silberhaltiges Erz gefunden habe. Wie ein Freibeuter, der sogleich lebendig wird, wenn das Wort Gold oder Silber fällt, spitzte Lauretz die Ohren. Von diesem Tage an kreisten seine Gedanken um das Silber, und er begann von ungeheuren Schätzen zu träumen. Der Zauber, dem er erlegen war, übertrug sich auf den Abt. Der Abt gab ihn an den Bischof von Chur weiter. Und abermals wiederholte sich die Historie. Wenn man bedenkt, daß Graubünden zu jener Zeit aus nahezu dreißig kleinen Republiken bestand, die sämtlich ihre unabhängige Verfassung, ihre eigenen Gesetze und Satzungen besaßen, wenn man sich erinnert, daß Hungersnot und Seuchen fast ständig die hundert Täler heimsuchten, daß die Bevölkerung trotz ihrer eingebildeten Unabhängigkeit von ihren häufig glattzüngigen Räten ausgebeutet und von landhungrigen Baronen und Geistlichen überlistet, betrogen und ausgesaugt wurden; wenn man sich weiter die grenzenlose, sowohl physische wie seelische Armut vorstellt, die in dem Lande herrschte, wird man sich nicht wundern, daß Lauretz viele bereitwillige Zuhörer fand, wenn er von seinem Entschlusse sprach, die ungeheuren Silberschätze auszugraben, die in den Bergen ruhten, Schätze, die genügen würden, jedermann reich zu machen und die Menschen für alle Zukunft vor jeder Not zu bewahren.

Er gründete eine Gesellschaft. Der Bischof von Chur, der Abt von Andruss, die Barone von Thusis und einige wohlhabende Bauern brachten das Kapital zusammen, und Hauptmann Lauretz wurde mit der Ausbeutung des Silberberges betraut. Als zu Anfang des vorigen Jahrhunderts das Kloster von Andruss ein Raub der Flammen wurde, sind alle Berichte über seine Tätigkeit mitverbrannt. Das »freie« Volk und Napoleons Soldaten, von einem neuen Wutanfall gepackt, hatten blindlings alles niedergebrannt und zerstört. Schließlich aber entdeckten sie, daß Krieg und Revolution kein einträgliches Geschäft seien, und änderten ihre wilden Sitten. 1854 schließlich wurde der Kanton durch eine neue Verfassung geeint.

Von dem napoleonischen Hauptmann, der dann Bergwerksingenieur wurde, weiß man nicht viel. Es ist anzunehmen, daß seine Versuche, seinen Freund, den Abt reich zu machen, mit einem Mißerfolg endeten. Wenn man durch dieses Seitental geht, den alten verfallenen Schmelzofen und die eingestürzten Grubenschächte sieht und bedenkt, wie ungeheuer schwierig es auch heute noch ist, größere Mengen Erz über die Via Mala zu transportieren, dann muß man sich die Frage vorlegen, ob dieser Lauretz bei Vernunft gewesen sei. Ingenieure haben die Ruinen besichtigt und etwas Silber gefunden, aber nur sehr wenig, so wenig, daß das Schürfen sich nicht lohnen würde. Man neigt also zu der Ansicht, Hauptmann Lauretz müsse, wenn nicht ein sehr vertrauensseliger, dann ein sehr überzeugungskräftiger Herr gewesen sein. Er hat das hohe steinerne Wohnhaus und die Sägemühle im Jeff gebaut. Die Bergwerksanlagen sind längst in den Schoß der wilden Natur zurückgesunken und öffentliches Eigentum geworden. Die Sägemühle aber und der umliegende Wald waren im Besitz der Familie Lauretz geblieben. Ihr jetziger Besitzer hieß Jonas Lauretz, und um sich von anderen Lauretz' zu unterscheiden – er wußte, daß es deren noch einige gab –, nannte er sich, wie das schon sein Vater getan hatte: Lauretz von Jeff. Manchmal hörte man ihn in der Besoffenheit mit schallender Stimme brüllen und seine Worte durch einen Faustschlag auf den Tisch unterstreichen: »Ich, der Sägemüller Lauretz, ich, Jonas Lauretz von Jeff, bin ein ebenso guter Edelmann wie irgendein Planta, Salis oder Richenau!« Obgleich niemand daran dachte, seine edle Herkunft zu bestreiten, pflegte er diese Behauptung häufig zu wiederholen und dann hinzuzufügen, daß Napoleon Bonaparte selbst der Familie Lauretz das ganze Graubünden geschenkt habe, aber die dreckigen, hinterlistigen Republikaner hätten sich mit den Besitzurkunden und Adelspatenten der Familie davongemacht. Die Gastwirte von Ponte Valentino, Castro, Biaska, die von St. Gion, Santa Maria, Nauders und Andruss, sie alle kannten Jonas Lauretz. Sein Ruf war nicht gerade der beste, nicht einmal bei den Gastwirten, deren guter Kunde er war. Ein »Dunndersluader« und »Huarabuab« hieß er bei ihnen, und wenn er in ihre niedrigen holzgetäfelten Stüblis gepoltert kam, war oft der öffentliche Friede gefährdet. Aber er galt als reich, deshalb fiel es keinem Gastwirt ein, ihm das Haus zu verbieten. Da diplomatisches Geschick zu den moralischen Kennzeichen des schlauen Bündnervolkes gehört, gelang es ihnen meist, die Leidenschaften des ungebärdigen Sägemüllers zu bändigen, und nur wenn er ganz außer Rand und Band geriet oder völlig betrunken war und seine Zeche bezahlt hatte, schleppten sie ihn zur Tür hinaus und verluden ihn auf seinen vierrädrigen Karren, worauf das Pferd, das stets geduldig auf seinen Herrn wartete, den Kopf hob und aus freien Stücken heimwärts zu traben begann.

2

Eines Abends im Monat Mai hätte ein Wanderer, der zufällig am Gasthof »Zur alten Post« in Andruss vorüberkam, eine der lärmenden Szenen miterleben können, wie sie so oft durch Jonas Lauretz veranlaßt wurden. In der kleinen, nach vorne gelegenen Weinstube ging es hoch her. Eine barsche Männerstimme ließ sich in gotteslästerlichen Beschimpfungen und Flüchen vernehmen. Der Besitzer dieser Stimme balgte sich mit drei Männern herum, die ihn an den Armen, am Halse und an den Schultern festhielten, damit er nicht über den langen Daniel aus Nauders herfalle. Den Anlaß des Zankes festzustellen wäre nicht schwer gewesen, da ein halbes Dutzend Zeugen sich für den langen Daniel einsetzten und laut erklärten, er habe sich nichts Böses dabei gedacht, als er im Zusammenhang mit Lauretz auf ein Weibsbild aus der Nachbarschaft angespielt hatte. Der Sägemüller aber hatte sich, wie das oft passiert, wenn ein Mensch seinen Ruf verteidigen will, in hitzige Wut hineingesteigert. Die roten Flecken auf seinem Säufergesicht färbten sich bläulich, seine natürliche Stimme wurde zu einem Knurren, die Adern auf seiner Stirn schwollen zu violetten Schnüren an, und Schweiß brach aus seinem dicken Nacken. Sein unmäßiges Gebaren ließ nicht eher nach, als bis der lange Daniel mit einem Achselzucken und einem verächtlichen Blick auf Lauretz auf etwas unsicheren Beinen zur Tür hinausstolperte. Sobald das ausgemergelte, herausfordernde Gesicht seines Gegners verschwunden war, wurde Lauretz ruhiger. Nachdem er einige unzusammenhängende Drohungen hinter ihm hergebrummt hatte, sank er schwerfällig auf seinen Stuhl.

»Ich will's ihm schon geben, solche Lügen zu erzählen! Ich will's ihm schon geben! Kein Stück Zucker, keine Kaffeebohne kauf ich mehr in seinem Dreckladen, und wenn meine Töchter jeden Tag auf allen vieren über die Via Mala nach Andruss kriechen müssen! Und ich spuck ihm sein Haus an, sag ich, ich spuck ihm sein Haus an, sooft ich nach Nauders komme! Wer hat behauptet, daß ich kein anständiger Mensch bin?«

Er schlug mit der Faust auf den Tisch und trank den Rest Valtelino aus seinem Glase. Sein Kopf begann hin und her zu schwanken, die geschwollenen Augenlider hoben und senkten sich schwer. Immer schlaffer wurden seine Gebärden, und schließlich nahm der Wirt die Gelegenheit wahr.

»Joni, du Huarabuab, chum!« sagte er energisch, und mit Hilfe der drei Gäste stellte er den Sägemüller auf die Beine. Dann führten sie ihn zu seinem Karren und luden ihn auf. Sie knüpften die Zügel des Gaules los und riefen: »Hüppla!« Langsam hob der Gaul den Kopf und legte sich ins Geschirr.

Als Lauretz halb betäubt die Augen öffnete, war die Sonne hinter der Oberalp untergegangen. Er richtete sich ein wenig auf und schaute sich um. Sie waren unterwegs, näherten sich soeben der Hängebrücke dicht vor dem Eingang zu den Schluchten. Das Pferd, ein heller, stämmiger Brauner mit dicken Beinen und großen, schwerbeschlagenen Hufen, begann von der langen Steigung zu schwitzen. Sein haariges Fell färbte sich vor Nässe dunkel, und zwischen seinen Hinterbeinen zeigte sich ein seifiger Schaum. Sobald sein Herr sich rührte, fing es noch kräftiger an zu ziehen. Es war ein durch und durch störrisches Tier. Jahrelanges Leiden hatte es gelehrt, auch die härteste Mühe einem Wutanfall seines Besitzers vorzuziehen. Lauretz war ein massiger Kerl, der viel mehr Gewicht am Leibe trug, als die Natur ihm eigentlich zugedacht hatte. Kopf und Nacken waren fast zu einer einzigen Masse verwachsen, das runde Kinn und die kantige Nase, die auffälligsten Partien seines Gesichtes, leuchteten purpurrot. Der struppige, dichte Schnurrbart und das kurzgestutzte Haar auf seinem Kopf verliehen ihm einen Ausdruck zügelloser Roheit, und seine blauen, trotz aller Lebhaftigkeit finsteren Augen verrieten deutlich die unersättliche Sinnlichkeit des Mannes.

Seine Körpergröße und seine Kraft gaben ihm das Gefühl despotischer Überlegenheit. Er war der unumschränkte Herr und Meister der Via Mala. Jeder seiner Blicke war ein Befehl oder eine Drohung. Seine Frau und seine Kinder waren seine Sklaven und kannten keinen Herrn außer ihm. Sie verstanden den Sinn seiner Blicke, seines Nickens, seiner Handbewegungen, und sie zitterten, wenn er seine Stimme erhob, denn er war der ungerechteste aller Herren, nie zufrieden, nie dankbar, aber stets auf dem Sprunge, Strafen zu verhängen und andern Menschen weh zu tun. Es machte ihm anscheinend Spaß, jeden, der ihm in die Nähe kam, zu quälen. Er war der König, der Prophet und das Orakel des Tales. Rundweg leugnete er alle menschlichen Beziehungen zu einem Gott. Er behauptete sogar, selbst ein Geschöpf des Teufels zu sein, und seine finstere Seele veranlaßte ihn, sich mit dem Satan zu verbünden und sich öffentlich dieser Freundschaft zu rühmen. Oft, sagte er, sei er dem Teufel begegnet, besonders zu den Zeiten, da die frommen Christen Weihnachten oder Ostern feiern. Sobald diese Tage heranrückten, kannte Lauretz' wüstes Benehmen keine Grenzen. Wenn die paar Anwohner aus dem höher gelegenen Teil des Tales in ihrer besten Sonntagstracht sich auf den langen Weg ins Tiefland machten, um in der Kirche von Andruss, dem Hauptort dieser katholischen Bergpfarrei, bei dem Erlöser der Welt Trost zu suchen, sah man Lauretz am Straßenrand stehen. Er hielt die Vorübergehenden an und erzählte ihnen, daß er die ganze Nacht über an der und der Stelle mit dem Satan beisammen gewesen sei, und der Satan habe ihm die höllische Freiheit gewährt. Sie seien Dummköpfe, sagte er, daß sie auf die Pfaffen und sonstige Blutsauger hörten, und manchmal hielt er seinen Nachbarn die Faust unter die Nase, sie sollten sich bloß unterstehen und behaupten, daß der Satan nicht allmächtig sei. Niemand aus seiner Familie durfte in die Kirche gehen. An einem Karfreitag hatte er in einer seiner teuflischen Launen einst seinen eigenen Vater, der ihm wegen seiner Gottlosigkeit Vorwürfe machte, halb umgebracht und ihn so lange geprügelt, bis der alte Mann das Bewußtsein verlor und die Familie ihn wegtragen und in ein Zimmer einsperren mußte. Lauretz war ihnen nachgelaufen und hatte versucht, die Tür zu diesem Zimmer einzuschlagen. Nur die vereinten Bemühungen seiner Frau und seiner Kinder hatten den alten Mann vor weiteren Mißhandlungen bewahrt.

Ein Jahr später starb Großvater Lauretz während der Abwesenheit seines Sohnes. Bei seiner Rückkehr weigerte sich Lauretz, den Toten anzuschauen, und befahl seinem Sohn Niklaus, aus rohen Brettern einen Sarg zu zimmern. Mit geballten Fäusten ging er auf Silvia los, weil sie als einzige ihm ins Gesicht zu sagen wagte, daß er ein Unmensch sei und daß Gott ihn sicherlich bestrafen werde.

Dann verließ er das Haus, ging nach Andruss und wohnte dort eine Woche lang in einem kleinen Häuschen, das den Lauretz' gehörte und in dem die Familie für gewöhnlich die langen Wintermonate verbrachte. Als er zurückkehrte, lag sein Vater bereits in der protestantischen Ecke des Friedhofes bei der kleinen Hubertuskapelle, ungefähr auf halbem Wege zwischen dem Jeff und dem Hospiz, zur letzten Ruhe bestattet.

Man könnte sagen, daß Lauretz kein menschliches Gewissen besaß. Die ursprünglichen, tierischen Instinkte hatten seine besseren Regungen völlig betäubt und trieben ihn mit unwiderstehlicher Gewalt zur Befriedigung seiner Gelüste. Und jetzt, da er sich den Fünfzigern näherte, hätte man ihn wirklich für ein Geschöpf des Teufels halten können. Seine Maßlosigkeit war verblüffend. Er war ein Fremdling unter seinesgleichen. Das Gespenst, der Schrecken der Via Mala, hatte sich seiner bemächtigt. Sein Ungestüm glich den reißenden Wassern der Yzolla. Seine Frau und seine Kinder waren gleichsam das Bett für den Strom seiner Sünden. ›Warum nicht?‹ dachte er. ›Dazu sind sie da. Sie gehören mir, allesamt. Sie sind mein Eigentum.‹

Lauretz' Eitelkeit, seine Eifersucht und seine Gehässigkeit hatten sich in den letzten Jahren verzehnfacht. Während andere für ihn arbeiteten und schufteten, tat er weiter nichts, als Anweisungen zu erteilen und die Früchte fremder Mühe zu ernten. Er wußte, wenn eine Bestellung auszuführen war, würde Niklaus von frühmorgens bis spätabends an der Säge stehen. Er wußte, daß Jöry, der Tagelöhner, vor jedem Wink seines Herrn zitterte und daß er zu jeder Zeit beim Nachhausekommen sein Essen und sein Bett vorfinden würde. Rücksichtslos schritt er über alle Schwierigkeiten des Daseins hinweg, und die Klagen derer, die er ins Unglück stürzte, kümmerten ihn weniger als das Gezwitscher der Vögel in den Zweigen. In der letzten Zeit war er oft unterwegs gewesen, auf den krummen Pfaden seiner unersättlichen Gier nach Weibern und Alkohol, den einzigen Freuden, die das Leben in dem Kanton der dreihundert Gletscher ihm zu bieten hatte.

Der Karren, auf dem Lauretz hockte, rollte die einsame Bergstraße entlang. In dem wachsenden Schatten der Nacht quoll grauer

Nebel aus den dunklen, überhängenden Felsen und in der Tiefe toste die schäumende Yzolla. Langsam schritt der Gaul weiter, instinktiv hielt er sich an die rechte Straßenseite. Ab und zu blieb er stehen, um Atem zu schöpfen, doch ein Brummen seines betrunkenen Herrn brachte ihm schnell zu Bewußtsein, daß es hier nicht am Platze sei, ein wenig zu säumen. Schwitzend und schnaubend setzte er seinen Weg fort.

Als das Gefährt das Achthäuserdorf Nauders erreichte, war es schon ganz finster geworden. Matte Lichter schimmerten aus den tiefliegenden kleinen Fenstern der elenden Behausungen. Funken tanzten über den Schornsteinen auf den Schieferdächern. Kein Blumengeruch würzte die Frühsommerluft, sondern nur der Gestank der Misthaufen, die die Häuser gleichsam aneinanderleimten. Am Dorfbrunnen blieb das Pferd einen Augenblick stehen, um zu trinken. Seine Beine versanken in dem Morast rund um das Becken. Myriaden von Insekten schwirrten aus den tiefen Löchern, die die gespaltenen Hufe der Rinder in dem Kot hinterlassen hatten. Lauretz richtete sich auf. Mit unsicherer Hand tastete er nach der Peitsche und begann, nachdem er sie gefunden hatte, mit aller Kraft auf den Gaul einzuschlagen und ihn zu beschimpfen. Dann fiel ihm plötzlich sein Zusammenstoß mit dem langen Daniel ein; mit lauter, grober Stimme verfluchte er ihn und sein Haus, an dem er gerade vorüberkam, während der Gaul voller Angst sich bemühte, auf der steilen Straße schneller voranzutraben. Lauretz schlug so lange auf das Tier ein, bis sie aus dem Dorfe draußen waren. Dann sank er brummend in den Wagen zurück, und mit einem halberstickten Fluch auf den Lippen schlief er ein.

3

In einem kleinen Raum mit kahlen Wänden und niedriger Decke neben einer finsteren, höhlenartigen Küche waren drei Menschen um einen rohen Brettertisch versammelt. Die Lampe, die über ihren Köpfen an einem Haken hing, war eine runde Stallaterne, ihr spärliches Licht beleuchtete eine Frau, ein junges Mädchen und einen jungen Burschen. Sie waren soeben mit dem Essen fertig geworden. Die Teller, die auf dem Tische standen, gehörten zu jener billigen Sorte, die man für wenig Geld bei den herumziehenden Hausierern oder auf den ländlichen Jahrmärkten kauft. Einem Neuling wäre es schwergefallen, in diesem Raum einem Gespräch zu folgen, denn das Tosen des Wasserfalles schlug unablässig an die Ohren. Die Bewohner des Hauses aber schien das nicht zu stören, sie unterhielten sich miteinander, ohne auch nur die Stimme zu erheben.

Auf den ersten Blick konnte man sehen, daß nicht nur dieser Raum, sondern das ganze Haus von Menschen bewohnt war, denen es gänzlich an jenem Komfort mangelte, wie ihn eine moderne Zivilisation ihren Kindern beschert. Hier herrschte wirkliche Armut, eine Armut, die nicht nur das Auge, sondern auch das Herz erschüttern mußte. Es war das Haus der Lauretz'. Die Frau war Martha Lauretz, ihre Kinder nannten sie »Muattr«. Die Haut ihres Gesichtes erinnerte an altes Pergament, ihre breite, blasse Stirn war durch eine Beule über dem rechten Auge entstellt, als habe sie sich dort vor kurzem an einem harten Gegenstand gestoßen. Am Kinn hatte sie eine tiefe Narbe. Ihre dunklen, scharfblickenden Augen bewegten sich unaufhörlich wie die Augen eines Menschen, der ewig in Ängsten schwebt, und die Winkel ihres schmalen Mundes waren von tiefen Kummerfalten verzerrt. Hanna, die ältere der beiden Töchter, saß ganz still mit gefalteten Händen da, ihre kräftigen Unterarme ruhten auf dem Tisch. Sie hatte breite Schultern. Ihre festen Brüste preßten sich gegen die Tischkante. Eine Haarsträhne hing ihr in die Stirn, die sich über der Nasenwurzel zu einer Falte runzelte. Ihre dunklen Augen waren von dichten Brauen überschattet. Sie ähnelte mit ihren vorspringenden Backenknochen unverkennbar ihrem Vater. Obwohl ihr Gesicht ungewöhnlich breit war, endete das Kinn in einem sanften Oval.

Ihr gegenüber saß Niklaus, ihr Bruder, ein Jahr älter als sie. Er rauchte eine Pfeife mit einem Porzellankopf und las in einer alten Bündner Zeitung. Da er im vorigen Herbst zum letzten Mal im Tal gewesen war und sich seitdem die Haare nicht mehr geschnitten hatte, machte er einen verwahrlosten Eindruck. Die kalten Winde und der Schnee hatten sein Gesicht gebräunt. Seine blauen Augen leuchteten mit einer wilden Unruhe, sie waren gewissermaßen der Widerschein einer Seele, die stets auf der Lauer liegt.

Im vergangenen Herbst hätte er zum Militär gehen müssen, war aber zurückgestellt worden: »total untauglich« stand auf der ersten Seite seines Militärpasses. Dies war für ihn der bisher schlimmste Schlag seines Lebens gewesen, und es hatte ihn schmerzlicher getroffen als die Ursache seiner Untauglichkeit selbst – der Schlag, den sein Vater ihm sieben Jahre zuvor versetzt hatte. An jenem fernen Tag hatte Niklaus, als er nach Hause kam, schon von weitem schrille Schmerzensschreie und Hilferufe vernommen, und als er die Stimme seiner Mutter erkannte, stürzte er ins Haus, wo er sah, wie sein Vater mit einer Axt auf die Mutter losging. Als er auf ihn zusprang, schleuderte dieser die Axt in blinder Wut auf ihn. Die Schneide grub sich tief in sein linkes Knie. Über sechs Monate hatte es gedauert, bis die Wunde verheilte, und da niemals ein Arzt ins Haus gerufen wurde, blieben die Folgen nicht aus. Die Verletzung erwies sich als verhängnisvoll. Zwei, drei Jahre hatte er auf die völlige Wiederherstellung gewartet. Aber das Bein war steif geblieben. Er war dazu verdammt, als ein Krüppel durchs Leben zu humpeln. Doch er wußte, daß ohne sein Eingreifen an jenem schrecklichen Tage sein Vater die Mutter zweifellos ermordet hätte …

Seither hatten viele Male die wüstesten Streitigkeiten im Hause Lauretz getobt. Oft hatte die Familie das Haus eilends geräumt und im Stall, auf dem Heu oder im Mühlschuppen auf dem Sägemehl geschlafen. Es gab kein Lebewesen im Bereich des alten Sägemüllers, das nicht mehrmals seine maßlose Roheit zu spüren bekommen hatte. Sogar Waldi, der große Hund, der als streunender Welpe sich ihrem Kreise angeschlossen hatte und nicht mehr zu seiner Familie zurückgekehrt war, konnte nicht wie ein braver christlicher Hund auf vier Beinen umhergehen, weil ihm ein Hieb des Sägemüllers das eine Bein zertrümmert hatte. Es erscheint sonderbar, daß eine Familie es fertig gebracht haben soll, sich so lange mit einem solchen Herrn abzufinden. Nur einmal hatten sie ernsthaft rebelliert. Mutter und Kinder hatten sich entschlossen, bei den Gesetzen Hilfe zu suchen, um dem schrecklichen Leben zu entrinnen, aber das Gesetz war sonderbarerweise auf der Seite des alten Lauretz.

Die Unterhaltung in dem kleinen Zimmer war recht einsilbig. Es herrschte eine dumpfe Atmosphäre, die nicht einmal durch Lauretz' Abwesenheit gemildert wurde. Niklaus faltete schließlich seine Zeitung zusammen.

»Hanna«, fragte er seine Schwester, »wo bist du gestern nacht gewesen?«

Der Blick seiner blauen Augen hing mit einem ironischen Zwinkern an ihrem derben hübschen Gesicht.

Sie sah ihre Mutter an.

»Ich habe es dir gesagt«, antwortete sie mit tiefer Stimme. Niklaus lächelte trocken.

»Und du hast wirklich mit Silvelie im Hospiz geschlafen?«

»Frag sie doch, wenn sie nach Hause kommt!« Dann schien sie sich zu besinnen und fügte hinzu: »Wo hätte ich denn schlafen sollen?«

»Und wenn nun der Alte gestern nacht plötzlich nach Haus gekommen wäre und ihr wäret alle beide nicht dagewesen?«

»Der und nach Hause kommen! Der! Der sitzt bei dieser Kunigunde Maier.«

Sie preßte die Lippen zusammen.

»Eine Schande!« stieß sie hervor. »Daß ihn keiner dafür ins Gefängnis steckt! Ekelhaft!«

Sie hielt inne. Frau Lauretz musterte finster die Gesichter ihrer Kinder.

»Redet nicht darüber! Redet nicht darüber!« sagte sie. »Er ist für uns ein fremder Mensch. Mein Gott! So weit ist es gekommen!«

Niklaus richtete langsam seine Blicke auf die Mutter.

»Warum denn solche Angst vor ihm haben!« sagte er. »Sind wir denn verpflichtet, für ihn zu sorgen und für ihn zu schuften? Es dauert nicht mehr lang, ja, dann hol ich mir das Meinige zurück, mit Zins und Zinseszins, und das ›total untauglich‹ dazu.« (Er betonte mit besonderem Nachdruck diese zwei schmerzhaften Worte.) »Ach, ihr wißt ja nicht, keine von euch weiß, was ich weiß. Und ich werde es auch niemand sagen. Niemand!« Er beugte sich vor, zeigte auf einen Stein, den er aus der Tasche geholt und auf den Tisch gelegt hatte.

»Eines Tages hol ich Tonnen von diesem Zeug aus der Erde, aber erst, wenn der Alte weg ist, nicht eher. Und Muattr und ihr allesamt sollt dann Autos haben und Häuser, und wir wohnen dann in Lanzberg, wie sich das für anständige Menschen gehört.«

»Du mit deinem Silber!« bemerkte Hanna trocken.

»Silber! Ja, Silber ist es! Silber, ich weiß es genau!«

»Jö, die Regierungsinspektoren, die jeden Winkel im oberen Jeff durchschnüffelt haben! Wenn's dort Silber gäbe, hätte die Regierung schon längst das Bergwerk wieder in Gang gesetzt!«

»Ich sag dir, wenn die Regierung wüßte, was ich weiß, würde sie mir eine Million auf den Tisch legen.«

»Warum gehst du dann nicht hin und sagst, was du weißt?«

Niklaus hob mahnend den Finger.

»Wenn der Alte weg ist, nicht eher. Und zuerst such ich mir einen Advokaten, der muß feststellen, daß wir von Rechts wegen das Bergwerk besitzen, das unserem Urgroßvater, dem Hauptmann Napoleons, gehört hat.«

Er stützte den Kopf in die Hand und blickte traumverloren ins Leere. Hanna lächelte spöttisch.

»Dumma Buab!« sagte sie trocken, ihre geheimen Gedanken zusammenfassend.

Niklaus beachtete sie nicht, er lachte bitter und wiederholte verächtlich ihre Worte. »Dumma Buab: Ja, dumma Buab! Ich bin der klügste Lauretz, der klügste!«

Ein schriller rhythmischer Schrei tönte durch das Haus, dann folgte ein sonderbares Heulen.

»Herr Jeses Gott!« rief Frau Lauretz.

Die drei schauten einander entsetzt an. Das Schreien und Heulen kam näher.

»Herr Jeses, wie unser Mannli sich aufführt!«

»Und Jöry ist nach Hause gegangen!«

Niklaus sprang auf und hinkte schnell zur Tür hinaus. Wenige Minuten später flammten im Schuppen Lichter auf, und die Säge begann zu kreischen. Frau Lauretz ging mit ihrer Tochter in die Küche, und sie machten sich an dem alten eisernen Herd zu schaffen. Inzwischen war der Urheber jener seltsamen Laute im Hause erschienen. »Seppli« war sein eigentlicher Name, eine Abkürzung für Sebastian, aber er wurde nur »Mannli« gerufen. Auf den ersten Blick konnte man sehen, daß er zu jenen unglücklichen Geschöpfen unbestimmbaren Alters gehörte, von denen niemand einen gewöhnlichen Menschenverstand erwartet. Auf einem mißgestalteten Körper schaukelte ein riesiger Schädel mit kurzem, borstigem, strohblondem Haar. Sein Gesicht hatte leicht mongolische Züge. Er sah in dem Lichtschein über dem Tisch einen kleinen, silbrigglänzenden Nachtfalter flattern, stieg auf den Tisch, jagte den Falter und fing ihn, preßte ihn dann mit einem seltsam summenden Laut an die Brust und führte einen unheimlichen Tanz auf.

Manche Leute behaupteten, Seppli habe einen Wasserkopf. Andere wieder, unter ihnen auch der Schullehrer von Andruss, Herr Wohl, meinten, dieses phantastische Menschenexemplar sei im Rausch gezeugt worden. Ohne tiefer in die Geheimnisse eindringen zu wollen, die die Natur veranlassen, zuweilen unter den höheren Typen irrtümliche Exemplare hervorzubringen, stellen wir den sonderbaren Umstand fest, daß Mannli auch mit seinen verminderten menschlichen Fähigkeiten der Familie zu nützen wußte. Er hatte eine Art, die seine Leute manchmal das Gruseln lehrte. Unter anderem besaß er die Fähigkeit, gewisse Ereignisse vorherzuahnen und durch die seltsamsten Laute anzukündigen. Die rhythmische Folge und Eigenart dieser fast unmenschlichen Laute ließ genau erraten, was für ein Ereignis bevorstand. Auf diese Weise wurden ein jäher Wetterwechsel, das Niedergehen einer Lawine und ähnliche Vorfälle, die in der Nähe des Hauses vor sich gehen würden, sehr oft durch das Mannli vorhergesagt. Ganz besonders nützlich aber wurde diese Fähigkeit, wenn er, wie am heutigen Abend, die Familie zu alarmieren wußte: denn jenes Signal, das er soeben hatte vernehmen lassen, bedeutete, daß binnen zehn Minuten der alte Lauretz erscheinen würde.

Und tatsächlich traf kurz nachher Wagen und Pferd auf dem Mühlenhof ein. Das Pferd stand dampfend in der kalten Nachtluft zwischen zwei Holzstapeln, und Lauretz, halb betäubt, aber die Peitsche in der Hand, kletterte schwerfällig wie ein großer Affe aus dem Karren.

Er warf einen Blick in den offenen Schuppen, wo Niklaus einen auf einem Wagen liegenden Kiefernstamm zu der Walzenbank hinrollte. Das silberne Sägeband lief gleichmäßig schnarrend auf und nieder, die borstigen Zähne fraßen sich flott durch das trockene weiße Fleisch eines Baumstammes hindurch. Niklaus, ganz in seine Arbeit vertieft, schien die Ankunft seines Vaters nicht zu bemerken. Nach einer Weile aber blickte er auf, zog einen Hebel und brachte die Säge zum Stehen.

»Bist du das? Ich komme gleich!«

Er ging zu dem Pferd, um es loszuschirren, denn das gehörte zu seinen Obliegenheiten. Als Niklaus sich dem Pferde näherte, traf ihn ein zischender Peitschenhieb ins Gesicht, und er schrie auf. Die wuchtige Gestalt seines Vaters tauchte vor ihm aus dem Dunkel auf, und ehe er Zeit hatte, zurückzuweichen, traf ihn abermals die Peitsche.

»Glaubst du, ich laß mich reinlegen?« schrie Lauretz. »Viel zu fein gemacht, um echt zu sein! Heuchler seid ihr, allesamt, ein drekkiges Pack!« Und er schlug abermals zu, verfehlte aber sein Ziel.

Mit torkelnden Schritten ging er auf die schmale Haustür zu.

»Glaubt ihr denn, ich würde überhaupt noch nach Hause kommen, wenn ich euch nicht auf die Finger schauen müßte! Frau! Wo bist du?« schrie er in den finsteren Gang hinein. Hanna erschien auf der Schwelle. Ihre breiten muskulösen Schultern füllten fast den Türrahmen aus.

»Sie macht dir das Abendessen«, sagte sie mit lauter, furchtloser Stimme.

»Huren seid ihr alle miteinander!« schrie Lauretz. »Wer hat euch denn gesagt, daß ich etwas essen will? Zu Bett will ich gehn, und morgen früh werde ich sehn, ob alles in Ordnung ist. Glotz mich nicht an, sonst erwischst du was!«

Hanna ging auf ihn zu.

»Du betrunkenes Tier!« rief sie. »Glaubst du denn, wir haben Angst vor dir? Marsch, die Treppe hinauf, und ins Bett mit dir!«

Sie nahm ihn beim Arm und half ihm, die erste Stufe zu finden. Er tastete sich an der Wand entlang. »Licht!« brüllte er.

»Oben ist eine Lampe!« Sie stemmte sich mit ihrem ganzen Körpergewicht gegen seinen Rücken und schob ihn die Treppe hinauf. Auf dem Treppenabsatz sah er sie an und tastete nach ihrer Brust. Sie stieß ihn zurück, er taumelte kopfüber ins Zimmer und fiel zu Boden. Knurrend rappelte er sich auf. Sie folgte ihm und zerrte ihn zum Bett.

»Verdienst es gar nicht, daß man dich schlafen läßt.« Das war fast wie ein Aufschrei. Nachdem sie ihn auf die Seite gewälzt hatte, damit er nicht aus dem Bett falle, verließ sie den Raum und ging die Treppe hinunter.

»Hab keine Angst, Muattr!« sagte sie zu ihrer Mutter, die in der Küchentür stand, bleich vor Angst und völlig geistesabwesend, als sei alles, was um sie vorging, unwirklich.

»Er schläft schon, ich warte bloß, bis er schnarcht. Er hat eine Menge Papiere in der Tasche. Ob es wieder neue Bestellungen gibt? Niklaus und Jöry können nicht mehr arbeiten, als sie ohnedies arbeiten, das steht fest.«

Sie knüpfte sich ein rotes Tuch um den Kopf und schob die Haare unter den Rand zurück, so daß ihre Stirn völlig frei war.

»Wenn er merkt, daß Silvelie nicht zu Hause ist, bringt er sie um. Sobald er schläft, gehe ich sie holen.«

Frau Lauretz schaute ihre Tochter ausdruckslos an. Angst und Kummer schienen aus ihrem Blick verschwunden zu sein, aber ihr Kinn zuckte hin und her, als würde es von geheimen Gedanken bewegt.

»Was ist denn los?« fragte Hanna.

»Nimm Mannli mit. Wenn die Gespenster auf dem Hubertusfriedhof dir was tun wollen, wird er sie wegjagen. Unser Herr Jesus hat mir den Mannli gezeichnet. Der Herr hat ihn gesegnet.«

»Dummes Zeug! Setz dich hin, Muattr, sonst fällst du um. Nein, nein, mir passiert nichts. Was passieren könnte, ist schon passiert, und wenn der Herr Jesus das ist, was man von ihm sagt, dann brauch ich mich nicht zu fürchten. Ich geh Silvelie holen, sobald Vattr ordentlich schnarcht.«

Plötzlich erschien Niklaus. Über seine Wange lief ein schmaler Strich, aus seinen Augen liefen Tränen.

»Was ist denn, Niklaus?«

»Es ist schon gut, fragt nicht«, sagte er trocken.

Er ging zum Ausguß, um sich das Gesicht zu waschen.

Ein Fremder kam herein. Jöry, der bucklige Tagelöhner, der mit seiner Familie ganz in der Nähe in einer elenden Hütte im Wald wohnte. Sein runzliger Hals reckte sich vor wie bei einer Schildkröte, an seiner dunkelroten, vorspringenden Nase hing ein Tröpfchen, aus den schmalen Augenschlitzen sprühte ein greller Schein.

»Wo ist der Alte?«

»Im Bett.«

»So? Im Bett? Der Teufel soll ihn möglichst schnell holen. Ich geh jetzt nachschaun, ob alles in Ordnung ist.« Und er verschwand in der Nacht.

4

In tiefer Finsternis schritt Hanna schnell dahin, nur das Licht weniger Sterne fiel auf den Pfad und schimmerte durch die Nebelfetzen, die aus den Felsspalten hervorkrochen. Sie schlug einen Seitenweg ein, über steiniges Geröll und sparte dadurch bei dem zweistündigen Marsch zur Hubertuskapelle ungefähr eine halbe Stunde. Wie sie so bergan stieg, lichtete sich der Wald, die Bäume rückten weiter voneinander ab, wurden seltener und kleiner und sahen aus wie einsame Krüppelgestalten. Schließlich verschwanden sie völlig. Hanna landete wieder auf der Straße. Ein kalter Nachtwind wehte durch das sich verengende Tal. Donnerndes Getöse scholl aus dem Bett der Yzolla, das Echo der Felsblöcke, die das reißende Wasser talwärts wälzte. Hanna blieb nun auf der Straße, denn es gab keinen andern Weg zum Hospiz. Sie kannte weder Furcht noch Müdigkeit und erinnerte etwas an das brave Pferd der Lauretz', nur daß sie schneller voranschritt als der Gaul; und statt ihres Vaters Last mit den Muskeln zu schleppen, trug sie sie auf ihrem Herzen. Vieles lastete auf ihrer Seele, das die Gedanken eines jungen Weibes beschäftigen konnte, doch sie versuchte, dies alles beiseite zu schieben und nur an das schnelle Vorwärtskommen zu denken.

Als sie hoch oben an eine Biegung der Straße kam, blieb sie stehen und blickte in die Tiefe hinab. Zu ihren Füßen in weiter Ferne sah sie die Lichter des Bahnhofes von Andruss. Sie holte tief Atem. Das Flachland lockte sie, schien ihr ein glücklicheres Land zu sein, nun konnte sie auch schon den kleinen Turm der Kapelle erkennen, mit seiner steinernen Brustwehr, die als Schutzwall gegen die Lawinen diente. Sie bekreuzigte sich wie eine fromme Katholikin, obgleich sie eigentlich ein heidnisches Geschöpf war.

Dann dachte sie an Gritli und Ursuli, ihre kleinen Zwillingsschwestern, die dort auf dem Friedhof von St. Hubertus neben den Gebeinen ihres Großvaters und jenen der unbekannten fremden Soldaten begraben lagen. Es war nie festgestellt worden, wer denn eigentlich in jener Winternacht, da das Thermometer fünfundzwanzig Grad unter Null zeigte, das Fenster im Zimmer der kleinen Kinder geöffnet hatte. Frühmorgens waren die beiden Schwestern tot aufgefunden worden, eng umschlungen, erfroren.

Hanna ging mit raschen Schritten weiter. Eine Stunde später öffnete sich vor ihr das Tal.

Jetzt erst konnte man erkennen, daß die Berge nicht nur dunkle Massen waren, die mit unbarmherzigen Geröllhalden bedeckt und von unzähligen Rinnsalen durchfurcht waren, sondern daß sie mit ihren Häuptern auch stolz in den Himmel ragten. Das heitere, wenn auch strenge Antlitz des Pic Cristallina wurde sichtbar. Der Riese schien in langen Zügen den dunklen Äther zu atmen, sein Gletschermantel lose von seinen Schultern zu hängen. Sein Atem, der herabgeweht kam, war kalt und trocken. Undeutlich unterschied das Auge seine wilden Nachbarn, den Medel, Ufiern und Valdraus, deren Kronen selbst jetzt noch leuchteten, als habe ihnen die Sonne einen Vorrat an Licht für die Dauer der nächtlichen Stunden zurückgelassen.

Schließlich kam Hanna an den Rand einer weiten Hochfläche. Dicht neben der Straße stürzte die Yzolla dreißig Meter tief in ein Felsloch hinab. Der Fluß näherte sich glatt und seicht in einem bunten, vielfach gewundenen Schieferbett diesem Abgrund, unbekümmert um all die wilde Aufregung, die ihm bevorstand. In seinem Oberlauf rieselte er noch gemächlich und sanft dahin wie ein friedliches Bächlein, so daß man die Forellen auf ihrer Jagd nach Nahrung aus dem Wasser springen hörte. Nach allen Seiten hin erstreckten sich wellige Alpenwiesen in sanftem Anstieg zu den fernen Bergwänden, eine grüne Schale, von Millionen duftender Blumen übersät. Mitten in dieser grünen Mulde stand ein einsames Haus mit einigen Nebengebäuden, das Hospiz. Dorthin lenkte Hanna ihre Schritte. Sowie sie vor der Tür anlangte, zog sie die Klingel. Ein leises Geräusch ertönte hinter den Mauern, ein blechernes Klirren, aber es erfüllte seinen Zweck, und nach kurzer Zeit meldete sich hinter einem vergitterten Fenster eine Frauenstimme. »Wer ist da?«

»Hanna Lauretz! Ich komme Silvelie holen.«

»Du, Hanna? Mitten in der Nacht?«

»Ja, Frau Gumpers. Vattr ist aus Andruss zurückgekehrt, und er hat mich hergeschickt.«

»Was ist denn passiert?« fragte die Stimme etwas ärgerlich.

»Ihr wißt doch, wie unser Vater ist, Frau Gumpers! Er hat es nicht gern, wenn eine von uns nicht zu Hause schläft, und deshalb soll ich Silvelie holen.«

Eine Männerstimme mischte sich ein.

»Das übersteigt doch alles! Kann der Kerl nicht warten, bis es heller Tag ist!«

»Bitte, Herr Gumpers, verzeiht, daß ich Euch aufgeweckt habe, aber Silvelie muß jetzt gleich mit mir nach Hause kommen.«

»Brennt es in der Mühle?«

»Nein, aber Vattr will, daß sie nach Hause kommt!«

»Hol ihn der Teufel! Hat er denn gar kein menschliches Gefühl? Silvelie hat heute schwer arbeiten müssen. Deutsche Touristen sind dagewesen, und sie hat beim Aufwaschen mitgeholfen.«

»Sie muß nach Hause!« rief Hanna. »Es tut mir ja wirklich leid. Außerdem weiß Vattr nicht, daß sie arbeiten geht, und ihr habt mir versprochen, ihm nichts zu sagen.«

»So, so«, brummte Herr Gumpers, »wir haben nicht gewußt, daß Herr Lauretz euch alle so gern hat, daß er euch immer in seiner Nähe haben muß. Schön, schön.«

Er wandte sich zu seiner Frau. »Mariegelie, geh und weck Silvelie auf, sie schläft immer wie eine Tote. Geh und sag's ihr.«

»Hanna, heb auf!« rief nun Frau Gumpers. »Da ist der Schlüssel!

Komm herein und schließ die Tür wieder ab, nimm dir was zu essen. Auf dem oberen Brett im Küchenschrank gibt es kalte Wurst, Brot, Butter, Käse, und Milch ist auch da.«

Ein Schlüssel fiel neben Hanna zu Boden. Sie hob ihn auf, öffnete die Tür, ging in die Küche und fiel hungrig über das Essen her.

5

Nicht viel später gingen Hanna und ihre jüngere Schwester Silvia Seite an Seite die Yzollastraße entlang. Silvia ähnelte ganz und gar nicht ihrer Schwester: Schlank, gut gewachsen, entwickelt und dennoch zart, anders als die Mädchen der Umgebung. Ihre Haut war weiß und ihr Haar von der Farbe des Berghonigs. In ihren Augen mischten sich die Farben der Kornblume und des Veilchens. Um die schön geschwungenen Lippen spielte, trotz ihrer Jugend, ein bitterer Zug, der Schatten unablässiger Sorge und Angst. Den Kopf trug sie hoch und ging mit langen entschlossenen Schritten, gewöhnt, lange Strecken zurückzulegen. Die Harmonie ihrer Bewegungen wurde nur durch den linken Arm gestört, der etwas steif und leicht verkrümmt war. Wenn sie ihn auch ohne Schmerzen bewegen konnte, so blieben seine Bewegungen doch unbeholfen. Dieser körperliche Defekt war die Folge eines erlittenen Schlages.

»Silvelie«, sagte Hanna, während sie schnell dahingingen, »der Alte ist wieder betrunken nach Hause gekommen, ich habe ihn ins Bett gesteckt. Er hat Niklaus mit der Peitsche ins Gesicht geschlagen.«

»Haben sie sich gezankt?«

»Gezankt? Nicht ein Wort ist gefallen. Er hat einfach im Finstern zugeschlagen, als er aus dem Wagen stieg.«

»Hat Niklaus ihn angepackt?«

»Was denkst du bloß!«

Silvelies Atem ging tief und schwer.

»Das kann einen doch zur Verzweiflung bringen!«

»Er hat eine Menge Papiere in der Tasche«, fuhr Hanna fort, »ich hab's gespürt, als ich ihn aufs Bett legte. Ob er vielleicht den großen

Auftrag für die neue Brücke in Lärchestutz bekommen hat? Er hat immer schon gesagt, sie werden eines Tages diese Brücke für die schweren Postautos umbauen müssen.«

»Was hat das alles für einen Zweck? Wenn er nun den Auftrag bekommt, müssen Niklaus und Jöry achtzehn Stunden am Tag schuften, und wer wird sie bezahlen?«

»Es steckt wieder diese schandbare Kuni Maier dahinter!« sagte Hanna. »Ich weiß es. Ich war gestern in Andruss unten und hab es dort erfahren.«

»Du warst in Andruss? Wieso?«

Silvia schien überrascht.

»Das ist eine Sache für sich, Silvelie. Ich will es dir lieber nicht erzählen, sonst wirst du mich am Ende noch hassen!«

»Dich hassen? Wie soll ich denn jemand hassen können?«

Ängstlich nahm sie Hannas Hand.

»Ja! Jetzt sprichst du wieder wie eine Heilige! Aber wenn ich dir's erzähle, wirst du dir alles mögliche denken!« sagte Hanna mit ihrer tiefen Stimme.

Silvelie lächelte vor sich hin.

»Handelt es sich um Georg?«

Ihre Stimme klang milde.

»Du hast es schon erraten!«

»Es war nicht schwer zu erraten. Ich weiß, daß er hinter dir her ist, seit er dich kennengelernt hat – damals, als er mit seinem Motorrad heraufkam, um die Telefonleitung auszubessern, oder?«

»Ja, aber ich hab ihn seither nie mehr gesehen!«

»Das ist es grade. Du hast die ganze Zeit an ihn gedacht, und das ist gefährlich.«

»Sprich nur wieder wie eine Heilige!«

»Ich bin keine Heilige. Du sollst so etwas nicht sagen.«

»Nein, aber du bist so ganz anders als wir andern, das wissen wir alle.«

»Kann nichts dafür.«

»Und wir haben auch nicht alle deine schönen Augen.«

»Ach, sag jetzt nicht solche dummen Sachen. Erzähl mir lieber, warum du gestern in Andruss warst.«

»Bin die ganze Nacht weggewesen, Silvelie«, platzte Hanna los. »Und ich hab zu Hause gesagt, daß ich mit dir zusammen war. Wenn man dich fragt, wirst du das bestätigen müssen. Ich bin die ganze Nacht bei dir im Hospiz gewesen. Du wirst nicht nein sagen, Silvelie, und dasselbe sagen, oder?«

»Natürlich!«

»Man soll nicht wissen, daß ich unten in Andruss war. Muattr wird denken, ich will von Zuhause weg und heiraten und euch alle zurücklassen, und du weißt doch, daß ich das nie fertigbringen würde. Wenigstens solange der Alte lebt. Wir haben einander geschworen, daß keiner den andern im Stich lassen wird.«

»Dann hast du also die Nacht bei Georg geschlafen, ja?« warf Silvia ein.

»Nein, was denkst du!« rief Hanna. »Nicht dazu bin ich nach Andruss gegangen! Wegen Muattr. Du weißt doch, der Alte ist jetzt ungefähr eine Woche lang weggewesen, und wir haben ihn noch nicht zurückerwartet. Ich habe versprochen, dich gleich zu holen, wenn er nach Hause kommt, deshalb bin ich jetzt gekommen, denn du weißt ja, was morgen früh passieren würde, wenn du nicht zu Hause wärst.«

»Du redest immer um die Sache herum«, brummte Silvia. »Wir haben doch keine Geheimnisse voreinander und sind immer gute Freunde gewesen. Warum willst du denn nicht mit der Sprache heraus? Erzähl doch, was los war!«

»Warte doch! Ich kann nicht alles auf einmal erzählen. Und in meinem Kopf summt es nur so. Wir haben keinen Rappen zu Hause, und das Geld, das du uns vorgestern durch Mannli geschickt hast, hat uns gerade nur geholfen, uns satt zu essen. Ach, wenn ich bloß auswärts arbeiten gehen könnte, statt in der Sägemühle zu schuften!«

Sie seufzte und fuhr dann nach einer kurzen Pause fort:

»Ich machte mich fertig, um nach Andruss zu gehen, und es ist eine Schande, daß man keinen anständigen Fetzen und kein ganzes Paar Strümpfe hat, wenn man unter die Leute muß. Ich mußte den alten, dunkelblauen Hut aufsetzen, kein Frauenzimmer in Andruss würde sich heute noch mit einem solchen Hut blicken lassen. Aber

Muattr hat ein neues Futter eingesetzt, und dann borgt ich mir von Niklaus seine Sonntagsschuhe. So ging ich nach Andruss, um mich dort einmal umzusehen. Wir haben doch schließlich ein Recht darauf, zu wissen, was der Alte macht. Und wie ich ein Stück hinter Nauders war, brannte mir die Sonne auf den Rücken, und ganz plötzlich wurde mir schwach und ich kroch in einen Heuschober neben der Straße und legte mich hin. Ich muß wohl eingeschlafen sein, plötzlich wurde ich von jemand aufgeweckt. Es war Georg.

›So, so, du bist das!‹ sagte er. ›Was machst du denn hier?‹ Ich erzählte ihm, daß mir ganz schwach geworden sei, und er fragte, wo ich hin wolle. Ich sagte ihm, nach Andruss, aber ich sagte nicht, warum. Da sagte er: ›Ich bring dich hin, Hanneli, ich hab hier herauf müssen, um nach ein paar Telefondrähten zu sehen. Ich hab mein Motorrad mit, wie wär's?‹ Und wie er das sagte, legte er sich neben mich und schaute mich an. Wenn du seine Augen gesehen hättest, würdest du nicht wieder sagen, daß er ein falscher Kerl ist.

›Du siehst blaß aus‹, sagte er ganz freundlich, ›du bist ein nettes junges Mädchen, ich hab dich nicht vergessen.‹ Ich meinte, es ginge nicht, wenn man mich auf seinem Motorrad in Andruss ankommen sähe, und er sagte, das ist egal, denn er wohnt außerhalb des Dorfes bei seinen Eltern. Und er sagte, ich hätte wie ein schlafender Engel ausgesehen, und andere nette Sachen. Es tut einem gut, wenn jemand nett zu einem ist. Also sagte ich: ›Gut‹, setzte mich auf seine Maschine und werde nie vergessen, wie schnell wir in Andruss waren, so wunderbar war das. Sooft er an eine Ecke kam, legte er sich auf die Seite, und ich bekam einen furchtbaren Schreck und rief ›Jeses Maria!‹, und er lachte und sagte, wenn ich mich nur fest an ihn halte, brauche ich mich nicht zu fürchten. Und so hab ich mich fest an ihn gehalten. Aber als wir vor dem Dorf abstiegen, mußte ich ein paarmal tief Luft holen.

›Hanni‹, sagte er, ›wenn du was zu tun hast, tu es jetzt gleich. Ich muß zum Posthalter, Meldung machen. Um sechs bin ich frei, und dann will ich meine Eltern bitten, sie sollen dich für eine Nacht unterbringen, denn ich muß vielleicht morgen früh zum Hospiz hinaus, und dann bring ich dich nach Hause.‹

So sagte ich zu ihm: ›Das ist sehr lieb von dir, Georg, ich habe nichts dagegen, wenn deine Eltern so gut sein wollen, mir ein Zimmer zu geben, und du bringst mich dann morgen früh auf deinem Motorrad nach Hause.‹ Er sagte, er wird das schon erledigen, und dann ging ich zu unserm Hüsli in die Tavetchstraße. Ich hatte kein bißchen Angst, Vattr zu begegnen, und wenn ich ihn mit diesem Huaragschüch zusammen getroffen hätte, ich hätte ihm vor allen Leuten die Meinung gesagt. Als ich ins Haus komme, das von Rechts wegen uns gehört, seh ich die zwei Lusbuaba, die der Alte mit diesem Weibsbild gemacht hat. Ich frag sie also, wo ihr Vattr ist. Ja, nicht einmal rot bin ich geworden, wie ich mit den Buben geredet hab, die eigentlich unsere natürlichen Stiefbrüder sind. Es hat keinen Zweck mehr, rot zu werden, wenn man bedenkt, daß der Alte sich nicht einmal geschämt hat, der Frau Wagner gleich vor der Haustür ein Kind zu machen. Und jetzt hat Jöry drei Gofen, von denen das eine nicht einmal ihm gehört. Der eine Bub von der Maier sagte, die Mutter ist heute nicht zu Hause, sie kommt erst abends zurück. Ich ging also weg und wartete, und später hab ich sie und den Alten in unserm Wagen nach Hause kommen sehen.

Und als der Alte herauskam, um das Pferd auszuschirren, da wußte ich, er bleibt hier. Mir fiel ein, ich sollte etwas Geld von ihm für Mutter verlangen, aber als ich sein Gesicht sah, rot und geschwollen, du weißt schon, wie er aussieht, wenn er drauf und dran ist, jemand zu verprügeln, da hatte ich nicht den Mut, mir eine Tracht Prügel zu holen, und ich spuckte das Haus an und ging zu Georgs Eltern. Wir saßen alle vier beim Essen, und es war ein hübscher, friedlicher Abend. Sie haben sechzehn Kühe, Silvelie. Nach dem Essen bin ich mit Georg in den Stall gegangen, um die Kühe zu versorgen, und Georg hat mich geküßt und sagte, er wird mich eines Tages heiraten und eine gute Katholikin aus mir machen. Aber die Leute erzählten häßliche Dinge über unsern Vattr, daß er sich betrinkt und überall uneheliche Gofen in die Welt setzt, in Andruss viel Geld schuldig ist und daß über der Grenze in Ponte Valentino ein Mann ist, der ihn vors italienische Gericht holen will. Georg hat das nicht böse gemeint, er ist ein sehr verständnisvoller Mensch. Er wird noch einmal Posthalter werden, das ist sicher.«

»Er hat dir also im Stall den Hof gemacht?« sagte Silvelie, »und dir versprochen –«

»Nein, nicht im Stall«, fuhr ihre Schwester fort. »Er war sehr anständig. Er sah, daß ich ein Loch in meinem Unterrock hatte, und ich erzählte ihm die reine Wahrheit, ohne was dazu zu tun. Dann konnte ich nur heulen, und ich hab an dich gedacht, Silvelie, und daß du immer sagst, man soll keine Angst haben, die Wahrheit zu sagen, denn das ist der einzige Schutz, den man hat, wenn man sonst nichts hat. Georg fragte mich, ob ich ihn ein bißchen liebhaben kann, und da sagte ich ›Warum nicht?‹, und da wurde er ganz rot im Gesicht.

Dann saßen wir mit seinen Eltern beisammen, und seine Muattr hat mich in ein Zimmer hinaufgeführt. Ich bedankte mich herzlich und legte mich schlafen. Ich hab keinen einzigen Traum gehabt und bin früh aufgestanden und in dem kleinen Garten spazierengegangen, wo Georgs Vater gerade die Blumen goß. Ich dachte mir immer nur, wie nett es wäre, wenn wir einen Vattr hätten, der wenigstens manchmal ein nettes Wort zu uns sagt, statt uns mit seinen Blicken und Verdächtigungen den Magen umzudrehen.

›Nein‹, sagte ich zu mir selber, ›das muß einmal ein Ende haben, das kann nicht ewig so weitergehen. Es ist zu viel! Keiner von uns kann es ertragen!‹

Georgs Mutter machte uns ein schönes Frühstück – sie fragte aber nach dem Alten! Ich sagte ihr, er würde sich bemühen, uns zu ernähren, und redete so daher, als ob wir ihn gern hätten, aber Georgs Vater schien das nicht zu glauben. Er schenkte mir zehn Franken. Und als ich wegging und Georg zurückgekommen war, um mich mit seinem Motorrad mitzunehmen, da schüttelte er mir die Hand, und ich sagte ›Vergelt's Gott!‹. Und er sagte ›Bhüti Gott, Hanni, und bliba gsund.‹ Ich bin mir recht häßlich und dumm vorgekommen, als ich so hinter Georg auf dem Motorrad saß und wie ein Schloßhund heulte. Das war alles, Silvelie. Ich hab nicht mit Georg geschlafen, das schwör ich dir. Die zehn Franken hab ich Muattr gegeben, hab ihr aber nicht gesagt, wo ich sie herhabe, sonst glaubt sie, ich wäre mit Georg zu weit gegangen und wolle ihn heiraten und von Zuhause weggehen und euch im Stich lassen.«

»Hanna«, sagte Silvelie nach einer Weile, »manchmal denke ich mir, die Wände der Cristallina müßten einstürzen und uns alle erschlagen. Dieses ganze Leben ist unsinnig. Wenn ich bloß Vattr einmal in einer vernünftigen Laune erwischen könnte!«

»Er ist schon halb verrückt!« rief Hanna verzweifelt.

»Trotzdem!« fuhr Silvelie fort, die Hand ihrer Schwester fassend. »Trotzdem! Er muß doch einsehen, daß er weder sich noch andern nützt! Wenn ich ihn bloß noch einmal so erwischen könnte wie voriges Jahr, als er ganz allein in seinem Büro saß und weinte! Ob es schon zu spät sein würde?«

»Das beste wär, er wäre nicht mehr da.«

»So was sollst du nicht sagen!« sagte Silvia.

Ihre Worte waren fast wie ein Befehl.

»Daran dürfen wir nicht denken. Wir haben kein Recht, an so etwas zu denken.«

»Das sagst du, weil du eine Heilige bist, und wir andern sind keine Heiligen. Wenn er nur auf immer wegbleiben würde! Wenn er uns bloß verlassen und für immer mit dieser Maier oder irgendeinem andern Weibsbild leben wollte!«

»Hanna, irgend etwas quält unsern Vater in der Seele.«

Die Schwestern blieben stehen.

»Silvelie, wir sind jetzt bei der Kapelle. Nehmen wir den Steig über den Sturz hinunter?«

»Nein, bleiben wir auf der Straße. Ich habe mir grad erst neue Sohlen machen lassen.«

6

Kurz nach Anbruch der Dämmerung kam Niklaus aus dem Haus und begab sich hinkend in den Schuppen. In der Hand hielt er ein Stück Brot. Er setzte sich auf einen dürren, geschälten Kiefernstamm, um zu frühstücken. Während er sein Brot aß, beobachtete er eine Kröte, die unter einem Holzstapel saß. Ringsumher schwelte ein weißer Nebel, lag wie eine schwere Hülle über dem Tal und versperrte jede Aussicht. Nach einiger Zeit holte er eine Ölkanne und begann das Transmissionsgetriebe zu schmieren. Während der Arbeit murmelte er wilde Flüche vor sich hin, verwünschte die ganze Welt und das Leben.

Als er mit dem Getriebe fertig war, untersuchte er die Säge, strich mit den Fingern leicht über die Stützen und Zähne und schlug mit dem Hammer dagegen, um an dem summenden Geräusch zu erkennen, ob das Blatt genügend straff gespannt sei. Schließlich zog er einen Transmissionshebel und schaute zu, wie die ledernen Riemen um die Trommeln jagten. Eine Klingel begann zu läuten. Sowie die Säge leer lief, ging die Klingel automatisch los, um die Arbeiter darauf aufmerksam zu machen. Niklaus stellte die Alarmklingel ab.

Wenige Minuten später erschien Jöry auf dem Schauplatz, zitternd vor Kälte in seinen alten Lumpen, die Augen noch halb geschlossen nach einem schweren, trunkenen Schlaf.

Er war der Sohn eines Berghirten. Von frühester Jugend an hatte er ein unstetes Leben geführt, war kreuz und quer durch Graubünden gewandert und sogar bis in die lombardische Tiefebene gekommen. Vor acht Jahren war er mit einem Bündel auf dem Rücken bettelarm auf dem Yzollapaß aufgetaucht. Lauretz, der zu jener Zeit noch ein fleißiger Mann war, viel Geld verdiente und soeben eine größere Menge Holz zu liefern hatte für den Wiederaufbau von Häusern, die eine Lawine dicht unterhalb von Nauders weggefegt hatte, nahm Jöry als Taglöhner bei sich auf. Endlich schien für Jöry die Zeit des Wohlstandes gekommen. Er bekam Lohn, hatte regelmäßige Arbeit und heiratete schließlich die Marie, Mutter zweier Buben, deren Mann bei dem Lawinenunglück umgekommen war. Er baute sich eine Hütte in den Wäldern des Jeff, in der er seither hauste.

Nach einiger Zeit hatte seine Frau eine Summe von fünfzehnhundert Franken erhalten, ihren Anteil an einer öffentlichen Sammlung zugunsten der bei dem Lawinenunglück obdachlos gewordenen Leute. Lauretz hatte Jöry überredet, tausend Franken davon in das »Geschäft« zu stecken. Die Sägemühle hatte das Geld verschlungen, Jöry hatte nichts mehr davon zu sehen bekommen. Ja, in den letzten vier Jahren hatte er nicht einmal seinen Lohn richtig ausbezahlt erhalten, und wenn nicht die zwei jungen Söhne seiner Frau, die in

Sedrun beschäftigt waren, ihrer Mutter einen Teil ihres Verdienstes geschickt hätten und ab und zu von der Familie Lauretz ein paar Kleinigkeiten gekommen wären, hätte Jöry samt seiner Frau verhungern müssen. Vor drei Jahren hatte Frau Wagner einen Buben zur Welt gebracht. Jöry hatte das Kind in Andruss unter dem Namen Albert Wagner eintragen lassen, aber sein wirklicher Name hätte Albert Lauretz lauten müssen, und er wußte das auch. Jeder Mensch im Jeff wußte es, bis auf den kleinen Albert selbst.

Als Niklaus Jöry sah, rief er ihn zu sich und bat ihn, ihm bei der Adjustierung der großen eisernen Klammern zu helfen, die zum Befördern der Baumstämme gebraucht wurden. Jöry schaute den jungen Mann verwundert an.

»Was hast du denn im Gesicht?«

»Das hat der Alte gestern nacht gemacht.«

»Eine hübsche, saubere Schramme«, sagte Jöry kichernd.

»Die Geschichte geht nicht mehr lange so weiter«, sagte Niklaus zähneknirschend. »Hier, zieh mal! Allo hüpp! Diesen Stamm hier auf das Wägelchen! Nummer vier von den roten Nummern. Es ist der letzte, und wenn die Bretter fertig sind, ist alles geschafft.«

Gemeinsam zerrten sie den Baumstamm seitlings auf das Rollwägelchen.

»Jetzt schieben wir ihn an die Bank, und wenn der Alte erscheint, kann er nicht sagen, daß wir faulenzen.«

Er wischte sich die Stirn.

»Der Teufel soll das alles holen!« brummte er.

Sie schoben den Stamm auf die Sägebank, Niklaus maß ihn aus, bezeichnete die Zwischenräume mit einem Bleistiftstumpf, und dann schoben sie das Holz den Sägezähnen entgegen. Wenige Augenblicke später zog er den Hebel. Mit einem knirschenden Schnarren begann das gezahnte Stahlband in seinem Holzrahmen auf und ab zu zucken und eröffnete so den Rhythmus des Tages. Jöry trat dicht an Niklaus heran, die Hände in den Taschen. Er beugte sich zu ihm hin, so daß seine Schultern ihn fast berührten, schaute finster in das verquälte junge Gesicht mit den leuchtend blauen Augen. »Wenn ihm einmal einer nachts nachgeht, sich an ihn heranschleicht und ihm eins auf den Schädel gibt, daß er nicht mehr aufsteht! Man könnte ihm ja das Geld wegnehmen – er hat sicher einen richtigen Batzen bei sich. Was meinst du dazu, Buab Niklaus?«

Niklaus blickte in das häßliche Gesicht mit den verschwollenen Augen, der krummen Nase, dem dünnen Mund und dem knochigen, hervorspringenden Kinn. Sie starrten einander an.

»Im Tal bei der Brücke vor dem Tunnel kann man einen gut erwischen. Dann schmeißt man die Leiche in die Schlucht, die von links herunterkommt. Und kein Hahn kräht mehr danach.«

»Du würdest dich so etwas getrauen?« fragte Niklaus. »Du?«

Der Bucklige zuckte die Achseln.

Niklaus schüttelte langsam den Kopf.

»Es geht nicht. Manche Leute leben weiter. Ihr Geist kommt zurück.«

Jöry kicherte.

»Was du nicht sagst! Ich weiß, wie man Geister behandelt. Man zieht sich den einen Socken aus und hängt ihn in den Schornstein.«

Jöry schob den Finger zwischen seine Zahnstummel und die Wange.

»Ein paar hundert Franken oder sogar tausend Franken könnte man ganz leicht verdienen, wenn das Geschäft erst einmal ohne den Alten läuft.«

Er wandte sich ab, spuckte aus und ging weg. Niklaus blieb zurück und betrachtete nachdenklich die Säge.

In den ersten Morgenstunden kam Hanna aus dem Haus. Sie nahm einen Besen und begann das Sägemehl zusammenzufegen.

»Wo ist er?« fragte Niklaus.

»Oben.«

»Steht er schon auf?«

»Muattr hat ihm zweimal Kaffee und Brot gebracht, aber er hat sie wieder weggeschickt. Jetzt hat er sich ausgezogen und wieder hingelegt und auf Muattr geschimpft. Einen ganzen Krug Wasser hat er ausgesoffen.«

»Das wird ihm guttun. Wenn er bloß die ganze Yzolla aussaufen würde! Wie lange wird er denn bleiben?«

Sie zuckte die Achseln.

»Weißt du es nicht?«

»Ich weiß es nicht. Aber er geht sicher wieder nach Andruss zurück.«

Niklaus winkte mit der Hand ab.

»Das kann uns gleich sein.«

Hanna setzte mit wütender Hast ihre Arbeit fort. Ihre Blicke wanderten immer wieder zur Haustüre, als erwarte sie jeden Augenblick, ihren Vater herauskommen zu sehen.

»Am Sonntag geh ich nach Andruss, ob er da ist oder nicht. Ich muß einmal hier raus, sonst passiert noch etwas anderes.«

»Nach Andruss?« sagte sie. »Paß auf!«

»Vielleicht kann mir Silvelie ein paar Franken borgen. Sicher hat sie Geld.«

»Sie hat Muattr alles gegeben, was sie gehabt hat.«

»Ja, aber sobald der Alte weg ist, geht sie wieder ins Hospiz hinauf und kriegt Geld von den Touristen. Mannli kann es mir dann holen.«

»Laß *mich* mit Silvelie reden. Sprich lieber nicht mit ihr.«

»Du willst wohl für dich selber auch etwas ergattern.«

Hanna blieb dicht neben ihrem Bruder stehen.

Sein Blick ängstigte sie.

»Niklaus, ich habe oben drei Franken, die kannst du haben, aber geh nicht zu Silvelie. Sie wird beleidigt sein, wenn du sie um Geld bittest. Wenn sie was hat, gibt sie es her, ohne sich bitten zu lassen.«

»Du hast drei Franken?« fragte er erstaunt. »Drei Franken willst du mir geben?«

Er sah sich in Gedanken an einem mit vollen Biergläsern beladenen Tische in einem Garten sitzen, umringt von anderen jungen Burschen aus Andruss, die er seit vielen Monaten nicht gesehen hatte. Er glaubte die Töne frischen männlichen Lachens zu hören, einer Ziehharmonika, einer schnell dahinrollenden hölzernen Kugel und der auseinanderstiebenden Kegel ...

»Du bist eine brave Schwester, Hanna!« sagte er, wandte sich ab und begann ein Liedchen zu pfeifen.

Hanna ging mit ihrem Besen an das andere Ende des Schuppens.

»Ja«, dachte sie bei sich, »mancher von uns braucht so wenig, um glücklich zu sein. Ich werde ihm die ganzen fünf Franken schenken und sie auch nicht von ihm zurückverlangen. Aber er muß mir dafür zu Georg gehen und ihm etwas von mir ausrichten.«

7

Zu Mittag lag Jonas Lauretz immer noch ausgestreckt in seinem Bett. Jetzt aber war er wach, hatte den Kopf aufgerichtet und sah sich im Zimmer um und erinnerte an ein wildes Tier in seiner Höhle. Er hatte eine abgeschabte, schmutzige Wollweste an und eine Hose aus dickem, einheimischem Tuch. In seinem Körper brannte schon die Gier nach Alkohol, nach der gewohnten Dosis, die ihm auf die Beine helfen und ihn unternehmungslustig machen würde. Mit barscher Stimme rief er mehrere Male nach seiner Frau. Silvelie kam ins Zimmer. Er musterte sie mit schweren, zornigen Blicken und begann, sich seinen haarigen Hals zu kratzen.

»Hab ich *dich* gerufen?« sagte er grob.

»Muattr ist heute schon dreimal mit dem Kaffee oben gewesen, und du hast sie immer wieder weggeschickt.«

»Erzähl keine langen Geschichten! Wo steckt sie?«

»Sie ist unten, und ich bin statt ihrer heraufgekommen. Was willst du?«

»Hol mir die Flasche, ich hab sie gestern im Wagen liegenlassen.«

»Ich hol dir keine Flasche.«

»Hol sie, sag ich, oder ich steh auf.«

»Dann steh auf!«

Er saugte mit der Unterlippe an seinem struppigen Schnurrbart und schien nachzudenken. Dann musterte er Silvelie von oben bis unten und bemerkte, wie hübsch sie die alten Lumpen geflickt hatte und wie frisch und jung sie aussah.

»Ihr seid alle gleich, ihr Weiber«, brummte er. »Man kann von euch verlangen, was man will, ihr müßt immer was dagegen sagen.«

»Du hast dich zu beklagen!« rief sie. »Du! Gerade du! Was liegt dir an uns? Du interessierst dich nur für dich selber, und deshalb hockst du hier so elend herum und willst schon am frühen Morgen Schnaps saufen!«

»Bei euch Gesindel muß jeder ein Säufer werden! Womit hab ich denn das alles verdient? Sooft ich nach Hause komme, seh ich lauter böse Gesichter. Nie hört man von euch Hurenvolk ein freundliches Wort!«

»Wir sind kein Hurenvolk!« rief Silvelie zornig.

»Halt den Mund!«

»Nein. Jetzt erst recht nicht.«

Ihre Haltung schien auf ihn Eindruck zu machen. Er blickte mürrisch zur Seite und zog eine Miene wie ein geprügelter Köter.

»Erstens einmal hörst du nicht auf uns, auch wenn wir dir etwas Vernünftiges sagen wollen«, fuhr Silvelie fort. »Ich sag dir, du bist ein ganz gemeiner Mensch und unser nicht würdig! Ohne jede Vernunft bist du, ganz und gar unvernünftig!«

Er bemerkte die unbeholfenen Bewegungen ihres linken Armes, den sie drohend gegen ihn erhob.

»Wir sind auch keine kleinen Kinder mehr! Wir lassen uns das nicht ewig gefallen! Du hast Muattr lange genug mit deinen Roheiten gequält! Sie ist so krank und leidend, daß sie kaum noch auf den Beinen stehen kann. Seit dem Winter hat sie Zahnschmerzen, und du erlaubst ihr nicht, daß jemand mit ihr nach Andruss zum Zahnarzt fährt! Seit fast siebenundzwanzig Jahren bist du mit ihr verheiratet. Gibt es nicht irgendwo ein Winkelchen in deinem Gewissen, das dir sagt, daß das nicht recht ist? Ja, schau mich nur an! Ich hab keine Angst vor dir! Du kannst mich umbringen, wenn du willst, oder mir diesen Arm ganz abhacken, mir ist das gleich! Was hast du denn mit Niklaus gestern abend wieder vorgehabt! Was hat er dir getan? Von klein auf hat er tagaus, tagein für dich geschuftet. Lohn sollte er bekommen, aber du zahlst ihm keinen Rappen, und wenn er sich selber ein paar Franken verdient, dann schimpfst du ihn einen Dieb. Ja, wirklich, du hast dich zu beklagen! Du! Du hast Niklaus zum Krüppel geschlagen, du hast ihm das Herz gebrochen!«

»Halt den Mund! Halt den Mund!« brüllte er.

Sie trat dicht an das Bett heran. Grellrote Flecken zeigten sich auf ihren Wangen, und ihre Augen loderten förmlich vor Entrüstung.

»Warum hast du denn überhaupt eine Familie, wenn du dich nicht um sie kümmern willst? Du lebst wie ein Schwein und zerrst uns alle in dieses schweinische Leben mit hinein! Und wir müssen uns die Beweise für dein Benehmen vor die Haustür legen lassen! Wir müssen uns von dieser Wagnerin beschimpfen lassen, die allen Leuten erzählt, daß du Alberts Vater bist! Wir müssen uns gefallen lassen, daß die Maierin mit deinen zwei Bälgern in unserm Haus in Tavetch wohnt, und müssen im Winter hier oben sitzen bleiben, uns einschneien lassen, dürfen uns nicht nach Andruss rühren, ohne unser Leben aufs Spiel zu setzen. Du aber hockst dort bei den Weibern! Glaubst du denn wirklich, wir werden uns noch lange so plagen, damit du dich besaufen und mit den abscheulichen Schlampen schlafen kannst, die du dir überall aufgabelst? Du weißt genau, daß das alles wahr ist, deshalb kannst du nicht antworten!«

Die Tränen traten ihr in die Augen, doch sie bemühte sich, sie zu unterdrücken.

»Es muß heraus. Seit Monaten und Jahren hat es mich bedrückt. Was ist denn mit dir los? Warum sagst du denn nichts?«

Sie beugte sich über ihren Vater und schaute ihm in die Augen. Er wandte sich ab, preßte plötzlich die Hände an die Ohren und rief: »Hol dich der Teufel! Hol dich der Teufel! Laß mich in Ruhe! Wenn du nicht gehst, kommt wieder die Hexe und setzt sich auf meine Brust und drückt mir den Atem ab. Scher dich zum Teufel! Sonst steh ich auf und erwürge dich! Ich kann euch alle nicht mehr sehen!«

Er sprang auf, packte sie beim Arm, riß sie zu sich heran und versetzte ihr einen heftigen Schlag. Sie machte sich von ihm los und eilte zur Tür hinaus, lief in den Schuppen, wo der Wagen stand, suchte die Flasche und nahm sie, um sie in das felsige Bett der Yzolla zu werfen.

Jonas Lauretz stand unterdessen langsam auf, zog sich an und polterte verdrossen die Treppe hinunter. Ohne auch nur einen Blick auf die Seinen zu werfen, stapfte er zum Mühlschuppen hinüber. Niklaus und Jöry zogen sich in den hintersten Winkel zurück, während Hanna den Besen wegstellte und verschwand. Lauretz zog einen Schlüssel aus der Tasche und öffnete die Tür zu seinem Büro, das weiter nichts als eine große, aus Brettern gezimmerte Kiste mit einem Fenster war. Er setzte sich auf einen rohgezimmerten Stuhl an seinen Schreibtisch, auf dem eine unordentliche Menge von Papieren und Kontobüchern herumlagen. Alles war mit einer Staubschicht bedeckt. Eine Weile saß er da, außerstande, seine Aufmerksamkeit auf etwas Besonderes zu konzentrieren. Schließlich zog er ein Bündel Papiere aus der Tasche: die Pläne der hölzernen Brücke über den »Lärchestutz«. Eine Baufirma, die im Auftrag des kantonalen Baudepartements tätig war, hatte ihn aufgefordert, die erforderliche Menge Holz zu schätzen. Er zog eine schäbige Brieftasche heraus, um seinen Bleistift zu finden. Dabei rutschten zwei Fotografien nackter Frauen heraus und fielen zu Boden. Er hob sie auf und betrachtete sie lange. Erinnerungen an wüste Orgien weckten seine Begierde. Auf einem der Fotos war sein neuer Stern, Ursuli, ein sechzehnjähriges Mädchen, die Tochter eines armen Bauern, abgebildet.

Da hauste nun Kuni Maier vom »Weißen Roß« in Schäms im kleinen Haus in Tavetch. Sie hatte sich dort mit ihren zwei Buben einquartiert, hatte auf die Alimente verzichtet und dafür das Haus genommen, eigentlich hatte er sie mehr dazu gezwungen. Jetzt beschäftigte ihn nichts so sehr wie das Problem, Kuni aus dem Haus zu jagen und Ursuli an ihre Stelle zu setzen. Wie sollte er das anpakken? Die Maierin war ein derbes Weib in den Dreißigern, ein harter Brocken, mit einer Stimme wie eine Bandsäge. Ursuli aber war ein stilles, gutes Geschöpf, frisch, mit weißer Haut …

Während er so nachdachte, zerriß ein unheimliches Heulen die Luft. Lauretz schaute zum kleinen Fenster hinaus und sah seinen idiotischen Sohn auf einem Baumstamm tanzen. Mit affenähnlicher Gewandtheit lief Mannli zur Säge, nahm sie zwischen die Hände und unter lustigen Sprüngen, um den Stamm unter seinen Füßen hinweggleiten zu lassen, hüpfte er mit der Säge auf und ab, ohne zu ahnen, daß er in höchster Lebensgefahr schwebte. Einen Augenblick später begann die Alarmklingel zu läuten. Die Säge verlangsamte ihre Geschwindigkeit und blieb stehen. Niklaus näherte sich Mannli mit einem Stock in der Hand, aber der Bub sprang vom Baumstamm herunter, kletterte affenartig an einem hohen Holzstapel hoch, setzte sich auf das Dach des Schuppens und schnitt seinem Bruder eine Grimasse.

Lauretz ging zur Tür.

»Hast du denn das nötig gehabt?« schrie er Niklaus an. »Warum hast du nicht gewartet, bis die Säge ihn erwischt?«

»Er hat dasselbe Recht zu leben wie du!« schrie Niklaus zurück.

Jöry schaute einen Augenblick zu und verschwand geheimnisvoll. Niklaus war auf das Schlimmste gefaßt, da es immer riskant war, seinem Vater zu widersprechen.

»Komm, ich will mit dir sprechen.«

Langsam hinkte Niklaus zu seinem Vater, blieb aber in einer Entfernung von einigen Schritten stehen, bereit, jeden Augenblick Reißaus zu nehmen.

»Ich muß mit dir über das Geschäft sprechen. In der letzten Zeit geht es sehr schlecht, ich weiß nicht mehr, was ich machen soll.«

»Das wär bald wieder in Ordnung zu bringen, wenn ich das Geld bei den Kunden in deinem Auftrag eintreiben dürfte!«

»Darüber werden wir noch sprechen«, sagte Lauretz mit ungewohnter Friedlichkeit. »Erst einmal müssen wir einen neuen Auftrag bekommen. Hugis haben mir die Gelegenheit verschafft, ein Angebot für die Lärchestutzbrücke zu machen. Sie wollen selber das Holz liefern, und das muß dann geschnitten werden. Ich glaube, wir werden uns anstrengen müssen, um mit Hugis zum Abschluß zu kommen.«

»Wenn du mir das Geld bar auf den Tisch zahlst, bevor ich mit der Arbeit anfange, werde ich's schaffen!« sagte Niklaus.

Lauretz musterte das Gesicht seines Sohnes und betrachtete finster lächelnd die Spur des Peitschenhiebes.

»Du kannst lange lachen!« rief Niklaus. »Aber wenn ich diesmal nichts bezahlt bekomme, arbeite ich nicht mehr. Und wir ziehen alle von hier weg, dann sollen die Geister in der verdammten alten Mühle hausen.«

»So? Wieviel willst du denn?«

»Ich will zweihundert Franken.«

»Die hab ich nicht.«

»Ich brauche sie aber, wir haben lange genug geschuftet und gehungert, zweihundert Franken will ich!«

Niklaus war erstaunt, denn zum erstenmal konnte er sich mit seinem Vater auseinandersetzen, ohne Prügel zu beziehen. Und zum ersten Mal entdeckte er in den Säuferaugen seines Vaters, daß ein unterschwelliger Kummer diese finstere Seele insgeheim quälen mußte. Betroffen blickte er zu Boden.

»So – du willst mir also nicht helfen, den Karren aus dem Dreck zu ziehen, wenn ich dich nicht vorher bezahle?« Lauretz musterte jetzt seinen Sohn mit forschendem Blick. »Ja, ja, vielleicht habe ich das verdient«, fügte er pathetisch hinzu, »vielleicht.«

Niklaus gab nicht nach.

»Du hast mir's schon so oft versprochen.«

»Warum soll ich denn nicht endlich mein Versprechen halten?«

»Ich muß zweihundert Franken haben!«

»Sollst sie haben. So.«

Lauretz' Stimme war unerwartet weich geworden.

»Es ist auch nicht für mich«, stieß Niklaus hervor, »sondern für Mutter!«

Er machte kehrt, verließ das Büro, lief in den Schuppen und zog den Anlaßhebel. Die Säge begann auf- und niederzurasseln.

Lauretz kehrte zu seinem Tisch zurück und steckte die Pariser Fotografien nackter Mädchen in die Tasche. Niklaus' Verhalten hatte in seinem Innern, dort wo einst ein menschliches Gewissen existiert hatte, einen Nerv getrofffen. Es war aber nichts anderes als ein rasch vorübergehender Zustand, der nichts mehr zu ändern vermochte. Sein Herz war wie das Gestein der Bergwände, hart, kalt, unbeweglich.

»Niklaus!« rief er plötzlich.

Sein Sohn kam an die Tür.

»Hab den Plan hier! Schau ihn dir an. Eine verflucht schwierige Sache. Die Hugisleute sagen, daß das Holzgeschäft vor die Hunde geht. Die Russen schleudern das fertige Material auf den Markt, zu einem Preis, mit dem wir nicht mitkommen können. Sie bringen die Ware durch das Rheintal aus Deutschland. Balzakar in Lanzberg sagt, wenn die Regierung dieser Schmutzkonkurrenz kein Ende macht, sind wir alle ruiniert. Hugi gehört zu der Partei, die sich bemüht, die Regierung unter Druck zu setzen. Er hat sich geschworen, daß bei dem Bau dieser Brücke kein ausländisches Holz verwendet werden darf. Den Ingenieur vom kantonalen Baudepartement hat er auf seiner Seite. Wir werden gleich unsere Vorräte nachsehen, vielleicht können wir bei diesem Auftrag auch etwas für uns herausholen. Da sind erst einmal die zehn Stämme, die seit Jahren zum Trocknen daliegen, so ziemlich unser einziger Reichtum. Die zersägen wir. Es ist gesundes Holz, und ich werde den Preis selber mit Hugi aushandeln. Komm, schauen wir uns zusammen das Holz an.«

Niklaus blickte weg.

»Es ist nicht zu glauben«, murmelte er vor sich hin, »nicht zu glauben.«

An diesem Tage ereigneten sich noch mehr »unglaubliche« Dinge. Vater Lauretz aß im Kreise seiner Familie. Es gab gekochte Kartoffeln, Brot und eine kleine Scheibe Butter für Lauretz. Er aß ohne Appetit, bemühte sich aber, das jämmerliche Gefühl zu unterdrücken, das der Mangel an Alkohol in ihm verursachte. Mutter und Kinder aßen schweigend und wagten kaum, den Alten anzusehen. Frau Lauretz hielt in beständiger Angst ihre Blicke auf den hölzernen Teller geheftet. Ihre Herzen waren bis zum Rande voll mit Bitterkeit, aber keines sprach davon. Wenn Gespenster sich zu einem Mahl versammelt hätten, sie hätten sich nicht geräuschloser verhalten können. Das Schweigen war hart, schwer, überwältigend. Die Wucht der stummen Anklage war riesengroß, aber Lauretz hielt stand, während er an die weißen Arme und käuflichen Küsse einer Dorfmagd dachte. Er ließ alles über sich ergehen, ein Fremdling unter seinen eigenen Leuten.

Nachdem er mit Niklaus den Tisch verlassen hatte, begann Hanna zu reden.

»Ach«, sagte sie verächtlich, »derselbe alte Schwindel! Er hat eine große Bestellung in Aussicht und tut seinen Sklaven schön, damit sie fleißig für ihn schuften. Alles Schwindel! Und wir ausgehungerten Kinder gehen ihm auf den Leim!«

»Jeses Maria!« flüsterte Frau Lauretz. »Wenn er dich jetzt gehört hätte! Warum mußt du denn auf ihn schimpfen? Er hat doch nicht ein Wort gesagt!«

Silvelie blickte streng von einem Gesicht zum andern, heftete dann ihre Blicke auf Mannli, der zusammengekauert dahockte und an seinem Daumen lutschte.

»Wir dürfen ihm den Weg nicht verbauen«, sagte sie leise. »Vielleicht will er sich wirklich bessern, und dann wäre es doch schrecklich, wenn wir ihn wieder gegen uns aufbrächten.«

»Ich glaub nicht daran«, sagte Hanna. »Soll er doch seine Huren aufgeben, nach Hause kommen und Geld auf den Tisch legen und nicht mehr saufen. Wenn diese vier Wunder geschehen, dann will ich dran glauben, eher nicht.«

»Schwester«, sagte Silvelie vorwurfsvoll, »jeder von uns hat doch ein Herz. Und deshalb sind wir keine Tiere.«

8

Noch eine Nacht in seinem Haus zu schlafen, war für Lauretz zu viel. Ein Feuer brannte in seinem Innern, und sowie der Tag voranschritt, wuchs seine Reizbarkeit. Ab und zu legte er die Hand an die Brusttasche, als wolle er sich vergewissern, daß er auf jeden Fall immer noch die Mittel besaß, um seine verschiedenen Gelüste stillen zu können. Ja, er mußte zu dem Weibsbild, das ihm so sehr abging. Er verstand genug von den Regeln des Spiels, um zu wissen, daß Weiber am Beginn einer Liebesaffäre leicht abspringen, wenn sie enttäuscht sind oder man sie schlecht behandelt. Weiber sind launisch, sogar die Weiber in Tavetch. Und Ursuli war eine Katholikin, redete immerzu vom Pfarrer. Wenn Lauretz sie heute abend nicht aufsuchte, konnte es passieren, daß sie zu jener ewigen Quelle zurückkehrte, aus der die Frauen gerne trinken. Nein, Ursuli war zu jung, man durfte sie nicht laufenlassen. Während seine Unruhe mit jedem Augenblick stärker wurde, machte Lauretz einen Voranschlag für die erwartete Bestellung. Die Aussicht auf den nahen Erfolg veranlaßte ihn, einen Wutanfall zu unterdrücken: Als Niklaus seinen Vater bat, ihm die zweihundert Franken schriftlich zuzusichern, hatte er befürchtet, Niklaus könnte seine Drohung wahrmachen und das Haus verlassen, wenn er das Papier nicht unterzeichnete. Schließlich konnte er seine Ungeduld nicht mehr bezähmen und schrie nach Pferd und Wagen. Er sperrte das Büro ab, stapfte mit seinen dicken, etwas krummen Beinen durch den Schuppen, kletterte auf den Wagen und schlug dem alten Gaul mit der Peitsche über den Kopf. Aus dem Schuppen, von der Tür her und aus einem der oberen Fenster schaute seine Familie ihm nach, und als er den Blicken entschwunden war, versammelten sie sich stumm, ohne recht zu wissen, weshalb. Es war, als wollte jeder im Gesicht des anderen lesen, wie sehr sie alle erleichtert waren. Dann setzten sie sich zum Abendessen und betrachteten mit finsteren Blicken die Kartoffeln und das altbackene Brot. Nachdem sie gegessen hatten, blieben sie sitzen, als erwarteten sie, ein unbekannter Wohltäter würde ihnen neue Gänge vorsetzen. Schließlich humpelte Frau Lauretz davon und holte sich ein dünnes, schon völlig abgegriffenes Büchlein, eines der wenigen, aus denen die Bibliothek der Familie Lauretz bestand. Niemand wußte, woher es stammte. Nach seinem Titel zu schließen: »Die katholische Lehre von der Eucharistie« mochte es vielleicht einmal einen Ehrenplatz bei den Benediktinern in Andruss gehabt haben. Mit dem Kopf wackelnd, kehrte Frau Lauretz an den Tisch zurück, legte eine ihrer frühzeitig gealterten Hände an die Wange, die wieder zu schmerzen anfing, und begann, in dem trüben Licht mit einem völlig verlorenen Ausdruck in den Augen zu lesen, als ob ihre Gedanken nicht mehr dieser Welt angehörten. Die Kinder, die sonst immer freundliche Späße zu machen gewohnt waren, wenn ihre Mutter zu lesen anfing, lächelten an diesem Abend nicht einmal. Sie versuchte auch längst nicht mehr, ihnen laut vorzulesen: Geschichten über Jakob Aphrates, den Bischof von Persien oder Hilarius von Poitiers oder Athanasius den Großen von Alexandria oder Ephraim, den Syrier oder Zyrill von Jerusalem ... Seit Silvelie ihnen gesagt hatte, man dürfe nie über den Glauben der anderen Menschen lachen, hatten sie aufgehört, ihre Mutter zu verspotten. Sie wußten, daß sie ursprünglich Katholikin gewesen war und seit ihrer Verheiratung mit einem Protestanten die Tröstungen ihrer Religion entbehren mußte. Aber sie wußten nicht, wie sehr ihre Mutter darunter gelitten hatte, welche Qual und welchen Kummer es ihr bereitete, sich von ihrem Erlöser getrennt zu wissen. Nur ab und zu begannen sie zu ahnen, daß in dem Herzen ihrer Mutter unheimliche Dinge vor sich gingen, wenn sie Worte murmelte, die in ihren heidnischen Seelen Neugier erweckten.

»Ja, ja«, hörten sie jetzt ihre Mutter sagen, »so ist es. In Kanaan in Galiläa hat er durch seinen Blick Wasser in Wein verwandelt.«

Silvelie biß sich auf die Lippen. Sie schaute Hanna an, deren dunkle Brauen sich über der Nasenwurzel runzelten.

»Natürlich wäre es ganz einfach, in die Kirche zu gehen, wenn man nicht stundenlang laufen müßte, um hinzukommen. Einerlei, was der Herr Pfarrer predigt, es gibt eine Menge Leute, die der Glaube an Gott und den Herrn Jesus glücklich macht. Wir würden alle gern in die Kirche gehen, wenn uns die Kirche etwas nützen würde. Aber mir scheint, vom Kirchengehen profitieren nur die Reichen und Wohlhabenden. Und ich kann mir nicht denken, daß einer von uns verloren sein soll, weil wir nicht in die Kirche gehen. Nein, das wäre doch ganz unsinnig. Das würde mir ganz dumm vorkommen. Aber ich kann nicht behaupten, daß wir gar nichts davon hätten, wenn wir in die Kirche gingen. Man muß bloß Kleider haben und einen Hut, sonst starren einen die Leute an, als ob man unerwünscht wäre.«

»Sollen sie uns Kleider und Hüte besorgen, dann will ich zugeben, daß das ein Grund ist, in die Kirche zu gehen«, warf Niklaus ein. »In der Zeitung steht, daß ein amerikanischer Milliardär der Kirche Millionen hinterlassen hat. Möchte wissen, wozu!«

»Der Teufel soll sie alle holen!« sagte Hanna mit ihrer tiefen Stimme. »Noch nicht einer von den Herren Pfarrern oder Geistlichen hat den Weg zu uns herauf gefunden. Und das wundert mich auch gar nicht. Unser Ruf schreckt sie ab.«

»Ja! Aber sie wissen doch drunten im Tal, daß wir leben. Dieterli kommt dreimal im Jahr in seiner grünen Uniform herauf und stellt alle möglichen Fragen. Und dann kommt der Inspektor von der Aufforstung, schnüffelt herum und schaut nach, ob wir nicht Bäume gefällt haben, die dem Kreisamt gehören. Und der Fischerei-Inspektor Kaspar, der an der Yzolla auf und ab marschiert, als müßte er jede Forelle zählen! Die vergessen uns nicht, nur keine Angst! Sogar hier oben müssen wir die Augen offenhalten. Sie schauen uns von unten her auf die Finger. Die Regierung vergißt keinen.«

»Eines Tages werden sie dich schon erwischen«, sagte Silvelie.

»So, so! Ich möchte bloß wissen, wer mich erwischen wird, der Kaspar oder der Dieterli!«

Er lachte verächtlich.

»Morgen früh geh ich ins Jeff hinauf und fang ein paar Forellen, dann kriegt ihr wieder einmal einen anständigen Fisch. Seit vierzehn Tagen ist das Wasser immer klarer und wärmer geworden, ich hab aufgepaßt, und ich weiß einen Zweipfünder, der mir vorigen Sommer dreimal entwischt ist, aber diesen Sommer erwisch ich ihn.«

Seine Augen blitzten.

»Ich bin bei dem langen Dan in Nauders gewesen. Er kann immer gute Fische brauchen, er wird sie für mich verkaufen. Lebende Forellen bringen drei Franken fürs Pfund. Der lange Dan hat einen Käufer in Andruss, der für ein Hotel einkauft. Aber Silvelie muß uns von den Gumpers Butter verschaffen. Ja, dieses Jahr werden wir Forellen essen und Forellen verkaufen, und wenn hundert Kasperlis und Dieterlis herumschleichen.«

Er wandte sich unvermittelt an Silvelie.

»Und du?« fragte er. »Ist es vielleicht ein Verbrechen, Fische in einem Wasser zu fangen, das ganz von selber hier beim Haus vorüberfließt? Haben denn nur die Reichen das verfluchte Vorrecht, sich mit Forellen vollzustopfen, die auf deinem eigenen Grund und Boden herumschwimmen?«

Sie lächelte.

»Natürlich eß ich gern mit dir Forellen, Niklaus!«

»Muattr«, sagte er über den Tisch hinweg, »hörst du? Diesmal ist sogar unsere Heilige auf unserer Seite. Jawohl, wo der Hunger anfängt, hört die Religion auf. Morgen, Muattr, gibt es Forellen zu Mittag und Forellen am Abend. Und am Sonntag geh ich den ganzen Tag nach Andruss. Dann besuch ich den blinden Jonathan, der arbeitet beim Zahnarzt Doktor Max; ich werde schon herausbekommen, ob du nicht mal hinkannst, dir den Mund anschauen zu lassen, Geld hin, Geld her. Ja, ich kann das nicht mehr mit anschauen, wie du dich quälst. Hanna wird dich begleiten. Wenn ihr beide bis zur ›Schleifi‹ gehen könnt, sag ich Hirt, dem Chauffeur vom Postauto, er soll euch mitnehmen, wenn er Platz hat. Ich seh ihn am Sonntag. Er ist ein braver Kerl, er nimmt euch bis Andruss mit und bringt euch wieder rauf, ohne was dafür zu nehmen. Natürlich dürft ihr niemand was davon sagen. Wenn er nicht will, muß Hanna mit Georg reden. Das Postamt hat ein Motorrad mit einem Beiwagen. Du siehst also, ich hab zu tun, wenn ich am Sonntag nach Andruss gehe. Ich werde euch nie im Stich lassen und bleibe bei unserer Abmachung, daß wir bis zum bitteren Ende, wann das auch sein mag, zusammenhalten.«

Mannli nahm den Daumen aus dem Mund, stemmte das Kinn gegen den Tisch und streckte grinsend die Zunge heraus. Seine rotumränderten Schlitzaugen waren auf seinen älteren Bruder geheftet.

Silvelie stand auf.

»Ich geh schlafen«, sagte sie. »Morgen früh um vier muß ich ins Hospiz. Wenn ich bis Samstag genug verdienen kann, geb ich Mannli das Geld, ihr müßt ihn bloß zu mir schicken. Den Gumpers geht es jetzt auch nicht sehr gut. Seit das Auto die Pferde verdrängt hat, geht alles viel schneller, und die Gäste bleiben nicht mehr so lang sitzen. Sie trinken bloß eine Flasche Bier und essen eine Wurst, und dann beklagen sie sich noch, weil Herr Gumpers zehn Rappen für die Flasche mehr verlangt, als sie unten kostet. Das macht ihn ganz wild. Vor ein paar Tagen hat er zu einem Gast gesagt: ›Glauben Sie denn, die Flaschen kommen von selber heraufspaziert?‹ Am meisten verdient er bei den Ansichtskarten, aber wenn die Leute Ansichtskarten kaufen, geben sie natürlich kein Trinkgeld. Außerdem sind es lauter Diebe. Immer wollen sie ein paar Karten schnappen, ohne zu bezahlen. Jeder will was umsonst haben. Das macht mich ganz wild, und ich paß gut auf und schau ihnen auf die Finger. Die Welt ist voll schlechter Menschen.« Sie küßte ihre Mutter, nickte den Geschwistern zu und ging hinaus.

Niklaus richtete sich fast unmerklich auf. Obgleich er sich kaum bewegt hatte, wanderten alle Blicke zu ihm, als stünde etwas Wichtiges bevor.

»Was ist denn los?« fragte Frau Lauretz.

Niklaus strengte sich sichtlich an; sie merkten das und atmeten kaum. Er wollte offenbar etwas sagen und wußte nicht, wie er es sagen solle, aber es war, als streckten seine Gedanken sich aus wie unsichtbare Fühler und bemächtigten sich ihres Denkens. Frau Lauretz' runde Augen betrachteten forschend ihren Sohn, als rege sich in ihr ein Verdacht. Hannes linke Braue hatte sich tief über das Auge gesenkt, ihre Brust wogte heftig, als ringe sie nach Luft. Mannli grinste, sein Speichel tropfte auf den Tisch.

»Ich glaub«, sagte Niklaus schließlich, die Worte sonderbar in die Länge ziehend, »ich glaub, Jöry haßt den Alten! Er haßt ihn. Wißt ihr, was das heißt? Er haßt ihn so sehr – – –« Er hielt inne.

Dieser unvollendete Satz erfüllte sie alle mit Entsetzen. Niklaus lächelte ein vages Lächeln und wandte sich zur Tür.

»Man kann es ruhig sagen. Sie ist schlafen gegangen.«

»Herr Jeses Gott!« sagte Frau Lauretz und hielt den Atem an. »Buab! Was du für Gedanken hast! Heilige Muattr Gottes!«

9

Vor Tagesanbruch schlich sich Silvelie in Leibchen und Unterrock aus dem Haus, ging zum Brunnen und wusch sich dort im eiskalten Wasser, das aus einem Rohr in einen ausgehöhlten Baumstamm sprudelte. Trotz der Dunkelheit schaute sie sich scheu um, bevor sie ihr wollenes Leibchen auszog und sich über das Wasser beugte, um den Hals, die Arme und die Brüste einzuseifen. Das Stück Seife, das sie benützte, war nicht größer als ein Fünffrankenstück. Auf einmal rutschte es ihr aus der Hand ins Wasser, da zog sie den Unterrock aus, stieg in den Brunnen, um es zu suchen, und nachdem sie es gefunden hatte, fuhr sie mit ihrer Toilette fort und tauchte schließlich bis an den Hals ins Wasser. Zitternd sprang sie heraus, trocknete sich ab, zog sich wieder an und kehrte ins Haus zurück. Ein paar Minuten später verließ sie das Haus in ihren geflickten Lumpen und trat den dreistündigen Fußmarsch nach dem Hospiz an. Daß man ihr zu Hause den Spitznamen »die Heilige« gab, zeigte, wie sehr ihre Familie das Besondere erkannte und in ihr ein Wesen sah, das sie nicht ganz ergründen konnten und das in ihrer Mitte sein eigenes

Leben führte. Obgleich Silvia genau wie die andern unter dem Joch des alten Lauretz litt, schien sie doch irgendeinen Ausweg aus der täglichen Bedrückung gefunden zu haben.

Die paar Jahre, die sie auf der Dorfschule verbracht hatte, lagen weit zurück. Sie war das hübscheste Mädchen der Schule gewesen und natürlich ein Liebling Herrn Wohls. Dieser wohlmeinende Pädagoge, der nicht nur Lehrer, sondern auch Abgeordneter seines Wahlkreises war, hatte sich bemüht, ihrem kindlichen Gemüt, wie all den andern ihm anvertrauten Kindern, ein katholisches Lebenssystem einzutrichtern, das die Verneinung aller Freude war. Er war der Ansicht, daß nichts im Leben zähle als Tüchtigkeit und die althergebrachten Bürgertugenden. Er machte die Kinder mit etlichen moralischen und sozialen Gesetzen des Landes bekannt. Er stopfte ihnen das Gehirn mit den Glaubenssätzen vergangener Generationen voll, lehrte sie demütigen Respekt vor Gott, den Eltern, den Gesetzen, dem Vaterland, den Zivilbehörden, der Polizei und den hundert Pfeilern, die das Gebäude eines zivilisierten Staates tragen. Und getreu der Tradition des Landes, daß junge Mädchen in erster Linie zu guten Hausfrauen erzogen werden müßten, hatte er sich stets sehr ernsthaft dieser Aufgabe gewidmet und für die kommende Generation von Bauern, Kleinkrämern und unteren Beamten eine Schar ernstgesinnter junger Frauen herangezogen. »Ja, ja! Eine verflucht ernste Sache, die Erziehung der Jugend!« pflegte er an seinem Ecktisch im »Ilanzer Hof« zu sagen, wo er sich zweimal wöchentlich einfand, um mit seinen Kollegen eine Partie Karten zu spielen.

Wieweit sich die jüngere Generation Herrn Wohls wohltätigen Einfluß zu Herzen nahm, bleibt offen. In Silvelies Hirn jedenfalls waren nur sehr wenige seiner wohlgemeinten Axiome lebendig geblieben. Sie dachte gerade jetzt an ihre Schulzeit zurück, während sie durch das düstere Gewölbe des Kiefernwaldes schritt. Ein riesiger Auerhahn flog über sie hinweg und schrie wild nach seinesgleichen. In welch ferne Vergangenheit schien das häßliche, beengende Schulhaus entrückt! Wenn Silvelie an diese Zeit zurückdachte, kam sie ihr kläglich und nutzlos vor. Herr Wohl gehörte zu jenen Persönlichkeiten, die gern ein bequemes Leben führten und vor denen man voller Hochachtung den Hut zu ziehen hatte. Er schien nichts davon zu ahnen, wie sehr sich die Menschen unter der Oberfläche oft haßten und betrogen. Silvelie hatte das ganz allein entdeckt.

Sie hatte bereits die Hubertuskapelle hinter sich. Noch bevor sie in die höher gelegenen Regionen kam, trafen die ersten Sonnenstrahlen ihr Gesicht, und die kleinen Schweißtropfen auf ihrer Stirn und ihren Augen schimmerten wie silbriger Tau. Als sie schließlich die Alp erreichte, breitete sich vor ihr die weite grüne Mulde aus, so frisch, als sei sie erst über Nacht geschaffen worden. Die Berggipfel ringsum waren wie riesenhafte zackige Kristallblöcke beleuchtet. Im Chor ertönten die Glocken der kleinen Rinderherde.

Die Gumpers freuten sich, sie so bald wieder bei sich zu sehen. Sie war für sie eine wertvolle Hilfe, und sie hatten schon beschlossen, ihr als besondere Attraktion für die Gäste die Nationaltracht anzuziehen. Frau Gumpers stellte ihr ein reichliches Frühstück hin, das sie gern mit ihren hungrigen Angehörigen geteilt hätte.

»Gibt es etwas Neues?« fragte Frau Gumpers, während sie Silvelie beim Essen zuschaute.

»Nein. Vattr ist nach Hause gekommen, um alles für einen neuen Auftrag vorzubereiten. Sonst nichts. Eine neue Holzbrücke.«

»So, so! Da wird er ja endlich ein schönes Stück Geld verdienen.«

»Ja!«

Keines der Lauretzkinder sprach außerhalb des Elternhauses freiwillig über Familiendinge. Dazu hatten sie sich in einem ungeschriebenen Vertrag verpflichtet, und wenn jemand ihren Vater erwähnte, äußerten sie sich meist sehr freundlich über ihn.

Einer der Dienstboten brachte einen riesigen Klumpen frischer Butter herein. Frau Gumpers versprach ihr, etwas Butter für ihre Mutter einzupacken. Dann beugte sie sich ein wenig vor.

»Heute kommt Herr Professor Lauters«, sagte sie. »Mein Mann schafft grade die Kisten, die er bei uns untergestellt hat, ins Schlößchen. Herr Lauters will mit dem Zwölfuhrauto da sein.«

»Ich weiß.«

Silvelie schaute voll ängstlicher Erwartung.

»Darf ich nicht wieder am Nachmittag zu ihm hinaufgehen und ihm helfen, wie in den letzten drei Jahren?«

Frau Gumpers, die Silvelie mit der Zeit mehr oder weniger als ihren Dienstboten betrachtete, schien nicht sehr erfreut. »Ich mach ja trotzdem meine Arbeit hier«, fuhr Silvelie fort. »Wenn es Euch recht ist, Frau Gumpers, möchte ich mich um Herrn Lauters kümmern. Er ist dieses Jahr nicht ganz wohl. Er hat mir das in einem Brief geschrieben. Und er wird jemand brauchen, der für ihn sorgt.«

»Wollen sehn, wollen sehn. Vielleicht bringt er jemand mit.«

»Davon hat er nichts geschrieben, er schrieb bloß, daß er kommt, und er hofft, daß alles wieder so geht wie üblich, und freut sich sehr, uns wiederzusehen ... Und ich werde auch froh sein, ihn wiederzusehen. Denn ich hab ihn sehr gern«, sagte Silvelie.

Frau Gumpers lächelte.

»Er ist schon bald fünfundsiebzig!«

Silvelie lächelte vor sich hin. Da sie ein Jahr gebraucht hätte, um Frau Gumpers klarzumachen, was sie meinte, stand sie vom Tisch auf.

»Wo soll ich heute anfangen? Im Stall oder oben?«

»Nein, komm und hilf mir. Wir wollen die vordere Stube aufräumen und den Fußboden scheuern, und wenn Töny zurückkommt, wird er sich den ganzen Tag freuen. Er hat gestern schrecklich geschimpft, weil die Touristen immer auf den Fußboden spucken.«

»Ekelhaft«, sagte Silvelie. »Aber ihre Lungen sind die Höhe nicht gewöhnt, es fällt ihnen schwer, unsere Luft zu atmen.«

Und sie band eine große derbe Schürze um, die Frau Gumpers gehörte.

»So, jetzt fangen wir an!« rief sie fröhlich.

Das gelbe Postauto kam auf die Minute genau zur Mittagsstunde an – eine Leistung, die in einem Lande, wo die Angestellten der für den Postverkehr bestimmten öffentlichen Einrichtungen mit preußischer Vorkriegspünktlichkeit ausgebildet werden, die Ämter und Büros auf die Minute genau öffnen und schließen und die Präzisionsuhren zu Hause sind, nicht weiter verwunderlich ist. Silvelie stand mit leuchtenden Augen und schnell atmend vor dem Hospiz, außer sich vor Freude, den geliebten Freund nach langer Abwesenheit begrüßen zu dürfen. Als das Postauto hielt, stieg langsam ein alter Herr aus. Er trug einen dunklen Mantel, ein rehfarbenes Halstuch und einen breitrandigen, braunen Hut. Sein Gesicht war blaß und von teigiger Farbe. Er hatte einen kurzgestutzten, weißen Bart und Schnurrbart, eine große Nase, fast wie ein Bernhardinerhund, und seine runden, gütigen Augen waren von buschigen weißen Brauen überschattet. Sein weißes, langes Haar fiel ihm hinten über den Mantelkragen. Ein goldener Kneifer baumelte an einer schwarzen Seidenschnur auf seiner Brust. Das war der Maler Matthias Lauters, Sohn eines Zimmermanns aus einem kleinen Dorf in einem der nördlichen Kantone. Weder seine Herkunft noch sein Werk waren ein Geheimnis, denn in den letzten fünfzehn Jahren, das heißt, seit seinem sechzigsten Lebensjahr hatte sein Ruhm begonnen, die Grenzen seines Vaterlandes zu überschreiten, und seine Bilder waren bis über den Ozean gewandert. Nachdem Matthias Lauters die Stockhiebe der Kritik überstanden hatte, war er in die Reihe der Unsterblichen des Pinsels eingegangen.

Als er nun einen Augenblick lang neben dem Postauto stand, frierend, unschlüssig, leicht gebeugt, lag etwas Bescheidenes und Gebrechliches in seiner Haltung, einer Haltung, wie man sie für gewöhnlich nicht von Menschen erwartet, die große Berühmtheiten sind. Silvelie beobachtete ihn ein paar Sekunden lang mit pochendem Herzen. Die Freude über das Wiedersehen schien zu zerrinnen, als ihr plötzlich sein Alter und seine Einsamkeit zu Bewußtsein kamen. Sie sah, wie er aufblickte, den Gumpers und den paar Leuten in der Nähe, die er kannte, freundlich zunickte. Und dann fiel sein Blick auf sie.

»Ja, potz-tusig!« rief er. »Ist denn das möglich! Das ist ja Silvelie!« Er machte ein paar Schritte auf sie zu, sie lief ihm entgegen, er nahm ihre Hand und begann sie sanft zu tätscheln.

»Ja so ebbis! So ebbis! Das ist doch nett, daß ich euch alle wieder mal sehe!« Und er wandte sich den andern zu, reichte jedem die Hand, schaute sie mit freundlichen Blicken an und gab acht, daß er keinen überging. Dann ging er in die Vorderstube. Frau Gumpers brachte ihm ein Glas Milch.

»Danke, danke«, sagte er. »Und ein bißchen Wasser bitte, zum Verdünnen. Mein alter Magen kann die Milch nicht mehr so gut verdauen wie früher. Und jetzt erzählt mir von euch! Was ist denn seit dem vorigen September alles passiert?«

»Was soll denn passiert sein?« sagte Frau Gumpers. »Den Winter haben wir unten in Tavetch verbracht. Das Hospiz war bis zum Dach eingeschneit. Töny hat wieder seinen Rheumatismus, und der Doktor hat ihm gesagt, er darf keinen Valtelino mehr trinken. Erst seit vierzehn Tagen ist die Straße wieder frei. Keine Lawinengefahr mehr. Dieses Jahr scheinen viele Deutsche zu kommen. Alle sagen, daß die Geschäfte schlecht gehen. Vorige Woche ist eine Schar Pfadfinder vorbeigekommen. Drei Tage lang haben sie dort drüben auf dem Mättli kampiert. Ja, die Zeiten sind nicht mehr so wie früher, Herr Lauters, erinnern Sie sich noch, bevor die Autos aufkamen, als wir Ihnen den Wagen nach Andruss schickten?«

»Flugzeuge sind wohl noch keine dagewesen?« fragte er, nachdenklich seine Milch schlürfend. Und mit einem heimlichen, zärtlichen Ausdruck blickte er in Silvias Gesicht.

»O doch! Vor ein paar Tagen ist einer vorbeigeflogen. Mittelholzer.«

»So, so!«

»Hat Töny alle meine Sachen hinaufgeschafft?«

»Ja, heute früh.«

»Und wer hilft mir, den ganzen Kram auszupacken?«

Frau Gumpers schaute Silvelie an.

»Willst du nicht Herrn Lauters helfen?«

»Ich? Natürlich, wenn es ihm recht ist.«

»Gut«, sagte er. »Silvelie kann mitkommen und mir helfen. Es kommen später noch zwei Kisten an, die soll man mir hinaufbringen. Aber vergessen Sie nicht, wenn zufällig jemand nach mir fragt, geben Sie ihm keine Auskunft. Sagen Sie, daß ich niemanden empfange, genau wie voriges Jahr.«

»Wollen Sie nicht etwas essen, Herr Lauters?«

»Essen, meine Liebe?«

Er schien zu überlegen.

»Dieses Jahr wird es schwer sein! Ich kann nicht mehr jeden Tag zum Essen herunterkommen. Man wird alt, man nähert sich dem Grab. Haben Sie nicht jemanden, der mir den Weg ersparen und mir mein Essen in einem Korb hinaufbringen kann?«

»Ich werde das machen«, warf Silvelie ein. »Das wäre doch eine

Schande, wenn ich mit meinen Beinen nicht von hier bis zum Schlößchen gehen könnte! Es ist noch nicht einmal eine halbe Stunde, und ich würde den Weg auch viermal am Tag machen, mit Vergnügen!«

Matthias Lauters warf ihr einen schnellen, durchdringenden Blick zu.

»Und werden Sie viel malen, wenn ich fragen darf?« erkundigte sich Frau Gumpers.

»Ich male nie!« sagte er. »Ich lasse die andern malen. Ich arbeite!«

10

Bald nach seiner Ankunft fuhr Matthias Lauters in einem amphibischen Gefährt zu seinen Schlößchen hinauf. Der vordere Teil des Fahrzeuges ruhte auf Schlittenkufen, hinten hatte es zwei Räder, so daß der Gaul es über die schroffsten Steigungen hinauf- und hinunterziehen und, wenn er außer Atem war, bequem rasten konnte; Bremsen hatte man gar nicht nötig. Herr Gumpers führte das Pferd am Zügel. Im Wagen saß Herr Lauters, Silvelie ging nebenher und hielt sich am Wagen fest. Sie und Herr Lauters plauderten miteinander.

»Von Jahr zu Jahr wird es ein bißchen kälter«, sagte er, »aber es ist immer noch wunderschön hier oben. Ein toller Kontrast – hier heraufkommen und hier oben leben. Ich bin mir heute wie ein Frosch vorgekommen, der durch eine lange finstere Röhre kriecht. Diesen Eindruck macht nämlich das Yzollatal!«

Während er sprach, betrachtete er Silvelies feingeformten Mund, die geschwungenen Linien ihres Halses und ihrer Schultern, und staunte heimlich über die Veränderung, die mit ihr vorgegangen war.

»Ich aber muß in dieser schwarzen Röhre leben!« sagte sie.

»Ja, ja, es ist sonderbar, wo die Menschen oft leben. Ich hab schon welche gesehen, die hausten unter der Erde, und andere wieder lebten auf Baumwipfeln.«

»Du mußt mir ausführlich erzählen, was alles passiert ist, sobald wir zu Hause sind. Wir beide werden die Zimmer schnell in Ordnung haben. Ja, ja, es ist nett, dich wiederzusehen, Silvelie. Es tut meinen Augen wohl. Aber hier liegt ja noch mächtig viel Schnee herum!«

Sein Blick wanderte über die welligen Grünflächen, die durch weiße Schneewehen mit dem felsigen Berg verbunden waren.

»Hoffentlich gibt es nicht noch mehr Schnee! Ich will diesen Sommer besonders viel Wärme haben. Bald werde ich eine lange, kalte Fahrt antreten müssen, und vorher will ich mir möglichst viel Wärme in die Knochen pumpen.«

»Wir machen gleich ein großes Feuer an, Herr Lauters.«

»Ach ja, ein großes Feuer! Das ist das richtige! Ein großes Feuer und dann arbeiten!«

Er schien in sich zusammenzusinken, und seine Augen füllten sich mit Trauer.

»Immer höher, immer höher!« murmelte er, aber Silvelie konnte ihn ganz deutlich verstehen. »Viele Leute glauben, daß das Hospiz das höchste Gebäude an der Yzolla ist, aber mein Haus steht noch viel höher.«

Sie legten einen letzten steilen Pfad zurück und kamen dann zu einer weiten Mulde. Dort, am Fuße einer Felswand, nicht weit von einem winzigen Wasserfall entfernt, stand ein kleines Haus, der untere Teil aus Steinen gefügt, die obere Hälfte aus Holz. Die grünen Fensterläden standen weit offen, ein gelbgrün gestreiftes Sonnendach hing über einer breiten Terrasse. Das Schlößchen blickte nach Osten, Süden und Westen, war nach der Nordseite hin geschützt und beherrschte ein einzigartiges Panorama. Man sah die Ketten der Pics aus nächster Nähe, und nach Süden konnte der Blick den herrlichen Wiesen folgen, die in den Tiefen des Valtelino mündeten. Man konnte die Berge der nördlichen Lombardei, Kette um Kette, zählen, bis sie sich in den silbrigen Schatten des südlichen Himmels verloren, dort wo die Phantasie sich eine Welt der tiefblauen Meere, der schwarzen schlanken Zypressen und der dunklen Schirmpinien ausmalen konnte.

Als Matthias Lauters vor seinem Schlößchen ankam, blieb er eine Weile davor sitzen und schaute sich um.

»Die Welt ist doch schön!« murmelte er vor sich hin, versunken in die Betrachtung der großartigen Bergwelt. Seine Blicke folgten den Umrissen der Gipfel, die ihm seit so vielen Jahren lieb und vertraut waren. Das war nun schon der neunte Sommer, den er in der Bergeinsamkeit, in seinem Schlupfwinkel verbringen wollte.

»Nun, Herr Lauters«, sagte Gumpers, als er, sich die Stirne wischend, aus dem Hause trat, »mir scheint, jetzt kann man sagen, daß alles fertig ist. Brennholz ist genug da, Sie können sich selbst davon überzeugen. Es reicht für ein Jahr. Das Fenster in Ihrem Schlafzimmer ist repariert. Der Wasserbehälter funktioniert tadellos, aber Sie müssen jemand haben, der für Sie sorgt!«

Matthias Lauters winkte mit seiner großen, weißen Hand ab. »Ich hab mich die ganzen Jahre hier allein beholfen, Töny, und es wird auch in diesem Jahr gehn, solang Sie nichts dagegen haben, daß Silvelie ab und zu heraufkommt. Wenn sie nicht kann, dann schikken Sie mir jemand andern.«

»Ich komme gern selber einmal oder schicke meine Frau!«

»Es wird mich freuen, wenn ich eure lieben Gesichter sehe. Ihr werdet mich schon nicht im Stich lassen.«

»Herr Lauters!« rief Silvelie von der Terrasse her. »Das Feuer im großen Zimmer brennt schon!«

Silvelie ging an ihre Arbeit mit einer freudigen Emsigkeit, die sie die Armut und das Elend ihres Lebens für den Augenblick etwas vergessen ließ. Ihre Zuneigung zu dem alten Lauters erfüllte sie ganz. Mit all ihrer angeborenen Begeisterungsfähigkeit ging sie daran, ihm zu helfen und ihm zu dienen, wie sie das gewohnt war. Die Gumpers hatten nichts dagegen, wenn sie einen Teil ihrer Zeit dem alten Maler widmete, der für alles, was man ihm lieferte, so gut bezahlte.

Matthias Lauters hatte Silvelie hundert Franken geschenkt, vielleicht in der Hoffnung, sie würde endlich ihre Lumpen ablegen und sich ordentliche Kleider anschaffen. Vielleicht hatte er auch gemerkt, daß sie Unterstützung brauchte. Jedenfalls hatte er durch sein Geschenk Silvelie glücklich gemacht. Sie hatte ihm impulsiv die Hand geküßt.

Am Nachmittag, als Silvelie zufällig die Straße entlangschaute, die in vielfachen Windungen zum Hospiz hinaufführte, sah sie eine kleine wackelige Gestalt langsam, mit müden Schritten näher kommen. »Mannli!« flüsterte sie. »Was mag er denn wollen?« Und sie lief ihm schnell entgegen.

Er kam auf sie zugestapft, die Zunge hing ihm aus dem Mund, seine Blicke folgten dem Wegrand, als sei es sein Schicksal, bis ans Ende der Welt zu wandern. Sowie sie bei ihm war, schaute sie ihn mitleidig an, hob den Rock auf, beugte sich zu ihm nieder und wischte ihm den Mund ab.

»Was gibt es denn, Mannli?«

Er strengte sich an, etwas zu sagen. Durch ein lautes Wimmern gab er zu verstehen, daß er müde und hungrig sei. Ein Gedächtnis besaß er nicht.

Sie packte seinen kleinen Rock, griff in das zerrissene Futter und fand dort ein mit einer Nadel befestigtes Blatt Papier.

»Komm mit, Mannli, ich geb dir was zu essen!«

Entsetzt betrachtete sie seine abgetretenen Schuhe, die ihm um viele Nummern zu groß waren. Als sie sich umdrehte, hielt er sich an ihrem Rock fest und ließ sich von ihr mitschleifen. Sie entfaltete den Zettel und las die paar Zeilen, die Hanna ihr geschickt hatte.

»Hab keine Angst. Der Alte ist in Sedrun gesehen worden, und übermorgen ist Sonntag, und sonntags kommt er nie nach Hause. Am Montag muß er wegen des Geschäfts nach Ilanz, da kann er also auch nicht zurück sein. Wenn er den Auftrag bekommt, wird er sich am Dienstag in Andruss betrinken und es überall herumerzählen, und am Donnerstag wird er mit seinem Gschüsch schlafen. Wenn du uns ein bißchen Geld schicken kannst, sind wir sehr froh. Muattr kann nicht ewig mit ihrem Zahnweh herumgehen, und meine letzten fünf Franken hab ich Niklaus gegeben. Er hat schon gesagt, daß er nach Andruss geht, hoffentlich begegnet er nicht dem Alten, sonst ist der Teufel los.

Deine Schwester Hanna.«

Silvelie führte Mannli in die Küche zu Frau Gumpers. »Jö, der Buab! Was hat er denn heute bloß?«

»Er kommt mich besuchen. Darf ich ihm etwas zu essen geben?«

»Gott sei Dank, daß ich nicht grade schwanger bin!« rief Frau Gumpers. Und mit dem gleichen Atemzug fuhr sie fort: »Wie kann das bloß sein, daß ihr beide von derselben Mutter stammt!«

»Gott hat Kaffern und rote Indianer geschaffen«, sagte Silvelie. »Bei Mannli ist es ihm halt mißglückt.«

»Gib ihm zu essen. Er hat sicher Hunger! Aber du willst ihn doch nicht hierbehalten?«

»Nein, er soll essen und sich ausruhen, dann schick ich ihn wieder nach Hause. Ich muß ihm nämlich ein Briefchen für Muattr mitgeben, das will ich jetzt gleich schreiben.«

Bald saß Mannli da und knabberte an einem großen Stück Brot. Er aß ganz geistesabwesend. Seine Art zu kauen erinnerte an die natürliche Gelassenheit der Wiederkäuer. Unterdessen kritzelte Silvelie ein paar Zeilen auf einen Wisch Papier.

»Danke schön für die Nachrichten, Hanni. Hoffentlich besinnt sich Vater nicht und kommt plötzlich zurück. Inzwischen habt ihr hier hundert Franken, die hab ich von Herrn Lauters bekommen. Gib sie Niklaus, er soll sie in Andruss wechseln. Fünf Franken kann er für sich behalten, den Rest muß er Muattr geben, und Du mußt das Geld für sie aufheben. Niklaus soll dafür sorgen, daß Muattr gleich zum Zahnarzt kann, und er soll ihr ein schwarzes Wolltuch für die Abende kaufen. Er kann auch gleich beim langen Daniel ein Paket Spaghetti und zwei Pfund Zucker holen und die sechzehn Franken fünfzig bezahlen, die wir ihm schuldig sind. Aber das übrige Geld gehört Muattr, und Du mußt aufpassen, daß sie es nur für sich verwendet.

Deine Silvia

PS. Nimm Dir von dem Geld die fünf Franken, die Du Niklaus gegeben hast. Jetzt sind wir reich.«

Silvelie faltete den Zettel zusammen und legte die Banknote hinein. Mannli mußte seinen Rock ausziehen, und sie befestigte den Brief und das Geld sorgfältig mit einer Stecknadel in dem zerrissenen Futter. Eine Stunde später mußte Mannli sich den Rock wieder anziehn, sie ermahnte ihn, geradenwegs nach Hause zu gehn und sich nirgends aufzuhalten, und nachdem sie ihm dann noch einmal den Mund abgewischt hatte, führte sie ihn ein Stück weit die Straße entlang, bis er zu begreifen schien, daß er durch das Tal bis zum Jeff weitermarschieren müsse.

11

Es war ein warmer Nachmittag. Matthias Lauters saß neben seinem Schlößchen unter einem grünen Schirm und malte. Ein winziges Bächlein lief dicht in der Nähe gurgelnd durch eine Bodenfurche, und auf einem Felsen wuchsen Edelweiß und Enzian. Ab und zu flog eine Biene an seine Palette heran, die Farbenkleckse mit Blumen verwechselnd. Einen dünnen Pinsel zwischen die Lippen geklemmt, den Kopf etwas vorgestreckt, betrachtete er kritisch die Landschaft. Nach einiger Zeit sah er in weiter Ferne eine Gestalt näher kommen. Nachdenklich brummte er vor sich hin: »Silvelie.« Als sie in Hörweite war, hob sie den Arm, winkte mit der Hand und begrüßte ihn mit einem lauten Ruf. Er schwenkte grüßend die Palette.

»Grützi, Herr Lauters! Ich bringe Ihnen Ihre Sachen.«

»Was gibt es denn?«

»Suppe, Brot, Butter, Eier und Kartoffeln.«

»Hast du nicht die kleine Flasche Kognak vergessen, um die ich dich gebeten habe?«

»Die ist auch dabei. Aber ich will Sie jetzt nicht stören, weil Sie gerade arbeiten. Ich geh hinein und räume die Zimmer auf. Die Gumpers werden mich bis zum Abend nicht brauchen. Da kann ich Ihnen heute das Essen kochen.«

»Das hat Zeit! Beeil dich nicht. Ewig essen müssen! Wenn man bloß leben könnte, ohne zu essen. Oder so leben wie die Indianer oder Araber. Trocken, ganz trocken und bekömmlich. Ich will dir sagen, was ich will, wenn es dir recht ist. Ich lechze nach einer Tasse Kaffee, einerlei, ob mir's die Ärzte verboten haben! Und mach ihn so, wie ich dir's gezeigt habe. Du hast es doch nicht vergessen?«

»Ich mache Ihnen einen richtigen türkischen Kaffee«, sagte sie stolz.

Er musterte sie von oben bis unten und machte sich dann wieder an seine Arbeit.

»Fein! Fein!«

Sie ging ins Schlößchen und erschien nach einer Weile mit einem blanken orientalischen Messingkännchen und einer kleinen Schale auf einem Servierbrett.

»Hier, Herr Lauters, schauen Sie! Er ist oben ganz weiß und schaumig und honigsüß. Ich hab ihn gekostet.«

Er richtete sich auf und betastete seinen Rücken.

»Chaibi züüg! Der Rücken tut mir weh«, murmelte er, »verdammt! Ich bin schon zu alt für das Draußensitzen! Komm, setz dich neben mich, ich mach jetzt eine kleine Pause.«

Sie schenkte den heißen Kaffee ein. Er schob seine grünwollenen fingerlosen Handschuhe zurück, griff mit zitternder Hand nach dem Schälchen und begann geräuschvoll den Kaffee zu schlürfen. Silvelie betrachtete das Gemälde.

»Was? Wieder der Pic Valatch?«

»Ja. Ich mal ihn jetzt zum sechzehnten Male. Und das erstemal ist er mir am besten geglückt. Das erstemal war er schwer, jetzt kann ich es schon auswendig. Weniger Einzelheiten. Verteufelt schwer, diese Felsennase, die nach der Via Mala schaut, genau herauszubekommen. Erinnert mich gewissermaßen an meine eigene Nase. Der Himmel ist heute schwarzblau. Ich muß ein paar Wolken dazu erfinden. Aber es kommt ja gar nicht drauf an! Silvelie, das Malen ist ein riesiger Schwindel. Wie du's auch nimmst, es sind lauter Lügen.«

»Aber nein«, protestierte sie, »ich würde immer gleich merken, daß das der Pic Valatch ist und daß Sie ihn gemalt haben und kein anderer.«

»Meinst du? Hm. Keine meiner Farben existiert wirklich auf einem der Berge da drüben. Alle Farben erfinde ich auf eigene Faust. Was von dort drüben her in meine Augen fällt, sind nur Reflexe, weiter nichts. Wenn ich die zusammengesetzt, Kanten und Silhouetten zurechtgemacht habe, dann sehen die Leute darin alle möglichen Absichten, die ich nie gehabt habe, kneifen die Augen zusammen und sagen: ›Wie interessant! Wie duftig!‹ Ja, bei mir kommen sie immer mit dem Wort duftig, bloß weil ich hier und dort ein Stückchen Leinwand ganz ohne Farbe lasse. Ehrlich gesagt, ist das ein ganz ordinärer Kniff, der mir eine Menge Arbeit erspart. Leinwandflecken ohne Farbe sind wie ungesprochene Worte. Aber die Hauptsache ist, daß es gar keine Wirklichkeit gibt, nur die Reflexe wirken auf unsere Sinne, und den Rest erfinden wir selbst. Au, mein Rücken!«

»Herr Lauters«, sagte sie, aber er unterbrach sie.

»Pah, warum sagst du denn noch Herr Lauters zu mir! Sag ohne Scheu Matthias zu mir. Jetzt sind wir schon das vierte Jahr gute Freunde.«

Er musterte sie von oben bis unten.

»Ich hab immer geglaubt, junge Mädchen wachsen nach dem achtzehnten Lebensjahr nicht mehr, aber du bist seit dem vorigen Jahr um einen ganzen Daumenbreit größer geworden. Es steht dir gut. Aber wachs nicht in alle Ewigkeit weiter. Große Frauen machen keine gute Figur unter lauter mittelgroßen Männern.«

Sie betrachtete ihre Füße, ihre plumpen Schuhe und schwarzen Wollstrümpfe, richtete sich auf und goß Kaffee nach.

»Ich bin schrecklich unwissend«, sagte sie, »ich hab nur wenig gelernt. Aber wenn Sie mit mir reden, versteh ich alles, was Sie sagen.«

»Du hast die innere Gabe, alles zu verstehen. Und das ist sehr viel.«

»Oh, das weiß ich nicht. Es gibt so vieles, was ich gar nicht verstehe. Manchmal habe ich das Gefühl, ich muß an allem verzweifeln.«

»Das ist die beste Art, durchs Leben zu gehen, und die leichteste, um von allem was existiert, ein bißchen was zu begreifen.«

»Ich weiß nicht – aber ich möchte mehr Grundlagen haben.«

»Grundlagen? Wozu denn? Schau dir diese Biene an, die da um uns herumfliegt. Schau ihr zu! Sie verwechselt meine Palette mit einem Blumenbeet. Hat diese Biene Grundlagen? Wozu brauchen wir Grundlagen, wenn eine Biene keine braucht? Ich habe ein halbes Jahrhundert lang nach den Geheimnissen des Lebens gesucht und bis heute keine ›Grundlagen‹ entdeckt. Warum auch? Nein, Silvelie, du bist wirklich ein glücklicher Mensch. Jetzt wirst du bald zwanzig und bist frei von allen Illusionen. Unberührt von den Vorurteilen der Patrioten, Geistlichen und Politiker! Du kennst keine Doktrinen. Du beginnst, die Dinge mit eigenen Augen zu sehen. Hüte dich vor den Urteilen der andern! Verlaß dich auf dein eigenes Herz! Laß dir von einem alten Mann raten, der nach bitteren Erfahrungen festgestellt hat, daß es kein besseres Urteil gibt als das des Kindes ... Und jetzt werde ich noch ein bißchen arbeiten.«

»Meister«, sagte sie, denn sie brachte es nicht fertig, ihn Matthias zu nennen, »wenn ich bloß eine Begabung hätte, wenn auch nur eine ganz kleine. Aber ich kann gar nichts.«

»Woher weißt du denn das? Warte, werde erst einmal groß! Werde eine Frau, und dann wirst du weitersehen. Warte, bis das Leben beginnt!«

»Leben!« seufzte sie heimlich. »Dieses ewige finstere Tal – die lärmende Sägemühle – und fast nie ein lächelndes Gesicht. Acht Monate Winter. So viel Schnee, daß man verrückt werden kann. Ach, ich glaube, ohne Sie wäre ich schon längst gestorben.«

Er mischte einige Farben auf seiner Palette. Seine derben Arbeiterhände wirkten ganz und gar nicht zart, dennoch war alles, was diese Hände schufen, von unendlicher Zartheit.

»Menschen wie wir«, sagte er nach einigem Zögern, »kriegen leicht Heimweh nach dem Himmel. Diese Erde ist eine einzige Katastrophe! Das heißt, wenn man unter Menschen leben muß ... Was rede ich da? Hör nicht zu! Ich bin ein alter Ketzer, ein Sünder ...«

»Das ist nicht wahr. Wenn Sie es auch sagen, es ist nicht wahr.«

»Was du dir so vorstellst! Ich bin doch nicht immer ein uralter Mann gewesen!«

Er schaute sie plötzlich mit überraschender Schärfe an. »Sie haben mir selber erzählt, daß ein Mensch, der mit den Dingen über uns verknüpft ist, kein Alter kennt«, sagte sie schnell.

»Ach, ich weiß, manchmal hat man solche Stimmungen, dann redet man dummes Zeug. Doch ist es nicht ein bißchen gewagt, was du da sagst, Silvelie? Ich müßte dich fast bitten, du sollst dich wieder von mir malen lassen.«

»Aber nicht wieder stundenlang stillsitzen –«, bat sie.

»Kleine Gans! Wenn du nicht stillsitzt, wie soll ich dich dann malen? Aber du mußt dir andere Kleider verschaffen. Diese schweren Wollsachen verunstalten deine Figur. Als ich dich vorhin die Alp heraufkommen sah, da dachte ich schon, du seist in anderen Umständen. Ich wußte natürlich, daß das Unsinn ist. Verzeih mir diesen dummen Gedanken. Aber um die Brust zum Beispiel bist du viel zu eingeschnürt. Ich verstehe gar nicht, wie du noch atmen kannst, wenn du dich so einpackst. Wenn man so gewachsen ist wie du, braucht man kein Mieder. Du müßtest ein ganz leichtes Kleid haben. Schönheit braucht sich nicht zu schämen. Weißt du, es gibt so wenig menschliche Schönheit, daß alle die, die vollkommen geschaffen sind, die Pflicht hätten, ihren häßlichen Brüdern und Schwestern möglichst deutlich zu zeigen, was Schönheit ist. Es ist wie bei einem Kunstwerk. Das Schöne darf man nicht verstecken. Man soll es in die Sonne rücken. Die Griechen haben das so gemacht, wir aber sind im Vergleich zu den Griechen die reinen Barbaren. Doch ist Schönheit eine seltene Gabe. Hierzulande wird sie zu wenig gepflegt!«

»Die Leute schauen einen immer so sonderbar an, wenn man auch nur das Bein ein bißchen hochzieht.«

»Ja, weil sie nicht nach der Schönheit schauen, sondern nach etwas anderem. Wer Schönheit nicht sehen kann, ohne sie besitzen zu wollen, ist ein Kannibale.«

»Aber wenn ich das so mache, wie Sie sagen, bin ich dann nicht unanständig?«

Er unterbrach sie.

»Schon dieses schöne Wörtchen ›unanständig‹ konnten nur die Nachkommen von Höhlenbewohnern erfinden! Sei so lieb und hol mir eine Decke für die Schultern.«

Silvelie sprang auf und lief ins Schlößchen, das Servierbrett nahm sie mit. Einen Augenblick später kehrte sie mit einem dicken, karierten schottischen Plaid zurück, das sie über Herrn Lauters' Schultern legte. Er tätschelte ihr die Hand und bedankte sich.

»Ich hab Briefe für Sie«, sagte sie. »Ich hab bloß vergessen, sie gleich aus dem Korb zu nehmen. Da sind sie.«

Er schaute flüchtig die Adressen an.

»Behalt sie. Wozu brauche ich denn hier oben Briefe? Die Leute, die mir heute schreiben, hätten mich vor zwanzig Jahren nicht angeguckt. Alte Männer sind für ihre Familie eine Last. Wenn ich mir mein Leben wieder aussuchen könnte, würde ich ohne Familie bleiben.«

»Und haben Sie denn gar niemand lieb?« fragte sie.

»Doch – zuweilen«, und er betrachtete die schöne Rundung ihrer Wangen, ihren zarten Hals. »Ich bin ein Urgroßvater!«

»Wie geht es denn Ihren Kindern?«

Er strich sich seinen kurzen, weißen Bart und schnitt eine lausbübische Grimasse.

»Meinen Töchtern? Ach, die! Eine von ihnen ist jetzt schon zum drittenmal Großmutter geworden. Es klingt komisch, wenn du sie meine Kinder nennst. Diese dicken, wohlgenährten Matronen!« Er lachte.

»Aber Sie haben sie doch gern?«

»Ja, ja! Freilich! Leider! Ich traue mich kaum noch zu ihnen ins Haus. Sie veranstalten große Gesellschaften, dort wird über Kunst und ähnlichen Unsinn geschwätzt, und immer sind Professoren dabei – meine Töchter haben nämlich Universitätsprofessoren geheiratet. Sie bitten mich, ich soll den einen malen, er wird nämlich von Jahr zu Jahr berühmter, aber ich hab mich immer geweigert. Ich würde es nur unter der einen Bedingung tun, daß ich ihn mit langen Eselsohren und Scheuklappen an den Schläfen malen dürfte. So sehe ich ihn nämlich. Aber die anderen würden ihn dann nicht erkennen, und er würde sich vielleicht ein wenig beleidigt fühlen. Deshalb male ich ihn lieber nicht. Hirn, Konventionen, Engstirnigkeit und Selbstbewußtsein, das alles reizt mich nicht, das alles kann ich nicht malen. Es gibt tausend andere, die das können. Ich kann nur das malen, was ich liebe, und nicht das, worüber ich nachdenke.«

»Schade, daß Ihre Familie Sie nicht versteht«, sagte Silvelie bedauernd. »Ich wünschte Ihnen, Ihre Kinder würden Sie manchmal hier besuchen.«

»Aber, Silvelie, wenn du mich nur ein kleines bißchen lieb hast, darfst du mir so etwas nicht wünschen!«

»Sie sind doch immer allein!«

Er begann sich mit seinen Farben zu beschäftigen.

»Nun, viel hast du in diesen Jahren nicht gelernt.«

»Wie meinen Sie das?«

Fast verstört schaute er sie an.

»Sonst würdest du mich nicht bemitleiden, sondern mich beneiden. Wie kann ich mich denn hier oben einsam fühlen? Ich bin nur glücklich, wenn ich hier oben bin. Und dann – was ist schließlich das Leben! Weiter nichts als eine Lektion, die einem beibringt, wie man in seiner eigenen Haut umherspazieren soll!«

»Ja, ja, das ist schon wahr!«

»Wenn man älter und älter wird, schrumpft die Wichtigkeit der Dinge zusammen. Feste Stoffe lösen sich in Dunst auf. Nur das Wesentliche bleibt. Für mich besteht das Leben aus Wärme, Sonne und Trockenheit. Daß nur der Atem aus dem klapprigen Gerippe nicht ganz entweicht! Bis zuletzt Luft und Frieden und Arbeit, und den Zusammenhang mit dem Jenseits nicht verlieren. Das ist die einzige Art, um die Jugend in einem Skelett zu bewahren. Behalte das Geheimnis für dich!«

Er hielt einen Augenblick inne.

»Ich bin ein hartnäckiger Egoist, Silvelie, ja, ja, und ich suche überall nur das, was ich brauche.«

»Sie verdienen nur das Beste.«

»Du mußt mir verzeihen«, sagte er fast zärtlich, »ich weiß, du versuchst dein Leben mit dem meinen zu vergleichen. Aber das darfst du nicht tun. Du sollst vielleicht in deinem Herzen fühlen, daß ich auf eine große Wahrheit gestoßen bin. Dem Temperament nach paßt du zu mir, und es ist jammerschade, daß ich nicht fünfzig Jahre jünger bin. Daß du um fünfzig Jahre älter sein möchtest, will ich um Gottes willen nicht wünschen. Und dann – dich interessieren materielle Dinge ebensowenig wie mich. Für uns beide ist das Materielle nur Mittel, nicht Selbstzweck. Ich weiß, du Teufelskind, du hast das Geld weggegeben, das ich dir vor drei Tagen geschenkt habe. Ich weiß es. Du mußt es gestehen. Ja, ich lese es dir an den Augen ab. Aber das sollst du nicht tun. Du sollst vernünftig sein, dir genau überlegen, was du dir selber und was du den andern schuldig bist. Nein, ich werde dich nicht fragen, was aus den hundert Franken geworden ist, habe keine Angst. Aber wenn du aus Prinzip alles weggibst, was du bekommst, dann ist das nicht richtig. Und wenn ich dir wieder Geld gebe, schenk es nicht weg, sondern kauf dir ein hübsches Sommerkleid und andere Sachen, die du für dich selber brauchst.«

»Wo soll ich denn das hübsche, neue Sommerkleid tragen?«

Er sah ihre Wangen rot werden.

»Hier oben! In unserem Schlößchen!«

»Ich kann nicht aus dem Jeff weg, und so muß ich auch diese Kleider anbehalten. Ich muß an die andern denken.«

Er kratzte sich mit dem Pinselstiel die Wange.

»Unsinn! Eines Tages hast du das alles hinter dir und beginnst ein neues Leben.«

»Ich bin in diesem Tal groß geworden«, fuhr sie fort. »Ich weiß gar nicht, wie das ist, wenn man im Tiefland oder in einer Stadt lebt. Seit ich von der Schule weg bin, muß ich Geld verdienen, und alles, was ich seither gelernt habe, habe ich von Ihnen gelernt. Und wenn ich jetzt weglaufe, sind Hanna und Niklaus und Mutter allein und hilflos. Nein, nein, daran darf ich gar nicht denken. Später vielleicht, später, wenn ich alt bin.«

»Was meinst du denn mit alt?«

»Wenn ich soweit bin, daß ich von zu Hause weg kann. Jetzt geht es nicht.«

Ihre Stirn umwölkte sich. Er kannte ihre Sorgen, aber er wollte sich jetzt nicht damit abgeben. Er hatte keine Kräfte zu vergeuden.

»Unsinn«, wiederholte er. »Du wirst doch nicht ewig in der Via Mala leben müssen! Du weißt gar nicht, was das Leben noch alles für dich aufbewahrt! Ich bitte dich nur um eines: Wenn du mich auch nur ein bißchen gern hast, heirate nie einen Mann, der körperlich nicht ganz gesund oder im Aussehen und an Verstand dir nicht ganz ebenbürtig ist. Wirf dich nicht an irgendeinen unwürdigen Lümmel weg, sonst dreh ich mich noch im Grabe um.«

»Ich denke gar nicht daran zu heiraten.«

»Ach, das kommt schon, leider! Warte nur, bis der Teufel dich packt. Aber vergiß nicht, was ich dir gesagt habe. Es ist sehr wichtig für dich.«

Während seiner letzten Worte hatte er wieder zu arbeiten begonnen.

»So, mein Kind«, brummte er zärtlich. »Laß mich jetzt eine halbe Stunde allein. Ich will diese Nase fertigmachen. Ich komme dann gleich nach, dann wollen wir uns die hübschen kleinen Bilder ansehen, die ich vorigen Winter in Ägypten gemalt habe.«

Mit einer fast bösen Gebärde kratzte er mit dem Daumennagel einen Farbfleck von der Leinwand ab. Mit dem gleichen Werkzeug umriß er die Konturen der Bergnase.

»Das kommt davon, wenn man in frische, junge Augen schaut! Hände weg! Jetzt ist die Nase fertig.«

12

Die Militärbehörden beschlossen, die diesjährigen Manöver der Ostdivision in den Bergen von Graubünden abzuhalten. Eine feindliche Armee sollte vom Süden her die Schweiz angreifen und im Gebiet der Yzolla gepackt werden. Lange Kolonnen von Automobilen und Geschützen fuhren polternd über die Oberalpstraße aus dem Festungsgebiet im Massiv des St. Gotthard. In der entgegengesetzten Richtung marschierten Soldaten das Rheintal entlang. Automobile mit Offizieren, Signalstationen, Feldküchen, Infanteriebataillone und all das kriegerische Zubehör der Stämme der Ostschweiz geriet in Bewegung. Die schweizerische Armee machte sich mit der Begeisterung rotbackiger Pfadfinder, die Ferien haben, an die Arbeit. Es wurde viel umhermarschiert und geheimnisvoll Stellung bezogen, und es fanden viele Stabsberatungen statt. Die verblüffte Bevölkerung kam aus den Häusern und Hütten hervor und bewunderte die Verteidiger des Vaterlandes in ihren schlammgrünen Uniformen, wie sie durch die Straßen und über die Plätze der Gebirgsdörfer marschierten. Mit lachenden Mienen begrüßten sie die bewaffneten Fremdlinge und kicherten fröhlich auf ihre bäurische Art, wenn die aufrüttelnden Kriegs-, Freiheits-, Liebes- und Ruhmeslieder der Bataillone an ihre Ohren drangen. Ein paar Antimilitaristen, die wegen ihrer gottlosen Anschauungen im ganzen

Kanton berüchtigt waren, versammelten sich in den Wirtsstuben und betrachteten mit scheelen Blicken voller Verachtung die Festgelage der Soldaten und Offiziere.

In Andruss wimmelte es von Soldaten, die Straßen waren voll von Lärm und Durcheinander. Truppen in Stahlhelmen nach deutschem Muster marschierten dröhnenden Schrittes zwischen den Häusern hindurch. Gäule tranken an den Brunnen. Eitle, rotbackige junge Offiziere standen in kleinen Gruppen umher, ihre Blicke wanderten zu den von Geranien und Fuchsien umrankten Fenstern, um womöglich einen Blick aus hübschen Mädchenaugen zu erhaschen. Ein schwarzhaariger Oberst sowie ein blasser Major, der eine in seinem Privatleben Architekt, der andere Kolonialwarenhändler, spazierten in schweren nagelbeschlagenen Bergstiefeln, die imposanten Waden mit Gamaschen umwickelt, hochmütig wie alte Kriegsveteranen, durch Andruss und amüsierten sich höhnisch über die sonntäglich blanken Röhrenstiefel der Herren Leutnants.

Auf dem Dorfplatz machte ein Kameramann aus Zürich Filmaufnahmen. Man hörte hier alle möglichen Dialekte: Romanisch, das wie das Lateinische klingt, das langgezogene Maienfelder deutschen Ursprungs, das breitmäulige Zürcher Dütsch, die nasalen Klänge aus St. Gallen und dem Thurgau und die wuchtigen Kehllaute aus Uri. Graubünden allein ist schon wegen seiner vielen Dialekte berühmt. Es gibt eine Legende, die folgendermaßen lautet: Der Engel Logos bekam vom Schöpfer Säcke voll Samen und den Auftrag, in der Welt umherzufliegen und die Samen der Sprachen in die Köpfe der Menschen zu pflanzen. Nachdem die Samen in den Menschenhirnen Wurzeln gefaßt hatten, fingen sie sofort zu sprießen an, und bald darauf gab es Sprachen in Hülle und Fülle. Als der Engel Logos seine vielen Säcke ausgeleert hatte und zum Schöpfer zurückkehrte, entdeckte er zu seinem Schrecken, daß er vergessen hatte, in Graubünden Samen zu säen. Er erzählte das dem lieben Gott, und Gott befahl ihm, über den Kanton der Gletscher die Reste aus den verschiedenen Säcken auszustreuen. Deshalb besitzt dieses Bergvolk so viele verschiedene Sprachen und Dialekte ...

Am Sonntag hatte die Schlacht noch nicht begonnen. Die Armee war in Ruhestellung. Die Soldaten und Rekruten, die Taschen gespickt mit Ersparnissen, elterlichen Zuschüssen oder privatem Kapital, je nachdem, zu welcher Schicht sie gehörten, schlenderten ziellos umher. Und da sie durch ihr kriegerisches Geschäft allzusehr in Anspruch genommen waren, um an einen Kirchenbesuch zu denken, besetzten sie die Hotels, Wirtshäuser, Kneipen und alle erreichbaren Stühle unter den niedrigen Kastanienbäumen in den Biergärten. Niklaus Lauretz humpelte durch die Straßen von Andruss, sein steifes verkrümmtes Bein etwas nachschleppend.

Töny Volkerts Garten »Zum Weißen Kreuz« war überfüllt. Alle Stühle und Tische hatten die Soldaten beschlagnahmt. Niklaus trat ein, die Hände in den Hosentaschen. Drei Handharmonikas spielten zur gleichen Zeit. An einem großen Tisch saß singend und lärmend eine Schar von Unteroffizieren. Die weißgeschürzten Aushilfskellnerinnen drängten sich mit riesigen Tabletts voll von Biergläsern und Weinkrügen durch die Menge. Wohin er auch blickte, sah Niklaus nichts als gerötete, verschwitzte Gesichter einer dampfenden glühenden Menschheit, und ein sonderbares Gefühl, ein Gefühl der Nacktheit und Verlassenheit beschlich ihn. Er schaute sich nach dem blinden Jonathan um, nach Georg und einigen andern jungen Burschen aus dem Ort, die er kannte, aber er begegnete nur fremden Gesichtern. Kein Kegeln, kein Umherhocken und Schwatzen, kein Kartenspiel! Um sich zu trösten, kaufte er für dreißig Centimes ein Paket Zigaretten, wechselte mit zitternden Händen Silvelies Hundertfrankenschein. Ihm schien, er habe gar kein Recht, dermaßen viel Geld zu besitzen. Schließlich fand er einen Stuhl, bestellte ein Glas Bier und versank in stilles Grübeln. Und als er die lustigen Rekruten betrachtete, von denen manche Alpenrosen an den Mützen hatten, empfand er die Wut eines Menschen, der als ein Krüppel verurteilt war, diesem lustigen Soldatenleben für immer fernzubleiben. Nicht aus patriotischen Gründen war ihm das so schmerzlich. Er wußte gar nicht, was Patriotismus ist. Das Vaterland hatte noch nie etwas für ihn getan. Aber er wußte, daß er hier eine Gelegenheit eingebüßt hatte, frei zu werden und den Kerker des Jeff verlassen zu können. Soldat sein war ihm immer als etwas Himmlisches erschienen. Ihn hungerte nach Kameradschaft, nach dem Umgang mit jungen Burschen in seinem Alter, so wie es einen Wolf nach Fleisch hungert. Er lechzte nach ein wenig Helligkeit, nach Lachen, Sonnenschein und Liebe. Während er sein Bier trank, dachte er an all das, was ihm in seinem Leben fehlte, und seine hellblauen Augen musterten melancholisch die Kellnerin, die ihm das Bier gebracht hatte. Er begann in seiner unbewußt entschlossenen Art mit den Zähnen zu knirschen. ›Wartet nur, ihr Leute! Hier unter euch sitzt Niklaus Lauretz, der so manches Geheimnis kennt! Eines Tages wird er Millionär sein, und ihr werdet alle vor ihm den Hut ziehen. Ja, wartet nur!‹ Mit einer gewissen Wollust atmete er den Duft seiner eigenen Haare, die eben bei einem Friseur parfümiert worden waren.

Plötzlich fiel ihm ein, daß er einige Aufträge zu erledigen hatte. Er ging die Straße entlang zu einer Villa von städtischem Aussehen, die ganz verloren in einem Garten stand. Mit einer gewissen Scheu zog er die Glocke und fragte nach dem Zahnarzt Dr. Max. Der Doktor war nicht zu Hause. Wo er denn sei, fragte Niklaus. Das Dienstmädchen zuckte die Achseln. Er sei, sagte Niklaus, wegen seiner Mutter, Frau Lauretz, gekommen. Er wolle wissen, ob seine Mutter am Montagnachmittag den Doktor besuchen könne. Die Frau des Arztes kam an die Tür. Niklaus, den Hut in der Hand, wiederholte sein Anliegen. Frau Dr. Max sah im Besuchskalender nach. Ja, am Montagnachmittag könne Frau Lauretz kommen. »Das ist morgen. Punkt drei Uhr, nicht vergessen. Mein Mann hat viel zu tun.«

Niklaus zog seine schäbige, alte Geldbörse aus der Tasche. Wieviel es ausmachte, fragte er. Die Frau des Zahnarztes lachte und wurde ein wenig rot.

»Oh, das wird schon mein Mann regeln. Es hängt davon ab, was bei eurer Mutter zu machen ist.«

Niklaus betrachtete die nagelneuen Schuhe und Seidenstrümpfe der jungen Frau. Ihn schwindelte ein wenig, sein Herz begann zu klopfen. Die Frau Doktor lachte gönnerhaft.

»Wir haben Vertrauen zu euch, Buab!« sagte sie. »Hoffentlich muß eure Mutter nicht zuviel leiden.«

»Es ist nicht so schlimm, Frau Doktor.«

Warum sollte er denn zugeben, daß seine Mutter Schmerzen hatte?

Sie entließ ihn mit einem freundlichen Gruß. Wie sonderbar, plötzlich Geld zu besitzen! Alles war mit einemmal so einfach geworden! Er hinkte zu Georgs Haus, das am Rande des Dorfes stand, um Hannas Brief abzugeben. Georgs Eltern saßen Hand in Hand auf einer grünen Bank zwischen zwei Rosensträuchern, Niklaus näherte sich ihnen langsam. Er habe hier einen Brief für Georg. Die alten Leute musterten ihn kritisch. Georg sei nicht zu Hause. Ob sie so freundlich sein wollten, Georg den Brief zu geben, fragte Niklaus, er sei von seiner Schwester Hanna. Sie komme Montag nach Andruss, mit Muattr, die zum Zahnarzt müsse. Über die zwei alten Bauerngesichter huschte ein verschmitztes Lächeln.

»So, so, du bist ihr Bruder? Sie ist vor ein paar Tagen hiergewesen. Georg hat sie mitgebracht.«

Niklaus riß die Augen auf. Das war damals gewesen, als Hanna erzählte, sie hätte die Nacht bei Silvelie verbracht.

»Ich weiß«, sagte er dann. Und dachte bei sich: ›Ich wußte doch, daß sie lügt.‹

»Und wie geht es im Jeff?« fragte der Alte und schob seine silberne Brille hoch.

»Alles geht gut.«

»So, so. Man hört im Rat alle möglichen Sachen über deinen Vater. Seinen Nachbarn reißt langsam die Geduld. Er wird bald vor den Präsidenten zitiert werden.«

»Warum denn? Was wirft man ihm denn vor?«

»Die ewigen Weibergeschichten; man hat beschlossen, eines dieser Frauenzimmer, mit denen er lebt, aus dem Kanton auszuweisen, und dann wird man ihm für zwölf Monate den Zutritt zu sämtlichen Wirtsstuben verbieten. Jawohl. Und der Schmid aus Tavetch will eine Gläubigerversammlung einberufen. Ja, ja, junger Mann, euch stehn schwere Zeiten bevor. Ich hab grad vorhin mit meiner Frau darüber gesprochen, es ist wirklich schlimm, daß ihr so einen Vater habt.«

»Das ist für mich nichts Neues, Herr Pasolla, ich hab gar nichts dagegen, wenn man im Rat über meinen Vater redet. Vor vier Jahren sind wir wegen ihm beim Präsidenten gewesen, aber der Präsident hat ihn mit einer Warnung laufenlassen. Ich weiß nicht, wie das kommt, aber der Staat greift nicht so ein, wie er eingreifen sollte. Leuten wie uns schickt man bloß Warnungen, und immerfort schnüffelt ein Inspektor in unseren privaten Angelegenheiten. Was können denn wir dafür, wenn unser Vater sich schlecht aufführt? Ich will Euch bloß sagen, Herr Pasolla, daß ich das Familiengeschäft weiterführen werde, was auch kommen mag, und ich kann es schaffen. Keiner von euch wird es bereuen, wenn er ein bißchen Vertrauen zu mir hat. Vielleicht könnt Ihr im Rat ein gutes Wort für mich einlegen. Wenn Vater säuft und ein Leben wie ein Wilder führt, dann darf man das nicht mir in die Schuhe schieben, und überhaupt nicht unserer Familie nachtragen. Nein, man muß gerecht sein. Jetzt dauert's noch ein paar Jahre, dann wird Georg meine Schwester Hanna heiraten wollen, und Niklaus Lauretz wird sich nicht weigern, ihnen ein Haus zu bauen und ein Auto zu kaufen. Das weiß ich schon jetzt. Ich habe große Pläne im Kopf, Herr Pasolla!«

Der alte Graubündner Bauer schaute Niklaus etwas skeptisch an.

»Ich werde nicht derjenige sein, der kein gutes Wort für Euch einlegt, Niklaus. Einen Jonas Lauretz zum Vater haben ist wirklich schlimm. Aber so ist es nun mal; ein Mensch, der weder Gottes Gesetze noch die Gesetze des Landes respektiert, ist für alle ein schlechtes Beispiel.«

»Wir haben uns nicht an das Beispiel unseres Vaters gehalten«, sagte Niklaus.

»Nein, nein, sicher nicht. Für euch ist das wohl eine gute Lehre gewesen. Aber es gibt noch andere Leute und vor allem junges Volk, das ganz übel gegen unser Bündnerland arbeitet. Die sind ganz anders wie wir, in jeder Weise, Sozialisten und Kommunisten, und sie gehn in die Städte und machen dort dem Staat Schwierigkeiten. Dasselbe schlimme Volk wie vor fünfzig Jahren. Damals sind sie mit ihren modernen Ideen nach Amerika ausgewandert. Ich erinnere mich noch an einige von ihnen, aber sie haben längst ihr Vaterland vergessen und sind Amerikaner geworden.«

Herr Pasolla schüttelte schwerfällig den Kopf, und Niklaus setzte seinen Hut auf. Frau Pasolla schaute ihn verschlossen an.

»Anständige Leute wollen nicht mit einem Jonas Lauretz verwandt sein«, sagte sie. »Wir haben nichts gegen euch, aber du kannst deiner Schwester Hanna sagen, sie soll sich nicht mehr um Georg kümmern. Georg hab ich's schon gesagt.«

»Aber ich werde ihm trotzdem den Brief geben«, sagte Georgs Vater.

»Hanna soll machen, was sie will«, sagte Niklaus. »Ich bin nicht der Hüter meiner Schwester!«

Unvermittelt machte er kehrt und ging weg, mit brennenden Wangen, tief verletzt. Alle Vergnügungssucht war aus seinem Herzen verschwunden. Er humpelte die Dorfstraße entlang, der Stolz verlieh seinem holprigen Gang eine absonderliche Feierlichkeit. Ab und zu blieb er stehen und schaute sich hastig um, voll Angst, er könnte zufällig seinem Vater begegnen. Schließlich kam er wie ein verirrter Hund zur »Alten Post«. Er trat durch die Hintertür in das Wirtshaus und blickte forschend in die schmalen, niedrigen, mit Soldaten und Zivilisten vollgepfropften Gaststuben. Dann setzte er sich und bestellte ein Glas Bier.

Neben ihm saßen an einem runden Tisch vier Männer, und der Zufall wollte, daß der eine von den vieren der Schullehrer Wohl und der andere Herr Schmid, Besitzer eines Holzlagers in Tavetch, war. Herr Wohl, der seit einigen Jahren dem Großrat angehörte, hielt diesen Tag für geeignet, um mit einflußreichen Bürgern zusammenzutreffen, da binnen kurzem eine Neuwahl stattfinden sollte. Die drei Herren wollten offenbar Herrn Wohl bewegen, im Großrat einen Antrag einzubringen: Schluß mit den skandalösen Zuständen im Holzgewerbe, mit dem russischen Schleuderexport und dem unredlichen Wettbewerb im eigenen Land! Niklaus achtete wenig auf die Unterhaltung der vier Herren, bis mit einem Male der Name seines Vaters fiel. Er blickte verwirrt auf. Als er seinen früheren Schullehrer sah, mit dem er sich nie sehr gut vertragen hatte, nahm er sein Glas Bier und flüchtete hinter einen riesigen Ofen, der in der Stube stand. Die Ohren gespitzt, alle Sinne gespannt, lauschte er dem Gespräch am runden Tisch.

»Der Präsident«, sagte Herr Schmid, »wird der Sache ein Ende machen. Wenn er mit einem Jahr davonkommt, kann er von Glück sagen. Und wie ich schon sagte, Herr Großrat Wohl, es ist für uns alle nicht gut, wenn man von Jonas Lauretz einen Voranschlag machen läßt. Ich habe mit dem Herausgeber des ›Kurier‹ gesprochen. Er ist sehr dafür, daß endlich einmal für unser heimatliches Gewerbe anständige Bedingungen geschaffen werden. Lauretz ist ein übler Kunde. Wie kann er denn bloß zu so niedrigen Preisen kalkulieren, wie er das angekündigt hat? Er hat gar nicht die Mittel, den Auftrag auszuführen. Keinerlei Garantien. Wir sägen das Holz viel sauberer als er. Freilich, wir sind vielleicht eine halbe Stunde weiter weg von der Brücke als er, aber mit modernen Transportmitteln –«

»Ich weiß, ich weiß«, sagte Herr Wohl wohlwollend, »es freut mich sehr, daß du auf die Sache zu sprechen kommst, Herr Schmid. Ich hatte erst neulich Gelegenheit, in einem ähnlichen Fall des Unterbietens mir jemanden vorzuknöpfen. Der Mann hatte der Bahngesellschaft einen Voranschlag eingereicht, der um viertausend Franken niedriger war als die nächstfolgende Offerte. Ich richtete nun die Frage an ihn, wie er denn dabei auf seine Kosten kommen wolle. Es war offensichtlich, daß er bei dem Geschäft gar nichts verdienen konnte, sondern sogar etwas hätte zuschießen müssen. ›Ja, das weiß ich selber‹, sagte er zu mir, ›ich muß bloß den Auftrag haben, weil ich sonst in Konkurs gehen muß.‹ Solange er beweisen konnte, daß er Aufträge bekam, konnte er Kredite aufnehmen. Natürlich ist das ein Vorgehen, das das ganze Geschäftsleben demoralisiert. Löcher aufreißen, um neue zuzustopfen!«

»Aber wie gesagt, Herr Großrat, es ist der reine Betrug. Noch ein paar Lauretze, und wir müssen alle verhungern. Nein, ich finde, eine anständige Regierung hat alles Interesse daran, diese Schwindler abzuhalftern. Und wie gesagt, man muß das dem Publikum klarmachen, und ich habe schon mit dem Herausgeber des ›Kurier‹ gesprochen, und er sagt, er würde gern aus deiner geschätzten Feder, Herr Großrat, einen Artikel über die Schmutzkonkurrenz auf dem heimischen Markt bringen. Natürlich würde der Holzhändlerverband der letzte sein, der deine Unterstützung nicht zu würdigen weiß, Herr Großrat.«

Herr Wohl wischte sich mit einem großen Taschentuch die kahle Stirn, nahm seine goldgeränderte Brille ab, putzte sie umständlich und setzte sie dann wieder auf seine lange Nase.

»Man müßte vielleicht die öffentliche Meinung etwas aufrütteln«, sagte er nachdenklich. »›Die Totengräber des heimischen Gewerbes‹ oder ›Gefährliche ausländische Einflüsse in unserer Mitte‹. ›Alle anständigen Unternehmer müssen in dieser Wirtschaftskrise zusammenhalten.‹ ›Boykottiert die Schädlinge und die Sklavenarbeitsmärkte.‹«

»Es hat sich schon seit langem was für den Jonas Lauretz zusammengebraut«, sagte nun ein derber, dickbackiger Mann in Hemdsärmeln. »Der Kreis wird nicht viel verloren haben, wenn der alte Gauner für ein paar Monate ins Gefängnis wandert. Es kommt jetzt alles schön zusammen. Ich werde ihm schön einheizen. Was zum Teufel ist denn bloß seine Sägemühle wert?«

Niklaus sprang auf. Aus seinen blauen Augen schossen Blitze. Er humpelte zu dem Tisch hinüber und stellte sich vor seinen früheren Schullehrer hin.

»Was Jonas Lauretz' Sägemühle wert ist? Hat einer von euch danach gefragt? Das Brot seiner Familie ist sie wert! Ja, Herr Wohl, es ist leicht, hier mit den Feinden meines Vaters herumzusitzen und aus unserm Unglück Kapital zu schlagen. Es ist schon gut, daß ich euch reden gehört habe, meine Herren!«

Er verbeugte sich spöttisch.

»Nur her mit dem Zeitungsartikel aus Herrn Wohls geschätzter Feder!« fuhr Niklaus fort. »Ich möchte gern einmal über meinen früheren Lehrer herzlich lachen! Herzlich lachen!«

Er grinste frech.

»Ich will euch was sagen, unser Voranschlag ist ein ehrlicher Voranschlag!« sagte er ganz laut. »Ihr wollt mir doch nichts von meinem Geschäft erzählen! Und warum ist der Voranschlag ehrlich? Weil *ich* ihn gemacht habe, ich, Niklaus Lauretz, Sohn des Jonas Lauretz, des Säufers und Hurenhengstes, ich hab den Voranschlag gemacht, und er ist ehrlich, weil bei uns nicht Tausende an Profiten verteilt werden. Ehrliche Leute werden über eine ehrliche Brücke gehen und sagen können: Die Lauretz haben uns das Holz geliefert! Sie haben keinen Centime auf der Bank, sie sind Bettler, aber sie sind des Volkes Bettler und nicht des Volkes Profitschinder. Hol der Teufel eure Wirtschaftskrise! Ihr habt sie doch selber heraufbeschworen! Seit Jahren füllt ihr eure Taschen, und jetzt, wo das Geld nicht mehr so lustig fließen will, steckt ihr die Köpfe zusammen, um die armen Leute abzuwürgen und mit Hilfe der Gesetze an die Wand zu drücken.«

»Wer ist denn dieser rabiate junge Bengel?« fragte einer der vier, lehnte sich in seinen Stuhl zurück, und sein Kinn versank in den gewaltigen weichen Fettmassen seines Halses.

»Wer er ist?« rief Niklaus. »Wer er ist?«

Er lachte heftig, und die Leute standen von den Stühlen auf und kamen näher.

»Ich bin der Sohn von Jonas Lauretz!« fuhr Niklaus fort. »Ihr könnt mich alle anschauen! Redet nur weiter, Herrschaften, wie vorhin, fürchtet euch nicht!«

Der Wirt packte Niklaus bei den Schultern.

»Jetzt hab ich genug von eurer Familie«, brummte er, »deinen Vater sollte man ins Gefängnis stecken und dich dazu.«

»Ihr habt kein Recht, so etwas zu sagen! Nein!« rief Niklaus und schaute sich verzweifelt nach den Soldaten um, die mit dummen Gesichtern dastanden und zuhörten. »Das würde euch so passen, wenn man mich einsperrt, ich weiß schon! Aber mich werdet ihr nicht loswerden!«

Herr Wohl und seine Tischgefährten standen auf und schickten sich an, würdevoll das Wirtshaus zu verlassen, wie es Ratsmitgliedern und Handelsleuten geziemt, die plötzlich insultiert werden. Einige der Zuschauer begannen Niklaus zu beschimpfen. Ihre angeborene Roheit und Barbarei kam jetzt zum Vorschein.

»Dein Alter soll seine Schulden bezahlen!« schrie ein wildfremder Mensch.

»Schulden?« knurrte Niklaus.

»Ja, Schulden! Seit vier Monaten ist er mir zwölf Franken schuldig!«

Niklaus zog sofort seine schwarze Lederbörse hervor.

»Da sind deine zwölf dreckigen Franken!« schrie er. »Und genug Zeugen, die gesehen haben, daß die Schuld bezahlt ist!«

Er zählte das Geld auf den Tisch.

»Und wenn Jonas Lauretz der Mann ist, der er ist«, fuhr er fort, »dann habt ihr ebensoviel Schuld daran wie er selber! Mehr habe ich euch jetzt nicht zu sagen!« Er ging hinter den Ofen und trank sein

Bier aus. Nachdem er jeden der Anwesenden mit wilden Blicken gemustert hatte, schritt er schweißgebadet auf die Straße hinaus.

Hinkend spazierte er zu Volkerts Biergarten. Angeheiterte Soldaten tanzten miteinander auf der Kegelbahn.

»Sakrament!« murmelte Niklaus. »Ich habe auch ein Recht, mich zu amüsieren. Jetzt will ich einmal ordentlich trinken und alles vergessen!«

Er bestellte einen halben Liter Valtelino. Sobald er ihn erhalten hatte, bezahlte er ihn gleich, und dann goß er sich ein Glas voll ein. Der Wein floß bläulichrot wie dunkles Blut. Und wenn er das letzte Postauto versäumt, was liegt daran? Er wird zu Fuß nach Hause gehn, ja, zu Fuß die vielen Stunden über die Via Mala wandern. Bloß jetzt erst einmal stillsitzen, die Leute betrachten, vergessen, glücklich sein! Geistesabwesend schaute er sich um. Lauter fremde Gesichter. Er kannte nicht eines davon. Schnell verging die Zeit. Es wurde Abend, bevor er mit dem Krug Wein fertig war. Unter den niedrig gestutzten Kastanienbäumen setzte die Dämmerung ein. Die Gäste begannen zu gehen. Singend stapften die Soldaten davon. Niklaus träumte von den Millionen, die eines Tages ihm gehören würden. Er würde der reichste Mann im Kanton sein. Er würde die Führung im Holzgeschäft an sich reißen. Er würde Bolbeiß und Schmid zugrunde richten und nicht eher ruhen, als bis Schulmeister Wohl aus dem Großrat draußen war. Er würde selber in den Großrat kommen! Im Jeff! Dort wird er sich ein großes modernes Haus mit Türmen und einer riesigen Zugbrücke über die Yzolla bauen. Dann wird er eine Schwebebahn bis ins Tal hinauf bauen lassen. Unten im Tiefland wird er große Höfe besitzen. Und während er so träumte, erwachte plötzlich in seinem Herzen ein heftiger Schmerz. Er erinnerte sich mit einem Male an die Unterhaltung in der »Alten Post«, die seines Vaters Feinde dort miteinander geführt hatten. Nügeli aus dem Tavetch will dem Alten an den Kragen gehen und ihn aufkaufen. Bolbeiß spricht davon, daß der Alte ins Gefängnis müsse. Neue Wolken des Elends und Skandals sammelten sich über den Köpfen der Familie Lauretz. Jeder Ausweg schien versperrt, es fehlte an Geld, und nur mit Geld kann man hier auf Erden alles kaufen.

Es wurde finster, und Niklaus saß immer noch zusammengekauert auf seinem eisernen Stuhl. Ein Gefühl äußerster Hoffnungslosigkeit überwältigte ihn. Er mußte an einen gewissen Ernst denken, der mit ihm zur Schule gegangen war. Eines Morgens hatte man diesen Ernst erhängt in der Scheune seines Vaters aufgefunden. Nach einiger Zeit hörte Niklaus das Klappern von Pferdehufen und das Ächzen eines Karrens, Geräusche, die ihm bekannt vorkamen. Er schaute auf die Straße hinaus. Erstaunen und Angst überfielen ihn, als er seinen Vater auf dem Karren sitzen sah, den schwarzen Schlapphut in den Nacken geschoben, sein Säufergesicht dunkelrot verfärbt. Niklaus sprang auf, humpelte auf die Straße hinaus und folgte dem Karren, der langsam talaufwärts fuhr. Kurz hinter dem Dorf holte Niklaus seinen Vater ein.

»Vattr, Vattr! Wo willst du denn hin?«

Jonas Lauretz zog die Zügel, und der Wagen blieb stehen. Er drehte sich um und schaute seinen Sohn an.

»Sakrament nonamal! Was machst du denn hier?«

Seine Stimme klang unnatürlich ruhig.

»Ich will mit dir sprechen.«

»Was machst du in Andruss?«

»Ich wollte mir die Soldaten anschauen.«

»Die Soldaten anschauen? So, so! Aha!«

Er hielt inne und musterte Niklaus mit unterdrückter Wut.

»Und was wirst du dir nachher anschauen?« fragte er.

»Ich geh jetzt nach Hause.«

»Gehn?«

»Zu Fuß.«

»Steig auf. Ich nehme dich bis zur Brücke mit.«

Niklaus kletterte auf den Wagen und setzte sich neben seinen Vater.

»Hüppla!« rief Lauretz, und das alte Pferd begann zu ziehen.

Beide schwiegen – lange, qualvolle Minuten. Schließlich konnte Niklaus das eiserne Schweigen nicht länger ertragen.

»Vattr, paß auf«, sagte er, »sie sind hinter dir her.«

Lauretz gab keine Antwort. Er nagte an seinem dichten schwarzen Schnurrbart.

»Hinter mir?« sagte er plötzlich. »Wer ist hinter mir her? Teufel noch mal, die ganze Welt! Und was wollen sie mir denn tun, wenn sie mich erwischen? Was können sie mir denn tun?«

Er begann den ganzen Kreis, den Kanton, den Himmel und den Herrgott zu verfluchen. Trotz seiner Erregung wagte Niklaus kein Wort mehr zu sagen. Die Straße führte in die Tiefen eines Kiefernwaldes. Die letzten schimmernden Wolken über den Zacken der Alpetta spiegelten sich in einem runden düsteren See, und das dumpfe Tosen des jungen Rheins, der sich durch sein felsiges Bett wälzte, schlug an ihr Ohr. Niklaus begann zu reden.

»Man wird dich vor den Präsidenten holen. Pasolla hat mir das gesagt. Ich weiß nicht, was man gegen dich vorbringen wird. Du wirst vielleicht ins Gefängnis müssen. Bolbeiß und Schmid fallen über dich her, wegen dem Voranschlag. Und Nügeli will uns aufkaufen.«

Er hielt inne.

»Was sollen wir bloß machen?«

Jonas Lauretz antwortete nicht. Stumpfsinnig schaute er auf den Schweif des Gaules. Sie kamen jetzt an eine Straßengabelung. Links lag die Via Mala, rechts die Straße nach Aela-Sutt. Hier brachte Jonas Lauretz plötzlich den Wagen zum Stehen und stieg ab.

»Komm herunter!« sagte er mit plötzlicher Wut zu seinem Sohn, und Nikolaus kletterte aus dem Wagen.

Sowie seine Füße den Boden berührten, fiel sein Vater über ihn her. Eine Flut von Schimpfworten prasselte an sein Ohr.

»Die Soldaten hast du dir anschauen wollen? So? Das ist also deine Beschäftigung, wenn ich nicht zu Hause bin? Und getrunken hast du auch! Wer hat dir denn das Geld dazu gegeben, Huarabuab, heraus mit der Sprache!«

»Ich hab kein Geld, Vattr! Ich bin den ganzen Weg zu Fuß gegangen.«

»Zu Fuß?«

Er begann seinen Sohn zu schütteln.

»'ttsdunnerwettr! Was hab ich denn gemacht?«

»Wo du das Geld her hast, will ich wissen, du Dieb!«

»Ich bin kein Dieb. Ich wollte dich bloß warnen und dir sagen –«

»Mir einen Haufen Lügen erzählen! Jetzt bin ich dir hinter deine Schliche gekommen!«

»Ich wollte dir das mit dem Präsidenten erzählen, und was ich von den Leuten gehört habe.«

»Wo hast du das Geld her? Her damit!«

»Ich hab kein Geld!«

»Her damit!«

»Nein! Zum Teufel noch einmal, nein!«

»Du willst nicht, so, du willst nicht!«

Lauretz versetzte seinem Sohn einen heftigen Faustschlag aufs Ohr. Niklaus sank zu Boden. Sein Vater beugte sich nieder, durchsuchte die Taschen des jungen Burschen und fand die Geldbörse. Er schaute schnell hinein, steckte sie weg, erhob sich, kletterte auf den Wagen und fuhr los. Als Niklaus wieder zur Besinnung kam, war er allein, und das Blut tröpfelte ihm aus dem Ohr. Er war völlig betäubt. Drohend schüttelte er die Fäuste.

»Der Teufel, der dich gemacht hat, soll mich hören! Ich schwöre, ich hol mir mein Teil zurück, und ich werde mit deiner Seele nicht mehr Erbarmen haben als mit einem Stein! Das sag ich, Niklaus Lauretz!« Er setzte sich an den Straßenrand und dachte an Silvelie, an seine Mutter und den Zahnarzt.

»Nein, in dieser Welt kann es keine Gerechtigkeit geben. Nein, es ist alles aus, ich weiß es!«

13

Im Yzollahospiz ging es lustig zu. Offiziere der Gebirgsbrigade hatten alle verfügbaren Räume mit Beschlag belegt. Herr und Frau Gumpers wußten sich kaum noch zu helfen. Ihr Haus verwandelte sich in ein Kriegslager. Längs der Straße parkte eine Batterie Gebirgsartillerie, Motoren wurden repariert, Kühler wurden aufgefüllt und Reifen gewechselt.

»Was wollen wir bloß machen!« rief Frau Gumpers. »Alles haben sie auf den Kopf gestellt. Gib acht, Silvelie, halt die Augen offen! Paß auf, daß die Herren Offiziere alles bezahlen, was sie trinken. Und hör zu, Silvelie, wir haben vier Offiziere im Quartier. Wo wirst du denn schlafen? Du lieber Himmel! Herr-jeh!«

»Wo ich schlafen werde? Nirgends, Frau Gumpers. Ihr glaubt doch nicht, daß die Herren zu Bett gehen? Es ist schon nach zwei, um fünf Uhr beginnt der Dienst. Hört Euch das an! Wie sie dort im Stübli singen und lärmen! Gerade hat einer fünf Portionen Forellen verlangt!«

»Sind denn noch welche da?«

»Nicht eine mehr! Ich hab im Fischtrog nachgeschaut.«

»Wir werden ihnen einen Salat machen und Bratkartoffeln mit Ei!« rief Frau Gumpers. »Ich habe doch den Herrn gesagt, daß es keine Forellen gibt.«

»Und ich hab ihnen gesagt, wenn sie noch Fisch haben wollen, müssen sie sich selber welchen fangen«, fügte Silvelie hinzu.

Dicker Tabaksqualm hing in der Luft. Der kindische Bündnervers ertönte:

»Wibi, wabi, wupp, wupp, wupp,
Großa Mächtaga Stuck, Stuck, Stuck!«

Brüllendes Gelächter! Eine laute Stimme rief nach Silvelie.

»Chum, du Häxli! Du Schatz, bring dr Välteliner!«

»Ich komm schon! Ich komm schon!« rief Silvelie zurück. Sie lief schnell in den Keller, um einen riesigen Krug mit Wein zu füllen. Und als der Krug gefüllt war, blickte sie auf, und ihr Herz begann heftig zu pochen. Da war er schon wieder, der Hauptmann von Richenau, in seinen hohen Stiefeln, groß, den Kragen weit offen, den Hals wie eine Säule auf die breiten Schultern gepflanzt, ein Lächeln auf den Lippen, und ein Lachen in den grauen Augen.

»Gehn Sie weg, gehn Sie weg!« sagte Silvelie. »Ich komm schon mit dem Wein.«

Er stellte sich ihr in den Weg.

»Erst den Wegzoll entrichten!«

»Keinen Centime!«

»Hier ist militärisches Gebiet.«

»Lassen Sie mich vorbei. Hören Sie doch, wie Ihre Freunde nach Wein schreien! Man könnte meinen, sie sind am Verdursten!«

Er schaute sie ernst an.

»Erst den Wegzoll entrichten!«

»Frauen und Kinder brauchen nichts zu zahlen.«

»So?«

Seine Augen leuchteten. Sie rang nach Atem.

»Einen Kuß, Fräulein!« bat er. »Nur einen Kuß, gerade weil ich nicht soll!«

Er nahm sie in die Arme, hob sie hoch und küßte ihre Lippen. Sie glaubte, sie müsse ohnmächtig werden. Er küßte sie auf die Augen, auf das Kinn, den Hals und stellte sie dann wieder auf die Beine.

»Und jetzt trage *ich* den Krug«, sagte er und nahm ihr den Krug aus der Hand. »Kommen Sie!«

Sie folgte ihm. Er mußte sich bücken, um durch die Tür in die holzgetäfelte Gaststube zu kommen. Seine Kameraden empfingen ihn mit lautem Hurra. Er befahl Schweigen. »Schaut euch dieses kleine Edelweiß an!« Und er zeigte auf Silvelie. »Wer will noch behaupten, daß es im Lande der Gemsen keine hübschen Mädchen gibt? Drei Hurras für das Fräulein!«

Aus vollem Herzen und aus voller Kehle erschollen die drei Hurras.

»Morgen fängt unser Krieg an!«

»Heute! Heute!« verbesserte ihn ein Chorus von Stimmen.

»Richtig! Heute! In ein paar Stunden. Wer ist dafür, daß wir sie mitnehmen? Sie kann auf einer Haubitze fahren, und wir setzen ihr einen Kranz von Alpenrosen auf!«

»Wibi, wabi, wupp, wupp, wupp,
Groẞa Mächtaga Stuck, Stuck, Stuck!«

brüllte der Chor.

Hauptmann von Richenau reichte mit würdevoller Geste Silvelie den großen Weinkrug.

»Füllen Sie mit Ihren schönen Händen unsere Gläser, dann wollen wir auf Ihre Gesundheit trinken.«

Draußen setzte ein heftiges Getöse ein. Eine schwere Geschützbatterie war eben angekommen. Die Offiziere standen auf und versammelten sich im Torweg. Die Scheinwerfer und Laternen einer

Automobilkolonne hatten die Nacht in einen künstlichen Tag verwandelt. Ein großes Auto kam auf der Yzollastraße herangebraust. Als Hauptmann von Richenau und seine Kameraden das Hupsignal des Obersten hörten, knöpften sie ihre Kragen zu und strichen sich die Waffenröcke glatt.

Silvelie verließ das Haus durch eine Seitentür, um sich die neuen Gäste anzuschauen. Plötzlich sah sie ihren Bruder Niklaus auf sich zukommen. Er war ganz außer Atem.

»Ich muß mit dir sprechen.«

Erschrocken rief sie seinen Namen.

»Jeses, wie du aussiehst!«

»Ich muß mit dir sprechen.« Und er packte sie beim Arm.

»Ich komme aus Andruss. Die Soldaten haben mich auf einem Auto mitgenommen.«

Er drückte ein blutdurchtränktes Taschentuch an das eine Ohr.

»Auf dieser Seite hör ich einfach gar nichts mehr!« sagte er.

»Was ist passiert?«

»Der Alte!«

»Was hat er dir denn getan?«

Niklaus berichtete mit hastiger Stimme von seinem Abenteuer.

»Aber warum bist du ihm denn nachgegangen?«

»Ich wollte ihn warnen und ihm sagen, daß ich mich um das Geschäft kümmern werde, wenn sie ihn ins Gefängnis stecken. Und dann, Silvelie, hat er mir die Börse mit dem ganzen Geld weggenommen, das du Hanna geschickt hast. Ich habe nämlich in Andruss wechseln lassen. Für mich hab ich bloß drei Franken und fünfundsechzig Centimes ausgegeben. Ich hab mir die Haare schneiden lassen, dann hab ich mir ein Päckchen Stumpen, ein bißchen Bier und ein halbes Maß Valtelino gekauft, sonst nichts. Das andere hat er mir alles weggenommen, der Hund!«

Niklaus lehnte sich an die Hauswand und fing an zu schluchzen.

»Eine Schande!« sagte sie. »Sie sollten ihn wirklich für einige Zeit ins Gefängnis stecken.«

Sie umarmte ihren Bruder.

»Und Muattr sollte morgen um drei mit dem Auto zum Zahnarzt fahren, und jetzt haben wir kein Geld.«

Seine gequälte Stimme ging ihr zu Herzen.

»Hol's der Teufel, ich glaube, auf dem einen Ohr bin ich jetzt taub. Das auch noch!«

»Nicht weinen, Niklaus«, sagte Silvelie leise. »Ich muß jetzt wieder arbeiten gehn. Jeses, hör nur, Frau Gumpers ruft schon nach mir. Aber warte ein Weilchen. Ich hol dir was zu essen. Du mußt halt bei den Kühen im Stall schlafen. Ich will mir alles noch einmal überlegen. Um zehn fährt ein Postauto. Vielleicht kann ich bis dahin etwas Geld auftreiben.«

14

Kurz vor Tagesanbruch kam Silvelie aus dem Stall. Sie hatte die restlichen Stunden der Nacht dort zusammen mit ihrem Bruder verbracht.

Noch war sie ganz verschlafen, sie rieb sich die Augen, und dann sah sie am Brunnen eine Reihe von Soldaten stehen, die, mit entblößtem Oberkörper und baumelnden Hosenträgern, unter lautem Gelärm ihre Morgentoilette besorgten. In dem Feldlager neben dem Hospiz herrschte bereits ein geschäftiges Treiben. Silvelie schlüpfte an den Soldaten vorbei, die sie mit Wasser bespritzten, zwängte sich zwischen den Geschützen hindurch und überquerte dann auf ein paar Holzplanken, die als Brücke dienten, die Yzolla. Die Morgenluft war kalt und frisch. Vor dem wäßriggrünen Himmel zeichneten sich wie eine schwarze Mauer die Kanten der Pics ab, täuschend nah und bedrohlich hoch. Sie folgte dem kleinen Pfad, der über die taubedeckten Wiesen zu dem Schlößchen hinaufführte. »Was wird Meister Lauters sagen, wenn ich ihm das erzähle? Was wird er tun?« überlegte sie im Gehen. Ganz allmählich trat der Tag seine Herrschaft an. Aus dem Zwielicht tauchten Farben auf, Schatten verschwanden wie durch Zauberei, die Unebenheiten des Bodens wurden sichtbar. Die Sterne verblaßten. Silvelie hatte das Gefühl, als reiße sich etwas in ihrem Inneren los, verlasse ihren Körper und schwebe in die Regionen über ihr davon. Sie ahnte, daß nicht nur sie, sondern auch alle andern Dinge auf Erden, alles Lebende und der Tod nicht nur dieser Welt allein gehörten, sondern auf geheimnisvolle Weise mit der Unendlichkeit verknüpft seien, daß alles seine Rolle in einem ungeheuren Mechanismus zu spielen habe …

Als sie in die Nähe des Schlößchens kam, war es noch früh am Tage. Sie wußte, daß Herr Lauters noch schlief, setzte sich daher auf die steinernen Stufen und schaute zu, wie der Himmel immer heller und farbiger wurde.

Dieses nie endende, verwirrende Leben! Warum all diese Grausamkeiten, dieser Alpdruck der Angst? War das notwendig? Wer hatte befohlen, daß sie und ihre Angehörigen in einer finsteren Sägemühle hausen mußten, in Dunkelheit und Feuchtigkeit, wie nur Frösche und Kröten es ertragen können? Warum um Himmels willen war sie denn überhaupt zur Welt gekommen, um ein solches Leben zu führen? Die Welt schien so gut und so groß, alles schien so friedlich, sie aber mußte hier sitzen, in der kalten Dämmerung, von Kummer erfüllt, verbittert und empört. ›Ich glaube nicht, daß das lange so weitergehen kann‹, sagte sie sich.

Unterdessen ging über dem zackigen Gipfel des Valatscha die Sonne auf und überflutete die Bergwelt mit ihrem Licht und einer schnellen lauen Wärme. Tiefblaue und violette Schatten wichen in die Täler zurück. Schließlich wurden die Läden vor dem großen Zimmer im oberen Stockwerk geöffnet, und Herr Lauters trat nackt auf den Balkon heraus. Er begann, seinen ausgemergelten Körper zu verrenken, machte Rumpfbeugen, streckte sich, turnte mit Armen und Beinen und stieß ab und zu einen Schmerzenslaut aus. Dennoch schien ihm diese Folter Spaß zu machen, aber er hatte bald genug davon und begann in tiefen Zügen mit langgezogenen Seufzern die Bergluft einzuatmen. Das war seine indische Art zu atmen, sich mit Prana vollzupumpen. Zwei Minuten später kehrte er in sein Zimmer zurück. Wasser plätscherte in die Badewanne. Dann hörte man ihn in das Bad steigen und gleich darauf wieder herausspringen. Die Berührung mit dem kalten Wasser hatte ihn vor Schmerz aufschreien lassen.

Silvelie wußte, daß er sich jetzt bald anziehen würde. Sie wartete geduldig.

›Wenn er bloß fünfzig Jahre jünger wäre! Daß er in seinem Alter noch kalt badet!‹

Der Maestro setzte seine Atemübungen fort; es sah aus, als seufze er der Natur einen Morgengruß entgegen. Er kam auf den Balkon heraus, bekleidet mit einer zerrissenen alten Flanellhose, einer hellbraunen Wolljacke und einem riesigen braunen Tuch um den Hals.

»Ah, du bist es!« Er strich sich energisch mit beiden Händen über das silberweiße Haar. »Das ist aber nett von dir, daß du schon so früh kommst!«

»Ich wollte nicht stören«, sagte sie.

»Stören? Unsinn! Ich habe heute früh von dir geträumt. Einen sonderbaren Traum. Du standest auf einem schwarzseidenen Kissen und hattest nicht mehr an als Susanna im Bade. Alle möglichen Leute waren um dich versammelt. Ein Doktor schaute deinen Arm an und bewegte ihn auf und nieder wie den Schwengel einer Dorfpumpe. Ein anderer machte eine Röntgenaufnahme von dir. Ein Pariser Schneider war damit beschäftigt, dir Maß zu nehmen. Ein Friseur machte dir die Haare zurecht. Ein Fotograf wollte dich fotografieren, und ein Maler benützte dich als Modell. Gerade, als mich die Sache ernsthaft zu interessieren begann, wachte ich auf ... Du siehst heute ein bißchen blaß aus. Ist etwas passiert?«

Einen Augenblick später holte er Silvelie ins Haus herein. »Ich muß heute ins Jeff hinunter«, sagte sie, »deshalb will ich gleich mit dem Aufräumen anfangen.«

»Unsinn! Wir stellen jetzt den Tisch auf den Balkon und frühstücken zusammen. In der großen Thermosflasche ist heißer Milchkaffee. Dann schauen wir uns die Sonne an. Ach, wenn nur dieses Wetter anhält!«

Er nahm Silvelie um die Taille und ging mit ihr die Treppe hinauf.

»Ich weiß, ich weiß«, sagte er zärtlich, »es ist wieder etwas passiert. Wir werden uns dann gleich darüber unterhalten. Komm jetzt, und hilf mir den Tisch auf den Balkon stellen.«

Sie befanden sich in einem großen schönen Raum, in dem hinter einem alten spanischen Wandschirm ein Schlafdiwan stand. Der Boden war mit kostbaren orientalischen Teppichen bedeckt. Ein holländischer Schrank stand an der Wand, einige florentinische Stühle und Tischchen vervollständigten die Einrichtung, und auf mehreren Staffeleien waren Matthias Lauters' letzte Bilder – teils vollendet, teils eben erst begonnen – aufgestellt. Ihre strenge und leuchtende Schönheit kontrastierte seltsam mit der gedämpften Milde einiger alter Meister und mit den Zeichnungen und Radierungen, die jedes Fleckchen Wand bedeckten. Aber trotz all dieser luxuriösen Gegenstände fehlte hier völlig jene träge und wollüstige Atmosphäre, die man zuweilen in den Ateliers von Malern antrifft. Es herrschte in dem Raum Arbeitsgeist und Besinnlichkeit zugleich, und die Hunderte schön gebundener, auf den Regalen und in hohen Stapeln auf den Tischen aufgehäufter Bücher zeigten, daß Herr Lauters in seinem bergigen Schlupfwinkel keineswegs so einsam war, wie man hätte annehmen können.

»Und jetzt«, sagte er, nachdem Silvelie auf dem Balkon einen kleinen Frühstückstisch hergerichtet hatte, »jetzt werde ich dir das Haar frisieren.«

Er näherte sich ihr mit Kamm und Bürste.

»Bitte, kein Sträuben! Ich bin der beste Friseur der Welt. Puh, du riechst nach Stall.«

»Ich habe im Stall geschlafen.«

»Nun, Kühe sind freundliche Tiere. Lieber unter einer Schar von Kühen als an einem heißen Tag in einer Ausstellung unter einer Schar von Menschen.«

Er kämmte ihr das Haar aus der Stirne.

»Es ist eine wahre Tragödie, daß die Menschen Kleider tragen. Wenn die Leute im Sommer nackt umherliefen, würden ihre Laster und häßlichen Leidenschaften, die sich zwischen den vier Wänden angehäuft haben, im Sonnenschein verdunsten. Du hast reizendes Haar, wie Honig, mit goldenen Streifen, wellig und weich! Siehst du, so mußt du dir das Haar frisieren, so, wie ich es dir jetzt zeige. Und immer die Stirn und die Ohren frei lassen! Botticelli, nein, Böcklin. So hübsche Ohren! Eine Schande, sie zu verstecken. Diese Linie vom Ohr zum Kinn muß gut herauskommen.«

Er tätschelte ihre Wangen.

»So!« sagte er. »Weg mit diesem engen, schwarzen Leibchen und diesem frommen, dicken Bauernkittel. Ich bringe dir einen Schal.

Graublau, mit Gold durchwirkt. Wart einen Augenblick! Ich hab hier eine Unmenge Zeug.«

Er öffnete eine große Schublade voll köstlicher Seidenstoffe, Schals und Stickereien.

»Mein ganzes Leben lang habe ich diese schönen Sachen gesammelt. Warum schaust du denn in den Spiegel? Hast du dich noch nie gesehen? Ich weiß schon, was schön ist. Hier, siehst du, das ist der Schal! Du mußt wirklich ab und zu an deine Kleidung denken. Einer Frau darf es nicht gleichgültig sein, wie sie angezogen ist. Ich werde für dich ein paar Sachen aus Zürich kommen lassen. Ja, mein Vögelchen, ich werde mich um deine Garderobe kümmern. Es gibt doch noch so etwas wie Stil, und paß auf, ich finde einen Stil für dich. Deinen Stil. Zum Zauber einer Frau gehört auch die Kleidung. Du wirst schon noch dahinterkommen! Ich versteh es durchaus, wenn eine Frau hungert, um das Geld für schöne Kleider zu sparen. Für eine Frau hat das Anziehen und Ausziehen einen gewissen Reiz.«

Silvelie knöpfte Rock und Mieder auf und zog sich aus, während Matthias Lauters wegschaute. Sie legte Schuhe und Strümpfe ab und stand in einem einfachen, weißen Baumwollhemd vor dem Maler. Er hüllte sie mit geschickter Hand in einen großen persischen Schal, trat zurück und musterte sie kritisch.

»Donnerwetter!« rief er aus. »Die Lieblingsfrau des Paschas.« Er lachte.

»Jetzt schau dich an! Nicht zu überbieten! So werde ich dich malen. Ich weiß hier ganz in der Nähe einen schönen Winkel, im Hintergrund der Himmel und die Bergwildnis. Du sollst über der Erde schweben, das Haupt in den Wolken! Ich bin halb verrückt. Bete zu Gott, daß ich noch lange genug lebe, um das zu schaffen!«

Er wandte sich ab.

»Frühstück, Silvelie!«

»Es ist der Sinn des Lebens«, sagte er dann, als sie einander gegenübersaßen, »mit jedem Tag ein neues Leben anzufangen und den Schlaf als Therapie gegen den unvermeidlichen Verfall des Körpers zu betrachten.«

»Du machst mir Sorgen«, fuhr er nach einer Weile nachdenklich fort. »Ich will heute nicht egoistisch sein. Ich will dich heute einmal auffordern, mir alles zu erzählen. Du sollst nichts verschweigen. Ich weiß, daß du Kummer hast.«

Sie blickte zu Boden. »Es ist schwer, so schwer.«

»Dann mach es nicht noch schwerer.«

»Es handelt sich um meine Angehörigen.«

»Erzähl mir alles.«

»Sie werden empört sein.«

»Unsinn! Und wenn alle deine Angehörigen Säufer und Mörder sind, wird mich auch das nicht empören.«

»So schlimm ist es nicht.«

»Ich weiß schon, es handelt sich nur um deinen Vater.«

»Ich kann Ihnen nicht sagen, wie schwer das für uns ist, und in der letzten Zeit ist es mit ihm noch schlimmer geworden.«

Scheu begann sie zu erzählen, während er ihre hellen Augen und den Tau auf ihren Wangen betrachtete. Wie aus weiter Ferne wehte ihr Bericht an sein Ohr, eine der vielen Elendsgeschichten, die er in seinem Leben hatte anhören müssen. Aber es war seine Gewohnheit, sich diese Dinge vom Leibe zu halten. Auch Angriffe auf seinen Stolz, unfreundliche Kritik, unverdiente Beschimpfungen und Geringschätzung ließen ihn kalt. Silvelie hielt in ihrem Bericht inne und schaute ihn an.

»Weiter! Weiter! Ich höre, mein Kind.«

Er schien vorauszusehen, daß Silvelie nicht immer dieses elende Leben würde führen müssen, sondern daß sie diese düstere Phase durchschreiten und ihre jetzigen Sorgen weit hinter sich lassen würde – jedoch nicht, ohne unterwegs neuen Sorgen zu begegnen. Ihm kam es gar nicht so einmalig vor, daß jemand einen trunksüchtigen Vater hatte, der seine Familie umherstieß und mißhandelte. Jeder von uns muß allein seinen Weg gehen. Wenn Lauters' Augen trotzdem voller Mitleid waren, dann war nicht Silvelies Jammer, sondern ihre Schönheit daran schuld, und während sie von ihrer Not und Angst erzählte, kniff er die Augen zu und wunderte sich, wie sehr die Natur sie inmitten dieses Elends mit einer so außergewöhnlichen Schönheit beschenkt hatte.

»Das alles läßt sich nicht ändern«, sagte er ziemlich brutal, als sie mit ihrem Bericht zu Ende war. »Was das Geld betrifft, mein Vögelchen, so mußt du es dir selber holen. Du findest es in einer der Schubladen im Badezimmer. Ich weiß nicht, wieviel da ist, nimm was du brauchst.«

Verwirrt und beschämt lehnte sie sein Angebot ab.

»Darf ich denn über mein Geld nicht verfügen, wie es mir paßt? Also, geh jetzt ins Badezimmer, und hol dir, was du brauchst. Ich werde keine Fragen an dich richten und das Ganze vergessen. Außerdem ist es eigentlich dein Geld. Siehst du dein Portrait, das ich voriges Jahr gemalt habe? Ich habe es kopiert und die Kopie für viel Geld verkauft. Ein lieber alter Freund in Rom hatte mich darum gebeten. Vor Jahren hat er mich einmal durchgefüttert, als ich nichts zu essen und nicht einmal ein Bett hatte. Nun ist er uralt und hält sich nur mit Champagner und Hummer über Wasser.«

Er schaute Silvelie streng an, in seinem Blick lag ein Befehl.

»Geh jetzt, und hol dir das Geld«, brummte er, »du tust mir einen Gefallen damit.«

Silvelie stand auf. Sie ging ins Badezimmer und öffnete mit zitternder Hand eine Schublade: Weiche Kragen, Krawatten, Knöpfe, Hosenträger, ganze Stöße ungeöffneter Briefe und Zeitungen. Sie machte die Lade schnell wieder zu und öffnete die nächste. Pinsel, ausgequetschte Farbtuben, Schnürsenkel, kleine Ölfläschchen und abermals Briefe. Sie öffnete eine dritte Schublade, die angefüllt war mit Bindfaden, Korken, Zigaretten, Streichhölzern, alten Taschenmessern, italienischen, schweizerischen, griechischen und ägyptischen Münzen, Werkzeugen jeglicher Art – ein wahres Jungenparadies. Und inmitten dieses Wustes lagen schweizerische Banknoten, sorgsam zusammengefaltet, offenbar frisch von der Bank. So viel Geld! Sie dachte einen Augenblick nach, dann nahm sie dreihundert Franken. Ja, das genügte. Damit würden sie über ihre jetzigen Schwierigkeiten hinwegkommen können. Sie kehrte auf den Balkon zurück.

»Ich habe dreihundert Franken genommen«, sagte sie scheu.

»Bist eine dumme Gans!« sagte Lauters, stand schnell auf, ging ins Badezimmer und kam gleich wieder zurück.

»Da, nimm! Was nützen dir denn dreihundert Franken? Zähl nicht lange, nimm!«

Silvelie beugte sich über den Tisch und begann zu weinen.

»Ihr Weiber, ihr Weiber!« rief er. »Wann werdet ihr lernen, vernünftig zu sein?«

»Aber ich kann nichts dafür!« schluchzte sie.

»Es ist doch lauter Dreck!« fuhr er wütend fort. »Und da fängst du an zu weinen! Wie willst du denn ohne Geld aus der Schweinerei herauskommen?«

»Ich weine ja nicht deshalb!«

»Weshalb denn, um Gottes willen?«

»Ich weiß nicht.«

»Du müßtest es aber wissen«, sagte er. »Und hör jetzt auf!«

In diesem Augenblick ertönte ein heftiger Knall. Die Berge schienen zu erzittern, und ein dröhnendes Echo kam von den Höhen zurück. Fast unmittelbar darauf erfolgte eine zweite Explosion und dann eine dritte.

»Was zum Teufel ist denn das?« rief Matthias Lauters entsetzt.

Silvelie sprang auf.

»Die Manöver!«

»Manöver? Was für Manöver?«

Abermals ballerten die Geschütze.

»Die Gebirgsbrigade«, sagte Silvelie.

»Die Gebirgsbrigade? Das hat mir noch gefehlt. Jetzt kommen sie sogar bis hierher, diese Kindsköpfe, und stören mich mit ihrem Lärm!«

Er erhob sich und ging auf und ab.

»Es ist wahr«, murmelte er, »man muß mit den Menschen Geduld haben. Täglich sterben sie zu Hunderttausenden. Jeden Tag verschwindet gleichsam eine richtige Großstadt vom Antlitz der Erde. Aber die Menschheit muß immer noch nachhelfen und hört nicht auf, ihre Geschichte mit zu schreiben. Dummköpfe! Es ist alles so unnötig!«

»Die Manöver werden nicht lange dauern«, sagte Silvelie, »bloß zwei Tage.«

Jedesmal, wenn eine Kanone losging, lief es Lauters kalt über den Rücken. Er rannte ins Badezimmer und stopfte sich Watte in die Ohren.

»Grausig, dieser Lärm«, rief er »und das nennen diese Kindsköpfe Zivilisation! Wohin soll man denn flüchten? Die ganze Welt ist ein Irrenhaus!«

Silvelie räumte den Frühstückstisch ab, zog den Schal aus, faltete ihn sauber zusammen und legte ihn wieder in die Schublade. Dann machte sie das Bett des Malers und brachte sein Zimmer in Ordnung. Das Geld, das ihr Lauters in den Rücken geschoben hatte, war zu Boden gefallen. Sie hob es auf und zählte nach.

»Aber das sind ja neunhundert Franken«, stieß sie hervor.

»Geh und gib sie aus!« sagte er. »Versprich mir, daß du dir ein hübsches Sommerkleid kaufst und diese Lumpen ablegst! Du gehörst nicht zu den kleinen Leutchen, die in Lumpen poetisch aussehen. Ein anständiger Doktor hätte dir längst schon den Arm ausheilen können.« Sie hatte ihm erzählt, daß sie sich den Arm in der Schule gebrochen habe.

»Ein Doktor!« seufzte sie. »Im Jeff gibt es nur einen Arzt, die Natur.«

Abermals donnerten die Geschütze. Man hörte Granaten durch die Luft sausen. Matthias Lauters trat auf den Balkon. Der Künstler in ihm empörte sich.

Silvelie stellte sich neben ihn und legte ihm die Hand auf die Schulter.

»Die Griechen und Römer kämpften früher immerhin von Mann zu Mann. Heute schießen Feiglinge aufeinander, ohne auch nur zu sehen, auf wen sie schießen. Früher trug man eiserne Rüstungen, heute hängt man sich eine Gasmaske vors Gesicht. Lang lebe das Vaterland! Und heute noch läßt man sich von Priestern segnen und von politischen alten Weibern führen. Ich bin froh, daß ich bald verschwinde, und mich wundert nur, wie ich so alt werden konnte, ohne längst umgebracht worden zu sein.«

Das Geballer einer Gebirgsbatterie begleitete seine Worte.

»Die Feinde der Kunst!« rief er.

15

Seit vielen Jahren schon saß Doktor Johannes Bonatsch auf dem Präsidentenstuhl des Kreises Andruss. Er wohnte mit seiner Familie in einem steinernen Haus von städtischem Aussehen, das gewichtig und vornehm zwischen den kleinen hölzernen Gebäuden des Dorfes thronte. Schwere Eisengitter sicherten die unteren Fenster gegen Einbrecher, und über den zwei protzigen Pfeilern an der Eingangstür hing in einer Glasvitrine ein Bildnis der Immaculata. Ein unbekannter Künstler hatte sie gemalt, sie mit Wölkchen und kleinen tanzenden Engeln umgeben und sie die Blicke niederschlagen lassen in züchtigem Entsetzen über das, was die Engel ihr verkündeten.

Jetzt schien diese unberührte Liebe Frau unablässig die Türstufe am Hause des Kreispräsidenten zu betrachten, und da man sich in einem römisch-katholischen Lande befand, war es nicht verwunderlich, daß so mancher Dorfbewohner, der vorüberkam, ehrfürchtig zu ihr aufblickte und sich bekreuzigte. Der Herr Kreispräsident beobachtete manchmal hinter zugezogenem Vorhang die Passanten und belächelte ihre frommen Gebärden, denn er war in mancher Hinsicht ein Skeptiker, und wenn er die Idole und unveränderlichen Dogmen der heiligen Kirche respektierte, so respektierte er ebensosehr die Gesetze des Staates.

Doktor Bonatsch besaß alle die Eigenschaften, die ein honoriger Bürger zu besitzen hat. Von bescheidenen Sitten, den Interessen der Bevölkerung, die er im Rate vertrat, treu ergeben, ein ausgezeichneter Gatte und Vater und weit freigebiger, als von einem Angehörigen einer von Natur aus habsüchtigen Bevölkerung zu erwarten war – kein Wunder, daß jedermann ihn schätzte. Wenn man zuweilen auch die weniger schönen Seiten seines Charakters zu spüren bekam, und wenn er in der Regel seine Mitbürger ein wenig von oben herab behandelte, sich Vollmachten anmaßte, die nach Gesetz und Recht nicht ganz in seiner Kompetenz lagen, war auch das nicht verwunderlich, denn es paßte zu seinem Naturell. Er war ein Meter achtzig groß, breit in den Schultern und trug einen tonnenförmigen Bauch vor sich her. Über dem Bauch hing in einem Halbkreis von der einen

Westentasche zur anderen eine schwere goldene Uhrkette. Sein Haarwuchs, der an den Schläfen sich weiß färbte, ging in einen kurzgestutzten, grauen Bart über. Ein ständiges Lächeln entblößte sein markantes Gebiß. In der Regel war sein Gesichtsausdruck von einer entwaffnenden Liebenswürdigkeit und Güte, aber man konnte keineswegs sicher sein, ob das nicht eine Maske war, hinter der sich ein geheimes Leben verbarg, vielleicht ein dunkles, zuweilen unschickliches Leben, nicht ohne Laster?

Er hatte einen trockenen, schlauen Witz, der ihn an seinem Stammtisch beliebt machte. Als ein Sohn des Graubündner Kantons war er ein geborener Diplomat, nicht unerfahren in den Künsten der List, Übertölpelung und Schmeichelei.

Eines Tages geschah es, daß der Polizist des Dorfes, Herr Dieterli, mit seinen roten Haaren und seiner moosgrünen Uniform die zwei peinlich sauberen steinernen Stufen unter dem Bildnis der Immaculata hinaufstieg. Auf seinem geröteten Antlitz spiegelte sich das Bewußtsein eigener Wichtigkeit, und während er mit der einen Hand an der Klingel zog und mit der andern eine lederne Aktenmappe fest an die Brust drückte, blickte er forschend die Straße entlang, als wolle er darauf aufmerksam machen, daß er sich vor dem Hause des Präsidenten befinde. Es dauerte nicht lange, und er wurde von einer schwachsinnigen Dienstmagd eingelassen, die ihn alsdann über den blitzblanken Fußboden der gewölbten Halle in die Stube des Präsidenten Bonatsch führte. Dort nahm er seine grüne Schirmmütze ab, knallte respektvoll die Hacken zusammen, wie er das beim Militär gelernt hatte, und sagte:

»Guata Tag, Herr Kreispräsident!«

Dr. Bonatsch schaute ihn wohlwollend an.

»Guata Tag, Herr Dieterli!«

»In Sachen Lauretz Jonas«, begann Dieterli, nähere sich jetzt diese Angelegenheit einer Entscheidung. Die Behörden in Lanzberg hätten die gegen den besagten Lauretz Jonas vorgebrachten Beschuldigungen bekräftigt und, wie dem Herrn Präsidenten bekannt sei, die Untersuchung gegen den besagten Lauretz Jonas wegen seiner Vergehen gegen das Polizeigesetz dem Kreisgericht in Andruss übertragen.

Präsident Bonatsch nickte mit seinem mächtigen Schädel. »Ja, hm! So, so! Jahpo! Hm!« sagte er in einem sonderbaren, unartikulierten, privaten deutschschweizer Dialekt. (Für gewöhnlich sprach er romanisch.) Dann zog er, bedächtig wie ein Bär, der eine Fliege fängt, einen dicken Aktenhefter näher zu sich heran und warf einen Blick in die Korrespondenz, die er mit Lanzberg geführt hatte. Dieterli öffnete eine Mappe und legte einige Papiere auf den Schreibtisch.

»So, so! Hm! Jetzt werde ich also diesen Lauretz vorladen und verhören müssen«, sagte Dr. Bonatsch. »Die bekannten Zeugen sind hoffentlich alle verfügbar?«

»Lauretz Jonas pfeift auf die Gesetze«, sagte Dieterli verdrossen. »Ich beantrage einen Haftbefehl gegen ihn, Herr Präsident.«

»Ahpo!« Dr. Bonatsch winkte ab. »Er wird schon kommen. Er weiß, daß er erscheinen muß. Man muß doch auch an seine Familie denken. Es sind Protestanten, und deshalb will ich nicht zu hart gegen sie vorgehen. Er hat ohnedies schon zuviel Feinde. Nein, nein, nur keine Hast. Unsere lieben Landsleute sind mir viel zu fanatisch. Ja, und Lauretz hat Kinder. Um die wird man sich auch kümmern müssen. Wir können doch nicht zulassen, daß sie der Gemeinde zur Last fallen.«

Sein freundliches lauerndes Lächeln schien den ganzen Raum zu erfüllen.

»Jo, jo!«

»Es geht jetzt schon seit Jahren so, Herr Präsident!« bemerkte Dieterli etwas ungeduldig. »Und ich möchte zu bedenken geben, daß für einen Haftbefehl genügend Gründe vorliegen.«

Dr. Bonatsch warf einen Blick auf die Anklageschrift.

»Alle Nachbarn entrüsten sich über ihn. Und dazu kommt noch dieses deutsche Weibsbild, diese Maier, die ausgewiesen werden soll«, fuhr Dieterli fort.

»Ahpo! Ausgewiesen! Wir wollen vernünftig sein, Dieterli. Sie hat zwei Söhne.«

»Uneheliche!«

»Uneheliche! Einerlei! Wir müssen alle diese Angelegenheiten auf streng gesetzliche Weise erledigen. Eins nach dem andern.«

Und mit einer gewichtigen Handbewegung verabschiedete er den Polizisten, freundlich, aber energisch.

»Such Lauretz auf, und sag ihm, er soll zu mir kommen.«

Dieterli schlug wieder die Hacken zusammen, salutierte und verließ das Zimmer.

Johannes Bonatsch saß nachdenklich vor den Papieren. Die Anschuldigungen, die die Polizei gegen Lauretz vorbrachte, waren für ihn kein Geheimnis. Seit vielen Jahren schon war Lauretz eine wahre Plage. Bonatsch hatte mit ihm gesprochen, ihn gewarnt, ihm gedroht, aber Lauretz hatte sich nicht darum geschert. Jetzt wurde es ernst. Die Geistlichkeit fing an, sich über sein schändliches Betragen zu beschweren. Herr Großrat und Schullehrer Wohl war erst vor wenigen Tagen beim Präsidenten erschienen und hatte sich mißbilligend über die schändliche Lebensführung des alten Lauretz geäußert. Baumeister Bolbeiß aus Ilanz und Sägemüller Schmid aus Tavetch beklagten sich über sein geschäftliches Gebaren. Bonatsch sah sich vor die Gefahr eines nicht unbeträchtlichen Skandals gestellt, und er haßte Skandale, ganz besonders, wenn sie seinen eigenen Kreis betrafen. Es kam dazu, daß er fürchtete, die vorgesetzte Behörde in Lanzberg könnte seine bisherige Milde gegenüber Lauretz tadelnswert finden. Er haßte alle vorgesetzten Behörden, alle Berufsrichter und Advokaten, die für ihre Arbeit bezahlt wurden. Er mußte seine Arbeit ehrenamtlich leisten, niemand bezahlte ihn dafür. Er, der Landamtmann und seine Hilfsrichter wurden von der Bevölkerung des Kreises gewählt und besaßen eigenartige Hoheitsrechte, die in der Tradition und Landesgeschichte wurzelten. Hol der Teufel die Zentralbehörde in Lanzberg! Jegliche Zentralisation widersprach seinen moralischen und politischen Überzeugungen. Aus verschiedenen Gründen war ihm der Fall Lauretz verhaßt. Vor allem konnte er die Paragraphen *nicht leiden*, unter die Lauretz' Vergehen vielen:

Paragraph 18: Gotteslästerliches und anstößiges Benehmen in der Öffentlichkeit.
Paragraph 19: Sittenlosigkeit.
Paragraph 24: Trunksucht. (Viertes Vergehen.)

Paragraph 145: Ehebruch und Konkubinat, die öffentliches Ärgernis erregen.

Dazu kam noch eine Anklage wegen Tierquälerei. Dies waren schwerwiegende Vergehen, und er, der Kreispräsident, war seiner Sache gar nicht sicher. Innerlich war er auf Grund seiner Erfahrungen fest überzeugt, daß bei derartigen Vergehen keinerlei Bestrafung den Charakter des Sünders verändern könne, besonders nicht, wenn es sich um einen Ketzer wie Jonas Lauretz handelte. Verhaßt war ihm der Skandal, den ein Prozeß gegen Lauretz verursachen mußte, verhaßt ebenso, über Lauretz zu Gericht zu sitzen, denn er hatte mit ihm in seiner Jugend die gleiche Schulbank gedrückt. Schließlich zog er ein gedrucktes Formular aus seiner Schublade, füllte den Haftbefehl aus und unterzeichnete ihn. Dann schob er ihn in einen Umschlag und drückte auf eine Klingel, deren schriller Lärm wie ein Feueralarm durch das ganze Haus gellte. Seine Frau kam herein, ein vertrocknetes kleines Wesen von säuerlichem Aussehen.

»Carmen«, sagte er zu ihr auf romanisch, »ich hab da eine unangenehme Geschichte auf dem Hals. Jonas Lauretz. Ich hab mir die Sache überlegt, und jetzt bleibt mir doch nichts anderes übrig, als ihn verhaften zu lassen. Maidi soll diesen Brief zu Dieterli tragen. Dann komm zurück, ich will dir die ganze Geschichte erzählen.«

16

Jonas Lauretz fuhr die Straße nach Medels entlang, kaute an einem Grashalm und starrte auf den Hintern seines Pferdes. Er achtete nicht auf die Schönheit des Waldes und der Berge, die in hellen Farben durch die Straßenlichtung zum Himmel ragten, und da er an das donnernde Geräusch der Bergbäche gewöhnt war, kümmerte er sich auch nicht um das Ungestüm des jugendlichen Rheins, der in der Tiefe dahinstürmte und von Fels zu Fels tobte. Falls Lauretz überhaupt im Geiste eine Karte des Kreises mit sich trug, dann waren auf ihr Berge, Flüsse und Wälder nicht verzeichnet. Man hätte auf dieser Karte nichts weiter finden können als Wirtshäuser und allerlei geheime Schlupfwinkel, Ställe, Heuböden, Scheunen oder abgelegene, unbewohnte Hütten, die die Schauplätze seiner Ausschweifungen und Orgien waren.

Jetzt fiel ihm ein, daß er nicht mehr weit von der »Sonne« entfernt war, die eine knappe halbe Meile hinter Schmids Sägemühle lag. Bei jeder andern Gelegenheit würde er sofort seinen müden Gaul angetrieben haben, denn sowie der Durst ihn einmal packte, konnte er nicht mehr widerstehen. An diesem Tage aber war etwas passiert, das ihn einigermaßen zur Besinnung gebracht hatte. Jannusch, der Wirt eines schäbigen Gasthauses oben im Tal, war auf die Straße herausgekommen, hatte zu ihm gesagt:

»Lauretz, die Polizei sucht dich. Sie wollen dich verhaften. Der Präsident hat einen Haftbefehl erlassen.« Diese Nachricht hatte den alten Lauretz wie ein Keulenhieb getroffen.

»Verhaften? Weshalb denn?«

Jannusch hatte die Achseln gezuckt, und nun hockte Lauretz grübelnd auf seinem Wagen und fragte sich: ›Weshalb wollen die mich verhaften?‹ Er kaute auf einem Grashalm und dachte: ›Ich bin kein Dummkopf. Wir wollen erst einmal abwarten, was passiert.‹

Aber er war beunruhigt. Er erwog in Gedanken seine vielen Missetaten, ließ vor seinem geistigen Auge die Kette seiner geheimen Verbrechen Revue passieren. Die kleinen Zwillingstöchter? Nein, diese Geschichte würde doch niemand hervorholen können, sie war schon vor Jahren ordnungsgemäß erledigt worden. Im übrigen konnte man von Glück sagen, daß die kleinen Geschöpfe unter der Erde lagen. Lauretz rückte auf seinem Kutscherbock ein wenig zur Seite, schob seinen schmutzigen alten Hut in den Nacken.

»Komm, setz dich neben mich«, wandte er sich murmelnd an seinen unsichtbaren Freund, den Teufel. »Komm und schütze mich vor diesen verfluchten Idioten. Du und ich, wir beherrschen dieses christlich katholische Land, du und ich und der Geist des napoleonischen Hauptmanns Lauretz. Und was ist denn schon dabei? Fürchten wir uns vor irgend jemand? Jäho!«

Er begann zu kichern, als amüsiere er sich über sich selber, und dann fiel der Blick seiner Säuferaugen auf ein großes hölzernes Kruzifix am Wegrand. Er brachte den Gaul zum Stehen.

»Lang haben wir uns nicht gesehen! Ich bin bloß heute zu faul, um abzusteigen und dir zu zeigen, was ein Mann ist!« sagte er zu dem gekreuzigten Christus. »Hast du schon einmal die Geschichte von dem Bauern gehört, der den Vater im Himmel verflucht hat, weil es beim Heumachen zu donnern und zu regnen anfing? Und von der Hornisse, die den Bauern in die Zunge stach, und wie dann der Bauer an dem Stich gestorben ist? Hast nie davon gehört, nein? Warum sagst du denn nichts?«

Brummend und schimpfend fuhr er fort:

»Für den Jonas Lauretz gibt es keine Hornissen, aber dafür die Polizei. Junger Mann am Kreuz, ich werde dir doch noch einmal Gesellschaft leisten müssen.«

Er wandte sich an seinen unsichtbaren Begleiter.

»Hab ich diesmal das Richtige gesagt oder nicht?«

Er spuckte aus und heftete seine Blicke schwerfällig auf das Gebäude, das jetzt in Sicht kam, die »Sonne«. Seit vielen Jahren schon kannte er die Besitzer des Wirtshauses, die Lours. Es hatte eine Zeit gegeben, da war er einer ihrer besten und regelmäßigsten Gäste gewesen. Hier versammelten sich Tagelöhner, Straßenarbeiter, Hirten, Forellenfischer, Wilddiebe und dergleichen, und Lour selbst war einige Male mit der Polizei in Konflikt geraten, denn er war nicht nur ein eingefleischter Trunkenbold, sondern hatte sich in allerlei üble Geschäfte eingelassen, und man vermutete, er habe eine seiner Scheunen selber angezündet, um die Versicherungsgesellschaft zu betrügen.

Lauretz machte vor dem Wirtshaus halt. Er stieg vom Wagen und betrat den dunklen Flur. Aus einer der Türen kam die Tochter des Hauses, eine jüngere Frau. Aber kaum erblickte sie ihn, schlug sie die Hände über dem Kopf zusammen, rief erschrocken »Herr Jeses!« und lief weg.

»Jäho!« schrie er ihr nach. »Wenn Don Juan kommt, dann heißt es, sich fügen oder Reißaus nehmen!«

Lachend warf er sich in die Brust.

Eine ältere Frau mit geierartigen Zügen erschien auf der Schwelle zur Wirtsstube.

»Was willst denn du hier?« stieß sie hervor.

»Aha! Frau Lour! Guten Abend! Einen halben Vältliner!«

»Für dich haben wir keinen Vältliner. Mach, daß du weiterkommst.«

»Erst muß ich mir einmal die Kehle anfeuchten.«

»Mit dir wollen wir nichts zu tun haben, hörst du! Die Polizei sucht dich, und wir werden uns nicht durch dich in Scherereien bringen lassen!«

Lauretz zog eine kleine Silbermünze aus der Tasche.

»Ich bezahle.«

»Geh!« sagte sie.

Er pflanzte sich vor sie hin, schob seinen Bauch vor und versetzte ihr einen heftigen Stoß, so daß sie rücklings zu Boden fiel.

»Elli! Elli! Jeses Maria!« schrie sie. »Elli, komm!«

Dann rappelte sie sich schnell auf.

»Hinaus! Hinaus!« kreischte sie. »Wenn mein Mann nach Hause kommt, schießt er dich nieder!«

Er blickte gleichgültig in ihre zornigen Augen.

»Einen halben Liter Vältliner! sage ich.«

»Jeses Maria«, murmelte sie und schaute sich hilflos um, »niemand hilft mir!«

»Schluß mit den biblischen Sprüchen. Hol den Wein!«

Sie ging zu dem baufälligen Gläserschrank und holte einen Krug.

»So ist es recht. Immer brav sein!« Und er setzte sich schwerfällig auf eine Bank.

Frau Lour brachte den Wein. Er packte sie beim Arm und zog sie zu sich. Sie schaute hilfesuchend nach allen Seiten.

»Was hast du da von der Polizei gesagt?«

»Dieterli und die Gendarmen wollen dich festnehmen.«

Er ließ sie los, goß sich ein Glas Wein ein und trank es hastig leer.

»Trink aus und geh!« Sie zog sich hinter den Schanktisch zurück.

Lauretz kniff die Augen zusammen.

»Vielleicht«, meinte Frau Lour vielsagend, »vielleicht hat man jetzt endlich nach Jahren Beweise gefunden ...«

»Was für Beweise?«

»Du weißt es vielleicht selber ...«

»Ich weiß schon, was sie von mir wollen. Sie wollen mich zwingen, als Zeuge aufzutreten. Die Sache ist die! Eure Männer haben euch die ganzen Jahre betrogen. Ihr Weibervolk habt auf die Befehle der Pfaffen gehört, habt eine große Familie aufgezogen, habt eure Kinder als unbezahlte Dienstboten benützt und seid immer mit demselben Mann ins Bett gegangen. Und eure Männer, die haben zu tun, die gehen Heu machen! Wirklich? Ich habe sie mehr als einmal in das Haus dieser Deutschen, der Kuni Maier, gehen sehn! In der ganzen Umgebung gibt es nicht einen Mann, der ihr nicht schon ihre Gunst abgekauft hat ...«

»Mich hat Lour nicht betrogen!« schrie Frau Lour. »Und sag ja nichts gegen ihn! Jeder Mensch weiß, was du für ein Kerl bist! Keine anständige Frau traut sich in deine Nähe. Trink aus und geh, damit ich den Tisch abwaschen kann, sonst können sich anständige Leute nicht mehr hinsetzen.«

»Du vertrocknetes Luder! Du Hexe! Wer kennt dich denn nicht? Hab ich dich nicht vor drei Jahren oft mit dem Alfred und den andern, die bei Bolbeiß gearbeitet haben, hinterm Schweinestall herumschleichen sehn? Du red mir von Moral!«

Er trank noch ein Glas Wein. »Prosit! Sie sollen nur kommen!«

»Als ob nicht jeder Mensch wüßte, daß du das größte Lügenmaul von der Welt bist! Es ist schon gut, wenn Richter Bonatsch dich beim Wickel packt. Höchste Zeit, daß man dich einsperrt!«

»Und dein Mann, der bei Nacht mit vier Gemsen im Sack nach Ilanz fährt, was ist denn mit dem? Ich brauch nur ein Wörtchen zu sagen, dann kriegt er in Lanzberg ein Jahr Kerker, und da gibt's kein Wild mehr zum Mittagessen.«

»Trink aus und geh!«

Zwei Männer betraten die Gaststube, Schmid, der Sägemüller, und ein Bauer aus der Nachbarschaft. Sie sahen Lauretz zuerst gar nicht, gingen gleich zum Schanktisch und fingen mit Frau Lour zu scherzen an.

»Ihr kommt gerade zurecht«, sagte sie. »Schaut nur, wer dort sitzt! Ja, ja, er ist es wirklich. Er hat mich und meinen Mann und alle Welt schändlich beschimpft.«

Die beiden Männer drehten sich um und verzogen das Gesicht, als sie Lauretz erblickten.

»Die Polizei ist hinter ihm her«, sagte Schmid. »Wenn sie ihn erwischen, um so besser!«

Lauretz goß bedächtig den Rest des Weins ins Glas und schaute dann seinen Konkurrenten und den Bauern von der Seite an. Er trank das Glas leer und schmiß es auf den Tisch. Sein Hals blähte sich, die Ader auf seiner Stirn schwoll an.

»Geh doch, Jonas Lauretz«, flehte Frau Lour, »du brauchst nicht zu bezahlen, wenn du bloß gehst.«

»Du hast doch einen schönen Wolfshund«, sagte Schmid zu ihr. »Der hat mal mit einem Satz einen Dieb gefaßt und ihm die Hosen von den Beinen gezogen. Wo ist er denn?«

»Mein Mann hat ihn mitgenommen.«

»Glaubt ihr denn, ich fürchte mich vor euch oder euren Wolfshunden?« sagte Lauretz.

»Geh doch, Lauretz!« bat Frau Lour abermals.

»Ich geh, wenn es mir beliebt. Ich bin kein christlich-katholischer Schleicher, sonst würde ich sagen, der Himmel hat unsern lieben Schmid im richtigen Augenblick gesandt.«

Schmid, der ein schmächtiger Kerl war, lehnte sich gegen den Schanktisch und warf seinem Begleiter einen Blick zu, der anzudeuten schien, daß er sich auf die tatkräftige Unterstützung des Bauern verlassen konnte.

»Wie steht es denn jetzt mit deinem Voranschlag, Jonas Lauretz?« spottete er. »Ich glaub, bis du wieder aus dem Gefängnis kommst, ist die Brücke längst gebaut.«

»So spekuliert ihr, aha!« sagte Lauretz. »Ich weiß, daß du alle möglichen Lügen über mich und mein Geschäft verbreitest. Ich kenn dich, dreckiger Heuchler, du mit deinem Pfaffen und Halleluja singen! Hast du auch von den Nächten gebeichtet, die du bei der Kuni Maier geschlafen hast? Und daß du ihr noch für das letztemal fünf Franken schuldig bist? Vielleicht bin ich ein Huarabuab, aber ich mach wenigstens kein Hehl draus. Und wenn alle Mitglieder des Großrats mir auf die Finger schauen, das kümmert mich wenig!«

Herr Schmid lächelte höhnisch.

»Mit deinem dreckigen Geschäft hast du nicht für einen Franken

Kredit, und kein Mensch glaubt dir ein Wort von dem, was du sagst!«

Jonas Lauretz erhob sich schwerfällig und stapfte durch die Stube, drohend, wie ein großer Affe.

»Und während du dich dreimal vom Papst segnen läßt, muß ich mir überlegen, warum denn die Polizei gerade jetzt auf den Gedanken gekommen ist, mich festzunehmen? Kann schon sein, daß ich ein paar Monate lang von Pferdefleisch leben muß. Du kannst dich bei der Vorsehung bedanken, die dich mir in den Weg geführt hat, Herr Konkurrent und Nachbar, Bruder Schmid! Diese kleine Genugtuung soll mir noch einen Monat wert sein!«

Schnell trat er einen Schritt vor, packte den Sägemüller am Kragen und versetzte ihm zwei heftige Faustschläge ins Gesicht. Dann ließ er ihn zu Boden sinken, stellte sich vor den Bauern und schlug die Hände gegeneinander, als wolle er sie abstauben.

»Mit dir hab ich kein Hühnchen zu rupfen«, sagte er, »aber wenn du auch eine Portion haben willst, kannst du sie haben!«

Frau Lour begann um Hilfe zu rufen. In ihrer Verzweiflung packte sie einen irdenen Krug und hob ihn hoch, um ihn nach Lauretz zu werfen.

»Elli! Elli! Komm doch! Er hat Herrn Schmid umgebracht! Komm doch!«

»Ja, umgebracht!« brummte Lauretz und ging langsam zur Tür. »Auf einen Baumstamm möcht ich ihn setzen, daß er langsam in die Säge rutscht!«

Mit kurzen Schritten ging er zu seinem Wagen und nahm das Pferd bei den Zügeln. Grausamkeit war für ihn ein unbewußtes Bedürfnis geworden, und ganz gedankenlos, nur um seine harten Knöchel noch einmal zu prüfen, versetzte er dem Tier einige Hiebe in den Hals und gegen die Backe und riß ihm ein Büschel Gras aus dem Maul. »Allo hüpp!«

Er kletterte auf den Wagen und setzte seine unheimliche Fahrt fort. Ein Triumphgefühl regte sich in ihm. Es war ihm einerlei, wenn Sägemüller Schmid nie wieder aufstand, so köstlich schmeckte ihm die Rache! Als er an Schmids Sägemühle vorüberkam, lief einer der Arbeiter auf die Straße heraus.

»Die Polizei sucht dich!«

»Geh, du Windbeutel!« rief Lauretz zurück. »Geh, lauf in die ›Sonne‹, dort findest du deinen Herrn! Und hol schnell den heiligen Raben, daß er ihm die Letzte Ölung gibt!«

Dann aber packte ihn wieder eine Unruhe, ähnlich wie die eines wilden Tieres, wenn es Gefahr läuft gefangen zu werden. Er hieb auf den Gaul mit der Peitsche, deren Schnur er mit Knoten verstärkt hatte, um daraus ein Folterwerkzeug zu machen. Eine Zeitlang schlug der Gaul einen schnellen Galopp an, dann wurde daraus ein matter Trott, und schließlich fiel er, mit zitternden Flanken, wieder in Schritt.

»Heute komme ich nicht mehr nach dem Jeff«, erkannte Lauretz und beschloß die Nacht bei Kuni Maier zu schlafen.

Nach einiger Zeit bog er auf einen Seitenweg ein, der durch den Wald zu einem mächtigen, in der Mitte des breiten Tales aufragenden Hochplateau führte. Auf diesem Plateau stand ein einsames Haus. Seit einigen Jahren hauste dort Kuni Maier, die von Jonas Lauretz zwei Kinder hatte. In der Familie Lauretz nannte man es nur das »Hundshüsli«, die Hundehütte. Es stand ganz allein auf einem Feld neben einer großen Kiefer, und man hatte von dort aus einen wunderbaren Ausblick in das Rheintal. Im Vordergrund lag Andruss. Seine große weiße Kirche mit der Messingzwiebel auf dem Turm, die einer byzantinischen Krone glich und in ein goldenes Kreuz auslief, mit dem graublauen Zifferblatt und den vergoldeten Zeigern, beherrschte feierlich das große Bergdorf. Man konnte noch viele ähnliche Kirchtürme und ähnliche Dörfer zählen, die über das ganze Tal in unregelmäßigen Abständen verstreut waren. Etliche nisteten an den Flanken der Berge, andere wieder drängten sich auf dem Grunde des Tales neben dem Fluß zusammen, und einige wenige thronten in romantischer Einsamkeit hoch oben auf den Kanten der Felsen.

Vor vielen Jahren hatte dieses Gebäude, wenn es auch nicht groß und nur aus Holz gebaut war, eine achtbare Familie namens Lauretz beherbergt. Hier hatten die Kinder, Niklaus, Hanna und Silvia, mit ihren Eltern den Winter verbracht und die Schule in Andruss besucht. Damals hatte es Bilder an den Wänden gegeben, saubere Fußböden, saubere Betten, Waschtische, ein paar anständige Möbel und sogar Spitzendecken und Vorhänge. Hier während der Winterszeit zu leben hatte das Dasein gerade noch erträglich gemacht. Denn die Winter in dieser Berggegend sind lang, die Tage kurz und der Schnee so tief, daß die Talbewohner ganze Tunnels graben müssen, um ihre Häuser verlassen zu können. Die Jugend fährt auf Skiern und Schlitten zur Schule, die ältere Generation watet knietief die Straßen entlang, von Haus zu Haus, von Dorf zu Dorf. Eisige Winde fegen aus dem zentralen Bergmassiv der Schweiz herab, wilde Stürme jagen Schneewolken durch die schmalen Seitentäler, und tagelang, manchmal wochenlang, packt ein dicker Nebel die Menschen an der Gurgel und zerreißt ihnen die Lunge, Brunnen und Bäche sehen aus wie aus Eis gebaute Märchenburgen. Dann kommt ganz plötzlich ein warmer Föhnwind und beginnt über Nacht zu heulen, der Schnee verwandelt sich in weißen Teig, die Dörfler blicken ängstlich auf zu den Berggipfeln, denn ihr Weg ist auf Schritt und Tritt von Lawinen bedroht, und keiner weiß, wo die Lawine herabkommen wird. Natur bedeckt sich mit triefender Nässe, die sich plötzlich in eine Eiskruste, hart wie Metall verwandelt, wenn das Barometer weit unter Null sinkt.

Die wenigen Kühe und Ziegen, die Lauretz früher einmal besessen hatte, hatten nicht genügt, um ihn Monate hintereinander zu beschäftigen. Daher hatte er den Weg eingeschlagen, den die Bauern und das andere Volk in Andruss bis zum heutigen Tage einschlagen – er war jeden Tag ins Dorfwirtshaus gegangen, um dort Karten zu spielen und die Stunden bei einem Glas Veltliner zu verbringen, einem Weine, der einen schon warmblütigen Menschen durch und durch erhitzt, sein Gehirn aufrüttelt und seine Stimme laut und barsch werden läßt. In den ersten Stadien seines ausschweifenden Lebens hörte er noch ab und zu auf die ermahnenden Worte seiner Frau und geriet in Erregung, wenn ihr weiblicher Instinkt sie veranlaßte, ihm seine Zukunft auszumalen.

»Jonas, betrink dich nicht!« – »Jonas, schau doch, wieviel Geld du vertrinkst!«

Dutzende ähnlicher Mahnungen gingen ihm zum linken Ohr hinein und zum rechten wieder hinaus.

»Schwatz nicht so viel! Ich weiß schon, was ich mache. Der Mensch kann doch nicht den ganzen Tag zu Hause sitzen und nichts tun. Warte bis zum April, dann gehen wir wieder ins Jeff hinauf und arbeiten.«

Später hatte sich die Sache weit verschlimmert. Wenn ein Mensch in die Abgründe des Lebens hinabsteigt, ergeht es ihm wie allen, die zu Sklaven ihrer ruchlosen Gewohnheiten werden. Die mürrischen Blicke seiner Frau, die blassen, kummervollen Gesichter seiner Kinder spornten Lauretz nicht zu einer ernstlichen Bemühung an, sich zu beherrschen, sondern ärgerten ihn und machten das Leben zu Hause noch unerträglicher. Er begann sein Geschäft zu vernachlässigen, seine Kinder mußten für ihn schuften, und schließlich entdeckte er die flachshaarige deutsche Kellnerin Kuni Maier.

Da er Protestant war und nie zur Kirche ging hatte er keinen freundlichen Warner, keinen lebenserfahrenen Priester, der ihm gesagt hätte:

»Nachlassen, Lauretz! Du steckst tief in Sünden! Beherrsche deine Leidenschaften!«

Kein weiser Rat war Lauretz zu Hilfe gekommen, keine strenge geistige Macht hatte auf ihn einwirken und ihn vor der völligen Vertierung bewahren können. Seine Heirat mit der Katholikin hatte die Sache nur noch verschlimmert, und zwischen ihm und seiner Frau hatte sich eine unüberbrückbare Kluft aufgetan.

Lauretz hätte begreifen müssen, daß es für ihn das beste gewesen wäre, das Land schnell zu verlassen. Er hätte dem Beispiel der vielen unruhigen Geister folgen müssen, die während der letzten fünfzig Jahre nach den Vereinigten Staaten ausgewandert waren und sich eine Existenz gegründet hatten.

Das frühere Haus der Familie Lauretz hätte man in seinem jetzigen Zustande mit Lauretz selbst vergleichen können. Durch vollkommene Vernachlässigung war es in die Hände der Mutter Natur zurückgefallen, die gierig nach allen Dingen greift, um sie zu vernichten. Die kleinen Fenster waren zu klaffenden Löchern geworden, überall faulte das Holz, Stürme hatten das Dach verbeult und zerfetzt.

Das Haus stand leer.

Man hatte Kuni Maier an diesem Tag ins Gefängnis gebracht. Vergebens rief Lauretz ihren Namen, niemand außer ihm selber hörte die Verwünschungen, mit denen er sie überschüttete. Er irrte von einem Raum in den anderen, und es überwältigte ihn ein Gefühl körperlicher Übelkeit. Er konnte diese vertraute Umgebung, die Stille, die Erinnerungen, die hier in ihm erwachten, nicht länger ertragen. Er ging zum Hause hinaus, setzte sich auf eine Steinstufe und stützte den Kopf in beide Hände. Das Geläut ferner Glocken kam in sanften Wellen über die Bergkämme. Von einer großen Kiefer in der Nähe kam das raschelnde Geräusch der Nadeln, die wie ein ganz leichter Regen in das weiche, dunkle Moos rieselten. Lauretz fühlte dumpf das Blut in seinem Kopf hämmern.

»Höchste Zeit, daß sich jemand um mich kümmert!« murmelte er und fügte einen langgezogenen Fluch hinzu.

Das war der Jonas Lauretz, den die Polizei kurz vor Einbruch der Dunkelheit festnahm. Als sie ihn fanden, saß er immer noch auf der steinernen Stufe, den Kopf in die Hände gestützt.

»Endlich haben wir dich! Jetzt werden wir dich schon zur Vernunft bringen!«

Teilnahmslos und ohne jeglichen Widerstand ließ er sich die Hände fesseln. Dann führten Herr Dieterli und sein Kollege, sich stolz in die Brust werfend, ihren Gefangenen nach Andruss. Sie hätten ebensogut einen abgehetzten Bullen an seinem Nasenring hinter sich herzerren können. So wenig Kraft und Kampfesmut war in dem alten Lauretz geblieben.

17

Das Kreisgericht wurde durch den Präsidenten Bonatsch auf Donnerstag für eine Sitzung zusammengerufen, aber der eine von den beiden Hilfsrichtern mußte zufällig sein Heu einbringen und bat deshalb, man möge die Sitzung um einen Tag verschieben, damit er sein Geschäft erledigen könne. Bonatsch willigte ein, denn das Heumachen, Ernten und Schneiden ist für den Bauern von höchster Wichtigkeit, und das Einbringen der Ernte galt besonders in diesem rauhen Gebirgsland als eine todernste Angelegenheit. Infolgedessen fand die Verhandlung gegen Lauretz an einem Freitag statt, und zwar, da es kein besonderes Gerichtsgebäude gab, wie stets im großen Saal im ersten Stock des Postgebäudes. Die flüsternden Mächte hatten die Lämmlein von Andruss gewarnt, sich ja nicht bei dieser Verhandlung blicken zu lassen. Jegliche Berührung mit den schrecklichen Sünden des Ketzers Lauretz müsse ihren Seelen schaden und Unheil in ihre Herzen säen. Dank dieses weisen Befehls waren vor Gericht nur diejenigen erschienen, die unmittelbar mit der Sache zu tun hatten, und wenn ein andrer sich einschleichen wollte, schickte der Polizist Dieterli ihn als einen unerwünschten Eindringling weg. Für Herrn Dieterli war das ein großer Tag. Lauretz saß auf der Armesünderbank, die Schultern gegen die Wand gelehnt, ein struppiger, zügelloser Wildling. Und während die Richter und die übrigen Anwesenden ihre guten Sonntagskleider und Dieterli seine beste Uniform angezogen hatten, sah Lauretz in seinen beschmutzten Kleidern, mit seinem Wollhemd, das am Hals offenstand und das krause Haar auf seiner Brust sichtbar werden ließ, wie ein verkommener Landstreicher aus. Der heumachende Richter beäugte Lauretz von Zeit zu Zeit mürrisch und mißvergnügt.

Das Verfahren wurde in der Amtssprache, also deutsch, durchgeführt, obgleich recht viele Bürger die deutsche Sprache kaum beherrschten.

Im Hintergrund des Saales, auf einer Holzbank neben der Türe, saßen Niklaus und Silvelie. Sie wagten kaum zu schlucken, aus Angst, den Gerichtshof zu stören. Immer wieder wanderten die Blicke der Richter zu den beiden hin, als übten ihre jungen roten Wangen in diesem stickigen, schwülen Raum eine magnetische Anziehung aus. Jedermann außer dem Polizisten Dieterli schien ihnen freundlich gesinnt zu sein. Obwohl der Präsident sie manchmal mit väterlichem Wohlwollen anschaute, fühlte sich Silvelie wie von einem Alptraum bedrückt.

Das alles kam ihr ganz unwirklich vor. Mit heftig pochendem Herzen lauschte sie den einleitenden Worten, und als sie dann ihren Vater mit lauter barscher Stimme zu dem Richter sagen hörte: »Mit welchem Recht schickst du die Polizei hinter mir her und beschnüffelst mein Privatleben? Habe ich schon einmal meine Nase in deinen Haushalt gesteckt?«, da umklammerte sie den Arm ihres Bruders, als suche sie eine Stütze.

»Ich habe dich gewarnt, dein unziemliches Benehmen aufzugeben«, antwortete der Präsident Bonatsch. »Du bist wie der Krug gewesen, der so lange zum Brunnen geht, bis er bricht.«

»Dummes Geschwätz! Wo ist meine Brieftasche? Ich hatte sie noch bei mir, als man mich verhaftet hat. Ich hatte sie in der Tasche, wer hat sie mir gestohlen? Die Polizei – dieser rothaarige Dreckskerl Dieterli!«

Dieterli trat schnell einen Schritt vor, aber Richter Bonatsch winkte mit seiner mächtigen Tatze, als wolle er sagen: ›Bleib, wo du bist, hier habe *ich* zu reden.‹

»Ihr habt euch alle gegen mich verschworen!« rief Lauretz. »Wie die heilige Inquisition fallt ihr über mich her!«

»Für diese Äußerung muß ich dich streng bestrafen«, sagte der Präsident, ohne daß das freundliche Lächeln von seinen dicken Lippen wich. »Du erhältst wegen Beleidigung des Gerichts eine Geldstrafe von zehn Franken, und wenn ich noch einmal etwas Ähnliches von dir höre, wirst du eine zusätzliche Haftstrafe von vier Wochen bekommen.«

»Zusätzlich!« knurrte Lauretz. »Das heißt, daß das Urteil schon fertig ist.«

Silvelie, die das gewalttätige Wesen ihres Vaters kannte, zitterte vor Angst. Sie dachte, er würde aufspringen und sich auf den Richter stürzen. Aber er blieb auf seiner Bank sitzen, und nach einer kurzen Pause fuhr der Präsident geduldig fort:

»Du sollst gerechte Richter finden. Ich werde alles wohl erwägen, was zu deinen Gunsten spricht.«

Silvia starrte ihren Vater an und sah, wie seine breiten Backenmuskeln zuckten. Er knirschte mit den Zähnen, der Schweiß lief ihm den Hals hinab.

»Jonas«, hörte sie den Richter sagen, »du wirst deiner Sache nicht nützen, wenn du halsstarrig bist und Dieterli einen Dieb schimpfst. Die Polizeibeamten sind ehrliche Leute, die achten auf das Wohl des Landes und der Menschen.«

Mit einer Genauigkeit, wie sie nur bei einem kleinen Gericht möglich ist, wo Gesetzesbehörde, Polizei und Bürokratie unentwirrbar miteinander vermischt sind, zog sich das Verfahren hin. Der Präsident schien keinen Schritt zu wagen, ohne vorher die Gesetzbücher konsultiert zu haben. Vier verschiedene Beschuldigungen wurden von der Polizei gegen Lauretz vorgebracht, und der Präsident ging daran, einen ersten Schuß auf Lauretz abzufeuern.

»Paragraph 24: Trunksucht und anstößiges Benehmen in der Öffentlichkeit.«

Niklaus und Silvelie schauten einander verblüfft an. Nach all den Vorfällen, die sie zu Hause hatten miterleben müssen, fanden sie es nebensächlich, daß hier ein halbes Dutzend Zeugen von Prügeleien in den Wirtshäusern, von Verleumdungen, Beschimpfungen und Ruhestörungen erzählten. Das war für sie jahrelang das tägliche Brot gewesen.

Eine zweite Beschuldigung, die man gegen den Vater vorbrachte, lautete auf gotteslästerliches und anstößiges Benehmen in der Öffentlichkeit. Allem Anschein nach hatte Lauretz das Dorfkruzifix in Nauders dadurch geschändet, daß er mit Lehmklumpen nach dem Haupt der Christusstatue warf und den Erlöser mit abscheulichen Schimpfworten überschüttet hatte.

»Das Ding ist aus Holz!« sagte Lauretz zu seiner Verteidigung. »Hol mich der Teufel, ich glaube nicht an Holz.«

Entsetzte Gesichter starrten den Verbrecher an. Für diese Äußerung, meinte Silvelie, müsse der Richter ihren Vater zu mindestens zwei Jahren Gefängnis verurteilen. In dem stillen kleinen Gerichtssaal schien die Lästerung riesenhafte Ausmaße zu gewinnen. Nachdem Richter Bonatsch die Zeugen vernommen hatte, begann er die Paragraphen zu verlesen.

»Wer öffentlich gotteslästerliche Reden führt oder öffentlich durch Schrift, bildliche Darstellung oder herabwürdigende Handlungen die der Verehrung dienenden Gegenstände oder Lehren oder Einrichtungen oder Gebräuche einer vom Staate anerkannten Konfession zu beschimpfen oder verächtlich zu machen versucht, ist mit Gefängnis bis zu zwei Monaten und einer Geldbuße bis zu hundertsiebzig Franken zu bestrafen.«

Er schob seinen dicken Zeigefinger ein Stück weiter.

»Und das Gesetz sagt: ›Wer heilige Gegenstände gewaltsam beschädigt und dadurch öffentliches Ärgernis erregt, ist mit Gefängnis bis zu vier Monaten und einer Geldbuße bis zu dreihundertvierzig Franken zu bestrafen!«

Er schaute Lauretz an, das wohlwollende, maskenhafte Lächeln wich keine Sekunde lang von seinen Lippen.

»Niklaus«, flüsterte Silvelie. »Niklaus! Das sind schon sechs Monate!«

»Warte doch«, flüsterte er zurück, »das Urteil wird erst am Schluß gefällt … Pst, sei still. Richter Bonatsch will ihn etwas fragen.«

»Jonas Lauretz«, ertönte die freundliche Stimme des Präsidenten, »hast du etwas gegen diese Zeugen vorzubringen, die gesehen haben, wie du ein Kruzifix mit Kot beworfen und Gottes Sohn beschimpft hast? Hast du etwas zu deinen Gunsten vorzubringen?«

»Ich werde es wieder tun«, brummte Lauretz, »ihr bigotten Schafsköpfe!«

»Das muß der Zukunft überlassen bleiben«, sagte Präsident Bonatsch. »Wenn du erst einmal ernsthaft über die Glaubensmeinungen anderer Leute nachgedacht haben wirst, dann wirst du vielleicht zu etwas vernünftigeren Ansichten gelangen. Vielleicht wirst du noch eines Tages deine störrischen Knie vor ihm beugen, den du geschmäht hast.«

»Wir wollen es hoffen«, sagte Herr Pasolla, der neben dem Präsidenten saß.

»Amen«, sagte Lauretz und spuckte auf den Fußboden. Niklaus hatte Silvelie instinktiv beim Arm gefaßt. Sie saß regungslos da. Immer wieder wanderten, wie von einer geheimen Gewalt gelenkt, die Blicke der Richter zu ihr hin. Der Präsident fuhr fort zu schreiben. Dann warf er einen Blick in die Anklageschrift und winkte Dieterli zu sich heran.

»Ist die Maier zugegen?« flüsterte er dem Beamten zu. »Dann soll man sie jetzt aufrufen.«

»Sie wartet drüben im Laden von Herrn Häberli«, erklärte der Polizist.

»Hol sie«, flüsterte der Richter. Seine massige Gestalt straffte sich einen Augenblick, dann beugte er sich schwerfällig vor und schaute Niklaus und Silvelie an.

»Ich habe jetzt ein paar Worte an euch zu richten«, sagte er und nickte freundlich mit dem Kopf wie ein Elefant. »Niklaus und Silvelie Lauretz!«

Silvelie griff nach der Hand ihres Bruders, beide standen auf.

»Buab Niklaus ist gestern bei mir gewesen, als ich grade weg war!« sagte der Präsident. »Heute abend nach dem Essen werde ich zu Hause sein. Vielleicht können wir uns über einige Punkte unterhalten, die euch alle angehen. Inzwischen halte ich es für besser, wenn ihr beide nicht hierbleibt. Ihr seid nicht als Zeugen vorgesehen, was soll es euch nützen, wenn ihr mit dabei seid. Verlaßt also bitte den Gerichtssaal. Ich kann die Verantwortung nicht übernehmen. Junge Menschen haben hier nichts zu suchen.«

Er zog seine gewichtige goldene Uhr und schaute nach den Zeigern.

»Mehr will ich jetzt nicht sagen, es wäre nicht am Platz. Ich will nur hinzufügen, daß ihr euch überall blicken lassen dürft, ohne euch schämen zu müssen. Ihr könnt nichts dafür, das mögen sich die Leute von Andruss merken.«

Seine Blicke hingen an Silvelie, als sei er insgeheim von ihren Reizen gefesselt.

»Kommt her, Kinder, gebt mir vor dem Weggehen die Hand.«

Niklaus und Silvelie gingen durch den Saal und reichten dem Richter die Hand. Dann verließen sie stumm den Raum.

»Jonas Lauretz«, sagte Präsident Bonatsch mit Nachdruck, »du solltest dich schämen.«

Halb betäubt von den Eindrücken, die sie in den vergangenen zwei Stunden empfangen hatten, wußten sie anfangs kein Wort zueinander zu sagen. Das Gefühl der Erleichterung, das sich ihrer bemächtigt hatte, als sie von der Verhaftung des alten Lauretz hörten, war einer tiefen Zerknirschung gewichen. Mit niedergeschlagenen Augen gingen sie schnell durch die Dorfstraße zur »Alten Post«, wo sie Pferd und Wagen untergestellt hatten. Sie schlichen sich in den kleinen Garten und setzten sich unter die Kastanien. Niklaus bestellte Bier und eine Portion Käse und Brot. Gemeinsam verzehrten sie das kleine Mahl. Nach einer Weile fand Niklaus die Fassung wieder.

»Schwester«, sagte er, »Präsident Bonatsch hat selber gesagt, wir brauchen uns nicht zu schämen.«

»Es ist schwer, sich nicht zu schämen.«

»Wir können nichts dafür, daß er unser Vater ist.«

»Nein, aber er kann etwas dafür, daß wir seine Kinder sind.«

Er sah Tränen in ihren Augen.

»Du bist so schön, daß dir das alles gleich sein kann.«

Und als sie schwieg, stieß er sie an.

»Du willst doch nicht behaupten, daß er dir leid tut?«

Sie strich sich mit den Fingern über die Brauen, als wolle sie den Kummer wegwischen. Dann schluchzte sie heftig und sagte: »Nein.«

»Überleg dir nur, wie gut es uns gehen wird! Jetzt wird er uns lange nicht mehr quälen können, und wir werden machen dürfen, was wir wollen. Und wo du nun auch das viele Geld von deinem alten Maler bekommen hast! Das wird uns ein gutes Stück weiterhelfen. Und ich geh zum Präsidenten und werde ihn bitten, daß er mir mit Vaters Geschäft behilflich ist. Ja, sollen die Gläubiger nur kommen, ich werde viel Geld verdienen.«

Niklaus sprach tröstend auf sie ein, aber sie hörte ihm nicht zu. In ihr war ein bitteres, dumpfes Gefühl, sie war verletzt. Sie besaß weder ihres Bruders praktischen Verstand noch seine festumrissenen Zukunftspläne. In ihr war alles formlos, unbestimmt und drohend.

»Wenn es nur keine Gesetze gäbe!« sagte sie plötzlich.

»Das wäre schön!« sagte er. »Dann lägen wir jetzt alle schon unter der Erde.«

»Mich wundert, daß wir nicht allesamt lauter Verbrecher sind!« sagte Silvelie. »Was hat uns denn daran gehindert, so zu werden wie Vater?«

»Vielleicht sein Anblick«, meinte er. Aber er hatte dabei das Gefühl, daß sie ihn nie verstehen würde, daß sie in einer ganz andern Welt lebte als er.

Und er wechselte das Thema.

»Silvelie, jetzt hast du doch Geld, willst du nicht die Sachen einkaufen, die du dir auf dem Zettel aufgeschrieben hast? Muattr wird sich freuen, und du kannst dann einiges mit dem Postauto um fünf gleich mitnehmen. Ich warte hier, bis die Verhandlung zu Ende ist, dann gehe ich zu Bonatsch und komme spätabends mit dem Wagen nach Hause.«

Sie holte einen Zettel hervor, auf dem sie säuberlich eine lange Liste von Haushaltungsgegenständen verzeichnet hatte, die das alte Nest im Jeff mit einem Mindestmaß an Behaglichkeit ausstatten sollten. Auf der Rückseite des Zettels befand sich eine zweite Liste, die allerlei Bekleidungsstücke für die ganze Familie enthielt. Obenan hatte sie mit großen Ziffern hingemalt: 900 Franken, Matthias Lauters' Geschenk, von dem sie gleich hundert Franken für den Zahnarzt abgezogen hatte, den Preis für das falsche Gebiß, das ihre Mutter brauchte.

»Wir wollen nur den Käse und das Bier bezahlen, dann gehen wir«, schlug Niklaus vor.

18

Präsident Bonatsch ließ nie eine Gelegenheit vorbeigehen, um sein Ansehen zu stärken. Er war ein kluger Kerl. Seine freundliche Geste gegenüber den Kindern des alten Jonas blieb nicht unbemerkt.

»Er ist ein feiner Mann, unser Landamann«, ließen sich Stimmen im Gerichtssaal vernehmen. Ja, Lauretz fand einen gerechten Richter in dem Manne, der sein patriarchalisches Geschäft gut verstand und sich mit bürokratischer Genauigkeit an den Buchstaben des Gesetzes hielt, weil er wohl wußte, daß er sicherging, so lange er von den geschriebenen Paragraphen keinen Fußbreit abwich.

Die Beschuldigungen der Unzucht, des Ehebruchs und der Erregung öffentlichen Ärgernisses dadurch, daß er in verschiedenen Wirtshäusern die Fotografien nackter Weiber vorgezeigt habe, diese Beschuldigungen, die gleichfalls gegen Lauretz erhoben wurden, erledigte Richter Bonatsch unter Ausschluß der Öffentlichkeit. Er ging dabei mit nicht allzu großer Strenge vor, denn er wußte, daß

Sittenlosigkeit in nahezu jedem Hause talab und talauf ein täglicher Gast war. Unzucht und Blutschande ereigneten sich fast Tag für Tag, und sooft einer dieser Sünder vor ihm erscheinen mußte, ging er nachsichtig mit ihm um, behandelte zuweilen die ganze Anklage als ein Häuflein Unrat, das er den Geistlichen zuschob, damit sie mit Besen und Schaufel die Arbeit einer Hausmagd besorgten.

In Lauretz' Fall konnte man leider keinen Priester damit beauftragen, und da Lauretz unter seinem Eid erklärte, er habe die Fotografien von einem reisenden Priester erhalten, den er einmal auf seinem Wagen mitnahm, ließ Präsident Bonatsch, nachdem er die Glaubwürdigkeit dieser Aussage angezweifelt hatte, die ganze Sache fallen und ordnete lediglich die Beschlagnahme der Fotografien und ihre sofortige Vernichtung an. Sogenannte »schwere Verbrechen« fielen nicht unter Richter Bonatschs Jurisdiktion, und nicht oft hatte er mit solchen Fällen zu tun. Aber wenn das einmal geschah, dann gab er sie nur ungern an die höheren Gerichte weiter, denn er betrachtete sich als den König und Vater des Kreises und lieferte nie einen Missetäter an das höhere Gericht aus, sofern nicht seine Tat bereits öffentliches Aufsehen erregt hatte. Seine beiden Hilfsrichter waren an seine Autorität gewöhnt, und da sie selbst recht wenig Scharfsinn besaßen, fügten sie sich willig der Macht seiner Persönlichkeit. Außerdem wußte man von ihm, daß er ein großes Privatvermögen besaß, und ein braver Schweizer, mag er noch so stolz darauf sein, daß er vor keinem König, Herzog, Lord oder sonstigen Tyrannen den Rücken zu beugen hatte, mag er noch so schöne Lieder über die Tapferkeit seiner Vorfahren und die Fülle seiner Freiheiten singen, besitzt dennoch den heiligen Respekt vor dem Besitzenden, dem mit Glücksgütern Gesegneten.

Mit einem Gefühl der Erleichterung ging Präsident Bonatsch zu der letzten Beschuldigung über, die gegen Lauretz vorlag: Es handelte sich um den Überfall auf den Sägemüller Schmid. Daß das ein richtiger solider Fall für das Polizeigericht war, ganz frisch noch und warm, und daß das Opfer mit verbundenem Kopf, eingeschlagenen Zähnen und angeschwollenen Lippen gleich im Saale zugegen war, wirkte fast wie eine willkommene Erfrischung nach den üblen, schmutzigen Weibergeschichten. Frau Lour hatte sich geweigert, als

Zeugin auszusagen; sie wollte nicht gegen Lauretz auftreten, weil er zuviel von ihrem Mann wußte. Sie lag leidend zu Bett. Dafür aber war der Bauer zugegen, der den Sägemüller so kläglich im Stich gelassen hatte. Lauretz gab übrigens alles zu und versprach Herrn Schmid eine zweite schöne Tracht Prügel zu einem künftigen Zeitpunkt, der, wie er sagte, völlig im Belieben des Gerichtshofes stehe.

Der heumachende Richter nahm seinen Bart in die Hand und flüsterte dem Präsidenten etwas ins Ohr. Richter Bonatsch nickte gewichtig. Nachdem er noch einiges geschrieben hatte, während im Saal tiefe Stille herrschte, schaute er auf seine pompöse Golduhr und begann dann, mit einer kurzen Lobrede auf das Gesetz und dessen Unparteilichkeit die Verhandlung abzuschließen. Endlich stand er auf, verkündete, daß der Gerichtshof sich jetzt zurückziehen und die Urteilsverkündung am folgenden Tage frühmorgens erfolgen werde. Daraufhin gab es ein lautes Stuhlrücken, Bücher und Papiere wurden eingesammelt, und der Präsident, begleitet von Herrn Pasolla und dem heumachenden Richter, verließ feierlich das Postgebäude. Sie spazierten langsam zu Richter Bonatschs Haus, wo sie sich wenige Minuten später um einen Tisch versammelten in dem Raum mit dem blank gebohnerten Parkettboden. Sie zogen die Röcke aus und ließen sich in Hemdsärmeln zu ihrem Geschäft nieder.

»Ja, ja, das war ein anstrengender Tag, den vergißt man nicht so leicht!« bemerkte der Heumacher.

Dann brachte Madame Bonatsch einen Krug Wein und drei geschliffene Gläser, stellte sie auf den Tisch und zog sich diskret zurück.

19

Am Samstagnachmittag fuhr ein Pferdegespann die Via Mala entlang. Auf dem Kutschbock, der bisher nur der privaten Bequemlichkeit des alten Lauretz gedient hatte, saß Niklaus. Schnufi, der Gaul, ließ sich Zeit. Heute knallte ihm keine Peitschenschnur um die Ohren, keine häßlichen Flüche ließen sein altes Pferdeherz erzittern, kein Hunger wühlte in seinen Flanken. Nein, alles schien jetzt leicht und richtig, und die Stimme des jungen Herrn klang sonderbar angenehm.

Niklaus warf einen Blick nach Andruss hinab, das tief unten im Tal im Sonnenlicht lag. Die Kupferzwiebel auf dem Kirchturm glitzerte wie eine Feuerkugel. Und er mußte an den Güterzug mit dem kleinen Abteil und dem vergitterten Fenster denken, in den sein Vater ohne Hut und Rock, nur in einem schmutzigen Hemd, hineingestoßen worden war. Auch fielen ihm Silvelies Worte nach der Verhaftung des Vaters ein: »Es ist nicht recht, daß ein Mensch den andern festnehmen darf. Wenn die Gesetze das erlauben, muß mit beiden etwas nicht stimmen – mit denen, die die Gesetze machen, und denen, für die sie gemacht werden.«

»Hüppla, Schnufi!« ermunterte Niklaus den Gaul. »Wollen wir heute noch nach Hause kommen oder nicht?«

Der Gaul beschleunigte freiwillig das Tempo. Kurz vor Nauders begegneten sie einer Schar von Schulkindern in Begleitung ihres Lehrers. Die Kinder trugen Rucksäcke, Stöcke und Blumen, sie lachten, sangen und gingen Arm in Arm. Niklaus hielt an, um ihnen zuzuschauen. Einige winkten ihm zu, während andere über sein rotes Gesicht und sein verwahrlostes Aussehen spotteten. Er fühlte eine Trockenheit in der Kehle und schluckte heftig.

»Schön und gut«, murmelte er, »ihr habt das Geld eurer Eltern in der Tasche, ihr seid keine Lauretzen. Aber wartet nur, wartet nur!«

Langsam fuhr er bergan, immer höher empor, die Serpentinen der Yzollastraße entlang, bis er schließlich nach Hause kam.

Die Familie erwartete ihn im Zimmer neben der Küche. Es war gerade zu der Tageszeit, da die Sonne für ungefähr eine halbe Stunde in die Fenster schien. Niklaus entdeckte ein neues buntes Tischtuch, neue Tassen und Teller, eine Kaffeekanne aus Aluminium, einen Milchkrug, Brot, Butter und Käse, und er setzte sich hin und bediente sich.

»Wir haben dich gar nicht kommen hören«, sagte Frau Lauretz, »Mannli hat nicht geschrien.«

»Meinetwegen schreit er nicht. Er schreit nur wegen dem Alten, nicht meinetwegen.«

»Ja, es ist merkwürdig, seit der weg ist, ist Mannli so still. Sonderbar.«

Ihre Blicke waren voller stummer Fragen, keiner traute sich mit der Sprache heraus.

»Hast du die Sachen alle mitgebracht?« fragte Silvelie schließlich.

»Es ist alles draußen auf dem Wagen.«

Dann folgte eine längere Stille. Die Yzolla tobte, aber die Säge stand still. Niklaus hielt ein Messer aufrecht in der Faust.

»Sie haben ihm bloß vier Monate gegeben«, sagte er mit Nachdruck. »Zwei Jahre lang darf er kein Wirtshaus betreten, außerdem muß er hundertfünfundneunzig Franken und sechzig Centimes bezahlen. Ich war am Zug. Dieterli mußte ihn ins Gefängnis nach Lanzberg schaffen. Wie ein Hund hat er in dem Käfig gesessen. Er hat mich angeschaut, aber kein Wort gesagt. Wenn er nicht kurz vor seiner Verhaftung den Schmid überfallen hätte, wäre er vielleicht noch leichter weggekommen. Gott sei Dank, daß er den Schmid überfallen hat! Und jetzt müssen wir uns gefallen lassen, daß eine besondere Kommission, die Bonatsch ernannt hat, unser Geschäft kontrolliert. Herr Wohl hat den Vorsitz. Die Gläubiger wollen sich versammeln, aber Bonatsch hat mir versprochen, er will sich bemühen, die Sache irgendwie für uns in Ordnung zu bringen, damit wir nicht der Fürsorge zur Last fallen. Ich hab ihm gesagt, es ist nicht nötig, uns aus dem Jeff zu verjagen, und er war anscheinend recht vernünftig. Dann ging er mit mir zu dem Alten auf die Polizeiwache. Herr Wohl war auch dabei. Der Alte mußte für mich ein Papier unterschreiben, daß ich an seiner Stelle das Geschäft weiterführen kann, ich sagte, ich will alles tun, um die Sache ein wenig in Gang zu bringen und die Schulden zurückzuzahlen. Ich hab ihm aber auch gesagt, daß das nur möglich ist, wenn sie mir den Auftrag für die neue Brücke geben.«

Niklaus' Gesicht leuchtete triumphierend.

»Ich hab es diesem Bolbeiß und Schmid gezeigt, Bonatsch war dabei! Ihre Voranschläge sind um Tausende von Franken höher als der unsere! Lauter Diebe sind das, und Wohl steckt mit ihnen unter einer Decke! Sie haben alles mögliche zusammengeredet, über die Löhne ihrer Arbeiter und über die Schmutzkonkurrenz, und was weiß ich, aber ich habe ihnen glatt erklärt, ich kann zu meinem Preis den Auftrag übernehmen und immer noch dabei verdienen. Der Präsident hat schon begriffen, was los ist. Er hat mir die Hand auf die Schulter gelegt und gesagt: ›Buab Niklaus, ich hab Vertrauen zu dir‹, und zu den andern hat er gesagt: ›Vergeßt nicht, ich hab eben den alten Lauretz ins Gefängnis schicken müssen. Ich kann nicht zulassen, daß durch sein Benehmen seine Familie ins Elend gestürzt wird. Mich geht es gar nichts an, wie ihr untereinander um die öffentlichen Aufträge konkurriert, aber ich halte es für meine Pflicht, gerecht zu sein, und ich würde euch den Rat geben, eure Angebote zugunsten des Lauretzschen Angebotes zurückzuziehen. Damit helft ihr eurem eignen Schuldner wieder auf die Beine und dürft euch sagen, daß ihr nach den Geboten christlicher Nächstenliebe gehandelt habt. Tragt die Angelegenheit den zuständigen Behörden vor, die sollen jemanden ernennen, der eure Interessen wahrt und der dafür sorgt, daß Lauretz euch nicht übers Ohr haut.‹

Ihr hättet die giftigen Blicke sehen müssen, die sie mir hinter dem Rücken des Präsidenten zugeworfen haben! Ich hab Bonatsch nichts von dem Gespräch erzählt, das die Herren am Sonntagnachmittag in der ›Alten Post‹ geführt haben. Vielleicht hatten sie Angst, daß ich's erzählen würde, aber ich hab's nicht erzählt. Es ist besser, man behält solche Sachen für sich. Grade bevor ich weggehen wollte, hat mir Bonatsch noch einmal die Hand auf die Schulter gelegt.

›Buab Niklaus‹, hat er gesagt, ›deine Angehörigen sind Protestanten, es gibt nur ganz wenig Protestanten in meinem Kreis, aber ihr sollt wissen, daß ich euch niemals anders behandeln werde als meine eigenen Glaubensgenossen, denn ich bin römisch-katholisch. In allen Schichten und in allen Religionen gibt es gute und schlechte Menschen. Es war für mich eine schwere Pflicht, daß ich euren Vater verurteilen mußte, und dazu noch zu einer so schweren Strafe. Ich werde selber fünfzig Franken zu den Kosten beisteuern. Das tue ich um euretwillen, weil ich weiß, daß ihr arm seid. Wenn ihr euch verpflichtet, den Rest der Summe zu bezahlen, werde ich euch nicht drängen. Ihr könnt bezahlen, wann es euch paßt.‹

Ich schaute ihn wie ein Esel an, ich konnte nicht anders, und dann bedankte ich mich für seine Güte.

›Herr Präsident‹, hab ich gesagt, ›Ihr habt mir neue Zuversicht gegeben, und ich verspreche Euch, mich sehr zu bemühen, um alles wieder in Ordnung zu bringen.‹

Dann bin ich zu Pasolla gegangen.«

Niklaus schaute Hanna an.

»Georg war nicht zu Hause«, fuhr er fort, »er ist auch nicht bei der Verhandlung gewesen. Ich hab ihn nicht gesehen. Aber ich hab seinem Vater von meiner Unterredung mit Präsident Bonatsch erzählt, und er hat mich so mürrisch und böse angesehen, daß ich wütend weggegangen bin. Du solltest dir den Georg lieber aus dem Kopf schlagen und warten, bis ich mein Bergwerk in Gang gesetzt habe. Dann kannst du dir nach Belieben einen Mann aussuchen, sie werden dir nachlaufen.«

»Herr Jeses, nur vier Monate haben sie ihm gegeben«, sagte Mutter Lauretz.

»Das heißt, daß er im Oktober wieder freikommt und das Hundeleben von vorne beginnt!« bemerkte Hanna.

»Ja, weil die Richter glauben, Vater muß uns ernähren«, sagte Niklaus. »Bonatsch hat mir das so erklärt.«

»Eh! Eh!« sagte Frau Lauretz entsetzt. »Sie haben ihm verboten, in die Wirtshäuser saufen zu gehen! Wie lange wird er das durchhalten?«

»Er wird nirgends etwas zu trinken bekommen. Wenn ein Wirt ihn bedient, muß er Strafe zahlen.«

»Du redest, als ob du den Alten oder diese elenden Kneipenwirte nicht kennen würdest«, sagte Hanna. »Jahrelang haben sie sein Geld genommen, man hätte sie auch gleich mit einsperren sollen.«

»Die ganze Zeit wird er zu Hause sitzen! Überlegt euch das einmal!« sagte Frau Lauretz und schaute ängstlich in die Gesichter ihrer Kinder.

Alle Blicke wanderten zu Silvelie. Es war, als verbiete ihnen ihre Anwesenheit, offen von der Leber weg zu reden, als fürchteten sie sich vor ihr.

»Wir müssen die Geldstrafe für Vater bezahlen«, sagte sie. »Wir müssen auf ein paar von den Sachen verzichten, die auf meiner Liste stehn.«

»Keine Rede!« schrie Hanna. »Er soll selber für Gefangenenlohn arbeiten!«

Silvelie schüttelte den Kopf.

»Nein, das geht nicht. Es ist am besten, wenn ich die Strafe bezahle. Er wird es schon erfahren, und wenn er im Gefängnis nichts zu trinken hat, wird sein Verstand klarer werden, und er wird beginnen nachzudenken. Richter Bonatsch und andere fremde Leute sind mild mit ihm umgesprungen, da meine ich, wir müssen doppelt so mild sein.«

Frau Lauretz schaute ihre schöne Tochter an, und es schien, als erwache plötzlich ein heimlicher Haß in ihren dunklen Augen.

Silvelie fuhr fort: »Wir brauchen die Strafe nicht gleich zu bezahlen, wir können sie in vier Wochen bezahlen. Ich gebe Niklaus das Geld, und er kann sagen, daß wir alle gearbeitet haben, um das Geld zu verdienen. Wenn Vater dann davon erfährt, wird er an uns alle denken. Aber er soll nicht wissen, daß ich es war, die das Geld gehabt hat.«

»Ich bin der Meinung, wir sind dem Alten nach all diesen Jahren gar nichts mehr schuldig«, sagte Hanna. »Es ist Zeit, daß wir an uns selber denken.«

Niklaus lachte spöttisch.

Silvelie schüttelte den Kopf. Sie hatte das Gefühl, als seien in diesem Augenblick all ihre Angehörigen gegen sie.

»Wir haben schon viel zu lang gewartet«, sagte Niklaus und zog dabei seine Worte bedächtig in die Länge, wie es seine Gewohnheit war, wenn er jemand überzeugen wollte. »Wir haben die Gelegenheit verpaßt, als die Zwillinge oben lagen wie zwei steifgefrorene Puppen. Einer von uns hätte aufstehen müssen und sagen, er hat es gesehen, wie der Alte es getan hat!«

»Still«, sagte Silvelie. »Es ist nie bewiesen worden, daß Vater es getan hat.«

Niklaus lachte hysterisch.

»Die Decke hat im Winkel gelegen, und das Fenster war weit aufgerissen. Hast du schon einmal gehört, daß Säuglinge mitten in der Nacht aufstehen und ihre Decken herumschleppen? Nein, nein! Damals haben wir die Gelegenheit verpaßt, uns für das ganze Leben von ihm frei zu machen. So eine Gelegenheit kommt nicht wieder.«

»Wir sind wie ein Haufen von Verdammten!« rief Hanna und schlug mit der Faust auf den Tisch. »Schau dir Mutter an! Sie ist so viel geprügelt worden, daß sie kaum noch kriechen kann. Schau dir Niklaus an. Ein Krüppel! Du mit deinem steifen Arm! Und ich? Bei Gott, wenn ich nicht so kräftig gewesen wäre wie ein Karrengaul, wär ich jetzt schon Mutter für deinen Bruder. Aber ich hab mir zu helfen gewußt!«

Frau Lauretz schrie auf: »Hanna!«

»Ja, es ist wahr, jedes Wort ist wahr.«

»So einen Vater soll man lieben und mit Geld unterstützen«, sagte Niklaus in bitterem Hohn.

Silvelie rang die Hände.

»Vater ist jetzt nicht da«, sagte sie, sichtlich bemüht, ruhig zu bleiben. »Es hat keinen Zweck, Szenen zu machen. Wir wollen versuchen, uns zurechtzufinden und die Gelegenheit möglichst gut nützen.«

»Ganz sicher!« rief Hanna.

»Er kommt ja doch wieder zu uns zurück, deshalb ist es besser, wenn wir uns bemühen, vernünftig zu sein!« Silvelie erhob ihre Stimme: »Ich weiß, ihr glaubt alle nicht an die Macht der Gedanken. Im Gefängnis muß er nüchtern bleiben, und wenn wir freundlich an ihn denken, wird er, wenn er zurückkommt, vielleicht ein neues Leben beginnen. Und wenn er sich nicht ändert, dann haben wir ebensoviel Schuld wie er selber.«

Niklaus blinzelte Hanna zu. Ein höhnisches Lächeln spielte um seinen Mund. Frau Lauretz schaute Silvelie wie aus weiter Ferne an. Niklaus kicherte.

»Jetzt wird es nicht lang dauern, dann wirst du in die Kirche gehn und vor den Pfaffen knien!«

Silvelie fuhr mit veränderter Stimme fort: »Es hat aber keinen Zweck, daß wir hier herumsitzen. Nehmen wir uns eine Arbeit vor.«

20

Obgleich ihre Sorgen mannigfaltig und ihre Handlungsfreiheit durch die aus dem Prozeß herrührenden Eingriffe der Gerichtsbarkeit beschränkt war, begann die Familie Lauretz mit weniger Furcht als bisher in die Zukunft zu blicken. Niklaus arbeitete mit übermenschlicher Energie. Von früh bis abends war er im Schuppen. Tagaus, tagein schnarrte die Säge und lieferte ganze Türme von Brettern. Niklaus aber schuftete nicht auf eigene Rechnung, sondern für Bolbeiß und Schmid. Das ließ sich nicht ändern. Auf der Gläubigerversammlung war es so beschlossen worden, und die Gläubiger hatten das Gesetz auf ihrer Seite.

Ab und zu erschien Dieterli im Jeff, stolzierte vor dem Hause umher, durchschnüffelte den Hof und kontrollierte sogar die geschälten Baumstämme und das Sägemehl im Schuppen. Ein Inspektor des Departements für Gesundheits- und Erziehungswesen tauchte auf und fand alles tadelnswert, den Zustand des Hauses, die sanitären Einrichtungen und die feuchten Wände. Er erklärte, daß die Vorschriften verlangten, daß dies und jenes binnen einer soundso langen Frist in Ordnung gebracht werden müsse.

Der Inspektor des Departements für Aufforstung erschien mit seinem Assistenten und einem Gehilfen, der Landkarten, Instrumente, Bücher und einen schweren Rucksack voll Lebensmittel schleppte. Er besichtigte die Bäume in der Umgebung, versah einige von ihnen mit einem Merkzeichen, äußerte sich weitläufig über eine Mehltauseuche und ließ ein Formular zurück, das Niklaus bis zu einem bestimmten Datum ausfüllen sollte. Falls er das versäume, würde ihm die Behörde eine Strafe von zehn Franken auferlegen.

Schließlich kam aus Zürich ein Geologieprofessor, begleitet von einem Dutzend Studenten der Technischen Hochschule. Sie standen in Bergstiefeln vor der Sägemühle, reckten die Hälse und unterhielten sich in verschiedenen Sprachen. Der Professor bat Niklaus, ihn zu den Bergwerken zu führen. Niklaus begleitete die Schar von Geologen und zukünftigen Ingenieuren ins Tal hinauf. Schweigend führte er sie hierhin und dorthin, durch eingestürzte Gänge und gruftähnliche Höhlen. Stumm schaute er ihnen zu, wie sie an die

Wände klopften, im schlüpfrigen Lehm ausglitten, und über das Erz Witze machten. Stumm hörte er zu, wie der Professor die Studenten zu sich heranrief.

»Meine Herrn, meine Herrn!«

Er redete lange über eine uralte Methode der Erzgewinnung, bei der das Erz in einer Pfanne zu Staub zerrieben wurde. »Das Wasserverfahren« nannte er es.

Niklaus hörte ihn ferner von dem »elektro-metallurgischen Verfahren« und von dem »Amalgamierungsverfahren« erzählen und schaute ihm zu, wie er mit einem kleinen Hammer einen Stein zerschlug und die Stücke herumreichte.

»Viel zuviel Antimon«, hörte Niklaus ihn sagen.

Niklaus lächelte höhnisch vor sich hin. Er hatte ihnen keineswegs alle Minen gezeigt, nie würde er einem Menschen verraten, was er alles wußte.

»Wartet nur«, dachte er, »ich, Niklaus Lauretz ...«

Als sie zur Sägemühle zurückkamen, bot der Professor Niklaus einen Franken an. Niklaus schüttelte verstört den Kopf.

»Sehen Sie, meine Herren«, sagte der Professor zu den Studenten, »habe ich Ihnen nicht gesagt, daß hier oben in unsern schönen Schweizer Bergen die Menschen stolz und freiheitsliebend sind?«

Des Professors Lobrede machte keinen Eindruck auf Niklaus. Er ließ die Besucher stehen und ging schnell in den Sägeschuppen. »Ihr Schafsköpfe!« murmelte er. »Wartet nur!«

Und dann rief er Jöry, zeigte mit dem Daumen über die Schulter und sagte: »Geh und schau dir einmal diese Vögel von der Technischen Hochschule in Zürich an, die glauben anscheinend, uns muß man genauso behandeln wie einen Kofferträger.«

Noch nie hatte in der Sägemühle so viel Ordnung geherrscht. Es wurde mit einer ungeheueren Energie und Tatkraft gearbeitet. Niklaus fühlte sich voll Stolz als sein freier, eigener Herr.

»Und wenn der Alte nach Hause kommt«, sagte er manchmal, »wird er auf jeden Fall große Augen machen, obschon das Geschäft noch nichts eingetragen hat.«

Aber es verging keine Minute, ohne daß nicht der Gedanke an die Rückkehr des Alten ihn wie ein Gespenst verfolgte.

»Schau her, Jöry!« sagte er immer wieder. »Schau dir meine Armmuskeln an! So sieht das aus, wenn man genug zu essen hat!«

Jöry machte selten den Mund auf. Er kicherte bloß und schaute Niklaus mit seinen schmalen Äuglein herablassend von der Seite an. Doch wenn er auch nur wenig sprach, sein Hirn arbeitete unablässig, und unterdessen wartete er auf den richtigen Augenblick. Frau Lauretz führte jetzt im Vergleich zu früher ein fast behagliches Leben. Das Nötigste war vorhanden, und der Haushalt fiel ihr weniger zur Last. Die alten Küchengeräte waren auf Silvelies Vorschlag in Jörys schmutzige Hütte gewandert, ebenso einige Kleinigkeiten aus dem Haushalt, so daß nun auch die Familie Wagner sich mit einem unerwarteten Wohlstand gesegnet sah. Jörys Frau litt an brandigen Geschwüren und Krampfadern. Sie quittierte das veränderte menschenfreundliche Verhalten der Lauretz auf ihre Art, indem sie mit ihrem kleinen Albert vor der Haustür erschien und Beschimpfungen ausstieß, bis Niklaus ihr Geld gab und sie verjagte. Hanna war ins Hospiz zu den Gumpers übergesiedelt, denn in den Bergen war »Hochsaison«, und Silvelie ihrerseits hatte die Gumpers verlassen, um ausschließlich Herrn Lauters zu bedienen.

21

»Silvelie«, sagte Meister Lauters eines Morgens, »ich glaube, es ist höchste Zeit, daß ich wieder zu arbeiten anfange. Das Motiv bei der Hubertuskapelle über der Via Mala verfolgt mich schon lange, und es wird Zeit, dieses Bild zu Ende zu bringen, bevor es zu spät ist.

Wenn du ins Hospiz kommst, sag Herrn Gumpers, er soll ein Auto besorgen, das uns zur Kapelle und wieder zurück bringt. Wir wollen nicht zu Fuß gehen.«

»Soll ich mich gleich auf den Weg machen?«

»Es hat Zeit, ich brauche mindestens zwei Stunden, um meinen Kram zusammenzusuchen.«

Silvelie verließ mit einem kleinen Körbchen das Haus, um Blumen zu pflücken. Mit besonderer Begeisterung suchte sie Enzian, sie liebte ganz besonders diese kleinen samtenen, blauen Kelche.

Unterwegs pflückte sie auch zarte Farnkräuter sowie einen kleinen Strauß Vergißmeinnicht, die so blau waren wie der Himmel an diesem Tag.

Edelweiß suchte sie nicht mehr, seit Meister Lauters ihr gesagt hatte, das Pflücken von Edelweiß sei eine Tochterindustrie des Hotelgewerbes geworden.

Äußerlich war mit Silvelie eine deutliche Wandlung vor sich gegangen. In ihrem Auftreten lag vor allem mehr Sicherheit. Vielleicht hatte auch das neue Sommerkleid in gemustertem Tüll, das sie wie Schmetterlingsflügel umflatterte, ihre Eitelkeit geweckt? Was es auch sein mochte, es war nicht zu übersehen, daß sie in den zehn Wochen, die sie nun im Schlößchen von Meister Lauters als sein Faktotum, sein Modell, ja oft sogar als seine Kritikerin verbracht hatte, eine andere geworden war und sich zu ihrem Vorteil verändert hatte.

Matthias Lauters' Magd zu sein war nicht sehr anstrengend. Er aß nur wenig und ganz einfache Gerichte. Selbst wenn sie das Essen noch so gut zubereitete, aß er doch nie mehr als ein paar Bissen.

Auch hatte er eine ausgesprochene Abneigung gegen allzuvieles Abstauben. »Staub ist eine edle Sache, mein Kätzchen«, pflegte er zu sagen. »Dieses viele Wischen und Waschen und Putzen ist eine schweizerische Seuche, die Erbschaft vieler Generationen von Kleinbürgern, die mit dem Besen in der Hand zur Welt gekommen sind. Ohne ein bißchen Unordnung ist das Leben langweilig. Der Besen ist das Symbol der Mittelmäßigkeit. Heutzutage verwandelt die bürgerliche Gesinnung ein Zuhause in die Sterilität einer Klinik. Carlyles Idioten suchen immerfort nach Mikroben und übersehen die großen schönen Dinge.«

Es machte Silvelie Spaß, Meister Lauters' Leibwache zu sein. Komödie zu spielen war für sie ein wahres Vergnügen. Wenn ein ungebetener Besucher keuchend die Wiese heraufkam, griff Lauters nach einem Zeißglas und betrachtete den Eindringling. In der letzten Zeit waren mehrere Leute dagewesen, darunter auch ein entfernter Verwandter des Malers.

»Silvelie, schnell! Da kommt ein bekanntes Gesicht, das mich in meinen Träumen, in meinen schlimmsten Träumen verfolgt. Der Himmel schütze mich vor meinen Vettern! Sperr die Tür unten zu.

Laß ihn warten und sag ihm dann nach einer Weile, daß ich verreist bin.«

»Wohin?«

»Nach Italien! Nein, sag nach Lugano!«

»Aber das ist doch eine Lüge!«

»Durchaus nicht! Ich werde mich oben auf das Sofa legen, die Augen zumachen und vom Monte Generoso träumen und von dem wunderbaren Fisch und dem Weißwein in dem kleinen Restaurant am See.«

Ihr Lachen hatte das ganze Schlößchen ausgefüllt, aber sie hatte getreulich seine Befehle durchgeführt. Der enttäuschte Vetter war mit verblüffter Miene davongegangen, verfolgt von der Vision des schönen jungen Geschöpfes, das ihn so grausam belogen hatte.

Zuweilen tauchten aber auch Schulkinder bei ihnen auf, die ihre Ferien in der Höhenluft verbrachten. Matthias Lauters und Silvelie freuten sich an den roten Backen und zerzausten Haaren, und es kam vor, daß der Meister sie auf die Terrasse holte, rasch ein paar Skizzen von ihnen machte und ihnen Autogramme zum Abschied schenkte. Glücklich zogen sie damit von dannen.

»Silvelie, schau dir nur diese originellen Köpfchen an! Ist es nicht sonderbar, daß Eltern ihre Kinder gewöhnlich als ihr Eigentum ansehen und so tun, als ob das Leben sie ihnen stehlen wolle? Purer Egoismus! – Sie denken nur an sich!«

Matthias Lauters hatte Silvelie immer wieder von seinen vielen Auslandsreisen erzählt, vor allem von seinen Reisen in den Nahen Osten, wo er oft mit den Einheimischen zusammengesessen und mit ihnen ihren süßen, mit Minze gewürzten Tee getrunken hatte. Diesen Winter wollte er wieder verreisen vielleicht nach den Kanarischen Inseln oder nach Ägypten.

»Ich brauche jemand, der mit mir reist, meine Korrespondenz erledigt und mich kritisiert. Überleg dir das gut, bevor der Winter kommt. Ich verlasse mich ganz auf deine Freundschaft.«

Sein Vorschlag, mit ihm zu verreisen, bereitete Silvelie schweres Kopfzerbrechen. In Gedanken nach fernen Ländern zu reisen begeisterte sie so sehr, daß sie sich kaum zu fassen wußte. Aber – konnte und durfte sie denn ihre Familie verlassen? Lange war sie unschlüssig. Der dunkle Schatten ihres Lebens hing drohend über ihr, und sie konnte sich von ihm nicht lösen. Immer wieder wanderten ihre Gedanken zum Gefängnis von Lanzberg. Sie stellte sich vor, wie ihr Vater allein in einer Zelle saß, auf einer hölzernen Pritsche, das Gesicht in die Hände gestützt und finster vor sich hin grübelnd, wie sie ihn so oft gesehen hatte. An ihren Fingern zählte sie die Wochen ab, die er noch dort bleiben mußte, und der Gedanke an seine Rückkehr tauchte wie ein Alptraum auf.

Sie war Lauters mit allen Kräften ihres Herzens zugetan, aber konnte sie denn die andern zu Hause verlassen und mit ihm auf Reisen gehen und im Sonnenschein leben und glücklich sein, während dort unten in dem finsteren, höhlenartigen Tal ein halbes Dutzend Menschen traurig ihr Dasein fristeten? Nein, das würde nicht recht sein. Meister Lauters wird schon verstehen, daß das nicht recht sein würde. Aber sie wird es ihm erst später sagen. Es würde ihm vielleicht weh tun.

Nach einer Weile kehrte sie zum Schlößchen zurück, setzte einen breitrandigen weichen Strohhut auf, der in einer runden Schachtel aus Zürich gekommen war und den Meister Lauters ihr mit geschickter Hand aufgesetzt hatte. Dann ging sie zum Hospiz hinunter, um das Auto zu bestellen und mit ihrer Schwester Hanna zu sprechen.

22

Matthias Lauters waren die Fortschritte, die Silvelie unter seinem Einfluß gemacht hatte, nicht entgangen. Doch was ihn in der letzten Zeit am meisten zu beschäftigen schien, war seine bevorstehende Reise aus dieser Welt in die nächste. Er suchte immer häufiger unter seinen Büchern nach ebenbürtigen Gefährten und verbrachte manche Stunde mit Tolstoi, dem *Ramayana*, Hans Blüher und Rilke. Oft saß er lesend in einem Stuhl auf der Terrasse, während Silvelie ihm mit einem Buch, das er ihr empfohlen hatte, Gesellschaft leistete. Dann machte er die Augen zu und wanderte körperlos in ferne Regionen. Manchmal verlangte er eine Decke für seine Beine oder das schottische Plaid und bat Silvelie, ihm laut vorzulesen. Während er ihrer Stimme lauschte, schloß er die Augen und wünschte sich, noch ein bis zwei Jahre am Leben zu bleiben.

An diesem Tag verriet er ihr diesen Wunsch, und als sie ihn fragte, warum er so finsteren Gedanken nachhänge, antwortete er: »Ich will gerade noch so lange leben, daß ich deine Erziehung vollenden kann.« Sie meinte, er würde noch viele Jahre am Leben bleiben, sie erziehen aber würde er nicht können.

»Silvia, du wirst eines Tages eine Sünderin sein, aber das wird dir nicht weh tun. Wer weiß, Du wirst vielleicht auch eine Matrone mit einem halben Dutzend Kindern werden – solltest du jemals in Schwierigkeiten geraten, bemühe dich nicht, die Rätsel des Lebens mit deinem Verstand zu lösen. Du gebrauchst mir zu oft das Wort Vernunft. Wichtig ist es, Verstand nicht mit Geist zu verwechseln. Entspanne dich und vergiß alles Gelernte, zieh in Gedanken tausend Kreise um dich, verkrieche dich in den Mittelpunkt dieser Kreise wie eine Schnecke in ihr Haus und warte dort. Nur so kommt die Erleuchtung. Du wirst plötzlich klarsehen und nicht wissen, wie das gekommen ist.«

Er seufzte tief.

»Elf Uhr.«

»Zeit zum Arbeiten, gehen wir.«

Er erhob sich mit ungewohnter Munterkeit.

Kurze Zeit später waren sie zum Hospiz unterwegs, wo ein kleines Auto sie erwartete. Hanna trug ein grellgrünes Kleid, eine schwarze Schürze und auf dem Kopf ein rotes Tuch. Meister Lauters nannte sie »unsere Medusa«, und es machte ihm Freude, ihr vitales Wesen, die Fülle ihres schwarzen Haares und ihren fülligen Busen anzuschauen.

»Sie sind mit dem Bild bald fertig?« fragte Hanna.

»Wie wird denn das Wetter? Das möchte ich gerne wissen«, sagte Lauters und schaute nach den Berggipfeln.

»Bald kriegen wir unseren ersten Schnee«, meinte Frau Gumpers. »Der Gletscher am Vial sieht abends ganz schwarz aus.

»Das ist nicht gerade schön!« meinte Lauters.

»Ich würde gern für Sie das schlechte Wetter aufhalten, Herr Lauters, aber ich kann's doch nicht.«

Während Lauters und Silvelie sich's bequem machten, brachte Töny eine große Leinwand, die Staffelei und den Malkasten und verstaute die Leinwand im Fond des Wagens. Mit zitternden Händen hielt der Maler die Leinwand fest und befahl dem jungen Mann aus Andruss, der am Steuer saß, loszufahren. Gerade als sie abfuhren, trat Hanna an Silvelie heran und flüsterte ihr zu:

»Jeses Maria! Denkst du auch daran? Nur noch drei Wochen!«

Der Wagen fuhr die Yzollastraße hinab, legte Windung um Windung zurück, näherte sich bald den ersten Bäumen, kam dann in den dunklen, steilen Wald und blieb schließlich am Rande eines Abgrundes stehen. Dort, auf einem aus der Bergwand vorspringenden grünen Felsblock stand die Kapelle des heiligen Hubertus. Das Kupfer der Zwiebel auf dem kleinen Kirchturm und das goldene Kreuz glitzerten in der Sonne.

Der junge Mann aus Andruss half, die Staffelei und die Leinwand aufzustellen. Silvelie legte die Farben zurecht, eine kleine Arbeit, die sie gut gelernt hatte. Sie sortierte die Farben, kannte ihre Namen, und wusch jeden Tag die Pinsel aus, so daß Meister Lauters, wenn er die Pinsel prüfte, befriedigt vor sich hin brummte. Sobald der junge Mann zu seinem Auto zurückgekehrt war, zog sie sich aus und nahm die Haltung ein, an die sie sich bereits gewöhnt hatte. Niemand konnte sie sehen außer dem Maler und vielleicht den Toten, die auf dem kleinen Friedhof begraben lagen. Der Chauffeur hielt auf der Straße Wache, bereit, mit einem Hupsignal das Nahen eines zufälligen Wanderers anzukündigen. Unterdessen saß Matthias Lauters auf einem Kissen auf der niedrigen Kirchhofsmauer und hatte vor sich die Leinwand, auf der er das Sinnbild der Schönheit unter Toten malte. Tod und Schönheit, nichts anderes mehr war ihm in seinem Leben geblieben, in diesem langen Leben, das nun in eine Nußschale zusammengepreßt schien. Hier lagen unter hölzernen Kreuzen die Gebeine unbekannter fremder Soldaten, die Gebeine der Bergbauern, die mit verkrümmtem Rücken den Weg des Staubes gegangen waren, hier die schlanken Skelette kleiner Kinder und dort die feierlichen Überreste eines Heiligen.

Wie eine Gemeinde symmetrischer Riesen hüteten die vom Wind zerzausten Lärchen die Gräber. Und in ihrem Schatten waren die Illusionen der Menschen zur Ruhe gelegt.

»Silvelie, steh jetzt ganz bequem. Hab ein wenig Geduld. Die Muskeln dürfen nicht straff werden. Beug dich ein bißchen nach links. Bravo! Ausgezeichnet! Den linken Fuß etwas vorsetzen! Kannst du zwanzig Minuten so bleiben? Du bist ein wahres Wunder. Das wird ein Aufsehen geben, wenn dieses Bild bekannt wird. Einerlei! Der Papst läßt die Frauen lange Ärmel tragen, aber der Vatikan ist voll nackter Schönheit.«

Schweigend malte er weiter, mit zitternden Händen und einer nervigen Konzentration.

»Die zwanzig Minuten sind vorüber«, sagte Silvelie.

»So? Gut. Zieh dich an. Genug für heute. Und vielen Dank!«

Sie zog sich an, trug den Wandschirm weg und versteckte ihn wieder. Dann setzte sie sich unter das Portal der Kapelle und schaute verloren durch ein Eisengitter in eine Nische, in der sich eine Terrakottastatue des gekreuzigten Christus mit dem Lendentuch befand. Blut strömte über sein Gesicht und seine Hände, quoll aus den Lenden, aus den Schienbeinen und Füßen. Zwei weinende Engel mit vergoldeten Flügeln knieten zu beiden Seiten der Gestalt. Daneben enthielt die Nische noch eine zweite, aus Holz geschnitzte Figur, die den Erlöser zeigte, wie er unter der Last des Kreuzes zusammenbricht. Rings um ihn her waren aus Wachs geformte gelbe und rote Rosen verstreut. Heiliger Staub bedeckte die seltsamen Reliquien; über allem hing eine Fotografie seiner Heiligkeit Leos XIII., der mit klugen Augen durch ein zerbrochenes Glas aus einem goldenen Rahmen blickte. Silvelie erinnerte sich an ihre Schulzeit, wie die Kinder hinter ihr hergelaufen waren und sie »Ketzerin«, Tochter eines »Ketzers« geschimpft hatten; sie erinnerte sich, wie Herr Wohl einen Jungen züchtigte, weil er mit Steinen nach ihr geschmissen hatte, und wie er der ganzen Schule strengstens befahl, so etwas nie wieder zu sagen, so etwas nie wieder zu tun. Und abermals hatte sie das Gefühl, als ob mit den Menschen etwas nicht in Ordnung sei. All diese Dinge, an die sie glaubten, mochten sie auch noch so tröstlich sein, kamen ihr erkünstelt vor, so fern jeder Wirklichkeit. Die Menschen schienen wie toll darauf versessen, aus Holz und Lehm Dinge zu formen, die selten mit den Dingen des Geistes etwas gemein hatten. »Wenn ich nur könnte«, dachte sie, »würde ich weit, weit weggehen und ein neues Leben suchen.«

»Silvelie!« ertönte Meister Lauters' milde Stimme. »Komm und hilf mir einpacken. Genug für heute!«

Beschwert stand er auf und streckte sich. Sie hörte ihn sich und das Alter verfluchen.

23

Ende September war die Luft schon recht kalt, und die Sonne stand zu Mittag nur um weniges höher als die Bergkuppen. Ein unfreundlicher Wind fegte über die verbrannten Wiesen. Die Wälder auf den steilen Hängen unterhalb des Hospizes verfärbten sich rötlichbraun, hellgelb und rot. Riesige Wolkenzüge wälzten sich über das Graubündnerland. Nebelstreifen wanden sich wie Schlangen an den Bergen entlang, krochen in die Wälder und Spalten und schlichen über die Gletscher. Ab und zu erschütterten heftige Gewitter die Atmosphäre, und des Nachts warf der Vollmond seinen weißen Glanz auf die dahinjagenden Wolken.

Die Hirten trieben ihre Herden ins Tal. Fette junge Kühe und Bullen, die Nacken und Flanken von Muskeln und Lebenssaft gebläht, wanderten ihren winterlichen Herbergen zu, Ziegen und Schafe zogen weidend auf dem Wege ins Tiefland über die Pässe. Die Gumpers bereiteten sich auf den Winter vor. Da es nur noch wenige Touristen gab, sagten sie Hanna, sie müsse jetzt nach Hause gehen, und aus Mitleid mit der armen Familie des Sägemüllers borgten sie ihr für den Winter eine Kuh. Stolz führte Hanna das Tier nach Hause, obgleich sie überzeugt war, daß die Gumpers die Kuh ihr nicht geborgt hätten, wenn sie nicht so alt und lahm gewesen wäre. Im Oktober kam eine Zeitlang trockenes schönes Wetter. Es sah aus, als sei der Sommer zu einem kurzen Besuch zurückgekehrt. Aber die Bewohner dieser Regionen ließen sich durch den warmen Sonnenschein nicht täuschen. Sie wußten, daß der große Wetterumschlag dicht bevorstand.

Aus irgendwelchen Gründen blieb Matthias Lauters immer noch in seinem Schlößchen. Es gab auch noch keinerlei Anzeichen für seine bevorstehende Abreise. Er schien viel zu beschäftigt. Er blätterte in den alten Katalogen seiner Ausstellungen, durchsuchte Mappen voll Skizzen und verbrachte viel Zeit über seinem Tagebuch.

»Es ist immer noch Zeit, nach Afrika zu fahren«, sagte er zu Silvelie.

Ab und zu verbrachte er eine Stunde vor seinem Gemälde »Tod und Schönheit«, kratzte mit zitternder Hand an der Leinwand oder fügte hier und dort einen Tupfen Farbe hinzu. Als Silvelie diese Leinwand zum erstenmal sah, erschrak sie, da sie sich selber erkannte, wie sie überlebensgroß, unbekleidet, und mit Füßen, die kaum die Erde berührten, zwischen den Gräbern sich bewegte, während die Kapelle, der Wald und die Berge zu den strahlenden Farben ihrer Haut einen gedämpften Hintergrund abgaben.

»Ich weiß«, sagte Lauters, »daß du das Bild nicht vom Standpunkt eines Malers beurteilen kannst. Aber was hältst du überhaupt davon?«

Sie betrachtete es lange.

»Hoffentlich werden Sie es nicht ausstellen?«

»Warum nicht, mein Kätzchen?«

»Weil die Leute wissen werden, daß ich es bin.«

Sie wußte nicht recht, was sie über das Bild sagen sollte, ahnte aber, daß es auf eine geheimnisvolle Weise schön war.

»Vor der Hubertuskapelle habe ich mein ganzes Zeitalter durchlebt«, sagte Lauters. »Egal, ob dieses Bild an Watts, Jones oder Rosetti erinnert, Malerei sollte im Grunde zeitlos sein. Dieses Bild ist mein Testament. Ich wollte es zu Ende bringen, wie einer, der vor einer langen Reise seine Siebensachen zusammenpackt. Ich bin nun schon fast achtzig«, murmelte er, »und es fällt mir schwer, Dinge, die andere Menschen bewegen, mir nahegehen zu lassen.

Noch schwerer fällt es mir, meine Sünden zu bereuen. Meine Kinder haben mich immer recht kritisch angesehen. Meine Familie hält mich für gefühllos und herzlos. Sie verstehen mich nicht, ich bin ihnen zu sonderbar, zu unmoralisch. Auch du mußt mich für einen Sonderling halten, für einen großen Egoisten.«

»Meister«, sagte sie warm, »Sie haben mehr für mich getan, als ich jemals für Sie tun konnte!«

Er ging darauf nicht ein.

»Mein Hirn hat sich vieles ausgedacht«, fuhr er fort. »Mein Geist hat sich bemüht, manches zu glauben. Heute aber bin ich wieder voll unbeantworteter Fragen. Nirgendwo gibt es die ganze Wahrheit, doch ein Stückchen davon steckt in allen Dingen. Heute abend friere ich. Willst du ein Engel sein und mir die Decke geben?«

Sie wickelte ihn ein.

»Warum reisen Sie nicht ab?« fragte sie. »Es ist schon spät im Jahr. Sie sind noch nie so lange hiergeblieben. Sie müssen bald in ein warmes Klima kommen.«

Er warf ihr einen langen prüfenden Blick zu und lächelte dann.

»Du kommst ja doch nicht mit, was liegt also daran?«

»Ich würde furchtbar gern mitkommen, aber –«

»Keine unnützen Erklärungen«, unterbrach er sie. »Ich weiß, daß du nicht kannst. Du kannst nicht, wenn du auch wolltest.«

Er schloß die Augen. Nach einiger Zeit schlief er ein. Silvelie schlich auf Zehenspitzen hinauf in ihr Zimmer. Mitten in der Nacht hörte sie ein Geräusch, es klang, als sei jemand umgefallen, sie setzte sich in ihrem Bett auf und hielt den Atem an, um zu lauschen. In der Stille überkam sie eine schreckliche Unruhe. Sie zündete eine Kerze an, stieg aus dem Bett, ging die Treppe hinunter und öffnete die Tür zu dem großen Zimmer. Ein Blick auf den Diwan zeigte ihr, daß Meister Lauters dort nicht geschlafen hatte, statt dessen sah sie den alten Maler auf der Erde liegen. Schnell zündete sie die Lampe an, ging zu ihm und kniete neben ihm nieder.

»Meister, was ist denn geschehen?«

Lächelnd, mit weit aufgerissenen Augen schaute er sie an.

»Was ist geschehen?« murmelte er und bemühte sich, mit ihrer Hilfe aufzustehen.

Langsam schaute er sich um, seufzte und sank auf den Teppich zurück. Ein Gefühl großer Verlassenheit überkam Silvelie. »Meister, was ist passiert?«

Ein tiefer, langgedehnter Seufzer entrang sich seiner Brust. Entsetzt spannte sie alle Kräfte an, richtete ihn auf, zerrte ihn auf sein Bett, zog ihn aus und deckte ihn zu. Er öffnete weit die Augen.

»Wie spät ist es?« fragte er flüsternd.

»Vier Uhr. Was soll ich tun?«

Sein Gesicht zuckte, als könne er seine Muskeln nicht mehr beherrschen, dann aber trat ein Lächeln auf seine Lippen. Er schloß wieder die Augen, schluckte und drehte den Kopf auf die Seite. Plötzlich begann er zu zittern. Sie hielt seine Hände, strich ihm das weiße Haar aus der Stirne und streichelte seine Wangen.

»Ist Ihnen kalt? Ich richte Ihnen eine Wärmflasche. Ich bin ganz schnell wieder da.«

Sie zündete schnell ein Feuer an, stellte Wasser auf, füllte eine Flasche mit heißem Wasser und schob sie zu seinen Füßen ins Bett. Seine Füße waren eiskalt. Sie holte etwas Kognak, hob seinen Kopf und flößte ihm einen Löffel voll ein. Er schluckte den Kognak. Dann sank er schwer atmend zurück. »Danke, Kätzchen, danke!« Er versuchte ihre Hand zu streicheln. Lange Zeit starrte er sie an. Sein Blick erfüllte sie mit Angst, denn es war, als schaue ein ganz anderer Lauters sie mit Augen an, aus denen der Puls des Lebens entschwunden schien.

Sie kniete neben dem Bett nieder und hielt seine Hand an ihre Wange. Zuweilen zuckte er mit dem Arm, als störten ihn die Tränen, die seine Hand benetzten. Dann hob er langsam seinen Arm und legte die Hand auf ihren Kopf.

»Silvelie – lies – mir – aus – dem – Buch – vor – dort – auf dem Stuhl – rot gebunden – Carpenter«, sagte er mühsam.

Sie küßte seine Hand, machte sich frei und holte das Buch. Offenbar hatte er schon darin gelesen, denn es lag auf dem Fußboden.

Sie kniete wieder neben dem Bett nieder und fand eine Stelle, die er rot angestrichen hatte. Mit leiser Stimme begann sie zu lesen: »Die Sonne durchbohrt mich mit übermächtigen Strahlen. – Ich eile auf Schwingen durch die Nacht, durchwandere die Wildnis der Welten und die finsteren Reiche der Tränen und des Todes – und kehre lachend zurück. – Wir schweben beide – mit ausgebreiteten Flügeln – o Lachen, Lachen, Lachen!«

Seine Lippen zuckten schmerzlich, er murmelte fast unhörbar: »O Lachen! Lachen!«

Sie fühlte, wie sein ganzer Körper kraftlos wurde. Er riß die Augen weit auf ...

»Meister! Meister!«

Doch er hörte sie nicht mehr. Stille lag über dem großen Raum.

Als das Tageslicht durch die Läden drang, stand Silvelie auf. Erschrocken wich sie vor ihrem Portrait zurück, das auf der Staffelei stand. Sie drehte die Leinwand um, trat vor das Totenbett und betrachtete beklommen das tief in die Kissen gesunkene bleiche Gesicht.

Sie ging im Zimmer auf und ab, gequält von der Erkenntnis, daß sie einen Freund verloren habe, wie sie ihn in der ganzen Welt nie wiederfinden würde, und daß der Tod ihr eine Liebe geraubt hatte, die nie mehr zu ersetzen war.

Sie öffnete weit die Läden und ließ das Tageslicht hereinfluten. Dann zog sie ihre groben Bauernkleider wieder an, verließ das Schlößchen und eilte zu den Gumpers hinunter.

Sie saßen in der Küche beim Frühstück. Als sie ihr Gesicht sahen, sprangen sie auf.

»Was ist los?«

»Meister Lauters ist heute nacht gestorben.«

Sie hielten den Atem an. Schließlich sagte Töny mit unsicherer Stimme: »Das ist nicht wahr.«

»Jeses!« stieß Frau Gumpers hervor. »Das ist doch nicht möglich!«

Sie begann zu weinen. Silvelie erzählte ihnen, was geschehen war.

»Was wollen wir machen?« fragte Töny.

»Man muß seine Familie in Zürich sofort anrufen!«

»Ich kenne seine Familie nicht.«

»Professor Peters.«

»Wo sollen wir den finden?«

»Fragt das Telefonamt.«

Töny ging sofort ans Telefon, und Silvelie kehrte unterdessen ins Schlößchen zurück.

24

Am späten Nachmittag kamen zwei große Autos durch die Via Mala, in denen eine Anzahl Leute saßen. Eines davon war ein blanker, schwarzer Krankenwagen, der Lieferwagen des Vaters Chronos. Sie machten vor dem Hospiz halt. Bald darauf schritt eine kleine Prozession mit Töny an der Spitze keuchend den Pfad zum Schlößchen empor. Matthias Lauters' Angehörige trugen schwarze Kleidung. Eine stattliche Matrone trug einen Kranz. Und da die Luft hier oben ziemlich dünn und der Weg steil war, blieb sie zuweilen stehen, und die Prozession mußte warten, während sie Atem schöpfte. Sooft sie stehenblieb, fing sie auf eine wohlerzogene Art zu jammern an, denn sie hatte offenbar den Schrecken über ihres Vaters plötzlichen Tod noch nicht überwunden. Ein magerer, älterer Herr, der erbärmlich gekleidet war und das ungeheure Gebirgspanorama mit der Verblüffung eines Fisches anstarrte, den man seinem heimischen Element entrissen hat, erbot sich zu verschiedenen Malen, der Matrone die Last des Kranzes abzunehmen. Aber sie schien nicht geneigt, sich von den Blumen zu trennen, so schwer sie auch waren, und beteuerte, während sie mit einem weißen Taschentuch ihre Augen betupfte, daß sie nur ihre Kindespflicht erfülle. Ein anderer älterer Herr aus der Schar der Leidtragenden, offenbar ein sehr gelehrter und in der Kunst logischer Überlegung wohlbewanderter Herr, konnte sich's nicht verkneifen, mit äußerst sanfter, den traurigen Umständen angepaßter Stimme zu bemerken, daß Frau Professor Peters den Kranz ebensogut im Krankenwagen hätte zurücklassen können, da man ihn mit dem Sarg ja doch wieder würde hinuntertragen müssen. Dieser Herr, der einen riesigen schwarzen Bart hatte, unterhielt sich ernst mit der Dame an seiner Seite und fand viele Worte zum Lob des dahingeschiedenen Malers. Er prophezeite sogar ein großes öffentliches Begräbnis und fügte hinzu, daß er mit Spannung die vielen Nachrufe auf seinen Schwiegervater erwarte, die binnen kurzem in der Presse erscheinen würden. Im Nachtrab dieser imposanten Prozession marschierten vier Männer mit einem leeren Sarg.

Die Nachricht von Matthias Lauters' Tode war rasch nach Andruss gedrungen. Obwohl aus Zürich gebürtig und im Kanton fremd, war er doch in Graubünden ansässig gewesen. Die örtliche Bürokratie wußte, daß er wohlhabend war und hier im Kanton nie Steuern bezahlt hatte. So schickten sie sofort ihr Faktotum Dieterli zum Schlößchen hinauf – mit dem Auftrag, den Abtransport der Leiche zu überwachen, Bücher sicherzustellen, in denen Herr Lauters seine Einnahmen verzeichnet haben mochte, und sodann die versperrten Türen des Schlößchens mit dem Amtssiegel zu versehen.

Der Doktor war bereits frühmorgens dagewesen. Er hatte ordnungsgemäß bescheinigt, daß Matthias Lauters eines natürlichen Todes, an Altersschwäche und Herzschlag, gestorben war, und Herrn Dieterli den Totenschein überreicht. Als die Familienmitglieder des Malers sich dem Schlößchen näherten, trafen sie es infolgedessen unter der Obhut eines Polizisten an, und da sie in der Achtung vor den Gesetzen groß geworden waren und gelernt hatten, die Eingriffe des Gesetzes in ihr Privatleben zu dulden, fühlten sie sich beim Anblick einer Uniform recht erleichtert. Von Silvelie war keine Spur zu finden. Als Herr Dieterli sie auf dem Bett des toten Malers hatte sitzen sehen, gab er in recht ungeschminkter Sprache seinem Ärger Ausdruck und erklärte ihr, daß er zu keinem Angehörigen der Familie Lauretz Vertrauen habe, und wies sie darauf hin, daß das Schlößchen offenbar voll von Reichtümern sei und daß sie ihm durch keinerlei schriftliches Dokument beweisen könne, Herr Lauters habe sie wirklich in seine Dienste genommen. Und dann hatte er ihr rundheraus befohlen, sich wegzuscheren, und war allen ihren Protesten gegenüber taub geblieben.

Herr Dieterli führte nun die Angehörigen der Familie vor den Leichnam. Er trat zurück, damit sie ihn alle gut sehen konnten. Nachdem er ihre schmerzlichen Ausrufe eine Zeitlang mit angehört hatte, nahm er die beiden Professoren beiseite und äußerte sich über die in solch traurigen Fällen üblichen gesetzlichen Vorschriften, die den Erben gewisse strenge Verpflichtungen auferlegten. Die gelehrten Professoren schüttelten weise den Kopf, und es war ihnen offenbar peinlich, bei einer derartigen Gelegenheit auf Paragraphen gestoßen zu werden. Der Leichnam, erfuhren sie, sei natürlich ihr

Eigentum. Kein Gesetz verbiete den Erben, einen gesetzlich bescheinigten Leichnam abzutransportieren. Das Schlößchen aber müsse versiegelt werden. Unterdessen waren die Sargträger erschienen. Schnaufend und schwitzend stellten sie die schwarze, mit silbernen Handgriffen und silbernen Engeln verzierte und mit weißen Satinkissen gepolsterte Holzkiste auf den Fußboden. Man machte die Angehörigen darauf aufmerksam, daß sie sich nicht lange hier aufhalten dürften. Es würde sieben bis acht Stunden dauern, bevor sie wieder in Zürich wären. Die Familie stieg also die Treppe hinauf und versammelte sich in dem Raum, in dem Silvelie geschlafen hatte, um dort zu warten, bis der Leichnam eingesargt war. Die Damen bemerkten gleich das zerwühlte Bett. Zweifellos hatte jemand vor kurzem dieses Bett benützt. Ihren geübten Hausfrauenblicken schien es noch warm zu sein. Sie wurden neugierig.

»Hast du gewußt, daß Papa jemand bei sich hatte?« Sie schüttelten den Kopf, und schließlich wurde einer der Professoren beauftragt, sich bei dem Polizisten zu erkundigen.

Dieterli kratzte sich den Kopf. Es habe hier eine junge Magd im Hause gewohnt, sagte er, eine Angestellte des Herrn Lauters, aber sie sei aus freien Stücken weggelaufen. Die Damen horchten auf.

»Wie heißt sie denn?«

Töny trat vor und gab ihnen Auskunft.

»Sie heißt Silvelie Lauretz.«

Er erklärte ihnen ziemlich ausführlich den ganzen Zusammenhang. Herr Dieterli ging auf die Terrasse hinaus, setzte sich und wischte sich die Stirn.

»So ein herzloses Ding!« rief Frau Professor Peters. »In einer derartigen Situation davonzulaufen! Sie war doch der einzige Mensch im Hause, als Papa starb.«

Töny schüttelte den Kopf.

»Nein, Frau Professor, Sie dürfen nicht glauben, daß das Mädchen herzlos ist. Herr Lauters hat sie schon seit Jahren gekannt. Sein Tod hat sie schwer getroffen.«

»Dann hätte sie doch den Anstand haben können, hierzubleiben und ein wenig Trauer zu zeigen.«

»Wenn auch nur aus Höflichkeit«, fügte ihre Schwester hinzu.

»Moderne Dienstboten!« brummte Frau Professor. »Was kann man von ihnen schon erwarten!«

Das Thema wurde für den Augenblick fallengelassen, sie gingen ans Fenster und bewunderten die Aussicht, die ihr Vater täglich genossen hatte.

Silvelie stand hinter einem Felsen. Als sie einen Zug vornehm aussehender Leute in schwarzen städtischen Kleidern herannahen sah und sie bemerkte, daß eine der Damen, die zweifellos eine Tochter des Verstorbenen war, sich mit dem Taschentuch die Augen betupfte, neigte sie voll Teilnahme den Kopf. Ihre Wut gegen den eigenmächtigen Dieterli, der sie aus dem Schlößchen verjagt hatte, legte sich, und sie war schon drauf und dran, ihr Versteck zu verlassen, zu den Leidtragenden hinzugehen und ihnen die Hand zu drücken. Sicher hatten sie den toten Meister geliebt. Sie wollte weiter nichts zu ihnen sagen als: »Auch ich hab ihn geliebt.« Aber es wurde nichts aus diesem Impuls, es überkam sie eine fast lähmende Schüchternheit, sie blieb sorgsam versteckt hinter dem Felsen und blickte von weitem zu den Trauergästen hinüber. Als die Männer mit dem schwarzen Sarg vorbeimarschierten, kam es ihr ganz unnatürlich vor, daß sie noch gestern mit Meister Lauters dicht zusammengesessen hatte und daß sie ihn jetzt in dieser Kiste von ihr wegtrugen. Stunden schienen zu vergehen, bevor die Prozession wieder zurückkehrte. Mehrere Male versuchte sie, sich dem Schlößchen zu nähern, aber aus Angst, gesehen zu werden, kehrte sie jedesmal wieder in ihr Versteck zurück. Endlich sah sie die Leute den Pfad entlangkommen. An der Spitze ging Dieterli, in der Mitte kam der Sarg, die Angehörigen schritten hinterher.

Die vier Sargträger marschierten sehr langsam unter dem schweren Gewicht. Silvelie stopfte sich das Taschentuch in den Mund, ein heftiges Schluchzen schüttelte sie. Sie glitt zu Boden und weinte hemmungslos.

Als sie sich wieder etwas gefaßt hatte, blickte sie zum Hospiz hinab und beobachtete, wie die Gäste in ihre Autos stiegen. Winzige Gestalten eilten geschäftig wie Ameisen umher, um dann in den Autos zu verschwinden, die zur Via Mala hinabfuhren.

Ein Gefühl der Verlassenheit, eine unsägliche Einsamkeit kam über sie, ähnlich wie in der vergangenen Nacht, als sie Meister Lauters hatte hinfallen hören. Wo war Matthias Lauters jetzt? Sie entsann sich der Worte, die sie ihm vorgelesen hatte: »Auf ausgebreiteten Flügeln ... o Lachen!« Für ihn war es Freude – für sie Kummer. Und doch fühlte sie sich nicht ganz verlassen, obwohl sie nie wieder seine Stimme hören würde, nie wieder sein seidenweiches Haar streicheln und ihm die weiche schottische Decke um die Schultern legen würde. Dieser Teil von ihm war für immer verschwunden, doch sein anderer Teil, der dem Geistigen angehörte, würde immer bei ihr bleiben.

Langsam ging sie den Pfad zum Schlößchen hinauf. Die Tür war versperrt und versiegelt, eine Bekanntmachung war angeschlagen, ein Gesetzesparagraph mit Anwendung nebst üblicher Strafandrohung.

Silvelie unterdrückte ein Gefühl der Empörung gegen das Gesetz, aber da sie sich an Lauters' Rat erinnerte, begann sie tausend imaginäre Kreise um sich zu ziehen und versteckte sich in deren Mittelpunkt.

›Das Leben mußte wohl so sein, wie es war. Sie konnte es nicht ändern. Sicher hatte der Meister einen besseren Ort gefunden als diese Erde!‹

25

Die Voraussagen der ansässigen Wetterpropheten trafen nicht ein. Als Jonas Lauretz nach seiner Entlassung aus dem Gefängnis in dem kleinen Eisenbahnzug das Rheintal hinauffuhr, lag strahlender Sonnenschein auf den buntfarbenen herbstlichen Wäldern.

Niklaus war mit Pferd und Wagen nach Andruss gefahren, um seinen Vater abzuholen. Schnufi sah wohlgenährt und rundlich aus, hatte ein blankes Fell und saubere, mit schwarzem Fett eingeschmierte Hufe. Die Wagenräder waren frisch gestrichen, und hinten auf dem Wagen stand ein Korb mit Kohl, Rüben und Kartoffeln. Vergebens musterte Niklaus die Gesichter der Reisenden, die aus dem Wagen dritter Klasse stiegen. Er sah seinen Vater nicht. Plötzlich aber sprach ihn von hinten jemand an, er hörte eine Stimme, die er gut kannte, eine Stimme, die nichts von ihrer Barschheit und verborgenen Gewalttätigkeit eingebüßt hatte, und als er sich schnell umdrehte, stand vor ihm ein Mann, den er für einen Fremden hielt.

»Was schaust du denn so, Buab?«

Niklaus reckte den Hals und berührte ganz unwillkürlich seinen Vater mit der Hand.

»Was haben sie denn mit dir gemacht?«

Unter dem harten Blick seines Vaters verfärbte er sich. »Vielleicht kennst du mich nicht mehr?« fragte Lauretz finster.

»Jetzt erkenn ich dich.«

Jonas Lauretz hatte ein gutes Viertel seines Körpergewichtes verloren. Der zerdrückte schmutzige Rock hing ihm lose um die Schultern. Sein Hals ragte dünn aus dem weiten Hemdkragen hervor. Sein Haar war kurz gestutzt, das Gesicht rasiert, tiefe Furchen wurden sichtbar, die früher verborgen geblieben waren. Es war, als hätten die Gefängnisbehörden Lauretz nur deshalb kahlscheren lassen, um einen Charakter bloßzulegen, der nicht mehr zu flicken war. Der Anblick dieses neuen Gesichtes erweckte in Niklaus ein Gefühl des Grauens. Nein, er konnte mit seinem Vater kein Mitleid haben. Er hatte sich's vorgenommen, aber es ging nicht. Er konnte nicht einen Menschen bemitleiden, der ein solches Gesicht hatte, so unheimliche Augen, einen so grausamen Mund, ein solches Kinn, auch wenn der Mann jahrelang im Gefängnis gesessen hätte. Er strich mit den Fingern durchs Haar.

»Wo sind denn deine Sachen?« fragte er. Er konnte seinen Vater nicht mehr ansehen.

»Sachen? Was für Sachen? Glaubst du, sie geben einem in Lanzberg eine Ausrüstung mit, die dreckigen Hunde?« Damit kletterte Jonas Lauretz auf den Wagen und nahm die Peitsche zur Hand. Er blickte auf seinen Sohn hinunter.

»Willst du mitkommen, Buab, oder willst du zu Fuß gehen?«

Niklaus erhob sich, setzte sich hinten in den Wagen und nahm den Gemüsekorb auf die Knie.

»Allo hüppla!« brummte Lauretz, mit der Peitsche knallend.

Schnufi verdrehte die Augen, ein Zittern lief durch seine Beine, er legte sich ins Geschirr und schlug einen holprigen Trab an. Hinter seinen Ohren brach ihm der Schweiß aus.

Sie fuhren zunächst talabwärts die Straße, die in die Wälder hinabtaucht, vorbei an der Stelle, wo Lauretz seinen Sohn zu Boden geschlagen hatte, über die Brücke, dann hinauf in das höhlenartige Tal, zwischen die schwarzen, feuchten Felswände, die sich über ihren Köpfen schlossen. Als Niklaus seines Vaters Rücken zusammenschrumpfen und seinen Kopf vornüberfallen sah, als versinke er in finsteres Grübeln, da hatte er das Gefühl, er sei unter einem unglücklichen Stern, in diesem Unglückstal, von unglückseligen Eltern geboren worden. Die finstersten Gedanken, die ihn je heimgesucht hatten, begannen sich in ihm zusammenzuballen, nahmen kein Ende und wurden allmächtig. Während sie langsam durch die Felstunnel fuhren, umsprüht von den Bergbächen, die hoch über ihnen brausten, verlor er jede Hoffnung auf ein besseres Leben. Dieser Mensch, der da vor ihm saß, geduckt und grübelnd, war wie ein Ungeheuer, das den ganzen Himmel und die ganze Welt ausfüllte. Oben, auf der Hochfläche, lag Nauders. Hier hausten Männer, Frauen, Kinder und Tiere in ein paar elenden Holzhütten, die auf schwärzlichen Pfosten in einem Morast von Dünger thronten. Von dort noch zwei Stunden bis ins Jeff! Als seine Gedanken nach Hause wanderten und er seine Mutter und seine Schwester dort sitzen und auf die Rückkehr dieses Mannes warten sah, schoß wie eine Flamme eine ungestüme Liebe zu ihnen durch sein Herz, Tränen traten ihm in die Augen, ein Kloß saß ihm in der Kehle. Was hatten sie denn getan, daß sie solch ein Schicksal verdienten?

Als Lauretz und sein Sohn bei der Sägemühle anlangten, kam ihnen niemand entgegen. Zum ersten Mal seit vielen Wochen hatte Mannlis Schrei das Haus durchgellt. Sein abgehacktes Geheul hatte die Frauen erschreckt, sie hatten sich in das Zimmer neben der Küche hingesetzt, um im Finstern auf die Rückkehr ihres Gebieters zu warten. Die Säge stand still, im Schuppen wurde keinerlei Geschäftigkeit vorgetäuscht. Jöry stand hinter einem Holzstapel und hielt Ausschau nach dem Heimkehrer.

Während Niklaus das Pferd in den Stall führte, stand Lauretz einen Augenblick unschlüssig da und betrachtete sein Zuhause. Waldi näherte sich ihm, mit dem schwarzen buschigen Schweife wedelnd, und blickte aus seinen blutig umränderten, treuen Augen zu ihm auf. Aber da seine Begrüßung nicht erwidert wurde, machte er kehrt und humpelte in den Schuppen. Fluchend betrat Lauretz das Haus, und als er auf die Schwelle des Zimmers trat, begegnete er dem Blick dreier Augenpaare und hörte die Stimme seiner Frau entsetzt rufen:

»Herr Jeses Gott! Wer ist denn das?«

Silvelie näherte sich ihm, nahm ihn bei der Hand und führte ihn ins Zimmer.

»Komm, setz dich. Wir machen dir Kaffee. Brot und Käse ist da. Außerdem wird bald gegessen.«

Er ließ sich von ihr führen und sank auf einen niedrigen hölzernen Stuhl.

»Willkommen zu Hause! Das soll es wohl heißen«, brummte er und begann alles und jedes auf das genaueste zu betrachten.

»Feine Leute seid ihr geworden, wie ich sehe. Viel zu gut für mich. Vasen! Blumen! Tut es euch leid, daß ich zurückgekommen bin?«

»Du bist doch schließlich hier zu Hause«, sagte Silvelie.

»Schließlich, ja, schließlich«, brummte er.

»Und wir haben das auch nicht vergessen, während du weg warst.«

Hanna beugte sich vor.

»Du bist schwer wiederzuerkennen. Du bist so mager geworden, und dann das rasierte Gesicht und das gestutzte Haar – –«

»Was glaubst du denn, wo ich gewesen bin?« sagte Lauretz höhnisch. »Glaubst du, im Lanzberger Gefängnis gibt es Modefriseure und fürstliche Köche?«

Frau Lauretz stand auf und ging in die Küche, sie bemühte sich sorgsam, das Erstaunen und Entsetzen in ihrem Gesicht zu verbergen, denn sie hatte in den Augen ihres Mannes einen sonderbaren, bestialischen Ausdruck erspäht, der sie erzittern ließ, und einen Augenblick lang glaubte sie in Ohnmacht zu fallen. Sie griff nach einer Bratpfanne, die an der verräucherten Wand hing, die Pfanne fiel klirrend auf den steinernen Herd, Hanna lief zu ihr. Die Blässe im Gesicht ihrer Mutter erschreckte sie.

»Was gibt es denn, was gibt es denn?«

»Ich fürchte mich«, flüsterte Frau Lauretz, »ich kann gar nicht sagen, wie ich mich fürchte. Er ist nicht mein Mann, ich weiß das. Er ist ein anderer. Ein Fremder, den ich noch nie gesehen habe. Hanna, laß mich heute nicht allein. Ich bitte dich, laß mich nicht allein!«

»Hab keine Angst, Muattr«, flüsterte Hanna. »Er wird dir nie wieder etwas antun dürfen.« Und sie näherte ihre Lippen dem Ohr der Mutter. »Wir sperren die Tür zu unserem Schlafzimmer ab. Niklaus hat das Schloß repariert.«

Frau Lauretz lehnte sich an die Wand. Allmählich faßte sie sich, sie ballte ihre dünnen Hände zur Faust, und ein dunkler Schimmer leuchtete aus ihren Augen.

»Ja, wir sperren die Tür ab«, sagte sie, sich gleichfalls selber Trost zusprechend.

»Steh jetzt nicht herum«, brummte Hanna. »Wir wollen ihm was zu essen richten.«

Im Nebenzimmer saßen Silvelie und ihr Vater. Aber sie sah anscheinend nicht den rohen Wilden in ihm. Seine kahle Oberlippe, die über die dicke Unterlippe hinabhing, seine hohlen Wangen und die tiefen Furchen um den Mund erschreckten sie nicht. Er tat ihr leid, abgemagert und hungrig wie er war, vielleicht sogar halbverhungert, und ließ sie ahnen, wie beschämend für ihn dieser Augenblick sein mußte.

»Weißt du«, sagte sie, »ich bin überzeugt, Bonatsch hat dich nicht zur Strafe ins Gefängnis geschickt, sondern bloß, um einen neuen Menschen aus dir zu machen. Er wußte, du brauchst Veränderung, du mußt allein sein und nachdenken und zu einem neuen Leben kommen.«

»So, so? Was weißt denn du davon?« brummte er.

»Du wirst es schon selber sehen«, fuhr sie unerschüttert fort. »Wir werden uns bemühen, dir zu einem neuen Leben zu verhelfen. Während du weg warst, haben wir getan, was wir konnten.«

»Schulden bezahlt, äh?«

»Es ist noch nicht alles bezahlt, aber das wird schon werden. Und ich spreche jetzt auch nicht von Geld. Ich denke an andere Dinge. Da ist dein Haus – und da sind wir.«

Er zog einen Stumpen aus der Tasche und zündete ihn an.
»Mein Haus und ihr!« sagte er verächtlich.
»In ein paar Tagen wirst du es schon selber merken. Du mußt aber jetzt vernünftig sein und nicht mehr den wilden Mann spielen. Ich hab eigens für dich ein bißchen Geld gespart, du sollst dir einen neuen Anzug kaufen und noch ein paar Sachen, die du brauchst. Wenn du wie ein Landstreicher herumläufst, kannst du keinen Respekt vor dir selber haben.«
»Wer sagt denn, daß ich Respekt vor mir haben will? Zum Teufel, was soll denn dieses Geschwätz? Bin ich denn immer noch in Lanzberg und muß mir diesen rotbackigen Pfaffen anhören, oder bin ich im Jeff auf meiner Sägemühle? Was hast du dir denn da in den Kopf gesetzt – mir Moralpredigten halten! Wenn es dir hier nicht paßt, scher dich weg!«
Diese Worte trafen Silvelie schmerzlich. Sie hatte sich auf diesen Versuch vorbereitet, und nun sprang ihr seine Nutzlosigkeit in die Augen. Aber sie gab noch nicht auf.
»Niklaus hat so fleißig für dich gearbeitet, daß du dich bei ihm bedanken mußt. Er ist den ganzen Sommer hin und her gelaufen, um die Sache mit den Gläubigern zu ordnen, und von früh bis abends auf den Beinen gewesen, um für Bolbeiß und Schmid das Holz zu sägen. Auch Jöry hat fleißig gearbeitet, und wir alle haben uns sehr bemüht, ein bißchen Geld zu verdienen.«
»Ist in diesem kleinen Paradies auch für mich noch ein Plätzchen übrig?« fragte er erbost.
»Vielleicht ist in unsern Herzen noch Platz für dich.«
Er spuckte aus. Sie schaute ihn geduldig an, während ihre Mutter einen Krug Milchkaffee in der neuen Kanne hereinbrachte. Jonas Lauretz zog die Brauen hoch, tiefe Schatten zeigten sich unter den Augen, und seine Mundwinkel hingen schlaff herab.
»Also – Vater«, Silvelie konnte das Wort kaum über die Lippen bringen, »vergiß nicht, was ich dir gesagt habe.«
»Nein, selbst wenn mich der Teufel holen sollte!« brummte er.

26

Es gab Augenblicke, da Silvelie ihr Leben kaum noch ertragen konnte und sich ihre Gedanken im Kreise drehten. Für immer verloren war ihr friedliches kleines Bergparadies an Lauters' Seite und damit zugleich jenes Gefühl von Sicherheit und Geborgenheit. Kein Austausch schöner Gedanken mehr, keine Möglichkeit, Wissen aus einer reinen Quelle zu schöpfen. Jeden Abend, wenn sie zu Bett ging, durchlebte sie abermals ihr Leben mit Matthias Lauters, jeden Morgen beim Erwachen kam ihr sofort ihr schwerer Verlust zu Bewußtsein. Sie sah noch keinen Ausweg aus ihren Kümmernissen und mußte weiter das beschwerliche Leben der Sklaven vom Jeff teilen. Die tägliche harte Arbeit zehrte an ihren Kräften.

Hanna mußte mit Niklaus und Jöry in der Sägemühle arbeiten, während Mannli gar nicht wußte, daß es überhaupt so etwas wie Arbeit gab, und sich doch mit sonderbaren, sinnlosen Dingen beschäftigte. Bald schnitt er mit einem großen Messer Löcher in einen Holzklotz, bald sammelte er Pilze und Moose und schichtete sie zu einem Haufen auf. Oder er saß auf der Türstufe und spielte auf einer winzigen Mundharmonika, bis seine Lippen wund und geschwollen waren.

Seit seiner Rückkehr aus dem Gefängnis spielte Jonas Lauretz eine passive Rolle. Da er nach seiner Verhaftung keinen Tropfen Wein mehr getrunken und alle die furchtbaren Stadien der Entwöhnung vom Alkohol durchgemacht hatte, schien er entschlossen, auch weiterhin dem Alkohol abzuschwören. Aber er war zu faul, um zu arbeiten, strolchte rauchend umher oder saß stundenlang in tiefes Grübeln versunken. Wenn aber der Säufer Lauretz früher einmal seine Familie auf das schlimmste tyrannisiert hatte, so war der nüchterne Lauretz nicht weniger bedrohlich. Für gewöhnlich war er schweigsam, beobachtete seine Umgebung, wie ein Tiger den Dschungel belauert, und verfolgte die Tätigkeiten seiner Familie mit mißtrauischen Blicken. Jederzeit konnte aus heiterem Himmel ein Ausbruch erfolgen. Aber niemand ängstigte sich mehr als seine Frau, die das Hauptobjekt seiner zurückgedämmten Leidenschaften geworden war. Denn sobald er sie allein in der Küche erwischte und sie an ihre ehelichen Pflichten erinnerte, schrie sie in höchstem Zorn und Abscheu um Hilfe, und er verließ sie, verfolgt von ihren Schreien: »Laß mich in Ruh! Laß mich in Ruh!« Und seine Kinder schauten ihn stumm und verächtlich an. Es war peinlich genug, wenn sie miteinander bei Tisch saßen. Zuweilen brach der ganze Haß aus ihm heraus, der sich in seiner Brust angesammelt hatte. Und während er früher, bevor er ins Gefängnis ging, sich in seiner Trunkenheit den Schöpfer vorzunehmen pflegte, stürzte er sich jetzt auf die Staatsautorität, auf die Gerichte, die Gefängniswärter und die Polizei. Selbst Silvelie machte keinen Versuch mehr, ihm gut zuzureden. Seine wildesten Flüche und übelsten Beschimpfungen hatte sie über sich ergehen lassen müssen. Sie fürchtete, den Worten könnte eine schreckliche Tat folgen.

Sie hatten untereinander abgemacht, wenn der Alte noch einmal einen von ihnen tätlich angriffe, würden sie bereit sein, sich zu wehren.

Wie das schon so oft im Jeff passiert war, kam auch jetzt der Tag, an dem das Geld ausging. Die Kuh der Gumpers spendete reichlich Milch, aber die Kuh mußte gefüttert werden. Die paar Liter Milch, die Hanna täglich an den langen Dan in Nauders verkaufen konnte, brachten wenig ein, grade genug, um den Haushalt mit Brot, Käse und Zucker zu versorgen. Lauretz schlug auf den Tisch.

»Hurenvolk! Jetzt hab ich euch schon fast ein halbes Jahr lang das Geschäft führen lassen. Wo kommt denn das ganze Geld hin? Nicht einen einzigen Franken hab ich für mich verlangt. Wo ist das Geld, sag ich?«

Niklaus erklärte ihm die Sache. Sie müßten Schulden abarbeiten, und die endgültige Verrechnung könne erst im November erfolgen. Dann würde sich vielleicht ein Überschuß ergeben. Seiner Meinung nach könnten sie drei- bis vierhundert Franken vom »Amt« bekommen.

»Und wieviel hast du bis heute für dich unterschlagen?«

Niklaus schaute seinen Vater mit einem so eisigen Bick an, daß es Silvelie kalt über den Rücken lief.

»Für mich hab ich gar nichts beiseite gebracht, so wahr mir Gott helfe!«

Die Erwähnung Gottes entlockte Lauretz einen Schwall von Flüchen. Sein Gesicht wurde leichenblaß.

»Das wird bald anders werden! Ich werde euch zeigen, wer Herr im Hause ist!«

Er stand auf, verließ das Zimmer, zog den neuen Anzug an, den Silvelie ihm in einem Konfektionsladen gekauft hatte, verließ das Haus, spannte Schnufi vor den Wagen und fuhr peitschenknallend davon.

»Jeses Gott, wo fährt er bloß hin?« rief Frau Lauretz.

»Zur Hölle!« sagt Niklaus und kniff die Augen zu.

Silvelie hatte an Frau Professor Peters nach Zürich geschrieben, sie sei bei Herrn Lauters angestellt gewesen und habe im Schlößchen ihren Korb zurückgelassen, den sie jetzt dringend brauche. Der Korb enthalte alle ihre Sachen und auch etwas Geld, aber sie könne nicht an ihn heran, weil das Schlößchen noch versperrt sei. Sie bat die Frau Professor, Schritte bei den Behörden zu unternehmen, damit sie ihr Eigentum zurückfordern könne.

Beantwortet wurde ihr Brief durch den Testamentsvollstrecker und Vermögensverwalter Matthias Lauters', den Rechtsanwalt Dr. Basil Aarenberg. Dieser bestätigte Silvelies Brief an Frau Professor Peters und kündigte für das Ende des Monats seinen Besuch im Yzollatal an; bei dieser Gelegenheit würde er das Vergnügen haben, sie im Jeff aufzusuchen.

Der Brief klang recht freundlich und war für Silvelie wie ein Echo aus einer anderen Welt. Mit Leuten in Berührung zu kommen, die Matthias Lauters gekannt hatten, das war, als komme man mit ihm selber wieder in Berührung. Vielleicht war die Seele des alten Lauters ihr immer noch nahe.

Lauretz blieb zwei Nächte weg. Eines Abends kurz vor Dunkelwerden kam er nach Hause. Sie schauten ihm zu, wie er aus dem Wagen kletterte. Mit schwankenden Schritten betrat er das Haus. Er machte keine Szene und schien im Gegenteil sehr jovial – so, als ob zwischen ihm und ihnen alles in bester Ordnung sei. Er verlangte nichts zu essen, sondern ging gleich hinauf. Nachdem er sich ausgezogen und eine große Flasche unter seinem Kissen versteckt hatte, legte er sich zu Bett und schlief bis spät in den Morgen hinein.

Der erste Schnee fiel, verschwand aber nach zwei Tagen wieder. Der Herbst blieb außergewöhnlich mild, als ob der Wettergott in den Herzen der Familie Lauretz die wachsende Angst vor dem bevorstehenden Winter lesen könnte und sich ihrer erbarmt hätte. Die Bewohner des Tieflandes, die vor der Kälte geschützt sind, können sich nicht vorstellen, was das heißt, monatelang unter einer tiefen Schneelast begraben zu sein, die die Seelen öde und leer werden läßt. Sie haben nie jene Lethargie erlebt, haben nie Mangel an Hilfsquellen kennengelernt, der das menschliche Wesen verwandelt und manchmal zum Wahnsinn treibt. Lauretz' Familie litt aber ebenso unter dem Alten selbst. Kein Tag verging, ohne daß sie sich darüber unterhielten. Niklaus, der jetzt schon über zwanzig und im Sinne des Gesetzes ein erwachsener unabhängiger Mensch war, schwor sich, er würde keinen Winter mehr im Jeff verbringen. Er würde auch nicht dulden, daß seine Mutter und seine Schwestern und auch nicht Mannli, den er nicht gern als seinen Bruder betrachtete, abermals dieses Elend durchmachten. Wenn es zum Schlimmsten käme, würde er sich an Präsident Bonatsch wenden. Aber wenn jemand ihm vorgeschlagen hätte, er solle ganz aus dem Jeff wegziehen, würde er diesen Gedanken weit von sich gewiesen haben. ›Was? Unser Eigentum preisgeben, das der Schlüssel zu den Bergwerken ist?‹ Es wäre für Niklaus ein schlimmer Schlag gewesen, wenn sein Vater die Sägemühle abgestoßen oder die Konkursrichter sie über ihre Köpfe hinweg verkauft hätten. ›Ich bleibe im Jeff, komme, was da mag!‹ Das war eine seiner stehenden Redensarten. Der Stall, in dem Schnufi und die Kuh der Gumpers friedlich nebeneinander hausten, war das geheime Beratungszimmer der Familie geworden. Dort konnten sie den überall gegenwärtigen Blicken des alten Lauretz entrinnen und in völliger Geborgenheit über ihre Zukunftspläne sprechen. Wenn Hanna und Niklaus miteinander plaudern wollten, oder wenn Niklaus und seine Mutter das Bedürfnis hatten, einander das Herz auszuschütten, trafen sie sich im Stall. Und einmal konnte man sogar Jöry auf seinen dünnen, krummen Beinen sich dort hinbegeben sehen, den Kopf mit den scharfen Zügen und dem hämischen Grinsen zwischen die Höcker gebettet. Ja, Frau Lauretz hatte mit ihm eine private Unterredung im Stall gehabt, von der niemand etwas wußte. Über den Inhalt dieses Gesprächs wurde nichts bekannt, aber es dauerte ziemlich lange. Frau Lauretz hatte als erste den Stall verlassen, rote Flecke auf den faltigen Wangen und ein Leuchten in den Augen. Und sie war dann auf einem Umweg ins Haus zurückgekehrt.

Nur Silvelie hatte noch nie an diesen geheimen Unterredungen teilgenommen. Noch hegte sie die Hoffnung, ihren Vater beeinflussen zu können. So fand sie den Mut und die Entschlossenheit, ihm die größten Vorwürfe zu machen. Sie ließ nie locker, verlor sogar einmal die Geduld.

»Warum arbeitest du nicht? Bist du uns denn gar nichts schuldig? Was tust du denn, um uns für den Winter hier herauszuhelfen. Was glaubst du, was aus uns werden soll, wenn es erst einmal zu schneien anfängt?« Statt zu antworten, packte er sie bei der Kehle und drängte sie gegen die Wand. Mit ihrer ganzen Kraft stieß sie ihn weg.

»Du bist ein Tier, du bist kein Mensch!« rief sie und riß sich wütend von ihm los.

Aber zu den andern sagte sie kein Wort von diesem Vorfall.

27

Eines Nachmittags kamen zwei Fremde auf den Hof, ein dicklicher Mann in mittleren Jahren mit klugen Augen, vor denen dicke Brillengläser funkelten, und sein Begleiter, ein jüngerer Mann in knarrend neuen Bergstiefeln und einem grauen, vom Wetter arg mitgenommenen Filzhut, den eine kleine, blaue Feder schmückte. Er trug unter dem Arm eine lederne Aktentasche, wie sie von Politikern, Diplomaten, Handlungsreisenden und Geschäftsleuten auf ihren mysteriösen Gängen benützt werden. Der ältere Herr erkundigte sich bei Niklaus, der zu den Fremden hinausgegangen war, ob in diesem Hause Fräulein Silvia Lauretz wohne. Niklaus, der durch den Akzent erkannte, daß sie aus einem fernen Kanton kamen, wurde argwöhnisch, wie das seine Gewohnheit war, wenn er es mit Leuten zu tun hatte, die nicht aus dieser Gegend stammten. Als der ältere Herr mit dem Lächeln eines wohlwollenden Zauberers mitteilte, er sei Dr. Aarenberg, Rechtsanwalt aus Zürich, riß Niklaus den Mund weit auf.

»Schwester Silvelie wollen Sie sprechen?« sagte er dann und kratzte sich seinen struppigen, mit Sägemehl bedeckten Kopf. »Sie schält Kartoffeln in der Küche. Ich sag ihr Bescheid.«

Einen Augenblick später kam Silvelie heraus. Dr. Aarenberg betrachtete sie neugierig, während sein Kanzleigehilfe über seinen Schnurrbart strich.

»Ich muß mit Ihnen sprechen, Fräulein.«

»Kommen Sie bitte herein«, sagte Sylvie. »Ich habe von Ihnen gehört.«

Sie zeigte nach der Tür. Die beiden Männer stiegen langsam die abgetretenen Steinstufen hinauf, die ins Haus führten. Silvelie folgte ihnen.

In diesem Augenblick kam Jonas Lauretz die Treppe herunter. Er betrat gleich hinter den Besuchern das Zimmer und setzte sich auf die rohgezimmerte Bank an der Wand.

»Man kann nicht gerade behaupten, daß das eine sehr gesunde Wohnung ist«, murmelte Dr. Aarenberg in der vertraulichen Art, die manche Städter an sich haben, wenn sie mit primitiven Bergbewohnern in Berührung kommen. »Scheußlich kalt und feucht.«

»Es ist nicht so schlimm, wie es aussieht«, sagte Silvelie und zeigte auf den alten Lauretz. »Das ist mein Vater.«

»So, aha«, sagte der Anwalt. »Nun, Herr Lauretz, es freut mich, Sie kennenzulernen.«

Lauretz zündete sich brummend eine Zigarre an. Frau Lauretz schaute aus der Küche herein, Hanna und Niklaus erschienen voller Neugier. Dr. Aarenberg blickte nachdenklich von einem Gesicht zum andern und ließ sich von seinem Gehilfen die Aktentasche geben.

»Ich schrieb Ihnen vor einiger Zeit«, begann er, zu Silvelie gewandt. »Hoffentlich haben Sie meinen Brief bekommen, ja? Gut. Nun, Herr Lauters war nicht nur mein Klient, sondern auch ein guter Freund von mir. Ich habe in meinem Haus in Zürich mehrere Bilder von ihm hängen, ausgezeichnete Kunstwerke. Auf dem einen sind die Berge dieser Gegend dargestellt, davon habe ich mich heute selber überzeugen können. Natürlich ist die ganze Sache für die Erben Herrn Lauters' ziemlich schwierig gewesen.« Er machte eine unbestimmte Handbewegung. »Herr Lauters hatte bei mir einige versiegelte Briefe hinterlegt, die nach seinem Tode zu öffnen meine traurige Pflicht war. Große, berühmte Künstler führen immer ein sonderbares Leben.«

Er holte einige Papiere aus seiner Mappe und breitete sie auf dem Tisch aus.

»Ich habe Ihnen einen Brief von Matthias Lauters vorzulegen«, begann er.

»Aber er ist doch tot!« rief Silvelie verwundert.

»Keinen posthumen Brief, Fräulein Lauretz«, lächelte Dr. Aarenberg. »Nein, ich glaube nicht an Gespenster. Diesen Brief hat Herr Lauters geschrieben, als er noch am Leben war, und hat ihn mir mit dem Wunsch übergeben, ich solle ihn nach seinem Tode öffnen. Es ist ein Kodizill zu seiner letztwilligen Verfügung. Ich nehme an, daß Sie Herrn Lauters wirklich gut gekannt haben, und er ist Ihnen, wie Sie jetzt hören werden, ein treuer Freund gewesen.

›Diese Bestimmungen beziehen sich auf Silvia Lauretz, Tochter eines Sägemüllers, die gegenwärtig im Jeff oberhalb von Andruss in Graubünden wohnt, und sollen ihr zeigen, daß ich, Matthias Lauters, sie bei der Verfügung über meinen Besitz nicht vergessen habe. Ich habe ihr keine Ratschläge zu erteilen und bin nicht gesonnen, ihr Leben mit neuen Komplikationen zu belasten. Aber sie ist mir eine treue Freundin gewesen und hat mir ihre Ergebenheit oft bewiesen. Manchen Tag hat sie mir erhellt, über manche dunkle Stunde hat sie mir mit ihrem freundlichen Wesen beigestanden. Meine eigenen Kinder und Enkel, die gut versorgt sind und nichts mehr brauchen, um ihre Wünsche nach einem guten Leben zu stillen, sollen es mir nicht nachtragen, wenn ich mich entschlossen habe, einen Teil meines Besitzes Silvia Lauretz zu vermachen, die unter recht dürftigen Verhältnissen lebt, während meine legitimen Erben, wie ich bereits erwähnt habe, aus dem Vollen leben und das vor allem *meinen* jahrelangen Bemühungen verdanken. Zuerst einmal vererbe ich Silvia Lauretz aus meinem Barvermögen bei der Nationalbank die Summe von fünftausend Franken, über die sie nach freiem Belieben verfügen kann. Ferner vermache ich ihr mein Schlößchen am Yzollapaß mit der gesamten Einrichtung, den Teppichen, Büchern und sonstigen Gegenständen, und da ich weiß, daß sie Kunstwerke liebt, vermache ich ihr sämtliche Bilder und Skizzen, über die ich in meinem letzten Testament nicht anderweitig verfügt habe. Ich überlasse es völlig ihrem eigenen Ermessen, mit den Bildern zu machen, was sie will.‹«

Hier schaute Dr. Aarenberg sich in der Runde um und begegnete den verblüfften Blicken der Familie. Silvelie aber kehrte ihm plötzlich den Rücken zu, und ihre Schultern hoben sich langsam, als leide sie und wolle es verbergen.

»Fräulein«, sagte der Anwalt, »Sie dürfen nicht traurig sein. Das ist doch wirklich eine frohe Nachricht.«

»Jeses Gott!« sagte Niklaus, tief aufatmend, während er wie ein Schlafwandler ins Zimmer kam. »Silvia! Du bist reich geworden, unglaublich!«

Frau Lauretz bekreuzigte sich und murmelte ein langvergessenes Gebet. Lauretz warf seinen Zigarrenstummel auf den Fußboden und zertrat ihn.

»Das Geld«, sagte Dr. Aarenberg, »habe ich natürlich nicht mitgebracht, es liegt für Sie auf einem Sparkonto, Fräulein. Wie alt sind Sie jetzt?«

»Nächsten Februar wird sie zwanzig«, sagte Lauretz schnell.

»Erst? Dann ist wohl Ihr Vater noch Ihr gesetzlicher Vormund? Bis zum Februar wird er für Sie auf der Bank unterzeichnen müssen.«

Er kramte in seiner Ledermappe und zog ein kleines Sparbüchlein hervor.

»Das gehört Ihnen, Fräulein.«

Er schob es über den Tisch, Silvelie drehte sich langsam um, sie konnte nicht sprechen, konnte kaum ihre Tränen zurückhalten.

»Dieses Jahr werden Sie ein fröhliches Weihnachten feiern!« sagte der Kanzleigehilfe, der den Blick nicht von dem schönen Gesicht des Mädchens wenden konnte. Dr. Aarenberg schaute den jungen Mann vorwurfsvoll an, denn er fand diese Bemerkung nicht am Platze. Die Enge des Zimmers erfüllte ihn mit Unbehagen, die Armut war beschämend.

»Was sagt denn Professor Peters dazu?« fragte Silvelie, ihre Erregung bezähmend.

Dr. Aarenberg zuckte die Achseln.

»Frau Professor will Sie nach Zürich einladen.«

»Wenn ich einmal nach Zürich komme, werde ich sie natürlich aufsuchen.«

»Das wird sie bestimmt freuen.«

»Aber glauben Sie denn nicht, daß die persönlichen Sachen von Meister Lauters eigentlich den Kindern gehören?«

Dr. Aarenberg zuckte die Achseln.

»Den gesetzlichen Anteil haben sie erhalten.«

»Und haben sie denn kein Anrecht auf die Bilder?«

Hanna schlug mit der Hand auf den Tisch.

»Dumme Gans!« schrie sie Silvia an. »Sie sind doch schon Millionäre!«

»Heilige Muattr Gotts!« kam es aus der Küche

Mannli stapfte durch den Gang mit seiner Mundharmonika. Der Wasserfall donnerte mehr als sonst, so schien es.

»Ja, ich habe Meister Lauters sehr lieb gehabt, aber nicht darum! Nicht darum!« sagte Silvelie.

»Immer hat sie Bedenken«, meinte Niklaus mit einer verächtlichen Handbewegung.

»Niklaus, was redest du da!«

»Weil es wahr ist! Du hast nun geerbt und machst ein Gesicht wie ein Mondkalb!«

Dr. Aarenberg stand auf und schaute nach der Uhr.

»Wir haben noch eine Stunde bis Andruss, und wir dürfen das Auto nicht so lange warten lassen, sonst wird der Herr Steuereinnehmer ungeduldig. Das Inventar des Schlößchens muß erst noch gesichtet werden. Sobald das erledigt ist und die Bestätigung vorliegt, bekommen Sie Ihr Eigentum und den Schlüssel ausgehändigt. Sicherlich wird sehr bald jemand von den Angehörigen des Verstorbenen hier erscheinen. Ja, sehr bald, denn man sagt mir, daß es bald schneien wird. Ich werde Herrn Professor Peters vorschlagen, womöglich noch in dieser Woche zu kommen. Die Familie will, soviel ich erfahren habe, einen Katalog von Herrn Lauters' Werken und eine illustrierte Biographie herausgeben. Die Stadt und der Kanton Zürich interessieren sich für die Publikation. Sie werden bald eine wichtige Persönlichkeit sein, Fräulein Lauretz, aber lassen Sie sich dadurch nicht stören. Wenn Sie etwas wissen wollen oder Unterstützung brauchen, schreiben Sie nur an mich. Sie wissen ja, ich bin Herrn Lauters' Testamentsvollstrecker. Lassen Sie sich von niemandem übers Ohr hauen, hüten Sie sich vor Leuten, die Ihnen Geld anbieten und Ihnen etwas abkaufen wollen. Kommen Sie immer zu mir, Sie werden es nicht bereuen. Ich halte es für meine Pflicht, mich um Ihre Interessen zu kümmern. Und jetzt nehmen Sie das Bankbuch an sich, verlieren Sie es nicht, schließen Sie es ein. Nach Ihrem zwanzigsten Geburtstag können Sie auch ohne Einwilligung Ihrer Eltern über das Geld verfügen.«

Er nahm die lederne Mappe und reichte sie seinem Begleiter. Silvelie hätte ihn gern nach dem Begräbnis ihres verstorbenen Freundes gefragt, hätte gern erfahren, was alles passiert war, seit sie damals aus der Ferne die Prozession mit dem Sarg gesehen hatte. Aber sie war sprachlos und wie gelähmt. Sie sehnte sich danach, allein zu sein, um den zurückgedämmten Gefühlen freien Lauf zu lassen. Sie begleitete die Besucher bis zur Tür, verabschiedete sich von ihnen und schaute ihnen nach. Das Bewußtsein, daß Matthias Lauters noch über das Grab hinaus an sie gedacht hatte, drang wie ein Lichtstrahl in ihr Herz.

Aus dem Zimmer, das sie soeben verlassen hatte, kam ein wildes Geschrei. Silvelie eilte wieder hinein und fand Niklaus, aus Mund und Nase blutend, sich vom Boden erheben.

»Er hat dein Bankbuch genommen!« rief er und zeigte mit ausgestrecktem Arm auf seinen Vater.

»Wer hat es genommen?« schrie Lauretz. »Du hast es nehmen wollen! Hast du nicht gehört, was der Anwalt sagt! Sie wird erst im nächsten Februar zwanzig.«

»Gib mir das Buch, ich werde es einsperren«, sagte Silvelie.

»Im Februar kriegst du es, sag ich!«

»Ich will es gleich haben. Ich werde dir von dem Geld geben.«

»Das besorge ich selber«, rief Lauretz. »Inzwischen bestimme ich über alles, was vorhanden ist!«

Niklaus, der sich nicht mehr beherrschen konnte, sprang auf und stürzte sich auf den Alten. Silvelie versuchte, ihn zurückzuhalten, aber es gelang ihr nicht. Die beiden rangen miteinander, bis Niklaus durch einen Fausthieb in den Magen zu Boden gestreckt wurde. Außer sich vor Wut, ging Hanna auf den Vater los, aber auch sie bekam ihr Teil ab. Silvelie packte den Alten beim Arm.

»Du bist ein wildes Tier, ein gefährliches Tier!« stieß sie zwischen den Zähnen hervor.

Lauretz packte sie am Hals und stieß ihren Kopf gegen die Wand. Sie sank auf den Fußboden, während Lauretz außer sich, brüllend wie ein Verrückter, den Raum verließ.

»Ich werde euch zeigen, wer der Herr im Jeff ist, ich werd es euch schon zeigen!« schrie er. »Ich hab es satt, das sage ich euch! Jetzt komm ich an die Reihe! Ich hab genug Militärröcke geflickt, ich hab mir das Geld verdient.« Er ging die Treppe hinauf und wischte sich das Gesicht ab.

»Traut euch noch einmal, mich zu schlagen!« brummte er. »Traut euch noch einmal, dann werdet ihr sehen, was mit euch passiert!«

Er lachte wie ein Irrer, drehte sich um und rief die Treppe hinunter: »Im Februar! Im Februar wird sie zwanzig, dann kann sie sich wegscheren und mit ihrem heiligen Gesicht Geld verdienen, das Luder! Zwanzig! Andere Weibsbilder sind in dem Alter längst verheiratet und bringen sich selber durch! Hol euch der Teufel! Ich will mit euch nichts mehr zu tun haben! Ihr Verschwörer! Ja, Verschwörer sag ich! Geht in den Stall und schwatzt, solang ihr wollt. Ich kenn euch! Ich kenn euch!« Die Stimme versagte ihm, er schöpfte Atem und dann in schrillem Ton: »Ich, ich bin euer Vater!«

28

Jonas Lauretz war verschwunden und hatte Silvelies Sparbüchlein mitgenommen. Die Familie saß im Hause versammelt, debattierte, überlegte und versuchte zu einem Entschluß zu gelangen. Da sie nichts von den hundert und aberhundert Gesetzen des Zivil- und Strafrechts ahnten, die die Einzelperson und ihr Privateigentum schützen sollen, stützten sie sich nur auf Erfahrungen und auf Kenntnisse, die sie sich während ihrer Kindheit bei den Bewohnern des Tales erworben hatten. Sie wußten, daß ein Vater unumschränkte Gewalt über seine Kinder und deren Verdienst besaß. Sie fühlten sich aber machtlos und wußten nicht, was tun, um Silvelies fünftausend Franken nicht in die Hände des Vaters gelangen zu lassen. Frau Lauretz schaute ihre Kinder geistesabwesend an.

»Wir müssen einen Ausweg finden«, sagte Silvelie schließlich. »Und wenn ich zu Bonatsch gehe?«

»Das hat keinen Zweck«, meinte Niklaus, »außer du willst ihm die ganze Geschichte erzählen.«

»Was für eine Geschichte?«

»Daß er uns halbtot geschlagen hat und daß er gemeingefährlich ist.«

»Ja, aber was bleibt uns übrig?«

»Ah pah! Wieder die Polizei! Wir haben schon genug von der Polizei!

Niklaus winkte verächtlich mit der Hand.

»Vielleicht kommt er gar nicht mehr zurück, jetzt wo er das Geld hat«, meinte Hanna.

»Das wäre das beste, was uns passieren kann, da könnte man ruhig das Geld verschmerzen!« Niklaus schaute seine Mutter unruhig an. »Aber hört doch zu!« sagte Silvelie. »Wir müssen etwas unternehmen! Meister Lauters hat mir das Geld nicht deshalb hinterlassen, damit Vater es wegnimmt!«

»Vater! Sag lieber, der alte Sauhund«, brummte Niklaus.

»Niklaus!«

»Du hast ihm selber ins Gesicht gesagt, daß er ein wildes Tier ist. Alter Sauhund ist so ziemlich dasselbe, ein wildes Tier! Wir müssen etwas tun, basta!«

Er stand auf und humpelte aufgeregt durchs Zimmer. Sie schauten ihn an, als ob er ein Orakel wäre.

»Und wie will der Alte nach Zürich kommen, wenn er kein Geld hat?« fragte Hanna.

Niklaus drehte sich um und fuhr sie höhnisch an.

»Kein Geld? Verbrecher haben immer Geld. Immer haben sie für den Notfall was beiseite geschafft. Geld für die Fahrt! Wo hast du denn deinen Verstand!«

»Warum soll man nicht zu Bonatsch gehen?« wiederholte Silvelie. »Das bedeutet viel mehr, als du glaubst! Viel mehr!«

»Hast du noch nicht genug von dem Inspektorengesindel, das hier herumschnüffelt? Soll wieder der Dieterli seine Nase in unsere Angelegenheiten stecken? Nein, nein, wir dürfen dem alten Hund nicht die Polizei auf den Hals hetzen.«

»Aber Niklaus«, sagte Silvelie flehend, »wir können nicht noch einen Winter hier oben verbringen! Denk an Muattr!«

»Dummes Zeug! Wir bleiben im Winter auf keinen Fall hier. Dafür werde ich schon sorgen. Und er bleibt auch nicht für immer weg, glaub mir. Auf jeden Fall wollen wir noch eine Weile warten. Wenn er das Geld nimmt und nicht mehr wiederkommt, dann gehen wir zum Präsidenten Bonatsch, aber nicht früher. Ich habe euch noch nicht erzählt, was Bonatsch mir gesagt hat: ›Wenn euer Vater sich nicht bessert, werde ich euch beistehen und einen Vormund bestimmen, der sich um euch kümmert.‹ Nun überleg dir bloß, daß Herr Wohl der Vorsteher des Waisenamtes ist! Würde dir das passen, wenn Herr Wohl unser Vormund wird, ja? Ihr versteht gar nichts, eine wie die andere! Ihr seht nicht, was ich sehe, weil ihr keine Augen habt.«

»Buab, setz dich«, sagte Frau Lauretz, »es macht mich ganz verrückt, wenn du dauernd herumlaufst!«

Eine gespenstige Blässe schien die pergamentene Haut ihres Gesichts zu erhellen. Hanna trat ihrer Mutter auf den Fuß, und Niklaus schaute seine Mutter vielsagend an. Silvelie merkte nichts von dieser stummen Unterhaltung.

»Wenn wir erst einmal ein wenig Frieden hätten«, bemerkte sie.

In dieser Nacht fand sie keinen Frieden mehr, sie lag wach in ihrem Bett, frierend und zitternd, und vor ihrem inneren Auge zogen die Ereignisse in ihrer ganzen Kraßheit vorbei. Sie versuchte sich einzureden, daß es auf das Geld nicht ankomme, daß sie ja schließlich, wenn Lauters ihr nichts hinterlassen hätte, genauso daran wäre wie jetzt. Dieser Gedanke aber brachte ihr keinen Trost, denn ihr Herz empörte sich. Nein, die tausend imaginären Kreise, die sie um sich zog, konnten an ihren Gefühlen nichts ändern. Sie überlegte noch einmal die Vorschläge ihrer Familie. Sie hatten gemeint, das Geld, das sie geerbt habe, sei vermutlich soviel wie nichts im Vergleich zu den Schätzen, die das Schlößchen enthalte. Und das Schlößchen selbst! Ein Haus, ein richtiges Haus! Es mußte ein kleines Vermögen wert sein. Man konnte es über den Sommer an reiche Leute vermieten und auf diese Weise ein Einkommen haben. Vielleicht würde Meister Lauters ihr verzeihen, wenn sie gleich etwas verkaufte, um aus dem Elend herauszukommen. Aber sie konnte ja noch gar nicht in das Schlößchen, es war versperrt und vielleicht schon eingeschneit. Plötzlich fiel ihr Dr. Aarenberg ein. Warum hatte sie nicht schon früher an ihn gedacht? Sie wäre am liebsten mitten in der Nacht aus dem Bett gesprungen, um es den andern zu sagen: »Ihr Dummköpfe! Ich gehe zu Dr. Aarenberg, der ist Anwalt! Natürlich!«

Am nächsten Morgen stand sie sehr früh auf. Düstere Wolken verschleierten das Tageslicht, ein rauher Wind, der einem durch Mark und Bein ging, trieb einen mit Schnee und Hagel vermischten Regen gegen die Mauern des Hauses. Ihre Mutter hatte bereits den letzten halben Brotlaib auf den Tisch gelegt und in gleiche Teile geschnitten. Mannli saß auf der untersten Treppenstufe und nagte an etwas Undefinierbarem, während Niklaus bereits an die Arbeit ging. Die Säge fraß sich gierig ins Holz. Arbeit war für Niklaus ein tägliches Bedürfnis, sie schien ihn zu berauschen und wie ein Betäubungsmittel auf ihn zu wirken. Die Säge sang das Lied seines Lebens.

Silvelie stand auf dem Hof und winkte ihn zu sich: »Niklaus, ich weiß, was ich tue. Ich habe es noch niemand gesagt. Ich fahre nach Zürich zu Dr. Aarenberg.«

Er kratzte sich den Kopf.

»Warum ist dir das nicht schon früher eingefallen?«

»Warum dir nicht?«

Er zuckte die Achseln und schaute weg.

»Muß ich gescheiter sein als du?«

»Ich werde heute noch fahren«, sagte Silvelie. »Er hat einen sehr netten Eindruck auf mich gemacht.«

»Mir gefällt er nicht besonders. Wie er den Brief vorlas, schien er sich gar nicht wohl dabei zu fühlen.«

»Was meinst du damit?«

»Ja, als ob es ihm leid täte, daß die Erben nicht alles bekommen. Und als er dann von dem Schlößchen und von den Bildern sprach, da hat er ganz komisch geschaut. Das ist ein Mensch, mit dem ich nichts zu tun haben möchte. Ihm würde ich nie etwas zum Verkauf anbieten. Außerdem war mir dieser blasse Stadtmensch zuwider, den er bei sich gehabt hat. Wenn er dich noch länger angestarrt hätte, hätt ich ihm eins hinter die Ohren gegeben.«

»Du bist immer argwöhnisch, Niklaus. Dr. Aarenberg hat mich doch aufgefordert, zu ihm zu kommen, wenn ich Schwierigkeiten habe.«

»Dann geh!« Er kratzte sich das Sägemehl aus den Haaren. »Aber wie? Es ist eine lange Fahrt nach Zürich, kostet eine Menge Geld. Und der alte Sauhund hat Schnufi mitgenommen.«

»Wahrscheinlich hat er ihn in Andruss bei Volkert eingestellt.«

»Natürlich ist er nicht bis nach Zürich mit dem Wagen gefahren. Wo ist denn dieses Zürich überhaupt? Einen Tag hin, einen Tag dort, einen Tag zurück! Und wo soll das Geld für die Reise herkommen?«

»Ich geh nach Andruss und bitte Frau Gumpers, sie soll mir etwas leihen. Das kann sie mir nicht abschlagen. Ich bin jetzt eine Erbin. Und ich bezahle ihr Zinsen. Ich werde sie um fünfzig Franken bitten und ihr hundert zurückgeben.«

Niklaus lachte nur.

»Das nennst du Zinsen zahlen? Dunnerwätter! Ich zieh mir jetzt andere Stiefel an und begleite dich nach Andruss. Das mach ich, wir wollen gleich losgehn.«

29

Es war an einem Montag im November, spät am Nachmittag. Ein Eilzug aus Zürich traf auf dem Bahnhof in Lanzberg ein, und unter den Passagieren, die die dritte Klasse verließen, befand sich Jonas Lauretz. Er trug einen dicken neuen Mantel, neue Schuhe, einen schwarzen Hut und erkundigte sich bei dem Bahnbeamten, wann der nächste Zug nach Andruss gehe. Nachdem er seine Auskunft bekommen hatte, schlich er sich in die Bahnhofswirtschaft und bestellte ein Glas Rotwein, Wurst und Brot.

»Was schaust du mich denn so an?« sagte er zur Kellnerin. »Glaubst du, ich hab kein Geld? Da schau her!« Er zog seine Brieftasche hervor, die mit Banknoten vollgestopft war. »Ja! Ich bin Jonas Lauretz, der Sägemüller, und einen besseren Zahler wirst du nicht so schnell finden. Du brauchst nur ein Wort zu sagen, dann bleib ich die Nacht bei dir und schenk dir was. Ich möchte wetten, du kennst dich aus.«

Er lachte grob.

Eine Art von Wahnsinn hatte Lauretz befallen, nachdem er auf der Bank in Zürich Silvelies Depot abgehoben hatte. Zwei Tage lang war er durch die Stadt gewandert, den Kopf voller Pläne. Aber da er dort völlig fremd war, hatte er nicht recht gewußt, was er mit sich anfangen sollte, und hatte sich in den schäbigsten Wirtshäusern herumgetrieben, mißtrauisch gegen jeden, der ihn auch nur ansah. In jedem Menschen sah er einen Dieb, der darauf aus war, ihm seine neugewonnenen Schätze zu stehlen. Der einzige Umgang, den er sich gestattet hatte, war ein ausgemergeltes Weib aus dem Sihlviertel, das ihn in ein schmutziges Quartier lockte und ihm für die Summe von zwanzig Franken ihre Liebe schenkte. Stundenlang hatte er vor sich hin gebrütet und Zukunftspläne geschmiedet. Er würde eine neue Säge kaufen, er würde seine Konkurrenz zugrunde richten. ›Ja, ich, Jonas Lauretz, ich werde ihnen endlich zeigen, was ich mit fünftausend Franken Bargeld schaffen kann.‹

Und dann hatte es ihn plötzlich gejuckt, nach Andruss zurückzukehren, bloß um »ihnen« zu zeigen, wie reich er jetzt war, und um über Hirt, Volkert, Schmid und die übrigen Andrusser zu triumphieren. Daher war er jetzt auf dem Heimweg.

Er kaufte eine Flasche Wein und nahm sie mit in den Zug. Während sie das Tal entlangfuhren, schaute er sich seine Mitreisenden an. Nur einen von ihnen kannte er ein wenig, es war ein Fleischer aus Ilanz. Er begann in seiner groben Art, diesen Mann zu belästigen, bot ihm Wein an, zeigte ihm seine Brieftasche voller Geldscheine und erzählte ihm, was für erbärmliche Dummköpfe die Menschen seien.

»Hier, Herr Rutz, einen Schluck Vältliner! Da ist die Flasche!«

Er hielt ihm die Flasche hin, der Fleischer lehnte ab. Lauretz begann zu schimpfen.

»Heuchler! Du gehörst auch dazu! Ich kenne dich, du heimlicher Dickwanst! Immer die Augen zum Himmel verdrehen, abends mit der Pfeife am Fenster sitzen und die Kunden grüßen! Für den Staat Kinder machen! Ha, ha, ha! Ich hab eine Tochter, so eine gibt es im ganzen Bündnerland nicht! Sie hat von einem toten Maler ein Vermögen geerbt, Lauters heißt er! Haus und Teppiche und Möbel und Bilder! Sie wird einen von Salis oder einen von Richenau heiraten, jawohl! Ich, Jonas Lauretz aus dem Jeff, bin ein ebenso feiner Edelmann wie irgendeiner von ihnen!«

Unangenehm berührt schauten seine Mitreisenden zum Fenster hinaus. Der Fleischer aus Ilanz ging ins Nebenabteil. Lauretz trank die Flasche leer und schlug Lärm. Die Mitreisenden protestierten und ließen den Schaffner kommen. Dieser drohte, ihn auf der nächsten Station der Polizei zu übergeben, wenn er sich nicht ruhig verhielte. Lauretz zerrte die Banknoten aus der Tasche.

»Polizei, du Esel! So eine große Geldstrafe gibt es nicht, daß sie mir was anhaben kann!«

»Er ist betrunken«, sagte ein Mann zu dem Schaffner. »Es ist Lauretz, der Sägemüller. Voriges Frühjahr hat ihn Richter Bonatsch zu vier Monaten verurteilt.«

»Wenn er sich nicht anständig benimmt, wird er noch einmal vier Monate bekommen«, sagte der Schaffner.

Lauretz grinste höhnisch und riß sich dann zusammen. Er bekam plötzlich Angst, man könnte ihn verhaften, wenn er so weitermachte.

»Ah, ihr braven Leute!« brummte er. »Laßt doch einen Menschen sein Vergnügen haben, wenn er dazu in der Lage ist. Nicht jeden Tag verdient ein Sägemüller fünftausend Franken.«

Er lehnte sich zurück, zog seinen schwarzen Hut ins Gesicht und versank in einen schweren Schlaf.

»Wenn er wieder anfängt, schmeiß ich ihn raus!« sagte der Schaffner mit einer beruhigenden Gebärde zu den anderen Passagieren in Lauretz' Abteil und ging dann weiter.

Kurz nach acht Uhr abends ging Lauretz durch die Hauptstraße von Andruss zu Volkerts Wirtshaus, wo er vier Tage zuvor Pferd und Wagen zurückgelassen hatte. Ein dichter Regen kam von den Bergen herabgefegt, und ein dünner kalter Nebeldunst umhüllte die Lichter des Dorfes. Als er in die Gaststube trat, erblickte ihn Frau Volkert, und während er auf eine Ecke zusteuerte und mit der Faust auf den Tisch zu schlagen begann, lief sie in die Küche, wo ihr Mann gerade beim Essen saß.

»Töny, Lauretz ist wieder da!«

Herr Volkert runzelte die Stirn.

»So? Was will er denn? Du hast ihm doch nichts ausgeschenkt?«

»Er ist gerade erst hereingekommen.«

Sie hörten Lauretz auf den Tisch schlagen. Volkert ging in die Gaststube.

»Jony? Ich darf dir nichts geben, das weißt du doch selber.«

»Wo sind Schmid und Schulmeister Wohl?« schrie Lauretz. »Schau her, Töny, hier ist Geld, diesmal bleib ich dir nicht einen Centime schuldig!«

»Nichts zu machen, dein Name steht auf der Liste.«

»Liste? Was denn für eine Liste? Wer macht denn hier Listen? Einen halben Liter Vältliner will ich haben.«

Er zog die Banknoten aus der Brieftasche, hielt sie in die Höhe und stopfte sie wieder in die Tasche.

»Limonade oder Kaffee kannst du haben, aber ich lasse mich nicht deinetwegen bestrafen.«

»Teufel noch einmal«, brummte Lauretz. »Die Strafe bezahl ich.«

»Zahl lieber deine Schulden«, sagte der Wirt.

Lauretz lachte brutal.

»Ich hab keine Angst, das Geld herzuzeigen, es gehört mir. Verstehst du mich? Mir gehört es! Da machst du Augen, was? Los, gib mir jetzt einen halben Liter und trink ein Glas mit.«

»Jony«, sagte Herr Volkert energisch, »von mir kriegst du nichts.«

Frau Volkert, die inzwischen hinzugekommen war, konnte ihren Ärger nicht mehr bezähmen.

»Schämen sollst du dich, schämen! Mit dem Geld deiner Tochter herumzuschmeißen! Silvelie und Niklaus haben dich überall gesucht. Und jetzt ist sie nach Zürich zu einem Advokaten gefahren.«

»Halt den Mund, Frau«, sagte Herr Volkert. »Wer weiß, was er vorhat? Es gibt keinen mehr in der ganzen Nachbarschaft, der sich mit ihm noch an einen Tisch setzt.«

»Seit wann bist du denn ein Heiliger geworden?« rief Lauretz.

»Ich bin kein Heiliger, gewiß nicht, das weißt du, und das wissen alle. Scher dich endlich fort!«

Lauretz starrte einen Augenblick lang stumpf vor sich hin. Er atmete schwer.

»Uns geht es ja nichts an«, sagte Volkert vorsichtig, »aber eins will ich dir sagen: In ganz Andruss gibt es heute abend keinen Menschen, der Geld von dir nimmt, und wenn er am Verhungern wäre!«

»Geh nach Hause zu deiner Frau«, sagte Frau Volkert. »Läßt seine Familie jahrelang hungern, und jetzt, wo Silvelie ein bißchen eigenes Geld hat, geht er hin und stiehlt es ihr und besäuft sich. Hinaus mit dir, sonst werfe ich dich hinaus!«

Lauretz hielt sich die Ohren zu.

»Schluß, Schluß!« schrie er. »Ich will das nicht hören. Der Teufel soll euch holen. Ich gehe schon, ich gehe schon!«

Er sprang auf und stürzte in die Nacht hinaus, ging zum Stall hinüber, um nach seinem Pferd und seinem Wagen zu schauen. Sie waren nicht da. Er verfluchte Niklaus und ging zur »Alten Post«. Wohl, Gumpers, Schmid und Hirt saßen in einer Ecke neben dem Ofen und spielten Karten. Als sie Lauretz erblickten, legten sie sie weg und standen auf.

»Willst hier mit dem Geld deiner Tochter prahlen!« sagte Herr Hirt höhnisch. »Huarabuab, hinaus mit dir!«

Der Schullehrer näherte sich Lauretz.

»Lauretz«, sagte er, »es freut mich, dich wiederzusehen. Wir hatten schon Angst, du würdest gar nicht mehr zu uns zurückkehren.«

»Es freut dich, so, so! Du hast geglaubt, ich mach eine Weltreise! Noch nicht.«

»Richtig.«

»Ich möchte nur wissen, was euch meine Privatangelegenheiten angehen!« rief Lauretz.

»Deine Privatangelegenheiten interessieren uns gar nicht!« erwiderte Herr Wohl. »Aber man wird beständig auf die Privatangelegenheiten des Herrn Lauretz aufmerksam gemacht. Ich sag dir nur eins: Geh nach Hause und versuch, dich ein bißchen zu bessern. Du hast das große Glück, eine Tochter zu haben, die Geld geerbt hat, und ich gebe dir den Rat, deine Kinder etwas rücksichtsvoller zu behandeln, sie verdienen es!«

»Und jetzt scher dich fort!« sagte Hirt. »Wir sind beim Kartenspielen.«

»Was heißt das, ich soll meine Kinder rücksichtsvoller behandeln?« fragte Lauretz den Schullehrer, ohne sich um den Wirt zu kümmern.

»Ich hatte sie unter meiner Obhut, als sie noch klein waren«, sagte Herr Wohl, »und ich verstehe nicht, wie man sie so schlecht behandeln kann. Aber was hat es denn für einen Zweck, mit dir zu reden, es macht ja doch keinen Eindruck auf dich!«

»Ich bin so zahm, daß ich dir stundenlang zuhören könnte!« sagte Lauretz höhnisch.

»Ich habe alles gesagt, was ich zu sagen habe«, erwiderte Herr Wohl, setzte sich hin und nahm seine Karten auf.

Jonas Lauretz zögerte einen Augenblick, dann machte er kehrt und verließ auch dieses Wirtshaus. Er steuerte auf die Via Mala zu. Der Regen prasselte auf ihn nieder, er fühlte ihn nicht. Ein grimmiger, furchtbarer Zwang trieb ihn vorwärts. Er verschwand in die Nacht, eine dunkle, verfemte Gestalt. Gegen Mitternacht erreichte er Nauders. Das Dorf lag in völliger Finsternis, die Haustüren waren versperrt. Der Wolfshund des langen Dan kläffte. Lauretz stapfte weiter.

30

Am einundzwanzigsten November gegen Abend verließ Niklaus den Sägeschuppen und begab sich ins Haus, um mit seiner Mutter und seiner Schwester Hanna zu Abend zu essen.

»Das Wetter ist schlecht«, sagte er, »der Regen kommt durchs Schuppendach herein. Ich muß es dieser Tage einmal ausbessern.

Über die Bergwände kommt es wie ein Wasserfall, und der Nebel ist so dicht, daß ich kaum zu Jörys Hütte hingefunden habe.«

Er setzte sich nieder und nahm einige Kartoffeln aus der Schüssel. Dann griff er nach dem Brotmesser und prüfte die Schärfe der Klinge an seinen harten Fingern.

»Hast du mit Jöry gesprochen?« fragte die Mutter.

»Natürlich. Er sagt, wir haben keinen Mut – er glaubt, wir reden nur darüber.«

»Wer hat keinen Mut?« fragte Hanna und zog ihre dichten Brauen hoch.

»Wir«, sagte er.

Niklaus musterte seine Mutter mit einem eigentümlich herzlosen Blick, den sie finster erwiderte.

»Jeses, Buab, wie du mich anstarrst!«

»Hast du einmal mit Jöry darüber gesprochen?« fragte Niklaus scharf.

»Haben wir nicht alle darüber gesprochen?«

»Ich meine, hast du ihm etwas versprochen? Dich auf etwas Bestimmtes eingelassen?«

»So dumm werde ich doch nicht sein, Niklaus.«

»Und du, Hanna? Hast du ihm gegenüber eine Geldsumme erwähnt?«

»Ich? Ich habe nie ein Wort gesagt.«

»Wie kommt es dann, daß Jöry meint, wir müßten ihm die tausend Franken zurückzahlen, die er dem Alten vor acht Jahren gegeben hat, und noch tausend zulegen?«

»Jöry!« sagte Hanna verächtlich. »Er wird nehmen, was wir ihm geben. Wenn er nicht zufrieden ist, schmeißen wir ihn in die Yzolla.«

»Du redest, als ob es so leicht wäre«, sagte Niklaus erregt.

Frau Lauretz beugte sich über den Tisch.

»Ihr seid ja dumm! Wir reden und reden und keiner weiß, ob er überhaupt zurückkommt.«

»Er kommt nicht eher zurück, als bis er Silvelies Geld verputzt hat«, sagte Hanna.

Jöry erschien auf der Schwelle. Er verhielt sich still, seine Augen glitzerten im Dunkeln. Niklaus drehte sich um.

»Was willst du denn?«

»Ich will nur sehen, ob ich helfen kann!«

»Helfen? Was denn?«

»Ob ich euch helfen kann, die Sache in Ordnung zu bringen, die euch Sorgen macht.«

»Ich hab dir doch gesagt, wir können nichts tun, bevor der Alte zurück ist.«

Jöry trat ins Zimmer, sein Kopf saß tief zwischen dem Buckel und dem Brustkorb.

»Bilde dir ja nicht ein, daß du besondere Ansprüche hast, weil wir uns mit dir über die Sache unterhalten haben«, sagte Niklaus streng.

Jöry fing zu kichern an.

»Nein, Meister Niklaus, so redet man nicht mit einem guten Freund, der alles weiß. Seit acht Jahren hab ich Tag für Tag nachgedacht, und jetzt ist die Zeit gekommen, es zu tun …«

»Was denn tun?« fragte Niklaus, und seine Augen starrten den Buckligen an wie zwei Revolvermündungen.

»Ihr müßt entscheiden, wie es gemacht wird. Wenn ich die Dreckarbeit erledigen soll, wie ihr das wollt, dann muß ich wissen, wie und wann es geschehen soll. Und was dabei zu holen ist.«

»Ich hab dir doch gesagt, das Reden hat keinen Zweck, der Alte ist nicht da.«

»So! Er ist nicht da!« kicherte Jöry. »Und ob er da ist! Seit drei Tagen habe ich keinen Augenblick Ruhe, so sehr sitzt er mir im Blut. Und wenn er nicht bald wiederkommt, stürz ich mich kopfüber in den Fluß! Ja, nach Zürich ist er gegangen, um fünftausend Franken zu holen und dann zu verschwinden! Das sieht ihm ähnlich! Ich kenne ihn doch seit Jahren! Er kommt bestimmt zurück, die Frage ist nur, wann?«

»Woher, zum Teufel, soll ich das wissen?« rief Niklaus. »Du kannst einen verrückt machen.«

»Eine schöne Nacht, Meister Niklaus, für einen einsamen Mann, um im Finstern hier heraufzuwandern.«

»Warum gehst du denn nicht auf die Straße hinaus und schaust, ob er kommt?«

»Das ist es nicht, Meister Niklaus. Wir müssen es bloß rechtzeitig erfahren, wenn der Alte zurückkommt. Er kommt mit der Eisenbahn. Es müßte einer in Andruss sein, wenn er ankommt, und uns benachrichtigen.«

»Darüber haben wir uns schon einige Male unterhalten. Es hat doch keinen Zweck, in Andruss auf ihn zu warten. Entweder kommt er nach Hause, oder er kommt nicht nach Hause.«

Jöry krampfte die Finger zusammen und blickte langsam von einem Gesicht zum andern.

»Und wenn er kein Geld mehr bei sich hat?« fragte er zögernd.

»Du willst wissen, wer dich bezahlt, wenn der Alte kein Geld mehr bei sich hat?«

»So ist's, Meister Niklaus!«

»Und deshalb bist du jetzt hierhergekommen, wie? Für diesen Fall also sag ich dir hier vor meiner Mutter und vor meiner Schwester, daß wir, die Familie, dir das Geld bezahlen werden, auf das wir uns einigen. Du wirst dann bloß ein bißchen länger darauf warten müssen. Aber es wird eine anständige Summe sein.«

Jöry verschränkte die Arme über der Brust. Böse lächelnd mit triumphierendem Blick, schaute er die Familie an.

»Heute nacht regnet es«, sagte er langsam. »Frost steht bevor, dann kommt der Schnee. Wir werden es leicht haben. Möchte bloß wissen, wo er jetzt steckt!«

»Jöry«, sagte Niklaus und packte das Brotmesser mit der Faust, »immer redest du davon. Leute, die viel reden, haben keinen Mut, wenn es zu handeln gilt.«

»Ich hab keinen Mut? Ich?«

Er stand auf, ging langsam zur Tür und drehte sich um. »Von euch hängt es ab! Ihr habt keinen Mut, alle miteinander! Ihr redet nur, ihr fürchtet euch!«

»Natürlich sind wir nicht so dumm, daß wir es selber machen und dich zuschauen lassen!« rief Niklaus. »Viel besser, wir lassen dich's besorgen und bezahlen dich dafür.«

»Ja!« sagte Jöry und streckte zwei Finger in die Luft. Kichernd drehte er sich um und verschwand.

»Jeses Gott!« flüsterte Hanna.

Frau Lauretz schien einer Ohnmacht nahe. Niklaus zog seine schmierige Brieftasche hervor, entfaltete einen Eilbrief von Silvelie, der am selben Morgen angekommen war und den er aus dem Laden des langen Dan in Nauders geholt hatte. Zum zehntenmal las er ihn vor:

»Lieber Niklaus!
Sag zu Hause, daß ich zu spät gekommen bin. Ich bin mit Dr. Aarenberg auf der Bank gewesen, und dort hat man uns gesagt, daß er vorgestern dagewesen ist und das ganze Geld abgehoben hat, fünftausend Franken. Sie hatten *seine* Unterschrift und sagten, er hätte seine Papiere vorgezeigt. Dr. Aarenberg meint, man kann nichts machen, weil ich noch nicht volljährig bin. Ihr sollt Euch aber nicht aufregen, bitte nicht. Für *ihn* kann dieses Geld schließlich sehr wichtig sein, vielleicht wird es ihm sogar helfen, ein neues und besseres Leben zu beginnen. Ich bin überzeugt, das Geld kann nicht verloren sein, an ihm hängt der gute Geist Meister Lauters'. Wer es besitzt, wird Glück haben.«

Niklaus unterbrach sich.

»Das größte Glück wär's, wenn der Alte heute nacht mit dem Geld nach Hause käme, solang Silvelie noch weg ist.« Er grinste höhnisch.

»Auch wenn er ohne das Geld käme!« sagte Hanna und bohrte ihre Nägel in den Tisch.

»Lies weiter«, sagte die Mutter mit steinerner Miene. Niklaus fuhr fort:

»Macht Euch keine Sorgen. Ich bin bei Frau Professor Peters gewesen. Aber ich wohne nicht bei ihr. Ich wohne in einem Hotel, das mir Dr. Aarenberg empfohlen hat. Er hat mir fünfzig Franken geborgt. Ich habe ihm gesagt, ich werde sie ihm so bald wie möglich zurückzahlen. Und was für eine große Stadt Zürich ist! Ich habe überall aufgepaßt, ob ich *ihn* finde, aber bisher habe ich *ihn* noch nicht gesehen. Sobald Dr. Aarenberg sagt, ich kann abfahren, komme ich nach Hause. Wenn *er* zufällig während meiner

Abwesenheit nach Hause kommt, gebe ich Euch einen Rat: Seid gut zu ihm.

Eure Schwester
Silvia.«

Niklaus faltete den Brief zusammen und steckte ihn wieder in die Tasche.

»Sie ist so gutgläubig, sie verzeiht noch dem Mann, der ihr den Hals abschneidet«, bemerkte er trocken. Unvermittelt stand er auf. »Was hat es für einen Zweck, hier herumzusitzen? Warum geht ihr nicht schlafen?«

»Ich bin heute nacht so voll Haß, daß ich nicht schlafen könnte«, sagte die alte Lauretz.

»Ah bah! Sechsundzwanzig oder siebenundzwanzig Jahre lang bist du mit dem Mann verheiratet, du mußt dich doch an deine Gefühle gewöhnt haben.«

»Nein, Niklaus, ich laß dich nicht allein aufbleiben.«

»Glaubst du, ich hab Angst?« rief er zornig.

»Niklaus!« Hanna schlug mit der Faust auf den Tisch. »Sprich nicht in solchem Ton mit Muattr!«

»Was liegt daran, wie ich mit ihr rede? Ich rede nur so aus Mitlied mit ihr. Die Wut hat sich in mir zusammengeballt wie eine Dynamitladung! Ich hab keine Ruhe mehr. Ich muß es tun! Bei Jesus Christus, ich schwöre, ich muß es tun. Ich kann diese Arbeit nicht einem andern überlassen.«

»Wir müssen Jöry mit dabei haben«, sagte Frau Lauretz. »Er weiß von allem. Er muß es tun.«

»Ob er, ob ich!« knurrte Niklaus verzweifelt. »Das ist einerlei. Wir sind alle ins Rutschen gekommen, jeder von uns wird wie ein Felsblock auf ihn niedersausen und ihn zerschmettern. Geht jetzt schlafen. Ich bleibe auf, damit ich wach bin, wenn er heute nacht zurückkommt.«

»Dummer Buab!« sagte Hanna und legte den Kopf auf den Unterarm. »Glaubst du, er kommt nach Hause, bevor er den letzten Centime ausgegeben hat? Er amüsiert sich in Zürich, treibt sich mit Straßenweibern herum. Die gibt es in den Städten massenhaft. Er wird ihnen Hüte und Schuhe kaufen und mit ihnen schlafen, und erst, wenn er sie alle satt hat, wird er zu seinen Sklaven zurückkehren, eher nicht.«

»Du kannst sagen, was du willst, ich passe auf!« erwiderte Niklaus und verließ das Zimmer.

Er ging zum Haus hinaus, stapfte durch den Regen zum Schuppen und knipste eine elektrische Lampe an, die rötlich durch den Nebel schimmerte und im Wind hin und her schwankte. Dann sank er auf einen Baumstamm nieder, und seine Blicke begannen jeden Winkel der unheimlichen Umgebung zu durchforschen.

»Meister Niklaus!«

Jörys Stimme ließ ihn auffahren. Der Bucklige lächelte. »Ja, ja, das Gewissen! Die Pfarrer erzählen davon und sagen, es läßt einen nicht schlafen.«

Niklaus setzte sich wieder hin, und Jöry beugte sich über den Baumstamm zu ihm: »Ich hab darüber nachgedacht, Meister Niklaus, für den Fall, daß der Alte betrunken nach Hause kommt! Es wär gar nicht so schwer, ihn quer über den Stamm zu legen und die Säge in Gang zu setzen. Wenn sein Körper nicht aus Eisen oder Stein ist, muß die Säge durch ihn durchgehn. Für die Säge wäre das so leicht wie für ein Messer, wenn es Butter schneidet.«

Niklaus starrte in die von Feuchtigkeit getrübte Finsternis hinaus. Er schien der wilden Symphonie zu lauschen, die die Wassermassen ringsumher mit Tosen, Plätschern, Gurgeln und Zischen entstehen ließen.

»Wir brauchen gar nicht zuzuschauen«, sagte Jöry. »Die Sache würde von ganz allein gehen. Du hattest doch denselben Gedanken, Niklaus. Warum wollen wir es nicht versuchen?«

Niklaus starrte weiter in die Finsternis.

»Es wäre leichter, ein paar Bretter aus der Brücke herauszunehmen und dafür zu sorgen, daß er hinübergeht«, sagte er nachdenklich.

»Dann ist er vielleicht nicht tot.«

»Bestimmt.«

»Und alles, was er bei sich hat, ist verloren. Eine halbe Geschichte.«

»Das ist es eben«, stimmte Niklaus bei.

Sein Blick fiel auf eine Axt. Er ging langsam zu ihr hin und hob sie auf.

»Da, Jöry, versuch jetzt die Axt! Zeig mir, wie du mit einem einzigen Hieb diesen Klotz spaltest!«

Niklaus reichte Jöry die Axt und stellte einen Holzklotz vor ihn hin.

»Glaubst du, Buab, der Alte wird stillhalten wie ein Ochse, wenn einer probiert, ihm den Schädel zu spalten?«

»Vorwärts jetzt!«

Jöry spuckte in die Hände, packte den Griff der Axt und trat einen Schritt zurück. Langsam hob er die Axt über die rechte Schulter, lockerte dann den Griff und ließ den langen Holzstiel durch die Hand gleiten. Die Axt sauste auf den Klotz nieder, spaltete das Holz entzwei, und das stählerne Blatt bohrte sich in die Erde. Er richtete sich auf und schaute Niklaus triumphierend an. Niklaus zog die Axt aus dem Boden.

»Ein Meisterhieb, das muß ich sagen!«

»So schlachtet man ein Schwein!« sagte Jörg. »Aber wie soll man den Alten dazu bringen, daß er den Kopf stillhält? Er ist stark wie ein Bulle. Man muß ihn überrumpeln.«

Niklaus humpelte auf und ab, die Axt hinter sich herschleppend. Er verschwand zwischen hohen Holzstapeln und kam dann wieder hervor. Seine Blicke wanderten zum Büro, und plötzlich winkte er Jöry näher heran.

»Schau mal! Angenommen, der Alte geht zwischen den zwei Holzstapeln durch in den Schuppen, wie er das immer macht, und wenn hier einer steht, auf dieser Kiste, und auf ihn wartet, und im rechten Augenblick zuschlägt? Was meinst du, Jöry?«

»Ja, das ist ein Gedanke. Aber du sagst ja selber, im richtigen Augenblick!«

»Wenn ein anderer dort neben dem Licht steht und ihm ein Zeichen gibt und ruft. ›Jetzt!‹ Das geht dann ganz automatisch.«

Er zog eine Kiste heran, stieg hinauf und hob die Axt über die Schulter. Der Bucklige beobachtete ihn.

»Komm hier herauf, Jöry!« sagte Niklaus. »Nimm die Axt. Ich

geh dort hinüber und heb den Arm und laß ihn sinken. Und wenn ich den Arm sinken lasse, schlägst du zu.«

Und damit stellte er sich in den Lichtschein der Lampe und hob den Arm. Jöry hob die Axt. Niklaus senkte den Arm, und Jöry ließ die Axt auf den Holzstapel niedersausen. Niklaus steckte die Hände in die Tasche. Die schwankende Lampe ließ seinen Schatten tanzen. »In einer solchen Nacht müßte man etwas zu trinken haben«, brummte er.

Er nahm die Axt und lehnte sie gegen die hölzerne Kiste, dann zog er den Hebel. Langsam geriet der Sägerahmen in Bewegung, ratternd, immer schneller auf und nieder zuckend.

»Wir wollen lieber was tun, statt zu faulenzen«, sagte er und schob das Wägelchen mit einem Baumstamm zurecht. Die Säge packte das Holz. Jöry verschwand geheimnisvoll, aber Niklaus blieb im Schuppen. Seine Blicke hafteten an der Stelle, wo die Sägezähne das Holz packten, gleichsam an dem Mutterleib, aus dem die Bretter und Planken geboren wurden. Bis nach Mitternacht arbeitete er weiter. Dann nahm er eine Stallaterne, zog einen Sack über den Kopf und ging ins Haus. Hanna saß immer noch am Tisch.

»Bist du fertig?« fragte sie mit dumpfer Stimme.

»Nichts ist fertig, bevor wir *damit* nicht fertig sind«, erwiderte er.

»Jeses!« murmelte sie, »wie du ausschaust!«

»Und du? Bist du denn nicht müde?«

»Und du? Du hast die ganze Zeit gearbeitet!«

»Ich bin nie müde«, sagte er und stellte die Laterne auf den Tisch. Er rieb sich die Hände und hielt sie an die Laterne, um warm zu werden.

»Wo ist Muattr? Schlafen gegangen?«

»Ja.«

»Hat sie wieder in ihrem Buch über Bischöfe gelesen?«

»Nein, wir haben uns unterhalten.«

»Worüber?«

»Worüber kann man sich jetzt unterhalten?« sagte sie erschöpft.

»Ihr bereut es schon?«

»Niklaus«, rief sie, »mir ist so schrecklich zumute, ich möchte weglaufen und nicht mehr wiederkommen!«

»Das ist ein natürliches Gefühl, Hanna, mir geht es auch so, seit der Alte weg ist. Aber jetzt darf man nicht nachgeben. Bald ist das Schwerste geschafft. Nein, wir dürfen nicht umkehren. Wir müssen über den Gipfel weg, dann kommen wir alle in ein neues Leben.«

»Wenn er bloß nie wieder nach Hause käme! Nie wieder! Ich denke jetzt genau wie Silvelie. Er soll das Geld behalten, und wir sagen ihm, wir wollen ihn nicht mehr hierhaben. Aber das jetzt, Herr Jeses, Gott im Himmel! Wenn Silvelie es erfährt! Nein, ich könnte das nicht ertragen. Ich habe sie viel zu lieb.«

»Dumme Gans!« sagte er. »Wir tun es doch ihretwegen!«

»Nein, nein! Unsertwegen!«

»Es ist scheußlich, Niklaus, der Alte ahnt nichts – er wird nach Hause kommen und sich nicht wehren können.«

»Soll ich ihn vielleicht warnen? Es ist gerecht so! Gerecht! Viele Jahre lang haben wir ihn ehrlich abgeurteilt und ihn schuldig befunden. Jetzt, wo das Urteil vollstreckt werden soll, kommt ihr Weiber mit moralischen Bedenken. Hol's der Teufel! Ich hab mir's feierlich geschworen, als er mich damals in Andruss geschlagen hat. Hundertmal hab ich mir's feierlich geschworen. Ich will endlich Ruhe haben.«

Er schlug mit der Faust auf den Tisch.

»Meine Ruhe will ich haben! Frieden für uns alle und für mich! Ich schwöre dir, wenn ich's nicht schaffe, dann mache ich mit mir ein Ende, dann kannst du dir deinen Bruder aus dem Sägemehl zusammenklauben, und kein Doktor wird ihn mehr flicken können. Die Sache muß glücken, und wenn sie mir nachher in Lanzberg den Kopf abschlagen. Aber so weit wird es nicht kommen. Ich, Niklaus Lauretz, bin nicht so dumm, wie ihr alle glaubt. Für mich ist das Leben eine einzige Wunde gewesen, und ich weiß jetzt endlich, wie ich sie heilen kann. Ja, ich, Niklaus Lauretz! Und ich sage dir, wenn ich hundert Nächte lang auf seine Heimkehr warten muß, ich werde die richtige Stunde finden. Ich werde es tun! In mir ist nicht mehr Erbarmen als Leben in diesem alten Tisch!«

Er ging zu seiner Schwester und legte ihr die Hand auf die Schulter.

»Geh zu Bett!« sagte er, und seine Stimme wurde mit einem Mal zärtlich. »Leg dich schlafen. Ich brauche dich nicht, wenn der Alte kommt. Ich hab jetzt schon zwei Nächte auf ihn gewartet. Vielleicht wird das die dritte Nacht sein, die ich umsonst warte. Wenn er überhaupt nicht mehr zurückkommt, ist es gut für ihn. Dann müßt ihr alles vergessen oder euch nur noch erinnern, daß Niklaus es machen wollte aus Liebe zu euch.«

Er wandte sich rasch ab.

»Wo ist Mannli?«

»Er schläft.«

»Wo?«

»Im Stall! Da hör ich ihn ja nicht, wenn er den Alten ankündigt.«

Er nahm die Laterne und ging hinaus. Durch den tiefen Morast stapfte er zum Stall und öffnete die Tür, Schnufi erwachte und hob den Kopf. Die Kuh der Gumpers lag wiederkäuend, an ihren Bauch gepreßt schlief Mannli. Waldi, der Hund, der dicht bei ihm lag, blickte auf: Er kannte den Schritt des nächtlichen Besuchers und bellte nicht, sondern wedelte nur mit dem Schwanz. Niklaus hatte nicht das Herz, seinen Bruder aufzuwecken. Er seufzte mitleidig und verließ den Stall. Gerade als er die Tür hinter sich zumachte, hörte er Hannas Stimme aus dem Dunkel.

»Niklaus, Niklaus, der Alte ist eben gekommen!«

Er stand einen Augenblick wie versteinert. Dann zog er den Sack über den Kopf und schritt langsam durch den Morast.

»Wo ist er?«

Hanna stand zitternd im Regen vor ihm.

»Er ist gleich hinaufgegangen, um sich auszuziehen. Er ist patschnaß.«

Ihre Finger umklammerten wie einen Schraubstock seinen Arm.

»Nicht heute nacht, Niklaus! Bitte, nicht heute nacht! Er hat so müde ausgesehen! Er ist den ganzen Weg zu Fuß gegangen.«

Niklaus riß sich los und stieß sie weg.

»Geh, mach ihm etwas zu essen, er wird essen wollen«, sagte er mit stahlharter Stimme.

»Ja, ja«, erwiderte sie und begann mit den Zähnen zu klappern.

Niklaus hinkte langsam in den Schuppen und setzte die Säge in Gang. Dann warf er den Sack weg und pfiff. Jöry kam herbeigeschlichen, wie ein Gespenst erschien er hinter einem Bretterstapel. Er streckte den Finger in den Mund, zwischen Backenzähne und Wange, und musterte Niklaus mit einem harten, gläsernen Blick. Niklaus erriet seine Frage und nickte. Sein Körper straffte sich, er biß die Zähne zusammen.

Ein paar Minuten später erschien Lauretz im Schuppen. Seine überhängende Lippe zog sich entschlossen zusammen, seine Unterlippe hing herab. Niklaus sah seinen Vater an.

Lauretz ging auf den Hebel zu und brachte die Säge zum Stehen. Dann drehte er sich schnell um.

»Wer hat dir erlaubt, das Pferd und den Wagen aus Andruss abzuholen?« sagte er drohend.

»Du glaubst doch nicht, ich werde zu Fuß hier heraufgehen?« erwiderte Niklaus. »Außerdem kostet es Geld, wenn Schnufi in Volkerts Stall steht.«

»Was geht das dich an?«

»Ich verdiene das Geld«, rief Niklaus. »Ich habe ein Recht, mich darum zu kümmern, wo es bleibt!«

»So, so!«

»Jawohl! Und es schadet dir gar nichts, wenn du zu Fuß gehst.«

Lauretz' Adern schwollen an, und er ging auf Niklaus zu, wuchtig und drohend. Aber Niklaus sprang behende zurück und stellte sich hinter einen Baumstamm. Lauretz starrte seinen Sohn finster an. Ein unbestimmter Verdacht schien in ihm zu erwachen, als habe Niklaus' harte Stimme diesmal anders geklungen als sonst. Aber ohne ein weiteres Wort kehrte er ins Haus zurück, stieg die Treppe hinauf und schrie nach seiner Frau.

»Wo ist die Lampe?« brüllte er. »Eine Lampe will ich haben! Huaravolk! Ihr habt wohl geglaubt, ich komm nicht wieder nach Hause! Aber ich werde euch schon zeigen, wer hier im Jeff der Herr ist! Ich werde es euch schon zeigen, mich nachts im Regen zu Fuß gehen zu lassen! Hurenpack!«

Er trat mit dem Fuß gegen die Schlafzimmertür seiner Frau, während er schreckliche Drohungen und Flüche ausstieß.

»Die Lampe! Wer hat die Lampe weggenommen?«

Niklaus trat ins Haus.

»Ich bring dir eine Lampe!« rief er die Treppe hinauf.

»Von dir will ich nichts wissen, du verlogener Hund!«

Niklaus nahm eine Lampe, trug sie hinauf und stellte sie auf den Treppenabsatz.

»Da hast du Licht«, sagte er furchtlos. »Und wenn du dich beruhigt hast, können wir miteinander reden.«

Schwer atmend stand Lauretz im schmalen Korridor.

»Hanna macht dir unten was zu essen.«

Lauretz nahm die Lampe und ging in sein Zimmer, Niklaus ging in die Küche.

»Ich decke ihm den Tisch. Die Kartoffeln gut braten und den Kaffee recht heiß machen! Gib ihm dieses letzte Stück Brot. Wenn es bloß Gift wäre!«

Er riß die Augen auf, als hätten seine eigenen Worte ihn verwundert.

»Daran hab ich noch nie gedacht!«

Sie starrten einander an und hörten den schweren Schritt des Vaters im Zimmer über sich.

»Wenn er in Muattrs Zimmer geht, schlag ich ihm den Schädel ein.«

»Das kann er nicht. Die Tür ist versperrt. Was er jetzt bloß macht?« sagte Hanna.

»Vielleicht betet er.«

»Niklaus!« rief sie entsetzt.

Er lächelte zynisch.

»Warum nicht? Es ist Zeit.«

Wieder lauschten sie. Der verhängnisvolle Augenblick rückte näher.

»Niklaus«, sagte sie, »du bist der Sohn deines Vaters.«

»Ja! Und er hat mir etwas vererbt, was ihm teuer zu stehn kommt. Seine verfluchte Saat ist es, die jetzt endlich für uns alle zum Segen wird!«

Sie zitterte am ganzen Körper.

»Wo ist Jöry?« murmelte sie.

»Ich werde ihn suchen«, sagte er ruhig. »Komm dem Alten nicht in die Quere. Wenn er etwas anstellt, brauchst du uns nur zu rufen, wir kommen zu Hilfe. Geh jetzt hinauf zu Muattr, und sperr dich ein.«

»Niklaus!«

»Tu, was ich dir sage!«

In dicken, grauen, wollenen Unterkleidern, einem alten Rock, einer Hose und Stiefeln ohne Strümpfe saß Jonas Lauretz am Tisch, aß Bratkartoffeln, Brot und Käse. Er war allein und schaute mit wütenden Blicken um sich.

Hanna hatte die Anweisungen ihres Bruders befolgt und sich im Zimmer ihrer Mutter eingeschlossen. Nach einiger Zeit erschien Niklaus auf der Schwelle. Er lehnte sich anscheinend ganz gemächlich an den Türpfosten und beobachtete seinen Vater. Als Lauretz den Burschen erblickte, begann sein Gesicht zu zucken.

»Was willst du jetzt mit dem Geld machen?« fragte Niklaus.

Sein Vater aß weiter.

»Geld? Was für Geld?«

»Silvelies Geld.«

»Ich weiß von keinem Geld, das ihr gehört.«

»Fünftausend Franken, die sie von Lauters geerbt hat und die du von der Bank abgeholt hast.«

»Das Geld kommt ins Geschäft«, brummte Lauretz.

»Ja, der Rest!«

»Neues Betriebskapital«, brummte Lauretz, biß wütend einen Brocken Brot ab und stopfte sich ein Stück Käse in den Mund.

»Wenn es dir damit ernst ist«, sagte Niklaus kalt, »dann leg das Geld hier auf den Tisch und laß es liegen. Ich leg einen Stein drauf, und ich schwöre dir, niemand soll es anrühren, bis Silvia aus Zürich zurückkommt. Es ist ihr Geld. Nur sie hat das Recht, darüber zu bestimmen.«

»Das Geld kommt ins Geschäft!« sagte Lauretz mit erhobener Stimme. »Und wir ziehen über den Winter von hier weg.«

»Wir, wir! Dein Geschäft kennen wir! Wir wissen, wer diesen Winter nicht hier sein wird, wenn das Geld in deinen Händen bleibt«, sagte Niklaus in bitterem Ton. »Und du weißt das auch genau! Ein neuer Mantel, neuer Hut, neue Stiefel!«

Ihre Blicke begegneten sich wie zwei Dolche.

»Du hast das Geld schon ausgegeben!«

»Was ist denn heute mit dir los!« brummte Lauretz. »Ich hab das Geld hier, schau nur!«

Er zog seine Brieftasche, öffnete sie und zeigte Niklaus die Banknoten.

»Weißt du außerdem, daß eine von deinen Liebsten im Sterben liegt«, sagte Niklaus mit erzwungener Ruhe. »Jörys Weib.«

»Höchste Zeit, daß sie stirbt. Je früher, desto besser.« Lauretz rülpste und wischte sich mit dem Handrücken den Mund ab.

»Geh zum Teufel!« brummte er. »Ich kann deinen Anblick nicht ertragen. Morgen rechnen wir ab, dann wirst du sehen, was geschieht.«

»Morgen ist heute«, sagte Niklaus und verschwand wie ein Schatten.

Er ging in den Schuppen hinaus und machte Licht. Jöry schlich herbei und schaute ihn forschend an.

»Meister Niklaus, wieviel?«

Er hielt zwei Finger in die Höhe. Niklaus nickte stumm.

»Schnell, Niklaus, schreib es auf einen Zettel. Da ist Papier und Bleistift.«

Das Gesicht des jungen Burschen färbte sich dunkelrot.

»Wenn ich ja sage, heißt das ja!« Er stieß Jöry heftig zur Seite.

»Mit mir ist es jetzt schon so weit, daß es mir nichts ausmacht, wenn ich es selber tun muß und dich hinterher auch noch erschlage.«

»Du schwörst, Niklaus! Zweitausend! Du schwörst es mir!«

»Ich schwöre es«, sagte Niklaus. »Geh jetzt hinüber, und nimm die Axt. Ich lasse die Säge leer laufen und die Glocke läuten. Das wird er nicht ertragen. Wenn er die Glocke hört, wird er wütend auftauchen, um nachzusehen, warum die Säge leer läuft. Er wird zwischen den Bretterstapeln hindurchmüssen. Ich stelle mich hier auf, und wenn ich den Arm senke, schlägst du zu. Schlag nur fest zu, Jöry, und du sollst dein Geld kriegen, so wahr ich Niklaus heiße.«

Der Bucklige stieg mit der Axt auf die Kiste und spuckte in die Hände. Eine Sekunde später zog Niklaus den Hebel, und der Draht, der am Getriebe befestigt war, begann zu zittern. Schrill ertönte die

Glocke. Ihr metallener Klang übertönte den Lärm der Wasserfluten und das dumpfe Gepolter des Sägerahmens. »Bim-bim-bim-bim-bim-!« Die Lampe schwankte im Wind, wie ein rhythmisches Pendel – und in der Tat, es dauerte nicht lange, da erschien die schwerfällige Gestalt des alten Lauretz, gefolgt von seinem langgestreckten Schatten.

Auf der Schwelle des Hauses tauchten zwei Frauengestalten auf, die jüngere mit einer Windlaterne in der Hand.

»Bim-bim-bim-« ging die Glocke. Lauretz fluchte, und als er Niklaus in einiger Entfernung wie einen diabolischen Engel dastehen sah, mit der Hand gegen den Himmel weisend, da ballte er beide Fäuste. Niklaus ließ seinen Arm sinken ... und Lauretz stieß einen wilden Schmerzensschrei aus. Er taumelte gegen einen Holzstoß und hielt sich wie betäubt den Hals und die Schultern.

»Schlag zu! Schlag zu!« schrie Niklaus mit sich überschlagender Stimme.

Und die Schneide der Axt sauste silbern glänzend ein zweites Mal durch die Luft.

Lauretz schrie auf wie ein verwundetes Tier. Der Bucklige sprang wie ein Raubtier von seiner Kiste auf ihn. Lauretz verdrehte die Augen und schaute Niklaus flehend an.

»Was hab ich denn getan? Laßt mich in Ruhe!« heulte er und packte Jöry mit letzter Kraftanstrengung am Nacken.

»Niklaus! Niklaus! Zu Hilfe! Zu Hilfe!«

Zaudernd schlichen die beiden Frauen näher, ihre wächsernen Gesichter glänzten wie Masken im fahlen Licht der Laterne.

»Jeses, wie er blutet!« flüsterte Frau Lauretz.

Hanna hielt den Arm ihrer Mutter umklammert, die Laterne in ihrer Hand zitterte.

»Niklaus, mach ein Ende! Niklaus, mach ein Ende!«

Der alte Lauretz blutete wie ein Bulle unter dem Schlachtmesser.

»Buab, zu Hilfe!« schrie er. »Niklaus, nie wieder tu ich dir was! Komm und hilf mir!«

Ein Messer blitzte in Jörys Hand auf. Er stieß es Lauretz in die Seite. Lauretz ließ den Buckligen los. Dieser warf Niklaus das Messer vor die Füße und stolperte in die Nacht davon.

Jonas Lauretz sank gegen den Holzstoß zurück. Seine Arme fielen schlaff herab.

»Er stirbt, er stirbt«, rief die alte Lauretz.

»Bleib stehen, oh, bleib stehen!« stöhnte Hanna und hielt sie fest.

Verzweifelt starrte der Alte seinen Sohn an.

»Buab«, murmelte er, »Buab, du hast mir nicht geholfen.«

Niklaus stand unschlüssig da. Plötzlich bückte er sich, hob Jörys Messer auf und näherte sich seinem Vater.

»Ich werde dir gleich helfen! Du wirst uns nie mehr die Knochen zerschlagen und Muattr nie mehr blutig hauen! Und jetzt hol ich mir das zurück, was du gestohlen hast!«

Lauretz' Kopf fiel zur Seite.

»Nimm es, nimm es!« winselte er und machte eine matte Anstrengung, die Hand zu heben, als wolle er den Rock aufknöpfen.

Niklaus griff in die Tasche seines Vaters, zog die Brieftasche heraus und steckte sie ein.

»Ich kann nicht mehr«, wimmerte Lauretz. Er sank zu Boden und wälzte sich auf den Rücken. Sein Gesicht wechselte die Farbe, er atmete schwer. Mit einem hoffnungslosen Ausdruck waren seine Augen auf Niklaus geheftet.

»Buab«, flüsterte er, »hab Erbarmen! Ich werde dir nie wieder was tun.« Er versuchte mühsam, den Arm zu heben, als wolle er seinem Sohn die Hand reichen.

»Es ist zu spät!« sagte Niklaus feierlich.

Er kniete sich auf die Brust seines Vaters. Zwei schrille Stimmen riefen seinen Namen – doch zu spät, er stieß seinem Vater das Messer ins Herz. Lauretz bäumte sich auf – ein Seufzer noch –, dann sank er langsam zurück. Niklaus zog das Messer aus der Wunde, aber noch bevor er sich erheben konnte, packte Hanna seinen Arm und entriß ihm das Messer.

»Du sollst es nicht allein getan haben. Ich bin mit dabei! Ich mache es genau wie du!«

Mit geschlossenen Augen beugte sie sich über den toten Vater und stach wie eine Verrückte blindlings zu.

Niklaus zerrte sie hoch, das Messer entfiel ihren Händen, das nun Frau Lauretz ergriff.

»Ich habe euch geboren, ich tue es aus Liebe zu euch! Ihr sollt nicht sagen, daß ich euch in diesem Augenblick im Stich gelassen habe!«

Sie ließ das Messer niedersausen und fiel vornüber auf die Brust ihres Mannes.

»Jony, mein Jony!« murmelte sie und drückte ihre welken Lippen fest auf den Mund des Toten. Nur mit Gewalt konnten die Kinder sie losreißen und sie, blutbefleckt, ins Haus schleppen.

Die Glocke läutete immer noch. »Bim-bim-bim – bim-bim-bim-«

Mannli stürzte an ihnen vorbei, seine idiotischen Kadenzen plärrend. Die Yzolla toste. Der erste, der wieder zu Besinnung kam, war Niklaus. Tränen stürzten ihm aus den Augen. Er verließ Mutter und Schwester und kehrte zum Schauplatz des Mordes zurück. Er hörte weder den Regen noch das Rattern der Säge und nicht einmal die Glocke. Wie versteinert blieb er stehen und betrachtete die Szene.

Mannli saß rücklings auf dem Leichnam seines Vaters und schlug mit einem Holzscheit auf seinen Kopf ein. Der Hund jaulte. Niklaus taumelte, Nebel legte sich vor seine Augen. Ein paar Sekunden lang vergaß er alles. Dann begann er wie unter einem Zwang zu handeln.

Er riß Mannli vom Leichnam weg und versetzte Waldi einen heftigen Fußtritt, so daß er mit eingezogenem Schwanz davonhinkte. Niklaus holte eine Schaufel und deckte den Leichnam mit Sägespänen zu. Auf die Blutlachen streute er Sägemehl. Dann hob er das Messer auf, schob die Axt in einen Winkel und machte einen Rundgang durch den Schuppen, um jede Ecke gründlich zu untersuchen. Dabei stieß er auf Jöry, der zusammengekauert mit klappernden Zähnen im Dunkeln hockte.

»Es ist zu Ende, geh und wasch dich und deine Kleider!« befahl er.

Jöry stand auf, seine Augen blitzten gierig unter den verschwollenen Lidern.

»Was schaust du mich denn so an? Mach dir keine Sorgen. Jetzt bin ich der Herr, ein ehrlicher Herr, der sein Versprechen hält!«

Jöry schien erleichtert. Sein Körper entspannte sich. Er steckte seine blutbefleckten Hände in die Taschen und spuckte aus.

»Ja, es ist zu Ende, Meister Niklaus. Ein schweres Stück Arbeit. Ich werde dir helfen müssen, ihn zu begraben. Aber wann?«

»Bevor es hell wird.«

»Oben im Tal? Bei den Bergwerken?«

»Ich weiß, wo.«

»Hä, hä«, kicherte er. »Alles berechnet! Aber er ist schwer.«

»Schnufi wird ihn tragen.«

»Schnufi? Ja, Schnufi wird uns helfen.«

»Geh jetzt und wasch dich gründlich. Ich werde dich dann anschauen, ob du dich auch wirklich gewaschen hast.«

»Ich gehe schon, Meister Niklaus. Es ist klebrig, das Blut deines Vaters.«

Er drehte sich um, verschwand in der Nacht, und Niklaus kehrte ins Haus zurück.

Als er ins Zimmer kam, schlang Hanna die Arme um seinen Hals und bedeckte sein Gesicht mit Küssen. Mit zuckenden Lippen erwiderte er ihre Küsse.

»Alles ist jetzt vorbei. Bist du erleichtert?«

Er küßte sie abermals und drückte sie an die Brust.

»Wo ist Muattr?«

»In der Küche. Sie heult.«

»Sie soll herkommen und sich zu uns setzen.«

»Sie zittert immer noch am ganzen Leib.«

»Geh und hol sie. Sie wird gleich wieder ruhig werden.«

Hanna ging hinaus. Niklaus verschränkte die Hände auf dem Rücken und schritt auf und ab, dann ging er zum Brunnen und wusch sich. Triefend kam er zurück. Seine Mutter saß am Tisch.

»Buab, Buab«, flüsterte sie, »ist er auch bestimmt tot?«

Er nickte.

»Es ist besser, wenn wir jetzt ein Weilchen still sind. Die Toten haben gern Ruhe.«

»Was wirst du Silvelie erzählen?« flüsterte die Alte.

»Ich hab dir doch gesagt, wir wollen still sein. Trinken wir Kaffee.« Er zog ein Päckchen billiger Zigarren aus der Tasche und zündete eine an. »Die rauch ich zu Ehren des Toten, eine von seinen eigenen.«

Sein krampfhaftes Bemühen, völlig beherrscht zu erscheinen, flößte den andern wenig Zuversicht ein. Er setzte sich an den Tisch und blätterte seines Vaters Papiere durch, während sie ihm zusahen. Frau Lauretz umklammerte ihre Tasse mit allen zehn Fingern. Keiner sprach ein Wort, bis sie vor der Tür Schritte hörten und einander ansahen.

»Komm herein, Jöry!« rief Niklaus.

Der Bucklige erschien auf der Schwelle, er hatte sich die Hände gewaschen, aber seine Kleider waren noch mit Blut bespritzt, und auf seiner Wange klebten noch Blutflecken.

»Setz dich und trink Kaffee«, sagte Frau Lauretz unruhig und schaute ihm in die Augen.

Er erwiderte ihren Blick und lächelte dabei ein wenig. Dann ging er wie eine Spinne zum Tisch, setzte sich, streckte die Hand aus mit Fingern, die sich wie Klauen bewegten.

»Morgen ist Zahltag«, sagte Niklaus. »Gleich in der Früh erledigen wir unsere Geschäfte. Inzwischen haben wir noch einiges zu schaffen. Jöry und ich laden ihn Schnufi auf den Rücken und begraben ihn in einer seiner Bettdecken, und ich will mich draußen umschauen. Wir müssen uns alle umschauen. Vier Paar Augen sehen mehr als ein Paar. Wir müssen jede Blutspur verwischen, jedes Tröpfchen Blut. Ich habe viele Geschichten gelesen, wie die Polizei« – er konnte das Wort Blut nicht mehr über die Lippen bringen – »entdeckt, indem sie kleine, ganz kleine Spuren findet. Das alles muß erledigt werden, bevor es hell wird.«

»Aber was werden wir Silvelie erzählen?«

»Warte doch! Eines nach dem andern! Je weniger wir über den Alten wissen, um so besser. Wir sagen Silvelie bloß, daß der Alte heute nacht nach Hause gekommen ist. Wir können ihr erzählen, daß er wie ein Verrückter über uns hergefallen ist, weil er entdeckt hat, daß sie nicht da ist. Dann wird sie sich Vorwürfe machen. Und dann sagen wir, er hat fünfhundert Franken auf den Tisch geschmissen, uns alle verflucht und erklärt, daß er uns nie wieder sehen will, und dann ist er weggegangen.«

»Aber er wird nicht mehr wiederkommen«, murmelte Hanna.

»Gott sei Dank! Darüber brauchen wir uns jetzt nicht den Kopf zu zerbrechen. Das ist eine Sache für sich. Habt ihr alle verstanden, was ihr Silvelie erzählen müßt?«

Sie nickten. Hanna wiederholte: »Ich werde sagen, der Alte war hier, hat Krach geschlagen, weil sie nach Zürich gefahren ist, hat fünfhundert Franken auf den Tisch geschmissen und ist dann in aller Früh fortgegangen.«

»Ja, kurz vor neun.«

»Aber wenn er weggeht, nimmt er doch immer Schnufi mit«, sagte Frau Lauretz.

Niklaus dachte nach.

»Ich werde sagen, Schnufi war lahm. Und ich werde auch dafür sorgen, daß er lahm ist.«

Er klopfte auf den Tisch und schaute bedeutungsvoll von einem zum andern.

»Nicht nur Silvelie müßt ihr die Sache so erzählen, sondern jedem Menschen, der früher oder später danach fragt. Und ganz dasselbe müßt ihr auch der Polizei erzählen, falls die Polizei sich einmischt. Habt ihr gehört?«

Sie nickten zustimmend.

»Ich werde euch morgen früh noch einmal daran erinnern. Ihr dürft es nicht vergessen. Sonst sind wir alle geliefert.«

Sie rissen die Augen vor Angst und Grauen weit auf.

»Geh jetzt, Jöry«, sagte Niklaus ruhig. »Ich halte mein Wort.«

Jöry schaute Frau Lauretz sonderbar an. Sie wich seinen Blicken aus.

»Was schaust du denn Muattr so an?« Hanna richtete sich auf. »Was soll denn das heißen, du Schwein?«

Jöry griff kichernd an seine Hakennase.

»Das geht nun seit zehn Jahren, seit ich hier bin«, sagte er. »Ich weiß, ihr werdet alle eure Versprechungen halten, einer wie der andere.«

Die Alte und ihre Kinder sahen sich völlig befremdet an, wußten aber nichts zu sagen. Dann schlug Niklaus auf den Tisch.

»Ich halte mein Versprechen!« rief er. »Ich bezahle dich von Silvelies Geld. Aber es ist ihr Geld, und ich werde es ihr eines Tages zurückgeben, bis auf den letzten Centime.«

Er sprang auf und packte Jöry beim Arm.

»Hörst du? Das Geld gehört Silvelie, nicht uns! Und du wirst nie ein Wort darüber sagen. Geh jetzt schlafen. Ich wecke dich rechtzeitig.«

Jöry stand auf und schlich wie eine Spinne hinaus. Sie saßen da und schauten noch lange auf die Türe, nachdem seine Schritte verhallt waren.

»Ich lasse ihn nicht aus den Augen«, sagte Niklaus, »solange er lebt.«

»Und wenn er Muattr noch einmal so anschaut, schlage ich ihm den Schädel ein!« fügte Hanna hinzu.

Lange vor Anbruch der Dämmerung ging Niklaus in den Stall, schnallte einen alten Packsattel auf Schnufis Rücken, holte eine Decke, einige Stücke altes Sackleinen und Seile und kehrte daraufhin zum Sägeschuppen zurück. Er grub den Leichnam des alten Lauretz aus, wickelte ihn in Lumpen und verschnürte ihn fest mit den Stricken. Dann ging er zur Hütte der Wagners und rief nach Jöry. Gemeinsam luden sie den Leichnam auf den Rücken des Pferdes und marschierten bei Nebel und Regen das Bergwerkstal hinauf. Niklaus führte das Pferd, Jöry folgte mit einer Hacke und einer Schaufel.

»Einen seiner Socken muß ich haben, Buab, und in den Rauchfang hängen«, sagte Jöry.

»Vor seinem Geist brauchen wir uns nicht zu fürchten«, erwiderte Niklaus, während er vorsichtig auf dem schmalen Pfad in der Finsternis dahinschritt. »Vor uns selber müssen wir uns fürchten.«

»Am besten, wenn ich gar nichts weiß! Das meinst du doch ...«

»Ja. Du weißt gar nichts. Du bist gleich nach Dunkelwerden zu deiner Frau gegangen.«

»Und wenn deine Schwester Silvia mich anschaut und mich fragt?«

»Sag, du weißt nichts. Sag, du weißt nur, was ich dir erzählt habe. Der Alte ist frühmorgens gegen neun weggegangen.«

»Aber einen seiner Socken muß ich haben, Meister Niklaus.«

»Nichts mußt du haben!«

Ungefähr eine halbe Stunde lang marschierten sie langsam dahin.

Dann machte Niklaus halt. Sie befanden sich in der Nähe des Bergwerks.

»Das ist die richtige Stelle. Kleine Hügel, Grasflecken zwischen den Felsen, kein Wasser, das die Erde wegwaschen kann. Tragen wir ihn hierher.«

Sie packten den Leichnam, der schon fast steif war, und legten ihn auf den Boden.

»Heb ihn auf! Heb ihn auf!« brummte Niklaus. »Nicht schleifen! Pack ihn bei den Beinen! Jetzt – hüpp allo hüpp!«

Sie trugen ihre Last ungefähr fünfzig Schritte vom Pfad entfernt. Jöry holte Hacke und Schaufel. Dann setzten sie sich und warteten, bis es hell wurde. Der Regen hörte auf.

Als das erste kalte Grau des Tages durch den weißen Nebel schimmerte, gingen sie an die Arbeit und hoben ein Grab aus. Niklaus sammelte sorgfältig die Rasenstücke. Nachdem der Leichnam seines Vaters beerdigt war, füllten sie die Grube, traten die Erde fest und legten zuoberst die Rasenstücke. Mit vereinten Kräften wälzten sie dann einen großen Felsblock auf das Grab, warfen mit einem Gefühl der Erleichterung einen letzten Blick auf das Werk ihrer Hände und machten sich auf den Heimweg. Es war noch gar nicht richtig Tag geworden, als sie zu Hause ankamen.

Hanna hatte bereits die blutdurchtränkten Sägespäne in einem Eimer weggetragen.

»Wo hast du sie hingetan?« fragte Niklaus.

Sie zeigte nach der Yzolla. Niklaus schien befriedigt.

»Wir müssen Jöry die alten Kleider schenken, die Vater früher getragen hat. Und die Kleider, die er jetzt anhat, müssen wir verbrennen. Nach einiger Zeit kann er sich einen neuen Anzug kaufen, aber nicht zu früh. Es könnte Verdacht erregen. Schau dir die Wand an! Sie ist blutig! Die ganze Stelle muß man abkratzen und mit Erde beschmieren, auch den Fußboden! Weg mit den alten Brettern! Tu andere hin, auch alte. Und die Axt! Wasch sie in heißem Wasser, Hanna. Ich mach einen neuen Griff. Das Messer muß abgekocht werden. Es ist Jörys Messer. Nein, ich werde es lieber ganz beiseite schaffen und später ein neues besorgen. Eingetrocknetes Blut kann man nicht mehr richtig wegwaschen. Sie haben eine ganze Wissenschaft, die nur mit Blut, mit Messern und mit Fingerabdrücken zu tun hat.«

Um acht Uhr morgens frühstückten sie gemeinsam. Jöry hatte sich ihnen angeschlossen. Seine Nähe war wie die eines unheimlichen Hausgespenstes. Er hatte frech den Stuhl eingenommen, auf dem Lauretz immer gesessen hatte.

»Vergeßt es ja nicht!« sagte Niklaus mit Nachdruck. »Gegen zwei Uhr früh ist er nach Hause gekommen. Er ist den ganzen Weg zu Fuß gegangen und war wütend, weil Silvelie ihm nachgereist ist. Er hat geschimpft und getobt und ist dann zu Bett gegangen. Frühmorgens ist er heruntergekommen und hat fünfhundert Franken auf den Tisch geschmissen, fünf Geldscheine! Diese da, schaut sie euch an! Da sind sie! Und er hat geschworen, daß er uns nie wiedersehen will! Er wollte Schnufi und den Wagen nehmen, aber er hat entdeckt, daß das Pferd lahm ist. Ich hab schon dafür gesorgt, daß er lahm ist, er kommt nicht einmal bis zur Landstraße. Der Alte hat geflucht und ist danach verschwunden. Zum Glück hat der Regen heute früh aufgehört. Es ist bewölkt. Das ist alles. Merkt euch genau, was ich gesagt habe!«

31

Niklaus ging Silvelie bis nach Nauders entgegen. Er sah sie zusammen mit dem langen Dan aus dem Postauto steigen. Sobald dieser gute Mann in seinem Haus verschwunden war, trat Niklaus auf seine Schwester zu und küßte sie auf beide Wangen.

»Du Arme!« sagte er. »Jetzt bist du so lange weggewesen und so weit gefahren – wegen gar nichts. Der Alte ist gestern nacht um zwei nach Hause gekommen und heute früh wieder weggegangen.«

Überrascht schaute sie ihren Bruder an.

»Er ist zu Hause gewesen und sofort wieder weggegangen! Wo ist er denn hingegangen?«

Niklaus zuckte die Achseln.

»Wie soll ich das wissen? Ich bin jedenfalls froh, daß er weg ist. Als er erfahren hat, daß du nach Zürich gefahren bist, um ihn zu suchen, da hat er getobt wie ein Verrückter. In der Früh ist er heruntergekommen und hat fünfhundert Franken auf den Tisch geschmissen. Schau, ich hab sie hier.

Dann hat er uns alle auf seine gewohnte Weise verflucht und wollte mit Schnufi und dem Wagen fort, aber der alte Schnufi hat heute früh gelahmt. Er hat sich den Huf verletzt, wahrscheinlich an einem spitzen Stein. Er kann kaum stehen. Ich hab ihn verbunden. So ist der Alte zu Fuß weggegangen, der Teufel weiß, wohin.«

Er lachte, um seine Nervosität zu verbergen. Aber es ging viel leichter, als er sich das vorgestellt hatte. Was wird sie jetzt sagen? Sie schaute ihm in die Augen.

»Komm schnell nach Hause!« sagte sie bekümmert. »Erzähl mir das alles unterwegs.«

Niklaus nahm ihr kleines Köfferchen, und sie zogen los. Als er wieder zu sprechen anfing, war seine Stimme trocken und hart.

»Er hat sich wie ein Verrückter benommen. Und bevor er wegging, hat er sich in der Tür noch einmal umgedreht und einen feierlichen Eid geschworen, nie wieder will er einen von uns wiedersehen.«

Er hielt inne. Sie schaute ihn von der Seite an, als wolle sie seine Gedanken erforschen.

»Für uns wär's das allerbeste, wenn er gar nicht mehr zurückkehrt«, fuhr Niklaus leichtfertig fort. »Aber ich fürchte, wenn erst einmal das ganze Geld verputzt ist, wird er sich wieder auf uns besinnen. Mir ist es gleich! Wenn er das nächste Mal bei uns auftaucht, jagen wir ihn zur Türe hinaus.«

»Er hat uns also fünfhundert Franken gegeben«, sagte Silvelie nach einer Weile. »Ich bin mit dem Anwalt auf der Bank gewesen, und der Direktor hat uns mitgeteilt, daß das ganze Geld abgehoben worden ist. Fünftausend Franken! Sie hatten eine Quittung von ihm. Aber diesmal lasse ich ihn nicht in Ruhe. Das ist empörend, ungerecht! Das Geld hat mir gehört, uns...«

»Schöne Gesetze, muß ich sagen«, warf Niklaus ein, »schöne Gesetze, die solchen Eltern das Recht geben, über ihre Kinder zu verfügen. Ein Irrsinn, solche Gesetze!«

Er atmete tief, beinahe erleichtert.

»War er betrunken?« fragte Silvelie.

»Betrunken?« sagte Niklaus, etwas verblüfft. Und nach einem kurzen Zögern: »Er hatte natürlich viel getrunken, aber der Spaziergang von Andruss herauf hatte ihn wahrscheinlich nüchtern gemacht.«

»Ist er denn zu Fuß gekommen?«

»Ja, natürlich! Ich hab Schnufi wieder mit nach Hause genommen, nachdem ich dich in den Züricher Zug gesetzt hatte. Er ist erst spät nachts angekommen, um zwei. Wahrscheinlich hat er kein Fuhrwerk kriegen können.«

»Wo mag er hingegangen sein! Sonderbar! Ich hab gestern die halbe Nacht nicht schlafen können, hatte ganz schreckliche Träume. Ich hab ihn auf einem Faß sitzen sehen. Ein Meer war da, ein ganz blaues Meer, und rundherum lauter Schiffe, und eine Menge kleiner Leute mit schiefen Augen und gelber Haut liefen umher. Mir kam das vor wie in China, oder was ich mir unter China vorstelle. Und dann habe ich einen schwarzen Kerl mit einem langen Messer auf ihn zukommen sehen und hab aufgeschrien. Ich muß meinen eigenen Schrei gehört haben und bin aufgewacht. Das wird gerade um die Zeit gewesen sein, als ihr zu Hause den Krach hattet. Mir kommt es jetzt ganz sonderbar vor.«

»Er hat Krach gemacht!« sagte Niklaus schnell. »Nicht wir.«

Dann nahm er ihre Hand.

»Es wird schon finster«, sagte er.

Seine Hand war eiskalt.

»Niklaus, wir müssen über den Winter aus dem Jeff heraus. Noch einen Winter hier oben, und wir werden alle verrückt.»

»Das soll uns jetzt kein Kopfzerbrechen machen, Schwester. Die fünfhundert Franken, die ich bei mir habe, gehören dir. Aber wenn du sie mir leihen willst, gehe ich nach Ilanz und miete dort eine Wohnung für den Winter. Die Gumpersche Kuh nehmen wir mit. Ich such mir Arbeit bei der Mühlengenossenschaft. Du und Hanna, ihr werdet auch etwas finden. Und vergiß nicht, du bist jetzt Hausbesitzerin. Du hast ein Haus voll Möbel und Bilder. Was mögen denn die Sachen wert sein? Sicher Tausende von Franken. Dieser Lauters scheint ein berühmter Maler gewesen zu sein. Bei Volkert hab ich sagen hören, daß er manchmal gleich für zwanzigtausend Franken Bilder verkauft hat. Nein, Schwester, du brauchst dir keine Sorgen mehr zu machen. Du bist unser Glückspilz. Es heißt, daß die Sterne bei der Geburt das Leben des Menschen beeinflussen. Du bist unter einem Glücksstern geboren, deshalb bist du auch so ganz anders als wir. Ich hab keinen Glücksstern. Und ich beklage mich auch nicht über mein Schicksal. Wie es eben der Zufall will. Aber manchmal fällt mir auf, daß wir alle so ganz anders sind als unsere Nachbarn, daß wir wie Fremdlinge unter ihnen leben. Wir sind so gar nicht wie die andern. Was ist der Grund dafür? Ich habe viel darüber nachgedacht, und ich sage dir, es ist deshalb so, weil wir das Blut unseres Urgroßvaters haben, der aus Nordfrankreich stammte. Im Geographiebuch heißt das Land, aus dem er gekommen ist, die Normandie. Dort gehören wir eigentlich hin, und deshalb passen wir nicht unter die Einheimischen, die hier geboren sind. Du erinnerst dich, als wir noch klein waren, hat uns Vater immer am Abend, wenn er mit seiner Pfeife zu Hause saß, von Hauptmann Lauretz aus der napoleonischen Armee erzählt.«

Er erschrak selber einen Augenblick lang, weil er das Wort Vater gebraucht hatte, und das Blut stieg ihm siedend heiß in den Kopf.

»Damals ist er uns noch ein Vater gewesen«, fuhr er schnell fort. »Jetzt natürlich... Was wollte ich denn sagen? Ja, unser Blut! Ich hab darüber nachgedacht! Bei dir ist dieses Blut am stärksten zum Vorschein gekommen, Schwester. Wie es der Zufall will. Deshalb bist du so schön und lieb und gutmütig. Ich möchte so sein wie du.«

»Was du heute abend für sonderbare Gedanken hast!« sagte Silvelie. »Und du hast mich noch nicht einmal gefragt, wie es in Zürich war und was ich gemacht habe.«

»Ja, das kommt noch. Das wirst du uns beim Abendessen erzählen müssen. Die andern werden es auch wissen wollen.«

Ein feiner Sprühregen fegte durch das schmale, sich verengende Tal, und sie beschleunigten ihre Schritte. Als sie an der letzten Straßenbiegung anlangten, dort, wo der Fußpfad abzweigt, der nach dem Jeff führt, blieb Silvelie ein paar Sekunden lang stehen. Seltsam niedergeschlagen fühlte sie sich.

»Was ist denn, Schwester?« fragte Niklaus.

»Mir ist, als könnte ich keinen Schritt mehr weitergehen. Es erschreckt mich so, daß ich wieder hier bin. Die Welt ist so groß, und doch muß ich immer wieder hierher zurück. Niklaus, ich habe das Gefühl, wir sollten das Jeff ein für allemal verlassen und uns anderswo ein neues Leben suchen. Schlag dir das Bergwerk aus dem Kopf. Für uns ist das Jeff wie die Hölle.«

Sie ging weiter.

»Nein, ich darf nicht jammern, komm, gehen wir zu Muattr.«

Sie schritten über die Brücke und näherten sich der Sägemühle. Als sie das Haus betrat, ihre Mutter und ihre Schwester blaß, hohläugig und stumm am Tisch sitzen sah, empfand sie Mitleid. Sie packte ihr Köfferchen aus und holte die kleinen Geschenke hervor, die sie ihnen aus Zürich mitgebracht hatte.

»Niklaus hat mir schon erzählt, was passiert ist«, sagte sie ruhig.

Die Frauen schraken auf.

»Sie sind todmüde!« sagte Niklaus. »Sie haben die ganze Nacht nicht geschlafen. Das wundert mich nicht. Jetzt aber, wo der Alte weg ist und gesagt hat, er kommt nicht wieder, jetzt sitzen sie herum und stöhnen, als ob ihr Schutzengel sie verlassen hätte. Nächstens werden sie ihm noch ein paar Tränen nachweinen. Schau, Muattr, da sind ein Paar warme Filzpantoffeln für dich, die dir Silvelie gekauft hat, und für dich, Hanna, eine neue Bürste und ein neuer Kamm! Schildpatt? Das ist sicher nur eine Imitation! Wartet noch ein Weilchen, und ich verwandle euch alles in Silber, in Silber, ja! Jetzt wollen wir lustig sein. Warum sollen wir denn an ihn denken? Warum sollen wir ihn denn nicht vergessen? Ich sage euch, wenn er noch einmal zurückkommt, werfe ich ihn hinaus, so wahr ich Niklaus heiße.«

Er schlug mit der Faust wie mit einem Schmiedehammer auf den Tisch.

»Ich mach Feuer«, sagte Hanna und stand auf.

»Wir essen zusammen und dann wollen wir gleich schlafen gehn. Ich hab Kopfschmerzen, und Muattr kann kaum noch auf den Beinen stehen.«

»Hanna, wie siehst du denn aus!« sagte Silvelie. »Was ist denn mit dir los?«

»Kopfschmerzen und Kummer – das soll einen nicht verrückt machen!«

Hanna ging in die Küche.

»Jeses, das war eine Nacht!« sagte Frau Lauretz. »Hoffentlich werden wir eine solche Nacht nie wieder erleben.«

»Ist er denn so wild gewesen?« fragte Silvelie.

»Ich hab gedacht, er bringt uns alle um.«

»Hol's der Teufel!« rief Niklaus. »Jetzt ist er weg. Wir wollen ihn doch eine Weile vergessen!«

Er warf seiner Mutter einen wütenden Blick zu.

»Morgen geh ich nach Ilanz und such eine Wohnung für den Winter. Ich lasse euch nicht länger hier. Ihr müßt in eine andere Umgebung – alle miteinander.«

»Die fünfhundert Franken werden nicht weit reichen«, sagte Silvelie. »Wir müssen uns das alles sehr sorgfältig überlegen. Dr. Aarenberg hat mir insgesamt hundert Franken geliehen, und in meiner Börse, die im Schlößchen liegt, habe ich noch über fünfzig Franken. In ein paar Tagen, wenn die Formalitäten alle vorüber sind, werde ich die Schlüssel bekommen und mir meine Börse holen können.«

Niklaus zog die Brauen hoch.

»Haben sie dich in Zürich nicht übers Ohr hauen wollen? Du hast doch wohl von deinen Rechten nichts preisgegeben?«

»Nein. Meister Lauters' Anwalt ist ein so ehrlicher Mensch, daß er das nicht zulassen würde. Er ist sehr nett und uneigennützig.«

»Wie alle Anwälte«, warf Niklaus ein, »deshalb sind sie alle so arm.«

»Was haben denn Lauters' Verwandte gesagt?« fragte Frau Lauretz.

»Ich hab nicht viel von ihnen gesehen«, erwiderte Silvelie. »Der Herr Professor hat mich empfangen und sich mit mir unterhalten. Ein sehr netter Mann. Der mit dem langen Bart. Und dann ist Frau Professor mit einer von ihren erwachsenen Töchtern hereingekommen, sie haben mich in die Küche geführt und mir gesagt, ich soll mit den Dienstboten essen, und das hab ich auch getan, weil ich Hunger hatte. Dann haben sie mir gesagt, ich könne in einer Dienstmädchen-Kammer schlafen, und haben mich hinaufgeführt. Ich hab durch das kleine Dachfensterchen geschaut. So eine Aussicht habe ich noch nie gesehen. Ringsherum lauter hohe Kirchtürme und unten die hellgrüne Limmat mit den großen Brücken, über die hunderte von Autos fahren. Blaue Straßenbahnen gibt es, und die Straßen wimmeln von Menschen. Ich bin aber nicht bei Professor Peters geblieben, weil Dr. Aarenberg mich weggeholt hat. Er hat mich in ein hübsches Hotel gebracht. Später ist er mit mir in ein Restaurant und in ein Kino gegangen. Ihr könnt euch gar nicht vorstellen, wie so ein Kino aussieht. Wunderbar! Da habe ich erst gemerkt, wie wenig wir hier oben vom Leben wissen und vom Leben haben. Ich glaube, es bekommt einem nicht, wenn man so einsam lebt und keinen Menschen sieht. Man kann dann nicht mehr richtig denken und sieht alles in einem falschen Licht. Und am nächsten Tag ging ich zu Dr. Aarenberg in die Kanzlei, und dann sind wir zusammen auf die Bank gegangen. Das ist ein großer Palast in der Bahnhofstraße. Ich hab mich wegen meiner Kleider richtig geschämt. Aber an den Gesichtern der Leute habe ich gesehen, daß sie gewußt haben, ich komme von ganz woanders her, sie schauten mich neugierig an. Der Direktor hat uns in sein Büro geführt, und ich hab zu ihm gesagt, ich hätte nicht gewußt, daß Vattr dagewesen sei und das Geld abgehoben habe, sonst wäre ich nicht den weiten Weg nach Zürich gefahren. Ich sagte: ›Wenn er das Geld abgehoben hat, dann sei es schon richtig.‹ Ich hätte ihm doch nicht die Wahrheit sagen sollen, oder? Dem Dr. Aarenberg habe ich natürlich alles erzählt, denn er wußte, warum ich nach Zürich gekommen bin. Und nachher bin ich stundenlang durch die großen Straßen gelaufen und hab mich nach Vattr umgeschaut, aber ich konnte ihn nicht finden. Ich hab euch einen Brief geschrieben. Dann hab ich in der Kanzlei Dr. Aarenbergs mit einem zweiten Rechtsanwalt gesprochen, der Meister Lauters' Familie vertritt, ein schlauer Kerl. Das hab ich gleich gesehen. Die Familie wollte wissen, ob ich für meinen Anteil an der Erbschaft eine bestimmte Geldsumme nehmen will. Dr. Aarenberg hat mir davon abgeraten, und er wurde ganz böse mit dem Lauterschen Rechtsanwalt. Dann erschien Frau Professor. Zuerst war sie so süß und freundlich, daß ich gleich das Gefühl hatte, sie will mich reinlegen. Ich habe mich aber nicht reinlegen lassen. Meine Gedanken hab ich für mich behalten. Sie sind so schäbig, diese Leute, o wie schäbig sie sind! Jetzt weiß ich, warum Meister Lauters allein gelebt hat, fern von seiner Familie.«

Silvelie knöpfte ihren neuen Mantel auf.

»Ihr schaut alle den Mantel an, nicht?« sagte sie, »Dr. Aarenberg hat ihn für mich gekauft. Ich hab versprochen, ihm das Geld zurückzuzahlen, sobald ich kann. Er hat mich dazu gezwungen und nicht nachgegeben. Ich hab ihn eine Nummer zu groß genommen, ich dachte mir, das ist besser so, damit Hanna und ich ihn abwechselnd tragen können. Probier ihn einmal, Hanna.«

32

Frühmorgens ging Silvelie in den Schuppen, um Niklaus und Hanna zu suchen. Sie waren beide an der Arbeit. Hanna zerrte mit zwei eisernen Haken einen schweren Holzklotz durch den Schuppen. Niklaus schärfte die Sägezähne. Sie fand es sonderbar, daß Hanna sich mit dieser schweren Arbeit beschäftigte – das war früher niemals vorgekommen –, und sie überlegte im stillen, was für eine teuflische Energie denn so plötzlich in ihre Schwester gefahren sei. Niklaus schaute sich um, und als er Silvelie erblickte, stieg er von der Sägebank herunter und ging auf sie zu, an seinem Zeigefinger lutschend, der aus einer kleinen Rißwunde blutete. Ihr forschender Blick erschreckte ihn.

»Wo ist Jöry?« fragte sie.

»Jöry? Der ist weg.«

»Seit wann denn? Wo ist er denn hin?«

Er zuckte die Achseln.

»Er ist gleich nach dem Alten weggegangen.«

»Und seine Frau und der kleine Albert?«

»Er hat sich in Nauders einen Wagen geborgt und sie weggebracht!«

»Warum ist er denn weg?«

»Er wollte nicht mehr bleiben, seit der Alte uns für immer verlassen hat.«

Silvelie schaute ihren Bruder erstaunt an.

»Du willst behaupten, daß er ohne Bezahlung weggegangen ist?«

Niklaus erwiderte mutig ihren Blick und nickte.

»Wie ist denn das möglich!« sagte sie ungläubig. »Jöry ist doch bloß hiergeblieben, weil er gehofft hat, er bekommt die tausend Franken zurück, die er Vater vor ein paar Jahren geliehen hat, und seinen rückständigen Lohn.«

»Ja, ich hab ihm gesagt, ich werde ihm das Geld zahlen.«

»Wie und wann willst du ihm denn das Geld zahlen?«

»Sobald ich genug verdient habe. Er weiß, daß ich meine Versprechungen halte.«

Silvelie beobachtete Hanna. Ihr schien, als ob die sonst so neugierige Schwester sich jetzt absichtlich an dem Holzklotz zu schaffen mache, um an diesem Gespräch nicht teilnehmen zu müssen. Ein unbestimmter, noch fast gestaltloser Verdacht tauchte in ihr auf. Sie schaute sich mit kalten Blicken im Schuppen um, als wolle sie die stumme Umgebung befragen.

»Warum, Niklaus, seid ihr alle so sicher, daß Vattr nicht mehr wiederkommt?«

»Natürlich sind wir sicher. Er hat es doch gesagt. Und wenn du ihn gesehen hättest ...?«

»Aber du weißt, daß er schon oft gedroht hat, er bleibt weg, und du hast es ihm nie geglaubt, und er ist immer wieder zurückgekommen. Wie kommst du denn auf den Gedanken, daß er diesmal für immer wegbleiben wird?«

»Weil er jetzt das viele Geld hat!« rief Niklaus hitzig.

»Glaubst du, ich lasse ihn dieses Geld behalten? Das ist doch abscheulich, daß er das Geld einfach mitnimmt. Der reine Diebstahl.«

»Wir können ja doch nichts machen!«

»Niklaus«, sagte sie feierlich, »ich verstehe das alles nicht!« Und ein Schauer lief ihr über den Rücken.

»Ich frage dich, was können wir machen?«

»Ich weiß es noch nicht. Aber ich lasse es nicht dabei bewenden. Ich werde zu Richter Bonatsch gehn und ihn bitten, Vattr suchen zu lassen.«

»Was!« rief Niklaus. »Du willst versuchen, ihn wieder hierherzubringen?«

»Ich will versuchen, mein Geld zurückzubekommen!« sagte sie hart. »Es gehört mir. Als ob wir es nicht brauchen würden! Soll er doch zurückkommen, das ist mir jetzt ganz egal! Es wird viel besser für uns sein. Er muß mir das Geld geben, und dann sind wir unser Leben lang nicht mehr von ihm abhängig.«

Sie starrte ihn an, als wolle sie seine tiefsten Gedanken erraten.

»Du machst mich verrückt mit deinem dummen, weinerlichen Geschwätz«, sagte er böse. »Lauf zur Polizei, wenn du Lust hast!«

»Zur Polizei?«

Sie zögerte.

»Warum zur Polizei? Ich habe doch nicht gesagt, daß ich es der Polizei melden will.«

»Du hast gesagt, du willst den alten Hund suchen lassen. Was glaubst du denn, wer ihn suchen wird? Glaubst du, Richter Bonatsch wird mit seinem Trommelbauch in der Gegend herumlaufen und ihn suchen?«

»Warum schreist du mich an?« sagte sie und stellte sich vor ihn hin. »Ich will doch nur das Geld haben, damit wir uns weiterhelfen können.«

»Hol der Teufel das Geld!«

Seine Stirnadern schwollen an.

»Wir haben uns entschlossen, uns ohne jede Unterstützung durch den alten Schweinehund durchzuschlagen. Wir wollen so leben und so handeln, als ob wir für ewige Zeiten nichts mehr mit ihm zu tun hätten. Wir werden ihn beim Wort nehmen. Soll er doch das Geld behalten!«

Silvelie hatte das Gefühl, als öffne sich plötzlich vor ihr ein Abgrund. Sie sah Niklaus an, zögerte eine Weile und sagte dann langsam:

»Du redest nicht vernünftig, und ich glaube dir auch nicht, was du sagst.«

»Du wirst lernen müssen, genauso zu denken wie wir, wenn du dich nicht unglücklich machen willst«, brummte er.

»Was soll das heißen – genauso wie *wir*?«

»So wie wir alle. Und du mit dazu! Aber natürlich, wenn du nicht anders kannst, dann geh doch zur Polizei, sie soll ihn suchen. Ich werde dich nicht zurückhalten, wenn du so auf dein Geld erpicht bist, daß du unsern lieben Vattr wieder nach Hause holen willst.«

»Es ist meine Pflicht, herauszufinden, wo er steckt!«

»Ich habe dir schon gesagt, ich will nicht mehr an ihn denken! Ich will meine Ruhe haben!« schrie Niklaus und ballte die Fäuste.

»Du lügst mich an!« schrie sie ihm ins Gesicht. »Du bist ein Lügner!«

Sie machte kehrt und ging ins Haus.

Ihre Mutter saß auf einem Schemel neben dem Herd, vornübergebeugt, das Kinn in die Hand gestützt, und starrte in die Glut des Holzfeuers.

»Was ist denn los, Muattr?«

»Silvia, Silvia, Silvia!« stöhnte Frau Lauretz.

Der dunkelrote Feuerschein beleuchtete ihr faltiges Gesicht.

»Bist du wach gewesen, als Vater nach Hause kam?«

Frau Lauretz' Gesicht blieb starr und regungslos.

»Wach? Ich? Was meinst du damit?«

»Niklaus sagt, Vattr ist um zwei Uhr morgens nach Hause gekommen.«

»Ja, ha, und er hat einen schönen Krach gemacht.«

»Ist Jöry dagewesen?«

»Jöry?«

Sie schüttelte langsam den Kopf.

»Ich weiß es nicht.«

»Du mußt doch wissen, was passiert ist. Sag es mir.«

»Jeses, Kind! Was stellst du für Fragen! Vattr ist jetzt für immer weg.«

Silvelie lehnte sich an die Wand. Sie schaute ihre Mutter in panischer Angst an. Plötzlich schien Frau Lauretz' Körper schlaff zu werden, und ihr Kopf sank vornüber auf ihre Arme.

»Der Satan ist im Hause!« rief sie mit schriller Stimme. »Heilige Mutter Gottes, steh uns bei!«

Mannli kam um die Ecke geschlichen, setzte sich auf die steinernen Stufen und begann auf seiner Mundharmonika zu spielen. Nur noch drei ganz dünne Töne waren intakt geblieben, und er spielte monoton diese drei Töne, einen nach dem andern.

»Was hast du denn gemacht, als der Vater nach Hause kam?« fragte Silvia scharf.

»Silvia, Silvia!« stöhnte Frau Lauretz.

»Jetzt glaube ich wirklich, daß der Satan unter uns ist!« rief Silvia. »Und du lügst mich auch an!«

Sie ging zu Mannli.

»Steh auf! Geh hinaus! Du machst mit deiner Mundharmonika alle Leute verrückt!«

Mannli kroch schnell davon.

»Muattr«, sagte Silvelie, »mir ist, als müßte das Haus über mir zusammenstürzen.«

»Ah, ah!« stöhnte Frau Lauretz. »Jonas hat viele Feinde. Er muß sich vor ihnen hüten. Sie werden ihm etwas antun, jetzt, wo er ganz allein ist. Sie werden ihn überfallen und ihm das Geld wegnehmen. Heilige Muattr Gotts! Silvia, Silvia! Es stehn ihm schlimme Zeiten bevor. Er hat nie die Sakramente genommen. Er wird ewig in der Hölle braten. Heilige Muattr Gotts! Sei seiner Seele gnädig!«

»Ich kann nicht verstehen, was du da redest!« rief Silvelie. »Ich will die Wahrheit wissen! Ich will wissen, was geschehen ist, während ich in Zürich war. Was ist hier in diesem Hause passiert, während ich weg war?«

Frau Lauretz schluckte.

»Jeses! Ich hab sein Gesicht im Feuer gesehen!« schrie sie entsetzt.

Sie zeigte auf den Herdrost.

»Schau ihn dir an! Er ist es, ganz wie er war!«

Sie warf ihre welken Arme empor.

»Er ist es! Jonas! Jonas!« schrie sie plötzlich.

Hanna erschien auf der Schwelle.

»Hanna, Hanna!« rief Frau Lauretz. »Ich hab sein Gesicht im Feuer gesehen.«

Sie schlug sich mit den Fäusten gegen die Schläfen. Silvelie packte sie bei den Schultern.

»Du hast sein Gesicht gesehen? Wo ist er? Wo ist er?«

»Komm und laß sie in Frieden!« ertönte Hannas hohle Stimme. »Seit der Alte weg ist, ist sie so komisch. Laß sie in Frieden.«

»Ich werde niemand in Frieden lassen! Ich will die Wahrheit wissen. Ihr lügt mich an! Ich weiß, daß ihr mich anlügt. Diese Wände hier sind ehrlicher als ihr. Sie sagen mir etwas.«

Sie schüttelte ihre Mutter.

»Warum hast du denn sein Gesicht im Feuer gesehen? Sag mir die Wahrheit!«

Sie wartete, bekam aber keine Antwort. Schließlich ließ sie schwer atmend ihre Mutter los.

»Komm heraus, Silvia«, sagte Hanna, »ich muß mit dir reden.«

Hannas dunkle Brauen senkten sich schwer herab. Eine lose Haarsträhne hing ihr ins Gesicht. Sekundenlang stand sie wie versteinert.

»Willst du nicht mit mir kommen?«

Silvelie zögerte einen Augenblick.

»Ich komme schon«, sagte sie und folgte Hanna zum Haus hinaus.

Sie schritten durch den Morast und traten in den Stall. Die Gumpersche Kuh lag wiederkäuend auf der Seite, die stumpfen Augen halb geschlossen. Waldi stand auf und wedelte mit dem Schwanz. Sie machten die Tür zu und setzten sich auf einen mit Heu gefüllten Sack. Hanna legte den Arm um Silvelies Schultern. Lange Zeit herrschte Schweigen.

»Du hast gesagt, du willst mit mir reden«, sagte Silvelie.

»Ja, Schwester, das ist sehr schwer. Denn eigentlich gehörst du nicht zu uns. Dazu bist du viel zu gut. Aber aus Liebe zu dir muß ich sprechen. Es gibt keinen Gott, der mich von der Last befreien kann. Alle diese Jahre hindurch haben wir zusammengehalten und mehr Elend erlebt als irgendein Mensch hier in der Gegend. Das will ich beschwören. Um uns von diesem Fluch zu befreien und uns Frieden zu bringen, hat dich das Schicksal deinen Freund beerben lassen. Deshalb mußtest du nach Zürich fahren. Und wenn du nicht gefahren wärst, wäre dieses Elend immer noch da, tagaus, tagein, und es würde uns in kurzer Zeit unter die Erde bringen. Das ist ganz sicher. Es konnte so nicht weitergehen. Es gibt keinen Menschen, der das für immer auszuhalten vermag. Und wir sind alle nur schwache Geschöpfe. Es wäre lange nicht so schlimm, von einer Lawine oder einem stürzenden Baumstamm getötet zu werden oder zu ertrinken. Damit wäre das Leben zu Ende. Und man wäre erlöst. Aber ein grausames Tier zum Vater zu haben, das einen jahrein, jahraus zerfleischt, einem nichts als Böses antut und sich dann noch über die Schmerzen lustig macht, nein, das ist mehr, als ein Mensch ertragen kann.«

Sie nahm ihren Arm von Silvelies Schultern, faltete die Hände in ihrem Schoß und schwieg.

»Was soll denn dieses dunkle Gerede bedeuten?« fragte Silvelie.

»Es ist kein dunkles Gerede«, fuhr Hanna fort. »Es ist das hellere Licht, das jetzt in meinem Leben ist. Lieber will ich für das, was geschehen ist, leiden, als ein Leben ertragen, wie wir es bisher bei unserem Vater hatten. Das wäre dann wirklich eine ewige Nacht. Jetzt aber ist alles hell. Der Alte lebt nicht mehr.«

Silvelie rang nach Luft.

»Was sagst du?«

»Es ist so wahr, daß ich vor Freude singen möchte!« fuhr Hanna fort. »Er wird keinen von uns mehr anrühren.«

»Du hast mir erzählt, daß er weggegangen ist«, sagte Silvelie fast tonlos, als ob sie die Hoffnung hätte, Hanna würde das noch einmal bestätigen.

»Ja, er ist von uns gegangen«, fuhr Hanna fort, »am frühen Morgen. Schnufi hat ihn ins Jeff hinaufgetragen. Und die Wahrheit ist, Schwester, daß Jöry ihn in der Nacht getötet hat.«

Ein schreckliches Schweigen folgte, die Schwestern schauten einander an. Hanna nahm einen Strohhalm und begann ihn zu kauen.

»Jöry hat es getan!« sagte sie. »Er hat ihn mit einer Axt erschlagen!«

Silvelie glitt von dem Heusack herunter. Sie verließ den Stall und ging langsam dem Hause zu. Auf der Schwelle blieb sie ein paar Sekunden lang stehen und beobachtete Niklaus, der im Schuppen arbeitete. Dann trat sie ganz langsam ins Haus, ging die Treppe hinauf, schloß sich in ihrem Zimmer ein und drehte den Schlüssel im Schloß. Wie betäubt fiel sie auf ihr Bett.

Der Abend brach herein, eine schwere, graue, neblige Finsternis. Es fing in Strömen an zu regnen.

33

Am nächsten Morgen blieb sie liegen. Sie schien nicht zu merken, wie die Zeit verging. Es kümmerte sie nicht. Allmählich aber erwachte ihr Bewußtsein.

»Jöry hat ihn mit einer Axt erschlagen. Schnufi hat ihn ins Jeff hinaufgetragen. Er ist begraben. Dort also ist er hingegangen. Und wer hat das Geld genommen? Jöry?«

Nach einiger Zeit hörte sie unten laute Stimmen. Sie zwang sich aufzustehen, räumte das Zimmer auf, hielt ab und zu inne, um den Geräuschen unten zu lauschen. Schließlich sperrte sie die Tür auf und ging hinunter.

Im Wohnzimmer war ein Streit im Gange. Jöry und Niklaus schrien einander an. Jörys Nase war puterrot. Auf seiner linken Schulter trug er einen schlaffen Sack.

»Ja!« rief er, als er Silvelie erblickte. »Da kommt ja seine Tochter Silvia!«

»Wie war es denn in Zürich?« kicherte er zweideutig. »Im Jeff ist es so finster und kalt, daß ich selber schon dran gedacht habe, nach Zürich auf Urlaub zu gehen. Jetzt bin ich schon lange genug in dieser Hölle. Niklaus, was meinst du?«

Er hob die Hand und streckte zwei Finger aus.

»Ich werde draußen mit dir reden. Komm hinaus!«

»Ich werde hier drinnen mit dir reden!« rief Jöry. »Gottverfluchte Lügner seid ihr alle zusammen!«

»Wenn du nicht das Maul hältst, bring ich dich um!« schrie Niklaus, keuchend vor Wut.

»Was soll das alles heißen?« fragte Silvelie.

Hanna sprang auf. Zornerfüllt versetzte sie Jöry eine so heftige Ohrfeige, daß er taumelte und der Sack ihm von der Schulter fiel.

»Jetzt, wo der alte Hund weg ist, fängt die junge Hündin an!« schrie Jöry. »Ich will voll bezahlt werden. Zweitausend hat Niklaus gesagt, und er hat mir nur tausend gegeben!«

Hanna sprang hinzu und packte ihn bei der Kehle. Silvelie riß sie zurück.

»Laß ihn in Ruhe! Was will er denn?«

Jöry nahm seinen schmutzigen, zerbeulten Filzhut, der von unbeschreiblicher Farbe war, und warf ihn auf den Tisch. Niklaus trat ihm entgegen.

»Komm ein andermal wieder, dann werde ich mit dir verhandeln«, sagte er, stülpte den alten Hut auf Jörys Kopf, hob den Sack auf und warf ihn dem Buckligen über die Schulter.

»Jawohl, ich komme wieder! Bei Tag und bei Nacht komm ich wieder. Ich komm wieder, wie der Alte!«

»Er ist betrunken!« sagte Frau Lauretz.

»Ich komme wieder! Ich komme wieder!« kreischte Jöry. »Ich hole mir, was mir für meine ehrliche Arbeit zusteht! Glaubt ihr, ich kann ehrliche Leute nicht von Lügnern und Betrügern unterscheiden? Beim heiligen Satan, ich habe euch alle das Messer packen und auf ihn losstechen sehen!«

Niklaus nahm den Krüppel an der Kehle und stieß ihn zur Türe. Silvelie drohte: »Solange ich hier bin, werdet ihr so nicht davonkommen! Ihr müßt mir alle die Wahrheit sagen, sonst schwöre ich, ich gehe sofort nach Andruss und spreche mit Richter Bonatsch.«

Als der Name Richter Bonatsch fiel, trat ein eisiges Schweigen ein. Niklaus setzte sich schwerfällig an den Tisch.

»Man soll ihr lieber gleich die ganze Wahrheit sagen«, ermunterte ihn Hanna. »Die ganze Wahrheit, wenn es schon soweit ist. Sie gehört zu uns.«

Verzweifelt schaute Silvelie ihre Schwester an, als wolle sie sagen: »Gehöre ich wirklich zu euch?« Niklaus zog die Brauen hoch, sein Atem ging schwer, er schien fast von Sinnen.

»Jöry«, sagte Silvelie, »was hast du damit gemeint, als du sagtest, du hättest sie alle das Messer packen und auf ihn losstechen sehen?«

Jöry zog den Hals ein und schaute auf Niklaus, der seinen Blick unsicher erwiderte.

»Ich wußte ja, daß sie dahinterkommen wird.«

Mit beiden Händen raufte er sich die Haare und kehrte Silvelie den Rücken zu. Im Stall wieherte das Pferd, der eingesperrte Waldi bellte.

»Jeses, wie der Waldi bellt!« stöhnte Frau Lauretz, »und jetzt auch noch der Mannli mit seiner Mundharmonika! Jeses!«

»Geh, Schwester!« sagte Niklaus mit einer Stimme, die plötzlich weich und flehend geworden war, »geh fort! Du gehörst nicht mehr zu uns ...«

Er spuckte aus und wischte sich den Mund.

»Hanna hat dir alles gebeichtet«, fuhr er fort. »Was sie gesagt hat, stimmt. Jöry hat den Alten erschlagen, und ich habe geholfen, ihn einzuscharren.«

Er zog die Brieftasche heraus und warf sie auf den Tisch. Jörys Augen weiteten sich.

»Ich will wissen, was Jöry mit dem Messer gemeint hat!« sagte Silvelie hart und mit Nachdruck.

»Messer? Was für ein Messer?« rief Niklaus, »es war kein Messer dabei, es war eine Axt.«

Er zog eine Handvoll Kleingeld aus der Hosentasche und legte es auf den Tisch. Dann nahm er aus der Brieftasche ein Bündel Geldscheine, zählte sie nach und reichte sie Jöry.

»Jetzt sind wir quitt. Verlaß das Haus! Und laß dich hier nicht wieder blicken, sonst ertränke ich dich in der Yzolla. Ich halte mein Wort. Den Beweis dafür hast du in deinen Händen!«

Jöry stürzte sich wie ein Raubvogel auf das Geld. Eine wilde Gier erwachte in seinem mißgestalteten Körper, er zog das Kinn ein, schob den Sack auf seinem Buckel zurecht und verließ das Haus.

»Das ist dein Geld, nimm es!« sagte Niklaus zu Silvelie. »Es ist schon ziemlich viel davon weg. Zweitausend hat Jöry bekommen, damit er die Dreckarbeit erledigt. Er hat den Henker gemacht. Wir sind nur die Richter gewesen. Manchmal verurteilen Richter einen Menschen, über den sie zu Gericht sitzen, und wir haben den Alten zum Tode verurteilt. Du kannst das nehmen, wie du willst. Du kannst uns ins Gefängnis bringen oder den Mund halten. Was du auch tust, ich werde dich nicht tadeln. Es mußte sein, nicht nur deinetwegen, sondern auch unseretwegen. Wenn du aber nicht anders kannst und zu Richter Bonatsch gehen mußt, dann sag ihm, daß wir alle bei der Geschichte mitgemacht haben. Ja, wir alle! Ich, Niklaus Lauretz, habe den Mut, es dir zu sagen. Wir alle! Hanna, Muattr und ich! Ja, Schwester, wir haben den Mut gehabt, Jörys Arbeit für ihn zu Ende zu führen. Glaubst du, ich fürchte mich, Silvia? Wovor?

Vor wem? Und erzähl mir nicht, daß du aus Liebe zu dem alten Hund jetzt so jämmerlich zitterst. Dein Bruder wird so etwas nicht glauben, nicht einmal von dir. Wenn du Angst hast, dann will ich dir sagen, daß die Sache gut erledigt ist. Tausend Dieterlis und Bonatschs werden das Grab des Alten nicht finden. Ja, Schwester! In unserm Haus ist kein wildes Tier mehr. Wir haben eine ruhige Zukunft vor uns, wenn nicht« – er warf ihr einen zärtlichen, fast liebevollen Blick zu – »wenn nicht du dich entschließt, gegen dein eigenes Fleisch und Blut zu handeln.«

Sprachlos und erschüttert lehnte Silvelie sich an die Wand und hielt die Augen geschlossen.

»Ich werde dich nicht weniger liebhaben, wenn du hingehst und dem Richter alles erzählst. Aber du sollst mir einen letzten Dienst erweisen. Ich bitte dich um eines, gib mir vorher Nachricht, ehe du es tust. Es ist wegen der Ehre unserer Familie. Ein Lauretz im Gefängnis, das genügt.«

Sein Blick wanderte zum Tisch zurück.

»Dort ist der Rest deines Geldes!« sagte er und verließ das Zimmer.

Silvelie ging hinauf und packte ihre Habseligkeiten in einen kleinen Korb. Als sie damit fertig war, trug sie ihn die Treppe hinunter. Das Zimmer war leer. Das Geld lag noch auf dem Tisch. Ohne zu zählen, nahm sie ein wenig davon, verließ das Haus und schlug in der Dunkelheit den Weg nach Andruss ein.

II. Buch

I

Obwohl die Stadt Lanzberg von modernen Menschen bewohnt wird, gibt es darin nur wenige Ecken und Plätze, die nicht von ihrer antiken Geschichte zeugen. Wie die meisten Städte der Schweiz war Lanzberg aus einer Niederlassung der Römer hervorgegangen, die in der Gegend die sogenannten Rätier – ziemliche Barbaren übrigens – vorgefunden hatten. Während des frühen Mittelalters wurde Lanzberg von Bischöfen regiert, die die Knute von Sklaventreibern schwangen und das Schwert der Justiz oder das flammende Kreuz in ihren Händen hielten. Einige dieser mächtigen Kirchenmänner haben geplündert, gefoltert, verbannt und exkommuniziert, um die Welt für das Christentum zu sichern – bis dann die Reformation Geburtshelfer für etwas der Demokratie Vergleichbares wurde. Schließlich haben die Bürger samt ihren Leibeigenen sich mit Hellebarden, Musketen und Morgensternen daran gemacht, die Dinge selbst zu regeln und den Bischöfen von Lanzberg ihre unheiligen Privilegien zu beschneiden. Bis zum heutigen Tag glauben viele, daß es diese Evolution gebraucht habe, um die vielschichtige Schweizer Bevölkerung, der sie angehören, hervorzubringen. »Wir freien Bürger! – Wir haben uns selber befreit! – Wir sind ein freies Volk! ...« Diese Art von Gesängen hat mit Freiheit, Stärke und Vaterlandsliebe zu tun – aber auch ebenso mit dem Lob der eigenen Vorzüge und Tugenden.

Der Wohlstand war offensichtlich zu einer Selbstverständlichkeit geworden, wobei die geographische Lage der Stadt dazu geradezu prädestiniert schien. Denn in Lanzberg liefen alle Wege zusammen, auf denen jahrhundertelang Reisende von Norden nach Süden und umgekehrt unterwegs waren. Die Pässe, Splügen, Maloja, Julier, Septimer, Bernhardino, Oberalp und Luckmanier konnten nur über Lanzberg erreicht werden. Und in unseren Tagen ist Lanzberg zu einem wichtigen Eisenbahnknotenpunkt geworden, und die Bundesbahn hat es mit einem Bahnhof, einer echten Blüte bürokratischschweizerischen Stils, ausgestattet. Es gibt kaum eine Persönlichkeit von Bedeutung, die auf dem Weg ins Engadin oder in einen der sonstigen Erholungsorte nicht hier durchgekommen wäre.

An strahlenden Sonntagen verlassen die Lanzberger Bürger, in Schwarz gekleidet, ihre Wohnungen, spazieren gemächlich durch die alten Gassen und grüßen einander mit argwöhnischer Ehrerbietung. Auch sitzen sie gerne – meist ohne Frauen – für ein Stündchen an einem Wirtshaustisch oder in einem Biergarten und unterhalten sich, einander gegenseitig musternd, über die mehr oder weniger düsteren Aussichten, die sie mehr zu interessieren scheinen als alles, was ein wenig heiter oder ein wenig leichtsinnig ist. Ein beliebter Lanzberger Spaziergang verläuft durch die engen Gassen hinauf zu einer ehrwürdigen Kathedrale und zum bischöflichen Palais. Dieser Teil heißt noch immer »der Hof« – selbst unter Protestanten. Und die Lanzberger sind stolz, weil diese Bauten hoch oben imposant auf einer Terrasse liegen, von der aus man eine prachtvolle Aussicht hat. In den Wirtshäusern, die sich gemütlich an die alten Mauern und Befestigungen anlehnen, können sie ihren eigenen berühmten »Original Lanzberger« trinken, einen rosafarbenen, leicht moussierenden Wein, der die Kehle ebenso leicht hinabläuft wie Wasser – aber unmittelbar zu Kopfe steigt.

Die Kathedrale ist auch immer wieder das Ziel von Fremden. Selbst »Ketzer« gehen durch das Hauptschiff bis hinunter zur Krypta und werfen bewundernde Blicke über die hölzerne Barriere, die den Hochaltar mit dem Schrein absichert, auf dem die Madonna mit dem Jesuskind und den Aposteln abgebildet ist. Dieses Kunstwerk wird einem bedeutenden Florentiner Maler zugeschrieben, obwohl so mancher Kritiker darüber seine Zweifel hat. Zudem gibt es die berühmten, in Stein gemeißelten Apostelköpfe sowie die St. Peter-Säule, die den alten Herrn auf dem Rücken eines offensichtlich kranken Löwen darstellt und der seinen stattlichen Schlüssel an die Brust preßt, als habe er Angst, ihn zu verlieren. Seine ganze Erscheinung wirkt schweizerisch, und sein Kopf unterscheidet sich wenig von dem eines Gottfried Keller, eines Fontana oder des legendären Wilhelm Tell.

Draußen »im Hof« verkauft ein altes Weiblein in Maienfelder

Tracht Kuhglöckchen und Postkarten. Und weit unten fließt der Rhein als ein blaß-grünes Band, das sich im flachen Tal gegen den Bodensee hin verliert.

Seit Generationen haben die Lanzberger Stabilität und Sicherheit für sich erkämpft. Heutzutage aber werden sie von morgens bis abends regiert, und ihr Durst danach zwingt sie geradezu, für jede Gelegenheit neue Gesetze zu machen. Eine ungeheure Gesetzesmaschinerie wurde entwickelt, und die Regierenden haben sich in dieser Republik innerhalb einer Republik vervielfacht. Zahllos die Bürokraten, Rechtsanwälte und Beamten – nur der Staat konnte auf die Dauer das Bedürfnis nach Ordnung befriedigen, dazu den Wunsch vieler, an einem Beamtenschreibtisch sitzen zu dürfen. Lanzberg ist daher Sitz von drei Regierungen, und jede davon regiert, unabhängig von der andern, die gleichen Leute.

Der »Bund«, der »Kanton« und die »Stadt« – sie tagen in perfekter Harmonie nebeneinander. Kurzum, eine richtige demokratische Hierarchie, ein »Warenhaus« von Regierung geradezu – für Platon ein wahrer Alptraum! Und Seite an Seite thronen »Seine bischöfliche Gnaden«, der Herr Bischof Dr. Schmalz, der gnädige Herr Generalvikar des bischöflichen Kapitels, sowie Herr Dr. Gilardon, der Rektor des bischöflichen Seminars. Doch diese Herren sind die Diener Roms und dienen mitnichten den Idealen der Demokratie.

»Durchaus kein amüsanter Ort«, sagte einst ein Gentleman aus Oxford, der einige Zeit zum Fischen in Lanzberg weilte. Offenbar hatte er nicht erlebt, wie ausgelassen und amüsant es in den Weinstüblis zugehen konnte.

2

Es war ein warmer Frühlingstag. Überall standen die Obstbäume in voller Blüte. Die Wälder verströmten einen köstlichen Duft. Der Föhn ließ die benachbarten Berge dem Auge ganz nahe erscheinen. Die dunklen Kämme der Tannenwälder, vermischt mit dem frischen Grün der Buchen, bildeten einen lieblichen Kontrast zu den üppigen, fetten Wiesen der Lichtungen. Weiche Federwolken hingen am blauen Himmel. Das goldene Kreuz auf dem Turm der Kathedrale von Lanzberg schleuderte leuchtende Blitze, und die roten und grauen Dächer der Stadt glitzerten hell. Kleine, dunkle menschliche Gestalten tummelten sich geschäftig in den steilen Weingärten, um die Vorarbeiten für die noch ferne Weinlese zu treffen. Leise zitterten die hohen Pappelbäume, die in stattlichen Reihen längs der Landstraße im Tale wuchsen. Schwärme schwarzer Krähen flogen mit mattem Flügelschlag über den Rhein. Die Natur schwelgte in Wollust.

In einiger Entfernung von der Stadt stand ein großes Gebäude, von einer grauen Mauer umgeben. Von weitem sah es aus wie ein Amtsgebäude, in seiner langweiligen Architektonik um nichts freundlicher und schöner als manches schweizerische Schulhaus, Postgebäude oder die Militärkaserne. Aber wenn man näher kam, zeigte sich sofort, daß die Insassen dieses Gebäudes sich schwerlich der gleichen Freiheit erfreuen konnten wie die Schulkinder, die Departementsbeamten oder Soldaten; denn die reihenweise angeordneten kleinen Fenster waren durch schwere Eisengitter geschützt, und nirgends schien ein Entrinnen möglich. Ein ahnungsloser Beobachter hätte vermuten können, daß in diesem Gebäude wilde Tiere hausten, die bereit waren, jeden Augenblick auszubrechen und, sobald sie in Freiheit waren, Menschen in Stücke zu reißen. Ein schweres hölzernes Tor führte in einen inneren Hof. An der Ostseite dieses Hofes stand ein Verwaltungsgebäude. Zahlreiche Tafeln hingen am Eingang: Gefängnisdirektion, Büro der Untersuchungsbehörde, Büro der Staatsanwaltschaft usw. An der Westseite war ein unheimlich düsteres, eisenbeschlagenes Tor in die Mauer eingelassen. Keinerlei Tafeln hingen daran; nur eine große Glocke schmückte diesen rätselhaften Sesam.

In einem dunklen Raum gleich hinter dem Fenster dieses offiziellen Eingangs saß ein uniformierter Herr. Sooft er auf dem gepflasterten Hof Schritte vernahm, hob er ruckartig den Kopf, um hinauszublicken. Er trug einen Revolver an einem Gürtel um die Hüften; aber man darf nicht etwa annehmen, daß er nach jemandem Ausschau hielt, an dem er seine Schießkünste hätte erproben können. Nein, er tat hier bloß seinen Dienst, einem uralten Ideal der Menschheit gemäß und im vollen Gefühl seiner Wichtigkeit.

Sein zeremoniöser Titel lautete: ›Herr Volk‹. Er diente seit zweiundzwanzig Jahren dem Staat.

Durch einen hohen, luftigen Gang erblickte man einen Saal mit gelb gefirnißten Möbeln und einem großen Tisch, auf dem Tintenfässer, Federn und Löschpapier zu sehen waren. An der Wand hing ein Bild von Pestalozzi, und der Raum machte einen freundlichen Eindruck, denn die Sonne schien ungehindert durch ein breites Fenster hinein. An einer geräumigen Treppe, deren graue Steinstufen ziemlich abgenutzt waren, hing ein Schild, das nach oben wies. Auf dem Schild stand: »Untersuchungsbehörde«.

Der obere Korridor hatte einen blanken Parkettboden, Tapeten an den Wänden und zu beiden Seiten einige dunkle Türen. An jeder Tür hing eine Tafel. Auf der einen stand: »Aktuar« – »Herein, ohne zu klopfen.« Auf der anderen: »Dr. Rosenroth, ordentlicher Untersuchungsrichter«. Beide Tafeln waren von Emaille. Weiter unten im Korridor befand sich eine dritte Tür mit einem hellen Messingschild, auf dem in eleganten Buchstaben eingraviert war: »Dr. Andreas von Richenau, Untersuchungsrichter«. Wenn jemand an diese Tür klopfte, rief für gewöhnlich eine lässige tiefe Stimme: »Nur herein!« Und der Besucher, der dem lässigen Befehl nachkam, sah einen ungefähr dreißigjährigen Mann vor einem großen Mahagonitisch sitzen, auf dem ein antikes silbernes Tintengeschirr stand. Der Besucher war im allgemeinen recht angenehm überrascht über die gemütliche Atmosphäre, die in diesem Zimmer herrschte – über die großen Wandbretter voll von Büchern, die Lehnstühle, den kleinen gläsernen Kandelaber und die vielen alten Drucke und Stiche mit Bündner Landschaften an den Wänden.

Dr. von Richenau stand gewöhnlich auf, wenn er einen Besucher begrüßte. Er war groß, breitschultrig, hatte einen runden, säulengleichen, muskulösen Nacken, ein gewinnendes offenes Lächeln, und er besaß ganz und gar nichts von jenen finsteren Charaktermerkmalen, die man im allgemeinen einem Manne zuschreibt, dessen Beruf es ist, Missetäter zu verhören. Wenn ihn jemand gefragt hätte, wie er zu einer solchen Stellung gekommen sei, würde er zweifellos erwidert haben, er wäre nun einmal dazu erzogen worden, »etwas« zu tun. Er fand es durchaus möglich, ja sogar angenehm, den Genuß eines vom Luxus getragenen Lebens mit der Arbeit zu vereinen. Ursprünglich hatte er nur deshalb Rechtswissenschaft studiert, um sich eine gute Stellung in der Industrie oder Finanz zu verschaffen und in die Fußstapfen seines Vaters zu treten. Aber weil er bald zu der Ansicht kam, daß es eine verächtliche Sache und unter der Würde seiner Herkunft sei, das Geld in den Mittelpunkt seiner Lebenstätigkeit zu stellen, war die Abneigung gegen eine derartige Laufbahn immer größer geworden. So hatte er sich endgültig für den juristischen Beruf entschieden und sich dem Studium des Strafrechtes zugewandt. Der Umgang mit Verbrechern und dem Abschaum der Gesellschaft befriedigte sein tiefwurzelndes Interesse an allem Geheimnisvollen in der Menschennatur. Seine Unparteilichkeit, sein liebenswürdiger Charakter, seine körperliche und moralische Gesundheit, sein ausgeprägter Sinn für Humor und seine Aufrichtigkeit schienen ihn in hervorragendem Maße für den Posten eines Richters zu qualifizieren. Nach dem Studium im Ausland war er in seinen Heimatkanton zurückgekehrt. Als er erfuhr, daß die Bevölkerung gerade dabei war, einen neuen Richter zu wählen, bewarb er sich um die Stellung. Er fühlte sich sehr geehrt, als der Kleine Rat ihn unter zwölf Bewerbern erwählte und ihm den freigewordenen Posten des zweiten Untersuchungsrichters übertrug. Das war vor ungefähr einem Jahr. Bei der Wahl ging es durchaus mit rechten Dingen zu. Die ehrenwerten Lanzberger ließen sich keineswegs durch das große Ansehen beeinflussen, das Andreas' Vater in der ganzen Gegend genoß. Obgleich die Richenaus eine glänzende Vergangenheit hatten und ihr Vermögen groß genug war, um bei den weniger wohlhabenden Bürgern Respekt und Neid zu wecken, hatten die Lanzberger den jungen Doctor juris nur auf Grund seines inneren Wertes zum Richter gemacht, denn es schmeichelte ihrem snobistischen Bürgerstolz, in ihrer Mitte als Diener des Staates einen jungen Mann zu haben, bei dem die Eigenschaften eines Aristokraten sich mit den Tugenden eines schlichten Bürgers zu vermählen schienen.

An diesem Frühlingsmorgen hatte Andreas von Richenau zwei Stunden lang eine, wie er sich auszudrücken pflegte, »richtige Nummer« verhört. Und nun stand er am Fenster und blickte auf den Hof hinunter. Dort stand sein neuer Alfa Romeo, ein langgestreckter, niedriger, bequemer Zweisitzer, mit einem Notsitz hinten, dunkelblau, anscheinend ein erstklassiger Wagen.

Es war seine Gewohnheit, das Büro erst nach zwölf Uhr zu verlassen, denn um zwölf wimmelte es in Lanzberg von Radfahrern, die zum Mittagessen eilten. Aber um zwölf Uhr fünfzehn waren die Straßen so leer, als ob die Pest sie reingefegt hätte, und während alle Welt zu Hause bei Tisch saß, konnte er mit einer für einen vornehmen Herrn passenden Geschwindigkeit durch die Stadt brausen.

Das langweilige Einerlei eines monotonen Bürgerdaseins hatte Andreas bisher noch nicht in seinen Bann gezogen. Abgesehen von seiner Arbeit, die interessant genug war, um ihn völlig in Beschlag zu nehmen, hielt er an den Traditionen seiner Familie fest. Und so widmete er sich, wenn er nicht beschäftigt war, sportlichen Vergnügungen, spielte Tennis und Golf, ritt oder fuhr mit seinem Wagen über die herrlichen Bündner Straßen, die erst ein paar Jahre zuvor für den Autoverkehr freigegeben worden waren. Sein Auto erlaubte ihm regelmäßig eine junge Dame namens Luise Helene Frobisch zu besuchen, die in dem nördlich gelegenen St. Gallen lebte. Sie war die Tochter eines Fabrikanten. Andreas hatte sie bei einem Tennisturnier in Ragaz kennengelernt und sich in der Folge mit ihr verlobt, unter all dem feierlichen Drum und Dran, wie das in ehrenwerten Familien üblich ist, wenn die Aussicht, sich durch Blutsbande miteinander zu verknüpfen, gefeiert wird. Alle Leute behaupteten, Luise würde für ihn eine ganz ausgezeichnete Frau sein, und er schloß sich bereitwillig dieser Meinung an. Die Heirat sollte im Juli stattfinden, an Luises vierundzwanzigstem Geburtstag.

Da das Schloß Richenau, in dem seine Familie im Frühling und Sommer lebte, viele Kilometer weit entfernt oben im Tale des Hinterrheins lag, hatte er zu seiner Bequemlichkeit eine kleine Wohnung im alten Viertel der Stadt und hauste dort ganz behaglich.

Es war an einem Samstag. Frau Frobisch, Luises Mutter, hatte telefonisch angekündigt, daß sie mit ihrer Tochter nach Schloß Richenau kommen wolle. Es sei sehr vieles für die Zukunft zu besprechen und vorzubereiten. Nach einem Mittagessen im Quellenhof in Bad

Ragaz würde Luisli den Nachmittag über in Ragaz bleiben und mit Andreas Golf spielen. Dann könnten sie zusammen nach Richenau fahren. Und sie sollten ja nicht zu spät kommen! Sie erkundigte sich am Telefon, ob es denn auch schicklich sei, wenn die beiden zusammen das Schwimmbad aufsuchten.

›Altmodischer Unsinn!‹ dachte Andreas.

Also fuhr er nach Ragaz, hielt vor dem stattlichen Portal des Quellenhofs und wartete in der prunkvollen Halle des Hotels auf die beiden Damen, die lange auf sich warten ließen.

Als sie endlich erschienen, küßte er beide, die Mutter etwas weniger herzlich als die Tochter – ein feiner Unterschied, über den ein unparteiischer Beobachter nicht weiter verwundert gewesen wäre. Denn die Mutter war eine Dame ohne alle Reize, mit einem etwas feisten Gesicht, in schwarze Seide mit hellbraunen Spitzen gekleidet. Sie hatte nichts von jener Lebensart, die das Kennzeichen guter Herkunft ist, während ihre Tochter, hübsch und schlank, ein elegantes Sportkostüm trug und auf dem kastanienbraunen, im Nakken gewellten Haar eine freche weiße Mütze sitzen hatte. Beide, sowohl Mutter wie Tochter, sprachen mit lauter Stimme. Frau Frobisch entwarf sofort das Tagesprogramm.

»Ihr könnt nach dem Essen Golf spielen, ich fahre nach Schloß Richenau weiter!« rief sie und umfing die Halle mit einem majestätischen Blick. »Aber kommt nur ja nicht zum Essen zu spät!«

Nachdem sie solchermaßen ihren Willen verkündet hatte, befahl sie dem Portier, den Hoteldirektor zu rufen. Dann vertiefte sie sich in eine weitläufige Unterhaltung über die Sorgen der heutigen Zeit, über das schändliche Benehmen der Sozialisten und über die unbotmäßigen Arbeiter, die sich nicht ohne Widerstand eine Herabsetzung ihrer Löhne gefallen lassen wollten.

»Was soll bloß aus der Welt werden, Andi? Kannst du mir das sagen?«

Er lächelte liebenswürdig und drückte sanft Luises Hand.

»Ich weiß es nicht. Darüber sprichst du besser mit meinem Vater. Ich bemühe mich, alle diese Umwälzungen zu vergessen und mich nur um meine Arbeit zu kümmern.«

»Arbeit! Arbeit! Das ist ja ganz schön, aber wenn die Dinge so weitergehen, wird es bald keine Arbeit mehr geben. Ja, zu guter Letzt wird man auch noch die Gefängnisse öffnen.«

»Mutter sieht schwarz«, sagte Luise. »Vater scheint sich große Sorgen zu machen. Er redet in der letzten Zeit nur noch über geschäftliche und finanzielle Dinge.«

»Schwarz? Ich sehe schwarz?« rief die Dame. »Rot sehe ich, rot!«

»Mit der Zeit wird sich das alles wieder einrenken«, sagte Andreas mit freundlicher Stimme. »Inzwischen solltet ihr etwas zu euch nehmen, um euch nach der Fahrt zu erfrischen, vielleicht ein Glas Portwein.«

Sie speisten an einem Ecktisch. Frau Frobisch machte eine Bemerkung über die gähnende Leere in dem großen Speisesaal. Schuld daran sei die Krise, für die allein die Arbeiter und Sozialisten verantwortlich seien. Auch Andreas fühlte eine gewisse Leere, aber eine Leere in seinem Innern.

Luise aß fast nichts. Frau Frobisch aber griff herzhaft zu, und ihr Gesicht wurde von Minute zu Minute röter. Sie aß so reichlich, daß sie nach beendeter Mahlzeit ermattet in einen Stuhl sank. Nachdem sie abermals all ihren angehäuften Gefühlen Luft gemacht hatte, begann sie, über Verwandte, Tanten, Cousinen etc. zu plaudern, bis Andreas und Luise in ernsthafte Sorge um ihr Golfspiel gerieten. Schließlich erklärten sie, sie müßten jetzt wirklich gehen, standen zusammen auf, sahen nach der Uhr, beugten sich über Frau Frobisch und verabschiedeten sich von ihr auf eine diplomatische, aber sehr entschiedene Weise. Nachdem sie beteuert hatten, sie würden rechtzeitig an Ort und Stelle sein, verließen sie die Halle. Einen Augenblick später fuhren sie Seite an Seite im Auto zum Golfplatz.

»Ich langweile mich schrecklich zu Hause«, sagte Luise. Ihre Stimme war tief und etwas weinerlich, zu tief, um mit ihrer schlanken Erscheinung zu harmonieren. »Nichts als Politik und finanzielle Sorgen! Vater meint, es stehen uns schlimme Zeiten bevor. Er hat meine Mitgift von einer halben Million in Goldobligationen angelegt. Aber er sagt, ich darf sie nicht anrühren.«

Andreas schüttelte sich vor Lachen. »Mein Gott, was für ein vorsichtiger Herr! Mitgift! Eine halbe Million! Man wird mir noch den Vorwurf machen, daß ich dem Geld nachjage.«

»Verachte das Geld nicht, Andi, ohne Geld können wir nicht leben.«

»Ich denke nie an Geld, solche Gedanken kommen mir einfach nicht in den Sinn.«

»Du würdest schon daran denken, wenn du wenig oder überhaupt keines hättest.«

»Ich habe nicht viel.«

»Aber eines Tages wirst du viel haben.«

»Ich werde etwas haben, aber das kümmert mich wenig.«

»Auch mich kümmert es nicht«, sagte sie nervös. »Aber es ist klüger, man denkt daran und spricht auch darüber.«

»Ich nicht«, sagte Andreas. »Schafe und Kühe haben – das hat eine Menge für sich. Unsere Väter haben sich auch nicht geschämt, Bauern zu sein.«

»Andi, Andi, wir müssen doch wie kultivierte Menschen leben. Und was soll denn mit unserer ganzen Erziehung werden? Wir brauchen geistige Nahrung. In der Kunst und Literatur müssen wir auf dem laufenden bleiben, wir müssen Konzerte hören und ins Theater gehen. Und der Mensch muß reisen. Wir jedenfalls werden reisen.«

»Ja, ich reise auch gern«, sagte er. »Ich habe große Lust, mir Paris und London anzusehen …«

»Das wäre doch nett, wie?«

»Und stell dir einmal vor, auf englischen Golfplätzen mit ihren entzückenden grünen Rasenflächen zu spielen.«

»Ich habe verschiedene Einladungen nach England«, sagte er. »Und stell dir vor, daß wir miteinander auf der Themse rudern!«

»Aber alles in allem, Luise«, fuhr er nach einem kurzen Zögern fort, »es gibt auch hier sehr vieles, das einen glücklich machen kann. Schau dir die riesigen Bündner Berge an! Ich liebe sie und liebe es, durch unsere Täler zu wandern und in den kleinen Bächen und Seen zu fischen. Ich möchte oben auf der Julierstraße stehen, dort, wo sie nach Silvaplana hinabführt und auf die Seen des Engadins schauen, die tief unten wie grüne Saphire zwischen den hellgrünen Wiesen und dunklen Wäldern liegen. Das alles ist unsere Heimat. Das heißt meine Heimat, du stammst aus St. Gallen, ich aber bin in meinem

Herzen ein Bündner, und du wirst durch die Liebe zu mir auch eine Bündnerin werden. Lassen wir London und Paris beiseite. Abgehetzte Ausländer kommen hierher, weil sie sich von zuhause erholen müssen und immer ist es für sie wie ein Wunder. Wenn du mich liebst, wirst du mich sicher nicht von meinen Bergen trennen wollen.«

Sie kaute an ihrer Unterlippe und schaute ihn nachdenklich an.

»Ich wußte nicht, daß du ein solcher Patriot bist!«

»Pah! Ein Patriot! Ich bin durchaus nicht der Meinung, daß auf jedem Gipfel eine Schweizer Fahne wehen sollte, und ich betrachte auch nicht den allmählichen Rückgang unserer Gletscher als ein nationales Unglück. Aber ich habe zuweilen das Gefühl, es sei hier etwas in der Erde, in den Felsen und den Wänden, das in mich übergegangen ist.

Da ist das Clubhaus! Mein Gott, keine Menschenseele zu sehen! Wir werden den Platz ganz für uns allein haben.«

3

Schloß Richenau bestand aus mittelalterlichen Steinquadern, die mehr dem Schutz und der Abwehr als der Schönheit und Zierde dienten. Es lag wie eine Bastion hoch oben auf einer Felskuppe mit zwei roten spitzen Wehrtürmen sowie acht kleineren roten Türmchen. In seinem gepflasterten Innenhof stand eine riesige Linde. Der Hof war ringsum von Galerien eingesäumt, von denen aus großen Tontöpfen Geranien, Petunien und Rosen herunterhingen.

Die Familie von Richenau bewohnte nur einen Teil des Schlosses, den sie als ›Gentilhommière‹ bezeichneten. Den Winter verbrachten sie der Kälte wegen in ihrem Appartement in Genf.

Unterhalb des Schlosses lag der große Gutshof und das altertümliche Städtchen Valduz, das von fruchtbarem Ackerland, Lärchen- und Tannenwäldern umgeben war – und dieses liebliche Tal des jungen Rheins ließ die Nähe der bedrohlichen Via Mala nicht vermuten.

Am Abend versammelte sich die Familie auf Schloß Richenau zu einem gemeinsamen Mahl. Acht Menschen saßen um den ovalen Tisch, der mit einer Fülle von Gold, Silber und Blumen beladen war. Zwei alte Diener in etwas abgetragener Livree und baumwollenen Handschuhen servierten nicht ohne Würde.

Des Obersten schmales, zerfurchtes Gesicht, sein steifer, gerader Rücken, seine hohe, kahle Stirn, deren Wölbung in einen runden, mit borstigen, grauen Haarstoppeln bedeckten Schädel überging, sein hartes Kinn und seine schief herabhängenden Mundwinkel versprachen keinen heiteren Abend. Es war ein offenes Geheimnis, daß einige der Gesellschaften, an deren Verwaltung er beteiligt war, nicht florierten. Aber wem ging es in diesen Tagen gut? Die Industriekonzerne und Finanzunternehmungen in der Schweiz waren nun auch von der allgemeinen Wirtschaftskrise erfaßt worden. Die während des Krieges so mühelos erworbenen Vermögen schmolzen langsam und stetig zusammen. Die Bundesbahn wies ein großes Defizit auf. Die Hotelindustrie lag darnieder. Und obgleich die Banken mit Gold und ausländischem Kapital vollgepfropft waren, herrschte ein Mangel an Schweizer Kapital, und das Volk litt unter schlimmen Entbehrungen. Die kleinen Leute klammerten sich verzweifelt an ihre Ersparnisse. Das Land produzierte wenig, die Zölle waren hoch. Einfuhr und Ausfuhr waren auf ein verschwindend geringes Maß zurückgegangen. Der Faschismus warf begehrliche Blicke auf den südlichen Kanton Tessin. Österreich, der Nachbar im Osten, hatte Bankrott gemacht, Deutschland sperrte seine Grenzen. England und die Länder im Norden waren vom Goldstandard abgegangen, während durch alle möglichen Kanäle die billigen russischen Rohstoffe ins Land strömten. Die Arbeitslosigkeit wuchs, bald würden auch die Steuern wachsen müssen. Unterdessen saß in Bern ein Bundesrat, in dem das bäuerliche Element und die Rechtsanwälte vorherrschten, und regierte das Land gemäß den alten bürgerlichen Traditionen. Seine gesetzlichen Maßnahmen dienten dem Zweck, das Eigentum, das Gold, die Verfassung und Neutralität zu schützen. Kein Wunder, daß Oberst von Richenau finstere Miene machte und schwieg. Er hatte viel zu verlieren, und das Leben wies ihn zu einer Zeit in die Schranken, da er von Rechts wegen als alter Mann in einem Lehnstuhl hätte sitzen müssen mit Pantoffeln an den

Füßen und vertieft in Bücher wie »Über die Taktik der Grenzverteidigung im nächsten Krieg« usw.

Frau Frobisch saß zu seiner Rechten. Seit der Verlobung ihrer Tochter hatte sie sich der Familie Richenau, ihrem Stil und ihrer Lebensweise angepaßt. Sie sprach nicht mehr mit ihrer gewohnten lauten Bourgeoisstimme, die zuweilen so schrill klingen konnte wie das Gekreisch der Weiber, die sich in den Hintergassen einer Großstadt zankten. Auf Schloß Richenau girrte sie wie eine Taube. Nun, bei Tische, hob sie von Zeit zu Zeit den Kopf und lächelte ihrer Tochter und ihrem zukünftigen Schwiegersohn mit mütterlichem Wohlwollen zu. Ja, Luise sah wirklich hübsch aus in ihrem blaßgrünen Kleid mit der schmalen Perlenschnur und dem nett gerollten Haarknoten. Sehr lieb und damenhaft! Luise lächelte zurück. Sie fühlte sich hier ganz wie zu Hause, trotz der zahlreichen Ahnenbilder, die von den Wänden auf sie herabblickten und sie an ihre plebejische Herkunft erinnerten. Da war erst einmal der gepanzerte mürrische Jakob, der 1554 in der Schlacht von Siena gefallen war. Da war ferner der schlaue Rudolf, der den Bischof Albrecht erschlagen hatte und auf Befehl König Karls IV. eine Pilgerfahrt nach Jerusalem unternehmen mußte, um sein Verbrechen zu sühnen. Er war aus dem Heiligen Lande nicht mehr zurückgekehrt, und die Legende behauptete, er habe sich irgendwo an der persischen Grenze als orientalischer Potentat mit einem großen Harem etabliert. Über dem wuchtigen Kamin hing Thomas Konrad, der größte Halunke, der je gelebt hat. Er hatte wie kein anderer die Leute foltern und aufhängen lassen. In den Parteienkämpfen im siebzehnten Jahrhundert flatterte sein Banner stets an vorderster Front. 1621 war er die Seele der spanierfeindlichen österreichischen Partei gewesen und hatte gegen den gefürchteten Bobustelli gekämpft, der die Protestantenverfolgung im Valtelino leitete. Luise kannte die ganze Geschichte der Richenaus auswendig. Sie hatte ein gutes Gedächtnis für Jahreszahlen und war eine vorzügliche Schülerin gewesen. Sie konnte kaum ihren Stolz verhehlen, wenn sie an ihre Hochzeit dachte, bei der der Name von Richenau ihr vor dem Altar im Tausch gegen ihre Jungfräulichkeit und das Vermögen ihres Vaters würde angeboten werden. Sie war das einzige Kind ihrer Eltern.

Bei diesem Familienmahl waren auch Uli und seine Frau Minnie dabei. Uli war Andis jüngerer Bruder, ein hochgewachsener, dicker junger Geistlicher. Seine Frau hingegen war klein, dabei ebenfalls rundlich – eine Schnieselin aus Basel und sehr reich. Man flüsterte sich zu, daß sie zwei Millionen besitze.

Ihr Pfarrhaus lag in einem Dorf im Thurgau. Um an dem Familientreffen in Richenau teilnehmen zu können, hatte Uli einen armen Kollegen mit acht Kindern mit einem Geschenk von zwanzig Franken veranlaßt, am kommenden Sonntag für ihn zu amtieren. Er kam immer gern nach Richenau, vor allem, da das Essen dort, mitsamt den Weinen, sehr gut und reichlich war – und alles bekam man zudem umsonst! Man wußte, daß er seit seiner Heirat und offenbar unter Minnies Einfluß in Geldfragen ziemlich knauserig geworden war. Wenn er auch dreimal soviel wog wie sie, so zweifelte doch niemand auch nur einen Augenblick, daß er sich ihrem Willen völlig unterworfen hatte.

Links von Oberst von Richenau saß eine magere ältere Dame, seine einzige Schwester. Nichts schien ihren funkelnden Augen zu entgehen. Sie trug ein glänzendes, bis an den Hals geschlossenes dunkles Seidenkleid. Der hohe Kragen wurde durch Fischbeinstäbe gestützt, und die schmale weiße Rüsche, die darunter hervorschaute, verlieh ihr das Aussehen einer Dame auf einem Ahnentableau. Über dem nicht mehr vorhandenen Busen baumelte eine schwere Goldkette sowie eine goldene Lorgnette. Sie war die Witwe eines angesehenen Basler Bankiers. Kein Mensch wußte genau, wie viele Millionen sie besaß. Und wenn sie auch keine Kinder hatte, über die sie ihre Autorität hätte geltend machen können, so hatte sie doch jedenfalls einige Neffen und Nichten, die sie tadeln und sogar kujonieren konnte, in dem sicheren Bewußtsein, daß sie sehnsüchtige Blicke auf ihre weltliche Habe werfen und ihren Tod kaum erwarten konnten. Zunächst freilich war kaum je die Rede von ihrem Tode, denn sie ließ ab und zu durch ihren Arzt der Familie unterbreiten, daß sie einen Blutdruck wie eine Siebzehnjährige habe und daß ihr Herz kerngesund sei. Sie hieß Isabella, aber in der Familie nannte man sie einfach ›die Tante aus Basel‹.

Sie verkörperte in höchstem Maße die typische Basler Bankiersgattin mit tiefem Respekt vor patrizischer Familientradition. Auch versäumte sie nie, in die Kirche zu gehen und diese zu unterstützen. In ihrer Seele loderte ein kaum zu stillender Durst nach klassischer Musik und schöner Literatur, während alles Oberflächliche oder Unmoralische ihr Gänsehaut verursachte. Besonders gut verstand sie es, die Ansprüche ihrer Dienstboten einzudämmen. Und doch blieben sie jahrelang in ihrem Hause, weil sie in ihnen die Hoffnung wach hielt, daß sie sie in ihrem Testament bedenken würde.

Andis Verlobung mit Luise hatte sie gebilligt, freilich nicht ohne gewisse Bedenken gegen die Allianz zwischen den von Richenaus, die etwas darstellten, und den Frobischs, die Niemande waren. Doch in solchen Dingen fiel bei ihr das Geld immerhin ins Gewicht. Und Luise hatte durch ihre gute Erziehung und dadurch, daß sie ihr Beethoven vorspielte, ihre Zuneigung gewonnen.

Ein Teil der alten Generation entsann sich ihrer in Zusammenhang mit einem Abenteuer und einem schnell vertuschten Skandal. Aber schließlich war sie eine Bündnerin, und das Bündner Blut unterscheidet sich beträchtlich von dem der Baseler. Doch da sie die meiste Zeit ihres Lebens in Basel verbracht hatte, galt sie bei ihren Verwandten als eine Baslerin, und sie sprach außerdem einen ganz ausgeprägten Baseler Dialekt, mit rollenden R's, die Vokale zerdehnt wie Gummibänder. Sie besaß ein prächtiges Haus mit roten Sandwegen im Garten und fuhr in einem fünfzehn Jahre alten Auto, das Hans, ihr Kammerdiener, Chauffeur, Mechaniker, Gärtner und Bibliothekar zugleich, ein Mann über fünfzig, mit grauem, krausem Backenbart, steuerte.

Unter sämtlichen Anwesenden war zweifellos Madame von Richenau die anziehendste Erscheinung, Madame la Baronne, wie ihre Dienstboten, die nicht wußten, daß die Schweizer Adelstitel durch die Verfassung längst beseitigt sind, sie zu nennen pflegten. Man sah auf den ersten Blick, daß Andi ihre Schönheit geerbt hatte. Natürlich waren ihre Haare schon grau, aber ihre Haut war fest, und ihr Teint war makellos. Ihr dunkelbraunes Abendkleid bedeckte einen Körper, den das Alter noch nicht verunstaltet hatte. Zwar war sie ein wenig kurzsichtig, machte aber kein Hehl daraus und trug auch beim Essen eine große Brille, durch die sie ihre Gäste heiter betrachtete. Für gewöhnlich sprach sie französisch. Sie konnte die Schweizer Dialekte nicht leiden, obgleich sie sie beherrschte. Sie klangen ihr zu grob, denn sie war rein französischer Abstammung, stammte aus einer alten Hugenottenfamilie, die in den finstern Tagen Richelieus aus Frankreich ausgewandert war. Dort hatte ihre Familie vor dem Weltkriege Ländereien und Fabriken besessen.

»Alors, mon petit André«, sagte sie zu ihrem Sohn, »rien de nouveau?«

»Rien, Maman!«

Sie sah ihn ungläubig an, lächelte aber.

»Du mußt einmal mit Vater unter vier Augen sprechen«, fuhr sie fort. »Ihr habt einander in der letzten Zeit recht wenig gesehen. Er ist immer beschäftigt und macht sich viel Sorgen. Er schläft sehr schlecht.«

»Ich werde nachher mit ihm sprechen und ihn ein bißchen aufheitern.«

Ein leidender Ausdruck glitt über ihr Gesicht. Andi war seit jeher ihr Liebling. Seine Statur, seine scharfen Augen, sein ausgeglichener Charakter, seine äußerliche Ruhe und Gelassenheit, das alles hatte er von ihr geerbt. Eine gewisse Halsstarrigkeit in seinem Charakter war das Erbe seines Vaters.

Uli blickte auf und wischte sich die Schweißtropfen von seiner rosigen Oberlippe. Bis zu diesem Augenblick war er völlig mit der Sättigung seines riesigen Appetits beschäftigt gewesen, unterstützt und betreut von Jean, dem alten Diener, der recht gut wußte, daß der junge Uli zweimal soviel Nahrung brauchte wie die übrigen Mitglieder der Familie. Nun schien Uli zu merken, daß die gewaltige Rundung seines Bauches sich etwas zu spannen begann. Er knöpfte einige der unteren Westenknöpfe auf und lächelte freundlich seine kleine Frau an, die ihm wegen seines unziemlichen Benehmens stumme Vorwürfe zu machen schien.

»Ah, bah!« sagte er über den Tisch weg. »Ich bin ja zu Hause.«

Und er nahm seinen goldgeränderten Kneifer von der Nase und putzte ihn mit seiner Serviette.

»Uli, hast du genug gegessen?« fragte seine Mutter.

»Das hängt davon ab, was noch kommt.«

»Erdbeeren und Eiscreme.«

»Ah, dafür habe ich noch massenhaft Platz!«

Die Tante aus Basel warf ihrem jungen Neffen einen mißbilligenden Blick durch die Lorgnette zu.

»Ah, bah!« fuhr Uli fort. »Man darf bloß nicht traurig sein. Es hat keinen Zweck. Jeden Tag frisch aufwachen, den Himmel ansehn und Gott danken, daß man noch lebt! Das ist das Richtige. Minnie und ich, wir machen das jeden Morgen, nicht wahr, Minnie?«

»Jä, wir sind glücklich«, erwiderte sie lebhaft mit ihrem Basler Akzent. »Jä, jä! Morgens gehen wir in den Garten und schauen nach den Blumen. Und dann schauen wir zu den blanken Fenstern des Pfarrhauses und den Blumentöpfen hinauf und schauen den Bienen und Schmetterlingen zu, wie sie Honig saugen. Das ist immer ein so freundlicher Anblick.«

»Ah«, warf Uli ein, »und dann spazieren wir durch den Garten und inspizieren das Kraut und den Blumenkohl. Der wächst nirgends so groß und saftig wie im Thurgau. Dann geht Minnie wieder ins Haus und beaufsichtigt die Elisa beim Saubermachen und Aufräumen, und ich nehme die Schnecken und Raupen vom Gemüse ab und jäte ein bißchen Unkraut. Bücken ist sehr gut für die Gesundheit. Ab und zu kommt ein Dörfler vorbei, bleibt stehen und plaudert ein bißchen mit mir. Ich führe ihn ins Haus und biete ihm ein kleines Glas Apfelwein oder Herrliberger an, und er wundert sich, wie sauber alles ist. Was Sauberkeit betrifft, geht ihnen Minnie mit gutem Beispiel voran, nicht wahr, Minnie?«

»Ich geb mir Mühe. Ich hör mir ihre Klagen an. Viele von den Frauen möchten gern ein sauberes Heim haben, aber sie sagen, sie können nicht auf den Feldern arbeiten, die Kühe melken, Heu machen, für die Kinder kochen und dazu noch ihre Häuslichkeit in Ordnung halten. Und eine Stütze nehmen ist heutzutage viel zu teuer, wo die Löhne nach der Stunde berechnet werden. Die Bauern verdienen ja so wenig Geld heutzutage! Viele von ihnen müssen außerhalb arbeiten gehen, und da vernachlässigen sie eben ihr Heim.«

»Sie müssen jetzt die Kleidung für ihre Kinder selber schneidern«, fuhr Uli fort. »Stellt euch vor, was es die armen Bauern kosten würde, wenn sie mit ihren Kindern nach Winterthur gehen und ihnen im Laden Kleider kaufen, wo heute alles so teuer ist! Ich tue, was ich kann, um die Heimarbeit zu fördern. Ich hab jetzt zweimal wöchentlich einige Mädchen im Pfarrhaus sitzen, dort müssen sie nähen, und eine zweite Schar besorgt die Wäsche am Dorfbrunnen. Das ist ein neues Experiment, häusliche Arbeit für alle gemeinsam. Man hat mich kritisiert und behauptet, das rieche nach Kommunismus. Ah, bah! Ich habe in der Kirche erklärt, durch Sparsamkeit und Sauberkeit kann man besser als durch alle andern Mittel Krankheiten und Seuchen verhindern, und Seife und Bürsten sind viel billiger als Arztrechnungen.«

»Jä, das war eine sehr gute Predigt, Uli!« warf Minnie ein. »Du hast ihnen gesagt, wenn man die Sachen sauber und in Ordnung hält, nützen sie sich viel weniger ab. Deshalb spart man Arbeit und Geld. Wenn aber die Leute ihre Sachen überall herumstreuen und niemals nach ihnen schauen, dann gehen sie verloren oder werden gestohlen oder gehen kaputt.«

»Ich hab den Bauern auch gezeigt, wie man die Bienenzucht wirtschaftlicher organisiert«, sagte Uli, während er sich eine Ladung Erdbeeren und einen Berg Sahne auf den Teller lud. »Jetzt erzeugen wir im Thurgau den besten Honig und haben auf der Landwirtschaftsausstellung einen Preis bekommen. Meine Pfarrkinder sind begeistert.«

»Ah«, seufzte Minnie, »wir haben lange gebraucht, um den älteren Leuten beizubringen, daß wir nur in ihrem und nicht in unserem Interesse handeln. Uli, erzähl doch mal, was dir der Vorsitzende des Gemüsegärtnervereins geschrieben hat!«

»Uli, willst du noch Erdbeeren?« fragte der Oberst brummend.

»Nein Papa, warum?«

»Weil Jean schon die ganze Zeit hinter dir steht.«

Uli schaute sich um. »Oh, vielleicht noch ein paar.«

»Du läßt uns alle warten.«

»Oh, dann will ich lieber keine mehr nehmen.«

Er schaute mit einem Blick auf die Tante aus Basel.

»Lieber statt dessen zum Frühstück!«

Madame von Richenau stand auf, und das Mahl war beendet.

4

Als Andi mit der Gesellschaft in das große Nebenzimmer ging, regte sich in ihm eine starke Irritation. Dieses Familientreffen war deprimierend für ihn – diese Feierlichkeit, mit der man bei Tisch saß, sich vom Stuhl erhob, herumstand und sich anstrengt, ein Gesprächsthema zu finden. Der Zwang, sich »zu Hause« zu fühlen, sich immer in Gesellschaft zu bewegen und sich in der eigenen Familie angenehm zu machen, kam ihm ganz und gar lächerlich vor. Er merkte plötzlich, daß er hier wie ein Fremder war. Und als Frau Frobisch ihre Tochter aufforderte, »etwas« auf dem Klavier zu spielen, sank er mit einem Gefühl der Verzweiflung in den Sessel.

Uli dagegen war glänzend aufgelegt. Mit geröteten Wangen und heiterer Miene schwatzte er über seine Pfarrei. Er aß schon wieder, diesmal Schokoladenbonbons, die Schachtel auf Armeslänge von sich haltend.

Sein Vater hatte sich eine Zigarre angezündet und unterhielt sich mit Tante Isabelle, die ihr Arbeitskörbchen geöffnet und ihre Strickerei herausgenommen hatte. ›Warum um Gottes willen?‹ dachte Andi bei sich. ›Sie besitzt Millionen. Warum kauft sie nicht Wollsocken für die Spitäler und tut etwas Vernünftigeres als Stricken? Muß sie ihr Christentum mit Stricknadeln praktizieren?‹

Als Luise den ersten Akkord anschlug, trat plötzlich tiefe Stille ein. Sie fing ein Stück von Chopin an, spielte es recht hübsch und exakt. Aber Andi wunderte sich, warum sie von Zeit zu Zeit gleichsam zusammenknickte, warum sie nicht stillsitzen konnte. Dieser schlecht verhohlene musikalische Fanatismus ärgerte ihn. Erfordert musikalische Leidenschaft gymnastische Übungen? Wie Schlangen bewegten sich jetzt ihre mageren Arme über die Tasten. Was fühlte sie in diesem Augenblick? Chopin? Keineswegs! Sie fühlte sich selber, sie fühlte das Schweigen, zu dem ihr Spiel die anderen zwang, sie fühlte, daß sie beobachtet wurde, daß man ihr zuhörte … Andi hatte ein sehr feines Gehör für Musik. Aber Luises Chopin irritierte ihn, ebenso wie sie selbst ihm jetzt auf die Nerven ging, während Tante Isabelle ihre Strickerei beiseite legte, sich zurücklehnte und die Augen schloß, um zuzuhören. Schließlich lehnte auch er sich in seinen Sessel zurück und schlug die Beine übereinander. Er überlegte, ob denn Luise ihn wirklich interessierte. Sie hatte sein Wesen bisher noch nicht zu erfassen vermocht, diese Monate hindurch waren sie einander nicht mehr gewesen als ganz oberflächliche Freunde. Es war ein Bund zweier Menschen, die einander gern Gesellschaft leisten. Sie sollten für zwei Familien einen neuen Weg eröffnen, und zwei Stämme sollten hinter ihnen hermarschieren. Das alles war durch ein dummes Tennisturnier so gekommen. Lächerlich! Als Andi merkte, daß seine Mutter ihn forschend ansah, wechselte er seinen Ausdruck und lächelte. Luise beendete ihr Spiel und erntete großen Beifall. Auch Andi klatschte gelangweilt. Luise ging zu ihm und setzte sich auf die Lehne des Sessels.

»Soll ich etwas für dich spielen?« fragte sie ihn. »Ein Nocturno?«

»Ein Nocturno? Nein – spiel mir einen hübschen Bauernwalzer in d-Moll«, sagte er lachend.

»Andi, du bist müde.« Sie schaute ihn unruhig an. »Du bist zuviel mit deinen Verbrechern zusammengewesen, die ganze Woche lang. Was ist das für ein Leben!«

Ihre nervöse, weinerliche Stimme irritierte ihn. Sie streichelte sein Haar.

»Wenn du eines Tages Gelegenheit hast, mit Papa allein zu sein, solltest du dich mit ihm über die Zukunft unterhalten. Er ist dafür, daß du deinen Beruf aufgibst und Geschäftsmann wirst. Wäre es nicht wirklich nett, wenn du sein Kompagnon würdest? Das ließe sich auch ganz leicht machen, glaub mir. Meine Mutter und ich, wir sind beide dafür. Besonders in diesen schwierigen Zeiten! Stell dir nur vor, wir können dann in St. Gallen wohnen! Lanzberg ist doch schließlich ein schrecklich langweiliges Nest, nicht?«

»Luise«, sagte er, »du vergißt, daß ich von Natur ein fauler Mensch bin. Etwas zu tun, macht mir weniger Spaß, als drüber nachzudenken. Deshalb liebe ich Arbeiten, bei denen man nachdenken muß. Schade, daß du meine Verbrecher so gar nicht leiden kannst.«

»Liebling, du verachtest wie ein richtiger Aristokrat das Geld und das Geldverdienen«, sagte sie hartnäckig. »Das ist ein großer Fehler, glaub mir. Du rechnest nicht, du gibst einfach Geld aus. Zigaretten aus Ägypten! Englische Schneider! Drei Pferde! Ein Alfa Romeo! Überleg dir nur, was das heute heißt!«

»Das heißt, daß ich die Zigaretten, die ich gern rauche, frisch und knusprig aus Kairo bekomme, statt das nachgeahmte Zeug zu kaufen, das in der Schweiz fabriziert wird. Das heißt, daß ich mich gern anständig kleide, daß ich auf den Reitturnieren Preise gewinne.«

»Uli ist ganz anders wie du. Er ist sehr sparsam.«

»Ich habe keinen Grund, ihm nachzueifern.«

Beide betrachteten stumm den breiten Rücken und die fetten Formen des jungen Geistlichen, der sich in einem Sessel breit gemacht hatte.

»Wir haben immer noch den Goldstandard«, sagte sie. »Uns kann nichts passieren.«

»Oh, meinst du? Ich glaube an Gold ebenso wenig, wie ich an Steine glaube.«

»Andi!« sagte sie entsetzt. »Ich habe eine halbe Million in Goldbonds liegen.«

»Das weiß ich – und das hat mir von Anfang an nicht gefallen.«

»Eines Tages wird es uns sehr zugute kommen.«

»Ah, eine schöne Zivilisation, diese christliche Zivilisation!« sagte er vage.

»Andi, was ist denn heute abend mit dir los?« fragte sie zornig.

Er sah sie unschlüssig an, während Frau Frobisch von weitem auf ihre Tochter schielte. Sie war argwöhnisch geworden, da sie gemerkt hatte, daß eine ernsthafte Unterhaltung zwischen den beiden im Gange war. Schließlich stand sie auf und ging auf die beiden zu.

»Luise, spiel noch etwas.«

Es war ihr seit der Verlobung ihrer Tochter zur Gewohnheit geworden, Luises Bewegungen zu überwachen. Die Geräumigkeit des Schlosses, die vielen Zimmer und winkeligen Gänge erfüllte sie mit dem unbestimmten Angstgefühl, es könnte Überraschungen geben.

»Andi«, sagte sie jetzt, »willst du dich nicht zu mir setzen?«

Andi sprang auf. »Gewiß.«

»Jetzt wird Luise uns eine dieser schönen Beethoven-Sonaten vorspielen!« rief Frau Frobisch und sah dabei Tante Isabella an.

Mit ausgestreckten Armen, wie ein Mensch, der ein großes Servierbrett trägt, folgte sie ihrer Tochter zum Klavier. Andi schlenderte durch das Zimmer und setzte sich hinter seine zukünftige Schwiegermutter. Während Luise spielte, unterdrückte er einen Seufzer. Wehmut überfiel ihn ... bald würde er ein verheirateter Mann sein.

Als Luise fertig war, bedeutete sein Vater ihm und Uli mit einer Handbewegung, ihm in das anstoßende Arbeitszimmer zu folgen. Dort setzte er sich an seinen großen Schreibtisch, neigte sein mageres, faltiges Gesicht über den Tisch, runzelte die Brauen und preßte streng die Lippen zusammen.

Es war nie seine Gewohnheit gewesen, sich für die Charaktere seiner Söhne besonders zu interessieren. Sie hatten eine erstklassige Erziehung genossen, und im übrigen waren sie Richenaus. Das genügte. Sie hatten sich ihre Laufbahn selber gewählt. Wenn sie ihre vornehme Herkunft nicht ebenso wichtig nahmen, wie er das tat, dann war das nicht seine Schuld. Die Zeiten hatten sich geändert. Die Macht und die Vorrechte, die früher einmal in den Händen der Wenigen vereinigt gewesen, waren längst in die Hände der Vielen, in die Hände der unteren Klassen gelangt. Er lebte in einem demokratischen Lande, er war ein Demokrat und Republikaner. Etwas anderes konnte er nicht sein. Aber er hatte früher einmal eine Division Soldaten kommandiert. Das war doch etwas gewesen, und er konnte es nicht vergessen. Der Hammer der Uhr auf seinem Tisch schlug zehnmal gegen eine Spiralfeder. Er lauschte den zimbalähnlichen Tönen, blickte zu seinen beiden Söhnen auf, hüstelte nervös, lehnte sich dann in seinen Stuhl zurück und sah nach der Tür. Andi durchquerte das Zimmer und machte die Tür zu.

»Papa«, sagte Uli, »Minnie ist draußen. Sie hat mich hereingehen sehen und wird ein wenig neugierig sein. Vielleicht möchte sie mit dabeisein. Darf sie hereinkommen?«

»Wozu Frauen dabei haben?« fragte der Oberst. »Sie machen nur unnötiges Getue.«

»Minnie ist in Geschäftsdingen sehr geschickt«, sagte Uli.

»Vielleicht, wenn es angenehme Geschäfte sind«, erwiderte der Oberst. »Hier aber handelt es sich um keine besonders angenehme Sache. Deshalb ist es mir lieber, wenn sie nicht hereinkommt.«

Uli ging zur Tür, öffnete sie und machte seiner Frau ein etwas ängstliches Zeichen, auf ihn draußen zu warten.

»Es wird nicht lange dauern. Bloß eine kleine Familienangelegenheit. Ich erzähle dir nachher alles«, flüsterte er. Und er kehrte wieder in das Zimmer zurück.

»Es wäre mir recht, wenn du ihr nichts von der Sache erzählen würdest«, sagte der Oberst, und ein Schatten glitt über seine Züge.

»Papa«, sagte Andi, »du machst einen müden Eindruck. Du arbeitest zuviel. Mama hat mir erzählt, daß du schlecht schläfst.«

»Kümmere dich nicht um das, was Mama sagt, sie ist überängstlich.«

»Warum machst du es dir nicht etwas leichter? Warum willst du denn nicht einige Aufsichtsratsposten abstoßen und das Militärdepartement abgeben!«

»Was redest du da? Was wäre aus euch allen geworden, wenn ich mich nicht um die Dinge kümmern würde? Uli ein Geistlicher und du eine Art höherer Polizeibeamter –«

»Untersuchungsrichter«, warf Andi ein, »und Hauptmann in unserer gefürchteten Armee.«

»Das ist dasselbe! Was ich euch sagen wollte ... wir, meine Lieben ... werden uns einschränken müssen. Sämtliche Aktien sind gefallen, und an jeder Straßenecke starrt einem die Armut ins Gesicht.«

»Warum willst du nicht die Geschäfte hinschmeißen und einfach als Privatmann leben?« fragte Andi.

»Du redest wirklich gedankenlos ... Weil du dich für Geschäfte nicht interessierst und nichts davon verstehst! Aufsichtsratsposten bringen Geld ein!«

»Nun, Geld ist nicht alles. Es lohnt sich bestimmt nicht, deshalb seinen Schlaf einzubüßen!«

Der Oberst erhob sich schwerfällig und begann auf dem dicken Perserteppich auf und ab zu gehen. Dann stellte er sich vor seine Söhne, die Arme auf dem Rücken verschränkt. »Ich habe durch den Krach der Genfer Bank über eine Million verloren«, sagte er. »Das wollte ich euch mitteilen. Es ist meine Pflicht, euch das mitzuteilen. Alle meine Verpflichtungen sind dadurch in Mitleidenschaft gezogen. Die Lage ist ernst. Leider seid auch ihr mitbetroffen, denn ich kann euch keine Zuschüsse mehr geben. Ich brauche tatsächlich eine halbe Million, um über die Sache hinwegzukommen. Jetzt wißt ihr Bescheid!«

Uli sank auf seinen Stuhl und stieß einen leisen, stöhnenden Laut aus. Andi setzte sich auf die Tischkante und ließ das eine Bein wie ein Pendel hin und her schwingen. Tiefe Stille herrschte.

»Ja, so ist die Lage«, sagte der Oberst kurz und richtete mit nervöser Hand eine Kerze in einem der silbernen Leuchter auf dem Schreibtisch gerade.

»Kann nicht Tante Isabella etwas machen?« Uli war der erste, der das Schweigen brach.

»Tante Isabellas Geld ist festgelegt«, sagte der Oberst.

»Aber sie könnte dir doch etwas leihen, meinst du nicht?« fuhr Uli fort. »Schließlich werden wir eines Tages den größten Teil ihres Geldes erben. Außerdem ist eine halbe Million nicht sehr viel für sie, wie? Eigentlich nicht!«

»Ich ersuche euch ganz besonders, eurer Tante gegenüber nichts von dem zu erwähnen, was ich euch mitgeteilt habe«, sagte der Oberst. »Sie würde es sofort an die große Glocke hängen. Ihr wißt, wie die Basler sind. Sie sitzen auf der Lauer, bis einer am Boden liegt ...«

»Vergiß nicht, daß Ulis Frau eine Baslerin ist«, sagte Andi mit einem spöttischen Lächeln.

Er erhob sich von der Tischkante.

»Traurige Neuigkeiten, Papa«, sagte er, »sehr traurig.«

Er steckte die Hände in die Taschen und wandte sich seinem Bruder zu.

»Was soll man machen, Uli?«

Uli sank tief in seinen Sessel, als wolle er sich vor irgendeiner Gefahr schützen. Er nahm die Brille ab und putzte sie sorgfältig.

»Eines ist mir klar«, fuhr Andi fort. »Die Sache darf über diese vier Wände nicht hinausgehen.«

»Da ist erst einmal Luise, die eine halbe Million mitbringt, und dann ihr Vater, der soeben zwölfeinhalb Prozent Dividende bezahlt hat, zum größten Teil in seine eigene Tasche!« sprudelte Uli hervor. »Man kann doch mit Herrn Frobisch sprechen! Ich bin davon überzeugt, er wird sofort einspringen. Das ist tatsächlich der psychologische Augenblick. Andi heiratet Luise, und sie ist das einzige Kind!«

»Nun, Papa«, sagte Andi, ohne auf seinen Bruder zu achten, »ich habe die Viertelmillion, die mir Onkel Jakob aus Basel hinterlassen hat, in absolut sicheren Obligationen liegen, und sie stehen dir Montag früh, wenn die Bank ihre Schalter öffnet, zur Verfügung. Ohne Bedingungen! Sie gehören dir und Mama, ihr könnt damit machen, was ihr wollt. Ich habe meine Stellung, eine Stellung, über die vielleicht manche Leute die Nase rümpfen, aber sie ist gut. Ich werde meine Pferde verkaufen, das steht fest ...«

Er wandte sich an seinen Bruder Uli.

»Uli, du hast auch eine Viertelmillion von Onkel Jakob bekommen. Wie steht es damit?«

Uli atmete schwer und betupfte sich mit seinem Taschentuch die Stirn.

»Aber – aber Minnie und ich, wir leben doch davon!« rief er.

»Und das übrige Geld, das sie mitgebracht hat?« fragte Andi. »Wie steht es damit?«

»Das kommt alles so plötzlich. Ich muß mit Minnie sprechen, ich muß mit Minnie sprechen!«

»Ihr seid ja nur zu zweit«, sagte Andi, »du hast ein Haus und verdienst dir deinen Lebensunterhalt. Du ziehst dir deine eigenen Rüben und Zwiebeln und hältst dir deine eigenen Bienen. Ich gebe zu, daß du dreimal soviel ißt wie ein normaler Mensch, aber daran sind deine Drüsen schuld, und du willst ja nicht zum Arzt gehen.«

Der Oberst unterbrach ihn. Er stand regungslos da, an den blauen Porzellanofen gelehnt.

»Andi«, sagte er, »komm und gib mir die Hand.«

Andi reichte seinem Vater die Hand, der Oberst klopfte ihm auf die Schulter und schob ihn sanft zur Seite, als ob weitere Zärtlichkeiten keinesfalls mehr statthaft wären.

»Uli soll sich die Sache überlegen«, sagte er. »Ich verstehe vollkommen, daß er erst darüber nachdenken muß. Es war durchaus nicht meine Absicht, euch zu bitten ...«

»Du darfst wirklich nicht schlecht von mir denken«, sagte Uli, nach Atem ringend. »Man kann so wichtige Entscheidungen nicht in einer Sekunde treffen. Ich bin durchaus bereit, es mir zu überlegen. Durchaus bereit.«

Andi warf seinem Bruder einen erstaunten Blick zu.

»Warum zögerst du, Uli? Papa ist in einer schlimmen Klemme.«

»Ich muß mit Minnie sprechen«, sagte Uli, »ich muß mit Minnie sprechen!«

»Du darfst nicht mit ihr sprechen«, sagte Andi. »Papa hat es dir verboten.«

»Sie ist doch meine Frau!«

»Er soll mit ihr sprechen«, sagte der Oberst. »Das ist nur richtig.«

»Ich weiß, was sie sagen wird!« rief Andi grob.

»Du bist ungerecht!« rief Uli, fast zu Tränen gerührt. »Sie ist meine Frau, und sie muß alles erfahren. Ich kann nichts dafür, daß ich mehr esse als du. Ich esse, weil ich hungrig bin! Und Minnie ißt fast gar nichts!«

»Das gleicht die Sache sicherlich etwas aus«, sagte Andi trocken. »Vorwärts jetzt! Uli! Heraus mit diesen Papieren.«

»Wie grausam du bist!« erwiderte Uli, und die Tränen traten ihm in die Augen. »Wie grausam du bist! Das kommt davon, weil du immer mit Verbrechern zu tun hast und in einem Gefängnis wohnst! Schlechter Einfluß, Andi! Sehr schlecht!«

Er rang mühsam nach Selbstbeherrschung.

»Laßt mich erst einmal den ersten Schrecken überwinden, und dann werde ich versuchen, die Dinge klarer zu sehen. Es tut mir schrecklich leid, daß du solches Pech hattest, Papa! So eine Katastrophe! So ein Unglück! Was soll bloß aus der Welt werden! Untergang! Völliger Untergang!«

»Mach keine Szene, Uli«, brummte der Oberst. »Ich habe dich nicht hierhergebeten, um Geld von dir zu borgen. Was ich dir mitteilen wollte, habe ich dir mitgeteilt. Ich glaube, Andis Unterstützung wird mir genügen. Ich werde schon irgendwie aus diesen Schwierigkeiten herauskommen. Mama und ich, wir werden uns einschränken.«

»Wir alle werden uns einschränken«, sagte Andi.

»Könnten wir nicht das Schloß verkaufen?« meinte Uli.

Ein ominöses Schweigen folgte auf diese Frage. Er schluckte erregt und wünschte im stillen, sie wäre ihm nicht entwischt.

»Solange Papa und ich am Leben sind, wird es nicht zu einem Verkauf kommen«, sagte Andi ruhig.

»Ja, so habe ich das nicht gemeint – ich meinte nur –«

»Gewiß!« unterbrach ihn Andi. »Und jetzt wollen wir wieder zu den andern hineingehen, sonst werden sie sich wundern, wo wir bleiben.«

»Herr Jeses Gott!« murmelte Uli verzweifelt und raffte sich aus dem Lehnsessel hoch.

Die beiden Brüder verließen das Arbeitszimmer ihres Vaters. Im Nebenzimmer saß Minnie allein und wartete. Als sie die beiden erblickte, sprang sie auf.

»Was soll denn das alles, Uli? Erzähl mir!« rief sie lebhaft.

»Minnie, ich muß zu Bett! Ich muß zu Bett!« sagte Uli verzweifelt. »Komm mit!«

Andi küßte seine kleine Schwägerin auf beide Wangen und schlenderte, die Hände in den Taschen, mit leichten, elastischen Schritten in den großen Salon. Er wunderte sich ein wenig über sich selbst. Wie hätte er sich seinem Vater gegenüber auch anders verhalten können? Jedenfalls hatte er sich nicht – wie Uli – eines unverzeihlichen Verhaltens schuldig gemacht. Er gehörte immer noch zu einem Menschenschlag, der, wenn er vor bösen Überraschungen steht, schnell und richtig zu handeln weiß. Ein Pferd aber, dazu war er entschlossen, würde er trotz des Zusammenbruchs behalten – Jim Roper, seinen englischen braunen Springer.

5

Frühmorgens saß ein Kuckuck auf einem Baumwipfel vor Andreas' Schlafzimmer und ließ seinen Ruf ertönen, bis ihm die Stimme versagte. Andreas wachte auf, sprang aus dem Bett und betrachtete durch das mittelalterliche Fenster die rosafarbenen Berggipfel und den Wald, der sich bis an den Rand des Städtchens Valduz hinabsenkte, das in dunstigen Rauch gehüllt dalag. Ein wunderbarer

Friede ruhte über der Welt, die frühe Sonne warf ein funkelndes Licht über die Frühlingslandschaft, erfüllte einen riesigen dreieckigen Abschnitt des Tales mit einem blendenden Feuerschein. Andreas zog einen alten Anzug an und verließ das Zimmer mit der Absicht, vor dem Frühstück ein Weilchen umherzuschlendern. Er ging durch einen schmalen, teppichbelegten Korridor, spazierte an ein paar Türen vorüber und kam schließlich zu einer mit schweren eisernen Beschlägen verzierten Holztür. Dort blieb er stehen und horchte. Da nichts zu hören war, drückte er sanft die Klinke nieder, betrat ein kleines Vorzimmer, öffnete die zweite Tür und befand sich in einem Schlafzimmer. Das Sonnenlicht strömte durch ein schmales gotisches Fenster herein und fiel mit erschreckender Grelle auf das Bett, in dem Luise schlief. Es war das erstemal, daß Andreas sie schlafend im Bett liegen sah. Ihr Gesicht machte einen etwas verkniffenen Eindruck, ihre Haut war blaß, und die geschlossenen Augen ließen sie älter aussehen, als es ihren Jahren entsprach. Die langen schmalen Nasenlöcher und die lange Oberlippe verliehen ihr einen strengen Ausdruck. Die Spitzen an ihrem Nachthemd stammten aus der Fabrik ihres Vaters. Andreas schlich auf den Zehenspitzen zu ihr hin, beugte sich über sie und küßte sie auf den Mund. Sie fuhr aus ihrem Schlummer auf. Er setzte sich auf das Bett und lachte. Sie verbarg ihr Gesicht in beide Hände.

»Andi! Wie lange hast du mich angestarrt?«

»Ich bin eben hereingekommen, um dir guten Morgen zu sagen.«

»Ich weiß gar nicht, wo ich bin«, sagte sie. »Wie bist du denn angezogen? Ist denn heute nicht Sonntag?«

»Was liegt daran? Ich gehe zum Gutshof hinunter.«

»Vor dem Frühstück?«

»Ja, ich will ein bißchen herumbasteln – die Zündkerzen säubern.«

»Ich wußte nicht, daß Kühe Zündkerzen haben.«

»Ich will die Zündkerzen im Auto nachsehen. Eine scheint nicht recht zu funktionieren.«

»Du hast doch gesagt, du willst auf den Hof gehen.«

»Richtig, das Auto steht in der Scheune. In der Garage ist kein Platz mehr.«

»Oh, ich verstehe!«

Sie begann ihr Haar zurechtzumachen.

»Geh, Andi! Mama schläft im Nebenzimmer. Sie wird uns hören und Fragen stellen.«

»Hoffentlich wirst du ihr interessante Antworten geben!« sagte er spöttisch. »Steh jetzt auf! Draußen ist es einfach herrlich. Ich will dir sagen, was wir tun – wir melken zusammen die Kühe und buttern dann ein bißchen.«

»Wie schrecklich!« sagte sie weinerlich.

Wenig später schlenderte Andreas durch das große Tor, das zum Gutshof führte. Der alte Otto, der Vormann auf dem Hof, kam aus der Stalltür. Als er Andreas' hohe Gestalt erblickte, richtete er seinen gebückten Körper auf und faßte an seinen langen, grauen Bart.

»Guten Morgen, Herr von Richenau!« rief er.

»Guten Morgen«, sagte Andi. »Wie geht es den Kühen?«

»Das Margeti kriegt eben ein Kalb.«

»Was, diesen Augenblick?«

»Vor einer halben Stunde hat es angefangen.«

»Ist etwas nicht in Ordnung?«

Otto zuckte die Achseln.

»Sie stöhnt und ächzt, und wir haben so heftig an dem Kalb gezerrt, wir drei, daß der Griff abgebrochen ist. Ich will gerade ein Stück Holz für einen neuen Griff aus dem Schuppen holen.«

»Dann mach schnell. Ich werde euch helfen.«

Während der alte Otto auf seinen krummen Beinen zum Schuppen ging, betrat Andi den Stall. Siebzehn Kühe standen in einer langen Reihe, kauend und mit dem Schweif wedelnd. Nur das Margeti lag auf dem Stroh. Das Tier verdrehte die Augen, so daß das Weiße zu sehen war, und sein schwarzes Maul troff von Schaum. Nachdem Andi sich die Sache mit fachmännischem Blick betrachtet hatte, kniete er sich auf die Flanke der Kuh und begann ihren Bauch zu kneten. Otto kehrte mit einem zerbrochenen Besenstiel zurück und befestigte ihn an dem Strick.

»Sachte jetzt«, sagte Andi. »Das ist eine schwierige Geburt. Sie leidet. Zieht fest, wenn ich es euch sage. Schaut nach, ob die Beine des Kalbes dicht beisammen sind.«

»Ja, beide Beine.«

»Gut also, zieht langsam, ganz langsam. Gleichmäßig! Gleichmäßig!« Er begann beide Knie dem Tier in die Seite zu stemmen. »Zieht! Zieht!«

Die Kuh stöhnte. Ihr Atem ging heiß und schnell, und langsam kam das ganze Kalb zum Vorschein.

»Ich hab euch immer gesagt, daß er mehr davon versteht als wir alle«, sagte der alte Otto mit schriller Stimme und wischte sich den Schweiß von der Stirn. »Vorgestern nämlich ist das Margeti hingefallen, sie ist auf dem steilen Pflaster ausgerutscht und bis zur Mauer hinuntergekollert. Deswegen ist das alles so schwierig gewesen.«

»Ein schönes Kalb!« sagte Andi. »Wer ist denn der Vater?«

»Dr. Plantas Preisbulle von der vorjährigen Bezirksschau.«

»Ich kenne den Bullen! Er ist pechschwarz, hat einen Rücken wie ein junger Elefant und ein freches Haarbüschel zwischen den Hörnern. Er heißt Neptun.«

Der alte Otto und die Gutsarbeiter tauschten Blicke miteinander und wischten sich mit den Unterarmen den Schweiß vom Gesicht.

»Hab ich's euch nicht immer gesagt!« meinte Otto mit ehrlichem Stolz. »Der Herr kennt sich aus. Er ist nicht nur in Autos vernarrt. Er ist wie sein Großvater, der hat jeden anständigen Bullen in der ganzen Gegend genau gekannt.«

Das Kalb streckte seine langen Beine aus, versuchte aufzustehen und rutschte aus. Der alte Otto kratzte sich den Kopf.

»Schaut euch dieses Geschöpf an! Es will schon gehen.«

»Heben wir es auf«, sagte Andreas und packte das Kalb bei den Vorderbeinen. »Vorsichtig! Vorsichtig! Oh, geh weg, Noldi, drei genügen!«

Und sie legten das neugeborene Kälbchen neben den Kopf seiner Mutter. Sie begann es sofort abzulecken. Andi tätschelte ihren Rükken. Er fühlte ihr den Puls, während Otto aufzuräumen begann.

»Ich glaube, im Grunde meiner Seele bin ich immer noch ein Bauer«, murmelte Andi.

6

Er erinnerte sich an die Ferientage seiner Kindheit, an die Tage und Nächte, die er hoch oben auf dem saftigen Rasen im Schatten der Gletscher verbracht hatte. Und wenn nicht Luise gewesen wäre, er hätte sein Auto genommen und wäre die Julierstraße zu dem alten Familienhof bei Rivar hinaufgefahren, wo die Julia wie flüssiger Kristall durch das bunte Schieferbett jagt und die Forellen zwischen den Blumen, die über das Ufer hängen, mit großen Sprüngen nach Fliegen und Heuschrecken schnappen. Ja, er sehnte sich danach, an diesem Tage dort oben allein zu sein, auf dem Rücken zu liegen, in den schwarzblauen Himmel hinaufzuschauen, den Duft des Tannenharzes zu atmen und nachzudenken. Er hatte über sehr vieles nachzudenken. Nachdem er den Stall verlassen und sich am Brunnen die Hände gewaschen hatte, sah er Otto, den jungen Noldi und Kaspar auf der Holzbank unter dem breiten vorspringenden Dache sitzen. Eine Frau goß ihnen Milchkaffee in dicke weiße Porzellantassen ein und schnitt auf dem wackligen Tisch Brot und Käse.

»Guata Tag, Frau Mariegeli!« rief er. »Schönes Wetter! Glaubt ihr, ich habe hier umsonst den Tierarzt gespielt? Gibt es kein Frühstück für mich?«

Andi drückte der alten Bäuerin die Hand. Sie humpelte davon und kehrte mit einer Tasse, einem Messer und einem Teller zurück.

»Was soll denn das alles, Frau Mariegeli? Hab ich denn keine Hände, mit denen ich essen kann?«

Andi nahm ein Stück Brot und begann zu essen.

»Aber es ist nicht mehr das Brot von früher«, sagte er mit einem knabenhaften Lächeln. »Zu weiß und trocken. Früher, als wir unser Brot noch selber gebacken haben, war es schwarz und saftig und außen ganz hart und verbrannt.«

»Ja, ja, das sind jetzt die Bäcker«, sagte Otto melancholisch. »Die Vereinigung schreibt es so vor. Wir werden industrialisiert.«

Auf der anderen Seite des Gutshofes tauchte Luise auf, wie ein grüner Schmetterling, ganz schlank in den Hüften, und ihr loser, bauschiger, langer Rock reichte ihr bis zu den Knöcheln. Sie hob den Arm und rief: »Andi! Andi! Hallo!«

Andi sprang auf und ging zu ihr hin.

»Das ist nett, daß du kommst, Luise. Du kannst hier frühstücken! Das ist Otto, hier seine Frau, Noldi und Kaspar. Margeti hat eben ein Kalb geworfen! Ich habe geholfen. Komm und setz dich zu uns!«

»Andi, um Himmels willen! Wir warten alle auf dich. Das Frühstück wird aufgetragen! Warum ist denn dein Ärmel so schmutzig? Jeses, Andi! Schau dir deine Hosen an und deine Schuhe, die sind ja voller Jauche. Puh – wie das riecht! Und wir wollen doch jetzt gleich nach Valduz fahren! Weiß du denn nicht, daß Sonntag ist? Wir gehen in die Kirche.«

Er blickte auf seine Hose hinunter und lächelte.

»Einerlei, Liebling«, sagte er mit vollem Munde. »Wir haben massenhaft Zeit! Die Kirche fängt erst um zehn an.«

»Man erwartet dich zum Frühstück. Ich habe gesagt, daß ich dich hole!«

»Laß sie warten. Ich kann es nicht ertragen, wenn die Tante aus Basel von ihren Verwandten aus Dalbe erzählt. Ich bin kein Baseler, ich bin aus trockenem Bündner Fleisch.«

»Du bist sonst immer so elegant«, sagte sie. »Aber schau dich jetzt an!«

»Elegant?«

Er nahm ihren Arm und wollte sie über den Hof zu der Holzbank führen.

»Ich hab weiße Schuhe an«, protestierte sie.

»Was macht das aus, Liebling? Laß sie schmutzig werden! Schuhe sind dazu da, schmutzig zu werden.«

»Nein, wirklich nicht, Andi, wirklich nicht! Du hast gesagt, du willst die Zündkerzen an deinem Auto putzen!«

»Das wollte ich auch, aber statt dessen hab ich den Tierarzt spielen müssen.«

»Oh, Andi, wie du riechst!«

Sie rümpfte einige Male die Nase, dann machte sie kehrt und entfernte sich.

»Beeil dich!« rief sie.

Er ging unter das Stalldach und begann, seinen Kaffee zu trinken.

»Diese Dame wird meine Frau werden«, erklärte er nachdenklich.
»Hoffentlich kommen Sie oft zu uns aufs Schloß«, sagte der alte Otto und kratzte sich hinter dem Ohr.

7

Es war schon nach zwölf, aber Andreas blickte immer noch zum Fenster seiner Kanzlei hinaus. Seine Kollegen waren bereits zum Mittagessen nach Hause gegangen. Sie waren verheiratet, hatten Kinder und führten ein friedliches bescheidenes Dasein, wie es ehrenwerten Magistratsbeamten geziemt. Andreas aber hatte noch nicht das Alter geistiger und häuslicher Stabilität erreicht, er spielte gern den Vagabunden, aß mal hier und mal dort in einem Restaurant oder suchte einen seiner wenigen Freunde auf, die er in der Stadt besaß, um mit ihnen zu plaudern oder bei schwarzem Kaffee und Kirsch eine Partie Karten zu spielen.

Am liebsten besuchte er in Lanzberg die Bahnhofswirtschaft. Ihm machte der Bahnhof viel Spaß, da das Leben hier pulsierte und sich während der Saison Fremde aus allen Weltgegenden einfanden.

Der Engadin-Expreß kam um die Mittagszeit an und brachte manchmal interessante Ausländer mit. Bevor sie umstiegen, belagerten sie das Büfett und nahmen ihre erste Schweizer Mahlzeit ein. Der kluge Wirt hielt die verschiedensten ausländischen Zeitungen, um seinem Etablissement ein internationales Flair zu verleihen. Auch Andi las oft nach dem Essen einige dieser Blätter, um sich über die wichtigsten Ereignisse in der Welt zu informieren. Schließlich gab es aber in der Bahnhofswirtschaft einen sehr guten Koch, und das spielte bei ihm eine große Rolle, da er ein geborener Feinschmecker war.

Lautlos verstrichen die Minuten, während Andi auf den Gefängnishof hinunterschaute und mit tiefen Zügen den Rauch einer Zigarette inhalierte. Er schien nachdenklich und grüblerisch zu sein, jedenfalls sah er nicht glücklich aus.

Nach einiger Zeit warf er die Zigarette weg und verließ die Kanzlei. Herr Volk erwartete ihn, um ihm das große Tor zu öffnen.

»Guten Appetit, Herr Doktor!« grüßte er.

»Gleichfalls«, erwiderte Andreas und stieg in seinen Alfa Romeo.

Die Lanzberger waren bereits in Schwärmen auf ihren Fahrrädern nach Hause geradelt und saßen schon beim Mittagessen. Die Straßen sahen so leer aus, als ob die Pest gewütet hätte.

In den letzten Tagen hatte die Bahnhofswirtschaft ihn immer stärker angezogen. Er hatte jede Gelegenheit genutzt, um dort zu essen und hatte sich für sein Mittagsmahl ein Tischchen reservieren lassen. Oft waren seine Gedanken dorthin gewandert, nicht wegen des ausgezeichneten Essens, sondern eines Mädchens wegen, das er im vergangenen Sommer während der Manöver hoch oben im Hospiz am Yzollapaß kennengelernt und in übermütiger Laune geküßt hatte. Und jetzt, da sie wie alle besseren Kellnerinnen ein schwarzes Seidenkleid und eine weiße Spitzenschürze trug, war er der Meinung, noch nie habe es in einer Bahnhofswirtschaft ein hübscheres Schweizer Mädchen gegeben.

Als er das Restaurant betrat, saß eine schwitzende Menschenmenge bereits eifrig über ihren Tellern. Jeder von ihnen schien darauf erpicht, sein Essen so schnell wie nur möglich hinunterzuschlingen. Der Duft des Tagesgerichts, Schweinekotelett mit Sauerkraut, hing in der Luft. So wie Andreas in die Türe trat, sah er Silvelie am Schanktisch stehen. Herr Schans, der Wirt, ein Mann mit einem leuchtend roten Gesicht, einem dreifachen Kinn und einem Schnurrbart unter der fleischigen Nase, der dem des seligen Abdul Hamid glich, zählte etliche Messingmarken, die Privatwährung seines Betriebes, die Silvelie auf den Schanktisch gelegt hatte. Frau Schans stand neben ihm, füllte die Biergläser und köpfte mit einem hölzernen Spachtel die schaumigen Kronen. Kellnerinnen eilten herbei und riefen mit lauter Stimme die Bestellungen aus. Aber so sehr Silvelie sich in diesem Augenblick geistig und körperlich auf ihre Arbeit konzentrieren mußte, wandte sie dennoch schnell den Kopf – sie mußte Andreas' Kommen gefühlt haben. Und als er den Hut ein wenig lüftete, um sie zu begrüßen, lächelte sie etwas nervös, machte dann gleich wieder ein ernstes Gesicht, nahm mit beiden Händen, etwas ungeschickt wegen des steifen Armes, ein schweres Tablett und steuerte auf einen entfernten Tisch zu, um eine Familie zu bedienen, deren Oberhaupt lauten Protest erhob, weil man ihn so lange habe warten lassen. Silvelie entschuldigte sich und stellte die Schüsseln auf den Tisch. Sie wußte schon genau, daß viele ihrer Gäste ihre angebliche Unzufriedenheit nur zum Vorwand nahmen, um weniger oder gar kein Trinkgeld geben zu müssen.

Silvelie näherte sich Andreas und legte das Besteck zurecht. Andreas hatte bisher noch nie Gelegenheit gefunden, sich länger mit ihr zu unterhalten. Er lächelte etwas verlegen, während sie seine gutgeformten, gebräunten Hände betrachtete, seinen großen Siegelring mit dem viereckigen blauen, von goldenen Blattornamenten umrandeten Stein, auf dem ein Wappen eingraviert war.

Dann warf sie einen nervösen Blick nach dem Schanktisch, eilte zu einem Nachbartisch und kehrte wieder zurück.

»Was essen Sie bitte?«

»Sie machen ein so bekümmertes Gesicht, was ist denn los?«

Ihr Blick streifte sekundenlang seine Augen.

»Junge Ente ist heute sehr gut, Herr Doktor.«

»Wirklich? Nun, wenn Sie meinen, bringen Sie mir junge Ente. Aber gut durchgebraten, bitte.«

»Und wünschen Sie eine Vorspeise?«

»Nichts! Ich werde von der Ente träumen, bis sie kommt und einen Tropfen von dem Château-la-Rose trinken, den ich für gewöhnlich nehme.«

Sie entfernte sich und er beobachtete, wie sie sich nach links und nach rechts neigte, um sich zwischen den Tischen hindurchzuwinden. Weich und biegsam bewegte sie sich wie etwas, das draußen in der freien Natur wächst, etwas Wildes und Unberührtes – er konnte sich nicht darüber klarwerden, ob es eine Pflanze oder ein Tier sei. Aber er hatte das Gefühl, daß sie gar nicht hierher paßte.

Als er ihr hier zum ersten Mal begegnet war, hatte sie ihn mit großen Augen überrascht angeschaut. Und sie hatte sich auch sogleich an ihn erinnert, was ihn besonders gefreut hatte. Er hatte sich ihr vorgestellt, und auch sie hatte ihm ihren Namen genannt.

Seine Blicke ruhten auf ihrem weißen Hals und dem nachdenklichen Gesicht mit seiner Melancholie. Dabei begegnete er ihrem flüchtig abwehrenden Blick und geriet in Verwirrung.

»Sie brauchen sich nicht zu beeilen, ich habe sehr viel Zeit.«

»Das ist gut, Herr Doktor.«

»Warum sind Sie eigentlich hier?«

Sie schaute ihn erstaunt an.

»Jetzt muß ich die Ente holen.« Und sie lief weg.

Was war denn nur an diesem Mädchen, das ihn so mächtig anzog? Seltsam, wie oft und mit welcher Zärtlichkeit er seit dem vorigen Sommer an sie gedacht hatte. Die ganze Zeit hatte sie einen Winkel seines Herzens beschäftigt, ohne daß es ihm ganz bewußt wurde. Ah! Da war sie schon mit der gebratenen Ente! Sie lächelte ihm zu – er kam ihr so jung vor ...

»Sie verwöhnen mich. Ich wünschte, Sie könnten sich zu mir setzen und mit mir teilen.«

»Wenn ich nur könnte ...«

Er stieß das Messer in die braune Brust der Ente und blickte stirnrunzelnd auf.

»Haben Sie nicht manchmal einen Tag frei?«

Ihre Miene wurde plötzlich streng.

»Warum, Herr Doktor?«

»Nun – ich habe mir gedacht, wir könnten einmal zusammen ausfahren.«

»Wozu?«

»Um einander kennenzulernen.«

»Ich habe leider nie frei«, sagte sie.

Er errötete ein wenig und begann, seinen Braten zu zerlegen.

Silvelie ging an einen anderen Tisch.

Andreas blieb nach dem Essen rauchend und meditierend sitzen. Bald darauf betrat ein Bekannter von ihm das Lokal, ein gewisser Dr. Henri Scherz, ein Mann von etwa dreißig Jahren. Sein mächtiger Kopf voll eisengrauer Locken saß auf einem schlanken, fast knabenhaften Körper.

Als er Andreas erblickte, machte er ein halb überraschtes, halb vorwurfsvolles Gesicht.

»Hallo, Andi, da bist du!« Er hängte seinen Hut an einen Haken. »Du läßt es dir wie gewöhnlich gut gehen?«

»Setz dich, Kaffee und Kirsch?«

»Warum nicht?« Dr. Scherz winkte Silvelie wie ein alter Bekannter.

»Gueta Tag! Wie geht's?« sagte er jovial. »Ich habe mit Madame Robert gesprochen. Sie erzählte mir, daß Sie nächste Woche bei ihr anfangen. Das freut mich sehr, Ihretwegen, ein viel besseres Haus.«

Sie schaute Dr. Scherz ernst an und sagte: »Ich danke Ihnen, daß Sie mir zu dieser Stellung verholfen haben.«

»Es ist nicht mein Verdienst, bestimmt nicht«, sagte Henri. »Mit Ihrem reizenden Aussehen brauchen Sie keine großen Empfehlungen. Und das ist auch nicht bloß ein Kompliment, dazu kennen Sie mich zu gut.«

Henris gönnerhafter Ton gegenüber Silvelie ärgerte Andi.

Henri legte die Hände vors Gesicht, rieb sich mit seinen knolligen Fingern energisch die Augen und unterdrückte ein Gähnen.

»Ich bin müde«, sagte er. »Ich habe den ganzen Vormittag für den ›Kurier‹ über unsere notleidende Bergbevölkerung geschrieben. Vorbereitungen für den nationalen Armensammeltag am ersten August! Unsere Heuchler schreien nach Mitleid. Unsere Intellektuellen machen sich Sorgen um unsere Bergbauern! Warum um Himmels willen? ›Warum verlassen sie die Berge?‹ Das möchten die bürgerlichen Herren gerne wissen! Unsere Stadtbewohner haben Angst vor der wachsenden Zahl der Erwerbslosen. Unsere besitzenden Klassen haben Todesangst. Unsere Zeitungen mit ihren gelehrten Schaumschlägereien sorgen nur für die überfütterten Geister. Schmeicheln immer nur den Bankiers und Pfarrern, die alle der Teufel holen soll und die man aus den zivilisierten Ländern davonjagen müßte. ›Bitte, Dr. Scherz, vermeiden Sie alle strittigen Themen, unsere Leser wollen das nicht haben!‹ Das sagt mir der Chefredakteur zehnmal am Tage. Nur nicht unsere Traditionen verletzen, nur nicht unsere Grenzen gefährden, keine Abschaffung der Zölle, keine Abrüstung! Immer das gleiche. Die andern sollen anfangen, dann folgen wir ihrem Beispiel. Unser Land ist doch weiter nichts als ein riesiges Hotel! Eine Viertelmillion Betten, die an Ausländer vermietet werden. Achttausend Hotels und Pensionen. Zwei Milliarden Franken investiertes Kapital. Das Bett kostet im Durchschnitt zehntausend Franken. Schreckliche Überkapitalisierung!

Der allgemeine Bankrott ist unvermeidlich. Inzwischen pumpt man den Staat an. Jedes Gewerbe und jede Industrie will staatliche Unterstützung haben. Sie glauben, der Staat ist für jedermann eine fette Milchkuh, diese Dummköpfe! Zu guter Letzt werden sie selber die Zeche zahlen müssen. Leute wie du werden es zu büßen haben. Ich habe nichts zu verlieren, deshalb bleibe ich auch ein unbeteiligter Zuschauer.

Wir haben einen Mann wie August Forel, einen Mann wie Romain Rolland bei uns. Aber nein! Wir müssen eine Nation sein, mit einer persönlichen Kultur, einer persönlichen Kunst, einer persönlichen Literatur. Meyer und Gotthelf, Keller und Burckhardt, Böcklin und Hodler. Wir müssen eine Goldwährung haben! Unser kleiner Freiburger Finanzrat in Bern hat die Kühnheit zu behaupten, daß unser Papiergeld durch das Gold in der Nationalbank doppelt gedeckt sei! Mit unseren Zöllen bezahlen wir Alterspensionen und Beamtengehälter. Wir sind gezwungen, für unsere Armee mehr Geld auszugeben als je zuvor! Und trotzdem haben wir die Stadt Genf an die ausländischen Kapitalisten vermietet, um ihnen eine Schwatzbude zu liefern. Wir Esel! Wir haben jede Gelegenheit versäumt, um eine moderne Nation zu werden. Esel, die wir sind!«

Er hielt einen Augenblick inne, während Silvelie ein kleines Tablett mit Kaffee und Kirsch vor ihn hinstellte.

Andi lächelte ironisch über diese Tirade.

»Wie geht es deinem alten Vater?« fragte er nun beschwichtigend.

Henri starrte ihn eine Sekunde lang etwas verblüfft an, aber er war es gewöhnt, bei seinen leidenschaftlichen Ausbrüchen durch Andi mit derartigen Bemerkungen unterbrochen zu werden. Er schlürfte seinen Kirsch.

»Oh, der alte Herr!«

Er schnitt eine Grimasse und fügte sich dann gutgelaunt dem jähen Wechsel des Themas und der Unterhaltung.

»Heute früh hatte er wieder einmal einen Anfall von Vergeßlichkeit. Er kroch aus dem Bett, erwischte seine Krücken und spazierte umher. Er fand meine Kognakflasche und begoß die Geranien in der Galerie mit Kognak. Samisoff kam natürlich zu spät hinzu. Er ist nie da, wenn man ihn braucht.«

Er verstummte und folgte Andis Blicken.

»Du schaust sie gern an, wie?« sagte er mit spöttischer Miene.

»Was mag nur mit ihrem Arm los sein!« meinte Andi.

»Sie hat ihn gebrochen. Als Kind.«

»Hat sie dir das erzählt?«

»Ja. Ich habe mich gestern abend längere Zeit mit ihr unterhalten.«

»Ob vielleicht Professor Gruber den Arm wieder reparieren könnte? Ich bin fast davon überzeugt. Es ist doch keine eigentliche Lähmung, wie?«

»Warum forderst du sie nicht auf, zu ihm zu gehen?« schlug Henri vor und tauchte ein Stück Zucker in den Kirsch. »Du hast massenhaft Geld, du kannst dich bereit erklären, die Sache zu bezahlen.«

»Vielleicht werde ich das später einmal tun.«

»Oh, wie zaghaft und diskret! Warum so zeremoniös? Sie gehört zum Volk.«

»Leider bin ich Beamter in dieser Kleinstadt und muß mich in acht nehmen«, sagte Andi und blickte nachdenklich vor sich hin. »Du scheinst sie schon recht gut zu kennen. Du hast ihr eine Stellung in Madame Roberts Konfiserie besorgt, wie? Bist du schon mit ihr im Kino gewesen? Wer ist sie denn überhaupt?«

Henri spielte mit Andis Zigarettendose.

»Sie spricht nicht über ihre Familie«, sagte er. »Und warum soll sie auch? Sie sagte mir, sie stamme aus der Gegend des Yzollapasses. Ihr Vater war Sägemüller und scheint ein roher Patron gewesen zu sein. Im Herbst vorigen Jahres hat er seine Familie verlassen und ist verschwunden, niemand weiß, wohin. Eins ist interessant: Sie hat Lauters, den Maler, gut gekannt.«

»Meinst du Lauters, der voriges Jahr gestorben ist?«

»Ja. Er hat ihr anscheinend sein Chalet auf dem Yzollapaß und eine Unmenge Bilder hinterlassen.«

Andi verzog ganz unmerklich den Mund.

»Hat *sie* dir das erzählt?«

»Ja. Es überrascht dich, wie?«

»Glaubst du, daß es stimmt?«

»Schau sie dir an! Kann dieses Geschöpf lügen?«

»Ich weiß es nicht. Ich habe schon hinter den unschuldigsten Blicken ganze Berge von Lügen entdeckt. Meine Verbrecher bemühen sich immer, unschuldig dreinzuschauen. Außerdem erzähle auch ich Lügen.«

»Geh!« sagte Henri und blies ihm den Rauch seiner Zigarette ins Gesicht. »Die Juristerei hat alle Menschlichkeit in dir erstickt. Du bekommst einen richtigen Polizeigeist, mißtrauisch gegen die Tugend, argwöhnisch gegen die Unschuld.«

»Wenn sie Lauters' Bilder geerbt hat«, sagte Andi langsam, »warum treibt sie sich dann in Lanzberg herum? Warum bedient sie in der Bahnhofswirtschaft? Lauters' Bilder sind sehr viel Geld wert. Glaubst du wirklich, berühmte Maler hinterlassen Dienstmädchen ihre Bilder? Das war sie nämlich! Ich weiß es. Vorigen Sommer während der Manöver habe ich sie im Yzollahospiz bedienen sehen.«

»Du bist ein Snob«, sagte Henri und brach in ein trockenes Lachen aus, das sonderbar klang.

»Mein Vater hat vor Jahren in Zürich ein Bild von Lauters gekauft und zehntausend Franken dafür bezahlt, eine große Landschaft«, sagte Andi ungerührt. »Sie braucht nur ein einziges Bild zu verkaufen und ist alle ihre materiellen Sorgen los«, fuhr Andi hartnäckig fort.

»Nun, offenbar hat sie irgendwelche Gründe, warum sie Lauters' Bilder nicht verkaufen will.«

»Was für Gründe? Hat sie sie dir gesagt?«

»Nein. Aber sie spricht mit solcher Wärme und Verehrung von Lauters, daß ich mir denken könnte, seine Werke seien für sie ein Heiligtum.«

»Das ist ja interessant! Aber wenn Lauters ihr seine wertvollen Bilder hinterlassen hat, warum hat er ihr nicht auch ein wenig Geld vermacht?«

»Das hat er getan.«

»Was hat sie mit dem Geld gemacht?«

»Sie hat es mir nicht erzählt, aber ich glaube, es ist irgendwas passiert, und sie hat es auf einen Schlag verloren.«

»Hat sie erzählt, wieviel es war?«

Henri trank seinen Kirsch aus und wischte sich mit Andis Serviette den Mund.

»Noch etwas?« fragte er. »Warum fragst du sie denn nicht selber?«

Andi schaute nach der Uhr.

»Ich muß mich auf die Beine machen«, sagte er. Er versuchte, Silvelies Blicke auf sich zu lenken, und machte ihr ein Zeichen, als schriebe er etwas in die Luft.

Sie verstand ihn, nickte ernst und machte ihm die Rechnung zurecht. Er bezahlte auch Henris Kaffee und Kirsch, und Henri protestierte dagegen wie gewöhnlich.

8

Schloß Richenau stand auf einer Felskuppe, zwischen hohen, schroffen Bergen ungefähr dreihundert Meter über einem breiten Tal. Am Fuß der Kuppe nistete das uralte Städtchen Valduz, über das in vergangenen Jahrhunderten alle möglichen Naturkatastrophen hereingebrochen waren. Wüste Überschwemmungen hatten seine Häuser weggeschwemmt, Feuersbrünste hatten es in Asche gelegt, und die Waffen der Menschen hatten es mehrere Male verwüstet. Immer wieder aber war das Städtchen neu aufgebaut worden, und heute besaß es eine breite Hauptstraße mit freundlich bemalten spitzen Häusern, mehreren kleinen Hotels und Wirtshäusern, einer großen, weißen protestantischen Kirche und zahlreichen Läden für Touristen. In Valduz trafen sich zwei Täler. Die Gewässer, die aus diesen Tälern stammten und sich oberhalb der Stadt miteinander vereinigten, waren von geschickten Ingenieuren gezähmt worden und produzierten jetzt hundertfünfzigtausend Pferdestärken elektrischen Strom. Die steinernen Häuser hatten vom Feuer nur noch wenig zu fürchten. Außerdem waren sie versichert, und es gab eine Feuerwehr, die der Schullehrer befehligte. Ein feindlicher Überfall war erst recht nicht zu erwarten. Denn es ist höchst unwahrscheinlich, daß in Valduz oder seiner Umgebung jemals ein moderner Krieg ausgefochten würde.

Eines Morgens waren die Valduzer bereits in aller Frühe auf der Hauptstraße versammelt, spazierten zwischen den fahnengeschmückten Häusern auf und ab und bewunderten mit ernster Miene das Begrüßungs- und Glückwunschtransparent, das über die Straße gespannt war. Die Lanzberger »Concordia« spielte schon ihr »Tram tram trabidida«, bis die Töne ihrer mit Speichel verstopften Messingungetüme zu vibrieren begannen.

Um zwölf Uhr füllte bereits eine dichte, schwitzende Menschenmenge die Straße. Aus den benachbarten Tälern trafen Delegationen ein: der Bauernbund sowie der Töpferverband. Gelangweilte Beamte und gewichtige Persönlichkeiten mit bedeutender Miene geruhten zu erscheinen, ebenso einige magere Exemplare säuerlicher Bürokraten, die in Begleitung ihrer noch säuerlicheren Frauen hinter ihren Chefs und Unterchefs hermarschierten.

Dr. Scherz und Silvelie trafen mit einem der Sonderbusse ein. Er hatte sie eingeladen, denn er wollte sie schon lange einmal ausführen. Silvelies Wangen glühten, doch ihre Erregung hing keineswegs mit dem fünfundsiebzigjährigen Jubiläum des Valduzer Musikvereins zusammen. Ganz andere Erwartungen hatten diese Röte verursacht: Dr. Scherz hatte nämlich angedeutet, daß sie wahrscheinlich Andi begegnen würden. Nichts beschäftigte sie stärker als der Gedanke, Andi zu sehen. Ihr ganzes Wesen war von ihm erfüllt, tiefer, als sie es jemals einem Menschen gegenüber zugegeben hätte. Es war mit ihr etwas geschehen, wie es einem sicher nur einmal im Leben widerfahren kann.

Nun ging sie mit Henri die Hauptstraße entlang.

»Wo gehen wir hin?« fragte Silvelie.

»Im Programm steht, daß die Festlichkeiten um zwei Uhr auf der Entenwiese beginnen, es ist die Gemeindewiese, wo hier alle Feiern stattfinden.«

Eine Musikkapelle zog an ihnen vorbei, die Concordia von Valduz in ihren neuen Uniformen: grüner Waffenrock, Militärmütze, Hosen mit orangefarbenen Streifen und Epauletten.

Henri und Silvelie traten zur Seite.

»Die Hörner sind qualvoll«, sagte Henri. »Doch wollen wir nicht zu kritisch sein, sie tun ihr Bestes, und die Leute klatschen Beifall.«

»Warum haben sie für ihre Kapelle Polizeiuniformen gewählt?« fragte Silvelie.

»Ich glaube, alles was an Polizei erinnert, gibt ihnen ein Gefühl der Sicherheit und Überlegenheit. Jeder spielt sich gern auf als Polizist. Wir stecken noch im Mittelalter. Dabei hätte man nach dem Weltkrieg aus der Schweiz ein vorbildliches Land machen können. Von der Dorfschule bis zur Universität haben wir leider alle Gelegenheiten verpaßt! Wollen wir nicht in der kleinen Konditorei dort etwas essen gehen? Sie sind sicher hungrig, Fräulein Lauretz. Sie müssen etwas essen!«

»Und Sie?« fragte Silvelie.

»Ich werde mich dazusetzen. Ich fühle mich heute sehr schwach und habe kaum geschlafen. Ich habe keinen Hunger.«

Sie gingen über die Straße zu einem Laden mit der Aufschrift »English spoken – afternoon teas and toasts«. Sie fanden einen Tisch neben einem Fenster mit Ausblick auf die benachbarten Berge.

»Um diese Zeit«, sagte Henri, »beginnen die Leute sich vollzustopfen. Wie sonst kämen sie zu solchen Stiernacken und stolzen Bäuchen? Ich kriege kein Pfund Fleisch auf meine Rippen, so viel Mühe ich mir auch gebe.«

Er wischte sich mit einem seidenen Taschentuch die blasse Stirn; Silvelie merkte nicht, daß es die Initialen von Andi trug.

Man servierte ihr Brötchen und Milchkaffee. Plötzlich sah er ganz eingefallen aus, und Silvelie fragte ihn besorgt: »Sollten Sie nicht zum Arzt gehen?«

»Seit Jahren tue ich nichts anderes, als zu Ärzten zu laufen. Über Ärzte und Patienten läßt sich nur eines sagen: Beide sind in der Welt völlig überflüssig. Es wäre durchaus möglich, sie beide abzuschaffen. Man muß aufhören, minderwertige Geschöpfe wie mich in die Welt zu setzen, dann hat der ganze Jammer ein Ende. Aber Artikel 54 der Verfassung lautet: ›Das Recht zur Ehe ist durch die Verfassung geschützt. Dieses Recht darf weder aus kirchlichen noch aus wirtschaftlichen Gründen eingeschränkt und darf auch nicht aus Gründen des Verhaltens oder der polizeilichen Sicherheit behindert werden.‹ Das heißt, daß jeder das Recht hat, eine Familie zu gründen, mag er noch so krank oder noch so kriminell veranlagt sein. Deshalb muß man alles tun, was man kann, um dem Gesetz Jehovas zu gehorchen: ›Seid fruchtbar und mehret Euch‹, einerlei wie. Man setze etliche Henris in die Welt, und so weiter! Die Irrenanstalten, die Gefängnisse, die Spitäler, die Kirchen brauchen Henris. Ehrt nur weiter die Einrichtungen und Segnungen der Menschheit! Sie dürfen sich aber jetzt nicht aufregen, Silvelie, keine Sorge! Sie sind ein vollendetes Exemplar! Ich selbst bin ein völlig nutzloser Doktor der Naturwissenschaften, ein zielloser, gelehrter Narr, degeneriert durch und durch.«

Silvelie schwieg dazu und begann scheu, an ihrem Brötchen zu knabbern.

»Wenn Sie nichts dagegen haben, werde ich einen kleinen Kognak zu mir nehmen, die beste Medizin gegen einen schwachen Magen.« Er setzte seine Tiraden fort.

»Ich habe Andi sehr gern, will sogar behaupten, daß unsere Freundschaft in unserer heutigen Zeit etwas Schönes und Altmodisches hat. Aber wir sind in allem trotzdem grundverschieden. Er ist ein so gesunder Mensch, man kann nicht anders, als ihn bewundern. Sein Gehirn funktioniert viel normaler als das meine. Er ist in einem Schloß zur Welt gekommen. Ich habe meine elenden Augen in einer Vierzimmerwohnung aufgeschlagen, mit der Aussicht auf ein Hintergäßchen voll mit hängender Wäsche. Unsere Freundschaft begann, als wir zusammen auf der Universität waren. In einer rivalisierenden Studentenvereinigung gab es einen Kerl, der meinen Anblick nicht ausstehen konnte – was ich gewissermaßen durchaus begriff, wenn ich auch nicht damit einverstanden war ... Dieser Kerl verfolgte und terrorisierte mich, sooft er nur Gelegenheit dazu fand. Eines Tages saß ich allein an einem kleinen Tischchen in einem Café in Zürich. Andi saß mit zwei Kameraden an einem Nachbartisch. Ich kannte ihn damals noch nicht persönlich. Ganz plötzlich kam mein Feind heran, die Mütze schief in den Nacken geschoben. ›Hallo, junger Sowieso!‹ sagte er, steckte die Spitze seines Spazierstocks in meine Tasse und rührte den Kaffee um. Dann entfernte er sich achselzuckend und setzte sich an einen Tisch zu einer Schar von Freunden, die aus voller Kehle lachten. Ich hätte am liebsten mitgelacht. Ich sah sehr wohl die komische Seite der Sache – ein Bärenkerl insultiert einen Schwächling wie mich, der nicht die leiseste Hoffnung hegen kann, ihm jemals gewachsen zu sein. Zugleich aber überwältigte mich ein so scheußliches Gefühl der Demütigung, daß ich in Tränen hätte ausbrechen mögen. Ich verfluchte in Gedanken meine Eltern, weil sie mich in die Welt gesetzt hatten. Und ich fühlte, wie mir das Blut ins Gesicht schoß. Wenn ich einen Revolver bei mir gehabt hätte, wäre ich auf der Stelle zum Mörder geworden. Ich erinnere mich noch heute an den Ausdruck von Andis Augen. Er saß an einem Nebentisch, den Oberkörper vorgebeugt, das Gesicht in die Hände gestützt und die Ellbogen gegen die Knie gestemmt. Er schaute mich fest an. Sie kennen diese runden, grauen Augen? Eine Mischung von Panther und Taube und stets voll von Fragen! Mir wurde ganz heiß. Er stand auf und kam zu mir herüber. Er fragte mich sehr höflich, ob ich einen Streit mit dem Kerl gehabt hätte, der mir den Kaffee umrührte. Ich erwiderte – nein, er sei mir nicht einmal bekannt, und ich wolle ihn auch gar nicht kennenlernen.

›Warum lassen Sie sich diese Beleidigung gefallen?‹

Ich erwiderte, daß ich der stoischen Schule angehöre, daß ich mir meiner Unterlegenheit bewußt sei und mich sehr schwach fühlte.

›Kommen Sie, setzen Sie sich an meinen Tisch‹, sagte Andi. Er nahm mich am Arm, führte mich zu seinen Freunden, und ich nannte ihm meinen Namen.

Dann machte Andi kehrt, ging auf meinen Feind zu und forderte ihn höflich auf, sich sofort bei mir zu entschuldigen. Der Bursche musterte Andi von oben bis unten in einer für Andi höchst beleidigenden Weise. Ganz plötzlich kam der Tiger in Andi zum Vorschein. Er sprang auf den Kerl los, packte ihn beim Kragen, riß ihn empor, schleppte ihn zum Fenster – Sie wissen, so ein großes Cafefenster, das vom Fußboden fast bis zur Decke reicht – und schleuderte ihn durch das Fenster auf die Straße. Die Glasscherben klirrten. Andi kam wieder an unseren Tisch und setzte sich. Natürlich gab es einen Skandal. Die Polizei erschien. Andi ließ sich abführen. Sein Vater, unser schweizerischer Moltke, Gott segne ihn, löste ihn telefonisch aus. Kein Wort gelangte in die Presse, obgleich dieser

Kerl zwei Wochen im Spital lag und geflickt werden mußte. In der Verfassung heißt es, Artikel Nummer vier: ›Alle Schweizer sind vor dem Gesetze gleich. Es gibt keine Vorrechte der Stellung, Geburt, Herkunft oder Person.‹ Natürlich weiß jeder Schweizer, daß das bloße Rhetorik ist, Andi kam mit einer Geldbuße und mit einer Verwarnung durch den Rektor der Universität davon.

Das waren Zeiten! Wenn wir doch nie älter würden, sondern immer ungefähr zwanzig Jahre alt blieben und uns den Idealismus der Unerfahrenheit bewahren könnten. Aber ich glaube, ich habe mich viel weniger verändert als Andi. Sie können sich nicht vorstellen, was er ein oder zwei Jahre nach dem Kriege für ein Mensch war.

Sonderbar, je mehr Jus er studierte, desto radikaler wurde seine Feindschaft gegen alles Konventionelle. Ein Bolschewik oder Nihilist wirkte in seiner Gesellschaft wie ein milder Vegetarier. Körperlich überragte er die meisten von uns. Keiner hat unsere großmäuligen Patrioten jemals so heftig angegriffen, wie das Andi damals zu tun pflegte. Zwei Jahre lang war er wie von einem heiligen Feuer besessen, verkündete Utopia, den Bankrott des Kapitalismus, den Zusammenbruch der westlichen Zivilisation. Oswald Spengler hatte ihn infiziert. Er schimpfte auf Wilson und Clemenceau und die Engländer, warf sich auf die Soziologie, lernte Esperanto, tobte wutschäumend gegen Zölle, Steuern und bürokratische Tyrannei. Er studierte internationales Recht, und als wir in Leipzig waren, bildete er dort einen Zirkel von zwanzig Teilnehmern, und wir versammelten uns gewöhnlich in einem Weinkeller, rauchten Pfeife und fabrizierten so viel geistiges Dynamit, daß man damit die Welt hätte in die Luft sprengen können. Ich bereitete mich auf den Lehrerberuf vor. Eine Idee meiner Eltern! Staatsdienst, Sicherheit und Pension, das Ideal einer bestimmten Menschenklasse. Stellen Sie sich vor, ich sollte die Jugend lehren, daß die Familie die Grundlage der menschlichen Gesellschaft sei, daß der Staat heilig sei, und daß Gott im Himmel auf seine Kinder herabblicke. Ich war dazu einfach nicht imstande. Wundert es Sie, daß ich an keiner unserer respektablen Hochschulen eine Stellung finden konnte? Andi machte in Deutschland sein Doktorat, mit Auszeichnung, über das Thema ›Recht und menschliche Freiheit‹. Damals war Poincaré in das

Ruhrgebiet einmarschiert, die Mark ging zum Teufel, das ganze Land war von einer physischen, moralischen und geistigen Erschütterung gepackt. Den Deutschen ist nur noch der Zorn geblieben.

Ich habe an meinen Idealen festgehalten. Das Ergebnis sehen Sie vor sich. Ich bin nichts und will auch nichts sein. Aber Andi! Du lieber Gott, sehen Sie doch bloß, wie weit er es gebracht hat!« Henri lächelte spöttisch.

»Er kam zurück in sein altes Schloß, das früher einmal eine Räuberhöhle war. Ich weiß, was in diesen reizenden Kreisen vorgeht, unter den reichen Verwandten, die meist einige Millionen besitzen und fürchten, alles zu verlieren. Die Familie ist die Grundlage des bürgerlichen Lebens, und das gute alte Helvetia ist eine Vereinigung zahlreicher Familien.«

Henri goß den Rest seines Kognaks hinunter.

»Sie sind in ihrem Klassenbewußtsein rücksichtslos blinde Egoisten und haben eine Todesangst vor grundlegenden Veränderungen. Sie fürchten sich davor, weil sie wissen, daß sie durch diese Veränderungen ihr Eigentum einbüßen und für ihre Verbrechen bestraft werden können.«

»Warum verachten Sie das Familienleben? Ist das nicht etwas übertrieben, was Sie sagen?« fragte Silvelie.

»Kyrie eleison! Einer muß Andis Seele retten, bevor er in dem fetten Tümpel unserer Bourgeoisie ertrinkt. Wenn ich es schaffen kann, wird mein Leben einen Zweck gehabt haben.«

Silvelie zog die Schultern hoch und verschränkte die Hände über den Knien. Henris Redeschwall wollte kein Ende nehmen. Sie schaute sich unruhig um und wippte nervös mit dem Fuß.

»Ja. Seine Familie hält mich für einen ganz unmöglichen Menschen. Ich war früher ziemlich oft mit ihnen zusammen, aber meine ›Anschauungen‹ bringen sie in Wut. Jetzt bin ich Andis ›bolschewistischer‹ Freund. Diese Leute nennen alles bolschewistisch, was nur einigermaßen modern und idealistisch ist. Sie haben ihre Überzeugung und können keinen Widerspruch vertragen. Andi hat mich trotzdem oft ins Schloß eingeladen, aber ich will dort nicht mehr hingehen. Jetzt weiß er, daß ich es mir zur Regel gemacht habe, nie mehr mit den Leuten zu verkehren, unter denen er sich bewegt.«

Henri zog seine Börse und bezahlte die Zeche. Dann streichelte er verstohlen mit den Fingerspitzen Silvelies Hand, wie einer, der ein Idol berührt.

»Ich habe unheimlich viel Unsinn geschwätzt«, entschuldigte er sich. »Ich weiß nicht warum, Sie haben mich anscheinend ermuntert, einige der überschüssigen Gedanken, die ich mit mir herumtrage, abzulagern. Es ist Zeit, nach der Entenwiese zu wandern. Ich möchte unsere Bonzen auf der Tribüne sitzen sehen. Sicherlich werden wir unter ihnen auch Andi und seine Familie finden. Andi liebt poetische Volksfeste.«

Sobald sie auf der Straße waren, schüttelte Silvelie schnell die trübe Stimmung ab, die sich ihrer während Henri Scherz' bitterer Haßtirade bemächtigt hatte. Soeben marschierte in festlicher Prozession der Jungfrauenchor unter Führung des Lehrers vorbei und außerdem die örtlichen Würdenträger, Staatsbeamte, Bezirks- und Sektionspräsidenten, unter ihnen Nationalrat Rümpli, ein strengblickender, dicker, kleiner Mann, von Beruf Weinhändler; er hielt einen schwarzen Regenschirm aufrecht an den Leib gepreßt wie ein Offizier, der mit gezogenem Säbel paradiert. Neben ihm marschierte Oberst von Richenau, groß und hager, in einem schwarzen Anzug und mit einer schwarzen Melone auf dem Kopf.

Die Entenwiese war voller Menschen. Von den Masten flatterte das weiße Kreuz im roten Feld, umgeben von den Fahnen des Kantons und der Gemeinden. Die großen Zelte waren bis zum Bersten mit schwitzenden Bürgern besetzt, die an langen, schmalen Tischen saßen und mit ihren Fäusten schäumende Biergläser umklammerten. Weißbeschürzte Männer und Frauen rasten mit riesigen Tabletts umher, die mit Würstchen, Brot, Käse, Bier und Wein beladen waren.

Punkt zwei Uhr dreißig begann das Programm. Henri und Silvelie mischten sich unter die Menge. Der Jungfrauenchor eröffnete das Fest mit dem Gesang der Volkshymne auf der erhöhten hölzernen Plattform gegenüber der mit Fahnen und Girlanden geschmückten Tribüne, auf der der Festausschuß untergebracht war.

»Bleiben wir hier«, sagte Silvelie und packte Henri beim Arm.

»Wollen wir nicht auf die Tribüne gehen? Dort sitzt Andi.«

»Wie können Sie ihn unter den vielen Menschen sehen?«

»Dort – sehen Sie, in der ersten Reihe, zwischen zwei Damen!«

Silvelies Blicke musterten die Tribüne, und mit einem Male erblickte sie Andi, der sich sehr lebhaft mit einer weißgekleideten jungen Dame an seiner Seite unterhielt. Silvelie packte Henri beim Arm.

»Jetzt glaube ich Ihren Freund zu erkennen. O ja, ich seh ihn schon. Die Dame rechts von ihm ist seine Mutter?«

»Ja.«

»Und die Dame links von ihm, ist das seine Schwester?«

Henri verzog etwas spöttisch seinen Mund.

»Nein – sie stammt aus St. Gallen. Sie heißt Frobisch. Luise Helene Frobisch. Das klingt recht heroisch, aber sie ist eine – nun eine recht gewöhnliche Person, obwohl sie selbst mir darin nicht beistimmen würde. Und Andi ebensowenig, wie ich fürchte.«

Henri kniff die Augen zusammen. Silvelie schaute ihn von der Seite an.

»Ist sie seine Freundin?« fragte sie dann.

»Ja – ja, bis jetzt wenigstens, soviel ich weiß«, sagte er. »Sie sind verlobt.«

›Was bin ich für ein Dummkopf‹, dachte Silvelie. Sie blickte auf den Oberst, der soeben seine Rede begonnen hatte – mit einer schwachen, leisen Stimme, die bereits in einer Entfernung von zwanzig bis dreißig Schritten kaum noch zu hören war.

Voller Dankbarkeit, sagte er, dürften sie auf die bisherigen Leistungen des Valduzer Musikvereins zurückblicken. Es könne nicht sonderlich schlecht bestellt sein um ein Volk, das so große Verehrung für die Musen beweise. In jüngster Zeit sei viel Kritik an der Demokratie geübt worden.

»Auf der einen Seite bedroht uns die Macht des Goldes, auf der anderen Seite die Zersetzung unserer heiligen Ideale. Deshalb dürfen wir unsere Waffen nicht weglegen, sonst werden andere sie aufheben und gegen uns kehren. Unsere Wehrfähigkeit soll für niemanden eine Drohung sein, sondern wir wollen immer nur bereit sein, unsere Pflicht zu tun und das heilige Erbe unserer Väter, das Vaterland, zu schützen. Und hier haben wir uns versammelt, um im Geiste allgemeinen Frohsinns das Jubiläum unseres Musikvereins zu feiern, dem mein Großvater, mein Vater und ich als lebenslängliche Mitglieder angehört haben. Ein Anlaß wie dieser erfüllt unsere Herzen mit Stolz. Er verkündet unseren Glauben an die moralische und politische Festigkeit unseres Staatslebens. Er zeigt, daß unsere Demokratie Freiheit für alle gewährt, und legt abermals Zeugnis ab für unseren nationalen Geist, den alle Fremden, die in unser Land kommen, bewundern. Lange lebe unser Vaterland!«

Er brachte ein Hurra aus, und die Versammlung stimmte ein. Drei Hurras stiegen zum Himmel empor. Fast im selben Augenblick stimmten die vereinigten Kapellen der Lanzberger und Valduzer den Jubiläumsmarsch an. Valduzer Jungfrauen trugen Blumen zur Tribüne und verteilten sie unter die Damen und Herren, während Nationalrat Rümpli einen wackligen Kneifer auf seine kleine Stupsnase setzte und mit dem Manuskript seiner Rede nervös zu hantieren begann.

»Hallo, Henri!« ertönte Andis Stimme hinter ihrem Rücken. »Was machst du denn hier?«

Henri und Silvelie drehten sich um. Henri legte den Finger an die Lippen.

»Sprich nicht so laut. Stör nicht den Redner!«

Sie reichten einander die Hände. Andi nahm Silvelies Hand und drückte sie warm.

»Wie kommen Sie denn hierher?«

Seine grauen Augen strahlten.

»Er hat mich mitgenommen.«

»Großartig! Großartig! Ich habe Sie von meinem Platz aus gesehen. Wenn ich gewußt hätte, daß Sie und Henri hierher kommen, hätte ich mich frei gehalten. So haben wir leider nachher einen Empfang bei uns zu Hause.«

»Aber Herr Doktor«, sagte Silvelie. »Bitte machen Sie sich meinetwegen keine Gedanken. Ich hoffe, Dr. Scherz wird auch zum Empfang gehen. Ich finde allein nach Lanzberg zurück.«

Andi war etwas verlegen. Sie beobachtete, wie sein Blick hinüber zur Tribüne wanderte und wußte, wem dieser Blick galt.

›Was bin ich für eine Närrin!‹ dachte sie bitter. Tagelang hatte

Andi ihre Gedanken ausgefüllt. Jetzt war das mit einem Schlag vorbei. Alles war leer und sinnlos geworden. Sie drehte sich um, ließ die beiden Männer stehen und drängte sich durch die Menschenmenge. Im großen Zelt setzte sie sich auf eine der ungehobelten Holzbänke.

›Wie dumm von mir, mir so vermessene Gedanken in den Kopf zu setzen! Wie konnte ich nur!‹

Sie bemühte sich, Andi böse zu sein. ›Warum hatte er sie denn überhaupt ansehen müssen, warum mit ihr sprechen müssen?‹

»Da ist sie ja!« hörte sie plötzlich Henri sagen.

»Läuft uns einfach davon!«

Andi und Henri kamen auf sie zu und setzten sich zu ihr. Henri tätschelte ihre Hand.

»Warum sind Sie weggelaufen? Was ist denn los?«

»Ich wollte mich ein Weilchen ausruhen.«

Und Andi zu Henri gewandt: »Sonderbar, daß man dich auf einer patriotischen Feier antrifft, Henri. Was hat dich veranlaßt, von deinen Grundsätzen abzugehen?«

»Die Macht der Reklame«, sagte Henri spöttisch.

»Ich freue mich jedenfalls, dich zu sehen.«

»Es war ihr letzter freier Tag«, erklärte Henri, »deshalb habe ich sie gebeten, mit mir mitzukommen. Sonntags kann man ohnehin in Lanzberg nichts anfangen.«

Er wandte sich an Silvelie:

»Sehen Sie, Fräulein Silvia«, Henri zeigte auf die Bergkuppe, die hinter Valduz emporstieg. »Dort oben steht sein Schloß. Dort wurde er geboren. Wie finden Sie es?«

»Wie steil es dort oben ist!« sagte sie leise.

»Ich fahre Sie einmal hinauf!« sagte Andi lachend. »Wenn ich bloß den Abend mit euch verbringen könnte. Aber wir werden uns dafür ein andermal schadlos halten«, und er fügte hinzu: »Wir drei, nur wir drei! Wir werden das in Lanzberg arrangieren. Auf baldiges Wiedersehn!« rief er, und einen Augenblick später sah Silvelie ihn in der Menge verschwinden.

Die Valduzer hatten nun das Podium erklommen und tischten das musikalische Zugstück des Abends auf: die »Fantasie über Faust«, eine gewaltige Aufgabe.

9

Am späten Abend fand in den großen Räumen des Schlosses Richenau ein Empfang statt. Da nicht genügend Diener verfügbar waren, um über hundert Menschen bei einem Bankett richtig zu bedienen, hatte man im großen Saal ein kaltes Büfett errichtet, das eine solche Vielfalt von Fleischgerichten, Salaten, Kuchen, belegten Broten, Würsten und anderen ausgewählten Leckerbissen zur Schau stellte, daß der Betrachter in einen Zustand größter Unschlüssigkeit geriet, bevor er seine Wahl treffen konnte. Madame von Richenaus wachsame Augen achteten darauf, daß jeder satt wurde, und die andern Mitglieder der Familie ermunterten ihre Gäste, aus Kräften zuzugreifen und sich nach Lust und Laune zu bedienen. Sie holten eigenhändig Teller, Messer und Gabeln und reichten sie den kleineren Leuten, die an so üppige Nahrung und an die prächtige Umgebung nicht gewöhnt waren. Selbst Luises Mutter trug ein Tablett mit gefüllten Gläsern herum und bot sie den Herren an, die in Gruppen beieinander standen.

Auch Luise spielte mit sichtbarem Stolz die Rolle einer zweiten Gastgeberin, worüber Madame von Richenau insgeheim lächelte.

Andis Gedanken wanderten zur Entenwiese zurück, zum Volksfest ... zu der sonderbaren Silvia Lauretz, und er hatte plötzlich das Bedürfnis, allein zu sein.

»Pourquoi si triste, mon petit André?«

Es war die Stimme seiner Mutter.

»Warum bist du weggelaufen?« Sie schaute ihren Sohn forschend an.

»Du weißt, ich kann so viele Menschen auf einem Haufen schwer ertragen«, sagte er mit unterdrückter Ungeduld. Sie betrachtete ihn ernst.

»Du bist nicht glücklich.«

»Mutter, nur Dummköpfe sind glücklich.«

Sie legte die Hand auf seine Schulter.

»Ich verstehe durchaus, was du meinst.«

»Mach dir keine Sorgen, Mama. Es wird alles gut gehen. Mag geschehen, was will, ich finde mich schon zurecht. Während die Welt zusammenkracht und zahllose arme Teufel im Gefängnis graue Haare kriegen, sollte ich versuchen, mich für die neuesten St. Gallener Spitzenmuster zu interessieren. Wenn bloß der alte Frobisch nicht wie ein Schweineschlächter aussähe! St. Gallen! Nein! Ich werde nicht nachgeben. Ich werde nicht in St. Gallen wohnen und in die Firma Frobisch eintreten. Ich will nicht in diesem todlangweiligen Nest leben. Dazu habe ich meine Bündner Berge, meine Bündner Freiheit viel zu lieb!«

»Andi, liebst du Luise nicht?« fragte sie und betonte dabei das ›nicht‹.

»Bleib gesund, Mama, bleib gesund, damit du den Schrecken aushältst, wenn ich dir eines Tages sage, daß ich sie nicht liebe. Zwischen uns gibt es keine Geheimnisse, wie du weißt! Ehrliche Freundschaft, und immer klaren Wein!«

Er sah sich um, wie um festzustellen, ob man sie belausche. Sie standen auf einem hohen Balkon und hatten von dort einen freien Ausblick auf die Landschaft. Ein Habicht zog weite Kreise am abendlichen Himmel.

»Da wir allein sind, Mama, will ich dir lieber gleich alles sagen. Logik ist eine schöne Sache. Sie bewahrt einen vor Illusionen. Du weißt, ich bin kein Heiliger. Du bist ein großzügiger Mensch, und Leute wie die Frobischs stehen tief unter dir.«

»Und was folgt jetzt nach dieser weitläufigen Einleitung?« fragte sie ironisch.

»Es kostet mich allerhand, Luise zu lieben. Ohne Zweifel. Sie ist schrecklich verwöhnt und egoistisch. ›Ich, ich, ich‹ immer ›ich‹! Sie ist kristallhart in ihrem Egoismus. Ich habe versucht, ihr auf zarte Weise klarzumachen, daß es außer ihr auch noch andere Menschen gibt. Sie kann das nicht begreifen. Ich verlange von einer Frau in erster Linie, daß sie ein Herz hat. Luise hat kein Herz. Du merkst das an der Art, wie sie Chopin spielt. Es hat etwas Verächtliches, reich zu sein, wenn man ein vollendeter Egoist ist, und es hat ebenfalls etwas Verächtliches, ein reiches Mädchen zu heiraten. Wenn Luise freigebig wäre, würde es mich nicht so sehr stören. Aber sie führt über alle ihre kleinen Ausgaben sorgfältig Buch – genau wie ein

Handlungsreisender oder ein Bankbuchhalter. Ich habe mir das kleine Heft neulich angesehen. Nicht einen einzigen Centime hat sie für jemand anders verbraucht als für sich. Und sie weiß gar nicht, daß sie geizig ist, das ist das schlimmste dabei. Mich stößt es ab. Es verletzt mich in meinen sozialen Instinkten. Sie kann in kein Geschäft gehen, ohne um die Preise der Waren, die sie kaufen will, zu feilschen. Ich kann einem Menschen fast jedes Laster verzeihen, nur nicht den Geiz. Denn Geiz ist das schäbigste aller Laster.«

»Andi, du beurteilst sie falsch. Eines Tages wirst du vielleicht ihr kleines Büchlein schätzen lernen.«

»Nein, dazu hast du mich nicht erzogen, Mama. Stell dir die Flitterwochen vor, wenn die junge Frau jede kleine Ausgabe in ein Notizbuch einträgt! Und sie interessiert sich auch nicht für meine Arbeit! Diese Seite meines Lebens kümmert sie nicht im mindesten. Sie findet es schrecklich, daß ich mich mit Verbrechern abgebe, sei es auch nur als Untersuchungsrichter. Nein, ich fürchte, es führt zu nichts Gutem.« Er verstummte.

Nach einem längeren Schweigen sagte seine Mutter: »Es wäre eine sehr ernste Sache, wenn du jetzt deine Verlobung lösen würdest. Luise hat all ihre Hoffnungen auf dich gesetzt. Die Sache ist sehr ernst, Andi.«

»Gewiß. Ich weiß das.«

»Aber du bist doch alt genug gewesen, um zu wissen, was du tust! Du hast dich doch nicht leichtfertig gebunden, wie?«

»Leichtfertig!« brummte er. »Angefangen hat es recht leichtfertig. Aber diese Geschichten beginnen immer mit Narreteien. Liebling hin, Liebling her! Oh, wie nett! Ein Tennisturnier! Eine Flasche Schampus und ein paar Rumbas! Und dann zwei Arme um einen Hals und ein Gespräch über Leben, Liebe und Religion! Wirklich lauter dummes Zeug! Verzeih mir diese Bemerkung.«

»Aber du hast dir doch alles ernstlich überlegt, bevor du sie gebeten hast, deine Frau zu werden?«

»Habe ich das getan? Habe ich gewußt, was ich tue? Wenn einen eine Schlange beißt, weiß man dann immer ganz genau, ob sie giftig ist?«

»Andi«, sagte Madame von Richenau mit einem leichten Vorwurf in der Stimme, »du bist ungerecht gegen Luise. Sie ist wirklich sehr lieb und hübsch. Sie mag, wie wir alle, ihre kleinen Fehler haben.«

Madame von Richenau betrachtete nachdenklich die fernen Schneegipfel.

»Sieh dir Uli an, wie glücklich er jetzt ist!« sagte sie. »Und er hatte anfangs auch seine Bedenken wegen Minnie.«

Andi warf ihr einen ironischen Blick zu.

»Wenn du mich mit Uli vergleichen willst, schön!« Er lächelte. »Uli ist wie ein guter Ochse, der einen hübschen Stall gefunden hat. Er frißt das Christentum, wie ein Ochse das Heu frißt, und wird fett dabei. Soeben hat er sechzehn Stück Geflügel in Gelee und zwölf Gänseleberbrötchen verzehrt. Und ich möchte wetten, er wird der erste sein, der zum Abendessen erscheint. Minnie aber mag manchmal ganz angenehm sein – als Charakter existiert sie nicht. Eine bloße Maus! Ja. Eine reiche Maus.«

Er schaute nach seiner Uhr.

»Es wird spät. Soll ich dir einen Mantel holen, oder willst du hineingehen?«

»André«, erwiderte sie, »du hast mir heute abend einen richtigen Schock versetzt. Du mußt mir helfen, darüber hinwegzukommen.«

Er küßte ihre Hände.

»Solange wir beide gute Freunde bleiben, ist es mir ziemlich einerlei, was geschieht.«

Der Lüster in dem großen Salon war erloschen. Eine kleine bunte Tischlampe und ein Licht über dem Bildnis des blassen Schurken Thomas Konrad erhellten geheimnisvoll den großen Raum. Als Andi hereinkam, ging er sofort auf das kleine Tischchen zu, auf das Jean einige Erfrischungen hingestellt hatte, und schenkte sich einen Whisky ein. Plötzlich hörte er Luises tiefe Stimme seinen Namen rufen. Er drehte sich schnell um und sah ihr Gesicht im Schein einer Zigarette aufleuchten.

»Hallo, Luise! Verzeih – ich dachte nicht, daß du noch hier sein würdest. Alle sind zu Bett gegangen.«

»Ich habe auf dich gewartet. Wo bist du gewesen?«

»Ich war ein Weilchen mit Mama zusammen.«

Er durchquerte den Raum und setzte sich neben sie auf das Sofa.

»Deshalb bin ich auch heruntergekommen, aber ich habe dich nicht gesehen, es ist hier so finster.«

»Du bist sehr unaufmerksam, Andi, und du wirst immer unaufmerksamer. Du hast mich heute so wenig beachtet, als wäre ich gar nicht vorhanden gewesen.«

»Das tut mir schrecklich leid, aber ich habe alle möglichen Sachen im Kopf.«

»Darf ich nicht wissen, worüber du mit deiner Mutter auf dem Balkon gesprochen hast?«

»Luise, das ist eine Privatangelegenheit. Ich kann wirklich nicht darüber sprechen.«

»Auch nicht mit mir, deiner künftigen Frau? Warum mußt du Geheimnisse haben, von denen ich nichts wissen darf?«

»Warum nicht? Ist es so schrecklich, wenn man seine kleinen Geheimnisse hat?«

»Du selbst hast gesagt, daß wir immer ehrlich und offen zueinander sein wollen.«

»Ja, aber du vergißt, ich habe auch gesagt, daß wir unsere Freiheit behalten wollen und daß keiner versuchen soll, den andern zu seinem Sklaven zu machen.«

»Ich weiß«, sagte sie etwas schroff. »Emanzipation! Jeder macht, was er will!«

»Richtig«, stimmte er in entschiedenem Tone zu. »Das wäre besser, als sich gegenseitig in Abhängigkeit zu begeben!«

»Ich möchte wissen, was für Geheimnisse du mir vorenthältst.«

»Mein ganzes Leben ist für dich ein Geheimnis, das ist nicht meine Schuld.«

»Was meinst du damit?«

»Ich verbringe täglich viele Stunden in meinem Beruf, für den du dich nicht im mindesten interessierst. Ja, mir scheint, du verabscheust ihn zuweilen.«

Er blickte nach der Whisky-Karaffe.

»Willst du ein Glas, Luise?«

»Du weißt, daß ich Whisky nicht leiden kann. Ich finde, er schmeckt wie Seifenwasser.«

»Du hast nichts dagegen, wenn ich noch einen Schluck trinke?«

»Nein, aber ich finde wirklich, daß du zuviel trinkst. Heute früh um zehn hast du mit einer Flasche Rheinwein angefangen. Zum Mittagessen hast du dreieinhalb Gläser Bordeaux getrunken. Am Nachmittag, als du für mehr als zwanzig Minuten von der Tribüne verschwunden warst, bist du mit einem roten Gesicht zurückgekehrt. Als du dann zu dem Empfang kamst, sah ich dich Marsala trinken. Zum Abendessen hast du fünf Gläser Champagner getrunken, nach dem Essen zwei Liköre, und jetzt fängst du wieder mit Whisky an! Das gefällt mir nicht, Andi.«

Einen Augenblick lang fühlte Andi Erbitterung in sich aufsteigen, so demütigend wirkten ihre Vorwürfe auf ihn. Aber es gelang ihm, sich zu beherrschen.

»Luise«, sagte er, »du siehst nur die eine Seite der Sache, die feuchte Seite. Sie hat aber eine andere Seite. Dieser Trunkenbold Andi ist um sechs Uhr aufgestanden, und als er sich zum Frühstück hinsetzte, hatte er zwei Stunden Reiten und Hindernisspringen hinter sich. Er war in eiskaltem Wasser geschwommen – so kalt war das Wasser, daß deine kleinen Füße in ein paar Sekunden erfroren wären. Dann mußte er stundenlang bedeutungslose Konversation führen, bis er fast einschlief.«

»Doch nicht mit mir!«

»Natürlich nicht. Unsere Unterhaltungen sind nie unbedeutend. Dann am Nachmittag das Fest auf der Entenwiese, am Abend zwei entsetzlich langweilige Stunden und jetzt sind wir endlich miteinander allein. Warum willst du mir diese Freude verderben?«

Einen Augenblick lang herrschte Schweigen in dem großen Raum. Dann seuftze sie.

»Ich wollte dir keine Vorwürfe machen.«

»Es macht nichts, Luise, es macht gar nichts.«

Er zog sie zu sich und legte einen Arm um ihre Schulter. Sie rührte sich nicht. Tränen funkelten in ihren Augen. Er wußte, daß sie böse war, bitterböse. Aber sie beherrschte sich, wurde schließlich weich und legte den Kopf an seine Brust.

»Andi, was meintest du eigentlich, als du sagtest, dein ganzes Leben sei für mich ein Geheimnis, und das sei nicht deine Schuld?«

Ihre Frage rührte an die entscheidenden Dinge. Er fühlte das und zog sich instinktiv in sich zurück.

»Nun«, sagte er, einer direkten Antwort ausweichend, »mein Beruf bringt es mit sich, daß ich beständig mit dem menschlichen Elend zu tun habe. Immer wieder erhalte ich Einblicke in das Leben armer, unglücklicher Männer und Frauen, die mit dem Gesetz in Konflikt geraten sind, und muß mein Wissen für mich behalten.«

»Mich interessierten doch diese großen sozialen Fragen!« protestierte sie und wandte ihm ihr blasses Gesicht zu.

»Das weiß ich.« Er sah nachdenklich weg. »Du hast aber nur eine entfernte Berührung mit ihnen, während sie für mich ein wesentlicher Bestandteil meines Lebens sind.«

»Mußtest du Untersuchungsrichter werden?«, sagte sie mit tiefer weinerlicher Stimme. »Gibt es nicht Dutzende von Männern aus niedrigeren Schichten, die einen solchen Posten ausfüllen könnten? Vielleicht nimmst du durch deine Tätigkeit einem anderen sein Brot weg. Überleg dir das einmal unter diesem Gesichtspunkt!«

Er blickte ihr in die Augen.

»Meinst du nicht, daß man vielleicht auch als Empfänger eines großen unverdienten Einkommens andern Leuten ihr Brot wegnimmt?«

»Welchen Leuten?«

»Den arbeitenden Klassen.«

Als sie »arbeitende Klasse« hörte, verzog sie den Mund.

»Ich hasse diese Menschen!« sagte sie. »Sie sind an dem ganzen Durcheinander schuld. Sie geben sich nie zufrieden, wollen immer mehr haben – abscheuliche Sozialisten und Bolschewiken! Gott sei Dank, daß wir nicht zu den arbeitenden Klassen gehören!«

Andi erhob sich und schritt im Zimmer auf und ab.

»Das ist alles sehr kindisch, Luise!« sagte er unvermittelt. »Entweder liebt eine Frau einen Mann und geht mit ihm durch dick und dünn, oder sie hat ihre eigenen Anschauungen und tut, was sie will.«

»Andi, du sprichst heute wie ein Fremder mit mir.«

»Vielleicht bin ich für dich ein Fremder.«

Sie sprang auf.

»Ich gehe hinauf!« rief sie und lief zur Tür.

»Gute Nacht!« rief er ihr nach.

Aber sie antwortete nicht. Achselzuckend setzte er sich in einen großen Lehnstuhl und fing zu grübeln an. Nach einer Weile aber leuchteten seine Augen seltsam auf. In Gedanken sah er Silvelie vor sich ... Er stand auf und wenige Minuten später fuhr er die steile, gewundene Straße zur Entenwiese hinunter.

Die roh gezimmerten Tanzböden waren noch voll mit tanzenden Paaren. Ein junger Bengel brannte Knallfrösche ab, und die fröhlichen Stimmen der Mädchen übertönten schrill das allgemeine Getöse. Die Musikanten saßen in Hemdsärmeln da. Abwechselnd spielten sie oder tranken Bier. Eine Rakete fauchte zum Himmel empor und verstreute explodierend eine Unzahl roter und grüner Sterne, begleitet von einem langgezogenen Seufzer der bewundernden Menge. Das »Orientalische Fest« war sozusagen in vollem Gange.

Ein unruhiges Gefühl der Erwartung trieb Andi unter die Menge. Manches Mädchen wandte ihm sein glühendes Gesicht zu, doch er eilte weiter, in der Hoffnung, Silvelie zu finden. Wo war sie? Hartnäckig setzte er seine Suche fort, umrundete zweimal die Entenwiese, aber er fand sie nicht. Tief enttäuscht und niedergeschlagen, wie er es nie für möglich gehalten hätte, verließ er das Fest.

10

Die Konfiserie Robert war das erstklassigste Etablissement seiner Art in Lanzberg und lag mitten in der Bahnhofstraße, fast genau gegenüber dem »Capitol«. In seinem großen Hauptfenster waren alle möglichen Kuchen ausgestellt, Pfannkuchen, Biskuits, Pralinés und Schokoladen in hübschen Schachteln. Wer die Produkte des Zuckers verachtete, brauchte nur zu dem nächsten Schaufenster überzusiedeln und fand dort eine höchst angenehme Ausstellung von belegten Brötchen, Schinken und Würsten, nett arrangiert rings um einen großen Hummer, der wie ein rotes Meerungeheuer auf einem riesigen silbernen Tablett ruhte, unter lauter spanischen, mit norwegischem Anschovis gefüllten Oliven und viereckigen, mit Kaviar bestrichenen Toastschnitten. Hinter dem Hummer türmte sich eine Mauer von Dosen, die alle nur erdenklichen Delikateßkonserven enthielten, und über dieser Mauer ragten in silbernen Eimern wie schwere Geschütze zwei Flaschen Perriet Jouet (Maison fondée en 1811. Fournisseurs de la Cour d'Angleterre). Das Lokal war in drei Abteilungen eingeteilt. Der große, mittlere Raum enthielt ein riesiges, mit einer Glasplatte bedecktes Büfett, auf dem eine unglaubliche Auswahl von Pasteten und Kuchen lagen. Hinter dem Büfett stand ein imposanter Nickelkessel mit Ventilen, Hähnen und Thermometern, eine moderne Erfindung, die zu jeder Zeit heißes Wasser, heißen Kaffee und heiße Milch spendete. Auf kleinen Hockern standen kleine Palmen und Vasen voll Blumen, und eine riesige Registrierkasse verbarg sich hinter drei gläsernen Regalen, die mit Flaschen beladen waren. Zwei Räume schlossen sich an dieses Heiligtum an, eine Veranda, ein Wintergarten sowie ein großer Saal mit rotgepolsterten Stühlen und Wandsofas. Am Abend waren diese Räume diskret beleuchtet, und Billi Bamboos berühmte Florida-Band spielte Jazz, zuweilen aber auch klassische Musik.

Madame Robert, diese Königin im Reiche des Zuckers, wußte genau, daß eine französische Konfiserie von großstädtischem Charakter seit Jahren in Lanzberg gefehlt hatte. Willkommen, Madame Robert! Und Madame Robert schickte dem Chefredakteur zu Weihnachten einen riesigen Kuchen, stiftete einem öffentlichen Bankett der staatlichen Würdenträger gewaltige Cremetorten »mit Madame Roberts besten Komplimenten« und lieferte zu Ostern ganze Körbe voll Rosinenkuchen und gefärbter Eier an das Waisenhaus. Sogar die örtliche Presse unterstützte sie. In der Tiefe ihres Herzens aber verachtete sie die Männer, besonders Männer von Lanzberg. Sie fand sie abscheulich. Dem einen und dem andern hatte sie ins Gesicht erklärt, er sei ein Rüpel, freilich mit liebevoll zärtlicher Stimme und süßem Lächeln, denn auch Rüpel können gute Kunden sein.

An einem Montagmorgen erschien ihr neues Serviermädchen Silvia Lauretz mit einem japanischen Reisekorb.

»Nun, da ist sie ja endlich!«

Sie musterte Silvelie kritisch von oben bis unten.

»Guten Morgen, Madame Robert«, sagte Silvelie.

»Guten Morgen. Aber warum haben Sie denn Ihr Haar so frisiert, daß man die Ohren sieht und hinten ein Knoten herunterhängt?«

»Meine Haare, Madame, sind so frisiert, wie es mir gefällt«, sagte Silvelie. »Und ich werde daran nichts ändern.«

Madame Robert machte ein überraschtes Gesicht.

»Vielleicht würden Sie mir einmal sagen, Fräulein Lauretz, wer hier Herr im Hause ist?«

»Sie, Madame, und ich werde alles tun, was Sie von mir verlangen, aber Sie haben kein Recht, mein Aussehen zu kritisieren.«

»Warum regen Sie sich so schrecklich auf, mein Kind?«

»Ich bin kein Kind, und ich rege mich auch nicht auf«, sagte Silvelie. »Aber ich glaube doch, daß ich über meinen Körper und über meinen Geschmack selbst zu verfügen habe. Ich will aus freien Stücken für Sie arbeiten, und wenn ich meine Arbeit nicht richtig mache, werde ich jeden Verweis ruhig entgegennehmen. Aber ich lasse mir keineswegs vorschreiben, wie ich mich zu frisieren habe.«

Madame war eine solche Sprache von ihren Untergebenen nicht gewöhnt. Sie wurde einen Augenblick lang wütend, erinnerte sich aber, wie warm Dr. Scherz ihr das Mädchen empfohlen hatte. Und sie hielt außerordentlich viel von Dr. Scherz' Meinung.

»Trudi!« rief sie. »Kommen Sie und führen Sie Fräulein Lauretz auf ihr Zimmer.«

»Danke, Madame«, sagte Silvelie. »Ich habe im ›Weißen Kreuz‹ eine Kiste stehen. Kann ich die heute noch holen lassen? Sie ist sehr schwer.«

»Schwer? Was ist denn in der Kiste?«

»Bücher.«

»Bücher? Du lieber Gott, wozu denn?«

»Zum Lesen.«

»Zum Lesen? Sie werden nicht viel Zeit zum Lesen haben. Hm, Bücher, was für ein Einfall!«

»Führen Sie Fräulein Lauretz hinauf«, befahl Madame Robert kurz und zog sich nachdenklich zurück.

Trudi führte Silvelie zwei Treppen hinauf in ein langes, schmales Zimmer mit zwei Betten.

»Hier wohnen wir beide zusammen«, erklärte sie. »Hoffentlich werden wir uns vertragen!«

»Ich glaube schon. Warum nicht?«

»Ja, weißt du, es ist hier ziemlich schwer. Man muß für den Lohn, den man bekommt, reichlich schuften. Und wir kriegen auch nicht allzuviel, weil Madame sehr viel nach außerhalb liefert. Die Trinkgelder werden auf die Rechnung gesetzt. Zehn Prozent. Mir ist das lieber, als wenn ich herumstehen und auf das Trinkgeld warten muß. Ich schlafe in diesem Bett. Das andere gehört dir«, fuhr sie etwas nervös fort. »Den Schrank und den Toilettentisch müssen wir gemeinsam benützen. Es ist viel zu wenig Platz im oberen Teil des Hauses. Alle Räume sind mit Vorräten vollgestopft.«

Sie sahen zu den kleinen Dachfensterchen hinaus.

»Frühmorgens ist das ein hübscher Anblick, diese vielen Baumwipfel! Unten haben wir einen kleinen Wintergarten. Du wirst dort jeden zweiten Tag bedienen. Manche Kunden haben ihre Stammtische, aber sie sollen nicht auch ihre Stammkellnerin haben. Madame hat ihre Augen überall, und bei der kleinsten Kleinigkeit brummt sie. Du brauchst dich aber nicht darum zu kümmern, sie meint es nicht so ernst. Adele, die an deiner Stelle hier war, ist deshalb entlassen worden, weil sie an ihrem freien Tag eine Schachtel Schokoladebonbons mitgenommen hat. Gib acht, Silvelie, daß du nie etwas mitnimmst! Du kannst von den ausgestellten Sachen essen, soviel du willst, aber du darfst ja nicht aus Versehen einmal etwas mitnehmen. Madame merkt es sofort.«

»Ich bin nicht hergekommen, um zu stehlen!« sagte Silvia erstaunt.

»Das ist doch kein Diebstahl, wenn man eine Schachtel Schokoladebonbons nimmt. Aber Madame duldet das nicht. Ich geh jetzt hinunter, inzwischen kannst du auspacken.«

Trudi verließ das Zimmer. Silvelie sah sich eine Zeitlang um. Dann wandte sie sich dem Fenster zu, blickte in das grüne Laub der Kastanienwipfel hinaus und fing an zu grübeln, während sie den zarten Tönen einer Drossel zuhörte.

›Und es ist mir auch ganz egal, ob Dr. von Richenau glaubt, ich führe ein trauriges Leben. Ich werde bald nicht mehr traurig sein.

Ich werde nicht mehr die Leute auf mir herumtrampeln lassen. Die Welt gehört mir ebenso wie allen andern Menschen. Jedenfalls fange ich hier ganz von vorne an, und Madame Robert weiß bereits, daß ich auch meinen Willen habe.‹

Zum Fenster wehte Schokoladengeruch herein, vermischt mit dem Duft von Kaffee. Das wirkte irgendwie beruhigend auf sie. Jedenfalls war sie endlich den Gestank von Bier, Wein und gebratenem Fleisch los!

Ihre Chefin war eine Frau und nicht mehr ein Mann, der vielleicht an der Treppe auf sie lauern würde, wenn sie in den frühen Morgenstunden zu ihrem Schlafzimmer hinaufstieg. Diese abscheulichen Männer verdienen den ganzen Tag und die halbe Nacht am Schweiße ihrer Kellnerinnen und wollen dann außerdem noch mehr haben. Ihr wurde fast übel, wenn sie sich daran erinnerte, was sie hatte durchmachen müssen, seit sie das Jeff verlassen hatte. Zuerst in einem großen Kurhaus während der Wintersaison: der Direktor, die Kellner und die Gäste hatten sie mit unverschämten Avancen verfolgt, so daß sie sich zur Wehr setzen mußte und schließlich entlassen wurde. Und auch jenes Bündnerstübli, wo sie bis in die Morgenstunden bedienen mußte und wo die mit Wein vollgelaufenen Rüpel nicht um ein Haar besser waren als ihr Vater. Dann war sie für drei Wochen zu Gumpers gegangen, und danach hatte sie mit ihrer Mutter und ihrer Schwester einige Wochen in Ilanz verbracht. Düstere Wochen! Alle Welt wußte jetzt, daß ihr Vater sie verlassen hatte, und bisher hatte noch niemand sich darum gekümmert. Alle schienen es ganz natürlich zu finden, daß er seine Familie für immer hatte sitzenlassen! Wie lange aber würden die Leute das glauben? Niklaus hatte den Winter über bei den Vereinigten Mühlenwerken gearbeitet. Jetzt saß er wieder oben im Jeff. Sie hätte es bei ihrer Mutter und Schwester nicht länger aushalten können. Deshalb hatte sie eine Anzeige aufgegeben, und die Stellung in der Bahnhofswirtschaft von Lanzberg erhalten.

Silvelie hatte Dinge durchmachen müssen, die so ziemlich jedes junge Mädchen um den letzten moralischen Halt gebracht hätten. Zum Glück aber lebte sie immer noch unter dem schützenden Schatten Meister Lauters' und fand unendlichen Trost in den Büchern, die er ihr hinterlassen hatte. Jetzt las sie sich durch den ganzen »Jean Christophe« von Romain Rolland hindurch. Was für ein wunderbares Buch!

Schließlich wandte sie sich vom Fenster ab und betrachtete stirnrunzelnd ihren Reisekorb, stellte ihn dann auf das Bett und begann auszupacken.

»Hoffentlich wird er mich nicht bis hierher verfolgen«, murmelte sie.

Sie hängte ihr bestes Kleid aus grünem Voile in den Schrank, an die freie Stelle, die Trudi ihr eingeräumt hatte, und wunderte sich über die vielen Kleider ihrer Kollegin, die dort hingen.

II

Um die Mittagszeit wurde Silvelie ans Telefon gerufen.

»Hier Andi von Richenau. Ist das Fräulein Lauretz?«

»Ja ... was wünschen Sie bitte?«

»Ihnen eine einfache Frage stellen: Wann haben Sie einen freien Nachmittag? Wir könnten irgendwo zusammen hinfahren ... Es ist sehr wichtig.«

Silvelies Herz begann höher zu schlagen.

»Vielleicht am Mittwoch nachmittag«, sagte sie zögernd.

»Abgemacht! Ich erwarte Sie am Mittwoch um zwei Uhr mit dem Auto am Bahnhofsplatz.«

Langsam legte sie den Hörer auf. Die alte Angst regte sich wieder in ihr. Was wollte er nur wissen? Was wußte er, vielleicht Neues über die furchtbare Geschichte? ... Was nur?

Die Stunden verstrichen wie im Traum. Sie versuchte ihm zu schreiben, um abzusagen, aber schließlich verwarf sie diesen Gedanken wieder und zerriß ihre Entwürfe.

Wie gelähmt fand sie den Weg zum Bahnhof am Tag ihrer Verabredung. Sie trug ihr schönstes Kleid und entdeckte ihn schon von weitem im Auto sitzen. Als er sie sah, stieg er rasch aus, nahm ihre Hand und drückte sie mit beiden Händen. Er strahlte. Ihr aber tat es wohl, seine Freude zu spüren.

»Wo wollen wir hinfahren?« fragte Andi.

»Das ist mir gleich. Wenn Sie mich nur wieder rechtzeitig nach Lanzberg zurückbringen. Madame Robert ist sehr genau ...«

»Das kann ich mir denken – wie wäre es, wenn wir schnell einmal zu Ihrem Chalet fahren würden?«

»Viel zu weit ... Dort liegt ja noch Schnee.«

Mit wachsender Geschwindigkeit sauste das Auto bergauf durch die Wälder.

»Zu schnell?«

»Nein, ich habe das gern!«

Er lächelte und dachte an Luises ewiges ›Fahr nicht so schnell!‹

Kurz danach rasten sie einen Hang empor, der zu einem Hochplateau führte. Ruckartig hielt der Wagen. Andi trat an den Rand eines Abgrundes, während Silvia ihm furchtlos wie ein junges Zicklein folgte. Tief unten erblickten sie den Eingang eines V-förmigen Tales, aus dem sich ein Wildbach schäumend und sprudelnd ergoß. Bauschige Kumuluswolken schwebten wie eine Herde wolliger Schafe über den Bergen.

Sie setzten sich nebeneinander ins Gras und ließen die Beine über der gefährlichen Tiefe baumeln.

»Ich muß immer wieder staunen«, sagte Andi, »daß trotz dieser wunderbaren Berglandschaft – die vielleicht zur schönsten auf dieser Welt gehört – so viele engstirnige Menschen in unserem Land leben. Unser Volk scheint mir besonders engstirnig. Man würde denken, daß man im Angesicht dieser Großartigkeit sein kleines Leben anders gestalten könnte und seine Nichtigkeit stärker empfinden müßte. Ich habe manchmal unsere Bündner sprechen hören, als ob ihnen persönlich diese Berge und Gletscher gehörten und daß sie nur deshalb so schön und großartig sind, weil sie selbst unter ihnen leben ... ein seltsames Volk!

Manchmal wünschte ich mir, ich hätte Flügel und könnte mir ein Nest in diesen Felsen dort oben bauen – keinen Fuß würde ich mehr in unsere Städte und Dörfer setzen ...!«

Andi merkte, daß er sich etwas vergaloppiert hatte.

»Was ist eigentlich mit Ihrem Arm los? Fräulein Lauretz?« versuchte er abzulenken.

»Ich habe ihn vor zwölf Jahren bei einem Sturz gebrochen.«

»Hat man ihn denn nicht gerichtet?«

»Wir hatten im Jeff keinen Arzt, und es war Winter.«

»Tut er Ihnen denn nicht weh?«

»O – nein!«

»Wo haben Sie ihn gebrochen? Ich verstehe etwas von Anatomie.«

»Hier oben.«

Behutsam hob er ihren Arm.

»So dicht an der Schulter? Es muß doch lästig für Sie sein. Ich habe einen Freund in Zürich, Professor Gruber; ich hätte gerne, daß Sie ihn aufsuchen.«

»Ich habe mich so daran gewöhnt«, sagte sie resigniert. »Ich merke es kaum noch. Bedenken Sie nur, wieviel schlimmere Krüppel es auf dieser Welt gibt.«

»Warum sind Sie denn gleich so verstört, wenn Ihnen jemand persönlich helfen will? Ist das der Einfluß von Henri Scherz? Hat er bereits seine Erziehungskünste an Ihnen ausprobiert?«

Sie zuckte lächelnd die Achsel.

»Jedenfalls kann ich nichts dafür, wenn Dr. Scherz auch so empfindet. Ich bemühe mich nur – vielleicht so wie er – das Leben besser zu verstehen.«

»Ich mag Henri«, sagte Andi. »Aber er ist wirklich verrückt, zweifellos etwas anormal. Sein Kopf ist mit einem unmöglichen Mischmasch von Christentum, Wissenschaft, Bolschewismus und Kunst vollgepfropft. Ein problematischer Mensch, ein Neinsager, der Dynamit redet und dabei keiner Fliege etwas zuleide tun könnte. Er spielt gern den Märtyrer und redet von seinen armseligen Mitmenschen. Aber wer sind sie denn, diese Mitmenschen? Im Grund ein Nebelgebilde, eine graue unbekannte Masse. Ich bin zu der Überzeugung gelangt, daß ich das Recht habe, einfach ich selbst zu sein. Ich jammere nicht ständig über soziale Ungerechtigkeit und widrige Lebensbedingungen, aber vor allem versuche ich nicht, alle Rätsel des Lebens durch die Ökonomie zu lösen. Wenn ich in Schwierigkeiten gerate, bemühe ich mich, mich selbst herauszuwinden, und borge mir nicht von links und rechts anderer Leute Waffen, um zurechtzukommen. In gewisser Hinsicht bin ich zu einer echten bäuerlichen Lebenseinstellung gelangt. Keinerlei Künstelei! Ein Dieb ist ein Dieb, ein Mörder ist ein Mörder, und die Gesetze sind dazu da, daß man sie beachtet. Ich kann mich nicht, wie unsere modernen Wissenschaftler, zu dem Gedanken bekehren, daß niemand für seine Handlungen verantwortlich sei, und ich kann auch nicht alles von einem erbwissenschaftlichen oder sozialen Standpunkt aus beurteilen. Was ich aber liebe ... ist Großmut!«

Er begann seine Pfeife zu stopfen.

»Wenn ich auch manchmal vieles völlig absurd finde und das Gefühl habe, daß alles einfach nicht mehr stimmt, so weiß ich auch, daß meine natürliche Anarchie an dieser Empfindung schuld ist, und ich bemühe mich, sie zu überwinden. Es ist verflucht komisch, Untersuchungsrichter zu sein und selbst so viele Fehler zu besitzen. Aber reden wir von Ihnen, Fräulein Lauretz«, sagte er sanft. »Sie haben ein hartes Leben hinter sich?«

Sie zuckte die Achsel und schwieg.

»Ich weiß es. Eines Tages werden Sie mir sicher alles von selbst erzählen. Alles! Besteht denn irgendein Grund, weshalb wir beide nicht gute Freunde werden sollen? Ich verstehe unter Freundschaft restlose Aufrichtigkeit, egal was für Ansichten jemand hat, solange er es ehrlich meint.«

Andi schaute sie durchdringend an.

»Aufrichtigsein ist gar nicht so einfach, wie manche glauben möchten«, sagte Silvelie und wippte mit den Füßen über dem Abgrund.

»Aufrichtigkeit ist eine Gabe des Himmels, nur wenige Menschen besitzen sie. Ich könnte mir denken, Sie zum Beispiel!«

»Woher wissen Sie das?«

»Ich weiß nur, daß Sie nicht glücklich sind«, fuhr er fort, »aber eines Tages wird es sicher anders werden.«

»Wollen wir jetzt gehen? Ich friere etwas.«

»Ja, gehen wir!«

Es dämmerte bereits, als sie mit dem Auto vor einem alten Wirtshaus am Rheinufer hielten. Im Wirtsgarten kam ihnen eine rotbakkige Frau entgegen.

»Gruezi, Frau Baedecker.«

»Ja kann denn das der Herr von Richenau sein?« rief sie entzückt und schlug die Hände zusammen.

»Er ist es persönlich, und das ist Fräulein Lauretz, eine Freundin von mir.«

Andi stellte Silvelie mit einer Handbewegung vor und an sie gewandt sagte er:

»Diese Dame heißt eigentlich Frau Müller. Ich habe sie deshalb Frau Baedecker getauft, weil es im ganzen Kanton kein Fleckchen Boden und keinen Berg gibt, dessen Geographie und Geschichte sie nicht kennt – stimmt's, Mutter Baedecker?«

»Ja, und Sie sind immer noch der alte Spötter«, lachte sie. »Ich möchte wetten, das junge Fräulein glaubt Ihnen kein Wort.«

Sie musterte Silvelie von oben bis unten.

»Gibt es vielleicht bald eine Hochzeit?«

Andi und Silvelie schauten einander etwas verlegen an.

»Wie kommen Sie auf einen so altmodischen Unsinn?« warf Andi ein. »Wenn ich jede junge Dame heiraten müßte, die ich im Auto mitnehme, wäre ich schlimmer dran als ein Mormonenhäuptling oder der Prophet Mohammed. Jetzt sind Sie wohl empört – aber Sie haben ja selbst erklärt, daß man mir nicht glauben darf, also müssen Sie die Wahrheit schon selbst herausfinden. Aber da heute ein so schöner Sommerabend ist und wir beide Appetit haben, ist die Frage sicher erlaubt, ob Forellen da sind.«

»Soviel Sie wollen!«

»Dann setzen wir uns unter die große Pappel und hören auf die Melodie des Flusses, während Sie uns einige Truites-au-bleu richten. Vergessen Sie nicht, sie müssen dreimal schwimmen.«

»Ich weiß, ich weiß, zuerst im Wasser, dann in der Butter und dann im Wein.«

»Recht so! Und haben Sie noch von diesem herrlichen Wein aus Koblenz?«

»Natürlich! Speziell für Sie aufgehoben!«

Nach kurzer Zeit kam sie mit dem Wein zurück und goß ihn zeremoniös in grüne Kristallpokale, als kredenze sie ihnen einen raffinierten Geheimtrank.

»Auf Ihre Gesundheit«, sagte Andi und erhob sein Glas.

Auch Silvelie erhob ihr Glas, und entdeckte dabei einen bitteren Zug um seinen schön geformten Mund. Seine Augen schienen von einem geheimen Kummer überschattet. Und plötzlich fühlte sie wieder diese panische Angst, die sie immer wieder zu begleiten schien. Eine ganze Welt schien sie von Andi zu trennen. ›Es hat keinen Zweck – ich kann ihm niemals die Wahrheit erzählen‹, dachte sie. Oder doch? Sollte sie ihm nicht ihr Herz ausschütten, bevor es zu spät ist? Sie schaute ihn fest an.

»Sie sind sonderbar«, sagte er. »Sie sind wie ein Haus mit vielen offenen Türen, aber durch welche Tür ich einzutreten versuche, sie wird mir stets vor der Nase zugeworfen. Seltsam!« fuhr er fort. »Wie abhängig jeder von uns von seiner Umgebung ist. Ich überlege mir oft, wieso ich so viele Geheimnisse anderer Leute mit mir herumtragen muß und selbst keinen einzigen Freund besitze. Wahrscheinlich wissen Sie, daß ich verlobt bin und denken vielleicht, daß ich kein Recht habe, mit Ihnen hier zu sitzen. Aber seit ich Sie kenne, hat sich für mich alles verändert.«

Nachdenklich hingen seine Blicke an Silvelies Gestalt.

Die Nacht nahte heran, und die Bergkette gegenüber dem Wirtshausgarten ruhte in ihrem letzten Schimmer wie in einer erlöschenden Feuersglut.

Überall gingen plötzlich die Lichter an. Sie saßen inzwischen vor ihren leeren Tellern; ihre Gespräche schienen an ein Ende gekommen zu sein und eine depressive Stimmung nahm Besitz von ihnen.

»Ah, da kommt Lieselie!« rief Andi. Ein hübsches junges Mädchen kam mit einem Servierbrett.

»Wie nett, Lieselie, dich wiederzusehen.«

Und als sie näher kam, packte er sie an ihren blonden Zöpfen und gab ihr einen Kuß. Lieselie nahm die leere Flasche schüchtern vom Tisch.

»Wollen Sie noch eine Flasche?« fragte sie mit kindlicher Stimme.

»Sieh einer an, wie Mutter Baedecker ihren Kindern den Geschäftsgeist einimpft. Nein, Lieselie, heute keinen Wein mehr, aber die Rechnung, wenn du so lieb sein willst. Es ist schon spät und alle braven Kinder müssen früh ins Bett.«

Andi und Silvelie fuhren stumm nach Lanzberg zurück.

»Wo soll ich Sie absetzen, Fräulein Lauretz?« fragte Andi.
»Wenn es Ihnen recht ist, nicht vor der Konditorei.«

12

Für gewöhnlich stand Madame Robert hinter dem mittleren Ladentisch auf einer extra für sie errichteten hölzernen Plattform, weil sie klein war. Vor ihr lagen die Zuckerwaren auf schneeweißen Porzellantabletts, frische Kuchen, Pasteten, Obst und Cremetorteletts. Die Fenster schimmerten hell, alle die Metallbeschläge strahlten in lichtem Glanz. Nirgends ein Fingerabdruck oder ein Stäubchen! Trotz der weltumfassenden Wirtschaftskrise hielt Madame Robert ihr Etablissement stets in tadelloser Ordnung. Wenn die Zivilisation in Trümmer gehen sollte, sie würde mit wehender Fahne versinken, ein erstklassiges Unternehmen! Das Geschäft ging zwar schlechter als sonst, aber immer noch recht gut, denn sie belieferte ja den riesigen Magen der Menschheit, diesen gierigen Schlauch, der stets gefüllt werden muß, einerlei wie.

Sie beobachtete ihre neue Kellnerin und stellte mit Befriedigung fest, daß Silvelie ihrem Wesen nach sich himmelweit von ihren Kolleginnen unterschied, und sie fing eben an, mit einer gewissen Sympathie darüber nachzudenken, welche Abenteuer die Zukunft für dieses Mädchen in ihrem Schoße wohl bergen mochte, als Dr. Scherz hereinkam. Er war ein regelmäßiger Gast. Obwohl sie an seinen Anblick gewohnt war, ließ sein Erscheinen sie stets ein wenig zusammenzucken. Nicht so sehr, weil er ihr eine beträchtliche Summe schuldete, sondern vielmehr, weil er einen geheimnisvollen Einfluß auf sie besaß, einen zweifellos nur mentalen, aber dennoch sehr starken Einfluß. Sie stand sogar gewissermaßen auf recht vertrautem Fuße mit ihm, denn sie hatten miteinander schon manch wichtige Lebensfrage erörtert. Es gefiel ihr nicht, daß er ein eingeschworener Sozialist war, denn sie bekannte sich zur Moral der besitzenden Klasse und wollte nicht eines Tages ihr Etablissement in ein proletarisches Kaffeehaus verwandelt sehen. Als Henri hereinkam, lüftete er zeremoniös seinen Hut, zuerst vor Madame Robert und Silvelie und dann vor den Anwesenden im allgemeinen. Sodann hängte er den Hut an einen Haken, setzte sich hin und zog einen Stoß Zeitungen aus der Tasche.

Madame Robert ließ sich herbei, persönlich an seinen Tisch zu gehen und fragte ihn, was er wünsche, obgleich sie sehr wohl wußte, daß er Kaffee und Kognak verlangen würde. Sie kehrte an ihren Platz zurück und befahl Silvelie, die Bestellung auszuführen. Silvelie gehorchte, und Dr. Scherz hielt sie einen Augenblick zurück.

»Ich soll Ihnen ein paar Zeilen von Andi überbringen«, sagte er und legte einen Zettel hin, den sie sofort an sich nahm.

Er blickte auf.

»Was haben Sie denn mit ihm gemacht?«

»Ich? Nichts! Warum?« Sie schaute ihn verständnislos an.

»Ich habe ihn heute früh gesehen. Er war blaß wie ein Gespenst.«

»Was hat das mit mir zu tun?« fragte sie nervös.

Henri beugte sich vor.

»Vielleicht hat Luise ihn geärgert, oder es ärgert ihn der Gedanke an die bevorstehende Heirat! Ich persönlich freue mich schon darauf, all die hübschen Kleider zu sehen und den hübschen Schmuck, die blanken Autos und den netten, fetten, geistlichen Bruder am Altar, halb Nilpferd, halb Cherub: ›Willst du diese Frau und so weiter ... im Namen Gottes!‹ Dann die Flitterwochen in Venedig, und eines Tages wacht man in Lanzberg auf. Herr und Frau Dr. Richenau: Andi macht Karriere! Sie wollten ihn schon in den Rat holen. Andis Frau schneidet die Coupons von ihren Goldbonds ab, und beide werden von Jahr zu Jahr reicher, immer respektabler und angesehener. Ich sehe ihn Fettwülste um seinen Kragen sammeln und kleine Erben für das Schloß und das goldene Tafelgeschirr fabrizieren! Um Gottes willen, Fräulein Lauretz, tun Sie etwas, um Andis Seele zu retten! Ich habe schon genug auf ihn eingeredet. Aber ich kann mich nicht in seine Affären mischen. Sie können das tun. Sie sind eine Frau. Ich will es wirklich nicht mit ansehen, wie er vor die Hunde geht und seine schönsten Talente unwiederbringlich zugrunde richtet. Ich bin sein Freund, vergessen Sie das nicht! Und das alles muß unter uns bleiben.«

Silvelie schaute sich verwirrt um und verließ ihn wortlos. Kurz darauf zog sie sich zurück, um Andis Brief zu lesen. In großen Buchstaben stand dort SOS. (Sie wußte noch nicht, was das heißen sollte.) Dann ging es weiter:

»Ich kann Sie nicht aufsuchen. Aber ich bitte Sie, mir Ihren nächsten Nachmittag zu reservieren. Sagen Sie Henri, wann das ist. Ich werde unter denselben Bäumen auf Sie warten.«

Erregt faltete sie den Zettel sorgfältig zusammen und stopfte ihn in den Ausschnitt ihres Kleides. Ihre Gedanken liefen nach allen Richtungen auseinander. Seine Worte und die Erinnerung an ihren gemeinsamen Ausflug durchzuckten sie wie ein heißer Strom. Sie sehnte sich so sehr danach, ihrem jetzigen Leben zu entrinnen, es für immer von sich abzustreifen und sich eine neue Existenz, ein freieres Dasein zu schaffen. Was es auch sei! Nur nicht mehr Tabletts tragen, Befehlen gehorchen und umherstehen müssen, bis einem die Beine weh tun und man das Gefühl hat, als würde einem der Magen herausfallen; nicht mehr lächeln müssen für jeden Nikkel, der auf den Tisch geworfen wird! Oh, diese Anfälle von Müdigkeit, wenn einem die Lider schwer wie Blei werden. Und doch immer wach sein müssen, bereit, auf ein bloßes Augenzwinkern oder auf die leise Gebärde eines Gastes hin loszustürzen! Oh, wie abscheulich, sich sogar durch ein Fingerschnalzen umherkommandieren zu lassen, so wie man eine Katze oder einen Hund herbeiruft! Ah, endlich allein sein, ganz allein, um nachdenken und träumen zu können! Und doch wurde sie aus Andi nicht klug.

13

Die Sonne kündete den Sommer an. Es war heiß. Silvelie war allein auf ihrem Zimmer. Die Verabredung mit Andi stand kurz bevor. Sie schlüpfte in ihr neues grünes Voilekleid, zog die Mütze kokett zurecht, holte tief Atem und verließ durch einen Seitenausgang das Haus.

»Wie nett, daß Sie gekommen sind«, begrüßte er sie unter den Bäumen. »Hoffentlich haben Sie heute mehr Zeit!«

»Ja.«

»Dann wollen wir nach Lenzerheide hinauffahren.«

»Wie schön.«

Sie fuhren los.

»Heute bin ich richtig glücklich«, sagte er, »ich wollte, dieser Alfa hätte Flügel und einen Propeller, dann würden wir über die Berge fliegen.«

»Und uns den Hals brechen?« antwortete sie lachend.

»Es tut gut, Sie lachen zu hören. Unser gemeinsamer Freund hat mir schon erzählt, wie schwer Sie es haben ...«

In diesem Augenblick fuhren sie am Gefängnis von Lanzberg vorbei.

»Sehen Sie! Dort drüben muß ich leider immer arbeiten. Ein trüber Ort voller bedrückender Geschichten. Waren Sie schon mal drin?«

Er warf einen schnellen Blick auf Silvelie und bemerkte eine plötzliche Veränderung in ihrem Ausdruck.

»Was ist mit Ihnen los?« Andi verlangsamte die Fahrt.

›Es ist besser‹, dachte Silvelie, ›ich rede jetzt mit ihm ... jetzt oder nie!‹

»Warum erschrecken Sie? Waren Sie denn schon einmal drin?«

»Ich nicht – aber mein Vater. Ich dachte, Sie wissen es vielleicht, weil Sie Ihr Büro im Gefängnis haben.«

Sie biß sich auf die Lippen.

»Ich wußte es nicht.«

Er schluckte.

»Jetzt sind Sie überrascht?«

»Ja, ein wenig – natürlich.«

Er lachte nervös.

»Wer hat ihn denn ins Gefängnis geschickt?«

»Richter Bonatsch.«

»Ein Kreisrichter?«

»Ja, in Andruss.«

»Und weshalb?«

Sie blickte verwirrt zum Fenster hinaus und strich sich eine lose Haarsträhne aus der Stirn.

»Wie lange hat er hier gesessen?«

»Vier Monate.«

»Und warum?«

Sie seufzte.

»Ach, er hat immer viel zu viel getrunken. Er hat Kruzifixe beschmutzt, Leute niedergeschlagen und ihnen die Nase eingehauen. Das heißt, er hat sich allgemein unbeliebt gemacht.«

»Er scheint also ein recht lebhafter Herr gewesen zu sein.«

»Alle kannten ihn im Tavetsch. Er konnte wohl nicht anders.«

»Aber Ihr Vater wurde doch nicht wegen – nun, wegen eines sogenannten kriminellen Vergehens eingesperrt?«

»Was meinen Sie damit?«

»Ich meine wegen eines Diebstahls, oder eines wirklichen Verbrechens.«

»Niemals! Niemals!«

Andi holte Luft und schluckte wieder.

»Sie hatten es zu Hause recht schwer?«

»Manchmal, wenn Vater betrunken war. Aber was sollte er denn anfangen in einem so abgelegenen Nest wie dem Jeff. Es gibt viele in den Bergen, die sich betrinken. Außerdem waren wir so ziemlich die einzigen Protestanten in der ganzen Gegend, und er hatte eine Menge Feinde, die sein Geschäft zugrunde richten wollten.«

»Was für ein Geschäft denn?«

»Er hatte eine Sägemühle im Jeff, und das ganze Land ringsum hat ihm gehört. Es gehörte der Familie, seit Hauptmann Lauretz sich dort niedergelassen hat –«

»Hauptmann Lauretz? Wer war denn das?«

»Ein Hauptmann unter Napoleon, ein Franzose aus der Normandie.«

»Lauretz! Das ist kein französischer Name –«

»Vielleicht war es einmal ein französischer Name und wurde dann in Lauretz abgeändert. Vater hat oft davon gesprochen.«

»Armes Kind! Sie müssen viel gelitten haben«, sagte Andi teilnahmsvoll.

»Wir haben alle gelitten. Ich kann es nicht bestreiten.« Sie sprach jetzt sehr langsam und wog jedes Wort ab. Er hatte den Eindruck, daß ihr das Sprechen weh tat, und drückte ihr einen Augenblick lang die Hand.

»Er war ein Mensch ohne jede Moral!« fuhr sie fort. »Dabei nannte er sich selbst einen Aristokraten. Priester konnte er nicht ausstehen. Aber er war natürlich nicht immer so, ich erinnere mich noch an die Zeit, wo er nett zu uns war und mit uns gespielt hat – im Tavetsch, wo wir den Winter über wohnten.«

Sie hielt inne.

›Ja, jetzt muß es heraus!‹ dachte sie bei sich. ›Jetzt ist der richtige Augenblick da!‹

»Eine Frau hat ihn gekapert. Damit hat es angefangen. Sie hat zwei Söhne von ihm, und er ist oft wochenlang bei ihr geblieben.«

»Ihre arme Mutter!« sagte Andi. »Sie muß sehr gelitten haben.«

»Ja, aber wir haben uns sehr bemüht, ihr zu helfen, und haben, so gut wir konnten, zusammengehalten.«

Abermals hielt sie inne.

»Armes Kind«, sagte er. »Es tut mir leid, daß Sie so viel Unglück hatten. Ihr Freund Henri ...«

»Mein Freund? ... Ihr Freund!«

»Unser beiderseitiger Freund also«, fuhr er fort, »hat mir von Ihnen erzählt. Ich bin sehr stolz, daß Sie auch mich in Ihr Vertrauen gezogen haben.«

»Hat er Ihnen auch erzählt, daß ich einen kleinen idiotischen Halbbruder habe und daß Vater vorigen November von zu Hause weggegangen und nie mehr wiedergekommen ist?«

»Es ist schließlich ganz egal, was war. Sie sind die, die Sie sind, das ist die Hauptsache. – Haben Sie denn trotz allem Ihren Vater geliebt?«

»Es war nicht nur seine Schuld«, sagte sie schnell, »wenn er unter besseren Umständen hätte leben können, wäre er sicher ein ganz anderer Mensch geworden und hätte uns wahrscheinlich auch nicht verlassen.«

»Jedenfalls war es aber sehr unrecht von ihm, mit dem Geld wegzulaufen, das Matthias Lauters Ihnen hinterlassen hat«, brummte

Andi. »Wenn er wieder auftaucht, kann er schwer dafür bestraft werden.«

»Das wissen Sie also auch!«

»Ja, Henri hat es mir erzählt.«

»Und was hat er Ihnen noch erzählt?«

Eine Zeitlang schwiegen sie beide.

»Recht schlimm für Sie, daß er mit Ihrem Geld durchgebrannt ist! Warum haben Sie ihm denn nicht die Polizei hinterhergeschickt?« begann Andi wieder.

»Jeses! Kinder, die ihrem eigenen Vater die Polizei auf den Hals hetzen! Würden Sie so etwas fertigbringen? Niemals! Und wir auch nicht! Wir haben beschlossen, die Sache für uns zu behalten und abzuwarten, was geschieht.«

»Wo steckt er denn jetzt? Haben Sie eine Ahnung?«

»Wir wissen es nicht. Keiner von uns weiß es.«

»Aber die Polizei weiß sicher, daß er verschwunden ist?«

»Ja, Niklaus, mein Bruder, ist zum Kreispräsidenten gegangen und hat es ihm mitgeteilt.«

»Und was werden Sie tun, wenn er eines Tages zurückkehrt?«

»Wir werden uns damit abfinden, wir sind ja jetzt ganz unabhängig. Niklaus hat die Schulden abgearbeitet. Hanna hat Arbeit, und ich arbeite auch.«

»Für die Familie, wie?«

»Nein, nicht nur für die Familie. Ich will ganz selbständig werden und ein neues Leben beginnen. Und ich hoffe, daß ich später einmal ein paar Monate im Chalet von Herrn Lauters ganz allein verbringen kann. Bloß um nachzudenken und Pläne für die Zukunft zu schmieden.«

Sie fuhren die breite Straße hinauf, die sich in großen Serpentinen durch den Wald schlängelte. Tief unten in einem Winkel lag Passugg.

»Ich würde gern einmal Ihre Angehörigen kennenlernen«, sagte Andi.

»Wir sind bescheidene Leute.«

»Da bin ich noch gar nicht so sicher – mit einem Ur-Urgroßvater, der Hauptmann unter Napoleon war. Das ist doch eine richtige Ahnenreihe!«

»Es ist nicht weit her damit«, erwiderte sie. In ihrer Nähe toste die Rabiosa, eine überschwengliche Tochter der Gletscher.

»Übrigens kannte ich Lauters dem Namen nach schon seit Jahren. Ich kannte seine Arbeiten, wußte aber nicht, daß er dort oben eine Eremitage hat. Sind Sie nicht sehr stolz darauf, eine Sammlung seiner Bilder zu besitzen?«

»Ja«, erwiderte sie, »aber sie machen mir auch genug Kopfzerbrechen. Meister Lauters' Familie und ihr Anwalt schreiben mir immer wieder, sie wollen mir die Bilder abkaufen.«

»Wissen Sie, was sie wert sind?«

Sie schüttelte den Kopf.

»Ich kann es nicht leiden, wenn Leute darüber reden, was die Bilder wert sein mögen. Für mich sind sie heilig. Bedenken Sie nur, die meisten dieser Bilder habe ich ihn malen sehen. Nicht eines will ich verkaufen. Ich würde vor Scham in die Erde versinken.«

»Solange ich lebe«, brummte er, »werden Sie sie nicht verkaufen müssen!«

Ihre offene freie Art, sich zu äußern, hatte sie ihm viel näher gebracht. Und als wolle er seiner Freude Ausdruck verleihen und die Sorgen abschütteln, die hinter dieser Freude drohten, legte er plötzlich ein höllisches Tempo vor und sauste die steile Straße hinauf, während der Kompressor wie eine durch die Luft sausende Granate aufheulte. Durch eine Lichtung glitzerte plötzlich ein türkisblauer See, und Andi brachte den Wagen zum Stehen.

»Heidsee!« rief er und öffnete das Fenster. »Wie wäre es mit einem Bad?«

Er streckte den Kopf hinaus.

»Wunderbar warm! Ah, wie die Tannen duften! Wie Weihrauch der Götter! Neben dem Kurhaus gibt es ein paar Badehütten.«

»Ich habe nichts mit.«

»Wir können uns Anzüge leihen. Sie können doch schwimmen?«

»Ja, ich habe es in der Schule gelernt. An warmen Nachmittagen sind wir immer zum St.-Gada-See hinunter spaziert. Das Wasser war glasklar und sehr kalt, und wir spielten Fischreiher. Vom Ufer aus lauerten wir auf die Fische und tauchten dann plötzlich ins Wasser, um einen zu fangen. Aber ich habe nie einen erwischt. Einmal haben mir zwei Schulkameradinnen den Kopf lange unter Wasser gehalten und sagten: ›Jetzt wollen wir die Ketzerin ertränken.‹ Wenn Schullehrer Wohl es nicht gesehen hätte, wäre ich vielleicht wirklich ertrunken.«

Sie fuhren zum Kurhaus. Die Direktion bemühte sich, sämtliche Wünsche des jungen Herrn von Richenau zu erfüllen. Andi und Silvelie nahmen Kabinen und zogen sich aus. Silvelie war bereits im Wasser, als Andi erschien, groß, sonnengebräunt, ein Bild der Gesundheit. Er lief auf das Sprungbrett und wie ein Salm emporschnellend, tauchte er in die Tiefe. Wenige Sekunden später schoß sein Kopf dicht neben Silvelie aus dem Wasser empor. Beide lachten vor Vergnügen. Ein ältliches Ehepaar, das neugierig und fröstelnd im Wasser stand, schaute etwas unwirsch, als fürchteten sie sich vor Haifischen oder Krokodilen.

Als Silvelie aus dem Wasser stieg, folgten Andis Augen ihren verführerischen Rundungen. Sie drehte sich nach ihm um und ihre festen kleinen Brüste boten sich seinem Blick. Unwillkürlich drängte sich ihm der Vergleich mit Luise auf. Auch schien es ihm rätselhaft, wie ein so verkommener Mensch wie Jonas Lauretz neben einem kleinen Simpel ein so bezauberndes Menschenkind zuwege gebracht hatte. Und sie schien diesen Vater trotz allem noch zu lieben …

Sie wanderten unter den großen dunkelgrünen Tannen, zwischen deren Stämmen der See schimmerte. Die Almenden, die grauen zakkigen Pics mit den Adern von Schnee spiegelten sich auf der durchsichtigen Wasserfläche.

Ab und zu sah Andi Silvelie an oder Silvelie sah ihn an. In ihren Blicken war etwas, das erkennen ließ, daß ihr Glück nicht vollkommen war. In ihren Augen lauerte eine Melancholie, sogar etwas Verzweiflung.

»Kommen Sie, gehen wir tiefer in den Wald hinein«, sagte Andi. Sie folgten einem Pfad, der bergauf führte. Bis fast zur Brust im Unterholz versinkend, drangen sie in das Dämmerlicht ein, während die Sonne noch hie und da durch die Lücken blitzte und den Efeu beleuchtete, der wie hellgrüne Schlangen sich an den mächtigen

Baumstämmen emporwand. Ringsum schwebte der Duft warmen Kiefernharzes. Und ihre Füße traten lautlos in das weiche Moos. Das große Schweigen hüllte sie ein.

»Setzen wir uns«, sagte Andi. Er hockte sich hin, mit dem Rücken an einen Stamm gelehnt.

Silvelie ließ sich dicht neben ihm nieder. Ihr Herz begann zu pochen. Er legte seine Hand auf ihre Hand – und plötzlich nahm er sie in seine Arme, beugte sich über sie und küßte sie auf den Mund. Leidenschaftlich gab sie ihm ihre Lippen. Aus dem Wipfel über ihnen flog ein Vogel auf, und ein feiner Nadelregen rieselte auf sie herab. Sie lag in seinen Armen, überwältigt, regungslos. Ihre Augen waren geschlossen, ihre Nasenflügel zitterten. Er küßte ihren Hals, ihre Schultern und in atemloser Verwirrung ihren Körper.

»Silvelie, es ist mein Recht, dich zu lieben, mein gutes Recht! Nichts wird mich je daran hindern können, dich zu lieben!«

Voll überfließender Zärtlichkeit zog er sie noch enger an sich. Er küßte sie wieder, aber sie rückte langsam von ihm ab und schüttelte den Kopf. Dabei streichelte sie sanft seine Hand und nahm sie von ihrer Schulter weg.

»Oh, ich weiß genau, was du denkst und fühlst«, sagte er. »Du glaubst, ich sei kein freier Mensch und habe kein Recht, Forderungen an dich zu stellen, aber du irrst dich«, sagte er triumphierend. »Ich liebe Luise nicht.«

Immer schmerzlicher wurde der Ausdruck ihres Gesichts. Sie mußte sich Mühe geben, auch nur ein Wort über ihre Lippen zu bringen. Seine Augen loderten in mühsam unterdrückter Spannung. Sie sah ihn mit verschleiertem Blick von der Seite an, mit einem Blick voller Argwohn.

»Arme Luise«, sagte sie, »ich versetze mich in ihre Lage.«

»Seit ich dich das letzte Mal gesehen habe, hat sich vieles verändert«, sagte er. »Ich bin ein anderer Mensch geworden. Ich habe mich entschlossen, meine Verlobung mit Luise zu lösen.«

Sie machte sich ganz langsam von ihm los.

›Jetzt ist der Augenblick da, um ihm alles zu sagen‹, dachte sie. ›Die nackte, schreckliche Wahrheit.‹

Er glaubte zu spüren, wie sich zwischen ihnen ein Abgrund auftat.

»Du meinst vielleicht, daß ich das ganze als eine Art Abenteuer betrachte. Es ist auch gewissermaßen ein Abenteuer, aber ein sehr ernstes, weil ich die feste Absicht habe, dich zu meiner Frau zu machen. Da du aber davon nicht sehr begeistert zu sein scheinst, werde ich warten. In der Zwischenzeit verlange ich nur, dein Freund sein zu dürfen, dein wirklicher Freund. Und als solcher habe ich gewisse Pflichten. Erstens solltest du sofort den Posten bei Madame Robert aufgeben. Du hast ihn nur angenommen, um dir dein Brot zu verdienen, aber was du dort verdienst, kann ich ebensogut aufbringen und noch viel mehr. Es ist deine Pflicht, meinen Vorschlag anzunehmen, bevor deine Schönheit in diesem Etablissement zu einer stehenden Einrichtung wird. Zweitens müssen wir den Versuch machen, deinen Arm wieder in Ordnung zu bringen. Dann wird es dir leichter fallen, ihn um meinen Hals zu legen!«

Er zupfte einige Tannennadeln von seiner Hose und sprang zugleich mit ihr auf, den Arm um ihre Hüften legend.

»Ich meine das alles sehr ernst!« Es klang fast streng.

»Du würdest mir nie verzeihen, wenn ich deinen Antrag annähme!« sagte sie.

»Wenn du mich in einen Abgrund stoßen würdest, würde mein letzter Gedanke nur dir und meiner Liebe zu dir gehören!«

Er nahm ihren Arm, und sie gingen zum See zurück.

14

Bereits am nächsten Tag wurde Andi von Luise angerufen. Sie bat ihn, den Sonntag mit ihr in St. Gallen zu verbringen. Er fühlte sich durchaus nicht geneigt, die Frobischs zu besuchen, und erfand eine Entschuldigung. Er habe mit einigen Freunden, Offizieren, vereinbart, ein Wettreiten im Hürdenspringen auszutragen, und abends solle in Lanzberg mit den Mitgliedern des »Klubs« im »Hof« ein Bankett stattfinden. Luise meinte, sie würde nach Lanzberg kommen.

»Das wird leider nicht gehen«, sagte er, »es sind keine Damen eingeladen, du würdest die einzige Dame sein.«

»Andi, ich fühle mich schrecklich einsam ohne dich!« protestierte sie. »Ich werde so schrecklich froh sein, wenn wir erst verheiratet sind! Wenn ich nicht zu dir kommen kann, fahre ich nach Richenau und verbringe den Tag mit deiner Mutter.«

»Nimm deine Mama mit«, schlug er vor. »Ich telefoniere nach Richenau und melde euch an.«

Als er den Hörer auflegte, stieg ihm das Blut in die Wangen. ›Ich werde mir jetzt bald einmal ein Herz fassen müssen‹, dachte er. ›Ich werde es ihr sagen müssen! Wie aber? Was soll ich tun, um unsere Verlobung zu lösen?‹ Der Gedanke, er könnte für immer durch gesetzliche Bande an diese Frau gebunden sein, brach mit der Wucht einer Ladung Ziegel über ihn herein. Nein, Luise war ihm fremd geworden; sie gehörte seiner Vergangenheit an. Nun galt es nur noch, ihr das klarzumachen. Die Sache war nicht leicht, denn er wußte, daß sie in Gedanken ihre ganze Zukunft auf ihn gestellt hatte. In dieser Hinsicht hatte sie sehr viel Entschlossenheit bewiesen. ›Ich habe einen großen Fehler begangen!‹

Andi hatte im Laufe des Vormittags einige dienstliche Angelegenheiten mit dem Gerichtspräsidenten zu erledigen. Vielleicht, dachte er bei sich, als er das uralte Tor durchschritt und eine abgetretene, mit einem schönen schmiedeeisernen Geländer versehene Steintreppe hinaufstieg ... vielleicht würde es ratsam sein, Dr. Gutknecht mitzuteilen, daß er seine Verlobung zu lösen gedenke. Ja, er mußte die Sache sofort in ein ordentliches Geleise bringen, um einen Skandal zu verhindern. Er mußte es dem Präsidenten sagen. Der alte Fuchs würde sich geschmeichelt fühlen.

»Guata Tag, Herr Doktor!« sagte der Schreiber, als Andi in das große Vorzimmer trat, dessen altertümliche Fenster mit den bunten Wappen der Stadt und des Kantons geschmückt waren. Er stand auf, öffnete die grüne Polstertür und verschwand im Zimmer des Präsidenten. Wenige Augenblicke später erschien er wieder in Begleitung Dr. Gutknechts, und Andi betrat das Allerheiligste des Präsidenten.

Dr. Gutknecht setzte sich in einen riesigen Ledersessel, der vor einem wuchtigen Schreibtisch stand. Er war ein Mann über die Sechzig, kahlköpfig, mit einem rötlichweißen Bart. Seine Augen blickten scharf und verschmitzt wie die Augen eines heimlichen Sünders, und in seinen langen, schmalen Fingern hielt er eine billige Zigarre. Andi war es sehr ernst zumute. Sonderbar, dachte er, wie die Wände eines Arbeitszimmers einen sofort von der Außenwelt abzuschneiden scheinen. Und er beobachtete den Präsidenten, wie er sich schnaufend die trockenen Hände rieb, mit einer Beflissenheit, als wolle er aus der Haut Funken schlagen. Dr. Gutknecht begann sogleich einen Fall zu erörtern. Es handelte sich um eine Hebamme, die wegen Abtreibung vor Gericht gestellt werden sollte. Andi hatte diesen Fall bearbeitet, und der Präsident äußerte sich jetzt sehr ausführlich über eine Reihe von Einzelheiten. Er lobte Andis Arbeit, wollte noch einige Auskünfte über einen bestimmten Zeugen haben und bot schließlich Andi eine seiner Zigarren an, die dieser in die Tasche steckte, ohne die geringste Absicht, sie jemals zu rauchen.

»Und jetzt«, sagte Dr. Gutknecht, sich in seinen Sessel zurücklehnend, »muß ich Ihnen zu Ihrer Aufstellung für die Wahlen gratulieren. Sie treten in die Fußstapfen Ihres Vaters. Und Ihr Urlaub? Sie werden ihn wohl zu einer Hochzeitsreise benützen, wie?«

Er beugte sich schwerfällig über den Tisch, tastete nach einem großen messingnen Hörrohr und schob es sich ins Ohr.

Alle Welt kannte dieses Hörrohr. Alle Welt wußte ebenfalls, daß der Präsident auch ohne dieses Hörrohr recht gut hören konnte.

»Ich möchte Sie gern um einen Rat bitten«, sagte Andi und legte eine Handvoll Papiere auf den Schreibtisch. »Und zwar in einer Privatangelegenheit, wenn Sie mir gestatten wollen, die Sache hier zur Sprache zu bringen.«

»O ja, gewiß, Herr Doktor. Gewiß. Hier werden alle Angelegenheiten privat behandelt.«

»Nun, wenn Sie gestatten, will ich Ihnen die Sache in Form einer Frage vorlegen.«

»Nur los!«

»Gesetzt den Fall, Sie wären im Begriff, sich zu verheiraten, und entdeckten nun, daß Sie und die fragliche Dame nicht zusammen paßten, ganz und gar nicht die nötige Übereinstimmung im Charakter besäßen, die die erste Voraussetzung für eine glückliche Ehe darstellt – was würden Sie in einem solchen Falle tun?«

Dr. Gutknecht beugte sich weiter vor und rückte mit seinem Hörrohr ein wenig näher an Andi heran.

»Dieser Fall ist mir noch nie passiert«, sagte er mit einem säuerlichen Lächeln.

»Leider handelt es sich um *meinen* Fall«, erwiderte Andi.

»Wohl, wohl!« erwiderte Dr. Gutknecht. »Ist es denn möglich? Ja, so etwas gibt es im Leben! Ich verstehe es durchaus.«

»Was würden Sie mir raten?«

Der Präsident faßte Andi scharf ins Auge, ohne sich zu rühren.

»Haben Sie den Gedanken ganz aufgegeben, noch einmal eine gütige Regelung zu versuchen?«

»Ganz und gar.«

Der Präsident nahm das Hörrohr aus dem Ohr und stellte es aufrecht auf den Tisch hin.

»Was gedenken Sie denn zu tun?«

»Ich habe die Absicht, die Verlobung zu lösen. Würden Sie das nicht für richtig halten?«

»Gewiß, gewiß! Ein Zeichen großer Charakterstärke! Die Millionen der Frobischs! Wohl, wohl, ich verstehe! Nun – natürlich, es ist vielleicht ein bißchen exzentrisch. Aber ich verstehe es durchaus. Die Neigung ist nicht tief genug. Und wer wird an die Stelle der jungen Dame treten?«

»Bis jetzt noch niemand!«

Der Präsident lehnte sich zurück.

»Die Frauen können einem recht lästig werden, nicht wahr? Wenn man so auf sein Leben zurückblickt und sie aus der Perspektive betrachtet, scheint einem die Wahl zwischen ihnen nicht schwerzufallen.«

»Ich sehe die Perspektive von der anderen Seite her«, sagte Andi, »mir scheint es wichtig, ob man sich ein glückliches oder ein unglückliches Zuhause gestaltet.«

»Machen Sie sich von ihr frei junger Mann! Machen Sie sich frei!« sagte Dr. Gutknecht mit Falsettstimme. »Es handelt sich ja nicht um eine arme Person, die Sie sitzenlassen! Meinen Glückwunsch zu Ihrer Flucht, Herr Doktor. Mehr will ich nicht sagen, außer viel Glück fürs nächste Mal!«

»Vielen Dank für Ihren Rat, Herr Präsident!« sagte Andi, dann lächelte er vergnügt, machte eine kleine Verbeugung und verließ das Zimmer. ›Bisher läuft die Sache recht glatt‹, dachte er. Und einen Augenblick lang war er fest davon überzeugt, daß bereits alles in bester Ordnung sei.

15

Gegen Ende Juni waren die Straßen Lanzbergs in bunten Flaggenschmuck gehüllt. Abermals wurde das Vaterland zur Schau gestellt. Es fand der jährliche Kongreß des Pressevereins statt, und zur gleichen Zeit tagte die Schweizerische Esperantogesellschaft. Alles in allem waren an die dreihundert Delegierte erschienen. Die Polizei trug Galauniform. Der Stadtrat begrüßte die Kongreßteilnehmer. Hotels und Gasthöfe waren voll besetzt. Ein besonderer Eisenbahnwagen brachte eine zusätzliche Ladung Bier aus Zürich. Die Regierungsdepartements hatten eine Schar von Bürokraten entsandt. Die riesigen Eisentore des Ortsmuseums waren von acht Uhr früh bis sechs Uhr abends geöffnet, bei ausnahmsweise freiem Eintritt. Die Laternenpfähle unter den dorischen Stucksäulen waren frisch gestrichen, und die beiden Stucksphinxe am Eingang trugen hübsche Blumengirlanden um den Hals. Das runde Betonbecken im Garten hatte endlich frisches Wasser erhalten, und niemand freute sich mehr darüber als die fünf Goldfische, die dort seit undenklichen Zeiten lebten. Das Polizeiorchester veranstaltete auf dem St.-Basilius-Platz ein Konzert. Im Kapitol wurden »Trader-Horn« und Buster Keaton, Lanzbergs Lieblingskomiker, gezeigt. Sämtliche Schaufenster waren neu dekoriert, und in den Straßen des alten Städtchens roch es nach Braten, worüber man sich in einem Lande nicht wundern darf, wo dreiundeinhalb Millionen Menschen jährlich fast zweihunderttausend Tonnen Fleisch verzehren, davon ein Drittel Schweinefleisch. Konzertorchester und Jodlerquartette waren aus den fernsten Gegenden herbeigeeilt und wurden von den Gastwirten eifrig mit Beschlag belegt. In gewissen Abständen ertönten die Glocken der Kathedrale, um die Leute daran zu erinnern, daß es jetzt eigentlich nicht angebracht war, nach außen hin ein leichtsinniges Gemüt zur Schau zu tragen, sondern daß man sein Gewissen zu erforschen und »gespaltene Feuerzungen« auf sein Haupt herabzuwünschen habe. Seine Bischöfliche Gnaden nahm die Gelegenheit wahr, um von der Kanzel herab seine Schäfchen in scharfen Tönen zu erinnern, »daß nicht die Presse und nicht das Esperanto sie zur Seligkeit führen würden, sondern nur die heilige Mutter Kirche allein«.

Der Zug, der aus dem Tavetch kam und gegen Mittag in Lanzberg eintraf, brachte eine Schar von Bauernburschen und »Bergarabern«. Unter ihnen befand sich ein junger Mann von etwas sonderbarem Aussehen. Er trug einen funkelnagelneuen Konfektionsanzug mit ziemlich langen Ärmeln, neue braune Stiefel, ein rosarotes Baumwollhemd mit Kragen und eine lilafarbene Seidenkrawatte. Er roch nach Parfüm, und sein neuer grüner Samthut schien ihm etwas zu klein zu sein, denn sein Haar war so dicht und widerspenstig, daß nicht einmal eine reichliche Anwendung von Pomade es auch nur einigermaßen hatte glätten können. Auf dem Bahnhofsplatz blieb er stehen, stützte sich leicht auf seinen mit einer eisernen Spitze versehenen Haselstock und sah sich wie ein Fremdling um. Seine grellblauen Augen standen weit offen, als fühle er sich fremd unter den vielen Menschen. Langsam spazierte er auf die Bahnhofstraße zu, blieb jedoch nach einer Weile abermals stehen und sah sich um, jetzt schon viel aufmerksamer; sein Blick erfaßte unter anderem besonders die jungen Mädchen. Er öffnete sein Jackett, unter dem eine große silberne Uhrkette, die ihm quer über die Weste hing, zum Vorschein kam, und humpelte mit gewichtiger Miene unter den Bäumen dahin. Vor dem Kapitol machte er halt und betrachtete die Fotografien der Filmdiven. ›Ja‹, dachte er, ›eines Tages werde auch ich mir ein Weib suchen. Jung und hübsch muß sie sein. So wie diese da. Klug muß sie sein und gut erzogen, eine Frau, die sich um das

Geschäft kümmert und Briefe schreiben kann. Ich werde schon eine finden, und wenn ich monatelang herumhumpeln muß. So eine, wie ich sie immer in meinen Träumen sehe. Sie ist schon irgendwo für mich da, sie weiß es nur noch nicht. Aber ich weiß es. Ich weiß vieles. Sägen heißt denken!‹ Dann wanderte Niklaus endlich in ein kleines Wirtshaus und ließ sich ein Glas Bier, einen Teller Suppe, ein Schweinekotelett mit Kartoffeln und ein Stück Sahnetorte geben. In dem Gastzimmer sah es ganz so aus wie bei Volkert oder Hirt in Andruss. Die Leute sprachen fast die gleiche Sprache. Nachdem er sich satt gegessen hatte, gewannen die Dinge ein anderes Aussehen, und er dachte wieder mit weit größerer Verachtung an die Welt: ›Wartet nur! Wartet! Ich, Niklaus Lauretz vom Jeff ...‹ Er zog eine schwarze, schwere Börse voll Silber aus der Tasche, bezahlte und ging.

Nachdem er einige Zeit umhergeirrt war, kam er wieder in die Bahnhofstraße und sah sich nach der Konfiserie Robert um. Zu seiner Überraschung entdeckte er, daß er bereits mehrmals an ihr vorübergegangen war, ohne es zu ahnen. Als er jedoch jetzt durch die Fenster hineinsah, wurde er verlegen und scheu.

›Was? Da soll ich hineingehn? Ich?‹

Und seine Blicke hafteten lange Zeit voll Verwirrung an den Flaschen mit den goldenen Hälsen in den silbernen Eimern. Plötzlich vernahm er eine wohlbekannte Stimme.

»Niklaus! Was machst denn du hier?«

»So was! Du bist es!« erwiderte er.

»Ich hab dich von drinnen gesehen. Komm herein!«

»Nein, das tu ich nicht, das darf ich nicht.«

Sie schüttelten einander förmlich die Hand.

»Ist etwas passiert?« fragte Silvelie nervös.

»Ich kann weder hier noch da drin mit dir reden. Ich will dich allein sehen.«

»Das geht jetzt nicht.«

»Wann kannst du?«

»Vielleicht um sieben Uhr, bloß für ein paar Minuten.«

»Ich muß mit dem Zug um fünf Uhr fünfunddreißig nach Andruss zurückfahren.«

»Kannst du nicht die Nacht über bleiben?«

»Nein. Besser, wenn ich nicht weg bin, solange nicht alles wieder ganz in Ordnung ist.«

»Warte einen Augenblick, ich werde Madame Robert fragen«, sagte sie und verschwand.

Er ging ein Stück den Bürgersteig entlang und wartete. Nach einiger Zeit kam Silvelie wieder. Sie hatte die Schürze abgelegt, eine Kappe aufgesetzt und einen hellbraunen dünnen Mantel angezogen. Eine Falte stand zwischen ihren Augen.

»Du hast mich sehr erschreckt!« stieß sie hervor. »Gehn wir diese Straße entlang zum Güterbahnhof.«

Er zündete sich eine Zigarette an und warf den Kopf zurück.

»Ich wollte dich bloß warnen«, sagte er.

»Was denn, was denn?« fragte sie atemlos und raffte ihren Mantel zusammen, als ob ihr kalt sei.

»Am Freitag war ich unten bei Hirt mit dem langen Dan, dem blinden Jonathan und noch einigen anderen auf der Kegelbahn. Schmid, der Sägemüller, saß mit Herrn Wohl und Bolbeiß im Gastzimmer bei den Karten, und als Schmid herauskam, um aufs Klosett zu gehen, beugte er sich über die Mauer und sah uns zu. Und als er meinem Blick begegnete, da machte er eine ganz höhnische Miene und sagte:

›Sie werden dich schon kriegen!‹

›Wer wird mich kriegen!‹ sag ich.

›Ich meine, der lange Dan und der Jonathan werden dich kriegen!‹ höhnt er. ›Wen glaubst du denn, soll ich gemeint haben? Die Polizei?‹

Und so sag ich: ›Ich weiß nicht, was Sie meinen!‹

Da lacht er wieder höhnisch und sagt: ›Wart nur, bis sie die richtige Stelle finden!‹

›Was für eine Stelle?‹ sag ich. Aber ich hab mich beherrscht und bin ganz ruhig geblieben.

Und er läuft die Bahn hinunter zu den Kegeln und sagt: ›Da, diese Stelle zwischen dem linken Vorderen und dem Mittleren! Das ist die Stelle, die ich meine, nicht die Stelle, an die du denkst!‹ Dann spuckt er aus und geht weg.

Am Sonnabend früh kam Dieterli ins Jeff herauf. Das ist jetzt schon das elftemal, daß er uns aufsucht. Er sagt, er möchte wissen, ob wir Nachricht von dem Alten haben. Ich sage nein. Und da sagt er auf seine dreckige Art: ›Du weißt, was manche Leute sagen?‹

›Was sagen sie denn?‹ sag ich.

Er zuckt die Achseln.

Und da hab ich ihm gesagt, daß es eine Schande ist, uns etwas Schlechtes nachzusagen, und er soll sich nur recht gut hier umsehn. Aber weil sie ohnedies schon jeden Winkel durchsucht hatten, wußte er, daß das gar keinen Zweck hat, und so ging er wieder weg und sagte nur noch: ›Vielleicht werde ich dir eines Tages deinen Vater finden!‹

Ich bin noch am selben Tage bei Bonatsch gewesen und hab ihm das alles erzählt und ihm gesagt, daß ich mich bei den Kantonalbehörden in Lanzberg beschweren will.«

Silvelie blieb stehen, lehnte sich an ein Geländer, alle Kraft schien sie verlassen zu haben.

»Du brauchst gar keine Angst zu haben«, fuhr Niklaus fort. »Aber Präsident Bonatsch hat gesagt, er wird dich noch einmal vorladen und deine Aussage noch einmal zu Protokoll nehmen. Deshalb wollte ich dir sagen, du sollst nicht unruhig werden, wenn du die Vorladung bekommst, und nichts vergessen und nichts hinzufügen zu dem, was du bereits gesagt hast. Solange sie nicht ihn oder irgendwelche Spuren finden, können sie nichts beweisen. Und solange sie nichts beweisen können, sollen sie sagen, was sie wollen, es kann uns nichts geschehen.«

»Jeses, Jöry!« flüsterte sie. »Was ist mit ihm?«

Niklaus pfiff vor sich hin, als wolle er damit seine Verachtung zeigen.

»Er ist in Luzern aufgetaucht. Er arbeitet jetzt im Baugewerbe. Aber sie haben nichts aus ihm herauskriegen können. Jöry ist kein Dummkopf, und seit ich ihm das restliche Geld gegeben habe …«

»Aber wenn er zurückkommt und noch mehr Geld von dir verlangt?«

»Ja, dann werde ich ihm erzählen, daß ich sein Taschenmesser versteckt habe. Ich hab es aufgehoben, und wenn es zum Schlimmsten kommt, dann ist das sein Messer, und wir sind Zeugen! Wir haben bloß geschwiegen, damit ihm nichts passiert. Verlaß dich auf mich, ich werde schon eine Geschichte zurechtzimmern!«

Sie gingen langsam zur Bahnhofstraße zurück.

»Du hast mich furchtbar erschreckt«, sagte Silvelie gequält.

Niklaus berührte sanft ihre Hand.

»Ach, es wird schon gut werden. Hab nur ein bißchen Vertrauen!«

Silvelie blieb stehen. »Ihr habt mir das Leben schwer genug gemacht! Jeden Morgen beim Erwachen muß ich dran denken, jeden neuen Tag beginne ich mit diesem schrecklichen Druck!«

»Du mußt es leichter nehmen, Schwester, die Zeit heilt alle Wunden.«

»Was ich fühle, wirst du nie fühlen.«

Er zuckte die Achseln.

»Es wird der Tag kommen, wo wir überhaupt nicht mehr daran denken werden.«

»Für mich wird dieser Tag nie kommen, und wenn ich achtzig Jahre alt werde.«

»Du wirst schon sehen! Aber du selber mußt zuerst die Sache überwinden. Du mußt dir einreden, daß es überhaupt nicht passiert ist. Sobald du dir das erst einmal eingeredet hast, wird sich deine ganze Stimmung ändern.«

»Du hast gut reden«, erwiderte sie in bitterem Ton. »Für dich ist jeder Tag, jede Woche, die vergeht, eine Gnade! Für mich aber ... Nein, du weißt nicht, was es für mich jetzt heißt, deine Schwester zu sein. Hast du je daran gedacht, daß du mir mein Leben ruinieren könntest? Du hast mir ein Gewicht um den Hals gehängt. Ich fühle es Tag und Nacht, und es hindert mich in allem, was ich tue. Ich muß immerfort daran denken, was geschehen würde, wenn ... Manchmal ist es einfach eine Höllenqual. Die Wahrheit läßt sich nicht vertuschen, nicht für immer. Ich kann mich über nichts mehr freuen. Es ist, als hätte man mir ätzendes Gift zu trinken gegeben. Hoffentlich werde ich es ertragen können.«

»Liebst du uns denn nicht mehr?« fragte er und blickte verzweifelt in ihre gequälten Augen. »Ist es so schlimm?«

»Es ist nicht nur Liebe«, sagte Silvelie, »es ist das erdrückende Gefühl, daß ich für euch die einzige Zuflucht bin, die ihr im Leben habt. Ihr könnt euch immer sagen: ›Sie jedenfalls hat nichts damit zu tun gehabt, und doch gehört sie zu uns, wenn es eines Tages zum Schlimmsten kommt.‹ Ich glaube nicht, daß die Gesetze alle falsch sind, und ich glaube, daß keiner das Recht hat, einen andern zu verurteilen. Solange das Recht des Richters besteht, gilt das Recht für alle. Aber wozu all diese Reden ...«

»Silvelie, du hast dich sehr verändert.«

»Verändert? Natürlich habe ich mich verändert, und ich werde mich auch weiter verändern. Bäume verändern sich auch, wenn sie älter werden. Warum sollen wir an einer bestimmten Stelle stecken bleiben und nicht mehr weiterwachsen?«

»Dein Blut wird sich nie verändern!« sagte er fast triumphierend.

»Das ist mein Unglück«, sagte sie. Sie holte tief Atem. »Was hat Bonatsch gesagt, als du dich bei ihm beschwertest?« fragte sie dann mit veränderter Stimme.

»Er meint, daß das lauter dumme Gerüchte sind.«

»Das hat er gesagt, obwohl er das Jeff von oben bis unten hat durchsuchen und die Polizei in der ganzen Umgebung hat nachgraben lassen?«

»Er wollte sich bloß selbst davon überzeugen, daß dem Alten nichts geschehen ist.«

»Bist du ganz sicher, daß sie den Leichnam nie finden?« Er schaute sie herrisch von der Seite an.

»Verlaß dich auf mich.«

Nun wechselten sie das Thema und sprachen über ihre Mutter und über Hanna. Als sie sich schließlich der Ecke der Bahnhofstraße näherten, musterte sie ihn von oben bis unten. Sie fühlte sich innerlich von diesem herausgeputzten jungen Mann mit dem rosaroten Hemd und der lila Krawatte meilenweit entfernt. Aber sein verkrümmtes Knie, die Narbe an seiner Lippe und das zerschlagene Ohr, ja, seine Augen, in denen immer noch Angst und Sorge lauerten, beschworen all die Jahre der Vergangenheit herauf. Das gemeinsame Martyrium ihrer Jugend knüpfte immer noch ein unlösliches Band zwischen ihr und ihm. Wie sehr hatte er leiden müssen und wie mutig hatte er geschuftet! Von seinem vierzehnten Jahr an war er ihnen das gewesen, was der Vater ihnen hätte sein müssen: ihr Beschützer und ihr Ernährer. Sie empfand den geheimnisvollen Sinn dieser Bindung und schaute ihn schweigend an.

»Jetzt gehe ich«, sagte er.

»Brauchst du Geld?«

»Ich könnte dir etwas geben«, sagte er stolz.

»Ich brauche nichts, danke. Behalt es für Mutter.«

»Ich habe schwer gearbeitet. Und die Schulden sind bezahlt, du wirst jetzt bald dein ganzes Geld zurückbekommen.«

»Ich will dieses Geld nicht«, sagte sie mit Nachdruck.

»Vorige Woche«, sagte er, vor ihrem Blick ein wenig zurückweichend, »habe ich mir aus Flums eine moderne Maschine kommen lassen. Arbeitet wunderbar schnell! Der Bauholzlieferanten-Verband schickt mir Zirkulare, ich solle beitreten. Nein, nein! Ich arbeite auf eigene Rechnung. Ich hab kein Vertrauen zu diesen Verbänden! Du erinnerst dich noch, was der Alte immer gesagt hat! Ja, er hat recht gehabt. Ich will nicht die Preise in die Höhe treiben. Ich verkaufe zu meinen eigenen Preisen und verdiene dabei ... Übrigens möchte ich gern einmal die kleine Mühle in Andruss übernehmen, die schon seit Jahren unbenützt dasteht. Ich habe die Idee, dort eine ganz neue Sägemühle einzurichten und das Baugewerbe zu Vorzugspreisen zu beliefern. Aber das hat noch Zeit, viel Zeit, erst müssen wir warten, bis die Sache völlig eingeschlafen ist!«

»So, ich muß jetzt zurück«, sagte Silvelie. »Ich habe Madame Robert gesagt: zehn Minuten, und bin über eine halbe Stunde weggeblieben.«

»Vergiß nicht, was ich dir wegen Bonatsch gesagt habe. Und es hat mich gefreut, dich zu sehen, Schwester!«

Wieder drückten sie einander fast förmlich die Hand. Silvelie ging schnell davon, während er sich, traurig humpelnd, nach der entgegengesetzten Richtung entfernte.

16

Madame Robert machte mit dem Esperanto-Kongreß gute Geschäfte. Kurz nach neun Uhr abends war ihr Etablissement bereits so dicht gefüllt, daß selbst sie sich wundern mußte. Unter die Gäste mischten sich Doktoren, Professoren und Redakteure. In deren Mitte hatte Henri seinen Platz eingenommen. Man würde wieder ›öffentliche Meinung‹ machen und kräftige Artikel schreiben können.

Billie Bamboo und seine Florida-Cocosnuß-Band bewegten sich wie Affen in einem Urwald von Zimmerpalmen und machten ein Riesengetöse. Einige Paare tanzten bereits.

Eine kleine Dame betrat das Etablissement und setzte sich allein an einen Tisch.

Henri erhob sich, als er Luise entdeckte.

»Hallo, Fräulein Frobisch! Sie hier? Welche Überraschung!«

»Haben Sie Andi gesehen? Ich suche ihn dringend«, sagte sie in einem Zustand höchster Erregung.

Silvelie ging mit einem Tablett vorüber.

»Fräulein Lauretz!« rief Henri. »Haben Sie zufällig Andi gesehen?«

»Ich habe den Herrn Doktor nicht gesehen«, erwiderte sie und verschwand mit einem Seitenblick auf Luise, die sie mit Argwohn musterte.

»Ach helfen Sie mir, Herr Dr. Scherz, Andi zu finden!« sagte sie verzweifelt, aber energisch. »Ist Andi verrückt geworden?«

»Nicht daß ich wüßte.«

»Er hat mir einen Brief geschrieben. Hat er Ihnen nichts davon gesagt?«

»Nein, kein Wort.«

Währenddessen fixierte sie den Eingang zum Lokal, wo ein ziemliches Gedränge herrschte. Einige Offiziere eilten zur Garderobe, um dort ihre Säbel und Käppis in Gewahrsam zu geben.

Plötzlich entdeckte Luise, wie Andi sich durch die Menge drängte und die hübsche Kellnerin mit einem Lächeln begrüßte. Als Silvelie nach Luisens Tisch zeigte, drehte er sich um, und ein Schatten glitt über sein Gesicht. Sein Blick wurde streng und hart. Luise stand auf, drängte sich zu Andi durch und packte ihn am Arm.

»Ich muß mit dir sprechen«, sagte sie in scharfem Ton. »Gehen wir hier weg!«

»Mach mir nur keine Szene hier!«

Sie zerrte an seinem Arm.

»Gut, ich komme mit«, sagte er widerwillig. Er holte sein Käppi und seinen Säbel und verließ mit Luise das Lokal. Unter den Kastanienbäumen packte sie ihn am Mantel und schüttelte ihn.

»Bist du verrückt geworden, Luise? Wo kommst du her?«

»Wo ich herkomme? Ich habe mit der Nachmittagspost deinen Brief bekommen und bin im Auto hierhergerast. Seit acht Uhr suche ich dich überall.«

»Das hättest du nicht tun sollen, Luise«, sagte er.

»Wenn du deiner Uniform würdig sein willst, gehen wir sofort zu Madame Robert zurück, und du stellst mich deinen Freunden als deine Verlobte vor.«

»Ich habe dir doch alles geschrieben. Wäre es nicht unanständig von mir gewesen, die Trennung noch länger hinauszuschieben? Du weißt so gut wie ich, daß wir nicht zusammenpassen. In unseren Anschauungen gibt es derartige Unterschiede, daß kein Kompromiß sie überbrücken könnte. Ich glaube wirklich nicht, daß wir dazu bestimmt sind, ein Paar zu werden.«

»Laß uns in deine Wohnung gehen, Andi! Dort können wir alles viel besser besprechen.«

Sie fuhren zu dem alten Patrizierhaus, in dem sich Andis Wohnung befand. Luise sank in den Sessel. Andi schaute aus dem Fenster auf die Straße und ließ sie sprechen, sprechen, ohne Unterbrechung.

»Was soll ich tun? Wohin soll ich gehen? Was werden die Leute denken? Mein Trousseau ist fertig, mein Hochzeitskleid hängt im Schrank, ein Meisterstück St. Gallener Spitzen! Unmöglich, daß dies das Ende sein soll! Du bist egoistisch und herzlos! Du dachtest, du könntest mich mit einem Brief abfertigen – einfach so!«

Sie brach in Tränen aus, bettelte und flehte Andi an, zur Raison zu kommen. Andi schwieg.

»Du hast keine Ehre! Da hast du deinen Ring! Verbrenne meine Briefe und meine Fotografie! Wen wirst du an meiner Stelle in diesen leeren Rahmen hier stecken? Eine Kellnerin? Du verläßt mich für eine nichtssagende kleine Kellnerin?«

Andi rührte sich nicht von der Stelle, als sie völlig aufgelöst aus seiner Wohnung davonlief.

»Mein Gott! Endlich!« sagte er zu sich. »Arme Luise!«

17

Bald nach dem Besuch ihres Bruders erhielt Silvelie einen Brief von Richter Bonatsch. Ein Blick auf den grünen amtlichen Umschlag genügte, um das ernste Gesicht des Richters sowie die gespenstische Umgebung des Jeffs, die von dem Schatten des Ermordeten beherrscht war, heraufzubeschwören. Das vorgedruckte Formular richtete an sie die Aufforderung, am Donnerstag um drei Uhr vor Richter Bonatsch zu erscheinen.

In einem Anfall völliger Verzweiflung warf sie sich mit dem Gesicht nach unten auf ihr Bett und schluchzte.

Doch allmählich zog der Sturm vorüber: ›Nein! Ich darf die Hoffnung nicht aufgeben‹, dachte sie. ›Ich muß durchhalten.‹ Und sie zögerte nicht lange und schrieb Andi einen Brief.

> Heute oder spätestens morgen verlasse ich Lanzberg. Es ist besser, wenn ich gar nicht mehr zurückkomme. Du mußt mich vergessen! Ich muß allein meinen Weg weitergehen. Ich bin sehr unglücklich.
>
> Silvelie

Sie adressierte den Brief und ging hinunter, um Madame Robert zu kündigen mit der Begründung, daß ihre Mutter krank sei und sie zu Hause dringend bräuchte.

Am Donnerstag fuhr Silvelie mit dem Frühzug nach Andruss. Als sie den Rhein längs der Bahnstrecke dahinjagen sah, wurde ihr leichter zumute. Richter Bonatsch war schließlich auch nur ein Mensch. Er hatte sie bisher immer sehr freundlich behandelt. Und Niklaus hatte ihr doch auch gesagt, sie habe nichts zu fürchten, solange sie nur bei ihren früheren Aussagen bliebe. Sie freute sich am Anblick des Rheins, der in Purzelbäumen über die Felsblöcke schlug und wie die aufgewirbelte Gischt in der Sonne die Farben des Regenbogens annahm.

›Oh, wenn bloß alles vorübergehen würde und der arme alte Vater ewig begraben bliebe!‹

Als der Zug die Hügel unterhalb von Andruss hinauf zu dampfen begann, fing sie an zu beten. Sie schloß die Augen.

Es schien ihr, als hinge von diesem Besuch bei Richter Bonatsch das Schicksal ihrer Angehörigen ab.

Es war drei Uhr, als sie mit angehaltenem Atem unter der Immaculata vor dem Haus des Richters ankam. Sie klingelte. Die etwas blöde Dienstmagd Maria öffnete die Türe, und am anderen Ende des gewölbten Ganges tauchte die massige Gestalt von Johannes Bonatsch auf.

»Japoh! Guata Tag! Das ist doch Silvia Lauretz, nicht wahr? Komm herein! Komm herein!«

Sie folgte ihm in das Zimmer mit dem blanken Parkettboden und den Regalen voller Bücher und Broschüren. Er reichte ihr seine riesige Hand zum Gruß.

»Japoh – was sehe ich da? Du bist ja eine richtige Dame geworden! Setz dich! Und wie sieht es in Lanzberg aus, Silvia?«

Er übersah dabei nicht ihr Voilekleid, ihre hübschen Strümpfe und den neuen kleinen Hut.

»Japoh! Da sieht man, was ein junges Mädchen mit einem bißchen Energie erreichen kann. Die frühere Silvia Lauretz ist kaum noch wiederzuerkennen. Und so scheint es mit allen Kindern des alten Jonas zu gehen. Alle kommen sie in der Welt vorwärts, sind fleißig und gedeihen.«

Seine joviale Stimme beruhigte Silvelie.

»Vielen Dank, Dr. Bonatsch«, sagte sie bescheiden. »Wir tun, was wir können, soweit es uns die Umstände erlauben.«

»Das ist der richtige Geist«, sagte er. »Und nun wirst du wohl diesen Sommer zum Hospiz hinaufwandern, um dein Chalet in Besitz zu nehmen?«

»Ich gehe noch heute hin«, erwiderte sie.

»Ein famoser Mann war dieser Lauters! Das Land ist stolz auf ihn! Es heißt, daß seine Bilder viel Geld wert sind.«

»Die Leute behaupten das«, sagte sie. »Aber ich denke nie an den Geldwert. Ich habe nicht einmal das Gefühl, als ob sie mein persönliches Eigentum wären. Sie gehören durch mich dem ganzen Volk.«

»Das ist eine sehr edle Haltung, Silvia. Du solltest stolz darauf sein, daß du Professor Lauters' Magd gewesen bist.«

»Ja«, sagte sie. »Und ich bin sehr stolz darauf, daß er mein Freund gewesen ist.«

Richter Bonatsch zog ein großes, buntes Taschentuch hervor, wandte seinen massigen Körper zur Seite, leckte sich die dicken Lippen und betrachtete Silvelie wohlwollend.

»Nun, Silvia, ich wollte mit dir über deinen Vater sprechen«, sagte er, setzte sich an seinen Schreibtisch und nahm eine blaue Mappe zur Hand. »Laß mal sehen... Am 22. November vorigen Jahres ist er verschwunden, und seither hat man nichts mehr von ihm gesehen oder gehört. Du hast wahrscheinlich keine Ahnung, wohin er gegangen sein mag? Keine Nachricht, seit wir uns das letzte Mal gesehen haben?«

Sie schüttelte den Kopf.

»Ich habe nichts gehört – nichts!«

»Sicher nicht?«

»Ganz sicher.«

»So?«

Er hielt einen Augenblick inne.

»Du warst zum Zeitpunkt seines Verschwindens in Zürich«, fuhr er fort und nahm ein großes, mit Notizen bedecktes Blatt zur Hand. »Und als du dann nach Hause kamst«, sagte er, »war inzwischen dein Vater zu Hause gewesen, mit den fünftausend Franken in der Tasche. Bevor wir weitergehen: Bist du ganz sicher, daß es nicht während deiner Abwesenheit einen Streit gegeben hat?«

»Ja, ganz sicher«, erwiderte Silvelie, und ihre Augen weiteten sich.

»Wie kannst du es denn so sicher wissen? Du warst doch nicht da?«

»Nein, aber als ich nach Hause kam, haben sie mir erzählt, daß Vattr mit ihnen streiten wollte und daß sie ihm ausgewichen sind.«

»Das weiß ich. Sie behaupten, sie hätten die Nacht im Stall verbracht und ihn im Hause allein gelassen.«

»Ja«, sagte sie.

Sie ließ den Kopf hängen.

»Wir haben uns immer vor ihm gefürchtet«, fügte sie leise hinzu.

Richter Bonatsch betrachtete finster das Tintenfaß und spitzte die Lippen.

»Aber der Stall!« sagte er. »Der ist gerade nur so groß, daß ein Pferd und eine Kuh darin Platz haben.«

»Wenn Menschen Angst haben, können sie sich auf einen ganz engen Ort zusammendrängen«, sagte Silvelie ruhig.

Er schien in Gedanken zu versinken, und einige Sekunden später schaute er ihr fest in die Augen.

»Eine bessere Antwort hätte ein Advokat auch nicht geben können«, sagte er.

Plötzlich begann er sich heftig den Kopf zu kratzen.

»Er ist verschwunden, und da suchen wir ihn jetzt schon die ganze Zeit und können ihn nicht finden!«

Er sagte das fast verzweifelt, wie jemand, der mit seiner Weisheit am Ende ist.

»Wir haben in den Zeitungen annonciert. Ich weiß nicht recht, was ich jetzt noch machen soll. Aber ich kann die Sache nicht auf sich beruhen lassen. Das geht mir gegen den Strich. Ich habe mit deinem Bruder Niklaus gesprochen. Die Leute scheinen alle möglichen Gemeinheiten über deine Familie zu verbreiten.«

»Dr. Bonatsch«, rief sie und richtete sich fast heftig auf, »diese Leute sind Lügner!«

»Ich glaube selber kein Wort davon«, fuhr er mit einer freundlichen Handbewegung fort. »Aber Gesetz ist Gesetz. Buab Niklaus muß geschützt werden. Ich bin momentan in einer verdrießlichen Lage. Deshalb habe ich dich gebeten, zu mir zu kommen. Ich habe großes Vertrauen zu dir, und ich erwarte von dir, daß du mir bei der

Sache hilfst. Wie denkst du darüber, Silvia? Schau mir fest in die Augen und sag es mir.«

Sie richtete ihre schönen Augen auf ihn, mit einem Blick, der so ziemlich jeden anderen Menschen verwirrt hätte. Aber der Richter begegnete ihm gelassen.

»Was soll ich sagen? Ich war damals in Zürich. Es hat also gar keinen Zweck, mich zu fragen, Richter Bonatsch. Meine Angehörigen sagen, Vattr hat mein Geld genommen und ist weggegangen, um es auszugeben.«

»Nun, was meinst du, wo kann er mit dem Geld hingegangen sein?«

Sie zuckte die Achseln.

»Aber«, sagte der Richter, »deine Leute haben jede Hoffnung aufgegeben, ihn noch einmal wiederzusehen.«

»Das weiß ich.«

»Buab Niklaus hat mich gebeten, ihn für verschollen zu erklären. Das kann aber erst nach Ablauf eines Jahres geschehen, wenn keine Hoffnung besteht, daß eine bestimmte Person jemals wiederkehrt, oder wenn man mit Wahrscheinlichkeit annehmen kann, daß der Betreffende tot ist.«

»Vielleicht wird er nicht mehr wiederkommen. Er war zu uns allen sehr grausam.«

»Kannst du dir einen Grund denken, warum euer Vater euch verlassen hat?«

»Denken Sie an das Jeff. Herr Präsident! Vattr hatte auf der ganzen Welt nicht einen Freund. Seine Konkurrenten wollten ihn immer zugrunde richten. Er hat, wer weiß wie oft, erklärt, wenn er Geld hätte, würde er weit fortgehen.«

»Aho! Das hat er gesagt?« rief der Richter und schrieb Silvelies Aussage nieder.

»Das habe ich noch nicht im Protokoll«, murmelte er, wie zu sich selbst. »Das ist wichtig. Es wirft ein gewisses Licht auf den Fall.«

»Ja«, sagte Silvelie und faßte sich ein Herz: »Ich glaube nicht daß Vattr auch nur eine Sekunde lang an uns gedacht hat, als er so plötzlich das viele Geld in der Hand hatte.«

Richter Bonatsch warf einen Bleistiftstummel in die Luft. »Das

Geld hatte er doch schon in Zürich. Warum ist er dann nach Hause gegangen? Warum ist er denn nicht gleich in Zürich davongelaufen?«

Silvelie blickte zu Boden. Einen Augenblick lang überlief es sie heiß und kalt. Sie suchte verzweifelt nach einem Grund.

»Vielleicht hatte Vattr irgendwelche Papiere zu Hause vergessen.« Sie bemühte sich, mit fester, sicherer Stimme zu sprechen.

»Wo hat er denn für gewöhnlich seine Papier aufbewahrt?«

»Das weiß ich nicht«, sagte sie, »das kann ich nicht sagen.«

»Weiß es dein Bruder Niklaus?«

»Ich kann es nicht sagen. Solange Vattr bei uns war, haben wir uns alle nicht getraut, an seine privaten Papiere heranzugehen.«

»Aber du weißt, daß er solche Papiere hatte?«

»Ja. Sein Büro war voll von verstaubten Papieren.«

»Nun sag mir einmal, warum meinen deine Angehörigen, daß er nie mehr zurückkehren wird?«

»Warum sollte er zurückkehren?« rief sie hitzig und bemühte sich, auch nicht eine Sekunde lang mit der Antwort zu zögern. »Wir wollen es einfach glauben! Als Vattr noch zu Hause war, haben wir so viel leiden müssen, daß uns schon der bloße Gedanke an seine Wiederkehr erschreckte.«

»Nun, ich muß sagen, unter den bestehenden Umständen finde ich es ganz natürlich und durchaus menschlich«, sagte der Richter. »Es ist ein Vergnügen, sich mit einer klugen, jungen Frau wie dir zu unterhalten«, fügte er nach einer Pause hinzu.

»Ich habe ein bißchen mehr Glück gehabt als die andern«, fuhr Silvelie fort. »Ich hatte an Meister Lauters einen guten Freund. Die andern hatten keine Freunde, und Vattr hat nur Feinde gehabt. Mir ist eben eingefallen, Herr Präsident, wenn manche Leute häßliche Sachen über uns sagen, könnten wir sehr leicht den Spieß umkehren.«

»Schlag dir das aus dem Kopf, Silvia«, sagte Bonatsch. Er warf ihr einen scharfen Blick zu und stellte fest, daß ihre Hände zitterten.

Er lehnte sich zurück und wandte kein Auge von ihr. Einen Augenblick lang herrschte Schweigen. Eine kleine Uhr tickte auf dem Tische.

»Bist du erst jetzt auf diesen Gedanken gekommen?«

»Ja.«

»Warum?«

»Ich will nicht fremde Leute verdächtigen, aber ich habe Gründe, mich zu beschweren.«

»Worüber willst du dich beschweren?«

»Ah«, stieß sie hervor, »es ist scheußlich, wenn einem die Polizei ins Haus kommt, Fragen stellt, alles durchstöbert und überall nachgräbt, als ob wir unsern eignen Vattr ermordet hätten.«

»Silvia«, sagte Richer Bonatsch, »sei froh, daß wir das getan haben. Die Polizei hat nur ihre Pflicht getan. Das Gesetz muß sich davon überzeugen, daß nichts Unrechtes geschehen ist. Ich muß mich davon überzeugen. Wenn ich nicht überzeugt bin, muß ich die Sache den Kantonalbehörden übergeben, und die leiten dann eine Kriminaluntersuchung ein. So aber, wie die Dinge liegen, gibt es keinerlei Spuren, aus denen man schließen könnte, was mit eurem Vater geworden ist.«

Sie begegnete standhaft seinen Blicken.

»Ich will nicht, daß man uns Übles nachsagt!« begann sie fast heftig. »Schützen Sie unsern guten Namen, Herr Präsident!«

»Wenn die Leute reden, kümmre dich nicht darum. Der Polizeibericht ist fertig. Ich habe ihn hier. Bisher liegt nichts vor, was euch irgendwie zum Nachteil geraten könnte. Arbeitet ruhig weiter, und wenn ihr etwas zu fragen habt, kommt ohne Scheu zu mir. Schwatzt nicht mit anderen Leuten. Ihr habt ein schweres Leben hinter euch, und ich will euch helfen, soviel ich kann. Dabei soll es für den Augenblick sein Bewenden haben. Du kannst Buab Niklaus mitteilen, was ich dir gesagt habe. Wenn ihr hört, daß eine bestimmte Person euch häßliche Dinge nachsagt, dann kommt zu mir, und ich werde den Verleumder verwarnen.«

»Vielen Dank, Herr Präsident«, sagte Silvelie und stand auf.

Der Richter erhob sich gewichtig und schaute nach seiner dicken, goldenen Uhr. Er legte die Hand leicht auf Silvelies Schulter und führte sie zur Tür. Als er ihr die Hand schüttelte und ihr nachschaute, wie sie durch den Korridor schritt, leuchtete eine kleine Flamme in seinen Augen auf.

Ein paar Sekunden lang stand Silvelie gedankenverloren auf der Straße von Andruss, ihr ganzer Körper glühte vor innerer Erregung.

›Gott sei Dank, daß das endlich vorbei ist‹, murmelte sie. Und sie ging über den Fußpfad zum Bahnhof, um das Postauto nach dem Hospiz zu erreichen.

18

Wenn Meisters Lauters wieder ins Leben zurückgekehrt wäre, hätte er feststellen können, daß es nicht nur großzügig, sondern auch klug von ihm war, Silvelie seine reizende Einsiedelei in den Bergen zu hinterlassen. Er hätte niemand finden können, der sich mit größerer Hingabe seiner Bilder und seiner sonstigen Hinterlassenschaft angenommen hätte. Kein einziger Gegenstand entging ihrer zärtlichen Aufmerksamkeit.

Als sie im Schlößchen ankam, öffnete sie sämtliche Fenster und ließ die würzige Bergluft hereinströmen. Es kam ihr unvermittelt zu Bewußtsein, daß sie nun ihre eigene Herrin war.

Ab und zu ging sie zu den Gumpers hinunter, um Lebensmittel zu holen. Ihre Angehörigen hatte sie lange nicht gesehen. Allein Niklaus war am ersten Tag nach ihrer Ankunft zu ihr gekommen, und sie hatte ihn über ihre Vernehmung bei Richter Bonatsch beruhigen können.

Zuweilen dachte sie immer noch an die feuchte Dunkelheit des tiefer gelegenen Jeffs und die höhlenartige Schlucht der Via Mala. Es fehlte ihr aber der Mut, ihre Familie zu besuchen. Die unsichtbare Wand zwischen ihnen schien mit der Zeit größer geworden zu sein. Und sie machte sich nichts vor: Sie waren Mörder.

Sie gab sich der Natur hin und schob alle traurigen Gedanken und Befürchtungen beiseite, die ihre neu erworbene Freiheit hätten stören können. Sobald die Sonne unterging, zündete sie eine Lampe an und las, trank eine Schale Milch und nahm eine Scheibe von dem dunklen, hausgebackenen Brot der Gumpers mit einer dicken Schicht frischer, saftiger Bergbutter darauf zu sich.

Dieses nur scheinbar unbeschwerte Leben dauerte einige Tage. Dann erwachte sie eines Nachts kurz nach Mitternacht und konnte nicht mehr einschlafen. Ihre Gedanken begannen umherzuirren. Mit einem Sprung hatte die Wirklichkeit, der sie hatte entrinnen wollten, sie eingeholt. In der Stille dachte sie an Andi und sah sein heiteres Gesicht vor sich. Während sie in der Erinnerung alle kleinen Erlebnisse mit ihm durchlief, lag sie stundenlang in einem Zustand psychischer Anspannung, bis sie schließlich vor Kälte zu zittern begann. Unruhig wälzte sie sich hin und her, und ein schrecklicher Hunger nach Liebe regte sich in ihr.

Sie dachte an ihre Ausflüge mit Andi, und die Gespräche, die er mit ihr geführt hatte, arbeiteten in ihr weiter und quälten sie. Sie bedauerte vor allem ihre Schwäche und Mutlosigkeit, ihm nicht vertraut zu haben und ihm die Wahrheit, die ganze Wahrheit, nicht gestanden zu haben. Nie würde es in ihrem Leben einen anderen Mann als Andi geben.

Am nächsten Morgen erhob sie sich müde und erschöpft. Und in der folgenden Nacht erwachte sie zur selben Stunde wieder.

Um über diese Stimmung hinwegzukommen, unternahm sie lange Wanderungen am Rande der Schneefelder und pflückte Blumen, winzige schüchterne Blümchen, die sie in die zierliche ägyptische Alabastervase auf dem holländischen Tisch mit den Löwenfüßen steckte.

Hartnäckig versuchte sie, nicht an die Zukunft zu denken. Statt dessen las sie stundenlang und wühlte in den Mappen von Meister Lauters. Dabei fand sie eine kleine Zeichnung, die er von ihr gemacht hatte, auf deren Rückseite ein paar Worte notiert waren:

»Das, was wir nie besessen haben, bleibt
Und was wir haben, vergeht.«

Sie packte die Zeichnung ein und schickte sie Andi mit der Post.

19

Endlich kam ein Brief für sie in der Handschrift, die jemals wiederzusehen sie schon fast alle Hoffnung aufgegeben hatte. Es war ein eingeschriebener Brief und der junge Hirt lächelte, als er ihn überreichte.

»Ein bißchen einsam hier oben, wie?«

»Ich habe gute Gesellschaft.«

»Darf man fragen, wen?«

»Mich selber.«

»Das ist ein großes Unglück für jemand andern.«

»Für wen denn?«

»Für den, der Ihnen Gesellschaft leisten könnte.«

Er nahm das Postbüchlein, in das sie ihren Namen eingetragen hatte, und steckte es in die Tasche.

»Vielleicht bringe ich Ihnen eines Tages einen Brief von Ihrem Vater«, fügte er hintergründig hinzu.

»Wir wollen es hoffen«, sagte sie und legte den Brief in ihr Körbchen. Sie trug den Brief von einem Zimmer ins andere, als suche sie nach einem besonderen Ort, um ihn zu öffnen. Sie küßte ihn ... schließlich nahm sie ein elfenbeinernes Papiermesser, schnitt vorsichtig den Umschlag auf und zog ein Bündel eng beschriebener Seiten heraus. Fast schwindlig vor Freude ging sie auf die Veranda hinaus, um sie zu lesen:

Liebe Silvelie,
mir ist sehr viel Belastendes widerfahren, seit wir uns getrennt haben. Henri hat einmal gesagt: Familienbande können schwerer als Ketten wiegen und die Flügel der Freiheit wachsen nicht im Gold!

Ich habe, ohne es zu wollen, den Frieden vieler Menschen gestört. In Richenau, Basel und Genf scheine ich in bestimmten Kreisen eine berüchtigte Person geworden zu sein. Vielleicht müßte ich Reue zeigen, aber es fällt mir äußerst schwer.

Ein Glück, daß nicht mehr als vage Vermutungen über uns beide angestellt wurden. Insofern war es gut, daß Du von hier im

Augenblick fortgeflogen bist – obwohl es nur Dein Stolz war, der Dich veranlaßt hat, Dich in Deinen Schlupfwinkel zurückzuziehen. – Es hätte sich sonst leicht der Zorn der Götter über Dein liebes Haupt ergießen können. Früher oder später wird vermutlich noch ein Hagel von Beschuldigungen auf Dich niederprasseln, aber dann wird Dein Andi bei Dir sein und einen Schirm über Dich halten.

Ich will mich kurz fassen: Luise hat einen Selbstmordversuch unternommen. In den Schwierigkeiten, die damit verbunden waren, hat sich meine Mutter prächtig benommen. Ihre Handlungen entspringen ihrem Charakter wie das Wasser einem Quell. Hingegen würde die Mutter von Luise mir am liebsten mit einer Axt den Schädel spalten, wenn es keine Gesetze gäbe. Sie hat sich in eine richtige Hexe verwandelt.

Herr Frobisch drohte mir sogar, den Unternehmungen meines Vaters keine finanzielle Unterstützung mehr zukommen zu lassen, wenn ich auf meiner Absage beharre.

Anscheinend waren die Interessen der Richenaus und der Frobischs hinter meinem Rücken aufs engste miteinander verknüpft. Ich erklärte dem Mann so höflich wie nur möglich, daß mich seine finanziellen Transaktionen nicht im mindesten interessierten und daß ich nur wenig für eine Zivilisation übrig habe, in der an die Stelle von Königen und Fürsten die Bankiers getreten seien.

Luise kam soeben aus der Klinik in St. Gallen. War das ganze nun eine dramatische Komödie, um ihren Stolz zu retten – oder vielleicht nur ein wohldurchdachter Bühnen-Selbstmord?? Halte mich nicht für frivol, Silvelie – aber sie hat sogar ihr Hochzeitskleid angezogen und hat mit einer winzigen Pistole eine Rippe gestreift, Gottlob ist ihr dabei sonst nichts passiert.

Die Lautersche Zeichnung von Dir ist wunderschön ... es bedürfte aber eines ganz anderen Malers, um das Bild zu malen, das von Dir in mir lebt. Meine Mutter hat das Bild sehr bewundert und hat mich instinktiv verstanden, so sehr sie auch Luise bedauert.

Nächste Woche beginnen meine Ferien. Du weißt, daß ich ein

großer Kunstliebhaber bin. Sei nicht überrascht, wenn ich plötzlich auftauche, um Deine Bildersammlung zu besichtigen.

Für immer Dein Andi.

20

Eine Woche später ging Andi mit einem Rucksack in schweren Bergstiefeln den Pfad durch die Wiesen zum Schlößchen hinauf. Ein Jahr zuvor war er mit einer schweren Geschützbatterie in dieser Gegend gewesen. Sie hatten einen Teil des Gletschers mit Granaten bepflastert und die grüne Gebirgsmulde auf Kosten des Steuerzahlers mit einem Haufen Eisentrümmer zugedeckt. Manöver, ja gut! Aber bei Manövern schaut man nicht zu genau auf die Natur. Man zerstört sie.

Nach einiger Zeit erspähte Andi das Schlößchen und beschleunigte seinen Schritt. Als er näher kam, sah er Silvelie auf dem Balkon sitzen, die anscheinend in ein Buch vertieft war. Er pfiff ein paar Töne, sie stand erschrocken auf und legte das Buch weg.

»Andi! Andi!«

»Spreche ich zufällig mit Fräulein Lauretz?« sagte er schelmisch.

»Ich glaube schon.«

»Man hat mir gesagt, daß diese architektonische Mixtur zwischen Schlößchen und Chalet, vor der ich hier stehe, dem großen Maler Lauters gehört hat. Stimmt das?«

»Sie haben richtig geraten, mein Herr!«

»Spaß beiseite! Ich habe soeben meinen Urlaub angetreten und möchte ihn mit einer Pilgerfahrt zu diesem Altar der Schönheit einleiten. Ich bin über fünf Stunden von Andruss durch alle finsteren Tunnel der Via Mala hierher marschiert!«

»Komm herein, Andi, komm herein!«

Er legte seinen Rucksack ab und sie reichten einander die Hand.

»Silvelie«, sagte er ernst, »da bin ich! Ich habe einen Monat frei und muß gestehen, daß ich müde bin.«

»Hat sich Luise wieder erholt?« fragte Silvelie scheu.

»Sie ist wieder ganz wohl. Aber das alles gehört jetzt der Vergangenheit an. Ich will es vergessen. Hilf mir dabei und laß mich ein Weilchen bei dir bleiben.«

Sie zögerte sichtlich …

»Ich verlange nicht viel von dir, nur deine Gesellschaft und deine Nähe.«

Ihre Vorbehalte schienen dahinzuschmelzen.

»Willst du im Zimmer von Meister Lauters wohnen?«

»Wo du willst – es ist mir gleich. Nur laß mich bleiben. Ich brauche die Luft und den Frieden der Berge.«

»Komm herein! Ich freue mich, daß du gekommen bist.«

Er folgte ihr ins Haus.

Es wurde langsam dunkel. Sie saßen im Zwielicht auf der Terrasse und sahen den Tag zur Neige gehen.

Andi spürte ihre Einsamkeit. Wie wenig er doch von ihr wußte.

»Silvelie, warum verschließt du dich vor mir? Ich habe das Gefühl, daß meine Ankunft dich ein wenig erschreckt hat, daß du dich nicht behaglich fühlst. Aber hab keine Angst! Mach dir meinetwegen so wenig Kopfzerbrechen, als ob ich der alte Lauters wäre.«

Er streichelte ihre Hand.

»Sind wir so verschiedene Naturen, daß wir nicht zueinander kommen können?«

›Wenn ich es ihm nur sagen könnte! Wenn er nur wüßte!‹ dachte sie.

»Silvelie, warum sagst du nichts?«

»Ich habe nichts zu sagen, Andi, du mußt mir Zeit lassen zum Nachdenken. Ich bin nicht die, für die du mich hältst«, sagte sie ruhig. »Eines Tages wirst du es merken. Du bist so klug, und ich bin dumm. Du bist reich, und ich bin arm. Du bist Richter und gehst zur Kirche. Ich kenne keine Gesetze, und die Kirche sagt mir nichts. Du hast Frauen geliebt. Du bist in einem Schloß aufgewachsen und hast auf Universitäten studiert. Ich bin mein ganzes Leben im Jeff gewesen, am Ende der Welt. Du hast eine feine Familie, eine gute Mutter, einen guten Vater. Ich bin mit katholischen Kindern zur Schule gegangen, die mich anspuckten und mir sagten, nach dem Tod würde Gott ein Huhn aus mir machen. Schullehrer Wohl hat mich gelehrt, daß Gott diese Welt geschaffen hat, und Gott hat uns einen Trunkenbold zum Vater gegeben, und uns alle in eine Sägemühle gesperrt.«

Einen Augenblick hielt sie inne.

»Du hast schöne Konzerte gehört, Andi! Meine Musik war die Säge und das Brausen der Yzolla. Du hattest immer genug zu essen, wir Lauretzens mußten uns unser Essen zusammenkratzen. Für dich mag es leicht sein, dir vorzustellen, ich könnte meiner finsteren Vergangenheit einfach den Rücken kehren und in deinen Armen Rettung finden. Aber gerade mein Elend hält mich davon ab, einen solchen Schritt zu tun.

Mein Leben wird nicht glücklich sein, wenn ich es nicht fertigbringe, der Ungerechtigkeit und dem Elend entgegenzutreten und zu kämpfen. Ich werde nicht ruhen, bevor nicht den Kindern in den Dorfschulen beigebracht wird, daß es mehr als töricht ist, andere Kinder anzuspucken, die nicht an ihre Idole glauben, und ich werde nicht eher glücklich sein, bis ich den Frauen begreiflich mache, daß ihre Männer sie wie Kühe in den Ställen halten. Ich will ihnen die Augen öffnen.«

»Ich behaupte nicht, daß in deinen Gedanken nicht viel Wahres und Schönes sei«, sagte Andi müde und lässig. »Ich bewundere deinen Idealismus und deine Entschlossenheit. Aber glaube mir, du tust damit der Welt nichts Gutes. Als ich noch jünger war, habe ich diese revolutionären Phasen ebenso durchgemacht. Aber ich habe mich wiedergefunden.

Das Schlimmste heutzutage ist, daß jeder etwas anderes sein will und nicht bleiben will, was er ist, und daß jeder seine Ideen dem andern aufzwingen will. Nimm zum Beispiel meinen alten Vater. Er hat vergessen, daß er eigentlich nichts anderes als ein Grundbesitzer und ein Bauer ist. Statt dessen hat er sich jetzt mit Industriellen und Händlern eingelassen. Er ist Protestant, unterstützt aber eine politische Partei, die von Katholiken geführt wird. Er ist Oberst von Richenau, sitzt aber Seite an Seite neben kleinen Bourgeois, Bankiers und Beamten, deren Interessen er mit den seinen verknüpft. Er hält das für den einzigen Weg, um das Vaterland vor dem Bankrott zu retten – und sich selber natürlich auch.

Die Mißstände in der Welt sind alle in den Städten entstanden. Aus den Städten kommt nichts als Verwirrung. Selbst Lanzberg, wenn es auch nur ein Nest ist, leidet unter dieser Seuche. Henri ist ein treffendes Beispiel dafür. Im Vergleich zu ihm halte ich mich für einen Provinzler. Die sozialistischen Weltverbesserer wollen alles gleichmachen. Ich hingegen sehe viel Gutes in der Tradition: Es ist so wie mit meinem ältesten Anzug, den ich am liebsten trage. Und was ist Tradition? Ein Teil unseres nationalen Erbes. Ich verabscheue großstädtische Philosophie und Arbeiterindoktrination. Mein Instinkt führt mich zu einem reineren Menschentyp, nicht zu einem internationalen Mischmasch.

Alle Theorien, die Henri dir in deinen Kopf hineingepfropft haben mag – über den Egoismus des Familienlebens, die falsche Erziehung der Jugend, die Ungerechtigkeit der Gesetze und wer weiß, was sonst noch alles –, sind in Wirklichkeit nichts als die Ergüsse eines intellektuellen Snobismus, der zynische Aufruhr von erfolglosen Menschen, die alles auf ihr Niveau ziehen wollen und dabei von anderer Leute Eigentum zehren. Menschen wie Henri haben das, was sie gelesen haben, niemals richtig verdaut. Es ist ihnen wie Schnaps zu Kopf gestiegen. Es regt sie auf, macht sie streitlustig, aber wenn es darauf ankommt, die Theorie in die Praxis umzusetzen, versagen sie jämmerlich. Wenn eine Partei eine andere besiegt, begeht sie für gewöhnlich zuallererst die Dummheit, ihren Groll und ihre Rachsucht am geschlagenen Gegner auszulassen. Damit beweisen sie, daß sie nicht fähig sind, Herrschaft auszuüben, geschweige denn, die gesellschaftlichen Zustände zu verbessern. Sie vergessen, daß Güte und Toleranz viel größere Tugenden sind, als Brutalität und Egoismus.«

Andi legte Silvelies Hand an seine Wange.

»Du sagst, ich sei reich und du arm! Hm! Ich weiß, daß ich ein angenehmeres Leben geführt habe als du.

Aber ist das meine Schuld? Was den Reichtum betrifft, so sage ich dir, ich habe alle Aussichten, binnen kurzem ein armer Teufel zu sein. Selbst wenn mein Vater ein Riese an geschäftlicher Tüchtigkeit wäre, könnte er das auf die Dauer nicht verhindern.

Den Zusammenbruch unserer alten Systeme kann man ebenso

wenig verhindern wie die Feuerwehr den Ausbruch des Vesuvs. Silvelie, du mußt immer auf deine innere Stimme hören und sollst nie etwas anderes sein, als du selbst!«

Er drückte ihre Hand. Lange saßen sie schweigend nebeneinander und sahen zu, wie die Umrisse der Berge allmählich verblichen.

»Es wird kalt. Gehen wir hinein. Ich mache ein Feuer. Du bist sicher müde und willst früh zu Bett gehen.«

Sie standen auf und gingen hinein. Silvelie zündete die Kerzen und das Feuer an.

»Schau die vielen Bücher!« sagte sie. »Wenn ich die alle gelesen habe, werde ich so gelehrt sein, wie du es bist. Doch jetzt muß ich an den morgigen Tag denken. Ich werde früh aufstehen und Essen holen müssen. Und wenn ich mit der Hausarbeit fertig bin, machen wir einen langen Spaziergang und ich zeige dir meine Lieblingsplätze.«

»Gehen wir ins Jeff hinunter, ich würde deine Leute gerne kennenlernen. Ich bin überzeugt, wir werden uns gut verstehen.«

»Wir sind für dich viel zu ärmlich«, sagte sie.«

»Das ist doch reiner Unsinn. So etwas darfst du nicht sagen, Silvelie!«

»Aber es stimmt doch!« sagte sie naiv.

Sie fuhr langsam mit dem Handrücken über die Stirn und lehnte sich an den Tisch. Er nahm ihren Arm.

»Was ist denn los?«

»Andi, ich bin müde, gute Nacht.«

Sie drehte sich unvermittelt um und verließ das Zimmer.

Andi blieb noch eine Zeitlang am Feuer sitzen und zu guter Letzt begann er zu lächeln: »Du wirst meine Frau werden, Silvelie, das ist sicher!«

21

Am Sonntagmorgen machte Andi einen Spaziergang.

»Um nachzudenken und mich zurechtzufinden«, sagte er zu Silvelie. Und er sagte damit die Wahrheit, denn die paar Tage, die er an ihrer Seite erlebt hatte, so nah und doch so fern von ihr, hatten seine Stimmung gedämpft. Sie wollte ihm nicht aus dem Kopf gehen.

›In Liebesdingen ist sie eine reine Anfängerin. Sie hat von frühester Jugend an unter einer tyrannischen Fuchtel gestanden. Und ihr sind daher – Gott sei Dank – alle Möglichkeiten entgangen, die sich andern jungen Mädchen bieten.‹ Er wußte aus seiner beruflichen und privaten Erfahrung, daß die jungen Bündnerinnen trotz ihrer dicken, selbstgewebten Röcke und engen Mieder, sehr oft die leichtsinnigsten und lustigsten Geschöpfe sind, die man sich vorstellen kann. Anders Silvelie!

In den Jahren des Heranwachsens war Lauters ihr Schutzengel gewesen. Sie verdankte ihm sehr viel, vor allem ihre Bildung und ihre geistigen Interessen. Sein Einfluß hatte so starke Spuren hinterlassen, daß sie bis zum heutigen Tag gewissermaßen einen Lauters-Komplex hatte, und das Kind in ihr immer noch den Altar des großen Alten verehrte.

›Enfin on verra!‹ dachte er. ›Sie ist die Mühen und Sorgen wert, die sie mir macht. Man findet ihresgleichen nirgends. Es gibt massenhaft Luisen und Minnies und genug gebildete Töchter aus sogenannten guten Familien, mit Doktor-Titeln sogar und Konservatoriumsdiplomen, die Französisch, Englisch und Italienisch sprechen können. Aber sobald sie einmal verheiratet sind, lassen sie sich gehen, werden wie Truthennen im Haus und nehmen den Mann an die Leine, als fürchteten sie, ihn zu verlieren, wenn er einmal allein über die Straße geht oder einen Abend mit seinen Freunden verbringen will. Ich kenne diese Art von Frauen, sie sind alle gleich. Alle wollen schnell heiraten, die häßlichen noch schneller als die hübschen. Und sobald einmal der Brautschleier in der Schachtel verstaut ist, versinken sie in Häuslichkeit. Es dauert nicht lange, dann kommen sie im Schlafrock mit Filzpantoffeln zum Frühstückstisch, die Haare zerzaust und in Unordnung. Sie holen das Haushaltsbuch vom Regal und fahren mit dem Zeigefinger die mit Bleistift geschriebenen Ziffern entlang. ›Das Leben ist teuer – wo kann ich zwanzig Centimes sparen?‹ Hatte er nicht Minnie zu seinem Bruder sagen hören: ›Uli, da wir heute abend zum Essen eingeladen sind, gibt es nur Kartoffeln und Kohl. Dafür kannst du heute abend das Doppelte essen.‹

Während Andis Abwesenheit beendete Silvelie ihre Arbeit in der kleinen Küche. Nun trat sie auf die Veranda hinaus und sah in der Ferne Andi über die Wiesen wandern. Die Glocken der Gumpersschen Kühe drangen an ihr Ohr. Keine Wolke war am Himmel. Es war ein Sommertag, der einem die Seele aus dem Leib locken konnte.

Plötzlich erblickte sie drei menschliche Gestalten, die über den Pfad vom Hospiz heraufkamen; zwei Frauen und ein Mann, der hinkte. Sie erkannte sie sogleich und erschrak. Niklaus und Hanna stützten ihre Mutter, und zuweilen blieben sie stehen, damit sie Zeit hatte, Atem zu holen. Silvelie hatte das Gefühl, als führe ein schreckliches Schicksal diese drei Menschen zu ihr herauf. Was wollen sie? Was war geschehen? Sie sprang schnell auf und ging ihnen entgegen.

»Warum kommt ihr denn hierher?« rief sie, sobald sie nahe genug herangekommen war.

Es fiel ihr auf, daß die drei ihre besten Kleider angezogen hatten: Ihre Schwester trug einen schwarzen Cheviotrock, eine grüne Seidenbluse und ein rotes Tuch auf dem Kopf, Niklaus seinen grauen Anzug mit der lila Krawatte und dem grünen Filzhut, ihre Mutter war in Schwarz, bis ans Kinn zugeknöpft, hatte neue, quietschende Knopfschuhe an und einen schwarzen Strohhut auf dem Kopf, der mit einem schwarzen Seidenband und einem Büschel hellroter Kirschen aufgeputzt war.

»Schwester«, sagte Niklaus, »heute hat Muattr Geburtstag. Deshalb haben wir uns gedacht, wir wollen dich besuchen.«

Silvelie hatte das ganz vergessen gehabt. Schmerzlich kam es ihr zu Bewußtsein, wie groß die Kluft zwischen ihnen schon war.

»Ich gratuliere!« sagte sie und drückte ihrer Mutter die Hand.

Mit mürrischer, bleicher Miene schaute Frau Lauretz ihre Tochter an.

»Es wird bald der letzte sein. Ich werde *ihm* bald folgen.«

»Immer redet sie vom Sterben«, sagte Hanna. »Wie alle Leute, die dann noch recht lange leben.«

»Habt ihr Nachricht vom Bonatsch?« sagte Silvelie.

Sie schüttelten die Köpfe.

»Nichts Neues«, fügte Niklaus hinzu. »Aber du bist ja schön nervös. Was ist denn los?«

»Warum habt ihr mir nicht vorher mitgeteilt, daß ihr kommt? Ich habe einen Gast hier.«

Hanna und Niklaus sahen einander an.

»Die Gumpers haben uns das schon erzählt«, sagte Hanna vielsagend.

»So?«

»Sie sagten bloß, du hast deinen Freund hier.«

»Das stimmt.«

»Wie heißt er?« fragte Niklaus.

»Herr von Richenau.«

»Was für ein Richenau? Doch nicht einer von den echten aus Valduz, die der Alte immer im Munde geführt hat?«

»Er ist der richtige Herr von Richenau, der junge«, sagte Silvelie und betrachtete mit einer gewissen Scheu die Beule auf der Stirn ihrer Mutter. Dieses unheimliche Memento schien in der letzten Zeit größer geworden zu sein, und die Augen der alten Frau schienen tiefer eingesunken denn je und zuckten unaufhörlich hin und her, wanderten schnell und unruhig von einem Gesicht zum andern, als wollten sie die verborgenen Gedanken der Leute erhaschen. Niklaus ließ den Arm seiner Mutter los.

»Aber zum Teufel noch mal!« sagte er erregt. »Wie bist du denn dazu gekommen, dich mit Herrn von Richenau anzufreunden?«

»Ich habe ihn in Lanzberg kennengelernt.«

»Was geht das dich an?« brummte Hanna. »Darf Silvelie nicht einen Freund haben, ganz wie es ihr paßt?«

Frau Lauretz Kinn zitterte.

»Wirst du ihn heiraten, Silvelie?«

»Ich werde überhaupt nicht heiraten.«

Ihre Angehörigen starrten sie an, ein ungemütliches Schweigen machte sich breit.

»Kehren wir um«, sagte Niklaus. »Sie will uns nicht hier haben, und ich kann das verstehen.«

»So brauchst du das nicht zu drehen«, erwiderte Silvelie. »Du weißt, daß es nicht das ist. Ich habe bloß solche Angst...«

»Wegen uns brauchst du dir keine Sorgen zu machen«, sagte Niklaus mit einer Handbewegung. »Und dir kann ja nichts passieren!«

»Woher weißt du das?«

»Ist er das?« fragt Niklaus und zeigte auf die Gestalt eines Mannes, der sich dem Hause näherte.

Sie sahen alle in die gleiche Richtung.

»Ja. Er hat uns gesehen. Wir müssen hinaufgehen. Er ist sehr nett und wird sich freuen, euch kennenzulernen. Ich habe ihm von euch erzählt.«

Sie näherten sich langsam dem Schlößchen.

»Herr von Richenau«, rief Silvelie, als sie auf die Veranda kamen, auf der Andi mit den Händen in den Hosentaschen stand. »Ich möchte Ihnen meine Familie vorstellen. Meine Muattr hat heute Geburtstag.«

Andi kam auf sie zu und reichte ihnen lächelnd die Hand.

»Fräulein Silvia hat mir viel von Ihnen erzählt. Wir wollten Sie eigentlich unten im Jeff besuchen, nicht wahr?«

Silvelie nickte. Sie spazierten langsam in das große Zimmer, das früher Meister Lauters' Atelierraum gewesen war.

»Jeses«, sagte Frau Lauretz. »Wie in einem Palast!«

»Schaut Euch die vielen Bilder an!« stieß Hanna mit angehaltenem Atem vor.

Silvelie wandte sich an Andi. »Sie sind zum ersten Mal hier.«

Wie betäubt setzte Frau Lauretz sich auf einen florentinischen Stuhl. Er war ihr zu hoch, aber sie richtete sich auf und ließ ihre Beine in der Luft baumeln. Andi holte einen kleinen Schemel, den er ihr unter die Füße schob.

»Jetzt werden Sie es ganz bequem haben.«

Frau Lauretz war entzückt von Andis kleiner Aufmerksamkeit.

»Man könnte fast glauben, er ist mein Sohn, daß er so für mich sorgt. Vielen Dank, Herr von Richenau.«

Silvelie hatte inzwischen einen dunkelgrauen, bestickten Schal geholt, faltete ihn zusammen und legte ihn ihrer Mutter um die Schultern.

»Ein kleines Geburtstagsgeschenk für dich! Sieht sie nicht nett drin aus?«

Frau Lauretz strich mit ihren rauhen Fingern scheu über das seidene Gewebe. Ihr Kinn zuckte.

»Ist er nicht zu jugendlich für mich?« fragte sie, während sie ihn über der Brust zusammenraffte.

Hanna trat näher. Sie streichelte den Schal und musterte ihn mit begehrlichen Blicken. Niklaus lehnte sich unterdessen an den Tisch und betrachtete Andi nicht ohne einen gewissen Stolz, als wollte er sagen: ›Du magst ein Richenau sein, ich aber bin ein Lauretz!‹

Andi fühlte sich unbehaglich. Frau Lauretz' Gesicht, von der Farbe blassen Stucks, zuckte, ihr Kopf zitterte ein wenig, so daß die Kirschen auf ihrem Strohhut klapperten. Sie machte einen eingeschüchterten Eindruck, und ihre Blicke irrten unablässig umher, als sei sie verwirrt. Sie erinnerte Andi peinlicherweise an eine Frau, die er nach fünfzehnjähriger Haft aus dem Gefängnis hatte kommen sehen, völlig verdörrt, mit erloschenem Geist. Hanna machte einen nervösen Eindruck und musterte Andi kritisch, wobei sie die rechte Augenbraue etwas höher hinaufzog als die linke. Ihre Haltung, ihre Stimme und ihr Äußeres waren die einer Frau, die sich ihrer Macht bewußt ist. Andi konnte sich sehr wohl vorstellen, daß sie im Zorn einem Manne Furcht einflößen konnte. Die einzige Ähnlichkeit mit Silvelie entdeckte Andi bei Niklaus, obgleich nur sehr entfernt und verzerrt – und sie verschwand sofort, wenn Niklaus ihm in die Augen sah, so hart und forschend wie jetzt. Zuweilen aber wurde Niklaus Blick plötzlich ganz weich, mit einem gütigen und nachsichtigen Ausdruck, und seine sonst eher rauhe Bauernstimme nahm einen sanften gewinnenden Ton an. Ein hartes Leben sprach aus Niklaus' Äußerem, die Spuren bitterer Entbehrungen einer Jugend, die keinerlei Schutz vor Sorgen und Mühsal genossen hatte.

Silvelie beobachtete Andi insgeheim, um seine Gedanken und Eindrücke zu erraten. Es herrschte ein verlegenes Schweigen, und sie suchte vergeblich nach einem Ausweg, um die bedrückende Atmosphäre zu verscheuchen.

Es war, als ob ihre Angehörigen die Düsterheit des Jeff mit heraufgebracht hätten. Verzweifelt sah sie Andi an, der ihre Gedanken zu verstehen schien. Mit einem freundlichen Lächeln legte er die Hand auf Niklaus' Schulter.

»Was ist denn mit Ihrem Bein passiert, daß Sie so hinken?«

Andis angenehme Stimme wirkte auf Niklaus belebend. Er schnitt eine Grimasse.

»Ah, es ist lange her, seit sich jemand für mein Bein interessiert hat. Vor Jahren ist das schon passiert – du erinnerst dich doch, Silvelie – als wir auf unserem Grundstück in Tavetsch wohnten. Wir fuhren damals auf Skiern zur Schule, und als wir einmal über eine steile Wiese hinuntersausten, bin ich mit dem Bein an einem im Schnee versteckten Drahtzaun hängengeblieben und hab mir das Bein gebrochen. Monate hat die Sache gedauert, bis das geheilt war, und dann war ich untauglich zum Militärdienst. Dieser verfluchte Draht!«

»So ein Pech!« sagte Andi teilnahmsvoll.

Niklaus' Züge wurden weicher, und er dachte bei sich, dieser Richenau scheine kein übler Kerl zu sein.

»Ich habe auch einmal einen recht schlimmen Skiunfall gehabt«, fuhr Andi fort. »Ich war ungefähr sechzehn Jahre alt. Im Engadin ist es passiert. Ich lief einen steilen Abhang hinunter und merkte nicht, daß da eine völlig eingeschneite Hütte stand, und auf der anderen Seite der Hütte ging es tief hinunter, und ich sprang in das Loch hinein. Dabei hab ich mir das Bein gebrochen, und die Skier waren natürlich auch kaputt.«

»Ja«, sagte Niklaus und warf den Kopf zurück. »Aber Sie haben Ärzte gehabt, die Ihnen das Bein wieder heilgemacht haben. Ich habe keinen gehabt. Wir Lauretz...«

»Auch Muattr hat einen schlimmen Unfall gehabt«, unterbrach ihn Hanna. »Sie ist auf Glatteis ausgerutscht und mit dem Gesicht auf die Türschwelle gefallen.«

Frau Lauretz betastete die Schwellung an ihrer Stirn und bewegte die falschen Zähne.

»Sie hätte sich leicht einen Schädelbruch holen können«, fügte Niklaus hinzu. »Aber zum Glück ist es gut abgegangen.«

»Ja, ein Wunder, daß wir überhaupt noch leben«, sagte Silvelie. »Wenn man bedenkt, wie viele Unfälle wir erlitten haben! Aber das ist mir eine recht heitere Unterhaltung!«

Andi bot Niklaus eine Zigarette an, entzündete ein Streichholz, hielt es ihm hin und betrachtete dabei das dicke Ohr des jungen Burschen.

»Wo haben Sie denn das dicke Ohr her, Niklaus?«

»Oh, das Ohr!« erwiderte Niklaus, zog ein schiefes Gesicht und blies langsam den Rauch vor sich hin.

»Sie sind ein kleiner Kampfhahn, wie?« fragte Andi heiter.

»Kampfhahn? Was meinen Sie damit, Herr von Richenau? Das Ohr hab ich mir nicht beim Raufen geholt. Ich brauche nicht darauf stolz zu sein. Das Ohr kommt von einem Balken, der von einem Stapel heruntergesaust ist und mich erwischt hat. Es hat furchtbar weh getan, bis ich ein Stück Eis daraufgelegt habe. Ja, Sie haben nie in einer Sägemühle gearbeitet, Herr von Richenau! Ich habe das jahrelang gemacht. Versuchen Sie es nur einmal! Sogar Silvelie hat sich den Arm gebrochen, ist im Finstern über ein Brett gestolpert. Sie wußte zuerst gar nicht, daß er gebrochen war, aber nach drei Tagen hat der Alte sie endlich zu einem Doktor nach Andruss gebracht. Die Sache ist nicht richtig ausgeheilt, weil sie zu lange gewartet hatte.«

»Sie hat mir das alles erzählt, aber ich bin der Meinung, der Arm ließe sich noch in Ordnung bringen.«

»Ja, ja!« sagte Frau Lauretz mit hohler Stimme. »Ich will es auch heute an meinem Geburtstage sagen. Bei Silvias Geburt kam wirklich ein Engel zu uns und stellte sich in die Tür. Ich habe ihn mit meinen eigenen Augen gesehen. Er hat die Hand ausgestreckt und ist dicht ans Bett herangekommen. Das war noch, bevor Großvater Lauretz starb.«

Sie zählte an ihren Fingern ab.

»Sieben Jahre, bevor er starb. Und alle sieben Jahre hat Silvelies Leben sich verändert. Mit vierzehn ging sie zu den Gumpers, und dort hat sie den Maler kennengelernt, der ihr dieses Haus hinterlassen hat. Und mit einundzwanzig Jahren ist sie mit einem neuen Freund, dem Herrn von Richenau, hierhergekommen. So wahr unser Herr Jeses in Kanaan Wasser in Wein verwandelt, wird sie dem Mann, der sie heiratet, ein gutes Weib sein.«

Frau Lauretz' Kinder waren über diese lange Rede erstaunt. Seit vielen Jahren hatten sie sie nicht so viele Worte hintereinander sagen hören. Andi schaute Silvelie an, als wolle er ihre Gedanken ergründen. Sie gab ihm einen Wink und machte mit dem Kopf eine leichte Bewegung zur Tür hin.

»Ich will einmal nachsehen, was in der Küche da ist!« Und ging eilig aus dem Zimmer.

Andi ging ihr sofort nach. Sie erwartete ihn am anderen Ende der Veranda.

»Das wollte ich dir nicht antun«, stieß sie hervor.

Er erfaßte sofort ihre Gedanken.

»Unsinn, es sind sehr liebe Menschen.«

»Sie wußten ja nicht, daß du da bist. Muattr sieht so krank aus.«

Ihr flehender Ton brachte ihn aus der Fassung.

»Meinst du nicht, daß sie mich liebgewinnen werden?«

»O sicher! Aber ich komme mir so schrecklich vor, daß ich jetzt in diesem hübschen Haus ein bequemes Leben führe. Du wirst mich für eine Egoistin halten! Ich liebe meine Leute, Andi, wirklich aber ich kann nicht mehr mit ihnen leben. Ich kann einfach nicht mehr.«

Er nahm ihre Hand und führte sie an seine Lippen.

»Wir alle haben kuriose Käuze in unseren Familien«, sagte er liebevoll. »Komm jetzt! Mach es ihnen gemütlich! Kümmere dich gar nicht um mich. Gib dich ganz, wie du bist. Wirklich.«

»Vergiß nicht, daß sie ihr Leben lang im Jeff gehaust haben«, murmelte sie, »abgeschlossen von aller Welt. Und Muattr hat viel zu leiden gehabt. Ich traue mich gar nicht, Vattrs Namen zu nennen, es geht ihr so schrecklich nah!«

»Nun«, sagte Andi, »wenn es auf der Welt irgendeinen Menschen gibt, der bereit ist, dir seine ungeteilte Liebe zu schenken, dann bin ich es. Hab keine Angst. Ich werde den Namen des alten Herrn nicht erwähnen!«

»Laß mich bloß ein bißchen großmütig sein«, fuhr er fort. »Und sträube dich nicht so sehr, wenn ich dir helfen will. Anders kann ich dir doch schließlich meine Liebe nicht beweisen. Außerdem würdest du im umgekehrten Fall für mich dasselbe tun, nicht wahr?«

»Ich werde sie auffordern, zum Essen dazubleiben. Gehen wir jetzt wieder zu ihnen zurück.«

Frau Lauretz saß auf ihrem Stuhl, als ob sie schon seit Jahren dort sitzen würde. Ihre seltsame Kleidung und ihr mit Kirschen geschmückter Hut, der durch den Tremor ihres Kopfes hin und her wippte, erregten Andis Mitleid. Für einen Augenblick schien er aus diesen welken Zügen eine flüchtige Ähnlichkeit mit Silvelie zu entdecken.

Jetzt, da der goldbraune Samt des venezianischen Stuhls den Hintergrund für ihren abgezehrten Körper bildete, erschien sie ihm wie das Bild einer mittelalterlichen Mater dolorosa, einer durch ein Martyrium gebrochenen Frau. Ihr Gesicht war wie von Pergament. Stumm, die Züge verkrampft, die Augen fast geschlossen, saß sie da.

Hanna und Niklaus betrachteten inzwischen die Bilder von Meister Lauters.

»Das ist der Valdraus!« sagte Niklaus. »Und das der Medel. Auf diesem Gletscher bin ich schon gewesen. Und dahinter schaut der Cristallina hervor.«

»Hanna, hilf mir bitte, das Mittagessen zu richten!« sagte Silvelie.

Sie sahen auf ihre Mutter und dämpften die Stimmen.

»Lassen wir sie allein«, meinte Hanna. »Sie wird schlafen.« Auf leisen Sohlen schlichen sie aus dem Zimmer. »Sind Sie schon einmal auf einem dieser Berge gewesen?« fragte Andi, als er mit Niklaus auf der Terrasse allein war.

»Ja, als kleiner Junge. Auf dem Ufiern, auf dem Valatscha und auf dem Gletscher des Medel. Ich bin immer mit dem langen Dan aus Nauders auf die Gemsenjagd gegangen.«

»Jetzt können Sie wohl nicht mehr viel klettern?«

»Sie meinen, mit dem Bein da geht es nicht mehr?«

Niklaus schaute Andi erbost an.

»Ich steig morgen auf jeden Berg hinauf, auf jeden Berg!« Er schnitt eine Grimasse.

Sie gingen an das Ende der Veranda und setzten sich auf die niedrige Mauer. Andi musterte mit wachsendem Interesse Niklaus' Züge. Seine klugen Augen, sein kräftiger, durch die mühevolle Arbeit etwas plumper Körper, seine schwieligen Hände gefielen ihm, und der rosarote Baumwollkragen mit der lila Krawatte belustigte ihn ein wenig. Ab und zu lächelte Niklaus mit geschlossenem

Munde, als wollte er Andi zu verstehen geben, er, Niklaus, sei nicht dumm genug, um nicht zu merken, daß Andi in Silvelie verliebt sei.

Aus der Küche kam das zischende Geräusch der brutzelnden Butter und der Ton weiblicher Stimmen.

»Erzählen Sie mir etwas von Ihrem Leben«, sagte Andi. »Es interessiert mich.«

Niklaus' Miene veränderte sich, er kniff die Augen zusammen.

»Was gibt es da viel zu erzählen!« sagte er fast mürrisch.

»Hier droben geschieht nie etwas. Arbeit – Geschäft. Von früh bis abends an der Säge stehen und verflucht wenig verdienen.«

»Die Geschäfte gehen überall schlecht. Das weiß ich.«

»Viel schlimmer ist die Unsicherheit.«

»Warum Unsicherheit?«

»Weil man nie weiß, was am nächsten Tag sein wird! Hat Ihnen Silvelie nicht erzählt, daß unser Vattr sich davongemacht hat?«

Er versuchte in Andis Augen zu lesen.

»Ja, sie hat es mir erzählt«, erwiderte Andi.

»Alles?«

»Jedenfalls genug, um euch meiner Teilnahme zu versichern. Wenn ich euch helfen kann, werde ich es gern tun.«

»Ich habe viel gearbeitet. Mit meiner neuen Säge kann ich jetzt das feinste Holz sägen. Ich hab mir die neue Einrichtung gegen Ratenzahlung angeschafft. Und die Lärchen im Jeff liefern das beste Holz, das es gibt. Ich gehöre nicht dem Verband an. Ich arbeite auf eigene Rechnung. Die Schulden hab ich abbezahlt, jetzt bin ich von niemandem mehr abhängig. Aber was hat das alles für einen Zweck? Wenn der Alte zurückkommt, übernimmt er wieder die Mühle und ruiniert das Geschäft. Die Mühle gehört ihm, nicht mir.«

»Darüber würde ich mir an Ihrer Stelle keine Sorgen machen«, sagte Andi. »Ich glaube, es gibt Mittel und Wege, um sich gegen solche Überraschungen zu schützen. Können Sie sich nicht anderswo in einer freundlicheren Gegend ein eigenes Sägewerk einrichten?«

»Ich habe kein Betriebskapital«, erwiderte Niklaus, stand auf und schob die Hände in die Taschen. »Wenn ich sechs- oder siebentausend Franken hätte, dann wäre das was anderes. Aber ich hab sie nicht.«

Ein träumerischer Zug trat in seine Augen.

»Ich hab viele Pläne im Kopf. Aber wir Lauretz haben keinen Kredit. Jeder kennt den Alten. Er hat unsern Namen fast zugrunde gerichtet. wir sind in diesem gottverlassenen Tal gewissermaßen Ausgestoßene. Es ist verteufelt schwer, Herr von Richenau, verteufelt schwer!«

Einen Augenblick lang glaubte Andi das Leben der Lauretz' mit aller Deutlichkeit vor sich zu sehen. Wäre er weniger in Silvelie verliebt gewesen, dann hätte er sich vielleicht besser auf seine eigene Stellung besonnen und begriffen, welche Kluft zwischen ihm und diesen Menschen lag; und er hätte vielleicht eingesehen, daß er sich auf ein Abenteuer einzulassen im Begriffe war, dessen Ausgang ungewiß war. Aber Niklaus' offene und gerade Redeweise machte auf ihn Eindruck. Und zudem war er Silvelies Bruder. Gewiß, er war ein etwas sonderbarer Mensch, aber Andi erinnerte sich, daß er in den Hochtälern von Graubünden noch viel wunderlicheren Burschen begegnet war, jungen Leuten, die in ihrer Bergeinsamkeit von verborgenen Schätzen träumten und an Gespenster und Riesen, an Hexen und Drachen glaubten.

Andi war dort oben an den abgelegensten Stellen gewesen, wo erhaltengebliebene Rituale der alten Römer sowie die Erinnerung an germanische Götter die Phantasie der Menschen noch erregten. In ihren Berichten tauchten Wotans wütende Armeen auf – mit ihren gezackten Helmen, die an Kampfhähne erinnerten – hoch zu Roß mit Pfeil und Bogen. Aber auch Holda, die Göttin der Liebe, sowie Berschta, die Herrliche.

An bäuerlichen Feuerstellen hatte Andi Geschichten gehört von Eremiten, Heiligen und Märtyrern, auch über ihre illusionären Konflikte mit dem Teufel, und deren Lösung durch magische Wurzeln.

Es gab abgründige Geschichten über rote Kühe auf dem Grund stiller Bergseen, die von Zeit zu Zeit auftauchten und sich Schattenkämpfe mit einem gigantischen Hirten lieferten, und wieder andere über Kühe, die unter bluttriefenden Bäumen Feuer spien. Jeder Winkel im Bündnerland hatte seine haarsträubenden ›Sagas‹.

Andi verschränkte die Hände auf dem Rücken und ging ein paar

Schritte auf und ab. Unterdessen erschien Silvelie und deckte den Tisch. Er lächelte ihr zu, schnell und verständnisvoll, und kehrte dann zu ihrem Bruder zurück.

»Nun hören Sie, Niklaus«, sagte er ohne Umschweife. »Sie sind ein vernünftiger Mensch. Es freut mich wirklich, daß wir uns heute kennengelernt haben. Was ich Ihnen jetzt sagen will, wird Sie vielleicht überraschen, aber es wird Zeit, daß Sie es erfahren. Es handelt sich um folgendes: Ich habe das Vergnügen, Ihre Schwester seit einiger Zeit zu kennen, und ich möchte sie heiraten.«

Als er merkte, daß Niklaus nicht sehr überrascht war, fuhr er fort:

»Vielleicht habt ihr es gleich gemerkt? Aber sie weigert sich, ja zu sagen. Sie scheint ihre Gründe dafür zu haben, doch ich bin entschlossen, nicht die Geduld zu verlieren. Jetzt wissen Sie also Bescheid.«

»Ja, und ich behaupte, sie verdient den besten aller Männer«, sagte Niklaus schöntuerisch.

»Ich will nicht sagen, daß ich der beste bin, aber ich werde mich bemühen, sie glücklich zu machen.«

»Sicher! Sie sind der Mann dazu!«

»Und ich hoffe auch, daß wir uns vertragen werden.«

»Bestimmt!«

»An Ihrer Stelle würde ich mir keine großen Sorgen um die Zukunft machen«, fuhr Andi jovial fort. »Ich bin keineswegs ein reicher Mann, aber ich glaube, ich bin wohlhabend genug, um Ihnen bei der Verwirklichung einiger Ihrer Vorhaben helfen zu können.«

Eine warme behagliche Glut, wie eine Flasche Valtelino sie in kalter Nacht entfacht, durchflutete Niklaus' Glieder. Er sah sich um, als sei er plötzlich in ein Märchenland entrückt worden.

Andi war erleichtert, als Silvelie kam und die Teller auf den Tisch stellte.

»Eine Neuigkeit für Sie, Fräulein Lauretz. Ich mache ein Kompaniegeschäft mit Niklaus.«

Der Teller fiel ihr vor Schrecken fast aus der Hand.

»Doch, doch, ich habe Vertrauen zu Niklaus. Ein kleines Kapital wird ihm auf die Beine helfen, ich bin entschlossen, ihm etwas zu leihen.«

»Aber Niklaus ist kein Geschäftsmann, er wird vielleicht das ganze Geld verlieren!« stotterte sie.

»Und wenn auch!«

»Aber bedenke doch«, murmelte Silvelie, »er ist kaum zweiundzwanzig Jahre alt!«

»Um so besser. Es stehen ihm noch alle Möglichkeiten offen.«

Silvelie sah ihn gequält an.

»Es wird ihm eine Last von der Seele nehmen«, fuhr Andi fort. »Wenn euer Vater zurückkehrt, dann hat er sein eigenes Geschäft. Ich halte die Idee für ausgezeichnet!«

Er kehrte zu Niklaus zurück, um sich weiter mit ihm über seinen Vorschlag zu unterhalten.

22

Sie hatten ihr Mahl beendet – Omelette, Salat, Bündner Fleisch, Käse, Brot und Butter. Es hatte ihnen geschmeckt, wie es hungrigen Leuten schmeckt, und ihre Herzen flogen Andi zu. Er unterhielt sich viel mit Frau Lauretz, und ihre Kinder sahen mit Staunen, wie sie auf seine Aufmerksamkeiten einging. Als sie schließlich sogar anfing zu lächeln, wenn auch etwas säuerlich, als habe sie das Lächeln fast völlig verlernt, da sahen sie sich verwundert an. Aus den Tiefen ihres Wesens tauchte die Erinnerung an bessere Tage auf, an eine in freundlicher Atmosphäre verbrachte Kindheit, unter Leuten, die geachtet waren und von Not nichts wußten. Und Andis feines Gefühl für menschliche Werte entdeckte sehr bald, daß in der Haut dieses Bauernweibes einmal ein anderes Geschöpf, ein reizvolles junges Mädchen gesteckt hatte. Dieses verwüstete Gesicht war einst ein zartes Oval, diese Augen hatten sicher lebhaft gefunkelt und diese Lippen waren frisch gewesen wie Rosenblätter.

»Eure Mutter muß heraus aus dem Jeff und in einer gesünderen Gegend untergebracht werden. Darüber müssen wir uns ernsthaft unterhalten!«

»Muattr«, sagte Silvelie, »hast du gehört, was der Herr Doktor gesagt hat?«

Frau Lauretz nickte.

Niklaus beugte sich ein wenig vor und sagte:

»So, so! Sie sind ein Herr Doktor? Das wußte ich nicht.«

»Es ist ja auch nicht wichtig«, erwiderte Andi.

»Ein Doktor der Medizin?«

»Nein, ein Doktor der Rechtswissenschaften.«

»Ein Advokat?«

»Nein, nein, ich bin bloß Untersuchungsrichter in Lanzberg.«

Niklaus rührte sich nicht, er saß wie versteinert da, und sein Gesicht färbte sich langsam dunkelrot. Silvelie, die ihn beobachtete, merkte, daß sein Verhalten ausreichen mußte, um jedermann argwöhnisch zu machen. Sie fing daher zu lachen an und zeigte mit dem Finger auf ihn.

»Wie rot er wird! Jeses, er hat ein schlechtes Gewissen.«

Immer noch lachend, wandte sie sich zu Andi.

»Er glaubt, Richter seien Menschenfresser. Er hat Angst vor jedem Polizisten. Bruder Niklaus ist nämlich einer der größten Wilddiebe, die je in der Via Mala gelebt haben. Keine Forelle in der Yzolla, kein Auerhahn in den Wäldern und keine Gemse in den Bergen, die er nicht schon zu fangen oder abzuschießen versucht hat!«

Andi setzte eine strenge, maskenhafte Miene auf. Silvelie verstummte. Schweigend sahen sie alle Andi an.

»Ich wundere mich sehr«, sagte Andi. »Ihr mögt es auf die leichte Schulter nehmen, aber wie könnt ihr annehmen, daß ich die Vergehen, die ihr mir soeben mitgeteilt habt, pardonieren würde? Ihr scheint durch euer Lachen andeuten zu wollen, daß ich meinen Beruf nicht ernst zu nehmen habe. Wilddieberei wird, wie ihr wißt, schwer bestraft. Und ich sage euch offen, daß ich verpflichtet bin, sofort Schritte zu unternehmen, um Niklaus für immer das Handwerk zu legen ... nur eins hält mich davon ab, solche Schritte sofort zu tun«, er sah von einem Gesicht zum andern, »ich habe nämlich selbst wie der Teufel in meiner Jugend gewildert.«

Ein Seufzer der Erleichterung entrang sich Silvelies Kehle, während Niklaus in wildes Gelächter ausbrach und auch Hanna erleichtert aufschrie.

Plötzlich fiel Silvelie leichenblaß vornüber auf den Tisch. Andi sprang auf.

»Was ist mit dir? Was gibt es denn?«

Das Blut kehrte in ihre Wangen zurück.

»Oh«, stöhnte sie, »du hast mich so erschreckt.«

»Das tut mir leid«, sagte er zärtlich. »Es war nicht meine Absicht.«

Er hätte sie am liebsten in die Arme genommen, wenn nicht die andern zugegen gewesen wären.

Allmählich kam sie wieder zu sich. Aber es herrschte jetzt ein betretenes Schweigen. Andi bemühte sich, die Stimmung zu bessern.

»Eure Mutter hat Geburtstag, und wir haben nicht einmal eine Flasche Wein!« rief er.

Niklaus blies aus vollem Munde die Luft von sich.

»Puh! Ich habe lange nicht so viel gelacht!«

»Nun, seht ihr«, sagte Andi, »das Wildern gilt als Verbrechen, und ist auch ein Verbrechen. Aber wie so viele andere Verbrechen nimmt man es nicht schwer, solange es nicht herauskommt.«

»Es freut mich, daß Sie die Sache so natürlich und weitherzig ansehen.«

»Bei manchen Verbrechen ist das möglich. Bei andern natürlich...«

»Warum nicht bei allen Verbrechen?«

»Wie ich sehe, denken Sie viel nach«, meinte Andi. »Wir haben schließlich alle gewisse anarchische Instinkte in uns. Aber der Umstand, daß jeder von uns vor dem Gesetz verantwortlich ist, hält uns im Zaum. Ohne Gesetz und ohne Staat wären wir kein zivilisiertes Volk.«

»Was ist denn das Gesetz, und was ist denn der Staat?« fragte Niklaus. »Was hat das Gesetz zum Beispiel für mich schon getan?«

»Ihre Schwester hat eben gesagt: Das Gesetz hat Sie gezwungen, sich vor Richtern und Polizisten zu fürchten, weil Sie gewildert haben.«

»Gut«, fuhr Niklaus hartnäckig fort. »Ihnen geht es wohl genauso wie mir, man ist Ihnen nicht draufgekommen. Aber als Sie es taten...«

»Ah!« sagte Andi belustigt. »Natürlich habe ich den Behörden nicht mitgeteilt, daß ich wildern gehe. Ich habe nämlich Fallen für die Füchse aufgestellt, die unsern Hühnern nächtliche Besuche abzustatten pflegten.«

»Und hat man Sie nie dabei erwischt?«

»Nie!«

Niklaus sah Hanna an, die ihm durch ihre Blicke anzudeuten schien, das Gespräch lieber abzubrechen.

»Das Gesetz ist dazu da, um die Reichen zu schützen und die Armen zu verfolgen!« sagte sie höhnisch.

»Das stimmt nicht ganz, Fräulein Hanna«, meinte Andi. »Das ist eine falsche Anschauung, die freilich sehr verbreitet ist. Wie soll ich Ihnen das Wesen der Justiz erklären? Nun, stellen Sie sich vor, daß das Gesetz ein fest verankerter Scheinwerfer ist, der einen Lichtstrahl in eine bestimmte Richtung wirft. Rund um dieses Licht herrscht Finsternis, und es kümmert das Gesetz nicht, was die Menschen in der Finsternis tun. Aber sowie einer in den Lichtstrahl kommt, wird er sichtbar und fällt unter die Macht des Gesetzes. Und wohlgemerkt, es passiert sehr oft, daß ein Stäubchen, das sich in dem Strahl verfängt, einen Berg von Schmutz ans Licht zerrt.«

»Das ist eine feine Erklärung«, sagte Niklaus nachdenklich. »Ich hab heute viel gelernt.«

Und er wandte sich zu Hanna.

»Siehst du, wie unrecht du hast! Du bist ein ungebildetes Frauenzimmer und solltest lieber deine Gedanken für dich behalten. Wenn du klug sein willst, hast du immer unrecht.«

Er lehnte sich mit höchst selbstzufriedener Miene zurück und verschränkte die Arme vor der Brust.

»Ich wollte immer was lernen«, brummte er, »aber jetzt ist es zu spät.«

»Zum Lernen ist es nie zu spät«, tröstete ihn Andi. »Ich lerne jeden Tag etwas hinzu.«

Frau Lauretz begann zu erzählen. Sie klopfte mit den Fingern auf das Tischtuch, wie ein Gichtkranker, wenn er Klavier zu spielen versucht.

»Hanna«, sagte sie, »ist in dem Jahr geboren worden, als mein Vater starb. Das sind jetzt sechsundzwanzig Jahre her, nicht wahr? Und ich war damals einundzwanzig Jahre alt.«

Die Kirschen klapperten auf ihrem Strohhut.

»Ich will mich gern wieder auf den netten Stuhl setzen und euch allein plaudern lassen.«

Im Laufe des Nachmittags zog die Familie ab. Andi und Silvelie begleiteten sie bis zum Hospiz und brachten sie an das Postauto.

23

An den Ufern der Yzolla standen dunkle Kiefernwälder, die zu beiden Seiten ein undurchdringliches Dickicht bildeten. Hier und da fanden sich einzelne gigantische Stämme hingestreckt im Unterholz. Riesige Felsblöcke lagen zerstreut im steilen Flußbett, und der reißende Wildbach hatte ihre Oberfläche so blank gescheuert, daß sie wie Brocken schimmernden Metalls aussahen.

Oberhalb der St. Hubertus-Kapelle sprang ein Fels von der Größe eines kleinen Hauses in den Fluß vor und zwang die Yzolla, ihren Lauf zu zügeln. Tief unten, in unterirdischen Höhlen verfing sich das brausende Gewässer und kreiste glucksend in steter Bewegung, um schließlich einen smaragdgrünen Tümpel zu bilden, bis es durch eine schmale Öffnung zwischen den Felsen endlich davonstürzen konnte, bereit zu neuen Sprüngen auf seiner lebhaften Reise.

Oben auf dem Felsblock wuchsen Farne, Moos und kleine Blümchen. Eine Lärche hatte sich bis an den Rand vorgewagt und stand nun dort, ein einsamer Eremit. In ihrem Schatten hatte Silvelie sich niedergelassen. Sie lag mit dem Gesicht nach unten, das Kinn in die Hände gestützt und beobachtete Andi, der in Badehose und Bastschuhen auf einem Felsen inmitten der Gischt stand und mit dem rechten Arm weite Kreise in der Luft beschrieb. Mit einem Köder an der Angelschnur, die er in den sprudelnden Schaum schleuderte, versuchte er, eine Forelle anzulocken. Eine ungeschickte Bewegung, und er hätte leicht ins Wasser stürzen können – doch er schien ohne Angst und seiner Sache sicher zu sein.

Plötzlich schnellte sein Arm in die Höhe, die Angelrute knickte fast ein. Wie ein silberner Blitz sprang ein Fisch empor und klatschte dann im wilden Wasser hin und her. Andi ließ die Forelle zappeln und begann nur langsam, die Schnur einzuholen. Schließlich bückte er sich, fischte die Forelle mit einem Netz aus dem Wasser, nahm sie vom Haken und steckte sie in die Fischkanne. Mit einem Blick zum Felsen hinauf winkte er triumphierend mit dem Arm. Er brachte sein Gerät wieder in Ordnung und warf die Angelschnur erneut aus.

Silvelie blickte voller Bewunderung, aber gleichzeitig bekümmert zu ihm hinab. Seit dem Besuch ihrer Familie war Andi etwas kühl zu ihr geworden. Er hatte wieder Fragen gestellt ... Sie mußte ihm endlich die Wahrheit gestehen ... Zugleich durfte sie ihre Leute aber nicht verraten. Und was käme danach ... ja, danach? Andi war so einsilbig geworden. Er hatte gestern einige Briefe erhalten, sie gelesen und in die Tasche gesteckt. Ihren Inhalt aber hatte er mit keinem Wort erwähnt. War vielleicht ein Brief von Luise gekommen? Forderte sie ihn auf, zu ihr zurückzukehren? Offensichtlich schleppte er Sorgen mit sich herum, von denen er nicht sprach, und sie tat dasselbe. Aber es mußte doch etwas geben, das über diese Gefühle hinweghalf ... um sich zu finden, um eins zu werden in einem noch ungeahnten Glück!

Andi kletterte mit seinem Angelgerät den Fels empor und Silvelie half ihm dabei, auf das Plateau zu kommen.

»Da sind wir, Silvelie! Fünf Forellen an der Zahl, trotz des schönen Wetters. Ein feines Abendessen, ich werde es selber zubereiten.«

Er setzte sich neben sie und legte sanft seinen Arm um sie. Sie küßte ihn ungestüm, atemlos, fast gepeinigt. Er zog sie dichter an sich, dann sanken sie auf das betäubend würzige Moos. Silvelie dachte an die Kreise, von denen Meister Lauters immer gesprochen hatte. Sie zog diese Kreise um sich – und Andi ... und die Kreise wurden immer feuriger. Sie verloren beide jedes Zeitgefühl ... und gaben sich ganz ihrer Liebe hin.

Dann überfiel sie der Schlaf der Seligen. Und als sie wieder erwachten, stand die Sonne bereits über den Kuppen der Bergwiesen.

»Wie wäre es mit einem Bad?« fragte Andi. »Dieser grüne Tümpel dort unten ist für uns zwei wie geschaffen.«

Mutig sprangen sie ins eisige Wasser.

»Oh, wie himmlisch!« rief Silvelie. »So wie heute müßte es immer bleiben! So leben und sterben und alles andere vergessen!«

»Silvelie, du mußt meine Frau werden, wir müssen heiraten!«

Seine Worte trafen sie wie aus heiterem Himmel.

»Heiraten? Aber wozu? Kann man nicht glücklich sein, ohne zu heiraten?«

»Nein.«

Sie wandte sich ab.

»Nein, Andi, es hat keinen Zweck, ich habe es dir doch schon gesagt.«

»Ich glaube dir deine Vorwände nicht.«

»Es sind keine Vorwände«, sagte sie hartnäckig. »Ich habe zu viele unglückliche Ehen gesehen, um nicht gegen das Heiraten zu sein. Ich kann auch nicht vergessen, daß du meinetwegen Luise verlassen hast. Das ist Unglück Nummer eins. Nein, nein! Du weißt, daß ich meinen Ehrgeiz habe und daß du den deinen hast. Wir wollen das, was wir jetzt haben, nicht zerstören. Wir wollen glücklich sein, so wie wir sind.«

Er blickte sie streng an. Seine Stirn runzelte sich.

»Ich gebe zu, daß viele Ehen nie hätten geschlossen werden dürfen«, sagte er schließlich. »Ich bin der letzte, der behaupten wollte, alles müsse immer so bleiben, wie es gewesen ist. Ich habe viele Fälle erlebt, für die sich nur sehr schwer eine Regel finden läßt. Ich kann verstehen, daß manche Frau in dieser Zeit sozialer und wirtschaftlicher Unsicherheit lieber unabhängig bleiben und sich ihr Brot selbst verdienen will. Ich kann sogar verstehen, daß ein Mädchen sich ein Kind abtreiben läßt. Viele solche Fälle sind durch meine Hände gegangen, und unsere Gerichte haben sie sehr nachsichtig behandelt, weil vieles zu ihrer Entschuldigung spricht. Aber ich lehne die Behauptung ab, daß alles erlaubt sein muß. Wenn ich dich zu meiner Frau machen will, dann tue ich das nicht in der Absicht, hinter deinem Rücken ein ausschweifendes Leben zu führen, und ich erwarte von dir, daß du mir treu bist. Ich meine es durchaus ernst, Silvelie! Es liegt mir im Blut, die Ehre der Frau und das Familienleben hochzuschätzen, und alle moderne Wissenschaft, die ich studiert habe, hat mir das nicht austreiben können. Ich halte daran fest. Heute, da alles ins Wanken gerät, ist das wie ein Fels! Selbst gesetzt den Fall, es käme gar nicht darauf an, ob wir unverheiratet in Lanzberg leben, gesetzt den Fall, das Gesetz würde gar nichts anderes von uns verlangen, so würde ich doch nicht glücklich sein, weil ich dich ganz für mich haben will, weil meine Liebe alles andere ausschließt. Nun?«

Sie sah ihn verwirrt an.

»Du mußt Geduld haben!« sagte sie und stand auf. »Du mußt!«

Sie begann zu frieren, so daß sie sich rasch anzogen. Darauf nahm er sie behutsam bei der Hand, und sie stiegen bergan. Sie erreichten die Höhe einer Kuppe, mit einem hölzernen Kruzifix, an dem eine verwitterte Christusfigur hing. Fetzen weißer Wolkenschleier hingen an den Bergen der Lombardei und an den schneebedeckten Hängen des Valtelino, zwischen Himmel und Erde schwebend. Im Norden begann es zu donnern, und sie beeilten sich, nach Hause zu kommen.

In der Nacht regnete es heftig, und der Morgen dämmerte grau, farblos und traurig. Die Läden an Meister Lauters' Schlößchen waren geschlossen. Auch als der Vormittag vorrückte und die Mittagsstunde sich näherte, blieben sie zu. Am frühen Nachmittag aber begannen kleine grauschwarze Rauchwolken aus dem Küchenschornstein emporzusteigen, und ein wenig später öffnete Silvelie ein Fenster im oberen Stock, streckte einen nackten weißen Arm in den Regen hinaus und zog ihn wieder zurück.

Die Tür zu ebener Erde wurde aufgesperrt, Andi erschien auf der Veranda und begann auf und ab zu gehen, die Hände in den Taschen, die Blicke ziellos in den Regen gerichtet. Nach einiger Zeit setzte er sich in einen Rohrsessel und streckte die Beine aus. Der Regen, die weißen Nebel, die gespenstisch über die Wiesen fluteten und wie Schlangen an den senkrechten Felsmauern emporkrochen, heimelten ihn an. Auch er glaubte, in der Luft zu schweben. Vergangenheit, Gegenwart und Zukunft verschmolzen in zeitloser Seligkeit.

Auch Silvelie ging wie in einem Garten der Seligkeit. Tausend geheime Türen schienen vor ihr aufzuspringen, und durch jede dieser Türen erblickte sie neue Bilder des Glücks. Sie ging wie auf Federn. Im Spiegel erkannte sie sich kaum wieder. Ein geheimnisvoller Wandel schien von innen heraus ihre Züge verändert zu haben. Ein sanftes Leuchten machte ihre Augen heller, ihre Lider samtenweich, als liege der Tau der Liebe auf ihnen. Ihr Körper kam ihr seltsam unpersönlich vor, als gehöre er nicht mehr ihr, sondern einem andern. In ihren Ohren lag noch sein zärtliches Flüstern. Sie vermochte das Wunder noch nicht ganz zu erfassen.

Andi gesellte sich zu ihr.

»Schade, daß wir keinen Champagner haben«, sagte er. »Ich würde jetzt gern einen Pfropfen knallen lassen. Und ihn bis auf den Mond hinaufschicken! So ist mir jetzt zumute.«

Er nahm sie in seine Arme. Sie sahen einander in die Augen, als hätten sie sich noch nie gesehen. Ein tieferes und festeres Wissen um den andern lag in diesem Blick, als Worte es hätten ausdrücken können. Sie küßten einander.

»Silvelie«, sagte er, »ich bin sehr hart zu dir gewesen. Verzeih mir. Aber ich habe das alles ganz ehrlich gemeint. Wir müssen heiraten. Ich habe nur noch drei Wochen. Hier oben können wir nicht heiraten, ich habe mir mein Auto kommen lassen, morgen früh wird es hier sein. Weißt du, was wir tun? Wir fahren nach Luzern und Zürich. Dort kaufen wir für dich ein. Das wird ein paar Tage dauern. Dann fahren wir ins Engadin, in meine Lieblingsgegend, und dort verbringen wir den Rest meines Urlaubs. Dein Chalet sperren wir zu, und übers Wochenende kommen wir hierher. Und wenn wir verheiratet sind, werden wir nicht in Lanzberg wohnen. Mein Vater hat mir ungefähr zwanzig Minuten von Lanzberg entfernt ein Stück Land mit einem Haus und einem Bauernhof geschenkt – zum Dank für einen Gefallen, den ich ihm erwiesen habe. Dort wollen wir wohnen, und ich kann ungefähr zehn Leuten Arbeit geben. Man muß an all diese Dinge denken.«

Er zog sie zärtlich an sich. Atemlos hörte sie ihm zu.

Oh, wenn er nur wüßte! Sie würde ihm bis ans Ende der Welt folgen, würde für immer bei ihm bleiben!

Ihre Tränen benetzten sein Gesicht.

»So ist es recht, Liebes«, sagte er, fast atemlos vor Zärtlichkeit. »So wirst du's am besten los.«

III. Buch

I

Silvelies Heirat hatte in Andruss großes Aufsehen erregt. Die Angelegenheiten der Familie Lauretz wurden an so manchem Tische erörtert. Die Eltern sagten zu ihren Töchtern: »Da seht ihr's! Man weiß nie, was einem auf dieser Welt passieren kann. Jetzt ist eine aus der Sägemüllerfamilie Millionärin geworden. Möchte man glauben, daß es so ein Glück geben kann? Und die ganze Familie ist über Nacht reich geworden!« Es gab auch noch andere Leute, frühere Feinde des Jonas Lauretz, die mit zusammengekniffenen Lippen lächelten und den Präsidenten Bonatsch in anonymen Briefen freundlich darauf aufmerksam machten, daß der alte Lauretz immer noch verschwunden sei, keiner wisse, wohin. Aber Niklaus Lauretz war bei Bonatsch erschienen und hatte ihm mitgeteilt, daß er sich mit seinem Schwager, Dr. von Richenau, beraten habe und es gerne sehen würde, wenn Dr. Bonatsch eine öffentliche Bekanntmachung in Sachen des alten Lauretz erlassen wollte, denn der alte Lauretz würde, falls er noch lebte, auf die Nachricht von Silvelies Heirat hin sicherlich nach Hause kommen. Präsident Bonatsch hatte durch die Zeitung erklären lassen, Jonas Lauretz möge nach Hause zurückkehren. Falls er, Jonas Lauretz, binnen einem Jahr nicht zurückkehrte oder seinen Aufenthalt mitteilte, würde er, der Richter, ihn für verschollen erklären, worauf alsdann die gesamte weltliche Habe des Verschwundenen an die gesetzlichen Erben fallen und der besagte Jonas Lauretz als nicht vorhanden angesehen würde. Das hatte zur Folge, daß einer der geschworenen Feinde der Familie Lauretz Präsident Bonatsch nun erst recht mit anonymen Briefen zu belästigen begann. Der Richter aber ließ sich nicht aus der Ruhe bringen. Da er außerdem zu wissen glaubte, wer der Verfasser dieser anonymen Briefe war, begab er sich in ein Wirtshaus, in dem, wie er wußte, die in Frage stehende Person ständig zu verkehren pflegte, spielte dort in Gegenwart des Briefschreibers Karten und bemerkte plötzlich mit lauter Stimme, so daß jeder ihn zu hören vermochte:

»Wenn der Kerl, der mir immerfort anonyme Briefe schreibt, dies nicht sein läßt, verklage ich ihn wegen Beleidigung des Gerichts und brumme ihm eine ordentliche Strafe auf. Ich weiß ziemlich sicher, wer es ist.«

Er sah sich in dem Zimmer um, ohne daß auch nur einen Augenblick lang das wohlwollende Lächeln seine Lippen verließ, und fuhr fort: »Seit zwanzig Jahren bin ich hier Präsident, und mir braucht niemand zu sagen, was ich als Amtsperson zu tun habe.«

Dann grüßte er die versammelten Gäste, verließ mit gewichtiger Jovialität das Wirtshaus, spazierte langsam die Straßen von Andruss entlang und reichte den Kindern, die ihm über den Weg liefen, die Hand.

Bald darauf wurde in der Nachbarschaft von Andruss ein Verbrechen aufgedeckt. Die Leute sprachen monatelang von nichts anderem mehr als von diesem neuen Ereignis und vergaßen die Lauretz'.

Niklaus promenierte von Kopf bis Fuß neu eingekleidet, wie es sich für den Schwager eines Richenau gehörte, in Andruss umher und äußerte sich, wenn die Rede auf dieses Verbrechen kam, genauso entrüstet und entsetzt wie alle andern auch. Ungefähr um die gleiche Zeit kaufte er für sechstausend Franken die alte Sägemühle des Bolbeiß oben am Bach, richtete sie neu ein und brachte ein großes Schild an: »Niklaus Lauretz vom Jeff. Holzhandel und Bauunternehmen.« Einige Zeit später ließ er das alte Familienhaus, »das Hundshüsli«, erneuern, in dem er und seine Angehörigen früher einmal die Wintermonate verbracht hatten; und sobald er ein paar Möbel hineingestellt hatte, zogen Frau Lauretz und Hanna dort ein. Die Leute aus der Nachbarschaft vermuteten mit Recht, daß hinter diesem plötzlichen Aufschwung der Familie Lauretz das Geld der Richenaus stecken müsse, und nickten mit den Köpfen. »Ja, so ist es! Diese Silvia hat ihnen allen Glück gebracht. Ja, ja, wenn man Frau von Richenau wird, Dunnerwätter!«

Niklaus machte sich daran, sein Geschäft und seinen Ruf in die Höhe zu bringen. Seine Mitbürger entdeckten, daß er ein ernster, sparsamer, ehrlicher, heiterer und friedliebender Mensch war. »Ja, potts! Es muß doch etwas in ihm stecken, sonst würde ein Herr von Richenau ihm nicht so viel Geld borgen!« Er war in seinen Gewohnheiten bescheiden und, soweit seine Mittel ihm das erlaubten, auch freigebig. Ein Teil der fortschrittlicheren Einwohner von Andruss freundete sich mit ihm an, spielte mit ihm Karten und Kegel und begann, ihn Herr Lauretz zu titulieren. Sogar einige der alten Feinde des alten Jonas entdeckten an dem Sohn alle möglichen Vorzüge, die sie bei seinem Vater vermißt hatten, und ließen sich herbei, ihn gönnerhaft zu behandeln. »Wenn man Richenaus Millionen hinter sich hat, 'jä, das ist was andres!«

Niklaus wich sorgfältig allen Gesprächen über Religion, Politik und sonstige umstrittene Themen aus. Er unterdrückte den Stolz, der wie ein Feuer in ihm brannte, und ließ sich nicht anmerken, wie sehr er diese Leute verachtete, die er für bigott und rückständig hielt. Er sagte jetzt auch nicht mehr: ›Wartet nur, wartet, ich, Niklaus Lauretz ...‹

Jetzt fuhr er talauf und talab, sammelte Bestellungen und besuchte die Konkurrenten. Überall wuchs sein Ansehen, und jedermann empfing den Schwager des Aristokraten Dr. von Richenau mit Hochachtung. Es dauerte nicht lange, und Niklaus kaufte sich einen zweiten Anzug, braune Schuhe und ein halbes Dutzend steife, weiße Kragen. Eines Sonntags schließlich wagte er sich sogar mit einem schwarzen steifen Hut unter die Leute, mit einem Hut, wie ihn sonst nur Lehrer, Geistliche und Angehörige der freien Berufe trugen. In seinem Schrank hatte er mehrere neue Krawatten liegen, braun und rosarot waren die vorherrschenden Farben. Wenn er gerade nicht allzuviel zu tun hatte, am liebsten an einem Sonntagnachmittag, besuchte er die Mutter und die Schwester. Er saß etwas steif an ihrem Tisch, schwatzte über die Tagesereignisse und setzte sie durch seine guten Manieren und durch seine Höflichkeit in Erstaunen. Die Art, wie er ihnen zuhörte, ohne sie zu unterbrechen – Sitten, die er Andi abgeluchst hatte und die er nun in seinem Umgang mit anderen Menschen sorgfältig zur Schau trug. Ja, für Niklaus war Andi das vollendete Musterbeispiel eines vornehmen Herrn und Aristokraten.

Eines schönen Tages überraschte er die Welt damit, daß er nach zweitägiger Abwesenheit mit einem funkelnagelneuen Motorrad aus Lanzberg zurückkam. Er ließ das Rad den ganzen Abend vor

Volkerts Biergarten stehen. Sein Geschäft, sagte er, sei derartig im Wachsen begriffen, daß er ein schnelles Fahrzeug brauche. Außerdem hatte er jetzt oben im Jeff einen Mann sitzen, der für ihn arbeitete, und mit dem Motorrad konnte er in einer knappen Stunde oben sein, um nachzusehen, was der Mann machte. Aus dem Jeff bezog er sein Rohmaterial, das er in der neuen Mühle am Bach verarbeitete. Noch ein paar Jahre fleißigen Arbeitens, dann würde er eine Parketthölzerfabrik errichten, ja, und vielleicht sogar eine Gesellschaft gründen. Er hatte in einem Buch über Aktienrecht gelesen. Ja, er war jetzt kein unwissender »Löli« mehr.

Geld ist es, das in dieser Welt zählt, nichts als Geld, und nur das Geld würde ihm ermöglichen, seine Träume zu verwirklichen. Mit Hilfe des Geldes würde er all die Feinde zugrunde richten, die ihm und seinen Angehörigen das Dasein verbittert hatten und in erster Linie an dem moralischen Verfall seines Vaters schuld gewesen waren. Eines Tages würde sein Haß alle die früheren Schulkameraden treffen, die die Lauretzkinder als Ketzer beschimpft, sie mit Steinen beworfen und angespuckt hatten. Ja, und eines Tages würde er sich einen Weg in die große Politik, in die Regierung, in die Regionen der Macht bahnen und die römischen Pfaffen, die in Wirklichkeit sein Tal beherrschten, zu Boden zwingen. Schließlich würde er sogar vielleicht der Befreier seines Volkes werden, das Jahrhunderte hindurch von fremden Lehren versklavt worden war. Er würde sie fällen, wie er Bäume fällte, mochten sie noch so groß sein. Das Blut des napoleonischen Hauptmanns war ein kräftiger Saft.

Zuweilen fiel Niklaus ein, daß an seinen Händen Blut klebte ... auch das war ein Saft, ein sehr bitterer Saft. Die Zeit und der Lauf der Ereignisse hatten die Erinnerung an die Mordtat im Jeff in einen Schleier gehüllt, aber es gab immer noch Augenblicke, da ihn unversehens ein Zittern durchfuhr und das Blut des napoleonischen Capitaines zu Eis erstarren ließ. Dann versteckte er sich oder irrte stundenlang in den Wäldern umher und durchlebte abermals das Leben im Jeff, und alle Schrecken der Vergangenheit stürmten auf ihn ein. Schritt für Schritt wanderte er durch sein qualvolles Leben, bis er zu dem unvermeidlichen Tiefpunkt gelangte. ›Aber wenn wir es nicht getan hätten, wären wir heute nicht da, wo wir sind‹, sagte er bei sich. ›Der alte Hund hätte uns niemals hochkommen lassen, und Mutter wäre daran gestorben. Silvelie hätte nie den Mann gekriegt, den sie jetzt hat. Alles, alles wäre anders gekommen. Und gerade weil es nicht anders kommen durfte, als es kommen sollte, gerade deshalb *mußten* wir den Alten beseitigen.‹

Nach solch primitiven Überlegungen konnte er dann die Vergangenheit wieder ohne Erregung betrachten, so, als hätte er nur die Rolle eines Werkzeugs gespielt, als hätte ein anderer Niklaus den alten Lauretz umgebracht – und er sagte dann bei sich: ›Es war eine gerechte Tat.‹

Aber da die Vergangenheit unvermeidlich mit der Gegenwart verknüpft ist und die Gegenwart unvermeidlich in die Zukunft mündet, so daß gewissermaßen jeder Atemzug, jeder Schlag seines Herzens zugleich Vergangenheit, Gegenwart und Zukunft war, wußte Niklaus zutiefst, daß ihm das Vergehen der Zeit allein keine Sicherheit bringen würde. In seinem Falle kam es vor allem auf die Haltung Richter Bonatschs an. Noch durfte er sich nicht sicher fühlen, ja, er durfte sich nicht eher sicher fühlen, bis Richter Bonatsch den Augenblick für gekommen hielt, den alten Lauretz für verschollen zu erklären. Das Gesetz selbst mußte Jonas Lauretz aus der Liste der Lebenden streichen. War erst einmal diese Erklärung erschienen, dann würde endlich Jonas Lauretz nicht mehr zu den Lebenden zählen, dann konnte man endlich vergessen, daß er jemals gelebt hatte. Diesem Tage galten Niklaus' Hoffnungen, er richtete alle seine Bemühungen auf diesen Tag, bot seinen ganzen schlauen Verstand auf, um niemand zu beleidigen und aller Welt hilfsbereit und freundlich zu begegnen, gab sich die größte Mühe, die Sympathie, die unter seinen Nachbarn für ihn erwacht war, zu vergrößern und es den Leuten leicht zu machen, jenen Mann zu vergessen, den bei seinen Lebzeiten keiner hatte leiden können, den alten Rohling Jonas Lauretz.

2

Georg Pasolla und Hanna galten jetzt als verlobt. Georgs Eltern hatten ihren Einspruch zurückgezogen. Denn so unangenehm es ihnen war, ihren einzigen Sohn mit der Familie des alten Lauretz verschwägert zu wissen, so wußten sie doch andererseits sehr gut, daß eine Verbindung mit der mächtigen Familie derer von Richenau, mochten es auch Protestanten sein, ihm sehr viel nützen würde. Außerdem sah es jetzt so aus, als ob der Sägemüller wirklich ein für allemal verschwunden war. Viele vernünftige Leute meinten, er sei an jenem Novembertag bei dem Versuch, über den Yzollapaß Italien zu erreichen, im Schnee umgekommen. Dazu kam, daß ihm, wie immer deutlicher zu sehen war, seine Familie ganz und gar nicht nachgeriet, sondern daß diese ehrliche und achtbare Leute waren.

Georg Pasolla wurde nicht müde, Hanna den Hof zu machen. Sie wären wahrscheinlich schon längst verheiratet gewesen, wenn es nicht auf beiden Seiten noch einige Hindernisse gegeben hätte. Silvelie war nämlich das natürliche Oberhaupt der Familie Lauretz geworden. Ohne ihre Zustimmung und Billigung wagte keiner ihrer Angehörigen auch nur die mindeste Kleinigkeit zu unternehmen. Sie war es, die ihnen heimlich vorschrieb, was sie sowohl in ihrem eigenen Interesse als auch zu ihrem, Silvelies, Schutz zu tun und zu lassen hatten. Und sie wußten, wieviel sie ihr verdankten. Sie verdankten ihr eigentlich alles und hätten um keinen Preis ihr Mißfallen erregen, um keinen Preis ihr weh tun wollen. Silvelie hatte Hanna verboten, Georg zu heiraten. »Das kannst und darfst du nicht tun! Denk nur einmal, was geschehen würde, *wenn* ...«

»Darf ich auch nicht heiraten, wenn die Gefahr wirklich vorbei ist und wir alle nichts mehr zu befürchten haben?« hatte Hanna sie gefragt.

»Das sollst du mit deinem Gewissen ausmachen!« hatte Silvelie erwidert.

Auf Georgs Seite war das Haupthindernis Pater Hugo. Dieser war ein untersetzter Mann, ganz in Schwarz gekleidet, bis hinab zu den schwarzen Stiefeln.

»Mein Sohn«, sagte er, »du weißt, daß du eine Protestantin nicht heiraten darfst. Sie soll ein Kind der Heiligen Kirche werden, dann wird es um dich und deine Nachkommen gut stehen.«

Georg bemühte sich nach Kräften, Hanna zum Eintritt in die römisch-katholische Kirche zu bewegen, aber sie wollte nicht. Er sagte ihr, es würde eine bloße Formsache sein, sie brauchte nicht gläubiger zu sein als er. Aber sie lehnte ab, ließ ihm jedoch schlauerweise eine leise Hoffnung, daß sie vielleicht später einmal, in der Zukunft, sich würde bewegen lassen, anderen Sinnes zu werden. Sie war froh, daß sie auf diese Weise Zeit gewinnen und die Schuld an dem langen Hinauszögern der Heirat Georg zuschieben konnte. Inzwischen genoß sie alle irdischen Freuden, die die Leidenschaft der Sinne ihr gewähren konnte.

Eines Sonntagmorgens saß Frau Lauretz unter dem weit vorspringenden Dach des Hundshüsli in einer windgeschützten Ecke. Dort pflegte sie jetzt viele Stunden zu verbringen, saß regungslos und starrte vor sich hin, wie ein Mensch, der seine Seele verloren hat. Als sie die Glocken der Kirche von Andruss hörte, stand sie plötzlich auf, ging ins Haus und zog ein schwarzes Kleid an.

»Wo willst du denn hin, Muattr?« fragte Hanna.

»Ich muß gehn, ich muß gehn!« rief Frau Lauretz, am ganzen Leibe zitternd.

»Wo mußt du hin?«

»In die Kirche.«

In steifer Haltung stieg sie die Holztreppe hinunter und schickte sich an, nach Andruss zu wandern. Hanna war einen Augenblick lang völlig verblüfft, dann lief sie ihr nach und hielt sie fest.

»Muattr, du kannst doch nicht in die Kirche gehen, das geht doch nicht!«

»Ich muß, Hanna, ich muß! Ich bin Katholikin!«

»Nein, nein, du bist Protestantin, sie werden dich ausweisen!«

Frau Lauretz schaute ihre Tochter finster an.

»Unser Herr Jesus wirft keinen hinaus.«

»Komm zurück, Muattr, in der Kirche ist für dich kein Platz. Ich weiß, was du vorhast, aber das darfst du nicht tun! Du willst doch nicht für dein ganzes Leben in das Gefängnis von Lanzberg kommen?«

»Ins Gefängnis von Lanzberg?« stieß die Alte hervor.

»Ja. Wenn du beten willst, bete zu Hause. Keiner dieser Priester kann dir deine Sünden vergeben. Unser Herr Jesus ist in unserm Hundshüsli ebenso zu Hause wie dort unten in der Kirche von Andruss. Glaub mir, ich hab ihn erst vor ein paar Tagen oben im Zimmer gesehen. Er hat zwischen uns beiden gesessen und seine Arme um uns gelegt. Ja, du hast ihn nicht gesehen, aber ich! Und er sagte, daß er uns schon längst alles verziehen hat. Das ist wahr, ich schwör es dir!«

Hanna gelang es, ihre Mutter zur Rückkehr zu bewegen, aber von diesem Augenblick an lebte sie in ständiger Angst, die Alte könnte nach Andruss laufen und beichten. Eine neue Gefahr war entstanden. Hanna musterte ihre Mutter mit ängstlichen Blicken. Eine unbestimmte, aber gefährliche Macht schien in ihrem ausgemergelten Körper zu wühlen. Oft versank sie in tiefes Grübeln, die Hände wie zum Beten gefaltet, murmelte Worte vor sich hin, die aus fernen Winkeln ihres Gehirns zu kommen schienen, vielleicht aus den dunklen Erinnerungen an eine katholische Kindheit. Jesus, Maria und Josef spielten eine große Rolle in ihren düsteren Litaneien, und manchmal seufzte sie und stimmte ein unzusammenhängendes Gejammer an: »Du heiliger Herr Jesus! Heilige Muattr Gotts; Heiliger Josef!«

Hanna, die von dem Jesus der Graubündner recht wenig wußte, außer, daß an allen hölzernen Kreuzen in der Gegend sein Abbild hing und daß er in Palästina gelebt und alle möglichen Wunder vollbracht hatte, an die sie nicht glaubte, erschrak über die Besessenheit ihrer Mutter. Mit der Zeit aber regte sich in ihr eine dunkle Neugier, und sie bat Silvelie, ihr ein Neues Testament zu schicken, da in der Devotionalienhandlung von Andruss keines aufzutreiben war. Und als sie es bekam, begann sie es zu lesen und las sogar ihrer Mutter laut daraus vor. Die Alte hörte atemlos zu. Hanna merkte zuerst gar nicht, welch gefährliches Feuer sie in der vertrockneten Brust ihrer Mutter und in ihrer eigenen Seele entfachte. Bald aber ertönten Tag für Tag in dem Hause, in dem Jonas Lauretz gesündigt und unrechtmäßige Kinder gezeugt hatte, die Worte der heiligen Apostel und die Legenden von dem Menschensohn, der durch die sonnenbeschienene Landschaft einer östlichen Welt wandelte. Hanna, die kaum jemals ein Buch gelesen hatte, unterlag dem Zauber dieser Erzählung. Wie ein sanfter Wind aus einer anderen Welt rührte der Atem Jesu sie an. Eines Nachmittags fiel sie weinend auf ihr Bett und begann um Vergebung ihrer Sünden zu bitten. Als Georg sie an demselben Abend zu einem Spaziergang in den Wald abholte, leuchteten ihre Augen ganz sonderbar.

»Was ist denn heute mit dir los, Hanni?«

Sie sagte es ihm nicht. Denn als er sie in seine Arme nahm, regte sich wieder die Heidin in ihr, und sie zog ihn in das weiche Moos nieder. Das neue geistige Erlebnis beflügelte ihre Sinnenlust.

Wieder kam ein Sonntag heran. Frau Lauretz saß an ihrem gewohnten Platz, und die Glocken von Andruss schienen abermals mit geheimnisvoller Gewalt die Seele in ihrem vertrockneten Körper zu packen und aufzurütteln. Sie sah sich verstohlen um wie ein Mensch, der eine heimliche Tat begehen will. Ihre Hände tasteten unruhig ins Leere. Sie preßte die Lippen zusammen. Plötzlich stand sie auf, ging auf ihr Zimmer und holte das schwarze Seidenkleid und die schwarzen Knopfschuhe aus dem Schrank. Kaum aber hatte sie den Wasserkrug zur Hand genommen, um sich zu waschen, als Hanna hereinkam. In ihrer Bestürzung und Aufregung ließ Frau Lauretz den Krug fallen.

»Was machst du denn jetzt, Muattr?«

»Heute muß ich gehen, Hanna, ich muß! Mir ist hier drin so kalt. Ich sterbe, wenn ich nicht gehe.«

»Habe ich dir nicht gestern erzählt, was unser Herr Jesus gesagt hat? Hat er nicht gesagt, daß die Leute, die in die Kirche gehen, nicht hingehen, um *ihn* zu suchen, sondern bloß, weil die Pfaffen es ihnen angewöhnt haben?«

Sie sah ihre Mutter verzweifelt an.

»Hanna«, sagte Frau Lauretz in bettelndem Ton, »ich werde nichts sagen. Ich werde nicht beichten. Ich will bloß dort sitzen und zuhören, wie sie singen und wie die Orgel spielt.«

»Sie werden dich hinauswerfen«, erwiderte Hanna, während sie das schwarze Kleid ihrer Mutter nahm und es wieder in den Schrank hängte. »Du bist keine Katholikin! Wie oft muß ich dir das noch sagen? Du bist nichts, genau wie wir. Nichts! Und der Herr Jesus hat neulich abends gesagt, daß er gerade für die, die nichts sind, in diese Welt gekommen sei.«

»Heilige Muattr Gotts!« stöhnte Frau Lauretz und sank auf das Bett nieder. »Sie lassen mich nicht gehen, sie haben Angst, daß ich was sage.«

»Natürlich wirst du was sagen!« rief Hanna ungeduldig. »Ganz Andruss wird auf dich schauen, wenn du plötzlich erscheinst, und die Leute werden sagen: ›Was will sie denn hier? Warum kommt sie denn plötzlich hierher?‹ Und Pater Hugo wird dich ganz bestimmt fragen, warum du gekommen bist, und du wirst ihm sagen, du bist gekommen – weshalb? Glaubst du, Muattr, er wird dir glauben, wenn du ihm sagst, du kommst, um Jesus zu suchen?«

»Ich bin Katholikin!« brauste Frau Lauretz auf.

»Eine schöne Katholikin!« schrie Hanna. »Auslachen wird er dich, der Pater Hugo, und sagen: ›Du bist schlimmer als eine Ketzerin, du hast einen Protestanten geheiratet, und was für einen Protestanten, Jonas Lauretz, den Sägemüller, einen Gotteslästerer, einen Hurenknecht!‹ Er wird dir kein Wort glauben, wenn du ihm sagst, daß du den Herrn Jesus suchst. Er weiß, daß die Leute aus ganz anderen Gründen in die Kirche gehen. Komm jetzt mit mir hinunter.«

Am Nachmittag kam Niklaus zu Besuch.

»Es ist schon so schlimm geworden«, erzählte ihm Hanna, »daß ich sie nicht mehr allein lassen kann. Sie sagt, sie will gar nicht beichten, aber ich fürchte, sie wird sich eines Tages wegschleichen und dem Pater Hugo in die Arme laufen.«

Niklaus kratzte sich den Kopf.

»Er darf hier nicht herumschnüffeln, solange Muattr in diesem Zustand ist. Aber wir müssen auf der Hut sein. Niemand beleidigen!«

»Es wirkt nicht mehr, wenn ich ihr vorschwindle, daß Jesus uns besucht hat. Sie will ihn selber sehen. Was sollen wir tun?«

»Ich will dir was sagen«, meinte der praktische Niklaus. »Ich kaufe ihr ein Jesusbild, und wir hängen es an die Wand, da kann sie es ansehen. So etwas braucht sie, etwas, was sie ansehen kann.«

»Gut, versuch's! Sieh zu, ob es wirkt!«

Am Montag ging Niklaus in die Devotionalienhandlung in der Hauptstraße von Andruss und kaufte dort von dem erstaunten Krämer einen Öldruck, auf dem ein mildblickender, blasser Mann mit einem hellbraunen Spitzbart und langen, welligen, über die Schultern fallenden Locken abgebildet war. Die eine Hand hielt er mit Dürerscher Geste an die Brust gedrückt. Durch die Öffnung des Gewandes sah man ein scharlachrotes, von Blut triefendes Herz, das von rosaroten und gelben Strahlen umkränzt war. Und da er nun schon einmal dabei war, kaufte Niklaus auch noch ein gerahmtes Bild der Madonna mit dem Jesuskind auf dem Arm, ein hölzernes Kruzifix und einen Rosenkranz. Als es ans Bezahlen ging, fand er, daß die Sachen eine Menge Geld kosteten.

»Es ist ein Geschenk«, sagte er zu dem Ladenbesitzer, dann klemmte er seine mystischen Einkäufe unter den Arm, bestieg sein Motorrad und fuhr zu seiner Mutter. Mit Hannas Beistand befestigte er die Bilder über Frau Lauretz' Kommode und das Kruzifix über ihrem Bett. Und als sie damit fertig waren, holten sie ihre Mutter.

Frau Lauretz riß bewundernd die Augen auf und bekreuzigte sich.

»Und da hast du einen Rosenkranz«, sagte Niklaus und reichte ihr eine Holzperlenschnur. »Jetzt kannst du beten, und der Herr Jesus wird dir die ganze Zeit zusehen. Nächstens bring ich dir Kerzen mit, die kannst du dann am Abend anzünden, dann hast du einen Altar und eine Kirche ganz für dich allein. Aber du mußt dir den Gedanken aus dem Kopf schlagen, daß du nach Andruss in die Kirche gehen möchtest. Ich weiß genau, was mit diesem schwarzen verhängten Kasten los ist. Schleichst du dich dort hinein, dann wirst du sehr bald in jenem anderen Kasten aufwachen, einem steinernen Kasten, der ein eisernes Gitter vor dem Fenster hat. Und wir mit dir. Vergiß das nicht!«

Er ging mit Hanna aus dem Zimmer.

»Jetzt weiß ich, warum der Alte mit Erdklumpen nach diesen heiligen Dingen geschmissen hat!« sagte er zu Hanna. »Einundzwanzig Franken habe ich für das Zeug bezahlen müssen. Da verdient einer ein Vermögen dran. Aber es ist immer noch die billigste Art, um Muattr von der Kirche und von dem Gefängnis fernzuhalten. Wir werden jetzt an Schwester Silvelie schreiben und ihr das mitteilen, aber so, daß ihr Mann den richtigen Sinn nicht merkt, wenn ihm der Brief in die Hände fällt.«

3

Präsident Bonatsch war krank geworden. Er war bei einer Festlichkeit in Ilanz gewesen und hatte den ganzen Abend hindurch in Hemdsärmeln mit einigen Freunden gekegelt, und einer dieser Freunde hatte ihn im offenen Auto nach Andruss mitgenommen. Offenbar war ihm in seiner Erhitztheit die Fahrt nicht bekommen, denn gleich nach seiner Ankunft zu Hause beklagte er sich über einen Schmerz in seiner mächtigen Brust. Nachdem er eine Tasse Kräutertee getrunken hatte, legte er sich ins Bett. Am nächsten Morgen ging es ihm nicht besser, sondern noch schlechter, und er fieberte. Seine Frau hielt es für nötig, den Arzt zu holen. Der Doktor kam, klopfte die behaarte Brust des Präsidenten ab, sagte nicht viel, verschrieb ein Arzneimittel und eine Diät und ging wieder fort. Zwei Tage später wußte jedermann in Andruss, daß Richter Bonatsch mit doppelseitiger Lungenentzündung zu Bett lag, und alle, die von der Sache etwas verstanden, waren neugierig, ob sein Herz es aushalten würde. Ängstliche Spannung überschattete das Haus. Zwei Pflegerinnen erschienen, die eine für den Tag, die andere für die Nacht. Eis wurde geliefert. Priester kamen und gingen. Aus Lanzberg kam mit dem Zug ein Sauerstoffzylinder. Aber nach sechs Tagen spielte Präsident Bonatsch allen eine Posse und starb unerwartet schnell und friedlich.

Die Jalousien an sämtlichen Fenstern des Hauses wurden herabgezogen, die Jungfrau Maria über dem Haupteingang mit einem Stück schwarzem Krepp verhüllt, und ganz Andruss legte Trauer an. Denn der Tod des Richters war nicht nur für seine Familie ein schwerer Schlag, sondern auch für alle diejenigen, die zu seinen Lebzeiten mit ihm in Berührung gekommen waren. Das Verschwinden seiner Elefantengestalt ließ in der Gemeinde eine große Lücke zurück. Er war in den Grenzen seiner Einsicht ein guter und gerechter Mensch gewesen, dem immer das allgemeine Wohl am Herzen lag. Und obgleich es im Unterland eine Partei gab, die ihn für einen eingefleischten Reaktionär hielt, war er in mancher Hinsicht für den seiner Obhut anvertrauten Distrikt noch viel zu fortschrittlich gewesen. Hatte er im Laufe seines Lebens seinen Reichtum beträchtlich vermehrt, so hatte er doch zugleich bei vielerlei Gelegenheiten eine offene Hand bewiesen, und die Kirchenbehörden, die sein Ableben vielleicht noch mehr bedauerten als jeder andere, rüsteten ihm, um ihre Dankbarkeit zu zeigen, ein Leichenbegängnis, wie es sonst nur höheren kirchlichen Würdenträgern vorbehalten war.

Niklaus stand hoch oben auf einem Bretterstapel auf seinem Lagerplatz. Von dort aus konnte er die ganze Gegend überblicken. Er war in Hemdsärmeln, kaute an einem Grashalm und betrachtete den ununterbrochenen Strom der schwarzgekleideten Trauergäste, die nach dem oberen Teil des Dorfes wanderten. Manche von ihnen trugen Kränze und Blumensträuße. Die Möglichkeit, daß Richter Bonatsch plötzlich sterben könnte, war ihm nie in den Sinn gekommen. Dieser Todesfall hatte ihn völlig überrumpelt. Sein leerer Blick irrte zu dem Haus des Präsidenten. Dann begann er allmählich zu begreifen, daß jetzt alle möglichen unangenehmen Zwischenfälle eintreten konnten. Mit wachsender Unruhe erinnerte er sich an die große, mit Papieren angefüllte Mappe in Richter Bonatschs Kanzlei, auf deren Deckel in großer runder Handschrift geschrieben stand: »Angelegenheit Lauretz, Jonas.« Er erinnerte sich auch an die letzten Worte, die Bonatsch zu ihm gesagt hatte: »Nun, Buab Niklaus, wir haben alles getan, was wir konnten, um deinen Vater zu finden, und ich bin wohl derselben Meinung wie dein Schwager, der Herr Dr. von Richenau. Wenn wir also bis Jahresschluß nichts von ihm hören, erklären wir ihn für verschollen und bringen deine Familienangelegenheiten endlich ins reine.« Niklaus fragte sich, wer jetzt wohl an Richter Bonatschs Stelle treten, wer der Mann sein würde, der das Amt des Toten weiterführte. Ein Fremder wird zweifellos sich die Akten vornehmen und einen Blick hineintun. Bald wird Niklaus sich an einen neuen Präsidenten wenden müssen, der hundert Fragen an ihn richten wird. Er wird abermals denselben Weg zurücklegen müssen, den er von Anfang an gegangen ist.

Tausend Gefahren tauchten vor Niklaus' innerem Auge auf. Sein Seelenfriede war dahin, und eine finstere Nervosität bemächtigte sich seiner. Er kletterte von dem Holzstoß herunter, der sein gewohnter Beobachtungsposten war, und ging mit langem Gesicht in den Sägeschuppen. Er beachtete seine Leute kaum, ging weiter in die Hütte, die zugleich Büro und Schlafraum war, und setzte sich hin, um nachzudenken. Aber er konnte nicht lange untätig bleiben. Er sprang auf, nahm den Hut und begab sich, von einer unheimlichen Neugier getrieben, zu Bonatschs Haus. Dort läutete er. Als man ihm sagte, Frau Bonatsch könne niemanden empfangen, ließ er ihr im Namen der Familie Lauretz sein Beileid ausrichten und ging wieder weg. Kurze Zeit später fuhr er über die Tavetchstraße zum Hundshüsli, um mit Hanna zu sprechen. Lange Zeit saßen sie beisammen und überlegten, was jetzt wohl geschehen würde. Wer würde Präsident werden? Doch nicht der alte Pasolla? Nein, der würde zu alt sein, und er verstand auch nicht viel von juristischen Dingen.

»Wenn er aber trotzdem Präsident wird, dann mußt du Georg heiraten und katholisch werden«, sagte Niklaus grinsend. »Nein, er wird nicht Präsident werden. Sicher Dr. Thur, der Notar, das möcht ich wetten, der Freund von Herrn Wohl, der scheinheiligste und neugierigste Schnüffler von allen. Na, wir werden es ja bald wissen. Sie werden die Namen nennen, und der Abt vom Seminar wird seine Meinung äußern, bei solchen Gelegenheiten ist er immer der erste Mann im Land. Dann wird uns der Waibel mit der Trommel zusammenholen. Wir gehen am Wahltag auf das ›Mattli‹ in Berg und wählen durch Zuruf unseren neuen Präsidenten. So, heißt es, sind Bonatsch und alle seine Vorgänger gewählt worden. Hol's der Teufel – das ändert die ganze Sache für uns. Richter Bonatsch war ein freundlicher Mensch. Er hat geglaubt, was man ihm sagte, man durfte bloß nicht mit den Wimpern zucken. Aber ein neuer Mann? Es wird besser sein, wir benachrichtigen Silvelie.«

4

Das kleine Dörfchen Schlans lag an der Sonnenseite eines breiten grünen Tales, gar nicht weit von der Hauptstraße nach dem Oberland entfernt. Die Natur hat dort ein fröhliches und freundliches Antlitz. Die Apfel- und Kirschbäume blühten, und das Gras war fast schon für die erste Mahd reif. Ein Stück außerhalb des Dorfes stand ein Bauernhaus mit einigen Nebengebäuden und dicht dabei in einem Garten voll Frühlingsblumen und Frühgemüse das Schlanser Haus, das den Richenaus seit urdenklichen Zeiten gehörte, länger schon, als die ältesten Bauern sich entsinnen konnten. Dieses Haus hatte ein aristokratisches Aussehen. Über der Wölbung des Tores war das marmorne Wappen der Richenaus in die Mauer eingefügt. An der Südwand befand sich eine schöne alte Sonnenuhr, und die Räume im Innern waren groß, die Decken gewölbt und mit geschnitztem Tafelwerk bedeckt. Riesige Ulmen und uralte Birken spendeten der Nachbarschaft ihren Schatten. Bis in die letzten Jahre des vorigen Jahrhunderts war das Haus gewissermaßen ein Lustschlößchen der Familie Richenau gewesen, seither aber hatte es leer gestanden und wies mancherlei Spuren des Verfalles auf. Früher einmal hatte ein großes Stück Land mit dazugehört. Heute war der Familie nur noch ein ungefähr zweihundert Morgen großer Streifen geblieben, meist Weideland.

Das war der Besitz, den Andi gegen die Geldsumme, die er seinem Vater lieh, eingetauscht hatte. Er gehörte jetzt ihm und Silvelie. Andi widmete sich mit gleichem Eifer seinen Amtspflichten und der Sorge um sein Gütchen, er vernachlässigte weder seine Freunde noch vergaß er die gesellschaftlichen Pflichten, die ihm auferlegt waren. Seit seiner Verheiratung war er Mitglied des Großrates, stellvertretender Vorsitzender des Offiziersverbandes und des Künstlerklubs geworden und hatte daneben noch eine Reihe anderer kleiner Ehrenämter übernehmen müssen, die ihm zufielen und die er nicht zurückweisen wollte, um niemand zu beleidigen. Er kümmerte sich fleißig um sein Land, um seine Tiere, verbrachte den größten Teil seiner freien Zeit an der frischen Luft, Pläne schmiedend oder im Garten und auf den Feldern arbeitend. Er fühlte, daß er in solch einer Zeit weltlicher Unrast für vieles dankbar zu sein hatte. Um sein Glück zu krönen, hatte Silvelie ihm im Frühjahr einen kleinen Sohn geschenkt. Das Kind hieß Tristan.

Um diese Zeit waren die Büros der Untersuchungsbehörde in Lanzberg mit Arbeit überladen. Andi spürte die wachsende Arbeitslast. Die Zahl der Verbrechen, besonders der kleinen Verbrechen, war beträchtlich gewachsen. Arbeitslosigkeit und das Sinken der Achtung vor dem Staate, der ständig wachsende Gegensatz zwischen den bürgerlichen Parteien und den organisierten Arbeitern, der Stillstand der produktiven Industrien, der Haß eines Teiles der Bevölkerung gegen den Militarismus und die zunehmende Verarmung der unteren Klassen, alle diese sozialen und wirtschaftlichen Störungen schienen das Böse und Rebellische in der menschlichen Natur hervorzulocken. Der politische Kampf wurde von Tag zu Tag wilder, nicht nur in Graubünden, sondern im ganzen Land. In den großen Städten fanden Demonstrationen und Gegendemonstrationen statt. Sogar Blut war geflossen. In Genf waren Truppen aufgeboten worden, um eine politische Demonstration zu zerstreuen. Man hatte mit Maschinengewehren auf die Leute geschossen, und es waren viele getötet worden. Henris düstere Prophezeiungen waren eingetroffen. Bundesräte verwandelten sich nun in Propagandisten und Demagogen. Der Finanzminister reiste im ganzen Lande umher, predigte gegen den Marxismus und legte das Programm der Regierung dar: »Die Staatsmacht schützen, die Verfassung wahren, das Heer unterstützen – die Löhne und Gehälter der Arbeiter und Beamten kürzen – den Kredit des Landes behüten und die Banken stützen.« Viele verloren jedes Zutrauen zu diesen Politikern, die, wie sie meinten, nur eine Bevölkerungsklasse unterstützten. Neue »Fronten« entstanden, überall tauchten Erlöser auf. Advokaten, Schullehrer, Offiziere, Redakteure und sogar bloße Abenteurer hielten den Augenblick für günstig, um sich dem Publikum bemerkbar zu machen. Die meisten dieser Agitatoren, die in die Fußstapfen Wilhelm Tells treten wollten, besaßen keine der Eigenschaften, die man von angeblichen geborenen Führern mit Recht erwarten durfte, während die wenigen, die es fertigbrachten, die Sorgen ihres Landes unparteiisch zu betrachten, keine Hoffnung hegten, daß es ihnen gelingen würde, sich über dem Lärm wilden Gezänks Gehör zu verschaffen. Ja, die kleine demokratische Republik der Schweiz wurde auf die Probe gestellt. Die Gefahren, gegen die sie anzukämpfen hatte, drohten nicht mehr von außen her. Diesmal handelte es sich nicht darum, singende Regimenter an die Grenzen zu schicken, um eine einträgliche Neutralität zu schützen. Im Gegenteil, das war eine bisher unbekannte Not, der Kampf hungriger Untertanen um die Macht im Staat gegen eine Klasse, die sich ein Jahrhundert lang selbst beweihräuchert hatte, der man in der Schule beigebracht hatte, daß ihr Land das beste, das politisch stabilste und geistig höchststehende der Welt sei. Jetzt drohte der Bürgerkrieg, der soziale Zerfall. Eine verhängnisvolle Stunde hatte für die verschiedenen Stämme und Völker geschlagen, die bisher so friedlich im Schatten des alten Bundesbanners zusammengelebt hatten.

Inmitten dieser allgemeinen Umwälzung ging es mit dem Vermögen der Familie Richenau ständig bergab. Eines Tages erschien Uli in Schlans, schrecklich aufgeregt und erstaunlicherweise ohne seine Minnie.

»Was sollen wir machen, Andi? Papa hat über eine Million angelegt, und die Fabrik hat vorige Woche zugemacht. Ruin, völliger Ruin! Für uns wird nichts bleiben. Und wenn du dann noch an die dreitausend Schwedische-Zündholz-Aktien denkst, die Papa voriges Jahr verloren hat! Alles futsch! Und die Bank von Genf! Oh!«

Am ganzen Leibe zitternd und mit purpurrotem Gesicht machte er seinem Bruder die heftigsten Vorwürfe.

»Warum bist du nicht ein Geschäftsmann geworden? Hättest du schon vor Jahren das getan, was wir alle für das Richtige hielten, dann brauchten wir nicht diese schrecklichen Verluste zu erleiden! Papa wird alt, er hat keine Übersicht mehr. Reist immerfort nach Genf, nach Bern, nach Zürich, ist immerzu unterwegs, das hält er nicht aus.«

»Nun, Uli, welcher Teufel hat dich geritten, daß du Theologie studiert hast und Pfarrer geworden bist? Du hättest ein Finanzmann werden müssen. Warum nicht? Aber da du es nun einmal nicht geworden bist, so denke bloß an den Kohl, der in deinem Garten wächst, und an die Bienen, die dir deinen Honig kostenlos ins Haus bringen, und sei mit deinem Los zufrieden.«

»Ich kann darüber nicht scherzen, Andi, ich kann nicht! Minnie schläft keine Nacht mehr.«

»Und weil Minnie schlecht schläft, soll ich ein Finanzmann werden?«

»Zumindest kannst du Papa aufsuchen, mit ihm unsere Angelegenheit durchgehen und feststellen, wie die Dinge liegen. Versuch doch, soviel wie möglich für uns zu retten. Außerdem solltest du dich an der Kampagne gegen die Sozialisten beteiligen. Warum sprichst du nie im Parlament?«

Andi sah seinen Bruder spöttisch an.

»Ich werde nie für den Besitz des goldenen Kalbes kämpfen. Das überlasse ich euch braven Leuten. Ich habe nie mit seinen Anbetern sympathisiert. Wenn ich mich überhaupt an einer Kampagne beteiligen soll, dann muß es um eine größere Sache gehen als um die Konservierung des ganzen alten Mists.«

»Wirst du vielleicht gar Faschist?« fragte Uli und riß die Augen auf.

»Ich werde gar nichts. Das Schlimmste ist, daß die Leute immer etwas werden wollen, statt an dem festzuhalten, was sie sind.«

Uli entfernte sich noch beunruhigter denn je. Von Andi war keine Hilfe zu erwarten. Arme Minnie!

5

Obgleich Andi dem Großen Rat des Kantons angehörte, hatte er nur wenig Zeit für politische Betätigung. Er nahm an den Sitzungen des Rates teil, saß schweigend an seinem Platz unter einer großen Schar von Liberalen und Konservativen, die sich mit einem kleinen Häuflein von Sozialisten herumbalgte. Führer dieses Häufleins war Dr. Henri Scherz, jetziger Herausgeber des »Bündner Sozialist«. Ab und zu schaute Andi spöttisch zu seinem früheren Freunde hinüber, aber Henri beachtete ihn kaum, denn sie hatten längst ihren wechselseitigen Verkehr aufgegeben und trafen einander nur noch selten. Zwischen Henris kleiner Gruppe und den Graubündner Bürgern und Grundbesitzern gab es keine Brücke. Zwischen ihnen gähnte ein breiter Abgrund. Zwei verschiedene Weltanschauungen, zwei gegensätzliche Auffassungen, zwei feindliche Interessensphären trennten die Gegner. Henri hielt Andi für einen der schlimmsten Reaktionäre, und seit er sich öffentlich auf die Seite der Arbeiter und Lohnempfänger gestellt hatte, konnte es für ihn keine private Freundschaft mehr mit einem aus dem andern Lager geben, nicht einmal mit Andi. Henris Programm war das der sozialistischen Partei der Schweiz, Schaffung eines sozialistischen Staates, aber ohne russischen Sozialismus. Durch seine unermüdliche Hingabe an die Sache war Henri wohl der bestgehaßte Mann im Kanton geworden. Wie ein wachsamer Luchs hörte er den Debatten zu, oder er beobachtete alle Leute sowohl in ihrem Privatleben als auch in der Öffentlichkeit.

Nie ließ er auch nur die kleinste Gelegenheit vorübergehen, um sich auf einen Gegner zu stürzen. Sein Wissen, seine statistischen Kenntnisse, sein scharfsinniges Erfassen der politischen Lage, sowohl im Lande selbst als auch jenseits der Grenzen machten ihn zu einem rabiaten Gegner, wenn er sich mit patriotischen Dorfadvokaten, Lehrern oder Krämern zu messen hatte, deren Geist sich im Vergleich zu seinem Schnellzuggehirn langsam wie eine Bergbahn bewegten. Immer wieder unterlag er und immer wieder stellte er sich mit anscheinend unvermindertem Elan zum Kampfe. Körperliche Müdigkeit schien es für ihn nicht mehr zu geben. Andi machte es Spaß, Henri gestikulieren zu sehen und seine hektischen Bewegungen mit der schwerfälligen Gewichtigkeit der Räte an seiner Seite zu vergleichen. Er neigte zu der Ansicht, daß so mancher würdige Bündner, wäre nicht das Gesetz gewesen, diesen Sozi auf der Oppositionsbank gern in Stücke gerissen hätte.

Die Ereignisse in Genf und andernorts hatten das ganze Volk erschüttert. Das Blut der Bürger, das in Genf geflossen war, hatte wie eine Säure gewirkt, hatte die beiden Hauptelemente des Landes geschieden und die Widersprüche der politischen Meinungen schärfer zum Vorschein gebracht.

Andi betrachtete alle diese Ereignisse mit kühler Überlegenheit.

Sein Herz war nicht leicht für irgendeine Sache zu entflammen. Er konnte das Tun der andern mit kalten Blicken betrachten. Er war zwar ein guter Offizier, respektierte das Heer, seine Traditionen und seinen Ehrenkodex, doch man hätte schwerlich behaupten können, daß er für den alljährlich heranrückenden Tag lebte, an dem er die Uniform anlegen und sich zu seinem Bataillon begeben mußte. Er wußte wohl, daß die Kameradschaft der Soldaten eine schöne Sache ist. Zuweilen aber regte sich in ihm auch der Zweifel, ob es sinnvoll sei, wenn der Staat alle gesunden Männer bewaffnete, um die Grenzen des kleinen neutralen Landes zu verteidigen, falls kriegerische Mächte es für seine Neutralität zu bestrafen beabsichtigten. Zu diesem Zweifel gesellte sich ein Bedauern um die Kräfte, die dabei verschwendet wurden und zugleich eine Abneigung gegen den Geist eines übertriebenen Gehorsams, der alles erstickte, was der Ursprung des Schönen und Schöpferischen ist. Außerdem wußte er aus Erfahrung, daß über die Hälfte der Leute, die sich an den Rekrutierungstagen stellten, wegen körperlicher Untauglichkeit zurückgestellt werden und kam deshalb zu der Schlußfolgerung, daß es um die Gesundheit seines Volkes nicht gut bestellt sein müsse. Nicht nur das, eine andere Seite zeigte sich ihm in seinem Amtszimmer, durch das so viele seiner Landsleute hindurch mußten: Häßliche, abstoßende Exemplare der Menschheit, die irgendeines Eigentums- oder Sexualverbrechens beschuldigt wurden. Sehr bald würde sich – wenn der politische Kampf fortdauerte – das Gebiet seiner Arbeit um das »crime politique« erweitern.

Im Offiziersclub schmiß auch Andi mit seinem Geld um sich, er wußte, daß die meisten seiner Kameraden während ihrer Zivilistenzeit fleißig sparten, um in den lustigen Stunden des Militärdienstes wie große Herren Geld ausgeben zu können. Er lauschte mit spitzen Ohren den patriotischen Reden, den Lobsprüchen auf die Tapferkeit und Ehre des Heeres, und als sein Oberst einen Toast zu Ehren des Genfer Bataillons ausbrachte, das mit Maschinengewehren den Boulevard Pont d'Arve gesäubert hatte, schwieg er unauffällig. Er hatte seine Zweifel an der Klugheit solch militärischer Trümpfe. Auch die Richenaus hatten in vergangenen Zeiten Menschen getötet, hatten unter Kaisern und Königen für den Protestantismus und für große Reiche gekämpft. Sie hatten in der Geschichte ihre kleine Rolle gespielt, aber ihre Feinde waren immer bewaffnet gewesen.

Das Bild, das das Bündner Parlament bot, ähnelte in kleinem Maßstab dem aller übrigen demokratischen Parlamente, wie wir sie heute kennen: Eine Schar politisch interessierter Menschen, die, in Parteien geteilt, blindlings mit einer Situation ringen, auf die sie keinen Einfluß haben könnten, selbst wenn sie sich wie durch ein Wunder miteinander verständigen könnten. Ein Jahrhundert falschen Denkens hatte eine Menschheit geschaffen, die sich unmöglich besseren Dingen zuwenden konnte, sofern sie nicht ihre Denkweise und damit ihre Handlungsweise von Grund auf änderte. Hoffen zu wollen, daß das in einem Land wie der Schweiz in dem kurzen Zeitraum einer einzigen Generation geschehen könnte, hieße allzuviel erhoffen. Der Mensch arbeitet sich nur langsam vorwärts. Es bleibt daher seinen Söhnen und seinen Kindeskindern überlassen, das auszulöschen, was ihre Väter und Vorväter nicht auszulöschen gewagt haben. Eine gemischtere und kunterbuntere Gesellschaft als die seiner Landsleute gab es kaum, und Andis Bewunderung für die kulturellen Errungenschaften seines Landes dämpfen zu wollen, nur weil ihr Ursprung germanischen, gallischen, italienischen oder sonst welchen Einflüssen entsprang, wäre letzten Endes verwerflich gewesen. Gegen Juden vom Leder zu ziehen, die in bezug auf Schlauheit dem Schweizer für gewöhnlich das Feld räumen mußten, wäre ungerecht. Andi sagte bei sich: Ich bin im Grunde unpolitisch. Ich bin in meinem Herzen ein Bauer!

Eines Tages ließ er sich aber doch überreden, im Rat eine Rede zu halten. Es drehte sich um eine Rechtsfrage, eine geringfügige Angelegenheit, die aber dennoch sehr deutlich den herrschenden Geisteszustand bezeichnete: Daß nämlich dort, wo ernsthafte private Interessen auf dem Spiele standen, das Gesetz mißachtet wurde. Er sprach ruhig und der Zufall wollte, daß er gerade in guter Stimmung war. Alle Blicke richteten sich auf ihn, alle hörten sich aufmerksam seine Jungfernrede an. Er begann mit einem streng juristischen Argument. Nachdem er seinen Standpunkt dargelegt hatte, fuhr er fort:

»Wenn es sein muß, mag man den Staat den Leidenschaften ausliefern, die sich so leicht in jedem Herzen entflammen lassen. Auch Leidenschaften haben ihren Zweck. Ich bin aber der Meinung, daß die Handhabung der Gesetze einsichtigen Männern überlassen werden muß, die die Umbildung und den Neuaufbau unserer gesellschaftlichen Ordnung leidenschaftslos zu leiten vermögen. Ich bin der Meinung, daß das Ideal des Rechts über dem Ideal des Staates steht. Und es versteht sich von selbst, daß wir heute wie Tiger im Dschungel leben würden, wenn die Achtung vor dem Gesetz aus den Herzen der Menschen verschwunden wäre, so wie Regierungen und politische Parteien in Revolutionen verschwunden sind. Ich behaupte nicht, daß wir unsere Gesetze nie ändern dürfen. Jedes Gesetz muß mit dem kulturellen Niveau eines Landes in Einklang sein. Aber ich behaupte, daß das Gesetz geachtet werden muß und daß es sich als nötig erweisen kann, die Achtung vor dem Gesetz mit Gewalt zu erzwingen.«

Er sah zu Henri hinüber und fuhr fort:

»In unserem Lande gibt es eine Schicht von Menschen, die der Meinung ist, alles, was uns durch Tradition überliefert worden ist, sei der Konservierung wert. Selbst wenn ihre Vernunft zugunsten einer Neuerung spricht, sträubt sie sich gegen das Neue. Die meisten dieser Leute haben private Interessen im Spiel, und ich will mich nicht ausschließen. Aber es gibt auch solche, die wenig oder gar nichts zu verlieren haben, zugegeben, daß das anständige Leute sein können, die es gut meinen. Und ich glaube sogar, wir haben in mancher Hinsicht die gleichen patriotischen Anschauungen und stehen wahrscheinlich auf gemeinsamem Boden. Es scheint mir daher unvernünftig, unsere Kraft in Parteikämpfen zu zersplittern, eine Kraft, die ungeteilt sicher der Zukunft unseres Landes am besten nutzen würde. Mögen einige von uns ihre bigotte Anbetung des Nationalismus unterlassen und andere ihrem wirren Internationalismus abschwören!«

Bewegung. Zurufe ertönten.

»Aha, die neue Front! Der neue Staat.«

Andi erhob seine Stimme:

»Redet mir nicht so viel vom Staat, sprecht lieber vom Volk!«

»Auf unsere Rechte und Freiheiten verzichten?« rief einer aus seiner eigenen Partei.

Andi wartete, bis wieder Schweigen herrschte. Dann fuhr er mit ruhiger Stimme fort:

»Unsere sogenannte berühmte Freiheit! Wir werden einiges preisgeben müssen, um endlich die echte Freiheit zu finden! Seien wir mutig und geben wir unsere Fehler zu. Aber verlieren wir nicht den Glauben an die Kraft unseres Volkes. Ersparnisse und der Glaube an das Gold wird uns nicht zu einem neuen und besseren Staat führen, sondern nur der Glaube an uns selbst und der Wille, Opfer zu bringen.«

Henri war aufgesprungen und verlangte das Wort. Seine Gegner suchten ihn niederzuschreien.

»Ihr Maschinengewehrfabrikanten! Ihr Helden mit der Stahlrute! Ihr wollt das Volk verwirren, nicht retten!«

Seine Stimme ging im Lärm unter.

Schließlich hob der Präsident, der noch nie einen so wilden und plötzlichen Aufruhr erlebt hatte, die Sitzung auf. Er warf einen Blick auf seine Taschenuhr.

»Es geht auf den Mittag zu. Wir wollen lieber die Sitzung vertagen und ein bißchen frische Luft schnappen.«

Nach der Sitzung verließen die Ratsherren das Parlamentsgebäude und fanden sich in verschiedenen Wirtsstuben wieder zusammen. Diejenigen, die an ihre Frauen dachten, zogen ihre Taschenuhren und schlichen davon. Andi schloß sich ihnen an, da Silvelie gerade in Lanzberg war und ihn erwartete, um mit ihm nach Hause zu fahren.

»Müde?« fragte er Silvelie, als er sie begrüßte. Sie schüttelte den Kopf. Er öffnete ihr die Wagentür, wie damals, als sie miteinander zum ersten Mal im Auto ausgefahren waren.

Silvelie hatte sich ein wenig verändert. Die Steifheit ihres Arms war verschwunden. Sie konnte ihn jetzt ganz normal bewegen, und der Wegfall jeglicher Unbeholfenheit verlieh ihren Bewegungen eine neue Anmut. Die Mutterschaft hatte ihre frühere, etwas kindliche Eckigkeit beseitigt. Sobald sie aus Lanzberg draußen waren, gab ihr Andi einen herzhaften Kuß.

»Heute habe ich mich zum Narren gemacht«, sagte er. »Ich habe eine Rede gehalten, ich kann mich nicht einmal mehr genau erinnern, was ich gesagt habe. Am liebsten würde ich das Beste von jeder Partei nehmen und eine neue Partei mit einem neuen Programm gründen. Danach war mir heute zumute, als ich meine Rede hielt. Ich weiß nur, daß jedes Wort empfunden war. Henri hat mich während des ersten Teils der Rede immer mit einem spöttischen Lächeln angesehen.«

»Armer Henri«, sagte Silvelie mit einem Seufzer. »Hoffentlich hast du nicht die Arbeiter beschimpft!«

»Natürlich nicht!« und er fuhr fort: »Es ist nicht meine Schuld, daß Henri und ich nicht mehr so miteinander stehen wie früher. Es hat ihm Spaß gemacht, Herausgeber dieses Arbeiterblättchens zu werden. Mir ist es einerlei, wenn er mit seiner bösen Zunge über die Leute herfällt, solange er mich nicht persönlich angreift. Es war ja immer schon sein Geschäft, alles auf der Welt zu beschimpfen und anzugreifen.«

»Dich wird er nie persönlich angreifen«, unterbrach ihn Silvelie.

»Ach, ich weiß nicht. Die Macht steigt einem schneller zu Kopf als der Schnaps. Im Grunde genommen sind sie alle Kleinbürger.«

Sie fuhren den Feldweg entlang nach Schlans. Sobald Andi anhielt, eilte Silvelie ins Haus, um Tristan zu sehen.

Es ließ sich nicht übersehen, daß Silvelie seit ihrer Heirat einen steten Einfluß auf Andi ausübte. Durch ihre Liebe, ihre Schönheit und durch die unkomplizierte Klugheit ihrer leidenschaftlichen Natur beherrschte sie ihn. Er hatte fast vergessen, daß es noch andere Frauen auf der Welt gab. Und ihr Wunsch, das Leben und seinen wahren Sinn zu begreifen, machten sie zu einer idealen Gefährtin für ihn. Sie wurde des Disputierens nie müde und war immer bereit, ihr Wissen zu erweitern. Dennoch hatte sie gerade um der Liebe willen, die sie ihm entgegenbrachte, einen Teil ihrer früheren Eigenart geopfert und sich daran gewöhnt, die Probleme des Lebens mehr oder weniger mit seinen Augen zu betrachten. Aber es gab in ihrem eigenwilligen Charakter manchen heimlichen Winkel, den Andi noch nicht ergründet hatte.

»Ein sonderbares Wesen bist du«, sagte er des öfteren zu ihr.

Sie hatte sich jene reizende Leichtigkeit bewahrt, die ihn von Anfang an so mächtig angezogen hatte. Für Eigentum hatte sie wenig Sinn. Wenn sie überhaupt etwas für sich beanspruchte, so war er selbst es, und dann beanspruchte sie ihn restlos. Zuweilen hatte Silvelie seltsam düstere Stunden. Dann wurde sie mürrisch, melancholisch und mußte allein sein. Oft dauerten diese Stimmungen nur einen Tag, manchmal aber eine Woche oder noch mehr. Ihre sonst so heitere Stimmung war dann getrübt, ihre Bewegungen wurden fahrig, ihre Stimme rauh, und selbst in ihrem gemeinsamen Schlafzimmer wollte sie nicht mehr bleiben. Andi hatte versucht, dem Ursprung dieser Anfälle von Niedergeschlagenheit nachzugehen, hatte freundliche Fragen an sie gestellt und ihr seine Hilfe angeboten, doch vergebens.

»Ich kann nichts dafür, Andi! Kümmere dich nicht um mich. Es wird bald wieder vorbei sein.«

Schließlich und endlich war er sich darüber klar geworden, daß ihr sonderbares Benehmen mit ihrem früheren Leben, ihrer Familie und besonders ihrem Vater zusammenhängen mußte. Seiner Meinung nach war es insbesondere das Verschwinden ihres Vaters, das ihr Kummer machte. Sie schien die Hoffnung vollkommen aufgegeben zu haben, daß der alte Lauretz noch einmal zurückkehren würde. ›Sie muß diesen alten Gauner doch gern gehabt haben und leidet immer noch um ihn‹, dachte er bei sich. Es war wenig wahrscheinlich, daß der Alte von sich aus wieder auftauchen würde und wie sollte Andi es auch anstellen, ihn zurückzuholen? Er konnte nichts anderes tun, als diesem Thema verständnisvoll aus dem Wege zu gehen. Es war, als leiste das Schicksal selbst dem Mord im Jeff Helfersdienste, indem es einen Schleier über Andis Augen breitete.

Silvelie kam gewöhnlich mit frischem Schwung aus ihren melancholischen Stimmungen heraus, und man hörte ihre Stimme mit einem Male wieder munter durch das Haus schallen. Sie warf sich Andi an den Hals und lachte: »Bin ich nicht dumm?« Und er strich ihr sanft über das Haar und sagte:

»Wenn ich dich nur von dieser Krankheit heilen könnte!«

»Aber es gibt doch nichts zum Heilen, ich bin nun einmal so!«

6

Dr. Rosenroth, der erste Untersuchungsrichter von Lanzberg, erlitt einen Blutsturz, während er in seinem Büro am Schreibtisch saß. Es war seit langem bekannt, daß er nicht allzu gesund und stark überarbeitet war, sein Arzt hatte ihm oft Vorhaltungen gemacht. Dr. Rosenroth aber wollte, wie so viele gelehrte Männer, nicht auf seinen ärztlichen Ratgeber hören. Der Präsident schlug vor, Dr. Rosenroth einen längeren Urlaub zu gewähren und einen Vertreter zu ernennen, und es wollte ihm für diesen Posten kein besserer einfallen als Dr. von Richenau, der sich trotz seiner Jugend als ein guter Jurist bewährt hatte, überall beliebt war und Vertrauen genoß. Der Kleine Rat erörterte die Frage, und nach gewichtigem Kopfschütteln gaben die Ratsherren brummende Töne der Zustimmung von sich. Auf diese Weise wurde Andi vorübergehend erster Untersuchungsrichter von Lanzberg. Diese Veränderung fand in dem Augenblick statt, als Andi sich bereits auf den wohlverdienten Urlaub freute. Der Präsident aber versicherte ihm, er brauche deshalb keine Angst zu haben, er könne im Juli oder August seinen Urlaub nehmen, so wie er das ursprünglich beabsichtigt habe. Andi beschloß, Mitte Juli in Urlaub zu gehen und einige Wochen im Haus auf der Alp Err zu verbringen. Mit dem kleinen Haus oben im Juliertal waren für ihn so viele angenehme Erinnerungen verknüpft, daß er von nichts anderem mehr sprach und schon viele Tage vorher sein Angelgerät, seine Bergstiefel und seine Kleidung vorbereitete.

Zwei Tage vor seiner Abreise wurde er zum Präsidenten gerufen. Nach den üblichen, etwas schwerfälligen Begrüßungen bot ihm Dr. Gutknecht einen großen Sessel und die gewohnte Zigarre an, die Andi nahm und in die Tasche steckte. Nachdem sich der Präsident mit seinem Hörrohr den etwas verblichenen roten Bart gekratzt hatte, lehnte er sich zurück und musterte Andi mit festem, aber wohlwollendem Blick.

»So, so, ja, ja! Der arme Dr. Rosenroth ist nach Arosa abgereist. Anscheinend ist seine Lunge nicht in Ordnung. Der arme Mann. An den Büros kann es nicht liegen. Die Gesundheitskommission berichtet, daß die sanitären Verhältnisse in Ordnung sind.«

»Gewiß«, sagte Andi. »Aber ein bißchen zu nahe am Gefängnis.«

»Immerhin gesünder als die Zellen, wie?«

»Vermutlich.«

Dr. Gutknecht würdigte seinen eigenen Scherz durch ein etwas säuerliches Lächeln, legte die Zigarre weg, rieb sich heftig die trokkenen Hände und legte sie dann, Daumen an Daumen, auf ein großes, mit roter Schnur umwickeltes Aktenpaket, das auf seinem Schreibtisch ruhte. Dann sagte er mit leiser, fast unhörbarer Stimme:

»Können Sie sich an einen bestimmten Vorfall erinnern, vor ungefähr zwei Monaten, als ein gewisser Dr. Thur im Rat bestimmte Anschuldigungen gegen den verstorbenen Bezirksrichter Bonatsch in Andruss vorbrachte? Das heißt, um es genauer zu formulieren, dieser Mann machte gewisse Andeutungen im Zusammenhang mit bestimmten Urteilen des Bezirksgerichtes, die der verstorbene Richter Bonatsch gefällt hatte.«

»O ja«, meinte Andi, »ich erinnere mich. Die Kompetenz des Bezirksgerichts in Andruss wurde angezweifelt.«

»Richtig. Es hat ein ganz unnötiges Aufsehen erregt. Erstaunlich, wie gewisse Presseleute unaufhörlich die Behörden beobachten und sich auf die kleinste Kleinigkeit stürzen, die irgendwann einmal irgendwo nicht ganz stimmt. In diesem Falle möchte ich nicht gerade behaupten, daß der neue Bezirksrichter von Andruss drauf aus gewesen wäre, seinem Vorgänger eins auszuwischen. Es war bloß unklug von ihm, die Sache im Rat zur Sprache zu bringen. Er hätte vorher zu mir kommen können. Ich hätte ihm geraten, in der Öffentlichkeit nicht darüber zu sprechen. Jetzt habe ich mir die Sache angesehen und festgestellt, daß dieser neue Bezirksrichter zu Beginn seiner Amtszeit erst einmal reinen Tisch machen will. Er hat mich ersucht, einen Unparteiischen zu ernennen, der die Geschäfte des verstorbenen Richters prüfen soll. Anscheinend sind einige Sachen übriggeblieben, die erledigt werden müssen. Entsprechend dem Geschäftsgang hatte ich Dr. Rosenroth für diese Arbeit bestimmt. Aber der arme alte Rosenroth ist leider nicht sehr weit gekommen, und da sitze ich nun vor diesem Stapel von Protokollen, Urteilen et cetera und weiß nicht, was ich mit ihnen anfangen soll.

Ich finde einfach nicht die Zeit, um mich damit zu beschäftigen. Und deshalb habe ich an Sie gedacht, Dr. von Richenau. Die Untersuchung muß von jemandem geführt werden, der die Verantwortung tragen kann, denn der Verstorbene, Bonatsch, war in seinem Bezirk sehr populär, und man interessiert sich für den Fall. Er war einer dieser oberländischen Potentaten.«

Andi verschränkte die Arme.

»Muß ich auf meinen Urlaub verzichten, Herr Präsident?«

Dr. Gutknecht zog das Hörrohr aus dem Ohr, beschrieb einen großen Halbkreis und stellte es aufrecht auf ein Buch.

»O nein, o nein! Durchaus nicht, Herr Doktor, durchaus nicht!«

»Wann soll ich die Protokolle prüfen?«

»Ja, ich dachte mir, Sie könnten sie vielleicht während des Urlaubs durchsehen. Bei Ihrer großen Erfahrung werden Sie nicht lange dazu brauchen. Die Arbeit wird natürlich bezahlt.«

Andi wußte, daß das ein dienstlicher Auftrag war, und obgleich es ihm lästig fiel, während des Urlaubs an Arbeit denken zu müssen, zeigte er sich einverstanden.

»Es freut mich, daß Sie in diesem Punkt derselben Meinung sind wie ich, Herr Doktor«, sagte der Präsident und beugte sich gewichtig vor. »Ich möchte nur Ihre Aufmerksamkeit auf den Modus operandi lenken. Wenn Sie auf wichtige Rechtsfragen stoßen, die erörtert werden müssen, dann reichen Sie einen amtlichen Bericht ein. Finden sich Fälle von Mißwirtschaft oder ernsten Ungesetzlichkeiten, dann führen Sie selbst die Untersuchung weiter, vergessen Sie aber nie, daß Bonatsch sein eigener Aktuar und Protokollführer war. Wir beide machen uns keine Illusionen über das Gerichtswesen.

Wir sind beide nicht dafür, daß man Richter ernennt, die nicht viel mehr wissen als jeder beliebige Laie. Wir beide gehören nicht dieser Schule an. Daher muß der Öffentlichkeit diese Frage nachdrücklich zu Bewußtsein gebracht werden, denn es ist ja schließlich die Bevölkerung selbst, die ihre Zustimmung zu einer modernen Organisation des Gerichtswesens wird geben müssen. Sie verstehen, was ich meine?«

»Ich verstehe«, sagte Andi, »und werde mein Bestes tun, aber ich weiß nicht, ob das der richtige Augenblick ist, um neue Streitfragen vor die Öffentlichkeit zu bringen.«

»O nein, nein! Das wollen wir auch gar nicht. Aber wir sind alle überarbeitet, wir brauchen mehr Personal, und wenn wir unsere Wünsche durchsetzen wollen, dürfen wir nicht lockerlassen. Sie wissen, daß ich dieses wichtige Problem wiederholt im Kleinen Rat zur Sprache gebracht habe, aber es wurden mir nie die notwendigen Gelder im Budget bewilligt.«

In seiner Aufregung warf Dr. Gutknecht mit dem Ellbogen das Hörrohr vom Tisch. Andi hob es auf. Der Wille zu Reformen schien in der Luft zu liegen.

»Ich gebe Ihnen für diese Untersuchung weitesten Spielraum. Glauben Sie ja nicht, daß Sie jede Kleinigkeit genau untersuchen müssen«, sagte der Präsident. »Alles, was nicht wichtig ist, legen Sie ad acta. Wir wollen nicht ein Dutzend Fälle, in denen Bonatsch sich verhauen hat, neu aufrollen. Nehmen Sie nur die Fälle vor, die nach wirklicher falscher Auslegung der Gesetze, nach irriger Rechtsprechung aussehen, falls es solche Fälle gibt, was ich sehr bezweifle, und scheuen Sie sich nicht, Ihre persönlichen Ansichten und Vorschläge mit beizufügen.«

»Ich werde Ihren Rat befolgen, Herr Präsident.«

»Ich verlasse mich auf Ihren Scharfsinn, Herr Doktor. Ein Wichtigtuer könnte diese Gelegenheit benützen, um sich einen Namen zu machen. Ich weiß, daß Sie das nicht tun werden. Sie haben bereits einen Namen.«

Dr. Gutknecht sah nach der Uhr.

»Ich habe eine Sitzung«, sagte er und erhob sich von dem Stuhl.

»Welche Frist ist mir gesetzt?« fragte Andi.

»Keine. Bis zur Herbstsession haben Sie Zeit.«

»Danke, Herr Präsident.«

»Ich lasse Ihnen das Zeug in Ihr Zimmer schicken.«

Sie wechselten ein paar feierliche Höflichkeiten, und Andi verließ das Zimmer des Präsidenten. Am späteren Nachmittag wurde ihm das Paket überbracht. Nachdem er es herzhaft verflucht hatte, nahm er es mit sich nach Hause und legte es im Koffer zu seinen Urlaubsbüchern.

7

Die rötlichbraunen Läden des kleinen Hauses auf der Alp standen weit offen. Annelie, das junge Dienstmädchen, hing Wäsche an einem Strick auf, der an Lärchenstämmen befestigt war. Im Schatten eines Baumes lag Tristan auf einer Decke in seiner heidnischen Babynacktheit, spielte mit Fichtenzapfen und blubberte Blasen aus seinem Mäulchen. Seine Windeln lagen auf dem Gras ausgebreitet. Die Wiesen der Umgebung sahen wie Blumenteppiche aus. Auf einigen neugemähten Flecken weideten Kühe, und das ununterbrochene Läuten ihrer Glocken vermischte sich mit dem Rieseln und Plätschern des Baches, der durch die Schatten des angrenzenden Waldes lief.

Andi erhob sich von einem kleinen Nachmittagsschläfchen. Er kam aus dem Haus und fragte Annelie, wo Silvia sei. Das Mädchen sagte ihm, Frau Doktor sei mit dem Kindermädchen ins Dorf gegangen, um Vorräte einzukaufen. Andi spielte ein Weilchen mit seinem kleinen Sohn und kehrte schließlich ins Haus zurück. Zum ersten Male, seit er vor zehn Tagen auf die Alp heraufgekommen war, regte sich der Arbeitseifer in ihm, er holte Dr. Gutknechts Paket, das bis dahin ungeöffnet in einer versperrten Schublade gelegen hatte, trug es unter den Baum hinaus, legte es auf den Tisch, und machte es auf.

»Nun wollen wir uns einmal die Tätigkeit des alten Bonatsch ansehen.«

Er wickelte die rote Schnur zu einem Knäuel zusammen, schlug das Papier auseinander und erblickte einige Aktendeckel, die in Bonatschs sauberer Schönschrift mit Titeln versehen waren. Er sah sie durch, blätterte aufs Geratewohl in den Papieren, etwas erstaunt über dieses große Quantum gewissenhafter Handschrift. Offenbar war in Andruss die Schreibmaschine noch nicht Mode. Plötzlich fiel sein Blick auf den Namen Lauretz. Erstaunt zog er die Mappe heraus, auf der der Name stand, und las:

»Angelegenheit betreffend das Verschwinden des Lauretz Jonas, Sägemüller aus Jeff. Protokoll der Untersuchung bis zum heutigen Datum. Zeugenaussagen. Auf den Fall bezügliche Notizen, Berichte usw.«

Er zögerte, Widerwille regte sich in ihm. Dann öffnete er den Aktendeckel und begann zu lesen. Sein Interesse wuchs, er las immer schneller und beugte sich über den Tisch. Schließlich lehnte er sich in den Sessel zurück und starrte in den Wald. Dann las er weiter.

»Am 22. Januar 19... erschien Lauretz Niklaus, Sohn des Lauretz Jonas, von Beruf Sägemüller, und in der Gegend des Jeff, zwischen der Ortschaft Nauders und dem Yzollahospiz im Bezirk Andruss beheimatet, persönlich in meinem Büro und machte die hier beigefügte, vor meinen Augen ordnungsmäßig unterzeichnete und beglaubigte Aussage.

Johannes Bonatsch.«

Und nun folgte Niklaus' Aussage.

»Am 22. November vorigen Jahres kam mein Vater nachts gegen ein Uhr nach Hause ins Jeff. Er war in Zürich gewesen, um fünftausend Franken von der Nationalbank abzuheben, dieses Geld hatte meine Schwester Silvia von dem verstorbenen Matthias Lauters, dem Kunstmaler aus dem Chalet Lauters beim Yzollahospiz, geerbt. Mein Vater schien bei seiner Rückkehr in einem Zustand der Erregung zu sein. Ich glaube, er stand unter dem Einfluß von Alkohol. Meine Mutter und meine Schwester Hanna waren anwesend. Mein Vater war sehr schlecht gelaunt, weil er von Andruss herauf zu Fuß hatte gehen müssen, da ich Pferd und Wagen von Andruss nach Hause mitgenommen hatte, er hatte den Wagen dort stehenlassen. Um eine hitzige Auseinandersetzung zu vermeiden, zogen wir uns in den Stall zurück und ließen Vater allein im Haus. Wir blieben die ganze Nacht im Stall. Am Morgen gingen wir wieder ins Haus und machten das Frühstück. Mein Vater war auch dabei, er beschimpfte uns, und sagte:
›Ich habe dieses Leben satt. Ich gehe weg. Ich habe jetzt endlich

etwas Geld, und wenn ich keinen von euch wiedersehe, ist es mir auch egal.‹ Ich machte ihn darauf aufmerksam, daß er das Geld meiner Schwester Silvelie genommen hatte, daß es von Rechts wegen nicht ihm gehörte. Ich sagte, wir hätten kein Geld und würden verhungern, da wir im Augenblick keine Gelegenheit hätten, etwas zu verdienen. Nach einigem Streiten warf mein Vater fünfhundert Franken auf den Tisch und verließ das Haus, um das Pferd anzuspannen. Aber das Pferd lahmte von zu vieler Arbeit, und mein Vater ging zu Fuß weg. Das war ungefähr um neun Uhr morgens. Es herrschte dichter Nebel, und ich kann nicht genau sagen, ob er zum Yzollapaß hinauf- oder nach Andruss hinuntergegangen ist. Seit diesem Tage ist mein Vater nicht wieder nach Hause gekommen und hat sich auch mit keinem von uns in Verbindung gesetzt. Ich benachrichtige hiermit das Bezirksgericht von Andruss, daß es die nötigen Schritte unternimmt, um meinen Vater zu suchen, da wir alle gerne wissen möchten, was aus ihm geworden ist.

Unterzeichnet in Anwesenheit von Johannes Bonatsch:

Niklaus Lauretz.«

Das war die von dem Präsidenten mit Nummer eins bezeichnete Aussage. Es schien Andi offensichtlich, daß Niklaus sie erst niedergeschrieben, nachdem er dem Richter die Tatsachen mitgeteilt, und daß der letztere sozusagen Niklaus beim Schreiben die Hand geführt und sogar hier und dort seine Orthographie verbessert hatte. Dann folgten drei weitere Aussagen, Nummer zwei, drei und vier, die von Martha Maria Lauretz, geborener Curay, von Hanna Lauretz und von einem gewissen Jöry Wagner, Tagelöhner, stammten. Die Aussagen der Frau Lauretz und der Hanna hatten fast den gleichen Wortlaut wie Niklaus' Aussage. Hanna aber hatte hinzugefügt, daß der Vater neue Schuhe, einen neuen Hut und einen neuen Mantel getragen habe. Silvelie war damals offenbar nicht zu Hause gewesen. Die Aussage des Tagelöhners Jöry Wagner war ganz kurz, in Richter Bonatschs Handschrift niedergeschrieben und vom 30. Januar datiert. Sie lautete:

»In der Nacht vom 22. November war ich in meiner Hütte bei meiner Frau, die gerade im Sterben lag. Am nächsten Morgen erzählte mir die Familie Lauretz, daß Herr Lauretz zu Hause gewesen und wieder weggegangen war. Er schuldete mir 352 Franken Lohn, die mir der junge Niklaus versprochen hat, daß er sie mir später einmal bezahlen wird. Gestern, den 29. Januar, bin ich nach Ilanz gegangen, wo die Familie Lauretz jetzt wohnt, um von Niklaus meinen Lohn zu verlangen. Niklaus hat mich aufgefordert, mit ihm nach Andruss zu gehen und vor Richter Bonatsch diese Aussage zu machen.

Jöry Wagner.«

Alle diese Aussagen klangen so unbestimmt, daß Andis Neugier erwachte. Nun las er eine längere Unterredung zwischen Richter Bonatsch und Silvelie, die erst am 1. März stattgefunden hatte und die der verstorbene Bezirksrichter selber niedergeschrieben hatte.

Ich habe heute Silvia, die Tochter des Lauretz Jonas, vorgeladen und ihr Fragen vorgelegt und sie diese Fragen beantworten lassen, wie folgt:
F. Wo waren Sie in der Nacht des 22. November?
A. Ich war in Zürich.
F. Warum waren Sie nach Zürich gefahren?
A. Ich fuhr zu Dr. Aarenberg, dem Anwalt des verstorbenen Malers Lauters, um mich nach dem Geld zu erkundigen, das Maler Lauters mir in seinem Testament hinterlassen hatte.
F. Was ist mit diesem Geld geschehen?
A. Als ich mit Dr. Aarenberg zur Bank kam, wurde uns mitgeteilt, daß Vater es zwei Tage vorher abgehoben hatte.
F. Welche Bank war das?
A. Die Nationalbank.
F. Wann kamen Sie aus Zürich ins Jeff zurück?
A. Ich kam am 23. November zurück, mit dem Spätnachmittagszug aus Lanzberg.
F. Wußten Sie, daß Ihr Vater während Ihrer Abwesenheit nach Hause gekommen und wieder weggegangen war?

A. Nein.
F. Hat man es Ihnen mitgeteilt?
A. Ja.
F. Wer hat es Ihnen mitgeteilt?
A. Mein Bruder Niklaus. Er kam mir bis nach Nauders entgegen und ging dann mit mir wieder nach dem Jeff zurück.
F. Wußte er denn von Ihrer Ankunft?
A. Ich schrieb aus Zürich einen Brief, in dem ich meinen Leuten meine Ankunft mitteilte.
F. Hat Ihnen Ihr Bruder erzählt, was in der Nacht des 22. geschehen war?
A. Er hat mir alles erzählt.
F. Was hat er Ihnen erzählt?
A. Er sagte, Vater sei sehr spät nach Hause gekommen, er habe getrunken gehabt, aber der Fußmarsch von Andruss herauf habe ihn ein bißchen nüchtern gemacht. Er sei sehr zornig gewesen, als er hörte, daß ich ihm nach Zürich nachgefahren war. Sie gingen ihm aus dem Weg und verbrachten die Nacht im Stall. Am Morgen kam Vater herunter. Er beschimpfte sie, warf fünfhundert Franken auf den Tisch und verließ dann das Haus.
F. Hatte Ihr Bruder Niklaus die fünfhundert Franken?
A. Ja, er zeigte sie mir.
F. War es nur ein Schein?
A. Fünf Hundertfrankenscheine.
F. Haben Sie sich im allgemeinen mit Ihrem Vater gut vertragen?
A. Jeder weiß, was für ein Mensch er war.
F. Sie glauben nicht, daß bei dem Verschwinden Ihres Vaters etwas nicht mit rechten Dingen zugegangen ist?
A. Ich glaube das nicht.
F. Sie verdienen sich jetzt Ihren Lebensunterhalt selbst?
A. Ich bin seit zwei Wochen ohne Arbeit und wohne bei meiner Familie in Ilanz. Aber ich fange nächste Woche wieder zu arbeiten an.
F. Arbeiten alle Ihre Angehörigen?
A. Alle bis auf Mutter.
F. Wann haben Sie Jöry Wagner zum letztenmal gesehen?

A. An dem Tag, nachdem mein Vater weggegangen war.
F. Wann hat er das Jeff verlassen?
A. Am selben Tag.
F. Wußten Sie, daß seine Frau im Sterben lag?
A. Ja, ich habe für sie alles getan, was ich konnte.
F. Hat Ihr Bruder Niklaus Jöry Wagner Geld gegeben?
A. Ja.
F. Wieviel?
A. Ich weiß es nicht.
F. Warum hat er ihm Geld gegeben?
A. Als Lohnzahlung.
F. War sein Lohn schon lange fällig?
A. Ja.
F. Wie lange?
A. Ich weiß es nicht.
F. Wußten Sie, wo Jöry Wagner hinwollte?
A. Ja. Ich forderte ihn auf, seine Frau in das Bezirksspital zu schaffen.
F. Hat er das getan?
A. Ja. Seine Frau ist dort eine Woche später gestorben.
F. Ist Jöry nachher wieder ins Jeff gekommen?
A. Ja.
F. Was wollte er?
A. Er wollte noch Geld haben.
F. Für geschuldeten Lohn?
A. Ja.
F. Hat er etwas bekommen?
A. Niklaus versprach ihm, er würde ihm den rückständigen Lohn bezahlen, sobald er dazu in der Lage sei.«

Ein Ereignis der Vergangenheit, das Silvelie und folglich auch ihn aufs engste berührte, wurde Andi plötzlich mit einer Unmittelbarkeit aufgedrängt, die ihn begreifen ließ, wie wenig er eigentlich über ihr früheres Leben wußte, und wie sehr dieses Leben sich von der Vorstellung unterschied, die er sich selber zu machen versucht hatte. Seltsamerweise war er sich selber, vielleicht infolge der außerordentlichen Überlegenheit Silvelies gegenüber ihrer Familie, kaum richtig der Tatsache bewußt geworden, daß er mit Frau Lauretz, Hanna und Niklaus gesetzlich verwandt war oder zumindest in einer gewissen Verbindung stand. Sogar der idiotische Mannli, der seit einem Jahr in einem Heim für geistig minderwertige Kinder lebte, war sein Schwager. Silvelie betrachtete er als ein Geschenk des Himmels, aber er brachte sie in Gedanken nie mit ihrer Familie in Verbindung. Sie war in jeder Hinsicht jenen Menschen überlegen, sie gehörte an seine Seite. Wenn er ihren Leuten mit ehrlicher Freundschaft begegnet war und ihnen aus der Klemme geholfen hatte, dann hatte er das nicht getan, weil er für sie verwandtschaftliche Gefühle empfunden hatte, sondern nur aus gewöhnlicher menschlicher Teilnahme. Er war freundlich zu ihnen gewesen, weil er wußte, daß seine Frau ihr Schutzengel war, daß sie sich auch um ihr Wohlergehen kümmerte und daß sie ihr viel bedeuteten.

Andi war sich durchaus darüber im klaren, daß er durch seine Heirat die Tradition seiner Familie verletzt und sich von ihr abgesondert hatte. Das kümmerte ihn wenig. Er hatte tiefere und schärfere Begriffe vom Leben als seine in konventionellen Anschauungen befangenen Angehörigen. Sein Blick reichte weiter als der ihre. Im übrigen fand er den Unterschied zwischen den Lauretz' und den Frobischs oder auch den Richenaus nicht so groß. Silvelie war seine Wirklichkeit geworden. Ihre Familie war gerade ein wenig mehr mit ihm verbunden, als die vielen Menschen, die genauso wie er von Adam und Eva abstammten.

Was den alten Lauretz betraf, so war es für Andi immer ein tröstlicher Gedanke gewesen, daß er den alten Gauner nicht gekannt hatte, und daß er verschwunden war. Im geheimen hatte Andi sogar gehofft, daß er irgendwo wohlgeborgen unter der Erde ruhte. Die häufige Wiederholung des Namens Jonas Lauretz in den Papieren, die jetzt vor ihm lagen, machte auf Andi einen seltsamen Eindruck. Es überfiel ihn eine große Unruhe. Ein Umstand wurde ihm klar: Der Zusammenhang zwischen ihm und dem alten Lauretz konnte dem Präsidenten nicht bekannt sein, sonst hätte er ihm nicht diese Dokumente gegeben. Da Lauretz sein Schwiegervater war, hatte er rechtlich nicht die Befugnis, sich mit dieser Angelegenheit zu beschäftigen. ›Aber ich kann die Sache jetzt nicht aus den Händen geben‹, dachte Andi bei sich. ›Ich muß sie mir sorgfältig überlegen, bevor ich etwas unternehme.‹

Und so wurde er, ohne es zu ahnen, zu jener Macht, die den Schatten des alten Lauretz gleichsam aus dem Grabe heraufbeschwor, damit er abermals die Armen peinigte, die er verfolgt und gepeinigt hatte, solange er auf Erden wandelte.

Andi sah sogleich, daß in dem ganzen Verfahren große Unregelmäßigkeiten vorgekommen waren. Richter Bonatsch war nicht befugt gewesen, ohne die Unterstützung einer höheren Instanz eine derartige Untersuchung durchzuführen. Andi suchte sorgfältig nach der Abschrift einer Benachrichtigung des Kantonalgerichtes. Es war keine da. Und es fehlten auch die Instruktionen der höheren Instanz. Die Einvernahme Silvelies stellte also in rechtlicher Beziehung mehr oder weniger nur eine private Unterredung dar. Andi las voll Erstaunen die Abschrift der von einem Polizeisoldaten namens Dieterli unterzeichneten Polizeiberichte, in denen der letztere mitteilte, daß er die Umgebung des Jeff sorgfältig durchsucht, auch hier und dort an einzelnen Stellen, wo die Erde erst kürzlich durchwühlt worden zu sein schien, nachgegraben, aber keinerlei Spuren einer Gewalttat, keinerlei Blutspuren und keinen Leichnam gefunden habe. In einer weiteren Untersuchung, die später stattgefunden hatte, protestierte Niklaus im Namen der Familie gegen das Vorgehen des Polizisten. Die Sammlung enthielt ferner das Protokoll einer Unterredung zwischen Richter Bonatsch und Silvelie, die zwei Jahre zuvor im Juni stattgefunden hatte, und die Abschrift zweier amtlicher Verlautbarungen.

»Jonas Lauretz, Sohn des Sigismund Lauretz und der Irene, geb. Droller, Sägemüller im Jeff, im Bezirk Andruss, hat am 22. November 19... sein Haus verlassen, und man hat seither nichts mehr von ihm gesehen oder gehört. Alle Personen, die über den besagten Jonas Lauretz, ob tot oder lebendig, Mitteilungen zu machen haben, werden aufgefordert, solche Mitteilungen innerhalb von zwölf Monaten ab heute an die unterzeichneten Behörden zu richten ...«

Die zweite Verlautbarung war acht Monate später datiert.

»Das Bezirksgericht Andruss wird von den gesetzlichen Erben des Jonas Lauretz, Sägemüller aus dem Jeff, ersucht, ihn für verschollen zu erklären.

Jonas Lauretz hat am 22. November das Jeff mit unbekannter Bestimmung verlassen und seit damals kein Lebenszeichen mehr gegeben. Personen, die über das Leben oder den Tod des Obenerwähnten Mitteilungen zu machen haben, werden hiermit aufgefordert, sich innerhalb eines Jahres ab heute bei dem unterzeichneten Bezirksgericht zu melden. Im Falle, daß solche Mitteilungen nicht einlaufen sollten, wird das unterzeichnete Gericht auf erneutes Ansuchen der Erben gemäß Art. 36 und 37, S. Z. G., den Jonas Lauretz für verschollen erklären.«

Um diese Verlautbarung zu erlassen, hätte Richter Bonatsch die Vollmacht einer höheren Instanz einholen müssen. Wo war die Vollmacht? Andi blätterte sämtliche Papiere durch und fand nicht eine einzige Zeile, die zwischen Bonatsch und einem höheren Gericht gewechselt worden war. Es schien Andi fast unmöglich, daß ein Mann wie Bonatsch seine eigenen Befugnisse so lächerlich wenig kennen und die Vorschriften der Gerichtsordnung so völlig außer acht lassen sollte. Um einen Menschen für verschollen zu erklären, muß die begründete Annahme, ja fast die Gewißheit bestehen, daß die plötzlich verschwundene Person zur Zeit des Verschwindens in unmittelbarer Lebensgefahr gewesen war. Hatte im Falle des alten Lauretz eine unmittelbare Lebensgefahr bestanden?

In dem Polizeibericht hieß es:

»Ich habe in Andruss eingehende Erkundungen angestellt. Niemand hat Lauretz am 23. November oder nachher gesehen. Er hat keine Fahrkarte auf dem Bahnhof genommen. Es scheint nicht, daß an diesem Tag jemand nach Italien hätte hinüber können, weil auf dem Yzolla viel Schnee gefallen war. Die Zollbeamten und Grenzwachen haben an dem obenerwähnten Datum niemand die Grenze überschreiten sehen.«

Allem Anschein nach also konnte dem Alten nur von einer Seite her unmittelbare Lebensgefahr gedroht haben: Falls er auf dem Yzollapaß in einen Schneesturm geraten war. Andi fand es sogleich höchst unwahrscheinlich, daß der alte Sägemüller im Schnee umgekommen sein sollte, obgleich Richter Bonatsch es für möglich, ja sogar für wahrscheinlich gehalten haben mußte.

Andi klappte die Mappe zu, ein Gefühl des leisen Grauens überkam ihn. Je mehr er nachdachte, desto größer wurde sein Erstaunen. Der Zufall, daß diese Aktensammlung gerade in seine Hände geraten war, schien das Geheimnisvolle des Falles nur noch zu steigern. Es sah wirklich so aus, als wollte eine böse Gewalt ihm einen schauerlichen Streich spielen. Er wußte sogleich, was im Augenblick seine Pflicht war: Er mußte die Angelegenheit dem Präsidenten Gutknecht zurückgeben, da er nicht befugt war, diesen sonderbaren Fall zu beurteilen und entsprechend den Anweisungen des Präsidenten abzuschließen. Dieses Aktenmaterial mußte in andere Hände kommen. Ein anderer würde die Dinge nachprüfen müssen, die Silvelie und ihn selbst so eng berührten. Die Untersuchung würde nicht lange geheim bleiben, sie würde bald an das Licht der Öffentlichkeit gelangen. Gerade, weil er mit der Familie verschwägert war, konnte dabei ein Skandal von noch unbekanntem Ausmaß entstehen. Wie ein Mensch, der von der Bergeshöhe aus ein Panorama betrachtet, sah Andi Kette um Kette häßlicher Möglichkeiten vor seinen Blikken sich entfalten, und seine Furcht wurde immer größer, während eine Wolke nach der andern vor seinen Augen wich und seine eigene Frau sich hüllenlos mitten in das gespenstische Bild hineinzustellen schien. Nein, er mußte sich das gründlicher überlegen! Glücklicherweise hatte er Zeit bis zum Herbst! Und es waren auch noch alle anderen Angelegenheiten des verstorbenen Bonatsch nachzuprüfen. Er brauchte keinen voreiligen Entschluß zu fassen.

Er packte das Paket ein, trug es ins Haus und sperrte es in die Schublade. Als er sich dem Fenster näherte, hörte er zwei singende Frauenstimmen, einen Sopran und einen Alt. Silvelie und das Kindermädchen kamen den Weg entlang, einen Einkaufskorb in den Händen.

8

Silvelie kam ins Zimmer.

»Schöne reife Erdbeeren!« rief sie und hielt ein kleines Körbchen in die Höhe. Plötzlich aber ließ sie den Arm sinken und sah Andi forschend an.

»Was ist denn los?«

»Nichts«, sagte er müde. »Ich habe Kopfschmerzen, ich glaube, es zieht sich ein Gewitter zusammen.«

»Armer Andi! Du bist zu lange im Bach beim Fischen gewesen! Du hast dich erkältet.«

Er schüttelte den Kopf.

»Nein – es ist wohl nur die drückende Hitze. Ich werde versuchen, mir durch einen Spaziergang zu helfen.«

Er sprang auf und verließ hastig den Raum. Erstaunt blickte sie ihm nach. Sie ahnte, daß während ihrer Abwesenheit etwas Unangenehmes passiert sein mußte. Aber was konnte es gewesen sein? Sie fragte Annelie, und das Mädchen sagte ihr, der Herr Doktor habe unter dem Baum gesessen und gelesen.

»Was hat er denn gelesen? Einen Brief?«

»Ich weiß es nicht, Frau Doktor.«

Silvelies Unruhe wurde noch größer.

Inzwischen spazierte Andi durch den Wald. Diesmal achtete er nicht auf seine Umgebung. Nicht einmal die Forellen im Bach konnten seine Aufmerksamkeit erregen, obgleich sie munter aus dem Wasser hüpften. Es war, als ahnten sie, daß ihr Feind sie jetzt lange Zeit nicht mehr belästigen würde.

Viele kleine Einzelheiten, die den alten Lauretz betrafen, tauchten vor Andis innerem Auge auf, viele dunkle Dinge, über die Silvelie nie gesprochen hatte. Aber er war ja diesem Thema stets aus dem Wege gegangen! Die Frage, die ihn jetzt am meisten quälte, war: Wer hatte vor ihm diese Aktenmappe in der Hand gehabt? Das mußte er sofort feststellen. Er blieb stehen und starrte ausdruckslos vor sich hin. Silvelies zweite Unterredung mit dem Richter Bonatsch fiel ihm ein. Warum hatte sie ihm nie davon erzählt, ihn niemals auch nur um seinen Rat gebeten? War er nicht ein weit fähigerer Jurist als Richter

Bonatsch? Warum hatte sie sich immer so unbestimmt ausgedrückt, wenn von ihrer Familie die Rede war? Aus einer tieferen Bewußtseinsschicht rief er sich ins Gedächtnis zurück, daß ihm gelegentlich, besonders ganz zu Anfang seiner Bekanntschaft mit Silvelie, der Gedanke durch den Kopf geschossen war, es könnte mit dem alten Lauretz etwas Unrechtes geschehen sein. Aber er wußte, daß sein Geist wie ein unendlich wandelbares Kaleidoskop war, daß seine Phantasie in spielerischer Weise Situationen, Bilder und Vorstellungen ersinnen konnte, die ihn mit Grauen und Abscheu erfüllten.

›Unsinn. Wahrscheinlich ist Bonatschs Verdacht durch irgendein idiotisches Geschwätz unnütz erregt worden – Dorftratsch. Deshalb hat Niklaus sich bei ihm beklagt. Ich muß mir diesen Gedanken aus dem Kopfe schlagen. Ich darf mich nicht von ihm gefangennehmen lassen. Bonatsch hat ihn zweifellos weit von sich gewiesen ...‹

Ein wenig getröstet machte er sich auf den Heimweg. Er war entschlossen, fürs erste nicht mit Silvelie zu sprechen. Unterwegs aber fielen ihm wieder gewisse Sätze aus Niklaus' Aussage ein. »Ich glaube, er stand unter dem Einfluß von Alkohol.« – »Mein Vater war sehr schlechter Laune.«

– »Um eine hitzige Auseinandersetzung zu vermeiden « – »Nach einigem Streiten « Und am Schluß: »Da wir alle gerne wissen möchten, was aus ihm geworden ist.« Und später, viel später dann, war Niklaus zu Bonatsch gegangen und hatte behauptet, er handle auf seinen, Andis Rat hin. Er hatte Niklaus in dieser Angelegenheit nie einen Rat erteilt.

Wer war dieser Tagelöhner Jöry Wagner?

»Das Pferd lahmte.«

Andi erinnerte sich an seinen Besuch im Hause der Lauretz im Jeff, seinen ersten und einzigen Besuch. Niklaus hatte ihm die Sägemühle und den Stall gezeigt. Er erinnerte sich, als ob es gestern gewesen wäre, wie Niklaus mit der Hand über Schnufis Fell strich und sagte: »Was sagen Sie zu unserem Gaul? Jetzt wird er schon bald fünfzehn, und es hat ihm noch nie etwas gefehlt.« Und er hatte Niklaus gefragt:

»Auch nicht an dieser dicken Sehne?«

»Nicht einmal an dieser dicken Sehne!« hatte Niklaus beteuert.

Wenn es sich um Pferde handelte, hatte Andi ein gutes Gedächtnis. Aber es wäre sehr dumm gewesen, aus solchen gelegentlichen Redereien Schlüsse ziehen zu wollen.

Als er zu Hause ankam, legte ihm Silvelie die Hände auf die Schulter und sah ihn fragend an:

»Ich fühle mich jetzt bedeutend wohler«, erwiderte er. Ja, ihr Anblick schon tröstete und ermutigte ihn. Den Abend über schien er heiter, aber er spürte, daß es Komödie war. Während sein Mund mit scheinbarer Lebhaftigkeit redete, sandte sein Geist Fühler aus, die im Dunkel nach der Wahrheit tasteten. Denn so war nun einmal sein Charakter, daß trotz seiner vielen Fehler und Mängel eine Leidenschaft ihn beherrschte, die Leidenschaft für die Wahrheit. Durch das offene Fenster wehte der Kieferndruft herein. Sie legte eine Patience, dieselbe Patience, die Andis Mutter ihr gezeigt hatte.

»Silvelie«, sagte er, »ich muß morgen nach Lanzberg fahren. Ich habe im Amt etwas vergessen. Es ist mir erst heute eingefallen.«

»Soll ich dich begleiten?«

»Nein, das ist nicht nötig.«

»Langweile ich dich?«

»Unsinn!«

Sie legte weiter ihre Karten.

Nichts war zu hören, als der Bach und ab und zu das Rascheln der Bäume, wenn der Nachtwind über sie hinwegstrich.

Kälte stahl sich in Silvelies Herz. Sie spürte, daß sich in Andi etwas verwandelt hatte. Ihre Gedanken wanderten zur Via Mala zurück, und eine große Angst befiel sie. Aber sie blieb stumm. Es war, als habe sich zwischen ihnen der Schatten des alten Lauretz erhoben.

9

Frühmorgens holte Andi das Auto aus dem Schuppen. Silvelie stand dabei, den kleinen Tristan auf den Armen. Sie sah, wie Andi ein Paket unter den Führersitz legte.

»Was hast du denn da, Andi?«

»O nichts. Einige Papiere, die ich durchsehen mußte. Ich will sie in Lanzberg lassen.«

Er sah sie nicht an, während er mit ihr sprach.

»Wann kommst du zurück?«

»Sobald wie möglich.«

»Heute noch?«

»Ich glaube kaum. Es wird mir zu viel, an einem Tage hin und zurück.«

»Morgen?«

»Ich glaube schon. Jedenfalls komme ich so schnell wie möglich.«

Er küßte Tristan, und als er Silvelie küssen wollte, reichte sie ihm nur die Wange. Er forderte nicht ihre Lippen.

›Es ist etwas mit ihm los‹, dachte sie, während sie ihm nachsah, wie er langsam den schmalen Weg hinunterfuhr, der zur Julierstraße führte. Andi fuhr sehr rasch nach Lanzberg und geradewegs in den Gefängnishof. Herr Volk kam aus seiner Pförtnerloge und machte erstaunte Augen.

»Guata Tag, Herr Doktor!«

»Ich komme hier schnell mal vorbei, Herr Volk, will nachsehen, wie es hier steht.«

»Sehr still, Herr Doktor!«

»Sehr still, so, so. Wenn keine Richter da sind, bleiben auch die Verbrecher weg. Ist Herr Amman da?«

»Der Herr Aktuar ist in seiner Kanzlei.«

›Wirklich eine unnütze Frage!‹ dachte Andi, während er den Korridor entlangging und dann sein Zimmer betrat.

Er legte das Paket auf seinen Tisch und riß die Fenster weit auf.

›Hier stinkt es wie in einem Archiv!‹ sagte er zu sich, und es roch auch so, als hätten während seiner kurzen Abwesenheit die Bücher und Papiere in dem Zimmer zu verwesen begonnen. Auf seinem Schreibtisch türmte sich ein Stapel bürokratischen Plunders. Stöße von Zeitungen und bedrucktem Papier. Er fegte das ganze Zeug in den Papierkorb.

»Ein Berg voll Mist!« murmelte er. Und fügte dann, mit lauter Stimme hinzu: »Sagen Sie bitte Herrn Amman, daß ich hier bin.«

»Jawohl, Herr Doktor«, erwiderte Herr Volk und verließ das Zimmer, respektvoll die innere und die äußere Tür hinter sich schließend.

Andi setzte sich. Nun, da er sich wieder von den Wänden seines Amtszimmers umgeben fühlte, erwachte in ihm sein altes Selbstvertrauen. Hier jedenfalls war er der Herr und konnte tun, was ihm paßte. Hier herrschte Verschwiegenheit. Er drückte einen elektrischen Knopf. Wenige Minuten später klinkte die äußere Tür, und ein Klopfen ertönte.

»Immer herein«, rief Andi.

Herein kam Amman, ein magerer Herr in mittleren Jahren mit einem maskenhaften Gesicht, einem kahlen Kopf und falschen Zähnen. Hinter dem einen Ohr hatte er einen langen Federstiel, hinter dem anderen einen Bleistift. Aus seiner Tasche ragten zwei Füllfederhalter hervor, in brüderlicher Nachbarschaft mit einem roten und einem blauen Stift, mit Spitzen so scharf wie Nadeln. Eine gewaltige Reserve an Schreibmaterial.

»Guata Tag, Herr Doktor!«

Es klang, als hätte ein Ziegenbock gesprochen.

»Tag, Herr Amman«, erwiderte Andi. »Ich habe noch ein paar Sachen zu erledigen, weil ich gerade vorbeikam ...«

»Schneider Max, Herr Doktor?«

»Warum? Ich werde mir seinetwegen doch nicht den Kopf zerbrechen. Er bekommt mindestens fünf Jahre und kann ruhig noch einen Monat sitzen. Es sind noch eine Menge Zeugen zu verhören. Wenn er Glück hat, rechnet ihm das Gericht die Untersuchungshaft an. Inzwischen genießt er die kleinen Vergünstigungen ... Wie kommen Sie auf den Mann?«

»Die Polizei, Herr Doktor ...«

»So, die Polizei!« unterbrach ihn Andi. »Was hat denn die Polizei damit zu tun? Die Leute sollen warten und sich um ihre eigenen Angelegenheiten kümmern ... Ich wollte Sie um folgendes bitten. Telefonieren Sie nach Arosa, in das Sanatorium, in dem Dr. Rosenroth sich gegenwärtig aufhält, und fragen Sie den Herrn Doktor, ob ich ihm heute einen kurzen Besuch abstatten darf.«

»Jawohl, Herr Doktor.«

»Und legen Sie die private Leitung in mein Zimmer.«

»Jawohl, Herr Doktor.«

»Ich werde wieder nach Ihnen klingeln.«

Herr Amman nahm den Federstiel hinter dem Ohr hervor, steckte ihn waagerecht zwischen die Lippen und schlurfte zum Zimmer hinaus.

Nun öffnete Andi das Paket und ordnete die Aktenmappen, sieben an der Zahl. Im Augenblick aber interessierte ihn nur der Fall Lauretz. Er entnahm seiner Bibliothek einige Gesetzbücher, sah alle Paragraphen durch, die auf die Untersuchung Bezug haben konnten, und frischte sein Gedächtnis auf. Dann zündete er sich eine Zigarette an und ging im Zimmer auf und ab.

Das Telefon läutete. Herr Amman teilte mit, Dr. Rosenroth würde sich freuen, Dr. von Richenau in Arosa zu empfangen. Andi sperrte sofort die Mappen ein, und wenige Minuten später saß er in seinem Auto. Um die Mittagsstunde kam er im Bergsanatorium an und fragte nach Dr. Rosenroth. Eine Pflegerin führte ihn die Treppe hinauf auf einen Balkon, wo Andi seinen Kollegen ausgestreckt auf einer Chaiselongue liegen sah. Dr. Rosenroth hatte nie sehr gesund ausgesehen. Von bleicher Gesichtsfarbe, dunkeläugig, in Schwarz gekleidet, auf dem Kopf einen weichen, breitrandigen schwarzen Filzhut – so war er stets eine furchteinflößende Erscheinung gewesen, nicht nur für die Missetäter, die unter seine »sanfte« Obhut gerieten, sondern auch für unschuldige Leute, die ihm auf der Straße begegneten. Jetzt waren seine Augen schwarz umrandet, die Hand, die er Andi reichte, war weiß, und seine Stimme dumpf.

»Guata Tag, Herr Kollege! Das ist eine große Freude, die ich vollauf zu würdigen weiß.«

Die Pflegerin brachte einen Stuhl und lächelte Andi wie eine Frau an, die Jahr für Jahr unter Schwindsüchtigen lebt und sich freut, einen athletischen, sonnengebräunten Mann zu erblicken.

»Ich wollte einmal sehen, wie es Ihnen geht«, sagte Andi herzlich.

»Oh, es geht mir schon viel besser«, erwiderte Dr. Rosenroth mit schwacher Stimme.

»Bitte, mein Herr«, sagte die Pflegerin, »der Herr Doktor darf nicht aufgeregt werden. Er braucht völlige Ruhe.«

»Ruhe! Ruhe! Ruhe hab ich genug«, sagte Dr. Rosenroth. Er beugte sich vor, wartete, bis die Pflegerin gegangen war, und flüsterte dann vertraulich:

»Nicht einmal eine Zigarette! Haben Sie eine für mich?«

Andi sah sich um. Die Pflegerin war verschwunden.

Er gab Dr. Rosenroth ein paar Zigaretten, die der Kranke gierig packte.

»Sie glauben immer, sie wissen alles, diese Ärzte«, sagte er. »In Wirklichkeit aber wissen sie sehr wenig von den Lebenssäften, die in uns sind. Behandeln einen immer wie einen Todeskandidaten. Ich habe meinem Arzt gestern abend erzählt, daß Prinz Wilhelm von Oranien schwindsüchtig war und daß er trotzdem viele Jahre gelebt hat, einer der größten Staatsmänner und Generale der Geschichte, der jede Woche auf die Hirschjagd ging und soviel trinken konnte wie ein Herzog von Burgund. Und was sie einem hier für Lektüre aufdrängen! Romane von hübschen jungen Mädchen, die am Fenster ihrer elterlichen Wohnung sitzen und immerfort nähen oder spinnen. Wer spinnt denn heutzutage? Dann kommt der dumme Liebhaber, ein junger Pastor oder ein Fremder, der geheimnisvoll auftaucht, und zum Schluß ein brennendes Haus. Manche dieser stupiden Romanschreiber scheinen verhinderte Brandstifter zu sein. Auf dem Nachbarbalkon sitzt ein Mann, der liest nur Gottfried Keller und bezeichnet ihn als den größten Schriftsteller aller Zeiten, und da drüben auf diesem Balkon haust eine Dame, die früher einmal Opernsängerin war. Sie empfängt in ihrem Zimmer die Besuche eines jungen serbischen Politikers. Bei Tag und bei Nacht. Dann reden sie wohl über Politik, die Haare würden einem zu Berge stehen, wenn man zuhören könnte. Schließlich haben wir hier einen Wiener Nervenarzt, der sich mit mir über Pansexualität unterhält. Glauben Sie mir, Herr Kollege, ich lebe hier unter lauter Verrückten.«

»Sie werden bald imstande seine, ihnen den Rücken zu kehren«, tröstete ihn Andi.

Er schaltete das Gespräch auf berufliche Fragen um. Zuerst sprach er über einige Fälle, die er von Dr. Rosenroth übernommen hatte, und schmeichelte dem beruflichen Können seines Kollegen.

Schließlich kam er auch auf die Angelegenheit Richter Bonatsch zu sprechen, mit deren Prüfung Dr. Gutknecht ihn beauftragt hatte.

»Ich habe mir die Sache durch den Kopf gehen lassen«, meinte Dr. Rosenroth »Ich beneide Sie nicht, Herr Kollege. Es ist immer eine heikle Aufgabe, die Angelegenheiten eines Verstorbenen nachzuprüfen. Man weiß nie, was dabei herauskommt.«

»Könnten Sie mir einen Rat geben?«

Dr. Rosenroth zuckte die Achseln.

»Was würden Sie tun, wenn Sie diese Untersuchung zu führen hätten?«

»Ich? Ich würde wahrscheinlich ein bis zwei besondere Fälle, krasse Fälle, falls es solche gibt, heraussuchen, mich auf diese Fälle konzentrieren und alles übrige beiseite lassen. Aber – ich weiß eigentlich fast gar nicht, worum es sich handelt. Ich habe mir das Zeug noch nicht angesehen. Auch der Präsident ist nicht im Bilde. Wenn dieser neue Bezirksrichter etwas vorsichtiger gewesen wäre, hätte man das alles auf dem Verwaltungsweg erledigen können. So aber scheint er mit dem alten Bonatsch einen persönlichen Zwist gehabt zu haben und ist aus diesem Grunde an den Großrat herangetreten. Kennen Sie ihn?«

»Nicht persönlich.«

»Ein ehrgeiziger kleiner Dorfadvokat! Ich kenne ihn schon seit vielen Jahren. Ein Bonatsch mit all seinen Fehlern wiegt zehn dieser aufdringlichen Kulturbesen auf. Es gibt Autokraten und Demokraten. Ich ziehe den Typ Bonatsch vor. Jammerschade, daß diese Patriarchen alle aussterben. Sie sind für unser Land ein sehr großes Plus gewesen.«

Dr. Rosenroth zog die Zigaretten hervor, die Andi ihm geschenkt hatte, sah sie sehnsüchtig an und steckte sie wieder in die Tasche. Dann lächelte er.

»Haben Sie schon einmal einem Gefangenen Zigaretten geschenkt?«

Andi rieb sich das Kinn.

»Und Sie, Herr Kollege?«

Sie sahen einander an.

»Es ist gegen die Gefängnisordnung.«

Beide lächelten.

Andi fühlte sich erleichtert. Dr. Rosenroth hatte offenbar die Akten über den Fall Lauretz ebensowenig zu Gesicht bekommen wie die übrigen, die der Präsident ihm anvertraut hatte. Eine schrille Klingel begann durch das ganze Sanatorium zu gellen. Die Pflegerin erschien, und ihr bloßer Anblick wirkte wie ein Reizmittel auf Dr. Rosenroth, denn er begann zu husten und tastete nach seinem Silberfläschchen. Andi stand auf, wandte sich ab, bis der Kranke mit seinem Husten und Spucken fertig war. Dann verabschiedete er sich nach einigen höflichen Bemerkungen und guten Wünschen herzlich von ihm. Als er im Auto saß, war ihm leichter zumute, unendlich leichter jedenfalls als eine Stunde zuvor.

Aber als er sich Lanzberg näherte, überfiel ihn abermals die Last seiner Gedanken. Obgleich er jetzt so ziemlich davon überzeugt war, daß vor ihm noch niemand die Affäre des alten Bonatsch untersucht hatte, war schließlich immer noch der neue Bezirksrichter da.

Andi nahm in Madame Roberts Konditorei eine kleine Erfrischung zu sich. Madame Robert freute sich über das Wiedersehen und richtete eine Unmenge Fragen an ihn: Er war gezwungen, den Liebenswürdigen zu spielen. Aber sowie er sein leichtes Mahl verzehrt hatte, bezahlte er und ging. Er begab sich geradewegs in seine Kanzlei und läutete nach Herrn Amman, der sogleich erschien. Andi diktierte ihm einen Brief an das Bezirksgericht in Andruss und ersuchte das Gericht in entschiedenem Ton, ihm die gesamte Korrespondenz zu übersenden, die während der letzten vier Jahre zwischen diesem Gericht und dem Hauptgericht hin und her gegangen war. Dann befahl er, ihm sämtliche Andrusser Akten aus dem Archiv der Gerichtskanzlei in sein Zimmer zu bringen, ebenso die Gefängnisprotokolle aus jener Zeit, in der Lauretz seine Strafe abgesessen hatte.

»Und bringen Sie mir den Gummistempel und das Siegel der ›Gerichtskommission‹«, fügte er hinzu.

Diese Untersuchung mußte in den Mantel strenger Anonymität gehüllt bleiben.

›Mein Name darf nicht genannt werden‹, dachte Andi.

Am Abend fuhr Andi nach Schlans. Er machte die Runde durch seinen Besitz, schaute nach den Tieren und nach den Vögeln. Ottos Frau schlug vor, ihm im Hause ein Abendessen zu kochen.

»Nein«, sagte Andi, »wenn du nichts dagegen hast, werde ich mit euch essen.«

Am späten Abend setzte er sich mit ihnen zu Tisch. Danach ging er ins Haus hinüber. Ringsum war alles still, als wäre das Haus ausgestorben. Silvelies Bett stand leer neben dem seinen. Die Türe zu Tristans Zimmer stand offen. Wieder öffnete er die blaue Aktenmappe, las die Papiere durch und machte sich einige Notizen. Er war hellwach, Fragen über Fragen stürmten auf ihn ein. Das Rätsel des alten Lauretz wurde immer geheimnisvoller.

›Geduld, Geduld!‹ sagte er zu sich. ›Laß dich nicht von Stimmungen beeinflussen!‹

Er ging in den Garten hinaus. Die Bauern genossen ihren Schlaf nach der ermüdenden Arbeit des Tages. In den Bäumen war alles still. Kein Laut kam von den Feldern. Menschen und Tiere erfreuten sich ihrer Ruhe in der Stille der warmen Nacht. Andis Sinne aber schliefen keinen Augenblick. Seine geistigen Kräfte waren hellwach. Schließlich kehrte er in sein Zimmer zurück. Und wieder griff er nach den Dokumenten, als wolle er sich gewaltsam die Antwort auf die vielen Fragen erzwingen, die sich seinem Gehirn aufdrängten.

›Es hat alles keinen Zweck‹, sagte er schließlich und legte die Papiere in die Mappe zurück. ›Ich muß warten.‹

Er drehte das Licht ab, das Haus versank in Finsternis.

Schon vor neun Uhr war er wieder im Amt. Die Gefängnisregister lagen auf einem Tischchen, Schachteln voll Karten, die sauber in alphabetischer Reihenfolge bezeichnet waren. Er fand die Karte, die er brauchte.

»Lauretz, Jonas. Alter einundfünfzig. Sägemüller. Jeff. Bezirksgericht Andruss. Protestant. Verheiratet. Gewicht bei Einlieferung: Hundertundzwei Kilo. Körperlicher Zustand: Robust. Vier Monate. Vergehen: §§ 19, 24, 81, 145. Starke Neigung zum Alkoholismus. Jähzornig. Neunmal verwarnt. Drei Wochen Einzelhaft. Ärztliche

Behandlung wegen Trunksucht. Weist geistlichen Beistand zurück. Nach drei Monaten leichte Besserung. Hat sich verpflichtet, abstinent zu bleiben.«

Andi schrieb die Karte ab und legte die Abschrift in die Mappe. Dann blätterte er sorgfältig die Korrespondenz durch, die zwischen Richter Bonatsch und dem Kantonalgericht hin und her gegangen war. Es gab da eine Reihe von Angelegenheiten, die den gewöhnlichen Geschäftsweg gegangen waren: Ansuchen um Bestätigung von Urteilen, Fälle, die das Appellationsgericht betrafen. Nirgends aber war der Name Lauretz erwähnt. Andi atmete auf.

Um sich zu zerstreuen, begann er die Berichte über den Vorfall zu studieren, der die Interpellation im Rat veranlaßt hatte. Es war behauptet worden, Dr. Bonatsch habe seinen persönlichen Einfluß in einem Rechtshandel geltend gemacht, der vor dem Zivilgericht in Lanzberg hätte verhandelt werden müssen. Andi las automatisch weiter, es fiel ihm schwer, sich für etwas anderes als die eine Sache zu interessieren, die ihn so sehr bewegte. Er ahnte noch nicht, wie wichtig diese Berichte waren. Erst zu einem späteren Zeitpunkt sollte er erkennen, warum sie so wichtig waren. Langsam erwachte in ihm ein Mißtrauen gegen Silvelie. Sie mußte mehr wissen über all diese Vorgänge, als sie ihm jemals anvertraut hatte.

Ihre Familie war von schwerer Sorge belastet, und Silvelie hatte sich nie um Rat an ihn gewandt. Sie mußte doch gewußt haben, daß er der Mann sei, der ihnen helfen konnte. Hätte sie ihn gleich zu Anfang gefragt, so wäre er zu Bonatsch gegangen und hätte die ganze Sache in ein normales ordentliches Geleise gebracht. Aber nein – sie war statt dessen immer sehr vage und empfindlich gewesen, so empfindlich, daß er schon aus Zartgefühl die Angelegenheit nicht weiter verfolgt hatte. Auch er hatte Fehler gemacht. Schopenhauer sagt, ein Verliebter sei wie ein Mensch im Nebel. Und Andis Sinne waren umnebelt gewesen, erst jetzt kam er wieder ins helle Licht.

Es wurde ihm klar, daß er vor allem Silvelie bitten müsse, die volle Wahrheit zu sagen. Dies würde ihn beruhigen, und er konnte danach entscheiden, was mit den Akten zu geschehen habe.

Er nahm seine Notizen an sich, sperrte die Dokumente ein und teilte Herrn Amann mit, daß er in die Berge zurückfahre.

11

So wie eine Gemse den Kopf hebt und die Nähe des Jägers wittert, so ahnte Silvelie die Nähe der Gefahr, die ihr und ihrer Familie drohte. Sie fühlte, daß Andi auf der Spur ihres Vaters war. Das ereignislose Schweigen seit dem Tode Richter Bonatschs war ihr von Anfang an unheilverkündend erschienen. Mehrmals hatte sie mit Niklaus telefoniert und von ihm etwas Neues wissen wollen, aber er hatte ihr nichts Neues sagen können.

›Ich hab nichts mehr gehört.‹ Oder: ›Ich hab den neuen Präsidenten bei Volkert getroffen, er spielte dort Karten. Er hat mich angeschaut, meinen Gruß erwidert und freundlich gelächelt.‹ Oder: ›Ich traue mich nicht zu ihm hin, ich hab Angst, er wird hundert Fragen an mich richten.‹

Niklaus schien überzeugt, daß nach Ablauf der gesetzlichen Frist die Verschollenheitserklärung veröffentlicht werden würde. Er glaubte daran, weil er hoffte, daß es so kommen würde. Silvelie aber mißtraute der Güte des Schicksals. Sie war nun lange genug die Frau eines Untersuchungsrichters, um zu wissen, daß das Gesetz niemals schläft, daß selbst die glattesten Fische nur selten ungehindert durch das Netz der Paragraphen schlüpfen. Nicht umsonst hatte Andi ihr erzählt, daß es im Kanton der dreihundert Gletscher kein Verbrechen gebe, dessen zweiter Akt nicht früher oder später in seinem Amtszimmer in Szene gesetzt würde. Ein schrecklicher Prozeß, der damit enden würde, daß ihre Angehörigen viele Jahre ins Zuchthaus mußten, schien drohend näher zu rücken.

Silvelie ging Andi nicht entgegen, wie es sonst ihre Gewohnheit war, sondern erwartete ihn im Haus. Sie hörte ihn die Stufen heraufkommen und die Schuhe an der Türmatte abstreifen. Tristan saß draußen unter dem Baum. Warum hatte Andi seinen Sohn nicht begrüßt? Er hatte den Kleinen gar nicht beachtet.

Sie kam sich völlig wehrlos vor. Als er ins Zimmer trat, konnte sie es kaum über sich bringen, ihn mit einem Lächeln zu begrüßen.

Seine hohe, aufrechte Gestalt reichte fast bis an die Decke. In dem kleinen Zimmer sah er riesengroß aus.

»Da bin ich wieder. Alles in Ordnung?«

Er trat auf sie zu. Sie bot ihm die Wange. Er küßte sie, ohne ihre Lippen zu suchen und sah sie von der Seite an.

»Du siehst müde aus.«

Sie wußte, daß sie blaue Schatten um die Augen hatte. »Ich kann nicht schlafen, wenn du nicht da bist.«

»Warum nicht? Du hast doch Tristan?«

»Wo hast du gestern nacht geschlafen?«

»Ich war zu Hause in Schlans.«

Er goß sich ein Gläschen ein und zündete sich eine Zigarette an. Silvelie fühlte sich außerstande, gelassen und natürlich zu erscheinen. Sie ging hinaus und holte Tristan herein, reichte Andi das Kind hin. Er küßte es, nahm es aber nicht auf den Arm. Sie ging hinaus und setzte Tristan unter den Baum.

Als sie dann bei Tisch einander gegenübersaßen, hatten mit einemmal ihre Zweifel ein Ende. Noch bevor sie den Sinn seiner Worte erfaßte, merkte sie an seinem absichtlich gleichgültigen Tone, an seinem freundlichen, aber neutralen Benehmen, daß er etwas entdeckt haben mußte.

»Weißt du, Silvelie, du könntest mir einmal etwas mehr über deinen Vater und sein Verschwinden erzählen. Sei nicht aufgeregt, weil ich mit dieser Frage zu dir komme.«

»Ich bin nicht aufgeregt. Warum auch? Es ist nur natürlich, daß du fragst.«

»Ich weiß es nicht«, sagte er behutsam. »Ich stelle nicht gern Fragen, von denen ich weiß, daß sie weh tun.«

Unwillkürlich seufzte sie. Daß er so ganz allgemein von »Fragen, die weh tun«, sprach, verletzte sie.

»Wie kommst du auf den Gedanken, daß es mir weh tun könnte, wenn du mir Fragen stellst?«

»Weil ich deine Empfindlichkeit kenne. Aber du brauchst keine Angst zu haben. Es ist mir wirklich ganz einerlei, ob dein Vater ein schlechter Mensch war. Du brauchst dich nicht zu schämen, wenn du mit mir über deinen Vater sprichst.«

Er hielt inne und fügte hinzu: »Du brauchst dich auch nicht zu fürchten.«

Sie legte Messer und Gabel beiseite.

»Ich schäme mich nicht, und ich fürchte mich nicht. Ich dachte, ich hätte dir alles erzählt. Oder nicht? Habe ich dir nicht schon alles erzählt, als ich dich kaum kannte – erinnere dich –, in deinem Auto, als wir am Gefängnis vorbeikamen?«

»Ich erinnere mich. Damals war ich für dich noch ein Fremder. Manchmal ist es leichter, über gewisse Dinge mit einem Fremden zu sprechen als mit einem Menschen, den man genau kennt.«

»Aber du weißt doch sicher alles, was man wissen kann«, sagte sie und sah ihm gerade in die Augen.

»Ja?« sagte er. Er senkte den Blick. »Jedenfalls könnte ich einiges von dem, was du mir erzählt hast, vergessen haben, und deshalb frage ich dich noch einmal. Es wird etwas geschehen müssen, um die Angelegenheit endgültig in Ordnung zu bringen. Sie ist für uns beide immer noch eine peinliche Bedrohung. Du weißt, wie sehr ich Klarheit liebe und wie sehr ich Dunkelheit und Verwirrung hasse.«

»Ist hier Dunkelheit und Verwirrung?«

»Ja. Sehr viel!« erwiderte er und begann zu essen.

Sie beobachtete ihn mit forschenden Blicken, beunruhigt, ängstlich, verwirrt.

»Du hast mir nie erzählt, daß Bonatsch im Zusammenhang mit dem Verschwinden deines Vaters eine gerichtliche Untersuchung eingeleitet hat«, sagte Andi plötzlich und legte Messer und Gabel beiseite.

»Eine gerichtliche Untersuchung?«

»Ja. Er war dazu nicht befugt. Wenn er Verdacht hegte, mußte er die Gerichte in Lanzberg benachrichtigen.«

»Hat denn eine gerichtliche Untersuchung stattgefunden?«

»Das Grundstück durchsuchen und überall nachfragen – was meinst du, was das ist?«

»Ich bin überzeugt, wenn Richter Bonatsch eine solche Untersuchung angestellt hat, dann wollte er damit nur den Leuten klarmachen, daß alle Gerüchte grundlos waren.«

Sie lehnte sich in ihrem Stuhl zurück.

»Was für Gerüchte?«

»Alte Feinde meines Vaters versuchten, uns Scherereien zu machen.«

Andi schüttelte düster den Kopf.

»Warum hast du mir nie etwas von diesen Dingen erzählt, Silvelie? Du hattest eine Unterredung mit Bonatsch und hast mir kein Wort davon gesagt.«

»Es war nicht nötig, dir etwas zu sagen«, erwiderte sie schnell. »Ich habe Bonatsch nichts erzählt, was ich nicht auch dir irgendwann einmal erzählt hätte.«

»Das weiß ich nicht. Vielleicht hast du einige Punkte vergessen. Deshalb frage ich dich noch einmal. Erzähl mir, was du weißt, alles!«

»Frage, was immer du fragen willst«, sagte sie, und ihre Wangen röteten sich. »Ich werde dir gern und bereitwillig antworten.«

»Ja?« »Gewiß.«

Ihre Züge waren ein wenig verzerrt, und ihre Miene erschreckte ihn.

Am meisten Kopfzerbrechen machte Andi bei der ganzen Geschichte die (für ihn) neue Person des Tagelöhners Jöry Wagner. Es war ihm nicht klar, warum Niklaus diesen Mann veranlaßt hatte, freiwillig eine Aussage zu machen. Ein geheimnisvoller Instinkt bewog ihn, sich diese Person auszusuchen, um Genaueres über sie in Erfahrung zu bringen. Der bloße Name Jöry Wagner quälte ihn.

»Sag mir: Wer ist dieser Jöry Wagner?« Er stützte das Kinn in die Hand und beugte sich vor.

»Jöry? Das ist ein Tagelöhner, der bei meinem Vater gearbeitet hat.«

»War er lange bei euch?«

»Ungefähr sieben oder acht Jahre.«

»Verheiratet?«

»Ja«, sagte sie und wurde wieder rot.

Andi wechselte den Ton.

»Warum wirst du rot, Silvelie?« fragte er freundlich. »Ist denn das etwas Schreckliches, daß der Mann verheiratet war?«

»Das ist es nicht«, erwiderte sie mit trockener Stimme. »Aber –« Sie hielt einen Augenblick lang inne. »Da du es wissen willst, Jörys Frau hatte ein Kind, einen Jungen, Albert, und der war nicht Jörys Sohn – sondern der Sohn meines Vaters.«

Andi schaute auf seine Hand hinunter.
»Noch mehr Verwandte!« murmelte er trocken.
»Machst du das mir zum Vorwurf?«
»Liebes Kind – natürlich nicht! Außerdem ist es mir gleich. Vielleicht habe auch ich uneheliche Halbbrüder herumlaufen, von denen ich nichts weiß. Aber nun sag mir einmal: War dein Vater diesem Wagner noch Lohn schuldig?«
»Ich glaube, ja. Mein Vater hatte nie Geld für uns. Was er hatte, gab er bei fremden Leuten aus.«
Eine neue finstere Perspektive tat sich vor Andi auf.
»Hat Niklaus dem Wagner das Geld bezahlt?«
»Ich weiß es nicht«, sagte Silvelie.
Ihre Stimme wurde hart. Sie klang anders als sonst.
»Aber du mußt es doch wissen!« sagte er sanft. »Versuch doch einmal, dich zu erinnern, Liebes!«
Sie schwieg.
»Warst du nicht damals in Ilanz, als der Mann zu euch kam, um sein Geld zu fordern?«
»Vielleicht. Ich kann mich nicht erinnern.«
»Aber du hast doch Bonatsch erzählt, daß du damals in Ilanz warst.«
»So? Dann muß ich wohl dort gewesen sein. Aber ich kann mich jetzt nicht mehr erinnern, daß ich den Jöry damals gesehen habe.«
»Hat Niklaus dir nichts von Jörys Besuch erzählt?«
Sie schüttelte den Kopf. Plötzlich packte sie ein Gefühl der Schwäche und Verzweiflung. Das war ein Verhör, das sie nicht erwartet hatte. Sie sah, wie Andis Züge sich immer mehr verhärteten, obgleich seine Stimme sanft und leidenschaftslos blieb. Kälte nahm von ihr Besitz. Aber sie konnte nicht die Wahrheit sagen. Nein, sie konnte es nicht! Auch jetzt sollte er ihr nicht das schreckliche Geheimnis entreißen, daß sie solange gehütet hatte.
»Wie sieht denn übrigens der Jöry aus?«
»Er ist ein Buckliger mit einer langen Hakennase, schmalen Lippen und scheußlichen Zähnen.«
Andi nickte rasch. »Ich scheine ihn jetzt zu kennen. Es gibt gewisse Typen, die ich auf den ersten Blick durchschaue. Selbst ein

geistiger Blick genügt. So, als ob man den Schwanz einer Schlange sieht. Man braucht nur die Schwanzspitze zu sehen und weiß, daß es eine Schlange ist. Warst du nicht überrascht, Silvelie, als du aus Zürich zurückkamst, und sie dir erzählten, was zu Hause vorgefallen war?«

Silvelie wurde von einer schrecklichen Verzweiflung gepackt. Sie erstickte ein Stöhnen in der Kehle.

»Andi«, sagte sie mit zitternder Stimme. »Warum richtest du diese Fragen an mich, als ob ich eine Angeklagte in deinem Amtszimmer wäre?«

Er beugte sich über den Tisch, griff nach ihren Händen und hielt sie fest.

»Verzeih mir«, sagte er, »ich muß es tun. Ich habe den Auftrag erhalten, das Durcheinander zu ordnen, das Bonatsch zurückgelassen hat. Der Fall deines Vaters gehört zu einer Reihe von Fällen, mit denen ich mich als gerichtlicher Kommissar zu beschäftigen habe. Für den Augenblick ist die Sache ganz in meinen Händen, aber ich weiß nicht, wie lange das noch so bleiben wird. Jedenfalls muß ich klar sehen. Ich kann nicht mit verbundenen Augen handeln.«

»Hat Richter Bonatsch etwas Unrechtes getan?«

»Soweit ich sehen kann, ist er nach eigenem Gutdünken vorgegangen, ohne die Sache an ein höheres Gericht zu verweisen. Er dachte natürlich nicht daran, daß er sterben könnte, und daß dann ein anderer gezwungen sein würde, den Fall zu übernehmen. Er hat seine Befugnisse überschritten, das ist der ganze Jammer. Jetzt weißt du Bescheid, Silvelie. Und ich erwarte von dir, daß du mir nach Kräften hilfst. Wir müssen die Geschichte untersuchen, ob sie uns paßt oder nicht, und sehen, wie wir weitermachen.«

»Was soll ich tun?«

»Du sollst mir die ganze Geschichte von Anfang an erzählen: Von der Zeit deiner Abreise nach Zürich an bis zu dem Augenblick, da du für immer aus dem Jeff weggingst.«

»Ich werde dir alles noch einmal erzählen.«

Und sie erzählte mit stockender Stimme genau dieselbe Geschichte, die sie Richter Bonatsch erzählt hatte, und paßte sehr auf, daß ihr Gedächtnis sie nicht in die Irre führte.

»Mehr kann ich dir nicht erzählen«, schloß sie, »weil das alles ist, was ich weiß.«

Er ließ ihre Hände los und lehnte sich schweigend zurück. Plötzlich fing sie zu weinen an, stand auf und ging in das Schlafzimmer. Er eilte ihr sogleich nach, faßte sie um die Schultern und drückte sie fest an sich. Eine irrsinnige Zärtlichkeit packte ihn. Er küßte sie. Nein, sie durfte keinen Augenblick lang denken, daß er bereue, sie geheiratet zu haben! Sie schob ihn weg und sank auf ihr Bett. Aber als er sich über sie beugte, um sie zu trösten, rief sie: »Geh weg, geh weg, Andi! Ich kann es nicht ertragen!«

Er ging wieder ins Nebenzimmer, setzte sich und schlug mit den Knöcheln gegen die Tischkante. »Ob das wirklich alles ist, was sie weiß?« murmelte er. Lange Zeit saß er grübelnd da. ›Sie hat mir nicht alles erzählt‹, dachte er. ›Wenn sie lügt, muß die Wahrheit fürchterlich sein!‹

Am nächsten Morgen gingen sie spazieren, aber es war ein peinlicher Gang; ihre Seele war voll Angst und die seine von so schweren Zweifeln geplagt, daß beide schwiegen. Der enge Kontakt zwischen ihnen war zerrissen. Sie ging ein Stück hinter ihm. Ihre Augen ruhten auf seinen breiten Schultern, die ein wenig herabhingen, so daß man nur allzu deutlich sah, wie tief seine Betrübnis war. Er kam ihr wie ein Fremder vor. Was würde er nun tun? Sie wußte, daß sich ihre Wege von nun an trennen würden. Der Augenblick, vor dem sie sich immer gefürchtet hatte, war gekommen. Hier endete ihr Wissen um Andi, hier begann das Fremde in ihm. Er hatte sie merken lassen, daß sein Vertrauen zu ihr erschüttert war. Binnen kurzem würde sich vielleicht auch die Liebe, die er für sie empfunden hatte, in Haß verwandeln. Sie überlegte, ob es nicht besser wäre, sofort zu ihm zu gehen und alles zu erzählen, statt abzuwarten, bis er am Ende die Wahrheit entdeckte. Aber sie gab den Gedanken sogleich wieder auf. Nie, um keinen Preis, würde sie an sich selber zur Verräterin werden. Nein, lieber würde sie sterben, als jetzt die Wahrheit sagen, denn gerade das Verschweigen der Wahrheit war ihr tiefstes Leid geworden. Sie hatte ihr Glück mit einer Lüge erkauft, und kein ehrliches Eingeständnis konnte daran etwas ändern. Sie mußte den Preis zahlen, und mochte ihre Qual noch schrecklicher werden, sie mußte sie standhaft ertragen, damit ihren Leuten vielleicht um ihres Leides willen verziehen würde. Das Gefühl, daß sie das Verbrechen anderer auf sich nehme und ihre Bürde trage, diese geheimnisvolle Entsühnungslehre gab ihr mit einem Male neue Kraft.

Ganz in ihre Gedanken versunken hatte sie nicht bemerkt, daß Andi ihr schon vorausgegangen war. Als sie das Haus betrat und die Treppe ins Schlafzimmer hochging, fand sie ihn dort beim Kofferpacken. Sie lehnte sich an die Tür und sah ihm schweigend zu. Er war so aufgeregt, wie sie das an ihm noch nie erlebt hatte. Mit hastigen, ruckartigen Bewegungen preßte er seine Sachen in den Koffer. Er fühlte ihre Gegenwart, wagte aber nicht, sie anzusehen.

»Ja. Ich gehe weg. Ich kann diese Ungewißheit nicht mehr ertragen. Ich fühle mich hier nicht sicher.«

Er machte den Koffer zu, hob ihn auf und ging zur Tür hinaus. Wenige Sekunden später fuhr er davon.

12

An einem heiteren Sommermorgen erhob sich Niklaus in aller Frühe. Er sollte einen neuen Auftrag für ein Schulgebäude bekommen und wartete unruhig auf die Bestätigung des Auftrages durch das Kantonale Baudepartement. Bevor er hinausging, um sich in seinem Betrieb umzusehen, begab er sich in sein Büro, ein Zimmer mit einem großen Fenster, einem Schreibtisch und einigen Regalen mit Mappen. Auch eine alte Schreibmaschine, ein neues Telefon sowie ein Stoß Schreibpapier und blaue Umschläge mit aufgedruckter Firmenadresse gehörten zur Ausstattung. Niklaus fegte mit einem Besen den Boden und staubte die Möbel ab. Dann sperrte er das Büro feierlich zu, spazierte über den Lagerplatz und maß mit seinen Blikken die aufgestapelten Holzvorräte. Bisher hatte er mit seinem Unternehmen Glück gehabt. Zweifellos. Aber die wirkliche Ursache seines Erfolges war sein unermüdlicher Fleiß, denn nie war er müßig, und wenn die Säge nicht arbeitete, wurde er schlaff und fühlte sich unglücklich.

›Arbeitslosigkeit. Pah! Ein Märchen! Für alle ist Arbeit da!‹ dachte er und vergaß ganz, daß er selbst arbeitslos sein würde, wenn Andi nicht an die zehntausend Franken in das Geschäft hineingesteckt hätte.

Der Postbote kam zwischen den Bretterstapeln auf Niklaus zu und überreichte ihm einen Eilbrief. Niklaus erkannte Silvelies Handschrift. Er steckte den Brief in die Tasche, beendete die Arbeit, mit der er eben beschäftigt war, und zog sich in sein Büro zurück. Denn es stand für ihn fest, daß alle Briefe ins Büro gehörten und im Büro gelesen werden mußten.

War er noch einen Augenblick zuvor voller Hoffnung, genügte dieser Brief, um ihn mit einem Schlag einer so grausamen Wirklichkeit gegenüberzustellen, daß er durch und durch erschüttert war.

»Jetzt kann ich dir sagen, warum wir seit Bonatschs Tod nichts mehr gehört haben«, schrieb Silvelie. »Unser Fall ist an das Lanzberger Gericht weitergeleitet worden und in Andis Hände geraten. Er wird ihn jetzt untersuchen. Ich habe keinen von euch verraten, aber ich kann euch nicht versprechen, daß Andi nicht selbst die Wahrheit herausfinden wird. Es besteht die Möglichkeit, daß er sie nicht herausfindet, aber das hängt davon ab, ob er euch alles glauben wird, was ihr ihm erzählt. Ich kann nichts mehr tun. Ich habe bisher schon so viel durchgemacht – noch ein wenig mehr, und ich sterbe. Aber ich habe schreckliche Angst um euch, mehr kann ich im Augenblick nicht sagen.«

Niklaus war zumute, als verkrampften sich seine Eingeweide. Er sprang auf, ging umher, setzte sich wieder hin. Im selben Augenblick läutete das Telefon.

»Das ist sie!« rief er und sprang auf.

Aber als er den Hörer abnahm, hörte er Andis Stimme.

»Hallo, Niklaus! Guata Tag! Wie geht's?«

»Recht gut, Herr Schwager.«

Er konnte es nicht über sich bringen, Andi anders anzureden.

»Hören Sie«, sagte Andi, »Ich muß mit Ihnen sprechen. Ich habe hier sehr viel zu tun. Können Sie sich heute frei machen?«

»Mein Motorrad ist nicht in Ordnung.«

»Können Sie nicht mit dem Zug kommen?«

»Muß es heute sein?«

»Es wäre mir recht. Ich bin in Urlaub, wie Sie wissen.«

Niklaus trat von einem Bein aufs andere, wie ein Mensch, der Schmerzen leidet.

»Ich werde sehen, ob ich das Motorrad reparieren lassen kann.«

»Was ist denn los damit?«

»Die Ölleitung hat ein Loch.«

»Schieben Sie ein Stück Gummischlauch darüber, aber kommen Sie her! Es ist wirklich ziemlich wichtig.«

»Wo sind Sie denn jetzt?«

»Bei mir zu Hause in Schlans, aber ich fahre nach Lanzberg in meine Kanzlei. Suchen Sie mich dort auf.«

»Ich werde tun, was ich kann«, erwiderte Niklaus. »Aber es wird Nachmittag werden.«

»Ausgezeichnet. Ich erwarte Sie.«

Andis Stimme war verschwunden. Niklaus legte langsam den Hörer auf. Tödlicher Ernst trat in seine Augen.

»Himmel Donner Maria!« brummte er. »Jetzt muß ich aufpassen!«

Frau Lauretz saß, wie gewöhnlich, in ihrem windgeschützten Winkel. Sie hatte die Hände im Schoß und betrachtete leeren Blicks das ferne Dorf und die Kirchtürme, die im Tale sichtbar waren, als plötzlich Niklaus auftauchte.

»Muattr, ich muß mit dir und Hanna sprechen.«

»Was ist los, Niklaus?« sagte Hanna, die in der Türe erschien.

Leichenblaß humpelte Niklaus ihr entgegen.

»Lies, was Schwester Silvelie schreibt! Lies!« stieß er hervor und reichte Hanna den Brief.

Sie las ihn mit leiser Stimme vor.

»Jeses Maria« rief Frau Lauretz. »Jetzt kommt es heraus!«

»Was kommt heraus?« schrie Niklaus. »Nichts kommt heraus! Jetzt müssen wir durchhalten, weiter nichts! Ich fahre sofort nach Lanzberg zu Silvelies Mann. Er will mit mir sprechen, und ich habe mir gedacht, es ist besser, wenn ich euch vorher verständige.«

Hanna schob sich eine dicke Haarlocke aus der Stirn.

»Was kann er schon tun?« sagte sie etwas verächtlich. »Er ist Silvelies Mann! Er ist doch unser Schwager!«

»Glaubst du, ich habe das nicht schon vorher gewußt, du Schlaue!« sagte Niklaus heiser. »Natürlich ist er unser Schwager.«

Er zeigte auf Frau Lauretz.

»Sie ist seine Schwiegermutter.«

»Und was sollte er denn herausfinden?« rief Hanna. »Bald sind es drei Jahre her. Kein Mensch redet mehr davon.«

»Teufel, ja!« sagte Niklaus. »Aber er wird Fragen stellen, das ist mal sicher, und wir müssen genau dasselbe sagen, was wir zuvor zu Bonatsch gesagt haben, und uns nicht verraten, und wir dürfen auch nicht glauben, weil er Silvelies Mann ist, wird er sich nicht um die Wahrheit kümmern. Ich sage euch, wir müssen verdammt vorsichtig sein. Im Lanzberger Gericht sitzen viele Schnüffler. Außerdem könnte er Lust bekommen, sein Geld aus meinem Geschäft zurückzuziehen. Stellt euch das vor! Und dann – diese Herren von Richenau sind nicht wie unsereiner.«

»Geh und sieh, was er will«, sagte Hanna voll Zuversicht. »Paß gut auf.«

Frau Lauretz sank auf das kleine Sofa nieder.

»Es kommt heraus! Es kommt bestimmt heraus!« murmelte sie.

Niklaus beachtete sie nicht, setzte den Hut auf und verließ das Haus.

Andi hatte inzwischen keinen Augenblick lang Ruhe. Er ging in seinem Amtszimmer auf und ab und wartete auf Niklaus. Hundert Fragen schossen ihm durch den Kopf, doch die wichtigste Frage war folgende: ›Was ist aus dem Manne geworden, der am 23. November mit einigen tausend Franken in der Tasche das Jeff verlassen hat und seither spurlos verschwunden ist? Wenn er viertausendfünfhundert Franken bei sich gehabt hatte, bedeutete diese Summe für viele Leute im Hochland ein wahres Vermögen.‹ Andi gestand sich offen ein, daß man mit gutem Grund ein Verbrechen vermuten durfte. Die Theorie, daß der alte Lauretz ermordet und beraubt worden sei, kam ihm jetzt gar nicht mehr so weithergeholt vor. Das konnte sehr wohl die Lösung des Rätsels sein, und Andi hatte lange genug mit Verbrechen zu tun gehabt, um Blut zu riechen.

»Ich werde dieser Sache auf den Grund gehen«, sagte er zu sich.
Kurz nach zwei Uhr hörte er auf dem Hof ein Motorrad und trat ans Fenster, um Niklaus' Ankunft zu beobachten. Er sah ihn über den Hof humpeln. Kurz darauf brachte Herr Volk ihn in Andis Amtszimmer. Niklaus' Gesicht sah hager und verhärmt aus. Er war zunächst verlegen unter Andis strengem Blick.
»Setzen Sie sich, Niklaus«, sagte Andi. »Silvelie hat Ihnen wohl schon geschrieben?«
»Was denn geschrieben?«
»Sie hat weder geschrieben noch telefoniert?«
»Nein«, sagte Niklaus.
»Wann Sind Sie von Andruss weggefahren?«
»Um elf. Gar nicht schlecht, wie?«
Niklaus fühlte seinen Mut zurückkehren. Er gewann jetzt seine Selbstbeherrschung wieder. Eine granitene Härte war in ihm, der unbezähmbare Wille, sich zu wehren. Er setzte sich.
»Ist Silvelie in Schlans?«
»Nein, sie ist mit dem Kind oben in Err.«
»Wie geht es den beiden?«
»Gut, danke.«
Niklaus schlug die Beine übereinander und lehnte sich in die Tiefe des Sessels zurück. »Sie wollten etwas Wichtiges mit mir besprechen, Herr Schwager.«
»Es handelt sich um Ihren Vater«, sagte Andi und setzte sich gleichfalls. »Und um die Verschollenheitserklärung, die Sie verlangen. Die Sache ist an mich verwiesen worden.«
Er berichtete in ein paar kurzen Sätzen, was sich ereignet hatte.
»Was soll jetzt geschehen?« fragte Niklaus.
Andi runzelte die Stirn und sah Niklaus über einen Stoß von Papieren hinweg an. Sein Blick war so forschend, daß Niklaus innerlich zu zittern begann.
»Wie die Dinge jetzt liegen, kann die Sache nicht so schnell und so leicht erledigt werden, wie das wünschenswert wäre.«
Andi wandte sich seinen Papieren zu. Er blätterte stumm, und Niklaus beobachtete ihn, von einer Unruhe befallen, wie er sie noch nie erlebt hatte.

»Ich nehme an«, sagte Andi und sah mit scheinbar gleichgültiger Gebärde einen Augenblick lang auf, während er ein großes, mit der Maschine beschriebenes Blatt Papier umwandte, »ich nehme an, daß Sie von diesem buckligen Jöry Wagner eine Quittung über den bezahlten Lohn erhalten haben.«

Niklaus fuhr zusammen.

»Ach, der Lohn! Ja, natürlich hab ich ihn bezahlt, im Namen meines Vaters. Aber es ist mir nicht eingefallen, eine Quittung von ihm zu verlangen.«

»Pflegen Sie keine Quittungen zu verlangen, wenn Sie Gelder ausbezahlen?«

»Ja, gewiß! Aber es ist mir nicht eingefallen, von Jöry eine zu verlangen.«

›Wie kommt er auf Jöry?‹ schoß es ihm durch den Kopf. ›Welche Spur verfolgt er jetzt?‹

»Hat Ihnen Schwester Silvia nichts davon erzählt?« sagte er laut.

Andi rutschte auf seinem Stuhl hin und her.

Es war ihm unangenehm, daß Niklaus den Namen Silvelies in die Unterredung hineinzog.

»Silvelie hat mir vieles erzählt«, erwiderte er ruhig. »Aber sie konnte mir doch nicht erzählen, was am 22. November im Jeff passiert ist, weil sie damals in Zürich war.«

»Sie weiß, was geschehen ist.«

»Woher soll sie es wissen? Ist sie Hellseherin?«

»Nein, aber wir haben es ihr natürlich erzählt.«

»War Jöry noch da, als sie zurückkam?«

»Ich glaube schon.«

»Sie müssen es genau wissen.«

»Lassen Sie mich nachdenken – ja, Jöry war da. Silvelie kam schon am nächsten Tag zurück. Ich habe Richter Bonatsch alles erzählt.«

»Das weiß ich, Niklaus. Wissen Sie vielleicht zufällig, ob Ihr Vater einen Paß hatte?«

»Warum?« sagte Niklaus; diese unerwartete Frage erschreckte ihn, aber er versuchte, sich nichts anmerken zu lassen.

»Weil er ohne Paß das Land nicht gut verlassen konnte.«

»Ich weiß, daß er seine Militärpapiere und seinen Geburtsschein bei sich hatte«, sagte Niklaus. »Die hatte er nach Zürich mitgenommen, um sich bei der Bank auszuweisen.«

»Was ist Ihre Meinung, Niklaus? Wie erklären Sie sich das Verschwinden ihres Vaters?«

»Ich bin ihm morgens bis zur Brücke nachgegangen, aber ich kann nicht beschwören, ob er das Tal hinauf- oder hinunterging. Er war schrecklich aufgeregt. Vielleicht ist er zum Hospiz hinaufgegangen und hat sich im Schnee verirrt. Anders kann es gar nicht gewesen sein. In Andruss hat ihn niemand gesehen.«

»Sie haben erst zwei Monate später Bonatsch von dem Verschwinden Ihres Vaters unterrichtet. Warum haben Sie so lange gewartet?«

»Ja, er hätte ja wieder auftauchen können. Außerdem hatten wir fünfhundert Franken, mit denen wir auskamen.«

Andi zündete sich eine Zigarette an.

»Und dann, gegen Ende Januar, als Sie mit Ihren Leuten in Ilanz wohnten, haben Sie es fertiggebracht, Jöry den Lohn zu bezahlen?«

»Ja. Ich habe ihm dreihundertzweiundfünfzig Franken bezahlt.«

»Das weiß ich. Silvelie war damals zu Hause.«

»Aber woher weiß sie es denn?« fragte Niklaus erstaunt. »Jöry ist gar nicht ins Haus gekommen. Ich habe ihn auf dem Bahnhof getroffen, und dann sind wir gleich mit dem Zug nach Andruss gefahren. Ich hab auch niemandem erzählt, daß er bei mir war.«

»Sie fuhren mit ihm zu Bonatsch?«

»Ich fuhr mit ihm zu Bonatsch, damit er dort aussagt, weil Richter Bonatsch sich erkundigt hatte, wo Jöry in der Nacht zum 23. November gewesen war.«

Silvelie hatte ihm also in diesem Punkte die Wahrheit gesagt. Andis Herz wurde ein wenig froher.

»Wissen Sie, wo Jöry sich jetzt aufhält?«

Niklaus zuckte die Achseln.

»Ich weiß es nicht. Er fuhr mit der Bahn nach Lanzberg. Auf dem Bahnhof hatte er sich schon betrunken. Ich habe ihn nicht gefragt, wo er hin will. Er hat es mir nicht gesagt.«

»Er hat sich seither nicht mit Ihnen in Verbindung gesetzt?«

»Nie, Gott sei Dank.«

»Warum Gott sei Dank?«

»Wir konnten ihn alle nicht leiden.«

»Aus einem besonderen Grund?«

»So einen Menschen haßt man ohne allen Grund.«

»War er in seiner Hütte, als Ihr Vater wegging?«

Niklaus dachte nach.

»Ich weiß es nicht genau«, sagte er zögernd. »Aber ich glaube schon. Seine Frau lag im Sterben.«

»Sind Sie nie auf den Gedanken gekommen, daß dieser Jöry Ihrem Vater am 23. November gefolgt sein könnte?«

»Das ist nicht gut möglich. Er hat ja im Schuppen gearbeitet.«

Andi blätterte eine ziemliche Weile in seinen Papieren. Er drückte seine Zigarette aus.

»In Andruss gibt es einen Polizisten namens Dieterli«, sagte er schließlich mit veränderter Stimme. »Was ist denn das für ein Mensch?«

»Dieterli? Was für ein Mensch? Ein rothaariger, übereifriger Schnüffler, der sich für weiß Gott was hält. Den ganzen Tag schleicht er in Andruss herum, trägt immer irgendwelche amtlichen Papiere bei sich und steckt seine Nase in fremder Leute Privatangelegenheiten. Er ist der Kerl, der Silvelie aus Maler Lauters' Haus hinausgeworfen hat, als sie vor dem Toten kniete. Er hat zu ihr gesagt, sie darf nicht im Chalet bleiben, weil dort Wertsachen herumliegen. Es mag gute Polizisten geben, Herr Schwager, und schlechte, aber Dieterli ist sicher einer der schlimmsten. Jahrelang kam er ab und zu ins Jeff und stellte alle möglichen unverschämten Fragen: Ob wir heimlich Bäume gefällt hätten, ob ich Fische gefangen hätte, ob wir unsere Steuern bezahlt hätten, ob wir unsere Rechnungen bezahlt hätten, und ich weiß nicht, was noch alles. Jeden Abend hockt er bei Volkert und spielt Karten, und ich möchte wetten, seine zwei Kinder läßt er halb verhungern. Er ist der Mann, der vor fünf Jahren den italienischen Wilderer Giovanni erschossen hat. Er hat ihm hinter einem Felsblock aufgelauert und ihm eine Kugel durch den Kopf gejagt – in Notwehr. Dreihundert Franken hat er dafür bekommen. Ein Held, was?«

»Wir haben Sympathie für Wilddiebe, wie?« sagte Andi mit einem trockenen Lächeln.

Allmählich aber nahmen seine Züge wieder ihren harten Ausdruck an.

»Soviel ich sehe, hat Dieterli das Grundstück im Jeff durchsucht.«

»Oh, öfters!« rief Niklaus.

»Wie oft?«

»Ungefähr zehn- oder zwölfmal hat er uns belästigt.«

»Hatte er eine Amtsperson mit? War Bonatsch auch dabei?«

»Niemand war dabei. Er hat es ganz allein gemacht, und ich habe ihm geholfen.«

»Ihm geholfen? Wie?«

»Ich sagte zu ihm: ›Schauen Sie her, Herr Dieterli, da ist noch ein Winkel, in den Sie nicht hineingeschaut haben. Schauen Sie, da ist ein hübscher Fleck frischer Erde, da wollen wir nachgraben.‹ Und so weiter. Manchmal stand er da und starrte in den Wasserfall hinunter – ich weiß nicht, was er sich gedacht hat. Vielleicht hat er geglaubt, einer von uns hätte den Alten in die Yzolla geworfen. Dieser verfluchte Esel!«

Niklaus' Lachen klang ein wenig hysterisch. Andi starrte in die Papiere.

»Soll ich Dieterli vorladen?« fragte er.

»Wenn Sie Dieterli vernehmen, dann vergessen Sie nicht, daß er immer gesagt hat, Richter Bonatsch hat ihn beauftragt, die Untersuchungen vorzunehmen.«

Niklaus beugte sich vor.

»Könnten Sie nicht die Verschollenheitserklärung schnell durchsetzen?«

»Ich weiß noch nicht, was ich tun werde. Ich habe meinen Amtseid geschworen. Ich bin ein Diener des Volkes und darf das Vertrauen des Volkes nicht mißbrauchen. Wir sind hier nicht in Bonatschs Kanzlei. Hier geht alles den gesetzlichen Weg. Ich fürchte, Niklaus, es steht uns Schlimmes bevor.«

»Schlimmes? Warum?« fragte Niklaus und wurde rot. »Sie haben die Macht –«

»Das wird man erst sehen«, sagte Andi, und seine Stimme wurde härter. »Inzwischen wird es gut sein, wenn Sie mir noch ein paar Fragen beantworten!«

»Fragen Sie, soviel Sie wollen!« sagte Niklaus trotzig.

Andi rutschte auf seinem Stuhl hin und her.

»In einem der Protokolle erwähnt Bonatsch, Sie hätten ihm erzählt, daß ich Ihnen geraten hätte, zum zweiten Male die Veröffentlichung einer Verschollenheitserklärung zu verlangen.«

»Ich habe so etwas nie behauptet!«

»Aber hier steht es – sehen Sie!«

Andi zeigte Niklaus ein Blatt Papier, in Bonatschs Handschrift. Er reichte Niklaus das Blatt.

»Ich habe so etwas nie gesagt!«

»Warum haben Sie dann die Aussage unterschrieben?«

»Ich kann sie nicht gelesen haben; wenn ich das gesehen hätte, hätte ich nicht unterschrieben.«

Andi wurde ärgerlich.

»Sie wissen genauso gut wie ich, daß ich Ihnen in dieser Sache nie einen Rat gegeben habe. Ich habe auch nie eine Frage an Sie gerichtet. Und überlegen Sie sich, wie ich dastehe, wenn dieser Fall vor die Gerichte kommt!«

»Es ist eine falsche Aussage«, sagte Niklaus.

»Das weiß ich. Sie haben kein Recht, so auszusagen!«

»Ich meine von seiten Bonatschs.«

Einen Augenblick lang herrschte nun eine unheimliche Stille.

»Vielleicht habe ich –« begann Niklaus in ruhigerem Ton.

»Was?« warf Andi ein.

»Vielleicht habe ich zu Bonatsch ein wenig geschwatzt, daß Sie jetzt mein Schwager sind und so weiter. Ich bin natürlich stolz auf Sie, und Herr Bonatsch mag sich gedacht haben –«

»Nun, Niklaus, ich verlasse mich auf Ihr Wort!« rief Andi. »Aber die Sache ist trotzdem nicht einfach. Es ist sehr ungeschäftsmäßig von Ihnen, Aussagen zu unterschreiben, die Sie nicht gemacht haben, und Schulden Ihres Vaters zu bezahlen, ohne eine Quittung zu verlangen.«

Niklaus wand sich unter Andis inquisitorischen Blicken. Es wurde ihm heiß und kalt.

»Ich habe es satt, satt! Ich habe genug davon!« schrie er auf.

»Gut also, dann entschließen Sie sich, die Sache ein für allemal zu Ende zu bringen.«

»Zu Ende bringen!« rief Niklaus. »Während Sie die ganze verfluchte Geschichte von neuem aufwühlen! Fragen an mich stellen, als ob ich ein Verbrecher wär! Ich habe doch auch Gefühle, vergessen Sie das nicht!«

»Niklaus«, sagte Andi streng, »Sie müssen meine Fragen beantworten. Wenn Sie es nicht tun, werden Sie vielleicht gezwungen sein, jemand anderem Rede zu stehen, der weniger Teilnahme für Sie aufbringt als ich. Sie behaupten in Ihrer Aussage Nummer eins vor Bonatsch, daß Ihr Vater sehr schlecht gelaunt gewesen sei, als er in der Nacht des 22. November nach Hause kam.«

»Er war immer schlecht gelaunt.«

»Was hat er in jener Nacht gesagt und getan?«

»Zuallererst schimpfte er fürchterlich, weil ich Wagen und Pferd mitgenommen hatte und er zu Fuß ins Jeff hatte wandern müssen.«

»Es waren alle Mitglieder der Familie bis auf Silvelie zu Hause?«

»Alle. Wir saßen in der Küche.«

»Ist es zu einem Wortwechsel gekommen?«

»Eine höllische Szene! Sie können sich vorstellen, was wir ihm sagten, nachdem er Silvelies Geld gestohlen hatte.«

»Ist es zu Tätlichkeiten gekommen? Hat er einen von euch geschlagen?«

»Er hätte es getan, wenn wir ihm nicht aus dem Wege gegangen wären.«

»Seid ihr alle auf eure Zimmer gegangen?«

»Nein – ich ging in den Schuppen, Mutter und Hanna in den Stall.«

»Was machten Sie im Schuppen?«

»Ich überzeugte mich, daß das Licht abgedreht war.«

»Und dann?«

»Dann bin ich auch in den Stall gegangen.«

»Und nachher?«

»Wir blieben dort bis zum Morgen.«

»Und dann?«

»Dann kehrten wir ins Haus zurück. Der Alte schlief noch, und –«

»Einen Augenblick, ich will das aufschreiben. Es ist wichtig, die Bewegungen des Mannes genau zu verfolgen. Es ist sehr wichtig, weil er gleich darauf verschwand. Also weiter!«

»Wir waren halb erfroren, Hanna schürte das Feuer, und wir frühstückten. Während wir am Tisch saßen, kam der Alte herunter.«

»War er angekleidet?«

»Er hatte Hut und Mantel an.«

»Und dann?«

»Wir gingen aus dem Zimmer, und er setzte sich hin und aß die Reste unseres Frühstücks auf.«

»Ich bin verdammt froh, daß ihr jetzt alle etwas Ordentliches zum Frühstück habt«, murmelte Andi, während er eifrig schrieb. »Und was ist dann geschehen?«

»Ich bin wieder ins Zimmer gegangen und hab mich an den Alten gewandt.«

»An ihn gewandt?«

»Ja – ich hab ihm die Lage geschildert, in der wir uns befanden. Ich hab ihm Vorwürfe gemacht, ihm ordentlich die Meinung gesagt.«

»Und er?«

»Er hat mich ausgelacht.«

»Und wo waren Ihre Mutter und Hanna?«

»Sie saßen in der Küche und horchten, und dann kamen sie ins Zimmer herein.«

»Und dann?«

»Der Alte sprang auf. Er warf etwas Geld auf den Tisch und beschimpfte uns. ›Ich gehe weg‹, schrie er. ›Ich will eure Gesichter nicht mehr sehen!‹«

»Ist er einfach weggegangen?«

»Nein, er wollte das Pferd und den Wagen nehmen. Aber Schnufi hat gelahmt.«

»Gelahmt? Was war denn los mit ihm?«

»Er hatte ein krankes Bein.«

»Hat er schon lange gelahmt?«

»Ungefähr eine Woche.«

»Eine ganze Woche hat er gelahmt?«

Andi blickte auf.

»Wenn das Pferd nicht gelahmt hätte, würde dann der Alte talwärts oder bergwärts gefahren sein? Was ist das Wahrscheinlichere?«

»Er wäre wohl nach Andruss hinuntergefahren.«

»Er muß also, wenn er zum Yzollapaß hinaufging, plötzlich seine Absicht geändert haben.«

»Er war furchtbar wütend. Vielleicht hat er sich gar nicht überlegt, in welche Richtung er gehen wollte. Vielleicht konnte er sich gar nicht zu einem bestimmten Weg entschließen. Schließlich kommt es doch manchmal vor, daß Leute blindlings umherirren.«

»Blindlings?« sagte Andi kaustisch.

»Er war wie ein Irrer«, beharrte Niklaus und lehnte sich in seinen Sessel zurück. »Und ich hoffe zu Gott, daß er nie mehr wiederkommt«, murmelte er wie zu sich selber.

»Wie spät war es da?« fragte Andi.

»Oh, früh, jedenfalls noch nicht neun.«

»Frühmorgens, vor neun Uhr, am 23. November«, schrieb Andi, die Angaben mit kaum merklicher Stimme wiederholend. Er stand auf und ging einige Male durchs Zimmer. Dann blieb er vor Niklaus stehen.

»Haben Sie mir alles erzählt, was Sie wissen?«

»Ich kann Ihnen nichts anderes erzählen!« rief Niklaus verzweifelt.

»Hier steckt irgendwo ein Geheimnis«, sagte Andi. »Sie scheinen das nicht zu erfassen. Ich aber werde es herausbekommen!«

Er wandte sich ab und sah zum Fenster hinaus. Niklaus sprang auf. Er war totenblaß.

»Mich soll es freuen, wenn Sie es herausbekommen!« schrie er. »Es hat uns lange genug gequält!«

»Oh, ich werde es schon herausbekommen!« erwiderte Andi, ohne sich umzusehen.

»Es ist eine Schande, wie Sie mich behandeln! So, als ob ich ein

Fremder wäre! Wenn Sie mir nicht glauben, sagen Sie es doch, dann weiß ich, woran ich bin.«

Andi blickte den wütenden jungen Mann über die Schulter hinweg von der Seite an, es war ein Blick, der bei Niklaus' Kopf anfing und langsam zu seinen Stiefeln hinunterglitt.

»Ich gebe Ihnen den Rat, sich zu beherrschen«, sagte er ruhig. »Ihre Haltung erleichtert die Sache nicht und überzeugt mich auch nicht.«

»Oh«, schrie Niklaus, völlig den Kopf verlierend, »ich muß still sitzen und mich wie ein Verbrecher behandeln lassen! Na dann suchen Sie sich doch den Alten selber! Vielleicht wird es Sie befriedigen, wenn Sie ihn wieder in den Schoß seiner Familie zurückbringen können.«

»Ich werde ihn finden, nur keine Sorge.«

Niklaus nahm seinen Hut.

»Haben Sie noch etwas zu fragen?«

»Nein, Sie können jetzt gehen.«

»Vielen Dank, Herr Schwager!«

Mit einer höhnischen Verbeugung verließ Niklaus den Raum. Aber sowie er draußen auf dem Gang war, schien ihm, als müßten die Wände über ihm zusammenstürzen. Und obgleich die Türen vor ihm offenstanden und Herr Volk sogar grüßte, als er die Stufen zum Hof hinunterstieg, fühlte er, daß eine unsichtbare Macht ihn festhielt und ihn jetzt nicht mehr loslassen würde, einerlei, wohin er ging.

›Alp Err!‹ dachte er, sobald er sein Motorrad bestiegen hatte. ›Ich muß mit Silvelie sprechen.‹

Gegen Abend erreichte er sein Ziel. Silvelie führte ihn in das Zimmer im ersten Stock und machte sämtliche Türen zu. Niklaus berichtete ihr mit einem hastigen Wortschwall seine jüngsten Erlebnisse. Während er noch sprach, begann er sein Benehmen gegenüber Andi bitter zu bereuen.

»Ja, Schwester, du mußt ihm sagen, es tut mir leid, daß ich am Schluß so grob zu ihm war. Ich habe den Kopf verloren. Aber er hat mich immer so angesehen! Ich wußte, daß er mich in Verdacht hat ... Was sollen wir jetzt machen? Sag mir, was wir machen sollen ...«

Tränen standen in seinen Augen.

Silvelie bemühte sich, ihren eigenen Kummer zu vergessen.

»Ich kann dir nicht sagen, was geschehen wird. Ich kenne Andi überhaupt nicht, das habe ich erst jetzt festgestellt. Ich weiß nicht, was er tun wird.«

Niklaus stand vor ihr und ließ den Kopf hängen.

»Ich bin fest entschlossen, auch das Schlimmste tapfer zu ertragen«, sagte sie.

»Wenn es zum Schlimmsten kommt, nehme ich mir das Leben.«

»Das wirst du nicht tun!« sagte sie schroff.

»Ich werde es tun! Ich werde es für die Ehre der Familie tun.«

»Eine sonderbare Ehre!« sagte Silvelie erbittert und sah zu, wie ihm die Tränen über die Wangen liefen.

Seine schwieligen Hände, seine krummen Knie, sein verstümmeltes Ohr, ja, sogar die Art, wie er sein geöltes Haar scheitelte, erfüllten sie mit Rührung. Er kam ihr vor wie die Ruine eines Menschen, der im Kampfe ums Dasein unterlegen war.

»Ich fürchte, es steht uns viel Schlimmes bevor!« sagte sie.

Erschrocken sah er sie an.

»Was ist los, Niklaus?«

»Genau dasselbe hat Andi gesagt, die gleichen Worte.«

»Ist das so sonderbar? Ich finde nicht.«

Niklaus lehnte sich an die Wand. Er schien völlig erschöpft.

»Kannst du ihn nicht bewegen, die ganze Sache fallenzulassen?« fragte er verzweifelt. »Er ist dein Mann. Er liebt dich doch, wie?«

»Ich würde ihn nicht umstimmen, auch wenn ich es könnte. Ich bin zu der festen Überzeugung gelangt, daß wir standhalten müssen.«

Sie legte den Arm um die Schultern ihres Bruders und führte ihn zu einem Stuhl.

»Wirst du ihm alles sagen?«

»Ich werde ihm nichts sagen. Ich werde es ihm überlassen, selber die Wahrheit herauszufinden.«

»Gut – er wird sie nie herausfinden! Nie!« schrie Niklaus und schlug mit der Faust auf den Tisch.

13

Andi verbrachte die Nacht allein in Schlans. Er lag wach und dachte über Silvelie und Tristan nach. Das Elend seines plötzlich aus den Fugen geratenen Lebens zerrte an seinen Nerven. Er war das Alleinsein nicht mehr gewöhnt. Sollte er nach Alp Err zurückkehren, sollte er allein hierbleiben oder wieder nach Lanzberg gehen? Nein, er würde lieber Silvelie bitten, nach Hause zu kommen. Mit seinen Ferien war es ohnehin vorbei. Um einen Urlaub zu genießen, muß man sorgenfrei sein, er aber war gequält.

Am nächsten Morgen telegraphierte er Silvelie, sie solle nach Schlans kommen. Sie antwortete, daß sie am nächsten Tag eintreffen werde.

Am frühen Nachmittag kam sie mit Tristan und dem Kindermädchen an.

»Es ist, glaube ich, besser; wenn wir hier bleiben«, sagte er. »Ich bin hier vom Amt aus leichter zu erreichen. Und für mich ist auf jeden Fall der Urlaub zu Ende.«

Silvelie sah müde aus, ihre Züge waren verhärmt.

»Du mußt tun, was dir am besten scheint«, erwiderte sie.

Als sie Tristans Kinderkleider auszupacken begann, kam Andi ins Zimmer. Er machte die Tür hinter sich zu.

»Weißt du, Silvelie, die Sache wird wirklich sehr ernst. Ich habe mit Niklaus gesprochen und ihm ein paar Fragen gestellt. Ich will dir lieber gleich sagen, daß ich nicht die Hälfte von dem glaube, was er mir erzählt hat. Hör einen Augenblick mit dem Auspacken auf und setz dich bitte hierher!«

Sie gehorchte und sah ihn mit traurigen Augen an.

»Wie sonderbar du bist, ich werde aus dir nicht klug, Silvelie.«

»Vielleicht suchst du mehr, als es wirklich gibt?«

»Vielleicht. Willst du jetzt ehrlich und offen sein?«

»Andi, ich habe mich in dein Leben hineinziehen lassen und bin deine Frau geworden ... ich wollte, ich hätte von Anfang an die Kraft besessen, dir zu widerstehen.«

»Ich weiß nicht, was du meinst.«

»Ich hätte dir gern meine Liebe geschenkt, ohne mit dir verheiratet zu sein. Aber du hast auf der Heirat bestanden, und nun ist es zu spät, noch etwas daran zu ändern.«

»Wir wollen diese Sache nicht wieder aufwärmen. Ich habe keinen Augenblick lang meinen Schritt bereut.«

»Du bist sehr ritterlich.«

»Nein, ich sage nur, was ich fühle. Und du weißt, daß ich dich heute noch ebenso lieb habe wie eh und je.«

Er näherte sich ihr, doch sie stieß ihn zurück.

»Ach, laß mich jetzt Tristans Kleider auspacken, ich bin sonst zu nichts fähig.« Sie stand auf und begann nervös die Kinderwäsche aus dem Korb zu nehmen.

»Ich habe sehr wenig geleistet«, fuhr sie bitter fort. »Ein Kind ist gar nichts. Jede Frau könnte von dir einen schönen Sohn bekommen. Seit ich verheiratet bin, lebe ich aus dem Vollen, während die arme Welt hungert. Ich habe mehr schöne Kleider als jede andere Frau in Lanzberg, ich kann sie nicht einmal alle tragen. Ich habe nichts getan, habe nur für mein Glück gelebt und für mich sorgen lassen. Und draußen ist eine Welt voller Elend. Ich muß in ein bescheideneres Leben zurück. Ich muß wieder von vorne anfangen!«

»Du bist nicht gerecht gegen dich«, sagte er. »Du vergißt, was du mir bedeutest.«

»Ich verabscheue mich heute und würde mich am liebsten verkriechen.«

»Das sind ganz einfach deine melancholischen Anfälle.« Er legte den Arm um sie. »Auch ich habe manchmal solche Stimmungen. Nicht die Welt macht dir Sorgen, es ist etwas viel Bestimmteres, fürchte ich.«

»Was befürchtest du?«

»Ich fürchte mich vor dem Morgen.«

Er versuchte in ihren Augen zu lesen, doch es war ein Ausdruck in ihnen, den er nicht zu enträtseln vermochte. Er wartete einen Augenblick, dann ließ er sie los und ging hinaus.

Silvelie beschäftigte sich den ganzen Tag mit Aufräumen. In ihrem Boudoir zerriß sie Briefe und versuchte, das Haushaltsbuch in Ordnung zu bringen. Sie wußte, daß die Rechnungen oft falsch waren. Sie stimmten nur selten, aber weder sie noch Andi hatten sich bisher sonderliche Mühe gegeben, richtig Buch zu führen. Sie selbst hatte etwas Geld, sogar ein kleines Bankkonto. Auch dieses Geld betrachtete sie als Andis Eigentum. Sie hatte nur gespart, um es ihm eines Tages zurückgeben zu können.

Den ganzen Tag über beobachtete sie Andi, und als er gegen Abend zum Gutshaus hinüberging, lief sie auf ihr Zimmer, packte einen kleinen Koffer und versteckte ihn unten im Garderoberaum neben dem Vestibül. Dann überlegte sie, ob sie die Nacht im Haus verbringen oder nicht lieber gleich weggehen solle. Sie ging in Tristans Zimmer, nahm ihn auf den Arm und liebkoste ihn zärtlich.

Tristan war das vollendete Zeugnis ihrer Liebe. In ihrem Herzen empfand sie die wachsende Qual der nahen Trennung von ihm. Denn eines war sicher: Sie konnte nicht länger bei Andi bleiben. Sie mußte dorthin zurückkehren, woher sie gekommen war, in den Schoß ihrer Familie. Sie war eine Lauretz, das hatte sie nie stärker empfunden als heute ... Sie hatte Andi durch Notlügen angehört. Nahm sie jetzt Tristan mit, dann würde sie noch zur Diebin. Nein, sie mußte ihn aufgeben – und sie mußte vor allem Andi aufgeben! Beide waren zu kostbar für sie. Sie gehörte einer anderen Welt an, einer Welt von Krüppeln, von Mannlis, von armen Teufeln, die das Gesetz aus ihrem namenlosen Dunkel hervorzerren und auf die Anklagebank vor Richter, Advokaten und Reporter bringen würde, damit die Lanzberger mit offenem Maul sie anstarren könnten. Die Demütigung der Familie Lauretz mußte weitergehen – immer weiter. Nein, sie würde neben Niklaus, Hanna und neben ihrer Mutter stehen, eine von ihnen, Tochter des Jonas Lauretz, des Sägemüllers, des Ehebrechers, des Trunkenboldes.

»Wenn ich bloß weggehen könnte, ohne Andi eine Szene zu machen! Ich kann seinen Blick nicht mehr ertragen. Er wird mir mein Geheimnis entreißen, und ich werde eine Verräterin sein. Ich muß gehen! Ich muß jetzt gleich gehen!«

Sie küßte Tristan noch einmal leidenschaftlich und schlich in das Boudoir. Dort schrieb sie einen Zettel für Andi:

Ich kehre zu meiner Familie zurück, Andi. Ich habe mich dazu entschlossen. Es ist besser für uns beide. Ich werde wieder dort sein, wo ich herkomme, und du wirst frei und ungehindert entscheiden können, was du zu tun hast. Du sollst ganz frei sein! Bitte versteh mich und kümmere dich nicht um mich. Ich weiß keine andere Entschuldigung als die, daß ich alles, was ich tat, nur aus Liebe zu dir getan habe. Mehr kann ich jetzt nicht sagen.

Silvelie.

Sie schob den Zettel in einen Umschlag und versteckte ihn. Nach einiger Zeit hörte sie Andi kommen. Die ganze Freude und die Liebe, die sie sonst in seiner Nähe empfunden hatte, verkehrte sich nun in Angst.

›Er kommt, um mich auszufragen. Er wird mich wieder damit quälen!‹ Und sie dachte an Niklaus, der bei ihr in Err wie ein Kind laut geweint hatte.

Andi kam ins Zimmer und fragte vorwurfsvoll:

»Warum hast du mir nicht erzählt, daß Niklaus dich in Err aufgesucht hat?«

»Ich hatte noch keine Gelegenheit dazu.«

Er zwang sich, beherrscht zu bleiben und sich seinen Argwohn nicht anmerken zu lassen. Sein Ausdruck blieb undurchdringlich.

»Ich würde es wahrscheinlich nie erfahren haben, wenn nicht dein Kindermädchen es zufällig erwähnt hätte.«

»Mein Kindermädchen? Tristans Kindermädchen meinst du!« Sie konnte sich kaum beherrschen.

»Ist es etwas so Ungewöhnliches, daß mein Bruder mich besucht?«

»Ob es in diesem Fall ungewöhnlich ist, oder nicht, wirst du am besten selbst beurteilen können.«

Sie wandte sich ab, am liebsten wäre sie aus dem Fenster gesprungen. Nur weg von ihm, um mit der Schande allein zu sein und seinen Blick nicht mehr ertragen zu müssen!

Er wartete, wartete geduldig ... aber sie sagte nichts. Schließlich drehte er sich um und ging hinaus. Während sie ihm nachsah, wußte sie, daß sie ihn nie inniger geliebt hatte, als gerade jetzt.

Beim Essen war Andi zuerst nicht sehr anders als sonst. Jedenfalls gab er sich den Anschein und ließ Silvelie eine kleine Hoffnung, an die sie sich klammern konnte. Plötzlich aber blickte er zu ihr hinüber.

»Bereust du wirklich, daß du mich geheiratet hast?«

»Oh Andi …«

»Hör mal, Silvelie, irgend etwas stimmt nicht. So können wir nicht weitermachen. Ich ertrage es einfach nicht mehr.«

Seine Stimme wurde hart.

»Warum willst du nicht ehrlich sein und mir alles sagen. Ich bin darauf vorbereitet, auch das Allerschlimmste zu hören. Was auch immer hinter dem Verschwinden deines Vaters stecken mag, ich weiß, daß du nichts damit zu tun hast. Du bemühst dich, andere zu decken. Du hast mich belogen und das quält dich. Oder ist die Wahrheit so schrecklich, daß du sie nicht einmal mir eingestehen kannst?«

»Andi, frag mich nicht! Ich bitte dich, frag mich nicht! Ich kann dir nicht mehr sagen, als ich dir schon gesagt habe. Ich war nicht da. Ich …«

»Hältst du mich für einen Dummkopf?«

»Nein! Nein!«

»Dann sei ehrlich zu mir.«

»Ich habe dir nichts zu beichten.«

»Gut –« Er trat einen Schritt zurück. »Gut also – ich werde es selbst herausfinden.«

Silvelie blieb die Nacht in Tristans Zimmer. Die Tür zum großen Schlafzimmer war verschlossen. Sie setzte sich in einen Lehnstuhl. Andi ließ im Zimmer nebenan das Licht brennen. Sie hörte, wie er Streichhölzer anstrich, um sich Zigaretten anzuzünden. Offenbar las er im Bett. Vielleicht wartete er darauf, daß sie zu ihm kam und sich ihm anvertraute? Ihre Gedanken wanderten ins Jeff. Sie war wieder die kleine Silvelie und trug einen Korb mit Lebensmitteln ins Chalet zu Meister Lauters. Und sie sah ihn lebhaft vor sich, wie er auf dem Balkon stand und sich das lange silberweiße Haar kämmte. Matthias Lauters würde sie verstanden haben, ja, er bestimmt! Und sie sah ihren

Vater vor sich mit seinem zerzausten Haar, den geschwollenen Augenlidern, seinem dicken Nacken und seinen großen Fäusten. Kein bißchen Haß mischte sich in die Erinnerung an ihn, nur Mitleid und ein tiefer Schmerz. Warum mußte denn das Leben so sein? Warum verfolgt der Mensch den Menschen? Wozu dieses Martyrium?

Sie hörte Andi das Licht ausdrehen. Er wußte, daß sie in Tristans Zimmer war. Warum kam er nicht zu ihr? Die Uhr unten schlug zwei, schlug drei – und Andi kam nicht.

Kurz nach sieben Uhr fuhr Andi mit dem Auto vor. Er trank seinen Kaffee und aß ein Stück Butterbrot.

»Silvelie, wo steckst du?« Sie kam herunter. »Ich fahre jetzt ins Amt. Wenn du mir etwas zu sagen hast, so sag es mir jetzt. Du würdest mir viel Zeit und Sorge ersparen.«

Sie sah ihn nur ausdruckslos an.

»Du weigerst dich also noch immer? Gut, ich kann dich nicht zum Sprechen zwingen, ich bin nur dein Mann, aber vielleicht wirst du sehr bald einem Richter Rede und Antwort stehen müssen. Ich warne dich nur. Ich gebe dir einen Tag Bedenkzeit.«

Wenige Minuten später hörte sie Andi wegfahren. Sie sah ihm lange nach, dann griff sie zum Telefon und rief Niklaus an. Sie teilte ihm mit, daß sie nach Andruss komme, und bat ihn, auch Hanna zu verständigen.

14

Erst als Silvelie in Andruss den Zug verließ und die Kirchenglocken läuten hörte, merkte sie, daß Sonntag war. Niklaus empfing sie auf dem Bahnsteig in einem neuen Anzug und nahm ihr den kleinen Koffer ab.

»Bleibst du lange, Schwester?«

Sie blickte geistesabwesend an seinem Gesicht vorbei nach einigen schwarz gekleideten Männern und Frauen, die langsam die Stufen zum Dorf hinaufstiegen. Der goldene Knauf des Kirchturms glitzerte in der Sonne.

»Ich weiß es nicht, Niklaus«, sagte sie. »Warten wir, bis die Leute in der Kirche sind. Ich will nicht aller Welt begegnen.«

Er stellte ihren Koffer auf die Erde.

»Du hast doch Andi nicht für immer und ewig verlassen, wie?«

»Frag mich nicht. Nichts ist im Leben für ewig.«

»Du hast dich mit ihm gezankt?«

»Du darfst mich nicht fragen, Niklaus.«

Die Glocken verstummten.

»Komm, gehen wir«, sagte sie. »Bilden wir uns einen Augenblick lang ein, daß wir keine Sorgen haben.«

Der Weg zur Tavetch-Straße führte an der Kirche vorbei. Sie konnten die Orgel hören. Auf der Friedhofsmauer saßen eng aneinandergedrückt drei sonderbare Geschöpfe. Es waren Mannlis, Dorftrottel, Wasserköpfe. Sie fauchten und grunzten, als Silvelie und Niklaus vorbeigingen, und einer schleuderte wütend einen alten Holzschuh hinter ihnen her.

»Wenn man überlegt, daß unser eigener Bruder dort mit dabeisitzen könnte!« sagte Niklaus.

»Sie sind viel glücklicher als wir«, sagt Silvelie nachdenklich.

»Sie haben kein Evangelium zu verteidigen, und wenn sie ein Verbrechen begehen, werden sie nicht bestraft. Jedenfalls leiden wir, und sie leiden nicht.«

Sie gingen schweigend zum Dorf hinaus, die Straße entlang, die durch den Wald zu der Hängebrücke führt. Nach einiger Zeit aber blieb Niklaus stehen und blickte sich um, als wolle er sich vergewissern, daß keine Zeugen in der Nähe waren.

»Siehst du diesen Stein?« fragte er und zeigte mit dem Finger. »Schau ihn dir an! Ich habe mit meinem Messer dieses kleine Kreuzchen eingeritzt. Das ist die Stelle, wo der Alte mich vom Wagen gezerrt und mir das Geld abgenommen hat, die Stelle, wo er mich aufs Ohr schlug, so daß es drei Wochen lang geblutet hat. Heute noch, wenn ich mir das andere Ohr zuhalte, höre ich nur halb, was vorgeht, und in meinem Kopf klingt es wie ein Wasserfall aus der Ferne. Ja, Schwester, auf diesem Stein habe ich gesessen, als ich mir schwor, reinen Tisch zu machen. Und ich habe ein Kreuz in den Stein eingekratzt, und das sollte heißen, ich habe hier den letzten Rest der Gefühle begraben, wie sie ein Sohn für seinen Vater empfinden soll. Hier auf diesem Steine hab ich eigentlich den

Alten umgebracht. Man könnte auch sagen, daß er hier begraben liegt.«

Er blickte an Silvelie vorbei, über die Schlucht in den Himmel.

»Damals war ich jung, ich glaubte, ich würde uns alle aus unserem Gefängnis im Jeff erlösen, und wir würden nachher alle frei sein. Jetzt merk ich, daß ich viel älter geworden bin, und wenn ich zurückschaue, dann ist mir, als hätte ich nur von der Freiheit geträumt. Es gibt keine Freiheit. Aber glaub ja nicht, Schwester, daß mich das Gewissen plagt, von dem du so gern redest. Ich habe keins. Bis vor kurzem habe ich nur unter Angst gelitten. Ich habe mich immer nur vor der Entdeckung gefürchtet. Heute aber bin ich mit meinen Gefühlen schon viel weiter, ich fürchte nicht mehr die Entdeckung, ich fürchte die Wut, die mich packt, wenn die Sache herauskommt. Dann werde ich mir sagen müssen, daß alles umsonst war! So denk ich euretwegen! Statt euch ein besseres Leben zu ermöglichen, werde ich euch das Leben nur noch schwerer gemacht haben.«

Er nahm den Koffer und blickte zu Boden.

»Diese Wut auf mich selber ist's, der ich entrinnen möchte, wenn das möglich ist«, murmelte er. »Gegen sie muß ich ein Heilmittel finden!«

Silvelie glaubte zu begreifen, was ihr Bruder meinte, aber seine Verstocktheit machte ihr zu schaffen.

»Hanna hat Mutter einsperren müssen«, sagte er, während sie über den Feldweg zu dem kleinen Haus gingen, das auf einer fetten Wiese stand.

»Mutter einsperren?« fragte Silvelie verwundert.

»Weil sie sich das Kirchgehen so fest in den Kopf gesetzt hat, daß sie schon von gar nichts anderem mehr redet. Und wenn wir nicht auf sie aufpaßten, würde sie schnurstracks nach Andruss laufen.«

»Warum laßt ihr sie nicht gehen?«

»Sie gehen lassen?«

Niklaus lachte böse.

»Sie würde gleich zum Beichtstuhl laufen. Nein, wir können ihr nicht erlauben, ihre Last auf so bequeme Art loszuwerden. Besser, sie wird zu Hause eingesperrt als im Gefängnis von Lanzberg.«

Er preßte hart die Lippen zusammen.

»Und Hanna geht Mutters Benehmen auf die Nerven. Hanna will mit Georg zusammen sein, und immer, wenn sie jetzt mit ihm ausgeht, muß ich hinauf und Mutters Gefängniswärter spielen.«

»Laßt sie doch in die Kirche gehen!« sagte Silvelie in vorwurfsvollem Ton. »Es ist höchste Zeit, daß ich wieder zu euch komme.«

»Ich würde sie gehen lassen, wenn nicht Pater Hugo wäre. Ich habe ihn auf den Stufen der Kirche stehen sehen, er schwatzte mit den Leuten, und unaufhörlich wanderten seine Blicke die Straße auf und ab. Er schaute nach jedem Fenster, jeder Tür, jedem Winkel, aus seinen schnellen Schweinsäuglein, alles sieht er, und er versteht es, einen von weitem merken zu lassen, daß er einen gesehen hat. Ich kenne ihn! Ich habe ihm für eine seiner Sammlungen zwei Franken gegeben, und da kam er zu mir, um sich vorzustellen und sich zu bedanken, und er war so neugierig, daß ich ihn darauf aufmerksam machen mußte, daß wir eine alte Protestantenfamilie und keine Katholiken sind. Aber er weiß, daß Mutter aus einer katholischen Familie stammt, und Hanna sagt, er behext sie mit seiner Willenskraft, um sie wieder zur Katholikin zu machen. Mit solchem verfluchten Unsinn muß ich mich herumschlagen!«

Er blieb stehen und streckte den Zeigefinger aus.

»Jetzt schau dir unser Häuschen an. Wenn du gesehen hättest, wie es ausgeschaut hat, bevor ich's hergerichtet habe! Erinnert es dich nicht an die Zeit, als wir noch kleine Kinder waren und Mutter abends eine Spitzenschürze anzog und uns frische Milch ans Bett brachte? Möchtest du wieder dahin zurück? Ich nicht! Das alles noch einmal durchmachen? Ich nicht!«

Er stieß einen Pfiff aus. Hanna erschien am Fenster im oberen Stock. Sie hatte Silvelie lange nicht gesehen und starrte sie wie gebannt an. Dann kam sie plötzlich aufgeregt mit schwerem Tritt die Treppe herunter und flog ihrer Schwester an den Hals.

»Komm, setz dich hin und erzähl uns, was geschehen ist!« rief sie, und sie setzten sich alle drei zusammen auf eine roh gezimmerte Bank. Einen Augenblick lang schwiegen sie. Es schien, als trauten sie sich nicht zu sprechen.

»Er hat noch nichts herausbekommen, wie?« fragte Hanna schließlich.

Silvelies Gedanken weilten in Schlans. Die paar Stunden, die sie von Andi und Tristan weg war, kamen ihr bereits wie eine Ewigkeit vor. Sie spürte die Bitterkeit der Trennung und ahnte, wie diese Bitternis mit der Zeit immer größer werden würde.

»Ich weiß nicht, was Andi tun wird«, sagte sie. »Ich habe ihn verlassen, weil ich ihn nicht länger belügen konnte. Wenn ich noch einen Tag geblieben wäre, hätte ich ihm alles gesagt.«

»Was glaubst du, was er dann getan hätte?« fragte Niklaus.

»Was könnte er denn tun?« warf Hanna ein. »Er ist ihr Mann und unser Schwager!«

»Vom Standpunkt unserer Verteidigung aus hast du einen Fehler gemacht, Silvelie«, sagte Niklaus. »Deine Flucht wird wie ein Schuldbekenntnis aussehen.«

»Wenn Andi uns weh tun wird, dann nur deshalb, weil er nicht anders kann, und wir dürfen es ihm nicht übelnehmen«, meinte Silvelie ernst.

»Ich werde es ihm nicht übelnehmen, wenn er gezwungen ist, schmutzige Arbeit zu tun. Ich nehme es nur dieser schönen Gesellschaft übel, die die Gesetze macht. Nennt sich eine Gemeinschaft! Teufel noch mal, eine schöne Gemeinschaft! Lies die Zeitung und sieh, wie es überall zugeht! Jeder will etwas haben, was er nicht hat! Jeder kämpft gegen jeden! Jeder will recht haben!«

In seiner Erregung stand er auf und humpelte zur Holztreppe.

»Dieses leere Geschwätz über die Gemeinschaft der Menschen!«

Er sah zu seiner Schwester zurück mit einem wütenden, fanatischen Blick.

»Wir Lauretzen sind Märtyrer, Blutzeugen!« Er spuckte aus. »Uns dürfen sie nicht verurteilen, ich sage dir, wir sind im Recht.«

Langsam ging er die Treppe hinauf, und als er oben angelangt war, drehte er sich um.

»Willst du nicht kommen und sehen, wie es Mutter geht?«

Frau Lauretz bewegte sich kaum, als sie Silvelie erblickte.

»Du bist es? Du bist gekommen?«

Silvelie sah auf der Kommode eine Reihe von Kerzen, ein Neues Testament, ein hölzernes Kreuz und dahinter an der Wand Öldrucke von Jesus, Maria und Josef. Frau Lauretz saß verbittert in der

Ecke des Zimmers und hielt einen Rosenkranz in der Hand. Sie verfolgte die Bewegungen ihrer Tochter, ihre dunkel umränderten Augen glitzerten, als sie sich starr und feierlich aufrichtete.

»Du bist gekommen, um mich hinaus zu lassen, ja? Heilige Mutter Gottes, was hab ich für Kinder!«

Ihre Stimme war voller Vorwurf.

»Ich darf nicht einmal mehr draußen sitzen und den Glocken zuhören. Das ist Hanna! Sie läßt mich nicht aus dem Haus. Aber du bist gekommen, um mich hinauszulassen, nicht wahr, Silvia?«

Sie zog Silvelie dicht zu sich hin.

»Sie behaupten, ich will beim Pater Hugo beichten. Glaub's nicht! Ich will ja gar nicht. Ich will nur in der Kirche sitzen und die Orgel hören.«

Sie zog Silvelie noch näher zu sich und flüsterte:

»Sag ihnen, sie sollen mich gehen lassen! Ach Silvelie, hab du wenigstens Mitleid mit mir! Ah, Herr Jesus! Ich schwöre dir, ich werde nichts sagen. Aber ich fühle mich so allein gelassen. Sie sind so kalt zu mir, sie verstehen mich nicht. Ah, Silvia! Mir ist nach so vielen, vielen Jahren wieder etwas eingefallen. Ich bin das verirrte Schaf der Herde und die Heilige Jungfrau ruft mich zurück. Nachts höre ich ihre Stimme, ich muß zu dem guten Hirten. Er ruft mich, er besucht mich im Schlaf. Ich muß zu ihm. Ja, Silvia, sag es Niklaus und Hanna. Ich sterbe, wenn ich heute nicht gehen darf. Es ist Maria Himmelfahrt.« Einen Augenblick holte sie Atem. »Sie sind bös! Sie halten mich gefangen. Jeses, Jeses, Silvia, du weißt nicht, was ich leide!«

»Was erzählt sie dir denn jetzt?« ertönte Hannas Stimme von der Tür her. »Ich weiß es schon, wir sind grausam!«

Ein Ausdruck von Wut kam in Frau Lauretz' Augen. Silvelie ging ins Nebenzimmer.

»Warum sperrt ihr Mutter ein?«

»Das siehst du doch selber. Sie verliert den Verstand!«

Silvelie schüttelte den Kopf.

»Es ist nicht natürlich, ihr solltet das nicht tun!«

»Nicht tun?« rief Hanna. »Wenn du auf sie aufzupassen hättest, würdest auch du sie einsperren.«

»Sie will doch nur in die Kirche!«

»Nur!« sagte Hanna und ihr Gesicht rötete sich. »Man wird sie gleich in den Beichtstuhl schleppen!«

»Das gehört alles nicht zur Sache!« warf Niklaus ein. »Mutter sieht die Gefahr nicht. Ich kenne Pater Hugo. Er ist ein Jesuit, ein Spion des Papstes. Außerdem hat sie ihre Kapelle im Schlafzimmer, was will sie denn noch? Schläft gleich gegenüber der heiligen Familie. Sie braucht nur die Augen aufzumachen, und da sind sie schon! *Wir* haben keinen so billigen Trost.«

»Ja, und zum Teil ist es meine Schuld«, jammerte Hanna.

»Ich habe ihr aus dem Testament vorgelesen. Ich hab das alles wieder in ihr aufgeweckt. Da ist sie erst ganz verrückt geworden. Ich dachte, es hat mich auch gepackt, aber schließlich war es doch nichts. Jesus war ein guter Mensch, aber es hat auch andere gute Menschen gegeben.«

Die drei gingen hinaus und setzten sich auf dem hölzernen Balkon auf eine Bank. Ihre Blicke schweiften über die im Dunst liegenden Hügel des Rheintals.

»Wir sind übel dran«, brummte Hanna. »Es ist keine Hoffnung mehr.«

Silvelie lehnte sich mit dem Kopf an die Wand.

»Ich habe Angst. Mutter sieht so sonderbar aus. Ihr solltet sie nicht einsperren. Ich bin überzeugt, sie denkt jetzt nur an ihre Jugendzeit. Vergeßt nicht, sie hat von uns allen das unglücklichste Leben gehabt.«

»Sie wird auf keinen Fall nach Andruss in die Kirche gehen. Das muß sie sich aus dem Kopf schlagen. Ich mach ihr keinen Vorwurf, wenn sie sich mit ihrer Religion betäuben will, aber sie muß es hier im Hause tun und an keinem öffentlichen Ort.«

Niklaus' Stimme war voll Wut.

»Hol's der Teufel! Ich habe einen Haufen Geld für dieses heilige Gerümpel bezahlt! Ich sag dir doch, sie hat jetzt ihre eigene Kapelle.«

Frau Lauretz erschien auf der Schwelle. Sie hatte ihren schwarzen Hut und Schal an.

»Da ist sie schon wieder!« schrie Hanna. »Sowie man die Tür offenläßt!«

Frau Lauretz' Gesicht war weiß. Ihr Kopf zitterte. Ihr Unterkiefer hing kläglich herab.

»Silvia, geh mit mir in die Kirche!« sagte sie.

»Wenn du nicht müde bist, Mutter gehe ich mit dir ein wenig spazieren, aber nicht in die Kirche. Unser Erscheinen würde Aufsehen erregen. Die Leute würden neugierig werden und wieder zu schwatzen anfangen.«

»Es genügt vollauf, wenn einem der eigene Schwager auf den Fersen ist«, warf Niklaus ein. »Geh auf dein Zimmer, Mutter!«

»Du gerätst deinem Vater nach!« sagte Frau Lauretz mit drohender Stimme. »Du wirst ihm auch von Tag zu Tag ähnlicher!«

Aber sie ging ins Haus zurück, legte Hut und Schal ab und begab sich dann in die Küche. Niklaus' Gesicht war fahl.

»Ist das gerecht von ihr, daß sie vor dir so etwas sagt? Ich komme fast jeden Tag nach Hause. Ich sitze bei ihr und versuche sie abzulenken. Hat sie schon einmal hungern müssen, seit ich für sie sorge? Und jetzt sagt sie, ich gerate Vater nach!«

Er beugte sich vor, und ein ersticktes Schluchzen kam aus seiner Kehle.

»Ja, du Dummkopf! Es ist nicht das Brot des Bäckers, das sie jetzt will«, bemerkte Hanna trocken.

»Hol der Teufel das heilige Brot! Wie lange würde sie wohl dabei am Leben bleiben?« sagte Niklaus heftig.

»Niklaus, du sollst nicht von Dingen reden, von denen du nichts weißt«, sagte Silvelie.

»Oh, ich bin nicht religiös, ich habe nicht das Zeug dazu«, murmelte er verzweifelt.

Die Glocken von Andruss begannen zu läuten.

»Daß es eine Macht geben soll, die einen Menschen so zum Sklaven machen kann«, sagte Niklaus. »Es ist gegen die Natur.«

»Ach«, erwiderte Silvelie, »wenn ich unsere Wälder und unsere Berge anschaue, wie still sie sind und trotzdem lebendig! Überall ist Frieden, nur nicht in uns selbst!« Sie hielt inne, um dann fortzufahren: »Wir müssen Mutter liebevoller behandeln, sie ist nicht wie wir. Sie lebt nicht in der gleichen Welt wie wir. Sie ist in ein Dämmerlicht gesunken, das nur für sie gilt.«

Frau Lauretz kam plötzlich aus der Küche. In der Hand hielt sie einen glühenden Schürhaken, ihre Augen standen weit offen.

»Keiner von euch glaubt mir, keiner!«

Ihre Stimme brach ab.

»Schaut her, jetzt müßt ihr mir glauben!« kreischte sie – und mit einer irren Bewegung stieß sie den glühenden Haken zwischen die Lippen und verbrannte sich den Mund. Rauch kam aus dem Mund und der Geruch versengten Fleisches. Mit einem Ruck schleuderte sie den Haken über den Balken, griff sich mit beiden Händen in den Mund, und während ihre Kinder entsetzt aufsprangen und Hanna gellend zu schreien anfing, taumelte sie hin und her. Sie sank stöhnend in die Arme ihrer Kinder, mit einem verzerrten Lächeln des Triumphes, das ihre versengten Lippen umspielte.

»Lauf, Niklaus, und hol einen Doktor!« rief Silvelie.

Frau Lauretz schien etwas sagen zu wollen, aber sie brachte nur unartikulierte Worte hervor. Sie trugen sie in ihr Zimmer.

Niklaus donnerte die Treppe hinunter und hinkte davon, so schnell er konnte. Als er in Andruss ankam, läuteten wieder die Glocken.

»Wenn nur ein Erdbeben euch zerstören würde!« schrie er und ballte die Fäuste gegen sie. »Wenn ihr nur herunterstürzen und in tausend Stücke zerschellen würdet. Euer schreckliches Geläut hat ihr den Verstand geraubt.«

Mit Tränen in den Augen betrat er das Haus von Dr. Max.

Als der Arzt eintraf, wurde ihm mitgeteilt, Frau Lauretz sei ausgeglitten und sei mit dem Mund gegen den Herd gefallen. Frau Lauretz widersprach nicht, sie schüttelte nicht einmal den Kopf. Man brachte sie zu Bett und Dr. Max schmierte ihr den Mund mit einer fetten Salbe ein. Er erklärte mit philosophischer Gelassenheit, daß nur die Zeit die Wunden heilen könne, ja Zeit und eine gute Pflege, und er verschrieb ihr schmerzstillende Tabletten.

Während die Kinder im Nebenzimmer saßen und sich flüsternd unterhielten, versank Frau Lauretz in völlige Apathie. In dem friedlichen Dämmerlicht ihrer halben Bewußtlosigkeit erinnerte sie sich nicht mehr an das, was sie sich selber angetan hatte. Sie hatte nur noch die Vision einer Öllampe, die oben an der Decke hing, und

Weihrauchschwaden stiegen von heiligen Bildern und Altären zu ihr empor. Auch ein Dorf tauchte aus ferner Vergangenheit vor ihr auf.

»Es gibt einen Hang zum Wahnsinn in unserer Familie«, sagte Niklaus, »so wahr ich hier sitze. Ein verrückter Teufel, der alles gegen uns kehrt und uns Unglück bringt.«

Er beugte sich vor, raufte sich seine Haare und heftete seine Augen auf Silvelie. »Ja, in unserer Familie ist ein Teufel des Wahnsinns. Schaut doch nur, was Mutter eben gemacht hat. Ich bin nicht abergläubisch, aber ich glaube wirklich, in der Via Mala hat es böse Geister.«

»Wenn du so gescheit bist, warum hast du dann nicht voraussehen können, daß sie so etwas macht?« fragte Hanna.

»Sie hat es aus Trotz getan, weil sie unsern Anblick nicht mehr ertragen konnte«, meinte Niklaus.

»Niklaus«, warf Silvelie ein, »warum sagst du so häßliche Dinge?«

»Häßlich? Ach du Heilige! Es ist so, wie ich sage. Eine Mutter, die ihre Kinder liebt, tut so etwas nicht. Sie würde wissen, daß sie ihren Kindern mehr weh tut als sich selber.«

Er zog ein großes Taschentuch heraus und wischte sich damit die Augen.

»Verfluchtes Leben!« schrie er. »Was wird das nächste sein, was passiert? Ich habe es satt! Satt!« Er nahm seinen Hut und rannte zum Haus hinaus. Wie ein Betrunkener stolperte er den Feldweg entlang, hörte nicht auf Silvelie, die ihn zurückrufen wollte, und fuchtelte wild mit den Armen.

Als er schließlich seine Sägemühle erreichte, sperrte er auf und machte das Tor wieder zu. Verloren und unruhig humpelte er zwischen den Bretterstapeln umher, denn es war Sonntag, und es wurde nicht gearbeitet. Nur der Bach lärmte durch das betonierte Bett unter dem hölzernen Boden. Es war in den frühen Abendstunden. Er ging in den Sägeschuppen, zog den Rock aus und rollte die Ärmel hoch. Er mußte etwas arbeiten. Die Arbeit befreite vom Schmerz. Er nahm eine Sichel, ging auf das kleine benachbarte Feld, das ihm gehörte, und begann dort das Gras zu schneiden. Und er mähte drauflos, bis die Sonne unterging. Endlich war er müde und kehrte in den Schuppen zurück. Er nahm von einem Wandbrett eine Flasche Schnaps, hielt sie gegen das Licht und goß sich ein Glas voll, das nicht größer war als ein Fingerhut.

»Nur eins«, murmelte er vor sich hin, als fürchte er sich vor der Flasche. Nein, aus ihm würde nie ein Säufer werden. Wenn das dumme Weib nur wüßte, wie sehr er es liebte!

›Ich muß ihr erlauben, in die Kirche zu gehen‹, beschloß er. ›Sie kann jetzt nicht reden. Wenn sie in die Kirche geht, wird sie vielleicht der Finsternis entkommen, die ihren Geist beherrscht. Vielleicht wird sie dem Fluch entrinnen? Aber – ob es auch mir gelingen wird …?‹

15

Frühmorgens verließ Niklaus das Hundshüsli. Hanna und Silvelie waren damit beschäftigt, ihrer Mutter durch einen Schlauch Milch in den Mund einzuflößen. Er fuhr mit dem Motorrad in die Mühle und machte sich im Büro an seinem Schreibtisch zu schaffen. Ein Blick durch das Fenster versetzte ihn in höchsten Alarm. Andi näherte sich durch das Hoftor und marschierte über den Hof. Gewaltsam riß er sich zusammen.

Andi klopfte an.

»Herein«, rief Niklaus und stand auf.

»Ah, mein Herr Schwager! Guata Tag! Freut mich, Sie zu sehen.«

Andi übersah mit Absicht, daß Niklaus ihm die Hand entgegenstreckte.

»Haben Sie Silvelie gesehen?«

»Sie ist im Haus, gestern früh ist sie angekommen.«

»Ist sie jetzt dort?«

»Ja, bei der Mutter.«

»Was ist denn los?« fragte Andi, unruhig Niklaus' Gesicht beobachtend.

»Mutter hat einen Unfall gehabt. Sie ist gestern gegen den Küchenherd gefallen.«

»Das tut mir leid.«

»Wenn ich Ihnen helfen kann, Herr Schwager ...« meinte Niklaus mit einer unbestimmten Gebärde.

»Ja, Sie können mir helfen. Ich will ins Jeff hinauf und brauche einen Führer. Zeigen Sie mir den Weg.«

Niklaus starrte vor sich hin. »Sie wollen doch heute hoffentlich nicht wieder damit anfangen –«

»Es ist ein schöner Tag für einen Ausflug«, unterbrach ihn Andi. »Viel Licht! Als ich das letzte Mal oben war, war es ziemlich finster.«

Andis ominöse Worte trafen Niklaus wie eine unsichtbare Hand, die ihn an der Kehle packte.

»Vorwärts, steigen Sie in mein Auto!« befahl Andi herrisch.

»Ich will bloß die Stiefel wechseln, wenn Sie gestatten. Es ist dort oben ziemlich schmutzig.«

»Schmutzig? Gut, machen Sie schnell!«

Niklaus ging in den Nebenraum, wohin auch Andi ihm folgte.

»Machen Sie sich's bequem, Herr Schwager. Nehmen Sie Platz. Das ist sozusagen auch Ihr Büro, und wenn Sie ein wenig Zeit haben, möchte ich die Gelegenheit benützen, um Ihnen die Geschäftsbücher zu zeigen. Schließlich ist es unser gemeinsames Unternehmen, da Sie stiller Teilhaber sind.«

»Ziehen Sie Ihre Stiefel an und belästigen Sie mich jetzt nicht mit Geschäftsbüchern«, sagte Andi ärgerlich. Ein kalter Schauer lief Niklaus über den Rücken. Aber er gehorchte. Endlich hatte er die Stiefel festgeschnürt, stand auf und ging in das Büro zurück.

»Ich bin fertig, Herr Schwager.« Er sah Andi unsicher an. »Sie sind doch mein Schwager, oder?«

»Ja«, erwiderte Andi kurz. Und als er ein spöttisches Lächeln über Niklaus' Züge huschen sah, befahl er: »Vorwärts, gehen wir!«

Wenige Minuten später fuhren sie aus Andruss hinaus, hinab in den Wald und zur Hängebrücke über die tosende Schlucht des Rheins. Es ging die Via Mala entlang durch die Tunnel, in denen die Straße ein schleimiger Sumpf war. Keiner von ihnen sprach ein Wort. Andis Gesicht glich einer grimmigen Maske. Ein grausames Flackern blitzte in seinen Augen auf – während Niklaus nur noch die Spannung seiner Nerven empfand. Er blickte voller Verzweiflung auf die nackten Felswände, denn ihm schien, in dem von Nässe triefenden Gestein sei mehr Erbarmen als in diesem Mann. In Nauders hielt Andi einen Augenblick an.

»War dieser Krämer, den sie den langen Dan nennen, ein Freund Ihres Vaters?« fragte er.

»Sie haben einander gekannt«, sagte Niklaus überrascht und dachte im stillen: ›Wo hat er den Namen her?‹

»Wie lange haben sie einander gekannt?«

»Jahrelang.«

»Was ist der lange Dan für ein Kerl?«

Niklaus schwieg verstockt.

»Kennen Sie ihn nicht?«

»Jeder kennt ihn«, brummte Niklaus.

Andi stieg aus. Er betrat den Laden des langen Dan und verlangte eine Schachtel Zündhölzer. Er sah sich in dem engen Geschäft um und beobachtete den langen Dan, wie er mit mageren, erdfarbenen Fingern ein Paket schwedischer Streichhölzer öffnete, hörte ihn schwer atmen und keuchen wie einen, der eine kranke Lunge hat. Er musterte das verbitterte Gesicht mit den schmalen Lippen und blickte in zwei schläfrige Säuferaugen. ›Unfähig, einen Gewaltakt zu begehen!‹ war seine Schlußfolgerung! Er steckte die Zündhölzer ein und warf eine kleine Münze auf den schmierigen Ladentisch zwischen die aufgestapelten Waren. Der lange Dan ließ sich in keine seiner Kombinationen und Theorien eingliedern. Dieser feige, träge Mensch hätte niemals die Kraft aufbieten können, um einen bärenstarken Mann wie den alten Lauretz zu erledigen. Anscheinend war Andi mit seinem Besuch zufrieden. Schnell stieg er wieder in das Auto und fuhr weiter.

»Sie glauben nicht, daß der lange Dan mit dem Verschwinden Ihres Vaters etwas zu tun haben könnte«, fragte er.

Niklaus lachte nervös.

»Wenn der lange Dan den Alten erblickt hat, ist er gleich davongelaufen.«

Schweigend fuhren sie weiter, bis sie an die Biegung der Landstraße kamen, wo der kleine Seitenweg nach dem Jeff abzweigte.

»Wird diese hölzerne Brücke den Wagen aushalten?« fragte Andi.

»Wir fahren Tonnen von Holz über die Brücke«, erwiderte Niklaus.

Andi fuhr langsam hinüber. Eine Sekunde später brachte er auf dem offenen Platz vor dem alten Steinhaus den Wagen zum Stehen.

»Wann sind Sie das letztemal hier gewesen?« fragte er, während er ausstieg.

»Vorige Woche«, erwiderte Niklaus und kletterte hinter ihm aus dem Auto.

Er räkelte sich und betrachtete böse die Stätte ehemaliger Qualen.

›Ja, wenn Andi wüßte, wie mir zumute ist, würde er anders mit mir reden‹, dachte er.

Aber Andi kannte kein Erbarmen. In ihm war eine heimliche Grausamkeit erwacht, die bisher in seinem Charakter geschlummert hatte und die mit Feuereifer der Wahrheit nachspüren mußte.

Das Verschwinden des Jonas Lauretz war keine Angelegenheit, die man im Schoße der Familie erledigen konnte. Hier handelte es sich um ein unentdecktes Verbrechen. Nicht Andreas von Richenau verfolgte die Spur dieses Rätsels, sondern das Gesetz, dessen Diener er war. Andi war sich seiner Verantwortung vollauf bewußt. Wenn ihn Mitleid überkam, dann war das nur eine kurze Reaktion. Auch wenn er sich sagte, daß Silvelie jahrelang in der gespenstischen Gegend gelebt hatte, daß diese hochragenden, von Nässe triefenden Wände, diese sumpfige Erde, diese feuchten Wälder ihre Heimat gewesen waren, daß sie hinter diesen kleinen Luftlöchern in dem Haus aus Granit geatmet und der donnernde Lärm der Yzolla jahraus, jahrein in ihren Ohren gedröhnt hatte, mußte er dieses Mitleid in sich ersticken, denn auch Silvelie würde er zur Rechenschaft ziehen müssen.

»Würde es Ihnen hier gefallen?« fragte Niklaus. »Ein bißchen laut, nicht? Aber man gewöhnt sich daran. Möchten Sie noch etwas mehr Lärm hören?«

Er ging in den Schuppen, um die Säge in Bewegung zu setzten, versehentlich aber zog der den falschen Hebel. Die Alarmglocke begann zu läuten. »Dill – dill – dill – – – dill – dill – dill –«.

Er wurde blaß.

»Verfluchtes Ding!« schrie er laut, »mußt du gerade jetzt läuten?«

Er stellte die Glocke ab, aber sie klingelte noch ein Weilchen weiter, als wollte sie ihn verhöhnen. »Dill – dill –« Mit einem Schlag gegen den anderen Hebel setzte Niklaus die Säge in Gang, und der riesige Rahmen begann donnernd auf und nieder zu wuchten.

»Jetzt klingt das ganze Jeff zusammen!« rief er mit wilder Stimme aus dem Schuppen. Ein Arbeiter kam eilig aus dem Haus gelaufen.

»Was macht denn der Herr Lauretz?«

Niklaus fuhr erschrocken herum.

»Ich zeige dem Herrn da draußen, was für Lärm wir machen können«, sagte er.

Lachend stellte er den Hebel ab. Die Säge blieb stehen. »Das Getriebe besser schmieren!« sagte er zu dem Mann. »Es läuft heiß. Das ganze Ding wird noch einmal zu brennen anfangen, sag ich Ihnen! Ölen Sie jetzt gleich in meiner Gegenwart.«

Andi trat hinzu und nahm Niklaus beiseite.

»Ich möchte mich drinnen mit Ihnen unterhalten.«

Er musterte Niklaus, der das Gefühl hatte, als sei er an einen Balken genagelt, der das Dach trug. Andi verschränkte die Arme auf dem Rücken und sah sich die Unordnung im Schuppen an.

»Zeigen Sie mir das Haus, ich möchte alle Räume sehen«, sagte Andi.

Sie gingen durch das ganze Haus, dann setzten sie sich in das untere Zimmer neben der Küche.

»Es tut mir leid, Herr Schwager, daß ich Ihnen nichts anbieten kann«, sagte Niklaus. »Besonders gut müssen Sie sich das oberste Zimmer merken, das ich Ihnen gezeigt habe.«

»Warum?«

Niklaus zuckte die Achseln.

»Weil ...«

»Weil was?«

»Weil!«

Andi schaute stumm vor sich hin. Er hatte kurz mit dem Kopf genickt, als ob seine Ohren die Bemerkung Niklaus' mechanisch registrierten. Dann lehnte er sich zurück und sah Niklaus voll ins Gesicht.

»Sie sind kein Dummkopf!« sagte er. »Und das wissen Sie auch.

Sie haben es bewiesen. Sie haben Richter Bonatsch ganz hübsch hereingelegt. Ich muß Ihnen mein Kompliment machen. Aber Bonatsch ist plötzlich gestorben, und damit hatten Sie nicht gerechnet, wie?« Er beugte sich vor.

»Kommen Sie, Niklaus. Sie wollen mir doch nicht einreden, daß Ihr Vater an einem Novembertag zum Yzolla hinaufspaziert ist, ohne Paß und mit viertausend Franken in der Tasche, um acht Stunden weit über einen Bergpaß nach Italien zu wandern.«

Niklaus packte die Kante des roh gezimmerten Tisches, der jahrelang seine Krippe gewesen war.

»Ich habe nicht behauptet, daß ich gesehen habe, wie er ins Tal hinauf ging!«

»Das weiß ich. Sie haben ihn angeblich im Nebel verschwinden sehen?« Er hielt einen Moment inne und fragte dann:

»Sind Sie sicher, daß Jöry Wagner ihm nicht gefolgt ist?«

»Ganz sicher, Jöry hat mit mir im Schuppen gearbeitet.«

»Aber Sie sagten doch, er hätte noch am selben Abend das Jeff verlassen.«

»Ja, aber erst später. Er ist mit seiner sterbenden Frau auf einem Karren nach Andruss gefahren.«

Andis Blicke waren streng und spöttisch auf Niklaus gerichtet.

»Haben Sie noch den alten Gaul?«

»Ja, ich hab ihn in Andruss.«

»Hat er wieder einmal gelahmt?«

Niklaus holte Atem, stemmte den Ellbogen auf den Tisch und stützte das Kinn auf die Hand.

»Nein!« sagte er verzweifelt.

»Niklaus«, fuhr Andi ungerührt fort, »da sitzen wir nun allein zusammen. Etwas muß geschehen.«

»Werfen Sie mich doch in die Yzolla!« rief Niklaus. »Ich kann nicht mehr sagen, als ich weiß.«

»Aber Sie wissen vielleicht mehr, als Sie sagen. Vergessen Sie nicht, das Gesetz ist langsam und geduldig. Wollen Sie mir nicht etwas mehr über diesen Jöry Wagner erzählen? Ich würde gern mehr von ihm wissen, bevor ich mit ihm spreche.«

»Mit ihm sprechen?«

Niklaus richtete langsam seine Blicke auf Andi.

»Gewiß! Sie glauben doch nicht, ich werde ihn weiter im Lande herumspazieren lassen? Ich habe bereits einen Haftbefehl unterzeichnet.«

Niklaus hob langsam das Kinn und nahm den Arm vom Tisch. Er zitterte so heftig am ganzen Körper, daß es Andi weht tat, ihn so zu sehen. Aber er blieb äußerlich völlig gelassen.

»Hoffentlich hat Jöry, seit er damals in Ilanz bei Ihnen war, keinen Lohn mehr von Ihnen verlangt?«

»Lohn?« murmelte Niklaus.

»Ja, oder sonst eine Geldsumme, die Sie ihm vielleicht schulden, oder die er vielleicht fordert –«

»Ich weiß nicht, was Sie meinen. Seit dem Tag, von dem ich Ihnen erzählt habe, habe ich Jöry nicht mehr gesehen.«

»Können Sie das beschwören?«

»Ich beschwöre es auf Silvelies Haupt!«

»Ich werde es bald wissen«, fuhr Andi ruhig fort. »Ich habe den Haftbefehl unterzeichnet.«

Niklaus vergrub das Gesicht in beide Hände. »Hol der Teufel alles!« rief er, Tränen der Wut in den Augen. »Was habe ich getan? Was wollen Sie denn herausbekommen? Ich habe den Alten nicht umgebracht! Ich bin kein Mörder! Zwei Jahre lang habe ich meinen Frieden gehabt, und jetzt nehmen Sie ihn mir weg! Was habe ich Ihnen getan?«

Er sprang wie ein Rasender auf.

»Sie machen mich verrückt! Sie machen mich verrückt!« schrie er. »Erst ist es der Alte, der einen jahrelang herumstößt, und jetzt ist es Silvelies Mann! Mich hier heraufzuschleppen, sich auf mich stürzen und mich nach dem alten Hund ausfragen!«

Er schüttelte die Fäuste und schlug auf den Tisch.

»Ja, Sie könnten hier sitzen und lächeln! Lachen Sie nur, Herr Schwager und Untersuchungsrichter! Sie mögen über mich zu Gericht sitzen – ja – Sie mit ihrem Schloß und Ihrem Auto. Aber bilden Sie sich nicht ein, daß ich nicht ebensoviel wert bin wie Sie! Was ist leichter, als in einer Kanzlei zu sitzen und Haftbefehle gegen arme Teufel zu unterzeichnen und im Rat sitzen und über das Wohl des

Volkes schwatzen! Sehen Sie sich diese dampfenden Wände an! In diesen Wänden sind wir jahrelang lebendig begraben gewesen, verfolgt vom Anblick eines Menschen, der sich unser Vater nannte. Ja, Vater unser im Himmel, unser täglich Brot gib uns heute! Zum Teufel! Von fünf Uhr früh bis in die Nacht hinein arbeiten, um gerade so viel zu verdienen, daß man wie ein halb verhungertes Tier sein Leben fristet! Lassen Sie mich mit Ihren Fragen in Ruhe! Ich weigere mich, Ihnen zu antworten!«

Andi betrachtete Niklaus mit eisiger Ruhe. Er fand diesen Ausbruch nur natürlich. Er hatte Ähnliches oft in seinem Amtszimmer erlebt, und gerade der Umstand, daß das jetzt passierte, überzeugte ihn von Niklaus' schlechtem Gewissen.

»Setzen Sie sich, ich kann solche Komödien nicht leiden«, sagte er.

Mit einem Fluch warf sich Niklaus auf die Bank an der Wand, machte den Mund zu und biß die Zähne zusammen.

Andi stand auf, ging um den Tisch herum, legte die Hand leicht auf Niklaus' Schulter.

»Wer hat die Schmutzarbeit getan?« fragte er.

Niklaus starrte Andis gepflegte Hand an, packte sie und schob sie weg. Er verschränkte die Arme über der Brust, und die Muskeln um seinen Mund verhärteten sich. Er sah vor sich hin und sagte kein Wort. Andi steckte die Hände in die Taschen. Sein Kopf berührte fast die Decke. Plötzlich knöpfte er den Rock zu.

»Kommen Sie, verlassen wir dieses gespenstische Haus! Ich möchte mich in der Gegend umsehen.«

Niklaus rührte sich nicht.

»Hören Sie nicht?« fragte Andi mit erhobener Stimme. »Ich möchte mich draußen umsehen.«

Niklaus scharrte mit den Füßen und kehrte ihm den Rücken zu.

»Gut, dann werde ich mich allein umsehen.«

Andi ging hinaus. Er blieb auf der Schwelle stehen, blickte nach links und rechts, bemerkte dann einen Pfad, der zum Wald führte, folgte ihm und kam kurz darauf zu einer elenden Hütte. Jörys Hütte. Die Tür stand offen. Er trat ein. Drinnen war es finster, nichts zeugte davon, daß hier Menschen gehaust hatten. Andi blickte zurück und konnte gerade zwischen den Baumstämmen den Eingang des Hauses sehen. Er sah Niklaus herauskommen, sich nach allen Seiten umsehen und dann den Hut aufsetzen.

Andi zweifelte nicht mehr daran, daß Niklaus wußte, wohin der alte Lauretz verschwunden war. Und obgleich er bisher versucht hatte, sich einzureden, Niklaus müsse nicht unbedingt an seinem Verschwinden beteiligt gewesen sein, war er nun vom Gegenteil überzeugt. Er hegte keinerlei Zweifel mehr. Er sah Niklaus davonhumpeln und rief ihm mit lauter Stimme nach. Niklaus blieb stehen und sah sich um. Andi ging auf ihn zu.

»Wenn Sie sich wegschleichen wollten, dann lassen Sie sich von mir sagen, daß das keinen Zweck hat. Ich finde Sie überall.«

Niklaus hob einen langen, dünnen Fichtenzweig auf, der in seiner Nähe lag. Er brach ihn entzwei, warf die eine Hälfte Andi vor die Füße, die andere vor seine eigenen Füße. Dann machte er kehrt und ging davon. Andi sah ihm verblüfft nach, er überlegte, was der Bursche mit dieser unheimlichen Handlung gemeint haben konnte. War es eine Drohung gewesen?

Raschen Schrittes ging Niklaus die Via Mala hinunter. Ab und zu schlug er eine Abkürzung ein. Oft blickte er sich um, als erwarte er, daß Andi ihn mit dem Wagen überholen könnte.

›Jetzt ist alles vorbei!‹ keuchte er verzweifelt. ›Er hat mich erwischt. Er läßt Jöry verhaften. Jöry wird sicherlich reden. Ich muß nach Hause und die andern sofort warnen.‹

Das Bein hinter sich herziehend, hinkte er schweißgebadet weiter. ›Er wird uns alle verhaften! Ich kenn ihn jetzt. Schwester Silvelie sagt, er wird seine Pflicht tun.

Was ist mit Silvelie jetzt? Ja, ich kenn ihn! Er ist einer dieser vornehmen Herren, von denen man liest. Er wird sie abschütteln, sich scheiden lassen. Und ich hab ganz umsonst dieses verfluchte Geschäft aufgebaut. Er wird sein Geld zurückziehen, sich die Hände in Unschuld waschen, und uns wird man in das Lanzberger Gefängnis stecken.‹

Er blieb stehen und wischte sich die Zornestränen aus den Augen.

›Nein! Keiner von uns wird ins Gefängnis wandern, das schwör ich!‹

Er schritt schneller aus. Er mußte rasch nach Hause. Er mußte zu seinen Leuten.

Und dann hörte er hinter sich das Signal von Andis Wagen. Schnell versteckte er sich hinter einem Felsen am Straßenrand und wartete. Wenige Augenblicke später fuhr Andi vorüber. Niklaus hätte gern gewußt, wohin er fuhr. Vielleicht geradewegs zum Hundshüsli!

›Er wird ihnen die Wahrheit herauslocken, wir sind verloren!‹

Als Niklaus in Andruss ankam, ging er in Volkerts Garten und stürzte ein Glas Bier hinunter.

›Ich darf den Kopf nicht verlieren!‹

Er versuchte sich zu beruhigen.

›Schließlich ist er wirklich mein Schwager.‹

Nach kurzer Rast verließ er Volkerts Wirtshaus und eilte weiter. Es war Abend, als er den Feldweg erreichte, der zum Hundshüsli führte. Er suchte auf dem Boden nach Reifenspuren. Es waren keine da. Vielleicht aber war Andi zu Fuß gekommen? Er beschleunigte seine Schritte und stieß bald auf seine Schwestern, die bei Frau Lauretz saßen. Er blieb einen Augenblick stehen, um Atem zu holen.

»Nabig!« grüßte er und setzte sich.

»Wie er aussieht! Jeses Gott!«

»Was ist passiert?«

»Er ist also nicht bei euch gewesen?« fragte er.

»Wer?«

»Dein Mann.«

Bestürzt blickten sie einander an.

»Ich dachte, er würde zu euch gehen und euch den Hals umdrehen. Mir hat er ihn heute nachmittag umgedreht.«

In abgehackten Sätzen erzählte er ihnen alles, was sich zugetragen hatte, und sah das Entsetzen in ihren Augen. Silvelie war die erste, die den Mund aufmachte.

»Er läßt Jöry verhaften? Dann sind wir erledigt. Jöry wird alles verraten.«

»Ich hätte den buckligen Kerl längst in die Yzolla schmeißen sollen!« sagte Niklaus heftig. Dann schaute er Silvelie an: »Was sollen wir jetzt tun?«

»Andi tut nur seine Pflicht«, sagte sie streng.

»Pflicht! Pflicht! Eines Tages wird er klug werden und merken, daß der eine in dieser Welt so unschuldig ist wie der andere. Jeder hat einmal etwas angestellt, es gibt keinen, dem nicht etwas anhängt. Auch Richter machen keine Ausnahme. Wenn Mutter recht hat und Gott alles weiß, dann soll Gott unser Richter sein. Dagegen hätte ich nichts ... An deiner Stelle, Silvelie, würde ich wieder zu Andi gehen. Du gehörst nicht zu uns. – Ich selbst habe überhaupt keine Nerven mehr, ich sehe nachts Gespenster und rede mit mir selber.«

Als Niklaus sah, daß Silvelie weinte, wurde er verlegen, denn er hatte sie nur selten weinen sehen.

»Du bist jedenfalls unschuldig, dir können sie nichts anhaben. Aber kein Wunder, daß du zusammenbrichst, da du einen so unmenschlichen Mann hast«, murmelte Niklaus.

16

Frau Lauretz saß in ihrem Winkel, den unteren Teil ihres Gesichts bedeckte ein loser Verband, der durch einen Knoten am Hinterkopf befestigt war. Sie war wie leblos. Und hätten ihre Hände nicht ab und zu etwas gezittert, so hätte man sie für eine Puppe halten können.

Plötzlich hörten sie jemand die hölzerne Treppe an der Außenwand des Hauses heraufkommen.

»Es kann nur Andi sein«, sagte Silvelie in fatalistischer Erwartung.

Es wurde an die Tür geklopft, und einen Augenblick später stand Andi wirklich auf der Schwelle. Er blickte von Gesicht zu Gesicht, und seine Augen hefteten sich schließlich auf Silvelie.

»Störe ich? Aber ich muß mit dir sprechen!«

Sie erhob sich und ging zu ihm hinaus. Auf das hölzerne Geländer gestützt, sagte sie nur:

»Erinnere dich, Andi!«

»Ich erinnere mich an alles«, unterbrach er sie. »Ich erinnere mich an zu vieles. Ich erinnere mich sogar an eine Zeit, als ich dir noch vertrauen konnte.«

»Was willst du von mir?«

»Nichts«, sagte er mit Nachdruck. »Ich will nur die Freiheit nutzen, die du mir in deinem Abschiedsbrief so großmütig gewährt hast. Und nun: Bist du bereit, mir die ganze Wahrheit zu sagen, bevor ich sie selbst herausfinde?«

Sie schwieg.

»Du willst sie mir also nicht sagen?«

Kein Wort kam über ihre Lippen.

Er legte die Hand auf die Klinke. Sie griff nach seinem Arm.

»Warte, laß Mutter erst auf ihr Zimmer gehen. Sie darf eigentlich noch gar nicht auf sein.«

Aber er öffnete die Tür und ging hinein. Niklaus und Hanna saßen zusammengekauert nebeneinander auf der Bank. Frau Lauretz umklammerte die Armlehne ihres Stuhls und schrie leise auf. Andi schwang sein Bein über die Bank, als bestiege er einen Gaul und setzte sich dazu. Er sah erschöpft aus.

»Da sind wir also!«

Langes, unheimliches Schweigen trat ein. Hanna legte ihre gefalteten Hände auf den Tisch.

»Wollten Sie Niklaus noch einmal quälen? Glauben Sie immer noch, daß er lügt?« sagte sie.

»Ich möchte wissen, wer hier nicht lügt«, sagte Andi mit einem besonderen Blick auf Silvelie.

Hanna starrte ihn feindselig an.

»Ein feiner Gatte sind Sie!«

»Oh, laß Andi reden!« bat Silvelie.

»Ja, wenn Ihr fertig seid. Ich habe einiges zu sagen.« Und er fuhr fort: »Ich fürchte, wenn ich nicht rede, wird euch eines Tages ein anderer die Gefährlichkeit eurer Lage zu Bewußtsein bringen. Ich warne euch jetzt. Noch befindet sich die Sache in meinen Händen, es war reiner Zufall, daß ich sie bekam. Wäre es anders gekommen ... ich verstehe natürlich, daß ihr euch zu schützen versucht – wenn man ein Verbrechen zu verbergen hat.«

Er brach ab und schaute Niklaus an. »Ich bitte euch jetzt, mir nichts zu verschweigen, ich bitte euch alle, mir die volle Wahrheit zu sagen.«

»Warum warten Sie nicht, bis Jöry verhaftet ist? Der wird es Ihnen vielleicht sagen können«, murmelte Niklaus, als spreche er mit jemand unter dem Tisch.

»Jöry ist der einzige Außenstehende, der mir vielleicht etwas hätte erzählen können. Das weiß ich. Aber Jöry wird mir nichts mehr erzählen.«

Andi zog ein Papier aus der Tasche und reichte es Niklaus.

»Das ist heute abend mit der Post aus Lanzberg gekommen.«

Niklaus las. Es war eine amtliche Mitteilung der Luzerner Polizei in Beantwortung eines Haftbefehls, den Andi hatte veröffentlichen lassen.

»Besagter Jöry Wagner«, hieß es darin, »ist während der Arbeit am Neubau des Hauses Berner Straße Nummer zwölf von einer Leiter gefallen und an einem Schädelbruch gestorben. Die Autopsie ergab, daß besagter Jöry Wagner zu dem Zeitpunkt des Unglücksfalles im alkoholisierten Zustande war ...«

Niklaus blickte von einem Gesicht zum andern. Die Blicke seiner Mutter begegneten den seinen. Sie beugte sich vor und reckte den Hals. Niklaus schob das Papier über den Tisch, stand auf und ging rasch ein paar Schritte auf seine Mutter zu.

»Jöry ist vom Gerüst gefallen, Mutter! Jöry ist umgekommen.«

Triumphierend kamen die Worte von seinen Lippen. »Jetzt können wir sprechen, jetzt sind wir frei!«

Frau Lauretz' Kopf begann heftig zu zittern.

Andis Blicke ruhten schwer auf ihr.

»Nun, Herr Schwager!« sagte Niklaus mit lauter Stimme und schob die Hände in die Taschen. »Jetzt, da dieser arme Jöry tot ist, habe ich das Gefühl, als ob mir ein Stein vom Herzen gefallen wäre.«

»Wir schulden seinem gottverlassenen Andenken keine Dankbarkeit. Wenn wir ihn bis jetzt nicht verraten haben, dann nur deshalb, weil ich ihm mein Ehrenwort gab, es nicht zu tun. Jetzt aber kann mich nichts mehr daran hindern, Ihnen alles zu sagen. Er ist tot! Was brauchen wir mehr? Seit Jahren war Jöry auf den Alten wütend! Der Alte schuldete ihm Geld, tausend Franken samt Zinsen und den Lohn. Er war der Todfeind des Alten. Sein Sohn Albert und alle diese Geschichten! Und als der Alte damals mit Silvelies Geld aus Zürich zurückkam, entwickelte sich zwischen den beiden eine Prügelei. Hier sind die Zeugen! Hanna war da! Mutter hörte den Lärm im Haus. Ich kam zu spät, um dazwischenzufahren. Jöry hielt ein Messer, ein langes, spitzes Messer in der Hand! Ich habe dieses Messer noch! Ich kann es Ihnen zeigen! Ich kann beweisen, was ich sage.«

»Weiter!« sagte Andi, ohne sich zu rühren.

»Mit diesem Messer hat er den Alten umgebracht. Ich kam zu spät. Das schwöre ich!«

»Und was haben Sie dann getan?« fragte Andi.

»Jöry sagte, er würde den Leichnam des Alten wegschaffen, so daß ihn keiner mehr finden kann. Und er schaffte ihn weg.«

»Wohin?« fragte Andi.

»Ich weiß es nicht. Ich habe nicht gefragt. Wir waren viel zu aufgeregt. Er hatte das Geld, das man ihm schuldete. Er nahm es dem Toten weg – und gab mir den Rest. Aber ich versprach Jöry, ihm später noch etwas Geld zu geben.«

»Warum das?«

»Er wollte mehr haben. Er drohte uns. Und wir konnten nicht wissen, was er sagen würde. Wir waren halb irrsinnig vor Angst – wir alle.«

»Und haben Sie ihm später noch Geld gegeben?«

»Ja – in Ilanz. Wir schworen alle, wir würden ihn nie verraten.«

Niklaus schlug sich mit geballten Fäusten vor die Brust.

»Und wir haben es auch nicht getan. Wir Lauretz' halten unser Versprechen!«

Andi betrachtete seinen Siegelring. Totenstille herrschte im Raum. Ohne aufzublicken, begann er an seinem Ring zu spielen.

»Sie erwarten von mir, daß ich das alles glauben soll?« fragte er schließlich.

Niklaus antwortete nicht.

»Angenommen, ich würde Ihnen Glauben schenken – wissen Sie, was ich dann tun müßte?«

Immer noch war es still im Zimmer. Niemand rührte sich.

»Ich müßte Ihre Aussage schriftlich niederlegen und sie dem Präsidenten des Strafgerichts vorlegen. Wenn Sie sich für so klug halten, dann versuchen Sie sich einmal vorzustellen, was geschehen würde, wenn einer meiner Kollegen, der ein wenig schlauer ist als Sie, mit Ihnen ein Kreuzverhör anfinge? Ich kann Ihnen nur eines sagen, Niklaus – bevor Sie mit Ihrer Antwort fertig wären, hätten Sie schon ein paar Handschellen um die Gelenke. Das gleiche würde euch allen passieren, einschließlich Silvelie.«

Er sah die Frauen der Reihe nach an.

»Wie könnt ihr bloß so dasitzen und Niklaus zuhören, ohne für ihn zu erröten? Setzen Sie sich jetzt hin, Niklaus, und lassen Sie sich Zeit. Versuchen Sie, sich etwas Besseres auszudenken. Ich habe es nicht eilig.«

Er blickte Hanna an, die vor sich hin starrte.

»Vielleicht können Sie, Hanna, eine bessere Geschichte erfinden?«

»Ich kann nur sagen, daß ich es nicht länger ertrage!« erwiderte Hanna. Ihr Atem ging stoßweise. Wieder trat ein langes Schweigen ein, das nur durch Silvelie gestört wurde, die neben dem Ofen saß und in ihr Taschentuch schluchzte. Andi hatte ein Gefühl chaotischer Verwirrung. Sein Glück war zerbrochen. Silvelies Schluchzen rührte ihn nicht. Sie war es, die ihn in dieses Schlangennest gezerrt hatte. Er hatte sich noch nie in seinem Leben gefürchtet. Jetzt aber fürchtete er sich.

»Hören Sie Niklaus«, sagte er und bemühte sich, einen natürlichen Ton anzuschlagen, »Sie sind doch ein viel zu anständiger Kerl, als daß Sie hätten zusehen können, wie Ihr Vater von seinem Arbeiter ermordet wurde.«

»Ich sagte doch schon, daß ich zu spät kam!«

»Wenn das stimmt, dann war es immerhin nicht zu spät, um den Mörder Ihres Vaters der Gerechtigkeit auszuliefern.«

Schweigen.

»Versuchen wir es mit einer anderen Theorie. Nehmen wir an, daß Sie nicht zu spät kamen, um sich in den Streit einzumischen. Als Sie Ihren Vater in Gefahr sahen, versuchten Sie vielleicht, ihm zu helfen. Vielleicht packten Sie irgendeinen Gegenstand, einen Holzklotz, eine Eisenstange, etwas, das gerade zur Hand war, und gingen auf diesen Jöry los. War es so? Es war finster. Sie konnten nicht sehen, was Sie machten, Sie trafen aus Versehen den Falschen, und der Schlag war tödlich. War es so? Hat das schwer auf Ihrem Gewissen gelastet?«

Während er sprach, bewegt von seinen eigenen Worten und dem Gedanken an andere Möglichkeiten, beschlich ihn eine leise Hoffnung. War es nicht denkbar, daß Niklaus schuldig und dennoch eigentlich nicht schuldig sei? War es nicht möglich, daß er, Andi, zu grausam gewesen war? Niklaus antwortete nicht. Aber Hanna erhob sich mit einem Ruck.

»Zum Teufel, wovor fürchten wir uns denn?« schrie sie mit ihrer mächtigen Stimme. »Sag ihm doch die Wahrheit, Niklaus, und fertig!«

»Setz dich, du bist verrückt«, rief Niklaus.

»Mit welchem Recht setzt er sich hierher und quält Mutter und uns alle! Silvelies Mann! Ich kann es nicht mehr aushalten! Ich sage euch, ich kann es nicht mehr ertragen!«

Sie spuckte auf den Fußboden.

»Steh auf und sag es ihm! Und du stehst auf, Silvelie! Dasitzen und heulen! Fürchtest du dich? Ich habe keine Angst.«

Sie verstummte. Niklaus sagte nichts. Silvelie schluchzte leise weiter.

»Gut, wenn du nicht reden willst, werde ich es tun.«

Sie wandte sich zu Andi.

»Was würden Sie tun, wenn Sie einen faulen Landstreicher zum Vater hätten, für den Sie jahrein, jahraus schuften müssen, und der das ganze Geld, das Sie verdienen, an Hurenweiber und in den Wirtshäusern verschleudert? Was würden Sie tun, wenn er Sie herumstößt, wenn Sie sechs Winter droben im Jeff verbringen müssen, wo man kein Waschwasser hat und morgens die Eiszapfen über dem Bett hängen und der Abort einfriert. Was würden Sie tun, wenn Sie einen Vater hätten, der eine Axt nach Ihnen schmeißt und Sie für das ganze Leben zum Krüppel macht, der Ihnen mit der Faust auf den Kopf schlägt und sie für das ganze Leben taub macht! Schauen Sie sich Niklaus an! So hat er Niklaus zugerichtet! Und Ihre eigene Frau! Sie hat Ihnen erzählt, daß sie sich den Arm gebrochen hat – weil sie nicht einmal ein böses Wort über den Alten sagen wollte. Aber der Alte hat es getan – ich hab's gesehen. Er hat Silvelie an den Zöpfen zum Brunnen geschleppt und ihr den Kopf ins Wasser gehalten, dann hat er den eisernen Pumpengriff abgerissen und sie damit über den Arm gehauen, so daß sie sieben Tage lang hintereinander vor Schmerzen geheult hat!«

Die Arme weit ausgebreitet, als wolle sie das ganze Haus emporheben, starrte Hanna wie eine Besessene um sich. Niklaus sprang auf. Silvelie rief sie schrill bei ihrem Namen.

»Teufel!« schrie Hanna mit dröhnender Stimme. »Seine eigenen Töchter mußten vor ihm davonlaufen, um ihre Jungfräulichkeit zu retten! Er hat uns zu Krüppeln gemacht! Schauen Sie sich meine Brust an!« Sie riß ihre Bluse auf. »Da hat er mich angepackt – ich habe gedacht, ich kriege Krebs! Und das ist noch nicht alles!«

Sie wandte sich schnell zu ihrer Mutter.

»Sehen Sie sich diese Frau an! Ist sie noch ein Mensch? Da!«

Wie eine Löwin stürzte sie sich auf ihre Mutter, packte das Kleid ihrer Mutter am Halse und riß es in Fetzen herunter.

»Er soll es sich ansehen! Er soll es sich ansehen!« schrie sie. »Hat er so etwas schon einmal gesehen? Sie war einmal ein gesunder Mensch. Sie hatte einen Verstand. Sie war unsere Mutter. Schaut sie euch heute an! Eine Verrückte! Eine lebende Wunde!«

Niklaus und Silvelie packten sie und wollten sie aus dem Zimmer schleppen.

»Laßt mich in Ruh! Laßt mich in Ruh!«

Sie riß sich von ihnen los, stolperte zum Tisch und schlug mit den Fäusten auf die Platte.

»Und Ursuli! Und Grittli! Wer hat sie umgebracht?« heulte sie. »Er, er! Jeses Gott, und da sitzt der Herr von Richenau wie ein Schulmeister und will wissen, was mit diesem Mann geschehen ist! Wir haben ihn umgebracht! Jöry, Niklaus, Mutter und ich! Alle zusammen, hören Sie? Wir waren alle beteiligt. Soll einer kommen und uns Moralpredigten halten, ich schlage ihm den Schädel ein!«

Sie ließ sich niederfallen. Ihre Arme schlugen auf den Tisch. Andis Gesicht war kalt wie Stein. Hanna tastete über den Tisch hinweg nach seinen Händen.

»Andi«, sagte sie mit gebrochener Stimme. »Und mehr noch, viel mehr noch! Ich kann Ihnen nicht alles sagen. Ach, seien Sie nicht grausam zu Silvelie! Sie verdient es nicht. Sie ist unschuldig. Und wie sie gelitten hat!« Sie schlug ihren Kopf gegen den Tisch.

Niklaus und Silvelie führten die zitternde Mutter hinaus. Niklaus kehrte allein zurück.

»Ist es wahr, was Hanna sagt?« fragte Andi.

Niklaus ging auf ihn zu und streckte ihm die Arme hin, so daß ihre Hände einander berührten.

»Sie können die Handschellen anlegen, Herr Schwager«, sagte er ruhig.

Andi erhob sich langsam. Er stemmte sich hoch, als müsse er eine schwere Last heben. Gebeugt stand er da.

»So also ist es gewesen«, sagte er mit leiser Stimme.

»So ist es gewesen.«

Mit schweren Schritten begann er im Zimmer auf und ab zu gehen.

»Jetzt weiß ich es!«

Nach langem Schweigen wandte sich Andi an Hanna.

»Hat Silvelie das alles gewußt?«

Hanna gab keine Antwort, sie sah nur ihren Bruder an.

»Ja«, erwiderte Niklaus. »Wir haben ihr alles erzählt, als sie aus Zürich kam.«

»Sie hat es selbst herausgefunden«, sagte Hanna. »Und sie hat das Geheimnis bewahrt. Wir verdanken ihr alles. Wenn ich noch heute für sie sterben könnte, hätte mein Leben einen Zweck gehabt.«

Andi wandte sich ab. Von Ferne hörte man das Rauschen des Rheins in den Tiefen der Schlucht.

»Sie haben zwei Namen erwähnt – Gritli und Ursuli. Was war das?«

»Hat Ihnen Silvelie nicht von unsern Zwillingsschwestern erzählt!«

Er nickte.

»Ich war damals ein Kind«, sagte Hanna. »Aber ich erinnere mich noch, wie der Alte über die Zwillinge schimpfte und sagte, daß er nicht mehr Idioten in der Familie haben will, als unbedingt nötig. Er hat veranlaßt, daß sie im oberen Zimmer schliefen ...«

»Ich habe unserm Herrn Schwager das Zimmer gezeigt«, unterbrach sie Niklaus. »Ich habe ihn ersucht, sich daran zu erinnern.«

»Mutter hat es das Herz gebrochen, daß sie oben liegen mußten«, fuhr Hanna fort, »aber wenn sie sie herunterholte, hat der Alte sie geschlagen. Und er war es, der das Fenster geöffnet hat in der Nacht, als sie erfroren sind. Ich habe sie daliegen sehen, so steif, daß sie wie aus Holz waren, als Mutter sie aufhob.«

»Hat denn keine Leichenschau stattgefunden?«

»Nein«, sagte Niklaus. »Der Alte ging zu Bonatsch und erzählte ihm irgendeine Geschichte und drohte uns umzubringen, wenn einer von uns ein Wort sage. Wir waren noch Kinder. Bonatsch kam herauf und sah sich die Sache an. Vater erzählte ihm, der Wind habe in der Nacht das Fenster aufgerissen. Ich weiß nicht, ob Bonatsch ihm das geglaubt hat, aber man konnte nichts beweisen.«

»Ah!« sagte Andi.

Niklaus schlug mit der Faust auf den Tisch.

»Wir mußten es tun, wir mußten es tun!« rief er verzweifelt. »Ich bereue es nicht, ich kann es nicht bereuen!« Andi stand auf. Ihm schien, als sei die Last auf seinen Schultern noch schwerer geworden. Einen Augenblick blieb er stehen, als überlege er etwas. Dann öffnete er mit einem Ruck die Tür und ging hinaus. Hanna und Niklaus sahen einander lange an.

»Was glaubst du, wird er jetzt machen?« fragte sie.

»Ich weiß es nicht.«

»Ich habe keine Angst«, sagte Hanna, aber ihre Stimme strafte ihre Worte Lügen.

»Ich will nicht ins Gefängnis!« stöhnte Niklaus und raufte sich verzweifelt die Haare. »Wenn er mich ins Gefängnis bringt, begehe ich Selbstmord!«

Silvelie kam zurück ins Zimmer.

»Wo ist Andi?«

»Er ist eben weggegangen«, erwiderte Niklaus, ohne sie anzusehen.

Sie eilte zur Tür und lief die Stufen hinunter.

»Andi! Andi!«

Ihre Stimme verlor sich in der Dunkelheit, während sie über den schmalen Weg hinter ihm herlief.

Als Andi ihre Stimme hörte, beschleunigte er zunächst seine Schritte, als ob er ihr entkommen wollte. Er mußte sich von Silvelies Einfluß befreien, mußte allein sein. Aber ihre Stimme kam immer näher. Sie rief so dringend nach ihm, daß er schließlich stehenblieb, den Atem anhielt und sich nicht rührte. Im Lichte des abnehmenden Mondes taumelte sie, er mußte sie in seinen Armen auffangen, damit sie nicht zu Boden fiel. Ihr Körper schmiegte sich an ihn, halb bewußtlos rief sie seinen Namen. Er hielt sie fest, sie war wie ein Kind in seinen Armen. Im Bruchteil einer Sekunde erkannte er, wie sehr sie gelitten und welche Leiden sie ihm verborgen hatte.

»Ich bin hier, Silvelie«, flüsterte er. »Ich bin hier bei dir.«

Sie hörte nicht, was er sagte, aber sie schlang mit verzweifelter Kraft ihre Arme um seinen Hals.

»Ich habe versucht, für diesen Tag Kräfte zu sammeln. Ich wußte, er würde kommen, ich wußte, er mußte kommen.«

Sie wartete darauf, daß er etwas sagen würde. Aber er blieb stumm.

»Ich bin schwach gewesen«, fuhr sie fort. »Ich wußte mir nicht zu helfen. Ich hätte es dir gleich zu Anfang gestehen müssen, aber ich war zu schwach, ich konnte nicht! Bedenke nur, was sie alles durchgemacht haben, bevor es soweit kam. Ich hatte Lauters, ich hatte einen Freund – sie nicht! Denk an das Grauen ihres Lebens, an ihren Hunger, an ihr Elend – an den Terror!«

»Ich denke an das alles, aber es ist keine Entschuldigung für einen Vatermord.«

»Sie taten es in einem Augenblick völliger Verzweiflung, nachdem Vater mir das Geld gestohlen hatte. Ich bin der Anlaß gewesen, ich! Wohin ich komme, bringe ich Unglück. Und dir habe ich am meisten Unglück gebracht.«

»Dachtest du, wenn du meine Frau wirst, sei deine Familie geschützt?«

»Ich wollte dich nicht heiraten, du hast mich dazu überredet.«

»Wie oft habe ich dich gefragt, ob du nicht einen heimlichen Kummer hast? Jedesmal sagtest du nein. Du hast mir fest in die Augen geschaut und gelogen. Du dachtest, ich sei zu kleinlich, man könne mir nicht vertrauen. Du hattest Angst, wenn du es mir gleich erzählen würdest, würde ich dich nicht heiraten. Ist es nicht so?« fragte er schließlich.

»Wenn du das von mir glauben kannst, will ich dich nie mehr wiedersehen.«

»Nun, ist es nicht wahr? Leugne es, wenn du kannst.«

Seine Worte trafen sie wie ein tödlicher Schlag.

»Ich verdiene es«, murmelte sie. »Ich werde dich nie mehr belästigen. Ich kehre zu *ihnen* zurück.«

Sie wandte sich rasch von ihm ab und verschwand zwischen den Bäumen.

17

Am nächsten Morgen suchte Andi Niklaus auf. Er fand ihn in der Sägemühle, wie er mit einem Buch in der Hand die Stapel unbearbeiteter Holzstämme zählte, während im Schuppen die Säge emsig schnarrte. Als Niklaus Andi erblickte, ließ er den Arm sinken.

»Herr Schwager«, sagte er, »Ich stehe Ihnen zu Diensten. Ich arbeite nur, um mir die Zeit zu vertreiben. Ich mache Inventur. Schlage die Sorgen tot. Wie gern würde ich auch Ihre Sorgen totschlagen.«

Andi sah ihn erstaunt an.

»Die Sache ist so«, meinte Niklaus. »Seit Schwester Silvia wieder zu Hause ist, bin ich anderen Sinnes geworden. Ich habe eingesehen, daß Sie nur Ihre Pflicht tun. Es ist nicht Ihre Schuld, daß Sie bei diesen Nachforschungen gelandet sind. Ich weiß, es ist schwer für Sie. Ich möchte mich entschuldigen.«

Er streifte seine Ärmel herunter.

»Ich hole nur meinen Rock und komme dann mit. Sie werden keine Schwierigkeiten mit mir haben. Ich werde Ihnen keine Schande machen und werde ein braver Häftling sein – das verspreche ich Ihnen.«

»Soweit sind wir noch nicht«, sagte Andi. »Sie sollen mich heute bloß ins Jeff begleiten.«

»Gern«, erwiderte Niklaus, »und ich ziehe nicht einmal andere Stiefel an. Jetzt ist es gleich, ob diese Schuhe kaputtgehen. Im Lanzberger Gefängnis trägt man Pantoffel, oder?«

Mit einem Ausdruck stiller Ergebenheit entfernte er sich, um seinen Hut zu holen. Andi wunderte sich über die Veränderung, die mit dem jungen Menschen vor sich gegangen war.

Die Luft roch intensiv nach Holz. Einen Augenblick später fuhren sie im Auto zur Via Mala hinauf. An einer Stelle nahe des Rheins bat Niklaus Andi, den Wagen anzuhalten.

»Ich möchte Ihnen diese Stelle zeigen, Herr Schwager. Sehen Sie sich diesen Stein an. Hier habe ich mir mein dickes Ohr geholt.«

Und er erzählte Andi die ganze Geschichte jenes Tages, als er damals nach Andruss ging, um sich die Manöver anzusehen.

»Darf ich fragen, was wir im Jeff vorhaben?« fragte er schließlich.

»Sie sollen mir genau die Stelle zeigen, wo es passiert ist. Sie sollen mir zeigen, wie es geschehen ist und wo Sie Ihren Vater begraben haben.«

Als sie das Haus im Jeff betraten, sagte Niklaus: »Nun Herr Schwager, wie ich Ihnen sagte, es ist keiner hier. Ich habe den Arbeiter vor drei Tagen entlassen. Ich bereite mich auf einen langen Urlaub vor. Bevor ich gehe, muß alles in Ordnung sein. Wie lange die alte Säge stillstehen wird, hängt bloß davon ab, wieviel Jahre man mir in Lanzberg aufbrummen wird.«

»Niklaus«, sagte Andi, »Sie sollen mir genau zeigen, wo sich die Sache abgespielt hat.«

»Das ist schnell geschehen, ich erinnere mich noch genau. Diese Erinnerungen haben mich nachts nicht schlafen lassen. Wenn Sie in den Schuppen mitkommen wollen, werde ich es Ihnen zeigen.«

Sie gingen zusammen hinaus. Niklaus zog den Glockenhebel und die Glocke schrillte. »Dill-dill-dill ...!«

»Vor dir fürchte ich mich nicht mehr!« rief er zur Glocke hinauf, »deine Stimme zählt nicht mehr als Zeuge!«

Zu Andi gewandt, schrie er, um den Lärm der Glocke zu übertönen:

»Passen Sie jetzt auf, diese Glocke war es. Diese Glocke hat ihn hergelockt.«

Er schob eine Kiste zurecht und packte eine Axt. Schweißtropfen traten ihm auf die Stirn.

»Passen Sie gut auf, auf dieser Kiste hat Jöry mit der Axt gestanden, und als der Alte die Glocke hörte, kam er durch diesen Gang zwischen den Brettern. Ich stand dabei und sagte: ›Jetzt!‹ Und da schlug Jöry zu – er schlug zweimal zu. Der Alte begann zu brüllen. Jöry zieht sein Messer. Er springt herunter und stößt es dem Alten in den Leib. Ich hatte ihm zweitausend Franken versprochen. Doch er bekam Angst und suchte das Weite. Nun stand der Alte dort neben dem Pfosten an die Wand gelehnt und schrie: ›Hilfe, Niklaus, Hilfe! Ich werde dir nie wieder etwas tun!‹ Ich aber nahm Jörys Messer, und als der Alte zu Boden fiel, stürzte ich mich auf ihn und half nach ... ja, ich habe Jörys Arbeit zu Ende geführt.«

Niklaus holte mit der Axt aus und ließ sie auf einen Baumstamm niedersausen. Dann, sich mit dem Handrücken die Stirn wischend, trat er dicht an Andi heran.

»So – genau so ist es gewesen.«

Er stellte die Glocke ab.

»Und Hanna, was hat sie gemacht?« fragte Andi.

»Gemacht? Sie hat blindlings auf ihn eingestochen. Sie sagte, sie will nicht die Sache allein auf mir sitzen lassen. Aber das hat ihm nicht mehr weh getan, sie hat einen toten Mann getroffen.«

Er fuchtelte wild mit den Armen.

»Es mußte geschehen«, sagte er. »Wir konnten es nicht länger ertragen, wir konnten nicht!«

Andi blieb stehen und sah sich lange im Schuppen um. Dann winkte er Niklaus, ihm zu folgen. Sie stiegen zusammen das einsame Tal zwischen den Felsen hinauf. Die Sonne spiegelte sich in den glatten Granit- und Schieferplatten, und am Ende des Tales sahen sie den unteren Teil des Valdraus-Gletschers, der wie die Tatze eines großen Silberlöwen aussah. Aus den dunklen Schatten zwischen den Klauen ergoß sich das flinke Gletscherwasser. Hoch oben zeigten sich einige grüne Flecken, die hier und da bereits die rötlichen Farben des Herbstes angenommen hatten. Ein Murmeltier hockte vor seinem Bau, leckte sich die Pfoten und schnüffelte mit argwöhnischer Nase in den Wind. Über ihm kreisten die beiden alten Adler des Jeff in der Einsamkeit des Äthers.

»Seit ich zuletzt im Jeff war, sind keine dreißig Menschen hier oben gewesen«, sagte Niklaus.

»Und wie Sie sehen, kann ich noch gut marschieren. Dabei wollten sie mich nicht zum Militär lassen.«

»Wären Sie gern Soldat geworden? Ich wußte nicht, daß Sie ein Patriot sind.«

»Ich bin keiner. Mir liegt nichts am Staat und Vaterland. Die haben noch nie etwas für mich getan. Ich wollte bloß Freunde finden. Ich wollte Leute um mich haben, die so sind wie ich. Ich wollte ihre Gesellschaft, mit ihnen reden und lachen, und ich wollte hören, was sie über diesen Staat und über dieses Vaterland zu sagen haben. Ein Mann wollte ich sein und aus dem Jeff herauskommen und die Welt sehen. Aber so viel Glück sollte ich nicht haben.«

Plötzlich packte er Andis Arm.

»Halt, schauen Sie dort! Das ist der alte Jeffbock. Schauen Sie, wie er den Kopf hebt. Teufel noch mal! Ich glaube, der frißt das Gras auf dem Grab des Alten.«

Andi erspähte einen Gamsbock.

»Er ist es wirklich«, fuhr Niklaus fort. »Sehen Sie, wie er hinkt. Der alte Lour aus Tavetsch, das Schwein, hat ihm vor fünf Jahren das Bein angeschossen. Jedes Jahr ist Lour hinter ihm her. Sehen Sie, wie groß er ist! Schwarz wie der Teufel mit seinen krummen Hörnern. Ob der Geist des Alten wohl in ihn gefahren ist?«

Niklaus stieß einen Pfiff aus. Der alte Bock hob den Kopf.

»Ich sage Ihnen, er weidet auf dem Gras des Alten«, sagte Niklaus und pfiff abermals.

Plötzlich machte der Bock kehrt, und obwohl er nur drei Beine zu haben schien – das eine Hinterbein hielt er steif emporgezogen –, jagte er über den steilen Hang davon und verschwand.

Andi und Niklaus gingen ein Stück weiter.

»Er wäre auch nicht militärtauglich gewesen«, sagte Niklaus mit bitterem Hohn. »›Gänzlich untauglich‹ hätten sie auch in sein Buch geschrieben. Ja, der alte Jeffbock und ich, wir leiden an kranken Beinen und an der Grausamkeit der Menschen. Deshalb sind wir auch einsame Bestien geworden. Wir verstehen einander, er und ich. Wenn wir einen Pfiff hören, dann fliehen wir.«

Sie schritten zwischen riesigen Felsblöcken weiter. Kein Weg führte durch diese Wildnis. Nach einiger Zeit blieb Niklaus bei einer kleinen Zwerglärche stehen. Es war ein vom Wetter zerzauster junger Baum, der zu weit von seinesgleichen entfernt, allzu hoch oben im Tal wuchs, wo nach dem Willen der Natur keine Bäume mehr gedeihen.

»Da sind wir«, sagte Niklaus. »Seit dem vorigen Frühjahr bin ich nicht mehr hier gewesen. Ich habe diesen Baum hier gepflanzt. Ein bißchen ist er schon gewachsen, er lebt noch. Ja, und unter ihm liegt der Mann, der mein Vater war. Wenn er das gottverfluchte Jeff verlassen und seine Kinder in einem sonnigen Land gezeugt hätte, so würde er nicht hier liegen.

Aber zwingen Sie mich nicht, ihn auszugraben. Ich möchte nie wieder graben. Sein Kopf liegt unter diesem Stein. Jöry und ich haben den Stein hingewälzt, es wirkt ganz natürlich, nicht? Niemand würde auf den Gedanken kommen, daß hier ein Mensch ruht. Falls seine Seele in diese kleine Lärche gefahren sein sollte, wird sie den Himmel nie erreichen.«

Niklaus redete das Grab an:

»Du sollst in Frieden ruhen, Vater, ich habe dir längst verziehen – auch wenn mir die Welt noch nicht verziehen hat.« Er nahm den Hut ab. »Der Mann hier neben mir ist der Ehemann deiner Tochter Silvia. Sie hat einen Sohn von ihm, der Tristan heißt. Und wenn wir anderen Lauretz' alle im Dreck zugrunde gehen, dann, sag ich, wird einer unter uns sein, der es zu etwas Besserem bringen wird. Aber – wie du es hast schaffen können, eine Heilige in die Welt zu setzen – das ist dein Geheimnis! Und wird bis zuletzt dein Geheimnis bleiben.«

Mit fiebernden Augen sah er Andi an, der verwundert dastand.

»Genügt das, Schwager, oder wollen Sie auch noch schauen, was von ihm übriggeblieben ist?«

Er machte eine feierliche Geste.

»Nach vieler Mühe hat er seinen Frieden gefunden. Heute will ich freundlich an ihn denken. Ja, zwei Menschen liegen hier begraben. Den einen habe ich als Vater geliebt, den andern als Tyrannen gehaßt. Ich will den zweiten vergessen und mich nur noch an den ersten erinnern. Aber ich weiß ihm keinen Dank, daß er mich gezeugt hat.«

Ein paar Tränen liefen ihm über die Wangen.

»Ja, Andi, Sie haben einen besseren Vater als wir. Wie sollten Sie das alles verstehen?«

Er wischte sich mit seinen schwieligen Händen die Tränen weg.

»Wer weiß sonst noch von diesem Grab?« fragte Andi ernst.

»Wer davon weiß? Jöry und ich. Jöry ist im Himmel oder an jenem anderen Ort. Jetzt sind es nur noch wir beide, Jöry nicht mehr. Mag er sein, wo er will, für uns beide ist es die Hölle.«

18

Es war Erntezeit. Überall im Tale brachten sie die Ernte ein und beförderten sie auf die großen hölzernen Getreideleitern, um sie dort trocknen und voll ausreifen zu lassen. Die Straßen zum Tiefland waren des Nachts mit Rindern verstopft, und die Lieder der Hirten mischten sich mit dem Geläut der Kuhglocken.

Eine weitere Woche war vergangen, und es war wieder Sonntag.

Frühmorgens erwachte Silvelie und blickte sich in ihrem Zimmerchen um. Ihre wenigen Habseligkeiten waren hier und dort wahllos verteilt. Sie hatte sich nicht bemüht, den Raum häuslich einzurichten, sie gehörte nicht hierher, war nur zu Besuch hier. Als sie den offenen Koffer betrachtete, der auf einem Stuhl lag, überkam sie eine Art seelischer Betäubung. Für immer schienen die Tage von Schlans entrückt, die wenigen glücklichen Jahre, die sie erlebt hatte, dahin. Sie konnte kaum noch glauben, daß sie einen Mann und einen Sohn hatte und daß sie die Herrin eines großen Hauses gewesen war. Es war ihr zumute, als gehöre dieser Teil ihres Lebens einem anderen Stern an und als gäbe es keine Möglichkeit, zurückzukehren. Sie war wieder dort angelangt, wo sie vor langer Zeit begonnen hatte. Ihr Leben mit Andi schien nur ein Traum gewesen zu sein.

Sie stand auf und ging ins Nebenzimmer. Dort saß ihre Mutter in schwarzem Rock und schwarzer Bluse, einen dunklen Hut auf dem Kopf und den unteren Teil des Gesichts in einen Schal gewickelt. Steif und feierlich blickte sie durch das offene Fenster über die Wiesen nach Andruss hin. Sie konnte noch immer nicht sprechen, aber ihre Augen waren um so beredter und leuchteten in Erwartung.

»Hast du gut geschlafen? Mutter?«

Frau Lauretz nickte. Silvelie suchte Hanna in der Küche auf, die gerade eine Gerstensuppe für Frau Lauretz vorbereitete.

»Mutter ist schon zum Ausgehen angezogen.«

»Sie hat noch nicht gefrühstückt«, erwiderte Hanna.

»Sie kann es nicht erwarten, in die Kirche zu kommen.«

»Erst muß sie ihre Suppe essen. Ich bringe sie ihr gleich«, sagte Hanna.

»Begleitest du Mutter in die Kirche?« fragte Silvelie.

»Ich gehe bis zur Tür mit und warte draußen auf sie. Ich werde mich auf eine Bank setzen und den Dorftrotteln zusehen, wie sie die Beine über die Mauer baumeln lassen, und ich werde dabei an Mannli denken. Georg sagte, er gehe heute mit seinen Eltern in die Kirche. Ich werde ihm nicht zu nahe kommen. Ja, Andi hat jetzt das oberste Recht über mich. Dieses Leben ist ohnedies kein Leben mehr, es lohnt nicht der Mühe. Er läßt mich nicht atmen, der Andi, das hat er geschafft! Ich fühle immer seine Hand an meiner Gurgel. Und er sagt nicht, was er vorhat, ob er zupacken wird oder nicht.«

»Er ist nicht nur ein bezahlter Diener seines Volkes, der seine Arbeit zu verrichten hat. Sein Pflichtgefühl liegt in seinem Charakter, in ihm selber. Wenn er seine Ehre verlieren würde, wäre es aus mit ihm. Er würde an sich selber zum Verräter werden, Hanna. Und das wird nie geschehen!«

»Du glaubst fest an diese Ehre, Schwester?«

»Ja! Sein eigenes Fleisch und Blut töten, ist eine Todsünde gegen die Ehre. Diese Welt gehört allen und nicht uns allein. Wenn wir stolpern, müssen wir die Folgen tragen. Nicht uns selber sind wir Rechenschaft schuldig, sondern allen Menschen, in deren Mitte wir leben.«

Niklaus kam seine Mutter abholen. Sein Gesicht war hager, seine

Augen lagen tief in den Höhlen. Er trug seinen Sonntagsanzug, seinen steifen Hut und sein rosarotes Hemd mit der violetten Krawatte.

»Nun, Muattr, jetzt gehst du also doch in die Kirche! Das freut mich für dich.«

Er beugte sich über sie und küßte sie auf die Stirn.

»Wieder ist eine lange Woche vergangen und nichts ist geschehen.«

Frau Lauretz stieß ein paar unartikulierte Worte aus. Niklaus ging in die Küche und begrüßte seine Schwestern.

»Mutter ist fertig. Ich auch«, sagte er. »Sie geht zur Kirche, und ich hoffe, sie wird dort Trost finden ... Ich habe das Inventar geprüft, die Bücher sind in Ordnung, und ich habe ein Testament gemacht. Nur dieser verfluchte Herr Schwager will sich nicht entscheiden, was er tun soll. Wenn er mich noch länger in dieser Ungewißheit zappeln läßt, werde ich ...«

Er machte eine heftige Gebärde, schnitt sich ein Stück Brot und Käse ab und begann zu essen.

Hanna trug die Suppe ins Nebenzimmer, Silvelie folgte ihr. Sie stülpte ein Stück Gummischlauch über den Schnabel der Kanne. Die dünne warme Suppe sickerte in Frau Lauretz' Mund. Langsam schluckte sie.

Die Glocken von Andruss begannen zu läuten. Silvelie wischte ihrer Mutter den Mund mit einem Stück Watte ab, und wenige Minuten später waren Niklaus und Hanna mit ihr unterwegs nach Andruss.

Das Geläut der Glocken wurde lauter, je näher sie Andruss kamen. Während Frau Lauretz lauschte, schien sie wieder jung zu sein. Ihre Kinder sahen sie verwundert an.

Von allen Seiten her erschienen schwarz gekleidete Leute von den fernen, hochgelegenen Dörfern, ein melancholischer Bündnerstamm. Unter ihnen befanden sich auch ›Bergaraber‹, ehemalige Sarazenen, die die Mutter Kirche im Laufe der Zeit unter ihre weiten Fittiche genommen hatte.

»Lauft weiter«, sagte Niklaus, als sie die ersten Häuser von Andruss erreicht hatten, »ich erwarte euch hier.«

Er schlich davon, während Hanna sich aufrichtete, den Arm der Mutter nahm und mit hochmütiger Verachtung langsam die steilen Treppen hinaufstieg, die zur Hauptstraße führten.

Die Pasollas und Georg kamen die Straße entlang. Frau Pasolla trug einen neuen Hut, der den Umfang eines kleinen Einkaufskorbes hatte. Georg entdeckte Hanna, lüftete den Hut und schüttelte Frau Lauretz die Hand.

»Wir sind deinetwegen hergekommen«, log Hanna.

Georg stellte Frau Lauretz seinen Eltern vor.

»Das ist schön, Frau Lauretz, daß man Sie in die Kirche kommen sieht«, sagte Frau Pasolla mit einem neidischen Blick auf Frau Lauretz' schönen Schal, ein Relikt aus napoleonischer Zeit.

»Ein Geschenk von Frau von Richenau«, erklärte Hanna, den Namen ihrer Schwester mit Absicht betonend.

»Ja, das ist kein Wunder, wenn man so vornehme Verwandte hat. Ein schöner Schal!« sagte Frau Pasolla.

Sie standen jetzt unter dem Vordach der Kirche.

»Jeses«, flüsterte Hanna nervös ihrer Mutter zu. »Ich warte hier draußen auf dich.«

Frau Lauretz aber hielt die Hand ihrer Tochter fest.

»Ich bin doch nicht katholisch«, murmelte Hanna. Doch Frau Lauretz zerrte sie zum Weihwasserbecken, bespritzte sich selber mit einigen Tropfen des geweihten Wassers und bekreuzigte sich. Dann zog sie Hannas Hand über den Rand des Beckens, tauchte sie hinein und ließ sie dann wieder los.

Hanna folgte dem Beispiel ihrer Mutter, besprengte ihren Busen und bekreuzigte sich ebenfalls. Voller Ehrfurcht sah sie ihre Mutter neben dem Becken niederknien und die Blicke in starrer Ekstase auf den fernen Altar richten. Nach kurzem Zögern kniete auch sie nieder. Die Orgel begann zu spielen, und sie ließ sich auf einmal von der frommen Atmosphäre überwältigen. »Jeses, Muattr!« und sie unterdrückte ein Schluchzen.

Pater Hugo predigte zwanzig Minuten lang. Er kannte seine Schäfchen genau, aber beschäftigte sich jetzt nicht mit ihren Sünden, sondern sprach über die Freiheit und daß die Menschheit von neuen Ideen in die Irre geführt werde, die damit nichts zu tun hätten.

»Nur wenn wir als eine einzige Familie zusammenstehen, im festen Glauben, daß wir nur der Heiligen Mutterkirche bedingungslosen Gehorsam schulden, können wir die Kostbarkeit dieser wirklichen Freiheit ganz kosten, die allein das Geschenk Gottes ist.«

Unterdessen ging Niklaus draußen auf und ab. Endlich kamen auch seine Mutter und seine Schwester aus der Kirchentür. Niklaus sah, wie die Leute zurückwichen, ihnen Platz machten und sie anstarrten.

›Dummes Weibervolk!‹ murmelte er. ›Ich habe sie doch gewarnt.‹

Plötzlich erschien Pater Hugo mit einem freundlichen Lächeln. Er berührte Frau Lauretz' Schulter und reichte ihr die Hand. Dann drückte er Hanna die Hand, hob sein Kreuz über ihre Köpfe und segnete sie.

Niklaus ging den beiden entgegen.

»Nun, Muattr, bist du jetzt glücklicher?«

Ihre Augen leuchteten in hellem Triumph. Er sah Hanna fragend an: »Und du?«

»Ich will nach Hause, ich will allein sein«, erwiderte sie.

Silvelie saß zu Hause und versuchte, Andi einen Brief zu schreiben. Aber die tausend Fäden, die sie mit ihm verknüpft hatten, schienen alle zerrissen.

›Ich kann hier nicht mehr bleiben‹, dachte sie. ›Ich werde in mein Chalet gehen und dort allein warten. Von dort aus kann ich der Welt die Stirn bieten, hier werde ich nur meine letzten Kräfte einbüßen.‹

Die Familie kehrte aus der Kirche zurück. Frau Lauretz hockte sich in ihren Winkel, in ihren Augen war eine Heiterkeit, die zu Hannas Erregung in seltsamstem Gegensatz stand.

»Er hat uns gesegnet. Pater Hugo hat Mutter und mich gesegnet!« rief Hanna und starrte Silvelie an. »Er hat über mir ein Kreuz gemacht. Ich bin nicht mehr die, die ich war. Ich bin eine Christin. Ich gehe bekehrt ins Gefängnis. Das heilige Blut Jesu wird mich reinigen.«

Sie lief in ihr Zimmer, versperrte die Tür und brach weinend zusammen.

»Dummes Weib!« bemerkte Niklaus. »Zum ersten Mal steckt sie

die Nase in eine Kirche und schwatzt schon von Jesu heiligem Blut!«

Er hämmerte mit den Fäusten gegen Hannas Tür.

»Wir sind noch nicht im Gefängnis!« schrie er. »Wenn wir zufälligerweise nicht ins Gefängnis kommen, was sagst du dann?«

»Dann ist es nur so gekommen, weil Gott uns verziehen hat!« rief Hanna zurück.

»Pfaffen oder Polizisten, für Menschen in meiner Lage ist das ganz dasselbe. Ja, Schwester Silvelie, deine Art, an die übernatürlichen Geheimnisse zu gelangen, ist mir lieber. Hab ein Auge auf sie, sonst verliert sie noch den Verstand. Ich gehe jetzt.«

Er setzte den Hut auf und stürzte davon.

19

Alle Zweifel waren von Andi gewichen. Er sah die ganze Wahrheit vor sich. Er hätte sofort zum Gerichtspräsidium gehen müssen. Jeder weitere Tag, über den hinaus er die Angelegenheit für sich behielt, würde gegen ihn ins Gewicht fallen. Die Familie Lauretz mußte sofort verhaftet werden! Mörder müssen in Gewahrsam gebracht werden. Und außerdem mußte er auch an die eigene Familie denken. Er durfte nicht dulden, daß dieses schreckliche Ereignis sie unerwartet überraschte. Er mußte sie auf diesen vernichtenden Schlag vorbereiten.

Widerwillig ging er morgens ins Amt, schweren Herzens kehrte er am Abend nach Schlans zurück und vergrub sich in seine Einsamkeit. Nach dem Essen ging er spazieren, es war ihm unmöglich, im Hause zu bleiben. Er irrte von tiefer Melancholie begleitet durch die Wälder. Während er so dahinstolperte, wurde er eine Beute der Unentschlossenheit. Er hätte sofort einen endgültigen Entschluß fassen müssen, aber es gelang ihm nicht. Er schwankte. Immer wieder erwog er alle Seiten des Problems. Und er sah eine böse Zeit auf sich zukommen. Er hatte sehr sorgfältig Silvelies Anteil an der Katastrophe studiert, hatte jedoch nicht den Eindruck, daß eine rechtliche Handhabe für eine Verhaftung gegeben sei. Dennoch würde sie in einer Reihe mit Niklaus und Hanna vor dem Staatsanwalt stehen müssen. Andi erwog genau alle Faktoren, die zu ihrer Verteidigung genutzt werden konnten. Mehr als einmal war er sogar auf den Gedanken gekommmen, selbst ihre Verteidigung zu übernehmen. Dies wäre ein kühnes Unterfangen, und er stellte zu seiner Überraschung fest, daß er in Gedanken die Familie Lauretz bereits verteidigte. Dann aber schüttelte er den Kopf und staunte über sich selber. ›Wo ist deine Logik, alter Freund? Du bist im Begriff, sie dem Richter auszuliefern, weil dein Gewissen es dir befiehlt. Wie kommt es dann, daß das gleiche Gewissen dich drängt, als ihr Verteidiger aufzutreten? Du hast entschieden den falschen Beruf gewählt.‹

Während er im einen Augenblick so mit sich selbst debattierte, hatte er im nächsten Augenblick den brennenden Wunsch, die Akten loszuwerden und nie mehr damit zu tun zu haben.

›Soll doch irgendein anderer mit den Nachforschungen von vorn beginnen! Das Gesetz ist ebenso herzlos wie die Mathematik.‹

Derlei Erwägungen brachten ihm aber keine Erleichterung. Denn er wußte, daß eine neue Untersuchung, die ein anderer führte, eine nur noch größere Folter bedeuten würde. Und diese Folter verdienten sie nicht, mochten sie auch die Strafe verdienen.

Andi stellte sich an die Stelle des Richters. Es würde ein langer, ermüdender Prozeß werden. Das Licht der Öffentlichkeit würde nicht einen einzigen geheimen Winkel dieser Tragödie im Dunkel lassen. Die Leidenschaften der Leute würden erwachen. Je fähiger der Verteidiger vorginge, desto größere Feindseligkeit würde er wachrufen. Ein Teil der Bevölkerung würde behaupten, die Gesetze seien altmodisch, ein anderer Teil würde leidenschaftlich beteuern, das Gesetz müsse voll angewendet werden und Gnade sei nicht am Platz. Die Handhabung des Gesetzes lag in der Hand des Richters, und wenn Andi sich an dessen Stelle versetzte, nahm er an, daß Niklaus und Hanna zusammen bis zu dreißig Jahre Zuchthaus bekommen könnten – Niklaus den größeren Teil. Die alte Lauretz würde höchstens zu fünf Jahren verurteilt werden. Ihre Beteiligung am Verbrechen würde zweifellos an den Tag kommen.

Andi zweifelte nicht daran, daß dieser Mord von langer Hand

vorbereitet war, und zwar von der ganzen Familie, ausgenommen Silvelie. Daß sie nichts damit zu tun gehabt hatte, war klar. Daß sie den Mord verhindert hätte, wenn es in ihrer Macht gelegen wäre, stand unzweifelhaft fest, auch daß sie über ihn entsetzt war.

Das tagelange Grübeln und Nachdenken darüber, welchen Kurs er einschlagen solle, begann Andi so zuzusetzen, daß er den Schlaf und den Appetit verlor und nach wenigen Wochen wie ein schwerkranker Mann aussah. Er nahm Silvelie ihr hartnäckiges Schweigen wirklich übel. Manchmal fragte er sich: ›Was hätte ich gemacht, wenn sie mir vor der Heirat alles erzählt hätte?‹ Er konnte keine Antwort finden, er wußte es nicht. Aber er wußte, daß dieses Grübeln darüber sinnlos war. Jetzt ließ sich nichts mehr daran ändern. Er klagte Silvelie nicht an und grollte auch nicht gegen ihre Familie. Er fühlte, daß die Hand des Schicksals schwer auf ihnen lag. Und das Schicksal hatte auch ihn zum Opfer eines bösen Zufalls gemacht. Aber so wie der Sklave sich gegen den ungerechten Herrn empört, so empörte sich Andi gegen dieses Schicksal.

Frühmorgens brachte das Kindermädchen den kleinen Tristan. Er nahm den Jungen ins Bett, hob ihn empor und ließ ihn auf seinen Knien reiten. Er spielte mit ihm, schwatzte Unsinn und setzte ihn schließlich auf die blaue Seidendecke des Bettes, in dem seit vielen Nächten Silvelie nicht mehr geschlafen hatte.

›Diese Einsamkeit, dieses Alleinsein! Und dies alles, weil ich etwas entdeckt habe, das ich nie hätte erfahren dürfen. Wäre der alte Bonatsch nicht gestorben, wäre dieses Verbrechen nie ans Licht gekommen. – Silvelie war die Klügere, sie hat Mut und Stärke bewiesen! Sie brachte es fertig, das Geheimnis für sich zu behalten. Aber Tristan und ich, wir beide spielen die zweite Geige.‹

Er nahm Tristan in seine Arme und musterte das kleine Gesichtchen mit den graublauen Augen. Er strich über das goldblonde Haar des Kindes: Würden sich eines Tages, wenn Tristan heranwuchs, Zeichen von Degeneration bemerkbar machen? Würde er sich eines Tages zum Verbrecher entwickeln? Das Kindermädchen behauptete immer, sie habe noch nie ein so gesundes Kind gesehen. Andis Verwandte, besonders seine Mutter, waren in Tristan vollkommen verliebt. Jeder, der ihn sah, verliebte sich sofort in ihn.

Aber was wußten denn die andern? Hatten sie die Gesetze der Vererbung studiert?

Andi legte den Jungen wieder auf die blaue Decke. Er lehnte sich zurück und ließ die Gesichter der Familie Lauretz an seinem inneren Auge vorübergleiten. Waren das Gesichter von Verbrechern? In einem Album von Silvelie hatte er eine Fotografie – es war die einzige – des alten Lauretz gesehen. Sie stammte aus der Zeit, da er ungefähr so alt war wie Andi. Man konnte schwerlich behaupten, daß Silvelies Vater das Gesicht eines Verbrechers habe. Er hatte in den Dreißigern kräftig und frisch ausgesehen – ein Mann, kühn und hochmütig, mit dem Ausdruck eines selbstsicheren Menschen, der bei gegebener Gelegenheit imstande gewesen wäre, etwas Bedeutendes zu leisten. Kein Zeichen erblicher Degeneration in dieser Stirn und diesen harten forschenden Augen! Alkohol, Indolenz, Langeweile und die daraus entstehenden Laster hatten ihn körperlich und seelisch in sein Verhängnis gestoßen. Andi dachte an Niklaus. Bisher hatte er stets etwas übrig gehabt für diesen wilden jungen Kerl mit seinem fanatischen Arbeitseifer und seiner Ausdauer, wie man sie zuweilen unter den Kindern der Graubündner Berge findet. War Niklaus ein geborener Verbrecher? Nein, Andi glaubte es nicht. Und dennoch, wieviel Schlauheit und Verschlagenheit lag in diesem Niklaus!

Was Hanna betraf – ihr konnte man wirklich alles zutrauen. Andi konnte nicht vergessen, wie sie in dem kleinen Zimmer dagestanden hatte und ihre Seele hinausschrie, so, wie eine Löwin ihren Hunger in die Wildnis hinausbrüllt. Sie erinnerte ihn an die mythologischen Gestalten des alten Griechenland. Meister Lauters pflegte sie immer ›Medusa‹ zu nennen. Sie konnte jedem Laster verfallen, aber ebenso die steilen Höhen der Tugend erreichen. Jeder Mann, der in ihre Gewalt kam, würde ihr Sklave werden. Sie war groß angelegt, im Guten wie im Bösen. ›Wenn nur Silvelie keine Lauretz gewesen wäre!‹

Madame von Richenau rief an. Sie wollte zum dritten Mal wissen, wann Andi mit Silvelie und dem Baby nach Richenau komme. Sie sei ganz allein im Schloß.

»Es tut mir leid, aber ich kann es dir noch nicht sagen, Silvelie ist für ein paar Tage verreist.«

»Wo ist sie hin?«

»Zu ihrer Mutter. Die arme Frau hat einen Unfall gehabt, sie hat sich den Mund verbrannt, ist mit dem Gesicht gegen den Herd gefallen.«

»Das tut mir leid, aber wenn es dir recht ist, werde ich euch besuchen und die Nacht über bleiben.«

»Komm nur, es wird mich freuen.«

Als seine Mutter ankam, war er in einem Zustand nervöser Erregung. Das Kindermädchen brachte Tristan. Frau von Richenau liebkoste das Kind, als ob es ihr eigenes wäre. Schließlich aber wandte sie ihre Aufmerksamkeit Andi zu – und bemerkte instinktiv, daß im Haus eine sonderbare Atmosphäre herrschte.

»Kannst du Silvelie nicht telefonisch herholen, solange ich hier bin? Ich möchte sie gerne sehen.«

Andi schüttelte den Kopf, und Madame von Richenau drang nicht weiter in ihn. Nach einiger Zeit rief sie ihren Sohn zu sich.

»Andi, du siehst müde aus, erschöpft! Was ist denn los?«

»Nichts, Mutter, Dr. Gutknecht hat mir unerwarteterweise eine Menge Arbeit aufgebürdet und –«

»Noch nie hat Arbeit dich müde gemacht«, unterbrach sie ihn. »Es ist etwas anderes, was ist es?«

»Wir wollen uns nach dem Essen ein wenig unterhalten, Mama«, erwiderte er.

Bei Tisch aß er sehr wenig. Seine Mutter beobachtete ihn genau.

»Silvelie geht es hoffentlich gut?«

»Sehr gut.«

»Es ist nichts passiert, André?«

»Nichts ist passiert, Mutter, glaube mir.«

»Hast du dich mit Silvia gezankt?«

»Nein.«

»Erzähl mir, was geschehen ist, und hab keine Angst. Ich bin kein schwacher Mensch. Ich habe in meinem Leben viele Schläge ertragen müssen.«

»Es wundert mich, daß du auf den Gedanken kommst, wir könnten uns gezankt haben, Mama.«

»Schön – wenn du es mir nicht sagen willst!«

Frau von Richenau ließ das Thema fallen und sprach von anderen Dingen.

Am anderen Morgen fuhr Andi nach Lanzberg. Seine Mutter blieb bis Mittag bei Tristan und kehrte dann nach Schloß Richenau zurück.

›Wie, zum Teufel, soll ich es Mutter erzählen?‹ fragte er sich. ›Wie werde ich es jemals fertigbringen?‹

20

Punkt drei Uhr betrat Andi das Büro des Präsidenten. Dr. Gutknecht empfing ihn mit gewohnter Herzlichkeit. Nach einigen einleitenden Förmlichkeiten nahm er sein Hörrohr, kratzte sich den vom Alter gebleichten Bart und blickte in nüchterner Erwartung auf Andi.

»Ich habe die Akten geprüft«, berichtete Andi und versuchte, Mut zu fassen.

»Ich konzentrierte zuerst meine Aufmerksamkeit auf den Fall Conrad Cabflisch, der die Interpellation im Rat veranlaßt hat. Das wird eine schwierige Sache werden, Herr Präsident, soviel ich sehen kann – unsere politischen Parteien werden bestimmt versuchen, Kapital daraus zu schlagen. Der verstorbene Bonatsch war in dieser Angelegenheit mehr als unvorsichtig. Statt den Fall an die höheren Instanzen zu verweisen, hat er einen privaten Ausgleich herbeigeführt. Er hätte wissen müssen, daß eine Betrügerei dahintersteckte und daß zumindest zwei der Beteiligten einen Meineid geschworen haben. Ich beabsichtige, zehn Zeugen vorzuladen.«

»Wird uns dieser Prozeß viel Geld kosten und uns viel Arbeit machen?« fragte der Präsident.

»Ich fürchte, ja.«

»Gut, fahren Sie bitte fort.«

Andi legte den Fall ausführlich dar. Und als er fertig war, berichtete er über zwei weitere Fälle. Je länger er sprach, desto deutlicher kam ihm zu Bewußtsein, daß er drauf und dran war, den Fall Lauretz zu vertuschen. Schließlich sagte er:

»Es bleiben dann nur noch ein paar unwichtige Sachen übrig, die zum Teil so unwichtig sind, daß es sich nicht lohnt, sie aufzuwärmen.«

»Brauchen Sie Unterstützung?« fragte Dr. Gutknecht.

Andi verzog den Mund.

»Nein, ich glaube nicht, daß ich Unterstützung brauchen werde, es sei denn, Sie wünschen die Sache aufzuteilen, Herr Präsident.« Er hielt einen Augenblick den Atem an.

»Daran liegt mir gar nichts«, sagte Dr. Gutknecht. »Wenn Sie nichts dagegen haben, halte ich es für das beste, daß Sie allein die Untersuchung weiterführen. Aber es wäre mir recht, wenn Sie den Fall Gabflisch bis zum September erledigt hätten, damit ich dem Rat Bericht erstatten kann.«

Präsident Gutknecht sah nach der Uhr. Andi war seit mehr als einer Stunde bei ihm und hatte noch mit keinem Wort den Fall Lauretz erwähnt. Er hatte ihn im Geiste unter die weniger wichtigen Sachen eingereiht, die so unwichtig waren, daß es sich kaum lohnte, sie hervorzuholen.

»Sonst noch etwas, Herr Doktor?« fragte der Präsident.

Andi zögerte, dann schüttelte er aber langsam den Kopf.

»Nein, nicht daß ich wüßte.«

»Gut. Kommen Sie zu mir, wann immer Sie wollen. Wenn Sie meinen Rat brauchen, wenden Sie sich ruhig an mich. Schließlich habe ich dreißig Jahre mehr Erfahrung als Sie. Vergessen Sie das nicht.«

Er stützte sich mit dem Arm hoch und reichte Andi über den Tisch hinweg die Hand. Dieser verließ Dr. Gutknechts Zimmer und wischte sich, während er die Steintreppe hinabging, mit dem Taschentuch den Schweiß von der Stirn. ›Nein! Wenn sie mich mit tausend Eisen gebrannt hätten, ich hätte es ihm heute nicht sagen können. Ich muß eine andere Gelegenheit abwarten.‹

Er dachte über sein Verhalten während seines Besuches beim Präsidenten nach. Und noch immer geisterten die Gesichter der Familie Lauretz und die seiner eigenen durch sein Unterbewußtsein.

›Keine Eile!‹ dachte er. ›Ich muß gründlicher nachdenken, bevor ich etwas Bestimmtes unternehme.‹

An diesem Abend saß er allein im Bahnhofsrestaurant. Er aß nur wenig. Nachdenklich trank er sein Glas Wein, und seine Erinnerungen führten ihn um viele Jahre zurück in seine Studienzeit, in jene Tage, da der Weltkrieg die Menschen bis in ihre Grundfesten erschüttert hatte. Wieder durchlebte er jene Zeit der Turbulenzen und Konflikte, als er sich mit jugendlicher Unschuld und romantischem Eifer den großen Fragen des Lebens genähert hatte. Damals hatte sich ihm das Leben lockend als ein großes Abenteuer dargeboten. Seine Anschauungen hatten eben erst begonnen, Gestalt anzunehmen. Der Erdball befand sich in einem Zustand der Gärung. Aus den Irrungen der Völker und Rassen, aus Zusammenstößen und Kriegen wurde eine neue Geschichte geboren. Die neuerlichen Trompetenstöße einer Reformation des zwanzigsten Jahrhunderts ertönten über die Grenzen der Schweiz. Ein Übermaß an Kraft, ein Exzeß an neuen Gedanken und Heldentaten sollte zu einer neuen Menschheit führen. Vielleicht bereiteten sich Kämpfe vor, wie sie die Welt noch nie gekannt hat, vielleicht waren ganze Städte und Bevölkerungen zum Untergang verurteilt – und möglicherweise würde sein eigenes Vaterland, die älteste der modernen Republiken hinweggefegt werden, noch bevor seine eigenen Haare ergrauten?

Und er versteckte sich vor seinen eigenen Leuten, zitterte vor einer privaten Katastrophe und fürchtete sich vor ein paar Verwandten, die in ein konventionelles Leben eingebunden waren.

Nervös sah Andi sich um und beobachtete die Menschen. Sie aßen und tranken. Ihre Zeit verbrachten sie damit, kleine Geschäfte mit den Allüren von Viehhändlern abzuschließen, Kinder zu zeugen und mit gewichtiger Unwissenheit die schwierigsten Fragen der Welt zu diskutieren. Aber sie hatten auch ihren Ehrgeiz. Er kannte mehrere, die ihre Söhne auf die Universität geschickt hatten. Diese Söhne torkelten durch die Bierhäuser und Tavernen der Universitätsstädte, rauchten lange Pfeifen und sangen barbarische Lieder, sie schufteten und hatten vielleicht schließlich sogar Erfolg. Die Zahl der Akademiker, der Wissenschaftler und Professoren wuchs. War nicht auch er, Andi, ein Vertreter der Rechtswissenschaft geworden?

Wo war seine Freiheit? Wo jener Höhenflug jugendlichen Denkens? Er sah sich in die seltsame Lage versetzt, seine eigene Sache gegen sich selbst verteidigen zu müssen.

Es gab eine größere Freiheit. Menschen wie die Familie Lauretz hatten nach einem Werkzeug der Befreiung gegriffen. Ihr Gewissen war nicht von den Vorschriften eines Moralgesetzes geprägt, ihr Hirn nicht durch ein Übermaß an Wissen und Bildung umnebelt. Sie empfanden keine Reue. Ihre Leiden und ihre Ängste waren die des Tieres.

Andi schlürfte seinen Wein. Er ließ die Zeitung sinken, die voll von Mordgeschichten war. Überall, in jedem Land der Erde, mordete der Mensch den Menschen. Und sie mordeten nicht nur aus Gewinnsucht oder um Sieg und Macht, nein, sie mordeten um ihrer Grundsätze und Ideen willen. Sie mordeten einzeln, in Gruppen und in Massen!

Die Familie Richenau hatte einst ebenso wie die Familie Lauretz gemordet. Wessen Sache aber war nun gerecht? Nur die der Mächtigen. Und wer war der Mächtige? Der zuerst mordete, der das größte Gemetzel anrichtete!

›Eine traurige Welt!‹ dachte Andi.

Die Stimmung allgemeinen Zweifels und moralischer Niedergeschlagenheit, die die Zeitungen ihm nahegebracht hatten, ließ ihn nicht mehr los. Er fühlte, wie ein ganzes Gedankensystem allmählich aus der Welt verschwand. Uralte Einrichtungen wankten und stürzten. Der Geist des Bösen stand in seiner ganzen Gewalt vor ihm.

Am nächsten Morgen nahm er, sobald er in seinem Amtszimmer angelangt war, die Akten Lauretz aus dem Safe, schob sie in eine Ledermappe und fuhr zum Kantonsgericht, um den Präsidenten aufzusuchen. Er sah nicht nach rechts und nicht nach links. Langsam stieg er zum oberen Flur hinauf, wo die Sonne durch die bunten, mit dem Kantonswappen und den Helmzeichen der alten Familien geschmückten Glasfenster – darunter auch dem der Richenaus – hereinsickerte. Aber die Feudalzeiten mit dem Recht des Stärkeren waren dahin. Jetzt galt die Zeit der Schreiberlinge, der Wissenschaftler und »logischen« Streithähne.

Er öffnete eine geschnitzte Holztüre und stand vor dem Gerichtsschreiber des Kantonsgerichtes, der hinter seinen wuchtigen Papierstößen thronte.

»Würden Sie so freundlich sein«, sagte Andi, »dem Präsidenten mitzuteilen, daß ich gerne mit ihm sprechen würde?«

Der Gerichtsschreiber stand auf: »Es tut mir leid, Herr Dr. von Richenau, der Herr Präsident ist heute nach Zürich gefahren zu einem Begräbnis. Er wird übermorgen wieder zurück sein.«

Andi stand einen Augenblick regungslos da – dann sagte er dem Gerichtsschreiber guten Tag und verließ den Raum. Auf dem Flur blieb er stehen und tupfte sich die Stirn mit dem Taschentuch ab.

›Das Schicksal will es so‹, murmelte er und verließ langsam das Gerichtsgebäude.

›Wie, wenn ich jetzt einmal den Fall Lauretz von ganz anderen Gesichtspunkten aus betrachte und mich bemühe, kalt und vernünftig zu bleiben?

Sie haben einen schrecklichen Kerl umgebracht, und deswegen soll ich dafür sorgen, daß sie ins Gefängnis kommen. Man kann nicht behaupten, daß sie der Öffentlichkeit gefährlich werden. Sicher werden sie nie mehr einen Menschen umbringen ... Bleiben sie in Freiheit, so bedeutet das für die menschliche Gesellschaft keinerlei Risiko. Wenn man sie vor Gericht stellt, werden sie mit Sicherheit verurteilt. Daran ist nicht zu zweifeln. Das Urteil wird ihre Strafe sein. Diese Strafe aber wird nicht nur sie, sondern noch mindestens ein Dutzend anderer Menschen unschuldig treffen ... Unter anderen auch mich ... Niklaus und Hanna – von der alten Lauretz ganz zu schweigen – werden ihr Leben lang keinen Menschen mehr anrühren. Dafür kann ich meinen Kopf verbürgen. Warum also soviel Elend anrichten, wenn die Allgemeinheit keinen Nutzen davon hat?‹

In seinen Gedanken verirrte Andi sich in die dunkle Wildnis, in die Richter und Juristen geraten, wenn sie ›einfache Menschen‹ werden, und er kam zu der Überzeugung, daß es beinahe seine Pflicht sei, die Lauretz' vor dem Gesetz zu bewahren. Er lief zwar Gefahr, sein Leben und seine Karriere dabei zu vernichten, und das war allerdings eine weit persönlichere Angelegenheit, als von einem bequemen Stuhl aus das Leben anderer Menschen zu zerstören.

›Die armen Teufel!‹ murmelte er schließlich vor sich hin. ›Ich werde ihnen helfen, selbst wenn ich dafür verdammt werde.‹

Er wußte, daß er ein gewaltiges Risiko auf sich nehmen würde. Mit dem Erfolg dieses Abenteuers war für ihn sein ganzes Schicksal verknüpft. Gelang es ihm, das Gesetz zu hintergehen oder – wie die Phrase lautet –, die Ziele der Justiz zu durchkreuzen, dann würde alles gut sein. Gelang es ihm nicht, dann würde er die Folgen auf sich nehmen müssen. Daher war er fest entschlossen, mit ganzer Kraft zu kämpfen. Eine Kugel in den Kopf wäre besser als ein Fehlschlag. Er mußte sein ganzes Wissen, seine ganze Schlauheit aufbieten, denn das Gesetz würde kein Erbarmen mit ihm haben, wenn es ihn ertappte. Er mußte ebenso unbarmherzig sein wie das Gesetz!

›Ich bin heute früh mit den Akten Lauretz unterm Arm zum Büro des Präsidenten gefahren. Ich hatte den Mut, das zu tun! Ein zweites Mal werde ich es nicht mehr tun. Der Mensch, der in Zürich begraben wurde, mußte sterben, damit der Präsident nicht in seinem Amt war, als ich ihn sprechen wollte. Ich müßte ein Feigling sein, um die Hand des Schicksals nicht zu ergreifen. Mut und Entschlossenheit sollen mir von nun an helfen, das Verbrechen im Jeff in ewiges Dunkel zu hüllen. Denn das Schicksal will es so!‹

Jetzt gab es kein Zurück mehr. Das war der Weg, den er gehen mußte – den Weg der Korruption. Um den Fall Lauretz in die Tiefen des Archivs zu befördern und eine Verschollenheitserklärung zu erlangen, würde er die Unterschrift des Gerichtspräsidenten brauchen. Wie konnte er dies bewerkstelligen?

›Ich muß mir das gründlich überlegen. Das Gesetz hat seine eigene Technik, und nur durch eine raffiniertere Technik kann man es besiegen. Diese Technik ist die Wissenschaft des Verbrechens.‹

Er kam sich wie ein Apotheker vor, der alle schrecklichen Mixturen verschlingen muß, die er für seine Kunden zusammengebraut hat.

21

Als der Sonntag kam, fuhr er nach Andruss. Es war ein nebliger Herbstmorgen, aber sowie er höher ins Rheintal hinaufkam, wurde der Ausblick klarer, und das tiefhängende Grau über ihm lichtete sich. Ab und zu war sogar ein Stückchen Himmel zu sehen, und einzelne Bergspitzen kamen in Sicht. Allmählich färbte der Himmel sich blau, und als Andi in Andruss ankam, war es in Sonnenschein gebadet. Die Luft war so rein, daß die Berge wie Gold, Kupfer und Silber schimmerten. Auch die Gletscher schienen nur wenige Steinwürfe entfernt zu sein.

Er fuhr die kleine Straße entlang, die zu Niklaus' Sägemühle führte. Das Gatter war versperrt. Er läutete – keine Antwort. Er läutete noch einmal und hörte schließlich Schritte näherkommen. Niklaus tauchte hinter einem Bretterstapel auf. Als er Andi erblickte, blieb er eine Sekunde lang stehen und kam dann näher, sich die Hände an einer großen blauen Schürze säubernd. Er war in Hemdsärmeln.

»Guata Tag, Herr Schwager«, sagte er, während er mit einem großen Schlüssel das Gatter öffnete. »Ich stehe zu Diensten. Kommen Sie herein. Ich bin allein. Hoffentlich habe ich Sie nicht zu lange warten lassen.«

Sowie Andi drinnen war, versperrte Niklaus das Tor. Sein Gesicht erschien mager und verhärmt, und in seinen Augen schien etwas zu lauern.

»Sie arbeiten, wie ich sehe«, sagte Andi, der in Niklaus' Haaren und Augenbrauen Sägespäne bemerkte.

»Ja, ein bißchen Tischlerei. Ich mache einen Schrank für Mutter, um mir die Zeit zu vertreiben, Vorbereitung für eine lange Reise!«

Er öffnete die Tür seiner Hütte und bat Andi mit einladender Geste, einzutreten.

»Alles in Unordnung«, sagte er. »Hoffentlich stören Sie die Hobelspäne nicht. Ich habe auch mein Bett noch nicht gemacht.«

Er hob die Matratze hoch.

»Sehen Sie – keine Federn mehr! Statt dessen Bretter – und drauf eine Matratze. So schläft man im Gefängnis, nicht wahr?«

Er nahm einen Leimtopf von einem Stuhl.

»Bitte, setzen Sie sich. Ich mache Ihnen Kaffee.«

»Ich habe nichts dagegen, danke!«

Niklaus hob den Spirituskocher, auf dem er gewöhnlich den Leim kochte, und setzte einen Kessel mit Wasser auf.

»Die Bücher sind alle in Ordnung«, fuhr er fort. »Auf der Bank liegt Geld für Sie. Ich habe vor zwei Tagen den Laden zugemacht.«

Er ging in eine Ecke und öffnete einen roh gezimmerten Bretterschrank.

»Hier sind die Sägen. Ich habe sie dick mit Fett eingeschmiert, damit sie nicht rostig werden.«

Andi betrachtete die großen Sägen mit den Krokodilzähnen, die wie Soldaten in dem Schrank hingen.

»Haben Sie irgend jemandem mitgeteilt, daß Sie das Geschäft zusperren?« fragte Andi.

Niklaus strich mit den Fingern über die großen Zähne der Sägen. Plötzlich sah er sich um.

»Ich mußte meine Arbeiter wegschicken. Ich habe ihnen gesagt, es sind keine Aufträge da.«

»Das klingt recht natürlich – besonders bei den heutigen Zeiten«, murmelte Andi, die Hände über den gekreuzten Knien verschränkend.

Niklaus machte den Schrank zu.

Das Summen des Kessels und das Plätschern des Wassers, das durch sein unterirdisches Zementbett eilte, durchbrach die Stille.

»Wo ist Silvelie?« fragte Andi.

»Sie ist seit voriger Woche in ihrem Chalet. Sie hat es wohl im Hundshüsli nicht mehr ausgehalten. Mutter und Hanna haben den religiösen Wahn. Sie sagen nur noch Gebete auf und knien den halben Tag lang vor den Stühlen oder Betten, oder was ihnen gerade in den Weg kommt. Ganz Andruss spricht von ihrer Bekehrung. Pater Hugo besucht sie immer wieder. Es ist ganz verrückt, Herr Schwager. Hanna beteuert, sie will als Christin ins Gefängnis kommen. Dieser Georg, der Postmeister, der seit Jahren mit ihr gegangen ist, hat ihr ein großes goldenes Kreuz geschenkt, das trägt sie jetzt wie ein Hundehalsband um den Hals. Ich will von solchen Tröstungen nichts wissen. Ich werde vor Gericht meinen Mann stehen. Ich weiß, wie ich mich zu verteidigen habe. Und ich nehme mir einen tüchtigen Anwalt!«

Andi wechselte die Stellung seiner Beine. Der Duft des Kaffees erfüllte den Raum und verjagte den säuerlichen Holzgeruch.

»Schwester Silvia«, fuhr Niklaus fort, »behauptet, sie seien nicht verrückt, es sei nur natürlich, daß sie die große Leere in ihrem Leben mit einem großen Glauben ausfüllen. Aber sie hat es trotzdem nicht länger bei ihnen ausgehalten. Wenn sie geblieben wäre, wäre sie vielleicht auch verrückt geworden. Sie ist wie ich – keine Christin.«

Niklaus goß Kaffee in zwei große Schalen, tat etwas frische Milch und Zucker dazu, reichte die eine Andi und nahm die andere selbst.

»Ich habe über die Sache nachgedacht«, sagte er. »Und wenn ich mich nicht irre, läßt sich alles sehr vereinfachen, Herr Schwager. Es ist so: Wenn Sie sich nach dem richten, was wir Ihnen erzählt haben, dann heißt das, daß wir alle mehr oder weniger an dem Tod des Alten schuld sind. Jöry ist nicht mehr da, er kann nicht mehr ins Gefängnis kommen. Wir andern aber wandern alle ins Gefängnis. Ich habe mir nur gedacht, wie wäre es, wenn ich die ganze Sache auf mich nehme? Wenn ich sage, daß ich es zusammen mit Jöry getan habe und daß Hanna überhaupt nichts damit zu tun hat? Mutter ist ohnehin nur mit der Laterne dabei gestanden – und damit ist man ja noch nicht schuldig, oder?

Ich schlage Ihnen das vor, Herr Schwager, weil die andern doch schließlich ohne mich nie auf den Gedanken gekommen wären, es zu tun. Es wäre eine Schande, ein junges Frauenzimmer wie Hanna ins Gefängnis zu stecken. Sie ist meine Schwester. Ich habe sie gern. Lassen Sie mich die ganze Schuld auf mich nehmen, Herr Schwager, und mich erklären, daß die andern nichts damit zu tun hatten – gar nichts davon wußten. Wenn ich dann ins Gefängnis komme, werde ich immer wissen, daß ich damit meiner Schwester das Gefängnis erspart habe. Das wird mir ein Trost sein.«

Andi stand auf, legte die Hand auf Niklaus' Schulter und blickte tief in die klaren Augen des jungen Menschen.

»Trauen Sie mir nicht?« fragte Niklaus. »Ich bin bereit, jetzt gleich mit Ihnen nach Lanzberg zu fahren.«

Andi zog seine Hand zurück und setzte sich langsam wieder hin.

»Es ist mein heiliger Ernst«, wiederholte Niklaus. »Wir können gleich gehen.«

Andi war verblüfft. Noch war Zeit, seinen Entschluß, das Gesetz zu überlisten, rückgängig zu machen. »Sie sind ein Gentleman, wie?« sagte er in spöttischem Ton. »Ich glaube schon, Sie wären fähig, etwas Derartiges zu tun. Aber – die Frage ist doch, ob Ihnen jemand glauben würde. Ich fürchte, Niklaus, Sie kennen das Gericht und seine Gesetze sehr schlecht.«

Andi erhob sich plötzlich und begann in der Hütte auf und ab zu gehen. Wolken feinen Sägemehls wirbelten unter seinen Schritten auf und tanzten in der Sonne.

»Ich bin entschlossen, euch, wenn es irgendwie geht, zu helfen«, sagte er mit etwas unsicherer Stimme. Das Sprechen fiel ihm offenbar schwer. »Deshalb bin ich heute hierher gekommen.«

Niklaus schluckte: »Sie wollen uns helfen?«

»Ja.«

Niklaus schwankte.

»Sie?«

»Ja, ich!«

»Wegen Silvia?«

»Nein, nicht wegen Silvia! Einfach deshalb, weil ich mich dazu entschlossen habe.«

»Herr Schwager!« sagte Niklaus und schaute ihn entgeistert an.

»Wir müssen sehr vorsichtig sein.«

»Aber wenn es herauskommt, daß Sie – –«

»Machen Sie sich keine Sorgen. Ich habe an alles gedacht. Überlassen Sie das mir.«

»Aber wenn man Sie erwischt, was soll dann aus Silvelie werden?«

»Lassen Sie Silvelie aus dem Spiel, sie hat nichts damit zu tun«, erwiderte Andi barsch. »Euretwegen will ich euch helfen. Ich habe das Gefühl, daß ich nicht ein Dutzend Menschenleben wegen dieses alten Raufbolds, der zufällig euer Vater war, zugrunde richten darf.«

»Donnerwetter«, sagte Niklaus, und eine jähe Röte färbte seine Wangen. »Jetzt kann ich wieder das Fett von meinen Sägen abwischen.«

»Das können und das müssen Sie tun! Ich will, daß Sie wie gewöhnlich weiterarbeiten. Ändern Sie auch nicht das geringste an Ihrer Lebensweise!«

»Ich gehe heute noch zu Dominik und sage ihm, er soll morgen wieder anfangen. Ich werde ihm sagen, daß eine neue Bestellung eingelaufen ist.«

»Sie müssen morgen einen Brief an das Bezirksgericht schreiben.«

»Was soll ich schreiben?«

»Sie müssen den Brief auf Ihre eigene Art schreiben. Ich gebe Ihnen nicht einmal den leisesten Wink, wie Sie ihn zu formulieren haben.«

»Aber worüber denn?«

»Sie werden ganz einfach erklären, daß Sie gerne wissen möchten, wie sich die Sache mit dem Verschwinden Ihres Vaters entwickelt hat, da Sie nichts mehr davon gehört haben.«

»Aber der neue Präsident?«

»Machen Sie sich keine Sorgen um ihn. Ihr Brief wird an mich weitergeleitet werden. Die Sache liegt in meinen Händen und wird in meinen Händen bleiben.«

»Sie gehen ein großes Risiko ein, Herr Schwager.«

»Ein Mensch, der in der Gefahr an das Risiko denkt, hat bereits die Schlacht verloren«, sagte Andi. »Wir beide, besonders ich, dürfen an nichts anderes denken als an das eine: Wie entrinnen wir dieser Gefahr? Weiter nichts.«

»Werden Sie nachher Silvelie wieder zu sich nehmen?«

»Das geht Sie nichts an«, sagte Andi kurz. »Sie ist meine Frau.«

»Aber sie ist meine Schwester.«

»Tun Sie, was ich Ihnen sage. Das ist alles.«

»Darf ich es den andern sagen?«

»Sie dürfen zu niemandem ein Wort sprechen. Haben Sie mich verstanden, Niklaus – nicht ein Wort!«

»Aber sie sind so unglücklich, Herr Schwager, und vielleicht werden sie dann mit dem Beten aufhören.«

»Lassen Sie sie beten, es tut ihnen gut.«

Andi begann wieder auf und ab zu gehen. Niklaus beobachtete

ihn mit großen Augen. Plötzlich warf er sich über den Tisch und weinte bitterlich.

Andi packte ihn an seinem dicken wolligen Haar.

»Ich weiß, mein Freund«, sagte er fast zärtlich, »ich weiß – ich weiß. Vergessen Sie nicht, was ich Ihnen gesagt habe. Einen zweiten Rettungsring kann ich Ihnen nicht mehr zuwerfen. Ich habe keinen!«

Er öffnete die Tür.

»Kommen Sie jetzt und lassen Sie mich hinaus.«

Er schritt zum Tor, Niklaus hinkte hinterher und ließ ihn hinaus. Lange umklammerte er die Holzstäbe des Gatters und blickte Andi nach. Seine Lippen zitterten wie die eines Kindes.

22

Andi fuhr zum Yzollapaß hinauf. Dicht hinter der Hubertus-Kapelle hielt er den Wagen an und blickte in die tiefe Wildnis der Yzolla hinunter. Irgendwo dort unten mußte ein Felsblock sein, so groß wie ein Haus, auf dem eine kleine verkrüppelte Lärche wuchs. Vier schöne Fische hatte er dort vor ungefähr zwei Jahren gefangen. Und dort hatten sie sich zum ersten Mal geliebt.

Kurze Zeit später schoß sein Wagen wie ein Pfeil zum Plateau hinauf, und vor dem Hospiz trat er auf die Bremsen.

Töny Gumpers war gerade damit beschäftigt, einer Kuh die Hufe zu schneiden. Er richtete seinen rheumatischen Körper auf, legte die Hände auf die Nieren und kam neugierig herbei. Als er Herrn von Richenau erblickte, nahm er respektvoll den Hut ab.

»Ach, Sie kommen zu uns herauf? Das ist gut. Frau von Richenau war heute morgen unten.«

»Wir werden leider nicht bleiben können«, sagte Andi. »Ich bin gekommen, um sie abzuholen. Und wie geht es Ihrer Frau?«

»Sie kommt mit der letzten Post. Ich bin allein. Aber bei dieser Gelegenheit müssen wir gegenseitig auf unsere Gesundheit trinken, Herr Doktor! Kein Mensch ist da, der einem den Durst überwacht. Hol der Teufel die Ärzte, die einem sagen, man darf nicht. Wenn Sie mir die Ehre erweisen wollen, ich habe ein besonderes Fläschchen, das ich gerne mit Ihnen zusammen anbrechen möchte.«

»Ich werde ein Gläsli mit Ihnen trinken, aber mehr nicht. Es ist noch früh am Tag, und ich muß nach Lanzberg zurück.«

Töny ging voraus. Seine Beine waren anscheinend in der letzten Zeit noch viel krummer geworden. Im Gastzimmer öffnete er eine Flasche Wein und füllte zwei Gläser.

»Eine Schande, nicht wahr, so einem Tropfen die Schuld an allen Schmerzen zu geben, die einen plagen. Die Feuchtigkeit macht's. Der Wechsel von heiß und kalt, nicht dieses Tröpfchen. Ja, und jetzt auf das Wohl Ihrer Frau. Gott segne sie! Sie ist wie der Sonnenschein, wo immer sie hinkommt. Die Beste aus ihrer Familie. Aber die andern sind auch nicht schlecht, glauben Sie mir! Seit der alte Jonas, der Verrückte, an diesem Wintertag nach Italien gewandert ist, herrscht Frieden in der Familie, und es geht ihnen gut. Aufs Wohl!«

Er leerte sein Glas und goß es gleich wieder voll.

»Viele Fische in diesem Jahr gefangen?« fragte er. Seine Nase wurde plötzlich rot, als hätte der Wein den Weg zu ihr gefunden.

Andi trank einen Schluck und antwortete nicht. Statt dessen sagte er:

»Sie glauben, daß der alte Lauretz nicht mehr zurückkehren wird?«

Töny Gumpers fuhr sich mit dem Handrücken über den dichten Schnurrbart.

»Zurückkehren? Wer kehrt aus der Hölle zurück? Den hat der leibhaftige Satan geholt, und ich sage und hab's immer gesagt, die Knochen des alten Jonas liegen in einer der tiefen Gletscherspalten dort auf dem Weg nach Italien. Mir selber ist es passiert, daß ich falsch gegangen bin und mich im Schnee verirrt habe, und es war ein reines Glück, daß ich lebend wieder zurückgekommen bin. Der alte Jonas zurückkehren? Nein, nein!«

Töny lachte.

»Und kein Mensch würde sich wünschen, daß er wiederkommt. Er hat sein Leichenbegräbnis hinter sich. Mag er in Satans Armen ruhen. Und jetzt darf ich Ihnen noch ein Tröpfchen anbieten, Herr von Richenau.«

›Wenn so die Leute über das Verschwinden des alten Lauretz denken, dann ist das günstig für mich‹, dachte Andi. In seiner Erleichterung genehmigte er sich ein zweites Glas. Aber er trank es nur zur Hälfte aus, dann verließ er den alten Gumpers und ging schnell über die Wiesen, in Richtung auf Lauters' Chalet zu.

Das Haus stand offen. Silvelie war nicht da. Er ging durch sämtliche Zimmer. Er mußte auf sie warten. Unterdessen sah er sich die Bilder an. Das Schlößchen war jetzt wie ein kleines Museum eingerichtet, viele Bewunderer des verstorbenen Malers kamen hierher, und die Gumpers, die die Schlüssel hatten, führten sie herum. Auf dem Tisch lag ein großes Gästebuch, in den Einband von rotem Maroquinleder waren mit Gold die Initialen S. v. R. und eine Krone eingraviert. Andi sah nach den Namen der Leute, die sich eingetragen hatten. In diesem Jahr waren es viele. Ein Königspaar war hier durchgekommen, Professoren, Studenten, Techniker und allerlei schlichtere Menschen, die alle Matthias Lauters' Kunst liebten. Während er das Buch durchblätterte, hörte er ein Geräusch an der Tür. Er blickte auf, und auf der Schwelle stand seine Frau. Ihr blondes Haar war von der Sonne beleuchtet, und in der Hand hielt sie einen Krokusstrauß. Als sie ihn sah, schrak sie ein wenig zurück, die Blumen entglitten ihren Händen und fielen auf die Schwelle. Andi stand auf.

»Ich dachte, es ist besser, wenn ich dich nach Hause hole«, sagte er.

»Ist es Zeit für mich, zurückzukehren?«

»Ja.«

»Dann will ich mitkommen.«

»Es ist eine lange Fahrt.«

»Ich mache mich sofort fertig.«

Silvelie hatte das Gefühl, als stünde zwischen ihr und Andi eine Mauer von Eis. Sie packte ihren kleinen Koffer. Wenige Minuten später kam sie herunter.

»Soll ich das Chalet absperren, oder willst du es zuschließen?«

»Ich werde zuschließen«, sagte er.

Sie gab ihm den Schlüssel und bückte sich, um den Koffer zu nehmen. Er kam ihr zuvor.

»Ich kann ihn selbst tragen«, sagte sie.

»Ich werde ihn tragen!« erwiderte er. »Und dich und deine ganze Sippschaft dazu!«

Sie gingen den Pfad hinunter. Die Wiesen leuchteten in herbstlichen Farben. Andi ging voraus und Silvelie hinterher. Sein Gesicht hatte einen grimmigen Ausdruck.

»Du mußt nach Hause kommen, weil die Sache sonst verdächtig wird. Wir müssen den Schein wahren. Meine Mutter hat sich bereits nach dir erkundigt und ruft alle Augenblicke an.«

»Ich glaube, du hast mich zu früh geholt.«

»Glaube, was du willst«, fuhr er fort. »Ich muß dir aus deinen Schwierigkeiten heraushelfen, das habe ich jetzt endlich begriffen.«

Sie sagte nichts mehr, und auf der ganzen Fahrt nach Schlans tat sie nur ein einziges Mal den Mund auf, um nach Tristan zu fragen.

Sie fröstelte und nahm den Kragen ihres Mantels zusammen. Als sie endlich in Schlans ankamen, war es schon Nacht. Er stieg aus und reichte ihr höflich die Hand, um ihr behilflich zu sein.

Aber sie nahm seine Hand nicht, sondern lief die Treppe hinauf und flüchtete in das Kinderzimmer. Tristan schlief. Sie küßte ihn nicht, aus Angst, ihn aufzuwecken, aber setzte sich neben ihn und betrachtete ihn mit Tränen in den Augen.

Lange blieb sie so sitzen, bis Andi im Schlafrock hereinkam.

»Ich gehe zu Bett«, flüsterte er. »Gute Nacht«, und ging hinaus.

Schließlich erhob sie sich langsam und ging zur Tür des großen Schlafzimmers. Sie konnte sich kaum überwinden, sie zu öffnen. Sie hatte Angst. Endlich öffnete sie die Tür, das Zimmer war dunkel. Sie drehte das Licht an – und sah nur ein einziges Bett im Raum, ihr Bett.

An den folgenden Tagen ging das äußere Leben in Schlans seinen gewohnten Gang. Innerlich aber war ein tiefer Wandel eingetreten. Der Schatten des alten Jonas lag auf dem Haus. Andi schien von ihm besessen zu sein. Kalt und stumm ging er ins Amt, schweigend kehrte er nach Hause zurück. Dann zog er gewöhnlich den alten Anzug an und begab sich auf seinen Bauernhof. Auf die Minute pünktlich erschien er zu den Mahlzeiten, und obgleich er grenzenlos höflich war, waren seine Worte eiskalt, wenn er etwas sagte. Alles schien ihm gleichgültig zu sein. Nie erwähnte er die Erlebnisse der Vergangenheit, die sie beide verbunden hatte. Wenn er Silvelie ansah, schien er an ihr vorbeizusehen. Und wenn Silvelie ihn über den Tisch anblickte, tat ihr das Herz weh. Außer bei den Mahlzeiten sahen sie einander kaum, und während die Tage verstrichen, wurde Andi immer nervöser. Warf der Wind plötzlich irgendwo im Hause eine Tür zu, fuhr er hoch, weinte Tristan, verlor er die Fassung.

Nachts hörte Silvelie ihn das Haus verlassen und im Garten umhergehen. Er rauchte unentwegt. Seine Finger waren vom Nikotin verfärbt. Wenn das Telefon klingelte, fuhr er zusammen.

»Ich bin nicht da!« schrie er. »Ich bin für niemand zu sprechen. Sag ihnen, sie sollen sich zum Teufel scheren!«

Nur einmal war er am Telefon freundlich und zwar, als er mit Niklaus telefonierte. Silvelie überhörte Andis Worte und war höchst verwundert.

»Das freut mich, Niklaus, nein, Sie brauchen sich jetzt wirklich keine Sorgen zu machen. Arbeiten Sie ruhig weiter. Wie? Sie haben sich heute die Hand verletzt? Das tut mir leid. Geben Sie acht, daß Sie keine Blutvergiftung kriegen.«

»Ich fürchte, du wirst etwas Falsches tun«, sagte Silvelie zögernd. »Etwas, das gegen deine Natur ist.«

»Ja«, sagte er. »Du hast den Nagel auf den Kopf getroffen!«

»Es ist deiner nicht würdig«, sagte sie leise. Dann sah sie ihm in die Augen, ohne Scheu.

»Ich habe dich verlassen, weil ich dich in deiner Freiheit nicht behindern wollte. Ich bin bereit, dich wieder allein zu lassen. Oder …« sie hielt inne, »dir zu helfen, wenn ich kann.«

»Wie denn helfen?« fragte er verwundert.

Sie zögerte.

»Dir helfen, wieder der Mensch zu werden, der du warst, bevor du dich entschlossen hast, der Familie Lauretz zu helfen. Ist es nicht besser, drei Schuldige sühnen ihre Verbrechen, als daß ein Unschuldiger seine Ehre verliert?«

»Liebes Kind!« rief er. »Es gibt eine Ehre, die erwirbt der Mensch während seines Lebens, und es gibt eine andere Ehre, die angeboren ist. Eine davon muß ich opfern.«

»Ich bin bereit, das Opfer gemeinsam mit dir zu bringen«, sagte sie, »wenn es auch das Ende bedeuten würde.«

»Vielleicht wird es bald soweit sein«, sagte er rätselhaft. »Jedenfalls werde ich es bald wissen.« Und er ging hinaus.

23

Der von Niklaus geschriebene Brief wurde ordnungsgemäß an das Gericht in Lanzberg geleitet und kam endlich in Andis Hände. Andi schickte dem Bezirksgericht eine Empfangsbestätigung und teilte mit, daß die Sonderkommission mit der Untersuchung der Angelegenheit beschäftigt sei. Er unterzeichnete den Brief nicht, sondern versah ihn mit den Gerichtssiegeln, eine Handlung, die dem Brief in den Augen Dr. Thurs in Andruss größeres Gewicht und größere Autorität verleihen sollte. Zwei Tage später schickte Niklaus Andi die Empfangsbestätigung eines Briefes an das Bezirksgericht, die die Mitteilung enthielt, daß das Gericht in Lanzberg sich mit der betreffenden Angelegenheit beschäftigte.

Eines Morgens klingelte das Telefon auf Andis Schreibtisch. Präsident Gutknecht wollte ihn sprechen, wollte ihn dringend in seinem Zimmer im Gerichtsgebäude sehen.

»Ich komme sofort«, sagte Andi.

Er sprang auf. ›Du calme! Du calme!‹ murmelte er, nahm seinen Hut und verließ den Raum. Fünf Minuten später sprang er die Steintreppe hinauf, holte im Korridor tief Atem und betrat das Vorzimmer von Dr. Gutknechts Kanzlei. Wenige Sekunden später schloß sich hinter ihm die schwarze Doppeltür. Dr. Gutknecht erwartete ihn. Er blickte zuerst gar nicht auf, und Andi schien es, als sei er schlechter Laune. Dann beugte er sich schwerfällig über den Tisch und reichte Andi die Hand.

»Ich wollte Sie sprechen, Herr Doktor. Es handelt sich um den Fall Cabflisch. Haben Sie den Artikel im Bündner Sozialist gelesen! Nein? Da ist er. Lesen Sie ihn durch, und sagen Sie mir, was Sie davon halten.«

Er warf mit verächtlicher Geste ein Zeitungsblatt auf den Schreibtisch. Andi las rasch den Artikel, während der Präsident das Hörrohr ansetzte und sich den Bart kratzte.

»Was sagen Sie dazu? Haben Sie den Leuten Informationen gegeben?«

Andi schüttelte den Kopf.

»Nein. Vielleicht Cabflischs Anwalt –«

»Ich habe noch nie solche Beschimpfungen gegen einen Menschen gelesen!« unterbrach ihn der Präsident.

»Ich glaube, dahinter steckt Dr. Scherz«, sagte Andi. »Obschon ich nicht verstehen kann, wie er erfahren hat, daß der Fall neu verhandelt werden soll.«

»Sie vermuten also, daß das Ganze eine politische Drahtzieherei ist?«

»Ja. Die Sozialisten versuchen mit Zähnen und Klauen, die Sitze in den Schulbehörden zu ergattern. Dieser Fall kommt ihnen gerade zupaß. Sie merken, daß Dr. Cabflischs Stellung erschüttert ist, und schicken sich an, ihn wegzujagen und einen ihrer Leute an seine Stelle zu setzen.«

»Skrupellose Halunken! Zu allem bereit, nur um Stimmen und Posten zu ergattern! Ein schöner Zustand, in den dieses Land geraten ist!«

Der Präsident öffnete eine Schublade nach der andern auf der Suche nach seinen Zigarren.

»Bringen Sie mir bald den Bericht, Herr Doktor. Warten Sie … Der Kleine Rat tagt am nächsten Donnerstag … Können Sie bis dahin fertig sein?«

Er hatte die Zigarren gefunden, öffnete die Schachtel, nahm eine heraus, biß die Spitze ab und beugte sich über den Schreibtisch, um sich von Andis goldenem Feuerzeug Feuer zu holen. Dann sank er in seinen Stuhl zurück und sah Andi behaglich an.

»Ich muß auch dem Anwalt Beine machen.«

»Ich werde mich bemühen, den Bericht bis nächsten Dienstag fertig zu haben«, sagte Andi mit einem Gefühl der Erleichterung. »Es tut mir leid, daß es nicht schneller ging. Ich mußte zehn Zeugen von außerhalb vorladen lassen.«

»Ich weiß, daß Sie fleißig waren. Sie sehen ein wenig müde aus.«

»Eine kleine Unpäßlichkeit«, sagte Andi mit leichtem Achselzukken. »Jetzt fühle ich mich wieder ganz wohl.«

»Werden Sie mir um Gottes willen nicht krank! Jetzt wo Dr. Rosenroth weg ist …«

Der Präsident nahm wieder sein Hörrohr zur Hand.

»Soll ich einen Teil dieser Bonatschakten einem andern übergeben, um Sie zu entlassen? Dr. Mahrling zum Beispiel …«

»Ich halte es nicht für nötig«, sagte Andi. »Ich habe sämtliche Akten gleichzeitig durchgesehen.«

»Das ist ein Rekord! Ich beglückwünsche Sie zu dieser Leistung, Herr von Richenau! Haben Sie vielleicht noch andere Schmutzgeschichten ausgegraben?«

»Zwei Fälle müßten sorgfältig geprüft werden.«

»Ich bin froh, daß es nur zwei sind. Bleiben alles in allem noch vier. Und was ist mit diesen vieren?«

Andi richtete sich auf und sah dem Präsidenten fest ins Auge.

»Diese vier restlichen Fälle können auf dem Verwaltungswege erledigt werden.«

»Worum handelt es sich? Ich möchte es gern wissen, falls man mich fragt –«

Andi räusperte sich.

»Zwei Akten enthalten Urteile in gewöhnlichen Polizeigerichtsfällen, die Betreffenden wurden zu kurzen Gefängnisstrafen verurteilt. In beiden Fällen hat Bonatsch sich korrekt verhalten. Das eine Dossier beschäftigt sich mit einem Diebstahl in Andruss. Die Polizei hatte Anzeige erstattet, aber Bonatsch leitete keine Untersuchung ein.«

»Welcher Sachverhalt lag der Anzeige zugrunde?«

»Anscheinend hat irgendein Kerl eine Kuh gestohlen und sie auf dem Markt in Ilanz verkauft.«

Dr. Gutknecht brach in ein schrilles Lachen aus und hielt sein Hörrohr in die Höhe.

»Ad acta, ad acta, Herr Doktor!« kicherte er. »Wir sind keine Kuhfänger! Der Ruf eines Verstorbenen ist mehr wert als eine Kuh!«

Er stäubte die Zigarrenasche von seiner Brust.

»Und der vierte Akt? Eine Ziege?«

»Nein, Herr Präsident«, sagte Andi mit vollendeter Selbstbeherrschung. »Es handelt sich um das Verschwinden eines Mannes namens Laur.«

Er hielt einen Augenblick lang inne.

»Ja, ich glaube, Laur. Er ist vor ungefähr drei Jahren verschwunden. Seine Angehörigen verlangen eine Verschollenheitserklärung.«

»Wer war dieser Laur?«

»Er hauste in einem der Seitentäler des Tavetch. Scheint ein unverbesserlicher Säufer gewesen zu sein.«

»Das sind sie alle dort oben!« warf Dr. Gutknecht ein. »Haben Sie Nachforschungen angestellt?«

Ein Zittern durchlief Andi

›Wenn er jetzt den Akt zu sehen verlangt‹, dachte er.

»Ja!« sagte er und zog seine Zigarettendose aus der Tasche. »Haben Sie etwas dagegen?«

»Bitte, rauchen Sie nur! Nehmen Sie sich eine Zigarre!«

»Danke, Herr Präsident!«

Andi legte die Zigarette zurück und zündete sich diesmal wirklich eine von Dr. Gutknechts Zigarren an. Er blies eine dicke Rauchwolke vor sich hin und war wieder Herr seiner Nerven.

»Allem Anschein nach hat der Betreffende im November jenes Jahres in betrunkenem Zustand seine Behausung verlassen und ist verschwunden.«

»Wohin?«

»Das weiß niemand.«

»Besteht Grund zur Annahme, daß sein Leben bedroht war?«

»Anscheinend nicht.«

»Ah! Sie wissen, dort oben passiert manchmal ein Mord«, bemerkte der Präsident.

»Es sind nicht die leisesten Anzeichen dafür vorhanden, daß an der Sache etwas faul ist«, sagte Andi, lehnte sich gegen den Schreibtisch, rauchte in tiefen Zügen und betrachtete mit gutgespielter Zufriedenheit die Asche seiner Zigarre.

Aber er fühlte, wie ihm der Schweiß über den Rücken lief.

»Meiner Überzeugung nach muß der Mann umgekommen sein«,

fügte er in gleichgültigem Ton hinzu. »Man hat keine Spur von ihm mehr gefunden.«

»Wenn Sie davon überzeugt sind, dann wird es schon stimmen. Ich habe noch keinen Mann gekannt, der so sicher ein Verbrechen zu wittern versteht wie Sie ...«

Andi verbeugte sich lächelnd.

»Besten Dank für das Kompliment, Herr Präsident!«

›Laur! Laur! Laur!‹ Der Name zuckte gleich elektrischen Funken durch Andis Gehirn.

Er hatte ihn nur zweimal ausgesprochen. Er durfte ihn nie wieder nennen. Im Notfall konnte er immer eine Ausflucht machen und behaupten, er habe Lauretz gesagt. Der Präsident war ein wenig taub. Ja, aber war er wirklich taub? Manche Leute behaupteten, er könne, wenn er wolle, auch das leiseste Flüstern hören, sein Messingrohr sei nur Theater. Er war ein alter Fuchs. Und er sah auch aus wie ein alter Fuchs. Jetzt stahl sich ein verschmitztes Glitzern in seine Augen.

»Weil Sie gerade hier sind, möchte ich Sie etwas fragen.« Er sprach in leichtem Konversationston.

»Es ist eine ziemlich belanglose Sache. Hoffentlich stoßen Sie sich nicht daran. Aber sie könnte beträchtliche private Ausgaben nach sich ziehen, die man in diesen Zeiten besser vermeidet. Ich weiß, daß Sie sehr viel ›savoir-faire‹ besitzen, Herr Doktor. Ich bin, wie Sie wissen, kein Gesellschaftsmensch. Es handelt sich um folgendes: Ich war kürzlich bei einem Begräbnis in Zürich, und manchen Leuten scheint mein alter schwarzer Zylinder nicht gefallen zu haben. Ich muß ja zugeben, daß er etwas altmodisch und abgeschabt ist. Aber ich habe ihn in meinem ganzen Leben ungefähr ein dutzendmal benützt, und wie ich höre, kostet ein neuer, ein guter Zylinder über dreißig Franken. Das ist eine Menge Geld für einen Hut, den man fast nie braucht. Finden Sie nicht?«

»Ein Vermögen für die lächerlichste Kopfbedeckung, die es gibt!« erwiderte Andi.

»Genau was ich sage!« rief Dr. Gutknecht. »Nur findet am zehnten Oktober die Einweihung der neuen Glocken der Basiliuskirche statt.

Ich muß als Vertreter der Regierung anwesend sein und eine öffentliche Rede halten. Muß ich unbedingt einen Zylinder tragen, oder kann ich mit einem gewöhnlichen steifen Hut hingehen?«

Dr. Gutknecht preßte sein Bärtchen gegen den Kragen mit einem Seitenblick auf Andi, der diskret lächelte.

»Ich werde mit meiner Familie gleichfalls bei dieser Feierlichkeit erscheinen müssen. Aber ich glaube kaum, daß ich einen Zylinder aufsetzen werde. Es ist kein Begräbnis, keine Hochzeit und keine Taufe.«

»Aber es wird ein Minister aus Bern anwesend sein –«

»Soll er doch einen Zylinder aufsetzen, wenn er will! Minister brauchen diese Kopfbedeckung, damit man ihnen ansieht, wer sie sind.«

»Wird Ihr Herr Vater, Oberst Richenau, einen Zylinder tragen?«

»Mein Vater trägt bei öffentlichen Feierlichkeiten immer nur einen gewöhnlichen dunklen Anzug und einen steifen Hut.«

»Auf jeden Fall werde ich einen steifen Hut aufsetzen«, sagte der Präsident zufrieden. »Ich vertrete ja schließlich nur die Kantonalregierung.«

Und in seiner gewohnten Weise warf er einen Blick auf die Uhr.

Andi wußte, es war Zeit zu gehen.

24

Die Untersuchung der Angelegenheiten des verstorbenen Richters Bonatsch war zu Ende geführt. Andi hatte zu dem vereinbarten Datum dem Präsidenten die Akten Cabflisch übergeben nebst einem Memorandum, in dem die Versäumnisse des verstorbenen Richters dargelegt waren. Er hatte dem Akt eine genaue Analyse des Falles beigefügt und die Gründe erläutert, warum man den Fall dem öffentlichen Ankläger übergeben müsse. Er war überzeugt, daß sowohl an der gesetzlichen Form wie an dem Stil seiner Arbeit nichts auszusetzen war. Da der Präsident mit dieser Sache vollauf beschäftigt war, war es an der Zeit, den Fall Lauretz so schnell wie möglich durchzupeitschen.

An einem späten Oktobernachmittag entwarf Andi das Dokument. Er brauchte dazu keinen Aktuar. Er schrieb es selbst mit der Schreibmaschine auf amtlichem Briefpapier.

Der Präsident und die Sonderkommission des Kantonsgerichtes haben die von dem verstorbenen Präsidenten des Bezirksgerichtes in Andruss, Johannes Bonatsch, in Sachen des Verschwindens des Sägemüllers im Jeff

LAUR JONAS

aus besagtem Bezirk verfaßten Protokolle und angestellten Nachforschungen zur Kenntnis genommen.

Das unterzeichnete Gericht, überzeugt, daß die erwähnten Protokolle und Nachforschungen den Paragraphen 36 und 37 ZGB. entsprechen, entscheidet hiermit, daß das Ersuchen der Angehörigen des besagten

LAUR JONAS

zu bewilligen sei, und es verordnet hiermit, daß auf dem üblichen Wege eine Verschollenheitserklärung veröffentlicht werden soll.

Für die Gerichtskommission.

Andi verbrannte das Papier, auf dem er zuerst das Dokument entworfen hatte. Dann klingelte er nach Herrn Amman und verlangte das Gerichtssiegel. Der Aktuar brachte es.

»Bitte legen Sie es hierhin«, sagte Andi und blickte kaum von seinem Schreibtisch auf. Als Herr Amman den Raum verlassen hatte, setzte Andi das Siegel auf das verhängnisvolle Dokument. Er nahm die Feder und unterzeichnete mit seinen Anfangsbuchstaben. Dann legte er den Brief in seine Mappe zu einigen anderen Dokumenten, die dem Präsidenten in gewohnter Weise unterbreitet werden mußten. Er steckte den Hefter in einen großen gelben Umschlag, verschloß und versiegelte den Umschlag und adressierte ihn an den Präsidenten mit dem Vermerk Vertraulich.

Dann saß er lange Zeit da und starrte diesen gelben Umschlag an.

Noch konnte er ihn zurückhalten, noch war es ihm möglich, ein ehrlicher Richter zu bleiben. Einen Augenblick lang hatte er den Wunsch, den Umschlag aufzureißen, nicht um sein Werk, sein verbrecherisches Werk auszulöschen, sondern nur um nachzusehen, ob er wirklich genügend Raum hinter dem ›Laur‹ freigelassen hatte, um hinterher das ›etz‹ einfügen zu können. Doch erinnerte er sich, daß er den Zwischenraum sehr sorgfältig bemessen hatte.

›Wenn ich nur selber dieses Papier unterschreiben könnte! Ja, wenn man nur nichts über meine Beziehungen zu Familie Lauretz in Andruss wüßte. Leider aber weiß man zu viel.‹

Seine Augen brannten. Seine Hände waren feucht und kalt, und für einen Augenblick befiel ihn Übelkeit. Um vier Uhr klingelte er. Herr Amman, auf den während seiner ganzen Laufbahn noch nie soviel Arbeit auf einmal eingestürmt war, kam herein, den Federkiel hinter dem Ohr und musterte seinen Vorgesetzten über den Rand der Brille weg.

»Herr Doktor?«

Andi reichte ihm den gelben Umschlag.

»Wollen Sie das bitte heute abend auf dem Heimweg in der Kanzlei des Präsidenten abgeben?«

»Gewiß«, antwortete er.

»Ich gehe jetzt bald«, sagte Andi. »Ich brauche ein wenig Ruhe. Morgen muß ich zur Glockenweihe und werde wahrscheinlich nicht ins Amt kommen. Aber wenn es etwas Wichtiges gibt, legen Sie es bitte hier auf den Tisch.

Sollte ich noch sehr spät hierherkommen, dann werde ich wissen, wo ich die Sachen finde.«

Herr Amann ging hinaus und nahm den Umschlag mit. Andi sank erschöpft in seinen Stuhl zurück und fixierte das Löschpapier auf seinem Schreibtisch. Dann stand er auf. Er konnte diese vier Wände nicht mehr ertragen.

Wenige Minuten später ging er die Treppe hinunter.

25

Während Andis Abwesenheit beschäftigte sich Silvelie mit häuslicher Arbeit.

Die Erlebnisse der letzten Monate waren nicht spurlos an ihr vorbeigegangen. Ihre Augen blickten zuweilen ins Leere, wie die Augen eines Menschen, der sich an etwas erinnern will und sich nicht erinnern kann. Aber auch jetzt noch hatte sie wie eh und je nur einen einzigen Gedanken. Andi! Die Fäden, die ihn mit ihr verknüpften, schienen zerrissen. Wie Fremde wohnten sie unter dem gleichen Dach, Seite an Seite. Er schien gleichsam im Leeren zu hängen, von einem Tag zum andern zu leben und dem tragischen Ereignis auszuweichen, das sie getrennt hatte.

Der frohe, heitere Mensch Andi war trübsinnig und mürrisch geworden. Liebe und Zärtlichkeit schienen in seinem Herzen keinen Raum mehr zu haben. Höflichkeit war alles, wozu er noch fähig schien.

Aber Silvelie besaß die Zähigkeit einer Lauretz, mit der sich eine gewisse List verband. Sie beobachtete Andi sehr genau. Wenn er frühmorgens das Haus verließ und abends zurückkehrte, sah sie durchs Fenster, wie er langsam, fast schleppenden Schrittes die Stufen nahm. Gerade in solchen Augenblicken war ihr Verlangen, sich ihm in die Arme zu werfen, am stärksten.

Andi hatte ihr gesagt, sie müsse mit ihm zur Glockenweihe nach Lanzberg kommen.

In diesem Augenblick begannen die Glocken ihrer Dorfkirche zu läuten.

›Die Welt scheint glockentoll zu sein‹, dachte sie. Endlich hörte sie Andi ins Haus treten. Sie ging auf den Korridor hinaus und knipste das Licht an.

»Das Essen ist fertig, Andi.«

»Oh, ich werde wohl nichts essen. Ich habe keinen Hunger. ›Blulette‹ hat ein Kalb geworfen, und ich habe mitgeholfen. Geh und iß nur, ich kann nicht.«

»Fühlst du dich nicht wohl?«

»O doch, aber ich habe einfach keinen Hunger.«

»Der Herr fühlt sich nicht ganz wohl«, sagte sie zu ihrem Dienstmädchen. »Er ißt heute abend nichts.«

Sie aß sehr wenig und erhob sich bald, um in das kleine Wohnzimmer zurückzukehren. Dort blieb sie bis zehn Uhr. Dann stand sie mit unterdrücktem Schluchzen auf und ging nach oben. Sie öffnete Andis Tür, er saß in einem Lehnstuhl, das Zimmer war voll Rauch.

»Komm herein!« sagte er leise. »Komm herein, Silvelie.«

Sie schloß die Tür und setzte sich zu ihm.

»O Andi, wie lange soll das noch dauern?«

»Was meinst du damit?«

Sie sah ihn verwirrt an.

»Vielleicht wirst du mich später einmal besser verstehen ... obwohl es dann zu spät sein könnte«, fügte er hinzu.

»Was hast du getan?«

»Oh, so schrecklich ist es nicht! Es hat schon mancher aus unwichtigeren Gründen sein Leben aufs Spiel gesetzt. Eigentlich ist die Sache, für die ich kämpfe, nicht schlecht. Nur – die Menschen sind von so starren Moralauffassungen beherrscht, daß ich fürchte, meine Sache könnte falsch gedeutet und verkannt werden. Ja, Silvelie, als wir damals in den Wäldern von Lenzerheide waren, da wußtest du nicht, was für Probleme in unserem Leben auftauchen würden. Und auch ich wußte es nicht.«

»Ich dachte schon daran, Andi«, sagte sie.

»Ich gebe dir keine Schuld mehr«, sagte er ernst. »Es war deine Schuld, und dennoch war es in gewisser Weise auch nicht deine Schuld. Vielleicht bin ich mehr zu tadeln als du. Ich hätte dich mehr fragen müssen, hätte argwöhnischer sein müssen und weniger in dich verliebt – wenn das möglich gewesen wäre. Oder du hättest mich weniger liebhaben müssen? Alles in allem sehe ich ein, daß es das einzig Anständige war, was du tun konntest, nämlich mir nichts zu sagen. Du hattest nicht nur um dich Angst, du hattest Angst um andere, und um dieser anderen willen ist deine Ehre gerettet.«

Er begann auf und ab zu gehen.

»Heute habe ich dem Präsidenten ein Dokument zur Unterschrift geschickt. Unterzeichnet er, ist alles gut. Die Verschollenheitserklärung wird veröffentlicht, und die ganze Angelegenheit verschwindet in den Archiven. Deine Familie ist dann frei, und dein Vater kann in Frieden ruhen. Wenn der Präsident das Dokument nicht unterzeichnet, wenn er die Akten anfordert –« Andi blieb vor dem Spiegel stehen und blickte hinein …

»Dann wirst du tapfer und stark sein müssen, Silvelie.«

»Dieses Leben von uns beiden …«

»Wie willst du es ändern?«

»Ich weiß es nicht.«

Der traurige Ausdruck ihrer Augen rührte ihn.

»Wir werden durchhalten müssen«, sagte er. »Vielleicht finden wir eines Tages ein neues Leben.«

Er erhob sich schwerfällig aus seinem Sessel und machte das Fenster weit auf.

»Ich will es dir heute abend sagen – für den Fall, daß morgen oder übermorgen etwas passieren sollte. Ich wollte zuerst nicht mit dir darüber sprechen, aber vielleicht ist es besser – für den Fall, daß etwas Unerwartetes geschieht. Dann wirst du wissen, wie du dir gewisse Dinge zu erklären hast.«

Heimlich wanderten seine Blicke im Spiegel zu der gegenüberliegenden Wand, an der zwei Jagdflinten und das Lederfutteral mit seiner Armeepistole hingen …

Silvelie schaute aufmerksam.

»Was wirst du tun, wenn der Präsident dich rufen läßt und dir Fragen stellt?«

»Ich werde ihm rundheraus antworten.«

»Und wenn er unterschreibt?«

Er drehte sich um und sah sie an – einige Sekunden lang lag höchste Spannung in ihren Blicken.

»Was hat ein Mensch zu tun, wenn er einen Vertrauensbruch begangen und seine öffentliche Ehre beschmutzt hat? Es gibt Leute, denen nichts an ihrer Ehre liegt. Sie sind meist ehrgeizig und haben Erfolg. Ich bin nicht aus diesem Holz geschnitzt. Ich werde mein Amt als Richter niederlegen, werde den Rat verlassen und aus dem Offiziersverein austreten …«

Silvelie war außer sich.

»Nein, Andi, das darfst du nicht! Ich werde morgen mit Niklaus sprechen. Er muß zum Präsidenten gehen und ihm alles beichten.«

»Es wäre doch ein Jammer, einen netten jungen Menschen wie Niklaus vielleicht auf Lebenszeit ins Gefängnis wandern zu lassen.«

Er ging zu seinem Bett und legte sich auf den Rücken.

»Morgen ist Glockenweihe. Ich bin zahlendes Mitglied des Evangelischen Vereins. Geh jetzt zu Bett und ruhe dich aus! Und zeig Mama morgen bitte ein heiteres Gesicht! Uli und Minnie kommen auch nach Lanzberg. Ich bin – verteufelt müde. Oh, diese Familiengeschichten! Die ganze Welt müßte eine einzige große Familie sein ... aber nein! Dann würde der eigentliche Wirrwarr erst recht beginnen!«

Er schob die Arme unter den Kopf und schloß die Augen. Als er sich weder bewegte noch weitersprach, verließ sie ihn und ging aus dem Zimmer.

26

Die Basiliuskirche war ungefähr vor hundert Jahren aus grauem Stein erbaut worden, so nüchtern und anspruchslos wie die Lehre des Protestantismus. Sie hatte einen schönen viereckigen Turm mit einem geräumigen Glockenstuhl unter dem roten spitzen Dach. Auf der höchsten Zinne nistete ein goldener Hahn.

Erst nach dem Siebziger Krieg waren Glocken angeschafft worden. Und diese Glocken waren ein Fehlschlag. Die Kirchenältesten erinnern sich bis auf den heutigen Tag mit Schrecken an den schrillen, mißtönenden Klang jener sechs Glocken, deren größte nach wenigen Wochen zersprang. Man entsann sich mit Unbehagen dieses unglücklichen Vorfalles und der Zwistigkeiten, die er auslöste – sogar unter dem katholischen Teil der Bevölkerung. Streitigkeiten, die schließlich sogar in einem Prozeß vor den weltlichen Gerichten gipfelten, mit dem Bischof und seinem »Hof« als Kläger.

In der Tat hatte »Seine Bischöfliche Gnaden« an seine protestantischen Kollegen geschrieben, man könne sich kaum vorstellen, daß der Klang ihrer Glocken irgendeinem Menschen religiöse Gedanken einzuflößen vermag. Und die frommen Väter aus Afrika, die hier zu Besuch waren, verglichen sogar den Klang mit dem eines Urwaldgongs, der durch die afrikanischen Wälder ertönt und Böses verheißt.

An die fünfzig Jahre hat es gedauert, bis eine Kollekte für eine neue Garnitur von Glocken mit Erfolg eingeleitet werden konnte. An die Spitze dieser Aktion hatte sich Oberst von Richenau gestellt, als er bei der Ordination von Uli dem jetzigen Pfarrer von St. Basilius, dem Hochwürdigen Herrn Wendel, begegnete. Bei diesem Anlaß hatte Pfarrer Wendel dem Oberst bei einem guten Glas Wein erzählt, die Basiliuskirche sei nicht besser daran als eine alte Dame, die nur noch wenige Zähne im Munde habe.

Man hatte die alten Glocken eingeschmolzen, die neuen waren mit dem Zug eingetroffen und auf dem Güterbahnhof abgeladen worden. Im Vertrag wurde ausdrücklich garantiert, daß ihr Klang zart und melodisch sei.

Kein Wunder, daß die Bevölkerung von Lanzberg in Scharen herbeiströmte, um die neuen Glocken zu begrüßen. Die Evangelische Volkspartei, die eine ziemlich große Wählerschaft vertrat, hielt den Augenblick für günstig, politische Vorteile für sich herauszuholen, denn überall im Lande bemühten sich die Sozialisten, die Jugend unter ihren Einfluß zu bringen, in jeder Körperschaft neue Sitze zu erobern – und Gott, den Allmächtigen, für tot zu erklären.

Sämtliche protestantischen Schulen gaben ihren Schülern einen Tag frei. Der Männerchor »Concordia« hatte einige besondere Musikstücke eingeübt, und ein vielstimmiger Kinderchor wurde seit Monaten gedrillt, einige Hymnen zu singen. Die Fahnen sämtlicher Kantone hingen um den Kirchplatz, und über dem Portal flatterte ein großes Schweizer Kreuz.

Eine kleine, mit den Bannern von Vazerol, Trums, Aquasana und Davos geschmückte Bühne war errichtet worden. In riesigen Zelten standen auf den Holztischen Körbe voll frischer Brötchen, und in großen Kesseln dampften tausend Würstchen für die Kinder.

Es mußte viel gearbeitet werden, und die Arbeit forderte ihren Lohn. Die Familie von Richenau aß gemeinsam an einem großen Tisch im Hotel Jägerhof. Das harte, zerfurchte Gesicht des Obersten war nicht gerade geeignet, die Gesellschaft besonders heiter zu stimmen. Andi sah ernst aus, doch ließ er sich nicht anmerken, daß er sich in einem Zustand quälender Spannung befand und kaum realisierte, was um ihn vorging. Madame von Richenau sprach mit Silvelie über ihn.

»Er sieht gar nicht gut aus«, sagte sie. »Ist er gesund?«

»Er arbeitet zu viel. Manchmal sitzt er bis spät in die Nacht im Amt. Einer der Untersuchungsrichter ist krank geworden.«

»Aber er wird seine Gesundheit zugrunde richten«, sagte seine Mutter.

Vergebens bemühte sie sich, die Wahrheit in Silvelies Augen zu lesen. Silvelie verstand es, mit einer Mischung aus Unschuld und Distanz, brenzligen Fragen aus dem Weg zu gehen.

»Iß nicht so viel!« ertönte Minnies Stimme.

Sie ermahnte ihren Gatten, der soeben ein drittes Beefsteak genommen hatte. »Dir wird schlecht werden.«

»Was soll ich tun?« rief Uli verzweifelt. »Minnie findet mich zu dick.«

»Aber wir sind doch heute abend zu einem großen Fest des Kirchenrates eingeladen.«

»Pah, heute abend!« Er machte eine abwehrende Geste. »Bis dahin vergehen noch acht Stunden. Ich muß heute nachmittag schwer arbeiten, muß Glockenseile ziehen. Ich brauche Kraft; die große Glocke wiegt allein schon sechs Tonnen.«

»Aber du wirst sie doch nicht allein hinaufziehen müssen«, sagte Minnie.

»Jeder brave Mann hilft mit«, sagte er und füllte seinen Teller.

Der Oberst pickte Krumen vom Tisch und schob sie sich zwischen die schmalen Lippen. Für ihn war das Leben nicht mehr, was es gewesen war. Sein Zeitalter schien sich dem Ende zu nähern. Lange genug hatte er gegen das Unmögliche angekämpft. Seitdem Präsident Roosevelt den Dollar hatte stürzen lassen, war das Vermögen der Richenaus von neuem zusammengeschmolzen. Dennoch! Wenn auch die ganze Welt verrückt würde, wenn England und Amerika im Wettlauf um billiges Geld die Finanzen zugrunde richteten, mußte sein Land, die Schweiz, fest bleiben wie die Berge und niemals den Glauben an das Gold verlieren.

Vom Bahnhofsplatz her ertönten Trompeten und dumpfe Trommeln. Eine dichte Menschenmenge umsäumte die Straße. Die gesamte Polizei war aufgeboten. Die Richenaus verließen den Tisch und traten auf einen kleinen Balkon hinaus. Madame von Richenau nahm Andis Hand.

»Was ist denn nur mit dir los, André?«

Silvelie beobachtete die beiden, ihre Brauen zuckten nervös.

»Ehrlich gesagt«, erwiderte Andi leise, »ich bin ein wenig müde. Ich glaube, ich brauche Ruhe – die Nerven! Aber mach dir keine Sorgen um mich.«

»Es muß doch einen Grund haben ...«

»Oh, nein. Ich werde älter, die Begeisterung läßt nach. Die Welt steht Kopf und ich mit ihr.«

Dutzende von Schulkindern strömten aus der schmalen Gasse, die zum Güterbahnhof führte. Sie trugen kleine Fähnchen, und ihre aufgeregten Stimmen erfüllten die Luft. Ihre Lehrer und Lehrerinnen hielten sie jedoch in Zucht und führten die Prozession zum Basiliusplatz. Hinter dieser lustigen Schar folgte eine Gruppe ernster Männer, die Kirchenvorsteher, angeführt von Pfarrer Wendel.

»Ich muß gehen, ich muß gehen!« rief Uli in plötzlicher Aufregung, als er sie erblickte.

Schnell verließ er den Balkon, und kurz darauf sah man ihn mit flatternden Rockschößen seinen mächtigen Körper durch die Menge zwängen. Ein großer schwarzer Hut saß ihm schief auf dem Kopf.

Nationalrat Rümpli, Weinhändler und unermüdlicher Redner, kam jetzt dahergestapft, den Schirm wieder wie eine Flinte geschultert. Er war ein kleiner Mann, ein Homunkulus sozusagen, aber dennoch stolzierte er mit gewichtigen Schritten in Gehrock und Zylinder einher und betrachtete durch den zitternden goldgeränderten Kneifer mit väterlichem Wohlwollen die Menge auf dem Bürgersteig.

Dann kamen die Glocken in Sicht. Zuerst die große: »Friede sei mit dir« in G, umkränzt mit Girlanden, wie ein Festochse geschmückt. Sechs stämmige Gäule aus einer Bündner Brauerei zogen sie auf einem niedrigen kräftigen Karren.

Auf einem zweiten Fuhrwerk kam Glocke Nummer zwei in B, »Kommet alle zu mir«. Glocke drei in C, »Dein Reich komme« war die alte Glocke, die nun aus der Gießerei zurückkam.

Und dann kamen die jungen Damen aus der Haushaltungsschule sowie die jungen Männer aus der Landwirtschaftlichen Schule mit ihren bäuerischen Professoren.

Schließlich folgten die beiden kleinen Glocken gemeinsam auf einem Heuwagen, von vier bescheidenen Kühen gezogen: Nummer vier in D, »Fürchte dich nicht, glaube!« und Nummer fünf in E, »Ora et labora«. Eine lustige Schar von Männern und Frauen aus der Umgebung, die meisten in heimatlicher Tracht, umschwärmte die beiden letzten Glocken. Der alte Otto und Mariegeli von Andis Hof waren auch darunter. Die Richenaus entdeckten sie sofort, wobei der Oberst ein wenig lächelte. Andi aber betrachtete den Zug mit düsteren Blicken. Er empfand nichts von der Fröhlichkeit und Harmlosigkeit des Spektakels. Er dachte an seine Armeepistole. Der Knall eines Schusses – das würde das Ende aller Illusionen sein. Er hatte nach Dr. Gutknecht Ausschau gehalten, ihn aber nicht entdeckt. Vielleicht war er gar nicht gekommen? Vielleicht saß er in seinem Amtszimmer und studierte das verhängnisvolle Dokument – Zweifel und Argwohn nahmen von ihm Besitz. Vielleicht hatte er bereits das Bezirksgericht in Andruss, diesen neuen Mann Dr. Thur, telefonisch um nähere Einzelheiten ersucht ...?

›Aber ich konnte einfach nicht Lauretz hinschreiben‹, dachte Andi, und es lief ihm kalt über den Rücken. ›Er würde sich wahrscheinlich erinnern, daß meine Frau eine Lauretz war. Laur ist dagegen ein ganz anderer Name. Verflucht! Und wenn der alte Gutknecht einfach mit mir Komödie spielt? Wenn er die Akten gleich zu Anfang studiert hat und mich nur zum Narren hält? Er wäre dazu imstande. Ein zynischer Mensch – eine Gesetzesmaschine. Für diesen Fall: Die Kugel!‹

Die Prozession zog unter dem Balkon vorbei. Wolfgang aus Schlans, der seine große Harmonika mitgebracht hatte, spielte und sang wie ein Sohn Bacchus', während er mit wehendem blondem Bart unter dem Balkon vorüberkam.

Silvelie rief unwillkürlich: »Schau Andi! Unser Knecht!«

Sie tauschten vielsagende Blicke und fühlten sich in diesem Augenblick in ihrer Einsamkeit vereint.

»Es ist Zeit, auf den Platz zu gehen!« sagte der Oberst und sah nach der Uhr. »Die Feier beginnt um zwei.«

27

Die Richenaus fuhren auf einem Umweg zum Basiliusplatz und wurden von einem der Kirchenvorsteher zu ihren Plätzen auf dem mit Fahnen geschmückten Podium geführt. Ihre Sitze waren in der ersten Reihe, sie begegneten dort vielen Freunden und Bekannten. Die Polizei war damit beschäftigt, all diejenigen fern zu halten, die keine Einladung hatten. Andi war von dem Anblick der vielen Menschen wie betäubt. Eigentlich gab es für ihn in diesem Augenblick nur einen Menschen, auf den er sich konzentrieren konnte: den Gerichtspräsidenten. Er schaute sich erneut nach Dr. Gutknecht um und entdeckte ihn schließlich ganz in der Nähe im Gespräch mit einem Regierungsrat, das Hörrohr am Ohr. Es schien ihm, als werfe der Präsident ihm mehr als einmal einen verstohlenen Blick zu.

Inzwischen kamen die Lanzberger Fanfarenbläser auf den Platz marschiert.

Eine jubelnde Kinderschar umtanzte die Glocken. Buben kletterten auf die Karren, die kleinen Mädchen ritten auf dem Rücken der Pferde und Ochsen. Ein ganz toller Bursche war sogar bis auf die große Glocke geklettert, und der Lehrer bemühte sich vergebens, ihn herunterzulocken.

»Friede sei mit dir!« rief der Knabe. »Friede sei mit dir!« rief er dem Lehrer zu.

»Bitte nicht so sehr zu drängen!« rief eine Stentorstimme durch den Lautsprecher. »Bitte Platz machen für die Glocken!«

Die Tribüne füllte sich rasch. Herr Bostal, der Organist, stimmte programmgemäß auf seiner Orgel einen Marsch an. Aber er tobte ganz allein in seiner Kirche, und es hatte wenig Zweck, daß er mit Geschick die Register zog und auf die Pedale trat, denn kaum jemand hörte ihn, so groß war der Lärm der Menge auf dem Platz.

Andi saß brütend da. Die ganze Sache kam ihm vor wie ein fantastischer, wirrer Traum. Einen Augenblick schienen seine privaten Sorgen in den Hintergrund zu treten.

Der kleine Nationalrat Rümpli stand bereits auf der Rednertribüne vor dem Bundesrat. Er befingerte das Manuskript, das vor ihm lag, und dann brüllte seine Stimme dieselben Platitüden in den Lautsprecher, die die Lanzberger schon hundertmal gehört hatten. Aber sie standen schweigend da und lauschten scheinbar ehrfürchtig dem kleinen Weinhändler, den sie selbst gewählt hatten, der aber bei dieser Gelegenheit mit keinem Wort die wichtigen sozialen Fragen des Tages berührte, sondern ganz einfach den Mantel christlicher Nächstenliebe über ihre dringenden Nöte deckte und mit der Erklärung schloß, sie müßten an Gott glauben, der ihnen eine so herrliche Freiheit geschenkt habe. Sie sollten alle an einem Strang ziehen!

Unterdessen wurden von der festen Plattform des Glockenturms Seile und Rollen herabgelassen. Die »Concordia« stimmte eine feierliche Hymne an. Der heitere Uli hatte mit seiner Begeisterung viele Leute zusammengebracht. Er wurde allmählich zum Helden des Tages und hatte für jeden ein Lächeln oder einen Händedruck. In langer Reihe standen Räte, Handwerker, Arbeiter, Kontoristen, Lehrer und Doktoren bereit. Sogar Präsident Gutknecht, der trokkene Mann des Gesetzes, war angetreten und hinter ihm zwei wandernde Benediktinermönche.

Ringsum drängten sich die Zuschauer lachend und spottend, die Luft mit derben Scherzen füllend.

Madame von Richenau schritt lächelnd mit ihrer Famile von der Tribüne herab. Ein patriotischer Ur-Instinkt schien sich des Obersten bemächtigt zu haben. Sein runzliges Gesicht strahlte. Er reichte Silvelie den Arm, nicht ohne geheime Absicht, da er es für klug hielt, bei dieser Gelegenheit aller Welt zu beweisen, daß sie ein anerkanntes Mitglied seiner Familie geworden war. Andi durfte Minnie zu den Seilen führen. Sie hing züchtig an seinem Arm, heimlich verwirrt, weil sie plötzlich ihrem hübschen Schwager so nahe war. Die Tribüne begann sich zu leeren. Die Menge applaudierte. Sie applaudierten nicht nur der Familie von Richenau, sondern auch den Staatsministern, ihren Räten und Richtern.

»Wie Professoren eben Tau ziehen können«, rief Uli, als er alle diese feierlichen Gestalten das Seil ergreifen sah.

»Pack zu, Mama, pack zu! Es ist ein neues Paar Handschuhe wert.«

Silvelie stand wartend da, vor ihr Andi und seine Familie, hinter ihr die lange Kette derer, die aktiv mithelfen wollten. Und als das Signal gegeben wurde, packte auch sie zu, aber so, daß sie Andis Hände berührte.

»Hoffentlich rutsche ich nicht aus und falle«, sagte Madame von Richenau.

»Hab keine Angst, Mama, ich stehe hinter dir«, meinte Uli.

Aller Augen wandten sich der Turmzinne zu, als hänge das Schicksal des Landes von der großen Glocke ab. Männer in blauer Kleidung kletterten auf dem Gerüst umher. Langsam lockerte man den Griff, und als die große Glocke einen Augenblick später auf die Plattform niedersank, kam aus der Menge ein tiefer Seufzer der Erleichterung. Hurras, Bravos und Händeklatschen folgten, und ein Freudensturm brach auf dem Basiliusplatz los, wie man ihn in Lanzberg viele Jahre nicht mehr erlebt hatte.

Die Bürger strömten in die Kirche, darunter auch die beiden Benediktinermönche, die wacker mitgeholfen hatten. Herr Bostal kam endlich zu seinem vollen Einsatz im Programm. Wie ein musikalischer Tintenfisch erschien er vor seiner Orgel und zog mit erstaunlicher Geschicklichkeit die Register. Mit Schwung stürzte er auf die Tasten los und trat auf die großen Pedale, bis die Kirche unter den vulkanischen Explosionen einer Bach-Fuge erzitterte. Pfarrer Wendel hatte es irgendwie fertiggebracht, schnell hinter den Kulissen seinen Talar anzuziehen, um nun zu seinen Schäflein zu sprechen. Seine Stimme und seine Figur machten ihn viel eher geeignet, vor einer so großen Menschenmenge zu reden, als der kleine Rümpli.

»Liebe Mitbürger und Kinder!« begann er. »Laßt uns beten, daß der Tag bald kommen möge, da alle Menschen auf Erden ihre Waffen einschmelzen und das Metall für Werkzeuge des Friedens und für Glocken verwenden, um die Ankunft des Neuen Reiches zu verkünden! Dafür wollen wir beten.«

Während er sprach, waren die Kinder längst aus der Kirche verschwunden. Sie ließen auf der Straße ihre Knallfrösche los, so daß der arme Pfarrer Wendel Mühe hatte, seine eigenen Worte zu verstehen.

Um sieben Uhr abends erklangen die neuen Glocken zum erstenmal über den Dächern von Lanzberg. Der Bischof, Seine Bischöfliche Gnaden Dr. Schmaltz, saß mit Dr. Araquint, Regens coadjutor des Bischöflichen Seminars, bei Tisch. Als sie die Glocken hörten, traten sie an das alte gotische Fenster und öffneten es. Sie lauschten stumm und nachdenklich.

»Diesmal haben sie anständige Glocken erwischt«, sagte der Bischof. »Edel und voll. Aber die Tonlage scheint ein bißchen hoch zu sein, eine Schattierung zu hoch. Natürlich neue Glocken! Moderne Glocken!«

»Es sind protestantische Glocken, Confrater!« sagte der Coadjutor.

»Ohne Zweifel.«

Der Bischof wandte sich dem kleinen Mönch zu, der zwei Kristallgläser auf dem Tisch füllte, er lächelte versonnen.

»Frater Cornelius, sagen Sie unserm Glöckner, er soll zu Ehren der neuen Glocken von St. Basilius einen vollen Chor läuten!«

Der indische Smaragd auf dem Finger seiner weißen Hand funkelte, während er zweimal die Stadt Lanzberg segnete. Dann kehrte er mit dem Coadjutor an den Tisch zurück.

28

Ein feiner Dunst hing über dem Land. Herbstliche Blätter waren über die hohen Gefängnismauern geflattert und lagen nun verstreut auf dem Pflaster des Gefängnishofs.

Andi kam erst spät ins Amt. Als er vor seiner Türe stand, zauderte er einen Augenblick, bevor er sie öffnete. Sein erster Blick galt dem Schreibtisch. Dort lag der erwartete gelbe Umschlag. Mit einem Schauder griff er widerstrebend nach ihm und riß ihn auf.

›Was würde passieren, wenn er sich eine Kugel durch den Kopf jagen müßte? Wohin würde er kommen?‹

Nervös zog er einige amtliche Dokumente aus dem Umschlag und las:

»Der Präsident und die Sonderkommission ...« Er wandte das Blatt um ... und erblickte Dr. Gutknechts ehrenwerte Unterschrift ... sekundenlang wurde sie undeutlich, sie schwamm vor seinen Augen. War dies wirklich die Unterschrift des Präsidenten?

»Lieber Gott!« murmelte er. »Dieses blinde Vertrauen!«

Die Uhr auf seinem Tisch tickte. Er war wie gelähmt – niemand war da, der die Demütigung hätte mitansehen können, die er trotz seiner Erleichterung empfand. Dann öffnete er mit einem Schlüssel seinen Safe, nahm seine Armeepistole heraus, leerte das Magazin und steckte die Kugeln in die Tasche.

Er kam sich vor wie ein Verbrecher. Die Würde und Verantwortung seines Amtes hatte er mißbraucht – und dennoch –, immer stärker setzte sich in ihm das Gefühl der Erleichterung und der Freiheit durch. Rasch setzte er sich an die Schreibmaschine und fügte sorgfältig hinter dem ›Laur‹ die Silbe ›etz‹ hinzu. Er faltete das Dokument zusammen, schob es in einen Umschlag, adressierte ihn an das Bezirksgericht in Andruss und warf ihn in den Postkorb. Dann nahm er die Akte Lauretz zur Hand, löste das Blatt, auf dem Silvelies Unterredung mit Bonatsch protokolliert war, heraus und steckte es in die Tasche. Er umwickelte die Mappe mit roter Schnur und schrieb in großen Lettern quer darüber: »Ad acta«. Schließlich legte er Hut und Mantel ab und ging an seine Tagesarbeit.

Um die Mittagszeit begab er sich ins Bahnhofsrestaurant und aß dort ganz allein, statt nach Hause zu gehen. Dort, in der gewohnten Ecke, betrachtete er das Leben wie ein Genesender, der nach langer, ernster Krankheit zum ersten Mal mit dem Gefühl aufsteht, den Fängen des Todes entronnen zu sein. Erleichtert fühlte er das Gewicht der Kugeln in seiner Tasche. Als Richter hatte er versagt – er würde sein Amt niederlegen und, ohne viel Aufsehen zu erregen, seine Pflichten noch eine Weile weiter erfüllen.

In Lanzberg begann man die Lichter anzudrehen. Andi sprang in sein Auto und fuhr nach Schloß Richenau. Ein langes Gespräch mit seiner Mutter würde ihm jetzt guttun. Viele Gedanken, die ihm an diesem Morgen durch den Kopf gegangen waren, erschienen ihm jetzt fremd. Da er aber sowohl körperlich als auch moralisch ein Mann von gesunder Konstitution war, erholte er sich allmählich und versuchte, die letzten Überreste des Horrors abzuschütteln. Im Geiste wanderte er nach Schlans. Er sah sich in den Scheunen und Schuppen seines Hofes, zwischen den Sicheln und Hacken, die an ihren Pflöcken hingen. Er sah sich durch die Ställe wandern, in denen die Kühe kauten, und glaubte, den gesunden warmen Geruch frischer Milch einzuatmen. Und er dachte an die Samenbeete im Garten, an die Obstbäume und die kleinen Weingärten zwischen den Mäuerchen, über die die Eidechsen mit langen grünen Schwänzen huschten. Und er sah sich selbst hinter dem Pflug lange gerade Furchen ziehen, mit einem Gespann kräftiger Pferde, und auf dem Rücken eines Pferdes ritt sein Söhnchen Tristan.

Es ist gut, ein Bauer zu werden. Die von Richenaus waren immer Bauern gewesen, aristokratische Bauern mit einer Geschichte. Sein Großvater hatte die schönsten Bullen im ganzen Lande gezüchtet. Warum sollte nicht auch er Bauer werden? Wenn Kriege, Revolutionen und Hungersnöte kamen, wer zählte dann am meisten in der Welt? Der Bauer! Denn er ist es, der von der Erde kommt, er ist der wahre Patriot, der aufsteht und für seinen Boden kämpft.

Ich werde meinen eigenen Boden bebauen – und diese unaussprechliche, diese unnatürliche Tat im Schoß der Mutter Erde begraben.

29

Es war Nacht. Silvelie saß am offenen Fenster und sah in den dunklen Himmel. Pegasus, Andromeda und das Sternbild des Herkules leuchteten hell. Seit ihrer Kindheit waren ihr die Sterne immer ein Trost gewesen, und heute nacht hatten sie einen noch tieferen Sinn für sie als sonst. Sie waren der Ausdruck von Freiheit und Ferne. Und in ihrer Majestät erschienen die Dinge ringsum unendlich klein.

Böse Ahnungen quälten sie, Ahnungen, die Andi galten. Hatte er sich womöglich etwas angetan? Sie selbst schien für ihn unwesentlich geworden zu sein. Jemand, um den man sich nur noch automatisch kümmert, nur noch aus Gewohnheit. Jeder Versuch, sich ihm wieder zu nähern, schien zwecklos. Er würde nur sagen: ›Glaube mir, ich habe dir nichts zu verzeihen, du kannst nichts dafür. Es ist nicht deine Schuld.‹

Endlich kam Andi nach Hause. Sie rührte sich nicht, kühl wie die Nachtluft, die zum Fenster hereinströmte, blieb sie sitzen und zog den Schal fester um die Schultern.

Sie hörte ihn auf sein Zimmer gehen. ›Warum kommt er nicht einmal zu mir, um mir gute Nacht zu wünschen? Warum sagt er kein Wort, um den grausamen Bann zu lösen?‹ Ihre Tür stand offen. Wieder hörte sie Andi. Er kam durch den Flur.

»Schläfst du, Silvelie?« hörte sie seine gedämpfte Stimme.

»Ich bin hier – ich sitze am Fenster.«

»Ich habe mich verspätet, ich war bei meiner Mutter.«

Er kam herein, ohne das Licht anzudrehen. Es war besser, wenn sie im Dunkeln blieben. Er setzte sich neben sie.

»Warum bist du noch wach?«

»Hast du erwartet, ich könnte schlafen? Ich denke nach.«

»Worüber denkst du nach?«

»Ich habe mir viele Fragen gestellt. Warum nehmen wir alles so wichtig?«

»Ja, ist es nicht erstaunlich?«

Er nahm ihre Hand.

»Silvelie?«

»Ja, Andi?«

Er zögerte und sagte dann flüsternd: »Präsident Gutknecht hat unterschrieben!« Sie preßte seine Hände und holte tief Atem.

»Hast du es den andern schon gesagt?« fragte sie.

»Nein. Du wirst es ihnen morgen früh selber mitteilen!«

Er schwieg einen Augenblick, dann sagte er:

»Du weißt, warum ich es getan habe, Silvelie?«

»Warum?« murmelte sie.

»Nicht um ihretwillen, wenn ich mir das auch manchmal eingeredet habe. Nein, Silvelie, ich habe es für dich getan.«

ENDE